2018 中国当代文学年鉴

中国现代文学馆
中国当代文学年鉴中心 编

长江出版传媒
长江文艺出版社

图书在版编目（C I P）数据

2018中国当代文学年鉴 / 中国现代文学馆中国当代文学年鉴中心编. -- 武汉 : 长江文艺出版社, 2019.12
ISBN 978-7-5702-1453-2

Ⅰ. ①2… Ⅱ. ①中… Ⅲ. ①中国文学一当代文学一2018一年鉴 Ⅳ. ①I206.7-54

中国版本图书馆CIP数据核字(2019)第278684号

责任编辑：黄文娟　　责任校对：毛　娟
装帧设计：喃　风　　责任印制：邱　莉　胡丽平

出版：长江出版传媒 | 长江文艺出版社
地址：武汉市雄楚大街268号　　邮编：430070
发行：长江文艺出版社
http://www.cjlap.com
印刷：湖北新华印务有限公司

开本：880毫米×1230毫米　1/16　印张：38　插页：3页
版次：2019年12月第1版　　2019年12月第1次印刷
字数：803千字

定价：88.00元

2018 中国当代文学年鉴编委会

（按姓氏笔画为序）

目录

年度文献

文学创作概况

文学理论与批评综述

文学出版与阅读概况

文学活动纪事

年度文献

在首届中国网络文学周开幕式上的致辞

（2018 年 5 月 17 日）

中国文联主席、中国作协主席　铁　凝

各位来宾，

同志们，朋友们：

大家上午好！

在这鲜花盛开的五月，我们相聚在美丽的西湖之畔、钱江之滨，举办首届中国网络文学周。这是在党的十九大胜利召开之后，中国网络文学界举办的一次盛会。这次活动的主题是，深入学习贯彻习近平新时代中国特色社会主义思想和党的十九大精神，团结带领广大网络文学作家坚持以人民为中心的创作导向，弘扬社会主义核心价值观，坚定文化自信，讲好中国故事，肩负新时代的新使命，在中华民族伟大复兴的征程中迎来中国社会主义文学的更大繁荣。这次活动的成功举办，一定会对中国网络文学的健康发展产生重要的推动作用。在此，我代表中国作家协会，对首届中国网络文学周表示热烈的祝贺！向浙江省委、省政府、省委宣传部，杭州市委、市政府、市委宣传部部长期以来对文学事业的关心支持表示崇高的敬意！向浙江省作协、杭州市文联、滨江区委区政府和为这次活动付出辛勤劳动的所有工作人员和媒体的朋友们表示衷心的感谢！

今天，在这个会场上，汇聚了这么多网络文学界的代表性作家，我本人虽然不是你们在网络上的直接读者，但是，我也看过一些网络文学作品改编的电影、电视剧，我也读过中国作协网络文学中心的同事们向我推荐的你们的纸版作品；今天，在这个会场上，还有许多关注网络文学的评论家，正是通过你们的文章，我和我的同事们对网络文学、对网络文学的作家和作品有了更加生动和深入的理解；今天这个会场，还汇聚了这么多网站的管理者和编辑、各地作协的网络文学组织工作者，正是由于你们和作家、评论家的共同努力，中国网络文学才在短短二十年的时间里迅猛发展，成为中国社会主义文学充满活力的组成部分。在此，我代表中国作家协会，也作为一个普通的读者，向你们表示诚挚的问候，谢谢你们！

同志们，朋友们，今年是改革开放 40 周年，网络文学界也在纪念中国网络文学 20 年。

在这样的时刻，我们必须在更加宏阔的历史视野中认识网络文学的前世今生，把握网络文学的现在和未来。中国网络文学的兴起和发展，是改革开放的产物。没有改革开放，没有改革开放40年来社会、经济、技术和人民生活形态、文化需求的巨大发展和变化，就不可能有网络文学的兴起和繁盛。浙江是改革开放的前沿，更是习近平新时代中国特色社会主义思想的重要发源地，在党的十九大胜利召开后，在这里举办中国网络文学周，就是要更加深刻地认识文学与时代、与人民、与中华民族伟大复兴事业息息相关的联系，更加深刻地体认自己肩上的责任。我知道，一些人常常是以金钱来衡量网络文学的价值，衡量网络文学作家的价值，在这里，我要说，网络文学绝不是、绝不应该是金钱的文学，优秀的网络文学作家的价值也绝不应该用金钱的多少来判定。在座的很多作家都有数目庞大的粉丝，那常常成为确定IP价值的依据。但是，我们大家都要想一想，那些粉丝，他们不是可以兑换为货币的数字，他们是一个个活生生的人，怀着梦想、期待，怀着生活中的焦虑和困惑在读我们的作品。身为作家，我们对他们负有一份沉甸甸的责任，这不仅仅是个人的责任，这是文学对民族精神的责任，是文学对中华民族伟大复兴事业的责任。任何时候都要牢记这份责任，任何时候都要把社会价值、社会效益放在首位，这是中国网络文学继续繁荣发展的根本前提。

党的十八大以来，中国特色社会主义进入新时代，以习近平同志为核心的党中央高度重视网络文艺。习近平总书记在一系列重要讲话中，站在时代的高度，着眼中国特色社会主义文艺事业的全局，对团结带领广大网络作家和网络文艺工作者，促进网络文艺的健康发展，做出了全面部署。为了贯彻落实总书记指示精神，中国作协专门成立了网络文学中心，进一步加强对网络文学的联络协调、服务引导、评论研究。各级党委政府、各级作协文联也积极推出各种网络文学的支持政策和措施。潮平两岸阔，风正一帆悬，伴随着祖国和人民的前进步伐，中国网络文学正在迎来新的更加辉煌的发展前景。

今天，当我们聚集在此，我能够强烈地感到，我们大家对未来满怀信心和憧憬。在这样的时刻，我想和大家一起重温习近平总书记在十九大报告中关于社会主义文艺的论述，他指出："社会主义文艺是人民的文艺，必须坚持以人民为中心的创作导向，在深入生活、扎根人民中进行无愧于时代的文艺创造。要繁荣文艺创作，坚持思想精深、艺术精湛、制作精良相统一，加强现实题材创作，不断推出讴歌党、讴歌祖国、讴歌人民、讴歌英雄的精品力作。发扬学术民主、艺术民主，提升文艺原创力，推动文艺创新。倡导讲品位、讲格调、讲责任，抵制低俗、庸俗、媚俗。加强文艺队伍建设，造就一大批德艺双馨名家大师，培育一大批高水平创作人才。"这是新时代对包括网络文学在内的中国文艺的要求和召唤，是中国文艺和中国网络文学走向更大繁荣的行动指南。这里的每一句话都是中国网络文学行进在中国特色社会主义文艺道路上必须遵循的根本原则。我坚信，广大网络作家和网络文学工作者一定会响应时代的召唤，自觉汇入时代的主流，在习近平文艺思想的指引下，为建设社会主义文化强国、实现中华民族伟大复兴作出新的更大贡献！

预祝首届中国网络文学周圆满成功！

谢谢大家！

在首届中国–阿拉伯国家文学论坛开幕式上的致辞

（2018 年 6 月 21 日）

中国文联主席、中国作协主席　铁　凝

尊敬的埃及前总理伊萨姆·沙拉夫阁下，
尊敬的中国驻埃及大使宋爱国先生，
尊敬的埃及最高文化委员会秘书长赛义德·马斯里先生，
尊敬的阿拉伯作联主席哈比卜·萨伊赫先生，
尊敬的埃及作协主席阿莱·阿卜杜拉·哈迪先生，
尊敬的各国作家朋友们，
女士们、先生们：

大家好！

今天，中国和阿拉伯国家的作家同行们相聚在尼罗河畔，被埃及人民称作“城市之母”的美丽开罗，出席中国作家协会和阿拉伯作家联盟、埃及作家协会共同主办的首届“中国–阿拉伯国家文学论坛”，这是一次具有开创性意义的聚会。首先，请允许我代表中国作家协会和在座的中国作家代表团全体成员，向阿拉伯各国作家表示诚挚的敬意！向本次论坛的接待方，埃及作协表示衷心的谢意！向亲临论坛的中国驻埃及大使宋爱国先生和埃及前总理伊萨姆·沙拉夫阁下表示衷心的感谢！

中国和阿拉伯国家相距遥远，但我们之间的友谊源远流长，古老的丝绸之路就像一条斑斓的彩带，早已把中华文明和阿拉伯文明，这两个世界东方伟大的文明紧紧地联系在一起，共同为人类社会的进步与发展贡献智慧和力量。阿拉伯谚语说：寻找友谊，哪怕远在中国。沿着古老的丝绸之路，中国与阿拉伯国家之间的贸易通商，既促进了物质和人员的往来，也推动了文化和文学的交流。

长期以来，中国的学者和翻译家们把众多阿拉伯各国优秀的文学作品翻译成了汉语和其他中国少数民族文字，使中国的作家和读者有机会领略文化内涵深厚、富有哲理、语言和修辞风格独特的优秀阿拉伯文学作品。大量优美的阿拉伯诗歌、散文和小说，书写了阿拉伯各国社会的历史变迁，记载了阿拉伯各国人民的生活情感，给中国读者留下了深刻而美好的印象，包括脍炙人口的阿拉伯故事《一千零一夜》在内的优秀阿拉伯文学作品，深受一代又一代中国读者喜爱。

绵延5000多年的中华文明孕育了丰富多彩的中国文学。3000多年前，以中国第一部诗歌总集《诗经》的诞生为标志，中国文学描写人们的劳动和生活，表达人们丰富的情感和深邃的思想。多年来，阿拉伯国家的翻译家们，把许多中国不同时期的文学作品和作家翻译介绍给阿拉伯国家的读者，中国古代的《论语》《诗经》和中国现代的伟大作家鲁迅，以及许多当代中国作家和作品为众多阿拉伯国家的读者所熟知。

朋友们，新时代的中国是一个全面开放的国家。今年是中国改革开放40周年，改革开放使古老的中华文明富有了新的活力，也为中国作家创作表现时代巨变的优秀作品，与世界文学沟通交流创造了条件和机会。改革开放以来，中国文学保持持续活跃的态势，中国现在每年出版的长篇小说在八千部左右，各类优秀的文学出版物丰富了人们的阅读。许多优秀作品被翻译成多种文字出版，中国作家在国际上获重要文学奖，让世界各国读者认识了解了中国和新时代的中国文学。中国作协作为中国文学事业的组织者和推动者，我们通过举办作家培训、文学评论、文学奖项评选等各项工作，有力地推动了中国当代文学的繁荣发展。同时，我们积极开展对外文学交往，始终把与阿拉伯各国作家的交流作为我们对外文学交流的重要内容之一。我们愿与阿拉伯各国的作家同行们，继续保持和不断发展我们之间的友好交流与合作传统。

在世界多极化、经济全球化、社会信息化、文化多元化深入发展的今天，人类命运更加紧密地联系在一起。以共商共建共享为宗旨的“一带一路”倡议，使古老的丝绸之路焕发出新的活力，“一带一路”沿线国家正在为经济发展、社会进步和人民福祉加强合作。本次论坛以“文学新丝路”为主题，着眼密切中阿文学交流，增进中阿民间友好，继承古代丝绸之路传统，助力“一带一路”建设，让古老的丝绸之路在中国和阿拉伯各国作家的笔下，展现出新的奇迹和成就。

本次论坛上，各国作家将围绕“文学的传承与创新”和“文学创作与当下生活”两个主题进行广泛深入交流，同台论道，分享文学创作的经验和体会，促进相互学习和借鉴。我们真诚希望，以此次中阿文学论坛为契机，使中国和阿拉伯各国作家之间的交流更加密切、更加丰富、更有成效。为此，我代表中国作家协会在此宣布，2020年，将在中国主办第二届中国-阿拉伯国家文学论坛，欢迎阿拉伯各国作家届时出席论坛，续写中阿文学交流合作的美丽篇章。

祝愿首届中国-阿拉伯国家文学论坛圆满成功！

谢谢大家！

在第五次汉学家文学翻译国际研讨会上的致辞

（2018年8月14日）

中国文联主席、中国作协主席　铁　凝

尊敬的各位来宾、各位朋友，女士们、先生们：

大家好！

这里是贵州，一个拥有奇特地貌和壮美文化的省份，一个多民族和睦共居的多彩高原。这里也是贵州省会贵阳，它尽心守护自然生态之美，同时以开放之心，把自己打造成智慧城市。今天，我们在这里召开第五次汉学家文学翻译国际研讨会，共同见证研讨会近十年的发展成果。应邀出席本次研讨会的，有来自奥地利、巴西、保加利亚、加拿大、捷克、丹麦、埃及、芬兰、法国、德国、荷兰、匈牙利、印度、伊朗、意大利、日本、韩国、墨西哥、蒙古、俄罗斯、瑞典、土耳其、乌克兰、英国和美国等24个国家的38位翻译家，和来自中国的50多位作家。在此，我谨代表中国作家协会，对远道而来的各位翻译家和中国作家表示热烈欢迎！贵州省委、省政府对研讨会给予了大力支持，贵州省委宣传部、省作协及贵州各有关部门付出了辛勤劳动，我代表与会的翻译家和作家向他们表示衷心感谢！

汉学家文学翻译国际研讨会自2010年创办以来，已经成功举办了四次，走过了近十年的历程。今天，让我们共同回顾和总结研讨会的成果，展望研讨会未来的前景。

我们始终记得创办研讨会的初衷。我们最朴素的想法就是，用一种具体而特殊的方式对一直关注中国文学、翻译中国作品的翻译家们表达我们的感谢之情。于是就有了“汉学家文学翻译国际研讨会”。我们邀请大家来到中国，与你们正在翻译的作家来一次“围炉夜话”、促膝谈心，近距离地感受中国文学。在每次研讨会上，大家所表达出的对中国文学的热爱和对翻译中国文学的坚守，深深地感动着我们，大家提出的宝贵意见和建议，始终是我们办好研讨会的动力和支撑。

通过近十年的逐步发展，研讨会从小到大，成为翻译家之间和翻译家与作家之间交流的有效平台。前四次研讨会，与会的翻译家共计有114人次，与会的中国作家共计有75人次。借助这个平台，不少翻译家获取和更新了有关中国文学发展的最新信息，参与到中国作协对外翻译工程中来，不少中国作家的作品经翻译家们翻译后，走出了国门。在近十年的时间里，共有数百部中国当代作家作品被翻译成多国文字。中国文学参与世界文学建构的脚步更加积极、稳健。研讨会的文学性、学术性含量越来越高，翻译家与中国作家面对面，既能实际解决作品翻译中遇到的具体问题，又可以围绕文学翻译的诸多理论和实践问题进行深入交流，使我们更加理解文学翻译再创作的艰难，更加钦佩翻译家们长期的坚守和对中国文学作品的深入解读。每次研讨会上的论文，我们都结集出版，形成了一批宝贵成果，在文学界受到广泛好评，在读者中产生了积极反响。研讨会丰富的活动内容，使翻译家们对中国多元文化有了更丰富的了解，也使翻译家们熟悉了中国作家创作的生活源泉，有助于翻译家们更好地理解和翻译中国当代文学作品。可以说，研讨会已经成为增进翻译家和作家互相了解，翻译家广泛了解当代中国社会，深刻理解文学创作魅力的绝佳机会。

朋友们，今年是中国改革开放40周年。在改革浪潮中，中国文学得到了长足发展，一大批优秀作家成长起来，他们深入生活，书写国家巨变进程，展现中国人民在实现伟大复兴历史进程中的精神风貌，创作出大量具有时代气息的文学作品，塑造了一批又一批有血有肉的文学人物，得到大众的喜爱，在逐步满足人们对文化生活的需求的同时，营造了全社会崇尚阅读的气氛。与此同时，网络文学快速发展，据不完全统计，全国范围内有5000多家文学网站，1300万注册写作者，每天有数千部作品持续更新，保持了良好的发展势头。德国著名作家马丁·瓦尔泽先生曾经对我说，中国作家正处在一个创作的好时期，有太多东西可写。这是他的肺腑之言，也道出了中国作家的感受。

开放使大量各国的优秀文学作品和创作理念被翻译介绍到中国，拓宽了中国作家的创作视野和世界眼光。近年来我们引进、翻译、出版的外国文学作品年均达到1400余部。同时，我们把优秀的文学作品翻译传播出去，一个个具有浓厚中国精神和气质的故事，经过翻译家们的译介走进了各国读者的视野，使他们了解认识到一个东方大国文明的灿烂、文化的深邃、人民的生动情感和向好向善的坚韧理想追求。

对中国作家而言，创作的根在生于斯长于斯的土地，文学的本土性、民族性更加突出，文学的时代感、现实感不断增强。作家们更加注重从中国传统文化和文学中汲取创作的丰厚营养，更加注重从新时代民族复兴国家富强的奋斗现实中汲取创作灵感，着力书写人民的奋斗故事，力求把更多思想深刻、艺术上乘的精品佳作奉献给世界。

在这40年里，特别是中国特色社会主义进入新时代以来，中国作协的各项工作取得了显著成绩。2016年11月，我们成功召开了第九次全国代表大会，中国国家主席习近平在开幕式致辞中说，“文运同国运相牵，文脉同国脉相连”，阐明了文化对于中国未来发展的重要意义。大会还选举产生了中国作协新的领导机构、修改了中国作协章程、确定了中国作协未来五年的工作任务。截至目前，我们的会员人数已达到11708人，文学创作人才辈出，老中青三代作家共同活跃在各自的创作领域，文学理论和创作研究深入开展，中国作协举办的作家教育培训和文学出版事业取得新成绩，为普及文学、提高大众文化素养而举办的“文学照亮生活”公益大讲堂广受欢迎。上周，我们刚刚结束了第7届鲁迅文学奖的评选，一批优秀的中篇小说、短篇小说、报告文学、诗歌、散文杂文、文学理论评论和文学翻译等作品获奖，展现了近几年来文学创作新成就。我们还将召开第八次全国青年作家创作会议，文学创作的新生力量将齐聚一堂，共话中国文学发展的未来。

朋友们，古人云：国之交在于民相亲。自2016年第4次汉学家文学翻译国际研讨会以来，中国作协一如既往积极开展丰富多彩的国际交流活动。我们组织中国作家访问了40多个国家，足迹遍布亚洲、大洋洲、非洲、欧洲和南、北美洲。中国作家还带着自己的作品多次参加大型国际图书展和图书博览会。我们邀请了许多国家的作家访问中国，与各国的作家组织共同创办或举办了双边、多边文学论坛和座谈会，举办国际写作计划等，友好往来的形式更加多样、文学交流的内容更加丰富，大大增进了与各国作家的相互了解和友谊。我们继续推动中国文学对外译介工作，设立的对外译介资助计划在中国当代文学作品走进各国读者中发挥了积极作用。

我们的世界正在发生深刻变化，各国人民之间的交往更加密切，共同的命运正在以前所未有的速度、广度和深度把各国人民紧密联结在一起，一个你中有我，我中有你的命运共同体正在加速形成。在此情形下，各国人民之间的沟通和联系尤为重要，而文学不正是联通各国人民心灵的一条多彩的纽带吗？这当中，翻译家们的作用不可替代。面向未来，中国作协将不断努力，以此次会议为新的起点，把研讨会这个品牌建设得更好，把研讨会这个交流平台发展得更好，为此，我们将“与中国文学携手同行”定为研讨会永久的主题，继续拓展和丰富研讨会的交流形式和内容，继续探索举办文学翻译家工作坊，继续实施好对外译介资助计划，为各国翻译家翻译出版中国文学作品做好各项服务工作。众人拾柴火焰高。我们真诚希望各国翻译家和中国作家一如既往地为研讨会这个平台的建设发展，提供你们宝贵的意见和建议。

朋友们，研讨会组委会将邀请中国作家代表向与会各国翻译家颁发“中国文学之友”证书，以感谢各位翻译家长期以来兢兢业业，将中国文学作品和作家翻译介绍给各国读者所付出的心血和劳动，表达中国作家对翻译家们的真挚敬意！此时此刻，我十分怀念去年因病去世的法国翻译家林雅翎女士，她翻译了多位中国作家的作品，她始终是我们汉学家文学翻译研讨会积极的参与者，是中国作家永远的朋友。在这里，也一并向她致以深深的怀念和敬意！

在这次研讨会上，组委会还特意安排了一个展台，展示翻译家们近年来硕果累累的翻译作品。在接下来的两天时间里，《人民文学》杂志外文版《路灯》英文、俄文、日文、韩文和意大利文的5位译者将进行对谈交流，分享他们的翻译经验和体会，来自贵州省的5位作家将介绍自己的创作感受和收获。大家还将围绕“一部作品的诞生：我的创作和生活”和“为什么选择翻译你？”两个话题进行交流研讨。会议结束之后，大家还将到黔东南少数民族地区进行文学采风，亲身体验贵州迤逦的民族风情和多彩的民族文化，相信这里会给大家留下深刻美好的记忆，也收获更多的灵感和友谊。

最后，祝大家在贵州期间，身体健康、生活愉快！

谢谢大家！

在第七届鲁迅文学奖颁奖典礼上的致辞

（2018 年 9 月 20 日）

中国文联主席、中国作协主席　铁　凝

尊敬的各位来宾、各位朋友，晚上好！

在这个秋高气爽的美好夜晚，我们相聚在中国现代文学馆，举行第七届鲁迅文学奖颁奖典礼，分享中国文学丰收的喜悦。我谨代表中国作家协会，向本届获奖的 34 位作家、评论家和翻译家表示热烈祝贺！向各位来宾和朋友们表示热烈的欢迎！

鲁迅文学奖体现着国家荣誉，这份珍贵的荣誉，既承载着中国文学的光辉传统，也寄托着人民的信任与期待。二十多年来，历经七届评奖，鲁迅文学奖已评选出 264 篇（部）作品，展示了中国文学在中篇小说、短篇小说、报告文学、诗歌、散文杂文、文学理论评论和文学翻译各体裁门类的杰出成就，见证着中国文学与时代、与人民的紧密联系，见证着中国作家、评论家和翻译家的卓越创造。

本届鲁迅文学奖，是党的十九大后举行的第一次全国性文学评奖，获奖的 34 篇（部）作品，代表了新时代中国文学在创作、理论评论和翻译诸方面的高度和水准，展现了中国文学反映现实、讲述中国故事的活跃探索，标志着中国文学在习近平总书记关于文艺工作的重要论述指引下迈向“高峰”的坚实步伐。获奖的 34 位作家、评论家和翻译家，既有成就卓著的名家，也有中青年的“70 后”“80 后”，他们来自祖国各地，有的来自新疆阿勒泰的群山，有的来自西海固的高原，不管来自哪里，他们都是怀着执着的理想，他们以艺术质量为生命，他们走过了艰辛漫长的路才来到这里，今天晚上，在这汇聚了中国文学光荣与梦想的中国现代文学馆，荣耀属于你们！让我们以热烈的掌声向获奖者表示敬意和祝福！

本届评奖过程中，77 位评委怀着严明的责任感，以公平公正之心对待每一部作品，全力以赴地投入阅读和讨论，付出了艰苦的劳动。请允许我向评委们表示感谢，你们的工作体现了高度的专业精神，你们辛苦了！

文学属于人民，为了人民。评奖不仅是为了褒扬写作者，从根本上说，它是汇聚广大读者的选择，进而引导和带动公众的阅读和欣赏。本届评奖，获得了社会各界的关注与支持。

在此，我向我们广大的、深爱着文学的读者朋友们，向四年来热情关心我国文学事业发展的朋友们，致以最深切的感谢，谢谢你们！

四年的时间里，每个体裁和门类的获奖作品只有五个，我们都知道，好作品绝对不止五个。获奖作品和更多没有获奖的好作品一道，构成了中国故事和中国精神的宽阔景观，体现着中国社会主义文学在新时代的勃勃生机和旺盛活力。所以，今天这个夜晚、这份激励和祝福，不仅属于34位获奖者，也属于所有正在跋涉的写作者，无论是否获奖，前方都有更长的路等着我们大家，都有更崇高的山峰和无限的风光等待着我们！

在今天开幕的全国青年作家创作会议上，来自全国各地的青年作家济济一堂，展望未来，充满创造的信心和激情。在这伟大的新时代，海阔天空的可能性正在我们眼前展开，让澎湃的现实生活、让昂扬的时代精神、让丰盛的经验和情感在我们笔下提炼造型，这是这个时代的作家和广大文学工作者的光荣责任。让我们在习近平新时代中国特色社会主义思想和习近平关于文艺工作的重要论述指引下，坚持以人民为中心的创作导向，坚定文化自信、塑造时代新人，精益求精、锐意创新，用更多的好作品满足人民群众对美好生活的新期待，以中华民族新史诗迎接中华民族伟大复兴的壮丽前景！

谢谢大家！

时间和我们

（2018 年 9 月 28 日）

中国文联主席、中国作协主席　铁　凝

各位来宾，朋友们：

大家好！

十年前的这个丰硕的季节，首届东亚三国文学论坛在首尔举行。十年后的今天，第四届韩中日东亚文学论坛再次来到首尔。十年前，参加论坛的三国作家们彼此尚属陌生；十年后的今天，当我们重逢时，我们熟稔的目光和神情都在告诉对方：感谢时间，让我们已经认识了这么久。

我在这时想起了中国一句老话："十年树木"。这句话出自中国春秋时期著名政治家管仲，意思是一株树苗长成大树需十年时间，更指树木成林的不容易。"树"在这里作动词用，说的是养育和培植。东亚文学论坛走过了十年的时光，在所有参与者的共同努力下，这棵关于文学的论坛小树已成长为健康的大树。如果可以把论坛的每一位作家比作一棵独立的文学之树，正是你们的集结，也使这论坛成为文学之林。而每一次论坛不断有新的作家加入，一株株挺拔、峻朗的新生之树和大家比肩而立，更使这文学之林变得格外富有朝气和活力。

在文学之林里，一棵独立的树非要和另一棵独立的树打招呼不可么？我们可以静默地伫立着，我们的心事也不尽相同甚至相反。然而总有风舞动树的枝条，树们有时也需要喧闹和走动。论坛为文学之林创造着暂停静默、集结交流的时间，时间培育了三国作家从试探渐渐走向有话要谈。

时间可以磨损很多东西，比如爱恨情仇。时间也能够塑造很多东西，比如让美变成痛苦所能够达到的最高境界，让代际间的隔膜和不屑成为相互凝视与和解，乃至相互的鼓舞。

前不久，我的一位朋友对我讲了他经历的一件事：两个月前，他的女儿满 18 岁了。18 岁是一个人重要的生命节点，女儿还考上了一所很好的大学。在女儿生日之前，父亲问女儿要什么生日礼物。女儿说，只想要生日那天父亲和她一起去文身店刺青。我的朋友一时没听明白，问女儿说是要我陪你去？女儿说，是我们两人一起去，你当然也要文身啊。女儿的请求让做父亲的吃惊并且为难，首先他没想到看上去文静的女儿有刺青的愿望，其次他没想到女儿要他也去刺青。他说他要考虑一个晚上。

我的这位朋友在个人事业上可以说是成功的，白手起家做实业，历尽艰辛。他曾向我坦言二十年来几乎没有完整时间照顾过家庭，稍有空余他会坚持运动，他酷爱爬山，却从来不带孩子。他甚至经常忘记女儿的样子。在这个晚上，他开始郑重考虑女儿的请求，他觉得这请求其实是带有挑衅性的试探的，也还有几分刻薄。他 50 岁已过，从未想过用文身来获得身体和精神的愉悦，但是女儿那挑衅刺激了他内心深处的内疚感和探索欲，在觉得女儿荒唐的同时，他忽然看见了女儿身上的自己，从前的自己。当他的事业从最艰难起步时，不也充满了探索、叛逆、不服输么。他决定答应女儿。第二天他对女儿讲了自己的决定，这次轮到女儿吃惊了，她没有想到父亲当真会答应她的要求，她提出刺青除了挑衅，还有引起父亲对自己特别注意的心理吧，她要的其实是父亲的“退堂鼓”。她提醒父亲说，那你的员工会怎么看你呢？父亲说，我已经决定的事，不会轻易改变。

于是父女二人开始研究文身的位置和内容。他们先商量了位置，确定在脚踝偏上，按中国人“男左女右”习惯，父亲在左脚外侧脚踝，女儿在右脚外侧脚踝。接着他们说出了各自文身的内容。女儿说，她要文神经传导物质多巴胺的化学式：C8H1102N。她就要离开家了，她希望自己有长久的快乐。父亲说，那一年他攀上了珠穆朗玛峰，他准备文北极点、珠峰和南极点的地理坐标。生日那天，父女二人来到女儿预先选好的刺青馆，在文身师的引导下，分别进了文身室开始了他们的刺青。父亲这里，文身师照例先询问客人是否改变了想法，现在改变还来得及。父亲表示他不改主意。隔壁的女儿却给父亲发微信说她稍微改变了一点想法，她不想文多巴胺化学式了，她想文莫尔斯电码。这边的父亲一面请文身师开始工作，一面微信问女儿为什么。女儿说莫尔斯电码更简单，时间不会太长，也不会太疼。这边的父亲问莫尔斯电码的内容，隔壁的女儿说“等待”，并发来图形“●—●●●”。父亲并不懂莫尔斯电码，这个表示“等待”的电码图形的确十分简单，看上去类似于标点符号里的删节号。那么，女儿到底是怕疼呢，还是怕刺青时间太长呢，还是在最后的时刻不想让身体留下太明显的印记呢？也许兼而有之。也许女儿走进刺青馆时已经退缩了，是不改主意的父亲叫她没有了退路，最终她选择了简单易行。她为自己的刺青录了视频，立刻得到朋友圈大量点赞，因为她是全班乃至全校第一个走进刺青馆的人，她小腿上的莫尔斯电码让她更加与众不同。可她腿上的“等待”并没有让她等待隔壁的父亲，她的文身 25 分钟结束，之后她就跑去和朋友们聚会了。父亲这边的文身，用了一个多小时。珠穆朗玛峰，毕竟比莫尔斯的“等待”更复杂。

这女孩子的父亲却没有因女儿把他丢在刺青馆而抱怨，在刺青馆的一个多小时里，他由陌生、不自在到坦然面对文身师，皮肤的灼热和微痛渗透到心里，使他得以在这奢侈的时间之外的时间里冷静、清醒。这时间之外的时间降临在这中年男人惯常的时间轨道之外，可否说是时间的瞬间“出格”？他为此感谢女儿，在智能社会和机器人时代仿佛就要轰轰烈烈来临之时，一个18岁的孩子仍然渴望感受皮肤上货真价实的痛感，渴望在物质的时间里感受生命的质地，虽然这渴望有些许的虚荣心做伴；他也判断着自己，他觉得自己“还行”。不是因为他的“珠穆朗玛峰”比莫尔斯电码的“等待”图形复杂，痛感就多，是因为他在决定了一件事并能够切实实施的果断和单纯。尽管这等小事和他投身的实业相比，原本不足挂齿，但也需要坚守的毅力，等待的耐力。而一个18岁的孩子，有时候却可能远比她的长者要复杂多变，犹豫摇摆。这对父女，就日历年龄而言，女儿比父亲能够拥有的时间要富有太多，可她还舍不得“等待”，也尚未深知“慢”的昂贵。女儿的生日是快乐的，在时间的“出格”上她引领了父亲，同时她仍然相信，在她新鲜生命途中的某些节点，父亲仍然有资格引路。

我由这位朋友的讲述，忽然想到新近社交网络上的一批当红虚拟超模偶像。其中一位出道半年，已和众多国际一线大牌化妆品合作，影响力和号召力惊人。她年龄18，身高150厘米，一头亮丽黑发，页面显示她是住在巴黎的一位时尚女性。但她其实是电脑合成的形象。有意思的是，在虚拟偶像盛行的今天，当被问到这些虚拟人物是否会取代真实的超模，成为新的时代偶像时，那位虚拟超模的合成者却果决答道：“才没有什么能够代替真正的手，真正的眼，真正的身体，以及真正的心跳。”我要说，还有成长、痛感、欢乐和美梦。如同今天的读者还需要文学，是需要真实的心跳，需要生机勃发的脸，也需要被岁月雕刻的皱纹，皱纹里漾出的真挚笑意，以及阳光晒在真的皮肤上那真的油渍。而这一切，都还要仰仗时间的养育。

时间，时间被称为物质运动中的一种存在方式，由过去、现在、将来构成的连绵不断的系统，是物质的运动、变化的持续性、顺序性的表现。文学也可以说是一种时间艺术，是一种有能力把历史、现在和未来连接起来的艺术，是创造的艺术，不是捏造的艺术。古往今来好的文学可能不是历史的骨头，却是历史丰盈的血肉。因为文学，我们才得以窥见我们的先人气血盈盈的生活、劳作、爱和忧伤，思想和思想的表情。我们才有可能在千百年之后依然有能力和他们心意相通。

几年前一位韩国出版商到北京寻找中国的纯文学作家，要在韩国出版他们的著作。当时我问他，在世界性金融危机的背景下，您的出版社出版纯文学著作，一定会有很多困难吧？他告诉我，出版社是遇到很多困难，但是，假如没有文学，人类将更加困难。

一个月前叙利亚著名诗人阿多尼斯应中国作协之邀，参加鲁迅文学院的国际写作计划，我和他见面时就想起了他的一句话：“没有诗就没有未来。”

我从《人类简史》中知道，目前按小时以最长寿者的寿命计算，人的寿命大约65万个小时。如果时光是无法挽留的，那么文学恰是为了创造时光而生。文学创造出的美和壮丽，能够使我们和读者有限的生命更饱满更生动，从而我们的生命得以双倍延长，超越我们的日历年龄。这样的说法让我们对自己从事的职业依然怀有自信和激情，也因此，我们确应怀有属于文学创造的自觉的时间意识。我们所依据的生活材料可能是二手、三手，但我们的创造不能满足于在二手时间里徘徊，当艺术实践开始之时，寻找独属于自己的崭新时间亦即开始，这个时间并非钟表那日复一日的“嘀嗒”声，而是揭示重要时刻，揭示钟表结构上将来未知的那一步跳跃，那时间的瞬间“出格”。

文学应当有资格赢得时间的养育，作家应当有耐心在独属自己的崭新时间里，为读者和未来创造更加宽阔的精神领域。当未来社会的诸多不确定形态让我们困惑时，不同代际的作家也应相信，那同时到来的一定还有蓬勃的更有意义的可能。我还想，假如有一天智能社会和机器人完全取代了文学和我们，取代了“十年树木”的文学之林，文学生态甚至大自然生态完全被智能“合成”，那时的文学也会像1997年，当法国海军停止使用莫尔斯电码时发出那最后一条消息，那最后一条消息是：“所有人注意：这是我们在永远沉寂之前最后的一声呐喊！”

值得庆幸的是，东亚三国文学论坛十年，让我们不曾沉寂，让我们仍然能够站在这里言说文学的诸多可能，这是时间珍贵的馈赠，是在场的每一位对时间的联合贡献，也期待这是文学的好消息。

谢谢大家！

此文为作者2018年9月28日在韩国首尔举办的第四届韩中日东亚文学论坛上的主旨演讲。

在香港作联成立30周年庆典仪式上的致辞

（2018年11月2日）

中国文联主席、中国作协主席　铁　凝

尊敬的杨健副主任，
尊敬的刘江华局长，
尊敬的筹委会主任贝钧奇先生，
尊敬的潘耀明先生，
尊敬的陶然先生，
香港作联理事会成员和各位会员，
各位来宾、朋友们：

大家晚上好！

1988年，31位作家发起成立了香港作家联会，从那时起，香港作联走过了30年的长路，这是一条坎坷艰辛的路，更是一条铭刻着跋涉者们的信念、热情、辛劳和荣耀的路，当年的31位作家，有的今晚就坐在我们中间，这个美好的夜晚首先是属于你们的，我代表中国作家协会向你们致以崇高的敬意！感谢你们为香港文学、为中国文学、为世界华文文学所做的杰出贡献；向潘耀明会长、陶然执行会长和香港作联的所有会员朋友们表示热烈的祝贺！

在这样的时刻，我们深切怀念曾敏之先生和刘以鬯先生，他们是作联的首倡者，也曾是作联的引路人。30年前，先生们成立作联，是为了什么呢？我想，他们是为了让香港作家们有一个共同的家，共同推动香港文学的繁荣。同时，前辈们目光深邃而远大，他们在1988年看到了1997年，看到了随着改革开放和香港回归而展开的壮阔的历史前景。30年来，在历任会长和执行会长的领导下，香港作联不仅为香港社会的团结稳定和香港文学的繁荣做出了重要贡献，而且成为在中国内地、在香港、在台湾、在澳门，在世界各地，用中文写作、深爱着我们共同的语言和传统的作家们相互交流的桥梁。

我第一次来香港是在1987年，在那一次结识了潘耀明先生，至今我们已有30多年的友谊。1998年，为庆祝香港作联成立10周年，我随中国作协代表团第二次来香港，团长是邓友梅先生。也就是在那一次，我第一次见到了我所崇敬的金庸先生、曾敏之先生、刘以鬯先生，同时也结识了其他很多香港作家朋友。金庸先生盛情款待，邀请我们到他家中一起喝下午茶。给我印象尤为深刻的是，第二天在庆祝香港作联成立10周年的庆祝会上，金庸先生特意告诉我，他昨晚连夜看了我的一部长篇，他对这小说讲了很多肯定的话，他说文坛要重视对年轻人的扶持，当时尚属年轻的我，深受鼓舞。时间已经过去很久，但是，香港作联的朋友们给我的印象不可磨灭，无论在河北作协还是在中国作协，在工作中，我经常会想起你们，什么是作家的家，什么是文学的共同体，30年年复一年，你们对此做出了最好的诠释。同时，我也不能忘记，正是在你们中间，我那么强烈地感受到中国文学的宽阔、多元和充沛活力，从南到北、从东到西，从我所在的华北平原，到维多利亚港湾，无数的写作者的探索和创造使得中国文学如中国的大地一般丰盛多姿，而每一位写作者都会从这多姿多彩中获得激励和滋养。为此，我要向香港的作家们致谢和致敬，向我所尊敬的中国作协名誉副主席金庸先生致谢和致敬，向潘耀明先生、陶然先生和香港作联的各位理事、监事和工作人员致敬！

时隔多年，再次来到香港，庆祝香港作联成立30周年，一路上我的心中不时回响着一首歌的旋律，——在内地，年轻人常说，你喜欢什么歌就会暴露你的年龄，好吧，我也暴露一下年龄，我想到的是罗大佑写于1991年的那首《东方之珠》：

月儿弯弯的海港
月色深深，灯火闪亮
东方之珠，整夜未眠，
守着沧海桑田变换的诺言
让海风吹拂了五千年，
每一滴泪珠仿佛都说出你的尊严
让海潮伴我来保佑你
请别忘记我永远不变黄色的脸……

2018年，中国迎来了改革开放40周年，而就在上个月，港珠澳大桥正式开通，这是一座举世无双的宏伟的桥，它的开通象征着中国面向未来、改革开放的雄心壮志，也预示着香港这颗明珠必将在中华民族伟大复兴的新时代更加明亮，香港文学必将在中国文学的星河中绽放出更加璀璨的光芒！

最后，我提议，为了香港文学的繁荣、为了香港作联的兴旺、为了朋友们的幸福安康，干杯！

谢谢！

在第三届中国文学博鳌论坛上的致辞

（2018 年 11 月 27 日）

中国文联主席、中国作协主席　铁　凝

各位来宾，朋友们：

大家早上好！

由中国作家协会主办的中国文学博鳌论坛现在开幕。2015 年，中国作协设立了中国文学博鳌论坛，到今年，已经是第三届了。我们创办这一论坛的初衷是，搭建文学批评与文学创作对话的平台，邀请来自全国各地的作家、评论家、文学组织工作者，着眼于中国文学的全局，探讨问题，凝聚共识，共同推动文学的繁荣发展。三年来，博鳌论坛已经成为作家、评论家“围炉夜话”的场所，当然这里温暖如春，并没有炉火，但一年一度，有这么两三天时间，伴随着南海的涛声，安静地、深入地谈谈文学，我想这对我们大家都是美好的记忆。

今天，我们再一次在海滨相聚。首先，请允许我代表中国作家协会，向出席论坛的各位作家、评论家、各地作协的负责同志，致以诚挚的问候！中国文学博鳌论坛由海南省作家协会协办，得到了中共海南省委的大力支持，今天，中共海南省委常委、宣传部部长肖莺子同志专程赶来出席开幕式，充分体现了对文学繁荣发展的高度重视；海南省文联、省作协的同志们为了论坛的成功举办付出了辛勤劳动，为此，请接受我的由衷感谢和敬意！

今年，适逢改革开放四十周年，也是海南建省办经济特区三十周年，我们在此举办中国文学博鳌论坛，有着非同寻常的意义。今年 4 月，习近平总书记视察海南，并在庆祝海南建省办经济特区三十周年大会上发表了重要讲话。就在上个月，国务院批准设立中国（海南）自由贸易试验区，赋予海南经济特区改革开放的新使命。建设海南自贸试验区是习近平总书记亲自谋划、部署、推动的重大国家战略，是党中央、国务院着眼于国际国内发展大局，深入研究、统筹考虑、科学谋划作出的重大决策，是彰显我国扩大对外开放、积极推动经济全球化决心的重大举措。这意味着，在而立之年，海南再一次站在了中国改革开放的前沿，自由贸易试验区将成为新时代改革开放的新高地。此时此刻，站在美丽的海岛上，我们听到了新时代的脉搏强劲跳动，我们看到改革开放再出发的大潮汹涌澎湃，我们看到海南人民正和全中国人民一道满怀信心地迎接海阔天空的未来。今天，在庆祝改革开放四十周年的热烈氛围中，我们在这里聚会，是为了回顾改革开放四十年来中国文学的发展历程；更重要的是，站在这片热土上，我们将展望中国文学在新时代的壮丽前景。

今天在座的有很多老朋友，我们都是中国改革开放的亲历者。1978 年 12 月召开的党的十一届三中全会，开启了中国人民由站起来到富起来的伟大飞跃，也带来了中国文学的盛大春天。中国文学以强烈的担当精神，反映人民的心声，呼应社会的变革，站到了一个时代的前沿，既有力推动着人们解放思想、更新观念，同时也勇敢地为自身开拓着创新发展的广阔天地。四十年后的今天，我们对那些在历史转折时刻筚路蓝缕，为中国文学开辟道路的前辈和同行充满了敬意，对四十年来以艰苦卓绝的努力攀登文学的高峰，为这伟大时代留下不可磨灭的丰碑的作家们充满了敬意！每一位文学工作者，无论是作家还是批评家，无论是编辑家还是翻译家还是文学组织工作者，他们四十年来的辛勤耕耘和创造，都造就了文学的良辰美景和璀璨星空，回顾四十年，我们对中国文学走过的道路充满骄傲和自豪！我们更为这个中国人民创造震古烁今的光辉业绩的伟大时代充满骄傲和自豪！

改革开放是改变中国命运的关键一招，它对每一个中国人、对中国文学的影响无远弗届。它雕刻了我们每一个人的表情、神态，塑造了我们的思想、感情，当然也决定了我们每个人的命运。我曾不止一次听到我们的作家在回顾创作生涯时谈到改革开放。有的朋友说，我们这一代人非常幸运，遇上了改革开放。我们是亲历者，是见证者，我们是改革开放的成果。还有的朋友说，如果没有改革开放，也不会有我这样一个作家。我想，这应该是我们大家的共同感受。在改革开放的大潮中，很多人在敞开的机会中获得了书写和表达的天地，每一个作家都在探索和汲取对个人、对文学、对生活与世界的新的认识、新的表达方式，中国文学的创造力尽情迸发，丰富多样的殊声异响汇聚成波涛汹涌的大河。

朋友们，回顾四十年，我们心潮澎湃——四十年来我们亲身经历的中国的巨大变革刻骨铭心；四十年来中国文学的变革和繁荣历历在目。近一段时间，我们已经读到了许多文章，梳理与总结，回顾与展望。中国特色社会主义文学四十年之丰盛之阔大，可能很多篇文章都无法一一尽书。我想，要概括出提纲挈领的一句话，那就是，以人民为中心，与时代同行，这是中国特色社会主义文学四十年繁荣发展的根本经验，更是中国文学在新时代创造更大辉煌的根本道路。

历史前进浩浩荡荡，中国改革开放事业取得巨大成就，中国特色社会主义进入新时代。正如习近平总书记在十九大报告中所说，这意味着近代以来久经磨难的中华民族迎来了从站起来、富起来到强起来的伟大飞跃，迎来了实现中华民族伟大复兴的光明前景；意味着科学社会主义在二十一世纪的中国焕发出强大生机活力，在世界上高高举起了中国特色社会主义伟大旗帜；意味着中国特色社会主义道路、理论、制度、文化不断发展，给世界上那些既希望加快发展又希望保持自身独立性的国家和民族提供了全新选择，为解决人类问题贡献了中国智慧和中国方案。

——我们正处在一个新的史诗般的时代，这是中华民族在新的考验和挑战中为自己创造光明未来的时代；也是这个民族中的每一个个体，历经各种各样的矛盾、悲欢、坚持和奋斗，为自己创造美好生活的时代。对文学来说，这也是它的基本生态、它的传播和接受条件正在和将要发生巨大的、革命性变革的时代，我相信，再过四十年，到本世纪中叶，那时如果人们回顾今天，一定会和今天一样，满怀沧海桑田的感叹。而我们，站在新的历史起点上，也和四十年前一样，怀着对未来的期冀，承担着历史的责任，中国文学必将坚持现代以来的初心、坚持新时期以来的初心，与人民一道前进，在时代的变革和发展中获得不竭的生机和活力！

以人民为中心，与时代同行，对此，很多作家、理论家、批评家朋友们已经做了深入的思考，这是与时俱进的理论课题，更有待于每一个作家在创作中不懈探索，这既要体现在作品中，又是作家主体的自觉建构。本次论坛上也会就此进行深入的探讨，在这里，我简要地谈两点感想。

第一点，是塑造新人。我们都意识到时代和生活正在发生巨大变化，文学如何反映这种变化，我想，至关重要的一点，是塑造“新人”。“新人”的“新”，不仅是生活和工作形态的新，也不仅是社会身份的新，更重要的是精神上的新，是新的精神气质、新的生命追求，是对自我、对生活、对中国与世界的新的认识和新的想象，以及由此而来的新的行动与实践。这样的“新人”当然不是刻意的标新立异，而是在社会的整体结构中和时代的总体运动中获得自己的根基和方向，他是现实的，又是向着未来的，他不回避矛盾，而是在社会生活和思想观念的矛盾中淬炼自己，他的身上由此体现着新的时代精神。展望新时代的文学，我想，我们大家所期待的正是这样的“新人”。

第二点，是大胆创新。创新不仅是文学的内在要求，也是时代的、广大读者的迫切要求。习近平总书记在宣传思想工作会议上的讲话中指出，“我国文化供给的主要矛盾已经不是缺不缺、够不够的问题，而是好不好、精不精的问题。”怎样衡量好不好、精不精，归根结底要看能不能更好地满足人民群众对美好精神文化生活的新期待。表现新时代、塑造新人、满足人民的新期待，都离不开思想上和艺术上的大胆创新。当然，创新就是向着未知、向着不熟悉的区域的探索，它本身就蕴含着风险，也可能一时不为大家所理解。我们要形成鼓励创新的氛围，也要包容创新中的失误。当然，鼓励和包容，与严肃的批评、探讨并不矛盾。四十年来，中国文学的每一点进步，都离不开创作与理论批评之间的对话。在对话中，我们共同关心和思考的问题才会不断深入，才会打开不同的视野，看到更多的风景。

各位朋友，回顾四十年，展望新时代，我们对中国文学的未来充满信心。在习近平新时代中国特色社会主义思想的指引下，中国人民正在向着实现中华民族伟大复兴的壮丽前景团结奋进，中国的文学必定在这伟大历史进程中焕发更加绚烂的光彩，登上风光无限的新的高峰！

谢谢大家！

在深入学习贯彻党的十九大精神专题研修班上的讲话

（2018 年 1 月 15 日）

中国作协党组书记、副主席　钱小芊

同志们：

这次深入学习贯彻党的十九大精神专题研修班，是中国作协党组学习贯彻党的十九大精神的一项重要安排。参加专题研修班的有：各省区市作协和新疆生产建设兵团作协、延边作协党组主要负责同志，包括隶属文联管理的省级作协文联党组分管领导，各行业作协主要负责同志，中国作协各单位各部门主要负责人。在专题研修班的两天时间里，我们要围绕深入学习贯彻党的十九大精神，认真研究在文学工作、作协工作中深入贯彻党的十九大精神的思路举措。今天上午是开班式，下面，我主要讲四个问题。

一、深入学习贯彻党的十九大精神和习近平新时代中国特色社会主义思想

党的十九大是在我国全面建成小康社会决胜阶段、中国特色社会主义进入新时代的关键时期召开的一次十分重要的大会，是不忘初心、牢记使命、高举旗帜、团结奋进的大会。大会取得的一系列重要成果，在我们党和国家发展历史上具有划时代的里程碑意义。认真学习宣传贯彻党的十九大精神，是当前和今后一个时期的首要政治任务，事关党和国家工作全局，事关中国特色社会主义事业长远发展，事关最广大人民群众根本利益，对于全党坚定“四个自信”、增强“四个意识”，更好地团结带领全国各族人民在以习近平同志为核心的党中央领导下，高举中国特色社会主义伟大旗帜，为决胜全面建成小康社会、夺取新时代中国特色社会主义伟大胜利、实现中华民族伟大复兴中国梦、实现人民对美好生活向往继续奋斗，具有重大现实意义和深远历史意义。党的十九大精神，内容十分丰富、思想非常深刻，涉及改革发展稳定、内政外交国防、治党治国治军各个方面。我们要全面学习领会党的十九大精神，

深刻把握党的十九大的主题，习近平新时代中国特色社会主义思想的历史地位和丰富内涵，过去五年的历史性成就和历史性变革，中国特色社会主义进入新时代，我国社会主要矛盾的变化，新时代中国共产党的历史使命，新时代中国特色社会主义发展的战略安排，经济建设、政治建设、文化建设、社会建设、生态文明建设的重大部署以及坚定文化自信、推动社会主义文化繁荣兴盛的新任务，新时代党的建设总要求，自觉把思想和行动统一到党的十九大精神上来。

党的十九大把习近平新时代中国特色社会主义思想确立为我们党必须长期坚持的指导思想，这是党的十九大最重要的历史性贡献。习近平新时代中国特色社会主义思想是十九大的灵魂，是我们把握十九大精神的“纲”。抓好十九大精神的学习宣传贯彻，关键要学习好、宣传好、贯彻好习近平新时代中国特色社会主义思想，并以此为主线。所有工作都要向这条主线聚焦，而不能脱离和偏离这条主线。

我们必须准确把握习近平新时代中国特色社会主义思想的精髓要义，深刻理解习近平新时代中国特色社会主义思想的历史地位和丰富内涵。一是要全面深刻认识将习近平新时代中国特色社会主义思想确立为党的指导思想的重大意义。十九大报告明确指出，习近平新时代中国特色社会主义思想是马克思主义中国化的最新成果，是党和人民实践经验与集体智慧的结晶，是中国特色社会主义理论体系的重要组成部分，是全党全国人民为实现中华民族伟大复兴而奋斗的行动指南，必须长期坚持并不断发展。这个历史定位，明确了这一重要思想与党的理论创新成果既一脉相承又与时俱进的关系，反映了党的十八大以来党在理论创新、实践创新、制度创新上实现的新飞跃及其对坚持和发展中国特色社会主义的重大意义，突出了这一重要思想在马克思主义中国化进程中的时代意义和时代特色，必将对进行伟大斗争、建设伟大工程、推进伟大事业、实现伟大梦想产生巨大指导作用。二是要全面深刻认识习近平新时代中国特色社会主义思想的历史贡献。习近平新时代中国特色社会主义思想，从理论和实践结合上系统回答了新时代坚持和发展什么样的中国特色社会主义、怎样坚持和发展中国特色社会主义这个重大时代课题，回答了新时代坚持和发展中国特色社会主义的总目标、总任务、总体布局、战略布局和发展方向、发展方式、发展动力、战略步骤、外部条件、政治保证等基本问题，以全新的视野深化了对共产党执政规律、社会主义建设规律、人类社会发展规律的认识，开辟了马克思主义新境界，开辟了中国特色社会主义新境界。三是要全面深刻认识习近平新时代中国特色社会主义思想的丰富内涵。党的十九大报告把习近平新时代中国特色社会主义思想概括为“八个明确”“十四个坚持”。这是习近平新时代中国特色社会主义思想的“四梁八柱”，其中，“八个明确”是指导思想层面的表述，“十四个坚持”是行动纲领层面的内容，称之为新时代中国特色社会主义基本方略。我们要结合党的十八大以来取得的历史性成就、发生的历史性变革来深刻理解把握，结合党的十八大以来的理论创新、实践创新、制度创新的成果和习近平新时代中国特色社会主义思想发挥的重要指导作用来深刻理解把握。

新时代是党的十九大报告的一个重要关键词，也是党的十九大报告振奋人心、鼓舞人心的重要内容。中国特色社会主义进入了新时代，这是几十年来我国社会主义建设的重要成果，是我国社会主义建设新的发展阶段，具有新时代新阶段的许多特点特征。新时代是两个百年奋斗目标的交汇期，是我们国家从站起来、富起来到强起来的历史跨越，是全面建成小康社会到建设社会主义现代化强国的历史跨越。我国社会主要矛盾发生重大深刻变化，是进入新时代的重要依据。党的十九大指出，我国社会主要矛盾，已经转化为人民日益增长的美好生活需要和不平衡不充分的发展之间的矛盾，我国社会矛盾的变化是关系全局的历史性变化，对党和国家工作提出了许多新要求。与中国特色社会主义进入了新时代这一重大政治论断相联系，党的十九大制定了新的分两步走的战略安排。为了实现新时代新征程的奋斗目标，党的十九大对“五位一体”建设和党的建设进行了部署，提出了重要的方针、原则和要求。

党的十九大把中国特色社会主义文化提到了一个前所未有的高度。党的十九大通过的党章修正案，把中国特色社会主义文化同道路、理论、制度一道写进党章，强调这有利于深刻把握中国特色社会主义内涵，从“三个自信”到“四个自信”，反映了我们党对中国特色社会主义建设规律、发展规律的深刻认识和高度的文化自觉、文化担当。习近平总书记在党的十九大报告中强调了文化的地位和作用，指出文化兴国运兴，文化强民族强，没有文化繁荣兴盛，就没有中华民族伟大复兴。党的十九大报告充分肯定了党的十八大以来的文艺创作持续繁荣的成绩，提出并阐述了文艺繁荣发展的方针政策，作出了全面部署。社会主要矛盾的发展转化，为我国文化发展提供了更加广阔前景。人民对美好生活的向往，包括对美好的精神生活、文化生活的向往；发展的不平衡不充分，既包括了经济发展在地区间的不平衡，也包括经济发展与文化发展的不平衡和文化发展本身的不平衡、不充分，这进一步增强了我们坚持中国特色社会主义文化发展道路、推动中国特色社会主义文化繁荣发展、建设社会主义文化强国的责任感、使命感。

党中央高度重视学习、宣传、贯彻习近平新时代中国特色社会主义思想和党的十九大精神的工作，党的十九大之后提出了重要要求，作出了重要部署。中国作协党组书记处认真贯彻党中央的要求和部署，组织开展了一系列学习宣传贯彻活动。大家反映，与以往相比，这次学习宣传贯彻工作更加充分、更加广泛、更加扎实。这也体现了党的十八大以来我们工作面貌、工作状态和工作要求的新变化。但是，现在的学习宣传贯彻工作还是初步的。党中央提出，学习宣传贯彻习近平新时代中国特色社会主义思想和党的十九大精神，要在学懂、弄通、做实上下功夫。学懂是前提，要知其所以然，首先要知其然，努力掌握党的十九大的政治意义、历史意义、理论意义、实践意义；弄通，就是要有联系地而不是孤立地、系统地而不是零散地、全面地而不是片面地来理解，同学习马克思主义基本原理、同党的十八大以来推进“四个伟大”的实践、同把握党的十九大作出的各项战略部署贯通起来；做实，就是要同我们正在进行的伟大斗争结合起来，把自己摆进去、把职责摆进去、把工作摆进去，体现到思想作风、精神状态、能力素质上，武装头脑、指导实践、开创局面、推动工作。党中央提出，学习宣传贯彻党的十九大精神，要在往深里走、实里走、心里走上下功夫，推动深入人心；要注重采取理论和实践、历史和现实、当前和未来相结合的方法，提高政治站位、树立历史眼光、强化理论思维、增强大局观念、丰富知识素养、坚持问题导向。这些重要要求，我们要认真贯彻落实。

前不久，中央举办了新进中央委员、候补委员和省部级主要领导干部学习贯彻习近平新时代中国特色社会主义思想和党的十九大精神研讨班，习近平总书记作了重要讲话，提出并集中论述了坚持和发展中国特色社会主义要一以贯之、推进党的建设新的伟大工程要一以贯之、增强忧患意识防范风险挑战要一以贯之，富有深意，有很强的政治性、思想性和现实针对性，是党员领导干部特别是党政主要领导干部、高级领导干部必须认真领会、牢牢把握的，对我们深入理解和贯彻落实党的十九大精神，深入理解和把握习近平新时代中国特色社会主义思想，具有十分重大的指导意义。我们一定要在政治立场、政治方向、政治原则、政治道路上自觉同以习近平同志为核心的党中央保持高度一致，坚定自觉地把党的十九大精神落实到文学事业和作协工作的创新发展上。

二、全面深刻把握习近平文艺思想

习近平总书记在党的十九大报告中，对文化、文艺的地位与作用予以高度评价和充分肯定，专门论述了繁荣兴盛社会主义文艺。这些重要论述，连同习近平总书记在文艺工作座谈会和中国文联十大、中国作协九大开幕式上的重要讲话，系统地阐述了文艺在中国特色社会主义事业中的地位作用和重大使命，科学分析了文艺领域面临的新形势新情况新问题，系统回答了什么是中国特色社会主义文艺、怎样繁荣发展中国特色社会主义文艺等一系列根本问题。近年来，中国作协认真组织加强对习近平文艺思想的研究，举办每月一次的习近平文艺思想论坛，筹备成立习近平文艺思想研究中心，召开了习近平文艺思想理论座谈会。通过深入研究、反复领会，大家一致认为，习近平文艺思想，作为习近平新时代中国特色社会主义思想的重要组成部分，是繁荣发展新时代中国特色社会主义文艺的理论纲领和行动指南，为文学事业繁荣发展提供了根本遵循。做好新时代文艺工作、文学工作、作协工作，首先要学习、领会、贯彻好习近平文艺思想。

（一）全面深刻把握繁荣发展社会主义文艺与实现中华民族伟大复兴紧密相连。习近平总书记强调，文化是一个国家、一个民族的灵魂。文化自信是一个国家、一个民族发展中更基本、更深沉、更持久的力量。中国特色社会主义文化是激励全党全国各族人民奋勇前进的强大精神力量，举精神之旗、立精神支柱、建精神家园，都离不开文艺。文艺事业是党和人民的重要事业，文艺战线是党和人民的重要战线。实现中华民族伟大复兴的中国梦，必须高度重视和充分发挥文艺和文艺工作者的重要作用。这些重要论述，揭示了文艺作为精神力量在实现中华民族伟大复兴中不可或缺的历史地位和巨大作用，为新时代中国特色社会主义文艺的繁荣发展标定了历史方位，为我国文化事业、文艺事业、文学事业迈入新时代、开启新征程、迎接新挑战指明了前进方向。我们必须引导广大作家深刻认识文学事业肩负的历史责任，不忘初心，牢记使命，以强烈的文学自信、文学担当和奋发有为、只争朝夕的精神状态投身伟大实践，勇攀文学高峰。

（二）全面深刻把握文艺工作者的历史使命是反映时代。习近平总书记强调，文艺是时代前进的号角，一个时代有一个时代的文艺，一个时代有一个时代的精神。任何一个时代的经典文艺作品，都是那个时代社会生活和精神的写照，都具有那个时代的烙印和特征。实现“两个一百年”奋斗目标、实现中华民族伟大复兴的中国梦，文艺的作用不可替代，文艺工作者大有可为。这些重要论述，阐明了在站起来、富起来到强起来的伟大历史进程中，文学必须在场，必须反映时代。我们必须引导和鼓励广大作家站在新时代的高度，提高理解时代的能力，深刻认识我们已经进入新时代，我们的国家取得了历史性成就、发生了历史性变革，我们的人民正在进行着创造历史的伟大实践，把新起点、新征程、新使命、新理论体现到文学创作上。

（三）全面深刻把握坚持以人民为中心的创作导向。习近平总书记强调，人民是历史的创造者，是决定党和国家前途命运的根本力量。人民需要文艺，文艺也需要人民。文艺的一切创新，归根到底都直接或间接来源于人民。社会主义文艺是人民的文艺，必须坚持以人民为中心的创作导向，在深入生活、扎根人民中进行无愧于时代的文艺创造。这些重要论述，深刻回答了如何以人民为中心构建新时代中国特色社会主义文艺理论的重大问题，指明了新时代文艺活动实践的正确方向和道路。我们必须引导广大作家更加自觉更加主动更加扎实有效地深入生活扎根人民，真正在思想上、行动上、创作上解决好“我是谁、为了谁”的问题，不负时代召唤，不愧人民期待。

（四）全面深刻把握文艺工作者要把弘扬社会主义核心价值观作为根本任务。习近平总书记强调，文艺是铸造灵魂的工程，承担着以文化人、以文育人的职责。文艺工作者要把培育和弘扬社会主义核心价值观作为根本任务，高扬社会主义核心价值观的旗帜，把社会主义核心价值观生动活泼、活灵活现地体现在文艺创作之中，用栩栩如生的作品形象地告诉人们什么是应该肯定和赞扬的，什么是必须反对和否定的，做到春风化雨、润物无声。我们必须引导广大作家旗帜鲜明地唱响主旋律，讲品位、讲格调、讲责任，抵制低俗庸俗媚俗，严肃认真地考虑作品的社会效果。要加强思想积累、知识储备、情感投入、艺术准备，增强创新意识，提升文学原创力，推动文学创新。要加强人格修为，提高学养、涵养、修养，努力追求真才学、好德行、高品位，做到德艺双馨。

（五）全面深刻把握树立精品意识勇攀文学艺术高峰。习近平总书记指出，我国文艺园地百花竞放、硕果累累，呈现出繁荣发展的生动景象。同时也存在着有数量缺质量、有“高原”缺“高峰”的现象，存在着抄袭模仿、千篇一律等问题。这既是对广大作家和文学工作者的警醒，更是鞭策，包含着深刻的期望和殷切的重托。文艺精品是一个民族、一个国家、一个时代思想高度、精神品格、文化水平的集中反映，是文艺繁荣发展的重要标志。创造优秀作品是文艺工作的中心环节。我们必须引导广大作家把作品作为立身之本，把创作重心和焦点落在加强现实题材创作上，坚持思想精深、艺术精湛、制作精良，推出更多讴歌党、讴歌祖国、讴歌人民、讴歌英雄的精品力作，推出更多能够温润心灵、启迪心智，传得开、留得下，为人民群众所喜爱的优秀作品。

（六）全面深刻把握文学艺术要把社会效益放在首位、实现社会效益和经济效益相统一。习近平总书记强调，一部好的作品，应该是经得起人民评价、专家评价、市场检验的作品，应该是把社会效益放在首位，同时也应该是社会效益和经济效益相统一的作品。同社会效益相比，经济效益是第二位的，当两个效益、两种价值发生矛盾时，经济效益要服从社会效益，市场价值要服从社会价值。这些重要论述，深刻阐述了在市场经济条件下，文艺创作与市场的关系、两个效益的关系、义利关系。我们必须引导广大作家和文学工作者坚持马克思主义，牢固树立共产主义远大理想和中国特色社会主义共同理想，不在市场经济大潮中迷失方向，不在为什么人的问题上发生偏差。要始终把社会效益放在首位，经济效益服从社会效益，市场价值服从社会价值。

（七）全面深刻把握有关克服浮躁、抵制各种不良倾向的论述。习近平总书记强调，广大作家艺术家应该成为时代风气的先觉者、先行者、先倡者，要让目光再广大一些、再深远一些，向着人类最先进的方面注目，向着人类精神世界的最深处探寻。要志存高远，淡泊明志，宁静致远，力戒浮躁，静下心来，精益求精搞创作。要坚持百花齐放、百家争鸣的方针，发扬学术民主、艺术民主，营造积极健康、宽松和谐的氛围，提倡不同观点和学派充分讨论，提倡体裁、题材、形式、手段充分发展，推动观念、内容、风格、流派切磋互鉴。这些重要论述，对文艺工作者思想境界、艺术追求、创作态度、创新创造提出了明确要求，针对文艺创作的现实状况提出了具有很强理论性、政策性、实践性、指导性的要求。我们必须引导广大作家和文学工作者努力克服“浮躁”痼疾，坚决反对粗制滥造、追名逐利等不正之风，努力营造清朗积极、昂扬向上的文坛风气。

（八）全面深刻把握发挥文艺批评褒优贬劣、激浊扬清的导向作用。习近平总书记强调，文艺批评是文艺创作的一面镜子、一剂良药，是引导创作、多出精品、提高审美、引领风尚的重要力量。文艺批评要的就是批评，要褒优贬劣、激浊扬清，打磨好批评这把“利器”，把好文艺批评的方向盘，运用历史的、人民的、艺术的、美学的观点评判和鉴赏作品。这些重要论述，深刻阐述了创作与批评的关系，明确了文艺批评的取向，丰富了马克思主义文艺批评理论的内涵。习近平总书记谈文艺批评的时候，并不是单单品评作家作品，还着眼于引领社会风尚、提高人民文化素质。同时，他还强调不要以外国人的标准来看中国的审美。我们必须认真贯彻落实习近平总书记关于文艺批评的要求，站在我们文化本位立场上开展批评，积极构建本土文艺批评话语体系。要发挥好文学理论评论和文学评奖的示范导向作用，聚焦作品质量，聚力创作繁荣。

（九）全面深刻把握讲好中国故事传播好中国声音。习近平总书记强调，文艺是世界语言，国际社会想了解中国，文艺是最好的交流方式，发挥着不可替代的作用。文艺工作者要讲好中国故事、传播好中国声音、阐发中国精神、展现中国风貌，让外国民众通过欣赏中国作家艺术家的作品，加深对中华文化的认识、增进对中国的了解。这些重要论述，深刻阐述了文艺在增进国际交流、推动中华文化走出去中的作用，体现了习近平文艺思想的世界眼光、开放视野和构建人类命运共同体的博大胸怀。我们必须引导广大作家始终不渝地保持文化自信和民族自豪感，继承弘扬中华优秀传统文化、革命文化和社会主义先进文化的传统，积极实现创造性转化、创新性发展，创作出更多具有中国特色、中国气派、中国风格的优秀作品，不断扩大我国文化在世界范围的影响。

（十）全面深刻把握加强和改善党对文艺工作的领导。习近平总书记强调，党的领导是社会主义文艺发展的根本保证，要加强和改进党对文艺工作的领导。要深化改革，加强引领，加强联络，增强本领，加强沟通，把文艺战线的力量发动起来，把人民群众中蕴藏的创作能量激发出来，推动文艺事业呈现百花齐放的繁荣景象。习近平总书记指出，加强和改进党对文艺工作的领导，要把握住两条：一是要紧紧依靠广大文艺工作者，二是要尊重和遵循文艺规律。这些重要论述，深刻阐述了加强党的领导与推进文学事业和作协工作发展的关系。广大文学工作者必须牢固树立“四个意识”，坚决维护党中央权威和集中统一领导，不断增强作协工作的政治性、先进性、群众性，把广大作家更加广泛、更加紧密地团结在以习近平同志为核心的党中央周围，把作协建设成作家和文学工作者的温馨家园。

学习贯彻习近平文艺思想，学习领会是重要基础。对习近平文艺思想，我们现在所作的概括梳理是否全面、准确，请大家讨论，提出意见，从而一起来学习领会和贯彻落实好习近平文艺思想。进入新时代，担负新使命，谱写新史诗，我们必须把习近平文艺思想学习好、贯彻好，推动文学工作和作协工作。

三、学习贯彻全国宣传部部长会议精神

今年的全国宣传部部长会议，是党的十九大召开后的第一次宣传部部长会议，是深入学习贯彻习近平新时代中国特色社会主义思想和党的十九大精神在宣传思想文化工作的展开，是开创宣传思想文化工作新局面的一次重要会议。王沪宁同志出席会议并发表重要讲话。黄

坤明同志作了工作部署，会议讨论了今年宣传思想文化工作要点。会议的基本情况，新华社、中央电视台做了报道，这里我从六个方面传达会议的主要精神。

（一）今年宣传思想文化工作总的要求和重点任务。会议明确，今年宣传思想文化工作总的要求是：坚持以习近平新时代中国特色社会主义思想为指导，切实增强政治意识、大局意识、核心意识、看齐意识，紧紧围绕学习宣传贯彻党的十九大精神这条主线，着力推动习近平新时代中国特色社会主义思想深入人心，着力建设具有强大凝聚力和引领力的社会主义意识形态，着力提高新闻舆论传播力引导力影响力公信力，着力培育和践行社会主义核心价值观，着力推动社会主义文艺繁荣发展，着力推动文化事业和文化产业发展，着力提高国家文化软实力，着力加强宣传思想文化战线党的建设，为在新的历史起点上进行伟大斗争、建设伟大工程、推进伟大事业、实现伟大梦想提供坚强思想保证和强大精神力量。重点任务是：紧扣“一条主线”，做大做强“两论”，厚植厚培“两文”，抓牢“一个加强”。“一条主线”就是深入学习宣传贯彻习近平新时代中国特色社会主义思想和党的十九大精神；“两论”就是理论工作和舆论工作；“两文”就是文化繁荣发展和精神文明建设；“一个加强”就是加强党对意识形态工作的全面领导。

（二）全面深刻把握习近平总书记关于宣传思想文化工作的重要思想。习近平总书记在一系列重要讲话中，深刻阐明了宣传思想文化工作的地位作用、目标任务、职责使命和实践要求，深刻回答了一系列方向性、全局性、战略性重大问题，把我们党对宣传思想文化工作的规律性认识提升到了一个新的高度，为做好宣传思想文化工作指明了方向，提供了根本遵循。王沪宁同志将总书记关于宣传思想文化工作的重要思想梳理为九个方面的内容：一是关于坚定文化自信，坚持中国特色社会主义文化发展道路；二是关于切实做好意识形态工作，增强意识形态领域主导权和话语权；三是关于坚持以马克思主义为指导，不断推进实践基础上的理论创新；四是关于做好党的新闻舆论工作，提高新闻舆论传播力引导力影响力公信力；五是关于培育和践行社会主义核心价值观，更好构筑中国精神、中国价值、中国力量；六是关于坚持以人民为中心的创作导向，繁荣发展社会主义文艺；七是关于加强互联网建设管理运用，营造清朗的网络空间；八是关于讲好中国故事、传播好中国声音，展现真实、立体、全面的中国；九是关于推进工作改进创新，不断打开宣传思想文化工作新局面。以上九个方面，每个方面都有非常丰富的内容，非常深刻的论述，为做好宣传思想文化工作指明了方向、提供了遵循，我们要认真学习，深刻领会，切实贯彻落实。

（三）推动习近平新时代中国特色社会主义思想深入人心。会议指出，坚持用习近平新时代中国特色社会主义思想武装头脑，是党的十九大提出的重大战略任务，也是宣传思想文化战线必须肩负的重要政治责任，要求要在已有工作基础上，切实按照学懂、弄通、做实的要求，推动学习宣传贯彻工作不断往深里走、往实里走、往心里走。所有工作都要向学习宣传贯彻习近平新时代中国特色社会主义思想聚焦用力，推动全党全社会把这一重要思想作为主心骨、定盘星、度量衡，更好地用这一重要思想统领各项工作。一是持续抓好学习教育，坚持不懈用习近平新时代中国特色社会主义思想武装头脑；二是深化宣传阐释，让习近平新时代中国特色社会主义思想成为时代最强音；三是加强网上传播，扩大习近平新时代中国特色社会主义思想的有效覆盖；四是拓展方式手段，增强党的创新理论的吸引力和感染力。

（四）关于文化文艺发展的要求。会议强调，文化是一个国家、一个民族的灵魂，是人民的精神家园，要坚持“二为”方向、“双百”方针，坚持创造性转化、创新性发展，以内容建设为重点、以改革创新为动力、以提高国家文化软实力为目标，为人民提供更加丰富的精神食粮，扩大中华文化影响力。一是要把生产优秀作品作为文艺工作的中心环节，聚焦现实题材，围绕重要时间节点，加强规划指导和组织化推动，推出一批思想精深、艺术精湛、制作精良相统一的优秀作品。召开全国文艺创作工作座谈会。大力弘扬乌兰牧骑精神，深化拓展“深入生活、扎根人民”主题实践活动，把工作重点从组织活动转到健全机制、形成常态上来，推动解决创作浮躁、脱离大众等问题。进一步改进文艺评奖评论，树立讲品位讲格调讲责任、抵制低价庸俗媚俗的鲜明导向。深入实施中华优秀传统文化传承发展工程，开展国家文化公园试点。二是要坚持人民群众在文化创造发展中的主体地位，实施基层群众文化建设工程，完善公共文化服务体系，加大文化扶贫力度。三是要深化文化体制改革，坚持社会效益放在首位，社会效益与经济效益相统一，进一步完善文化管理体制，健全国有文化资产监管机构，推进国有文化企业公司制股份制改革；推动文化领域社会组织深化改革，清理山寨社团类组织机构；深化文化领域供给侧改革，着力解决“好不好”的问题。四是要增强中华文化国际影响力，着力用有影响的产品、有影响的载体，影响有影响的人，群策群力打造对外文化交流精品，紧紧围绕服务“一带一路”建设，推动交流平台、活动载体机制化常态化。会议还就培育践行社会主义核心价值观、实施公民道德建设工程和群众性精神文明创建等文明建设的重点工作进行了部署。

（五）牢牢掌握意识形态工作领导权。会议指出，意识形态领域是政治安全的前沿阵地，意识形态领域的斗争是没有硝烟的暗战。会议深刻分析了当前意识形态领域的复杂形势，要求我们要充分认识做好意识形态工作的极端重要性，增强政治自觉、思想自觉、行动自觉，履行和落实意识形态工作责任，着力做好稳预期、稳思想、稳人心的工作，把意识形态领域已有的良好态势守住，把扩大了的阵地继续拓展，建设具有强大凝聚力和引领力的社会主义意识形态。一是强化党性原则，牢牢掌握意识形态工作正确方向。二是坚持立破并举，增强意识形态领域主导权和话语权。三是突出重点，下大气力抓好网络意识形态工作。四是切实加强管理，确保意识形态阵地可管可控。

（六）加强党对宣传思想文化工作的全面领导。会议要求，各级党委要按照党的十九大提出的新时代党的建设的总要求，从维护党和国家政治安全、政权安全的高度，切实加强党对宣传思想文化工作的全面领导，抓好宣传思想文化战线党的建设，抓好干部和人才队伍建设，为做好新时代宣传思想文化工作提供有力保障。一是要以党的政治建设为统领。二是要全面落实管党治党主体责任。三是要坚持守土有责、守土尽责、守土负责。四是要提高做好宣传思想文化工作的本领。

这次全国宣传部部长会议十分重要，部署的工作、提出的要求体现了党的十九大精神、总书记关于宣传思想文化工作的指示、年度工作的特点，我们要紧密联系文学工作、作协工作实际，很好地学习和贯彻落实好全国宣传部部长会议精神。

四、认真做好2018年的文学工作、作协工作

2018年是贯彻党的十九大精神的开局之年，是改革开放40周年，是决胜全面建成小康社会、实施“十三五”规划承上启下的关键一年。我们要深入学习贯彻党的十九大精神，坚持以习近平新时代中国特色社会主义思想为指导，切实增强政治意识、大局意识、核心意识、看齐意识，紧紧围绕学习宣传贯彻党的十九大精神这条主线，着力推动新时代中国特色社会主义文学繁荣发展，按照全国宣传部部长会议的要求，不断开创文学工作、作协工作新局面。这里，我谈一些初步的思路和想法。

（一）在文学界进一步兴起学习宣传贯彻习近平新时代中国特色社会主义思想和党的十九大精神的热潮。一是继续运用多种形式宣传习近平新时代中国特色社会主义思想和党的十九大精神，在入脑入心和学懂弄通做实上下功夫，在融入创作实践、作协工作上下功夫。二是加强习近平新时代中国特色社会主义思想特别是文艺思想的深入学习研究，成立习近平文艺思想研究中心，推动学习宣传深入开展。三是文艺报、中国作家网和鲁迅文学院、中国现代文学馆要着力做好习近平新时代中国特色社会主义思想和党的十九大精神的宣传报道和教学研讨工作，营造浓厚深入学习贯彻的氛围。四是作协党组书记处要围绕学习贯彻习近平新时代中国特色社会主义思想和党的十九大精神，深入基层作协进行调研指导，推动整个作协的学习贯彻工作。

（二）坚持以人民为中心的创作导向，更好地组织引导广大作家深入生活、扎根人民。一是结合文学评论、评奖，加强引导，彰显导向，使深入生活、扎根人民的理念进一步在广大作家中成为普遍共识和共同追求。二是用好定点深入生活和主题实践活动等载体，为作家深入生活提供更多帮助。三是进一步做好“文学照亮生活”公益大讲堂等文学普及、文学服务工作，更有力地推动文学走进学校、走进社区、走进乡村、走进基层。

（三）加强文学创作的规划组织，推动精品创作和现实题材创作。一是加强现实题材创作，在今年的鲁迅文学奖评奖、重点作品扶持等工作中要鲜明、突出地体现这个导向。二是加强文学创作的组织规划，对重点作品扶持、定点深入生活、“深入生活、扎根人民”等进行统筹设计，不单纯强调数量，坚持质量优先，突出重点，改进重大题材创作工作，召开现

实题材创作座谈会。三是聚焦中国梦的时代主题，特别是围绕党和国家的重大战略部署，围绕重要时间节点，组织推动讴歌党、讴歌祖国、讴歌人民、讴歌英雄的文学创作。

（四）大力培育和践行社会主义核心价值观，坚持“三精”，倡导“三讲”，反对“三俗”，提升文学原创力。一是强化政治引领，牢牢把握社会主义文学工作的正确方向，把社会主义核心价值观体现在文学创作之中。二是加强和改进文学评论工作，进一步发挥好文学评论把方向、领风尚、出精品的重要作用。三是引导作家克服心浮气躁、急功近利、粗制滥造等错误倾向，着力提升作品的思想深度、精神高度、文化内涵、艺术价值。四是围绕培育造就高水平创作人才和德艺双馨的要求，加强和改进作家培训工作。五是发挥好文学工作者职业道德委员会等组织的作用，加强行业管理、行业自律。

（五）深化作协改革，增强政治性、先进性、群众性。一是确保如期实现改革任务。中国作协今年将按照中央的总体要求全面完成改革任务。省级作协也要积极推进改革，改革的重点不是精简机构，而是转变职能，克服不同程度存在的“三化”问题。二是按照工作重心下移、扩大联系、增强活力的要求，广泛团结联系新的文学群体，广泛联系青年作家、网络作家、体制外作家，扩大有效工作覆盖。三是召开全国青年作家创作会议，进一步加强对青年作家的团结、培养、引导、服务和管理。四是深化文学期刊改革，提高办刊质量，扩大发行量，推动中国作家网升级改造。五是抓紧推进新文学群体职称评定工作，以体制外作家为主，兼顾体制内作家。

（六）坚持党的领导，加强作协组织党的建设。一是按照中央的统一部署，深入开展“不忘初心、牢记使命”主题教育。二是进一步加强作协党的建设和党风廉政建设，坚决贯彻落实中央八项规定精神，坚决克服存在的形式主义、官僚主义的问题，营造风清气正的良好政治生态。三是加强意识形态阵地管理，落实管理责任。四是努力建设一支政治过硬、本领高强的作协干部队伍，严格遵守政治纪律和政治规矩，加强调查研究，不断提高做好文学工作、作协工作的本领。

同志们，当前正值岁末年初，各项工作都非常繁忙。我们要珍惜这两天专题研修的宝贵时间，发扬求真务实、认真钻研的精神，增强学习的主动性和针对性，深入思考，认真学习，积极参加讨论。讨论不做一般表态，不做工作汇报，要围绕主题，讲体会、讲意见、讲建议。要严格遵守学习纪律，不迟到、不早退、不请假，不请吃、不吃请，确保学习效果，确保有好的学习研修氛围。

在中国作协2018年全面从严治党工作会上的讲话

（2018年1月30日）

中国作协党组书记、副主席 钱小芊

同志们：

今天我们召开2018年中国作协全面从严治党工作会议，这是中国作协党组深入学习贯彻落实习近平新时代中国特色社会主义思想和党的十九大精神，贯彻落实党的十九届二中全会和十九届中央纪委二次全会精神的一次重要会议。

参加今天会议的有铁凝主席、党组书记处同志、各单位各部门副处长以上干部。中央纪委驻中宣部纪检组组长贾育林同志在百忙之中参加我们的会议，让我们以热烈的掌声表示欢迎。副组长罗明成同志、刘显辉同志、三室刘翔宇主任、徐鑫森同志也参加我们今天的会议，让我们以热烈的掌声一并表示欢迎。

今天会议主要有两项议程：一是由我对2017年工作进行总结，部署2018年的工作，二是贾育林同志讲话。

一年来，中国作协党组及基层各级党组织认真学习贯彻习近平新时代中国特色社会主义思想和党的十九大精神，坚持党要管党，狠抓全面从严治党两个责任、意识形态工作责任制和党建工作责任制落实，以落实巡视整改工作为着力点，不断推进中国作协全面从严治党工作，锲而不舍落实中央八项规定精神，为推动中国作协各项工作提供了坚实的思想保证、政治保证和组织保证。

总结去年的工作，有这样一些特点：

一、深入学习贯彻习近平新时代中国特色社会主义思想和党的十九大精神，坚定不移承担起团结引领广大作家和文学工作者听党话、跟党走的政治责任

中国作协党组把深入学习贯彻习近平新时代中国特色社会主义思想和党的十九大精神，

作为当前和今后一个时期首要的政治任务和头等重要的大事来抓。十九届一中全会闭幕后的第一天，我们就召开党组书记处扩大会议进行了传达学习，并在机关进行了传达学习。召开了中国作协第九届主席团第三次会议，传达学习党的十九大精神，向全国文学界发出了学习贯彻党的十九大精神的号召。我们组织召开了首都文学界、少数民族文学界、各专门委员会学习贯彻党的十九大精神座谈会，举办了3期局处级领导干部学习贯彻十九大精神培训班和省级作协、行业作协主要负责同志学习贯彻十九大精神专题研修班，通过读原著、学原文、悟原理，力求深刻领会党的十九大提出的新思想、新观点、新要求、新举措，力求深刻领会习近平新时代中国特色社会主义思想的理论精髓、核心要义和实践要求，力求深入贯彻落实习近平文艺思想，推动文学界学习贯彻党的十九大精神往实里走、往深里走、往心里走。

我们组织了党的十九大精神在基层作协的宣讲活动，铁凝主席、我和党组书记处其他成员以及十九大基层作家代表、部分著名作家评论家分赴云南、贵州、河南、浙江、广东、北京、宁夏、安徽、湖北、河北、四川、重庆等省级作协，并深入地市作协，向作家和文学工作者宣讲党的十九大精神。按照学懂弄通做实的要求，努力在把握主线、融会贯通上下功夫，努力在突出群团特色，增强针对性、有效性上下功夫，使广大作家和文学工作者更加自觉地在政治立场、政治方向、政治原则、政治道路上同以习近平同志为核心的党中央保持高度一致。

二、以完成政治巡视整改为突破口，压实全面从严治党的主体责任

2017年2月18日，中央巡视组向中国作协党组反馈了专项巡视情况的意见。中国作协党组从讲政治的高度，坚决履行整改主体责任，把承担起整改主体责任作为管党治党政治责任的具体要求、实践要求。我和班子成员坚决把自己摆进去，强化责任担当，带头落实整改。我们紧紧围绕坚持党对文艺工作的领导、加强党的建设和全面从严治党，列出了问题清单、任务清单和责任清单，确保整改可量化、可检查、可问责。对巡视反馈的问题，即知即改、立行立改、全面整改，做到了真认账、真反思、真整改、真负责。我作为巡视整改工作第一责任人，做到了对重要工作亲自部署、重大问题亲自过问、重点环节亲自协调、重要案件亲自督办，确保整改不走偏、不走样。

针对中央第六巡视组反馈意见时指出的3个方面9类问题和《关于在巡视中对中国作协党组意识形态工作责任制落实情况监督检查的报告》中指出的5个方面问题，通过二上二下，党组形成了《中国作家协会党组巡视整改工作方案》，梳理出57个问题，研究确定了173项整改措施。3月底前完成了53项。4月份按照中央要求，如期向中央报告并向社会公开了《中国作协党组关于巡视整改情况的通报》。年底前完成了41项中的37项，未完成的4项工作中有3项是作协深化改革方案中明确的任务，1项是党务干部培训，将于今年上半年完成。

需要长期坚持抓好落实的79项，都已进行部署并按照既定方案积极推进。

集中整改期间，党组召开了12次党组会，研究讨论的议题中，巡视整改的议题28个。我们先后7次召开各单位各部门负责人参加的会议，传达学习习近平总书记有关巡视工作的重要讲话和中央指示精神，就落实巡视整改工作进行部署，检查工作进展，提出明确要求。党组书记处同志按照职责分工，抓好工作职责内和分管单位的整改任务落实。去年，我两次要求机关纪委对集中整改以后的巡视整改工作情况进行了认真检查，并召开了党组书记处扩大会议进行专门讨论研究，我要求各单位各部门主要负责同志也要对照巡视整改方案经常回头看，确保各项整改任务的完成。

切实巩固和运用好巡视整改成果，着力在构建管党治党长效机制上下功夫、见实效，是摆在中国作协党组面前的重要政治任务。完成整改任务有时间要求，巩固整改成果没有休止符。我多次明确要求，对已完成的整改事项，机关纪委和集团纪委要加强监督检查，坚决防止问题反弹回潮；对一些需要长期整改的问题，要建立完善管长远治根本的有效制度，标本兼治，真正把从严管党治党要求融入巡视整改和作协工作全过程各方面。

三、以作风建设为着力点，深入贯彻落实中央八项规定精神

党组坚持巩固拓展群众路线教育实践活动、“三严三实”和“两学一做”学习教育的成果，始终将贯彻落实中央八项规定精神作为一项重要政治任务，摆在工作的突出位置，思想认识不断深化，行动自觉性、主动性显著增强。

坚持以人民为中心的工作导向，贴近基层、贴近群众，联系作家、专题调研的有关制度日趋完善，“深入生活、扎根人民”活动制度长效化初见成效。党组认真贯彻中央的有关要求，针对“四风”突出问题特别是形式主义、官僚主义新表现，先后两次修订完善贯彻落实中央八项规定的实施细则，印发了《中国作家协会党组书记处关于进一步贯彻落实中央八项规定精神加强作风建设的若干规定》，规范了各类评比、评奖、研讨会和诞辰纪念活动，严格执行出差、出访标准，改进文风会风和新闻报道，精简会议和文件简报，严格规范津补贴发放。党组责成机关纪委对机关和各单位贯彻落实中央八项规定精神情况进行了专题调研，对公车私用或私车公养、公款吃喝、公款旅游、公款购买白酒等进行了专项检查，紧盯领导干部这个“关键少数”，管住重要节日节点，要求各级领导干部带头严格遵守党章党纪党规，带头严格遵守廉洁从政的有关规定，自觉接受监督，以党组书记处的以身作则，努力推动顽症痼疾的解决，努力推动作协形成尊崇党章、维护党纪的自觉和习惯。去年以来，我还要求机关纪委对机关上下班作风进行治理，共随机抽查40多次，作风松懈、管理松弛现象得到明显改变。全年处置违反中央八项规定精神问题线索3起，给予党纪政纪处分3人，通报曝光3起。

四、坚持把纪律和规矩挺在前面，扎紧制度笼子和筑牢纪律防线

加强纪律建设是全面从严治党的治本之策。一年来，我们狠抓制度建设，把加强制度建设作为最可靠、最有效、最持久的治党方式，努力形成一整套用制度管权、按制度办事、靠制度管人的权力运行机制和工作推进机制。结合巡视整改，我们需要制定、修订的56项规章制度，目前都已全部完成。集团党委也修订完善了10项规章制度，做到了用有效的制度管人、管财、管物、管权。我们针对干部“不流动，流不动”、年轻干部缺乏基层工作经历和多岗位锻炼，以及干部选拔任用中的一些问题，出台了13项规章制度，全年共安排12名同志双向挂职，22人次交流轮岗。

我们要求中国作协党组书记处成员和各级党员领导干部发挥好模范遵守制度的表率作用，以自身的率先垂范，带出一个遵规守纪、团结向上的班子，带出一个令行禁止、纪律严明的队伍。同时加大制度执行和权力运行的监督检查力度，对有令不行、有禁不止的行为，发现一起、查处一起、追责一起，切实维护制度的严肃性和权威性。

我们不断加强对干部的教育、管理和监督，最大限度防止干部出问题。坚持运用监督执纪“四种形态”抓早抓小，把严明纪律作为重要抓手，进一步强化了日常监督管理，加大了谈话、函询、诫勉力度，让有反映的干部如实作出书面说明，有问题的讲清问题、认识错误，予以批评、及时纠正，对反映问题失实的及时予以澄清了结。把纪律挺在前面，对一些小毛病小问题早发现早处理，让“红红脸、出出汗”成为常态，使广大党员干部真切感受到党纪无处不在，体现了严管就是厚爱。全年开展提醒和批评教育11人次，函询谈话5人次，给予诫勉处分10人次。

我们保持管党治党的步伐不变、力度不减。结合中国作协实际，把查办违反政治纪律和政治规矩、组织纪律和违反中央八项规定精神的案件作为纪律审查工作的重点。全年机关纪委和集团纪委共自收信访举报14件，在驻中宣部纪检组和中直纪工委的领导指导下，我们逐件进行了认真核查。中央巡视组移交的处级以下干部8件问题线索，我们在规定的时间内做到了事事有着落，件件有回音。给予3名同志党纪政纪处分，诫勉谈话1人，谈话提醒5人，批评教育2人。集团纪委对1人因工作不力导致刊物停刊进行了问责，给予其党内警告处分。同时我们加强案件通报，深刻剖析党员干部违纪违法思想根源及其深刻教训，处理一个，教育一片，用身边事教育身边人，充分发挥纪律审查的警示教育作用，教育引导广大党员干部坚持高标准，守住底线，督促推动各级党组织和党员领导干部切实履行管党治党责任。

在2017年中国作协全面从严治党工作会议上，我们曾指出工作中存在的一些不容忽视的问题。通过一年来的工作，一些问题得到了较好的解决。但是，在肯定成绩的同时，我们也清醒地认识到，当前中国作协全面从严治党工作中还存在着一些亟待解决的问题。全面从严

治党压力传导还没传输到末梢，仍然存在上热中温下冷的现象；执行中央八项规定精神中的问题如不保持压力，仍有反弹的可能；“四风”问题尤其是形式主义在工作中时隐时现，仍然存在；有的基层党组织党内组织生活平淡化、走过场问题仍未得到彻底解决；对违规违纪问题的处理仍然存在偏轻偏软的问题。我们要高度重视这些问题，采取切实可行措施加以纠正和解决。

同志们，今年中国作协全面从严治党工作的总体要求是：高举中国特色社会主义伟大旗帜，以习近平新时代中国特色社会主义思想为指导，贯彻落实党的十九大战略部署，坚决维护习近平总书记在党中央和全党的核心地位，坚决维护党中央权威和集中统一领导，加强党对文学工作、作协工作的全面领导，坚持党要管党、全面从严治党，加强党的政治建设、思想建设、组织建设、作风建设、纪律建设和制度建设，牢牢把握意识形态工作的领导权，锲而不舍落实中央八项规定精神，持之以恒正风肃纪，建设一支对党忠诚、敢于担当、本领高强、清正廉洁的文学工作者队伍，以新气象新作为不断开创中国作协全面从严治党新局面。

第一、坚持用习近平新时代中国特色社会主义思想指导中国作协全面从严治党

中国作协党组、各级党组织和纪检组织要站在党和国家事业发展全局的高度，充分认识习近平新时代中国特色社会主义思想的政治意义、历史意义、理论意义和实践意义。党的十八大以来，习近平总书记以强烈的历史使命感、深沉的忧患意识、顽强的意志品质，推动全面从严治党不断向纵深发展，正本清源、拨正船头，保证全党沿着正确方向前进，推动党和国家事业取得历史性成就、发生历史性变革。在全面从严治党的实践中，习近平总书记提出了一系列新思想新观点新论断。习近平总书记关于全面从严治党的一系列重要论述，是习近平新时代中国特色社会主义思想的重要组成部分，是加强新时代全面从严治党工作的行动纲领和科学指南。我们一定要紧密结合正在做的文学工作，紧密结合中国作协全面从严治党工作的创新发展，把自己摆进去、把职责摆进去、把工作摆进去，不松劲、不停步、再出发，把习近平新时代中国特色社会主义思想学深学透，把党的十九大确立的全面从严治党的重要思想、重要观点、重大判断、重大举措学懂弄通，把全面从严治党的思路举措搞得更加科学、更加严密、更加有效，把管党治党的螺丝拧得更紧，切实把学习成效转化为增强“四个意识”、坚定“四个自信”的高度政治自觉，转化为认识问题、研究问题、解决问题的立场、态度和能力，一以贯之坚持和发展中国特色社会主义，一以贯之推进党的建设新的伟大工程，一以贯之增强忧患意识、防范风险挑战，使习近平新时代中国特色社会主义思想和党的十九大精神成为推动中国作协全面从严治党工作的强大思想武器。

第二、坚决落实意识形态工作责任制

作协党组、各级党组织和各级领导干部必须进一步认识到新时代意识形态工作的极端重

要性，认认真真贯彻落实好《党委（党组）意识形态工作责任制实施办法》，扎扎实实把《中国作家协会党组关于意识形态工作责任制实施细则》和《中国作家协会党组落实意识形态工作责任制考核办法》落到实处，不折不扣地贯彻中央关于意识形态工作的各项决策部署。要始终坚持党管宣传、党管媒体、党管意识形态原则，牢牢掌握意识形态工作的领导权主动权。旗帜鲜明地站在意识形态工作第一线，坚持政治家办报办刊办网，严格遵守党的政治纪律政治规矩、党的组织纪律宣传纪律，坚决反对历史虚无主义。进一步加强队伍和阵地管理，完善舆情、思潮、倾向的分析研判制度和机制，落实好编审发制度，密切关注网络意识形态安全，及时果断有效处置意识形态领域问题，不给任何错误思潮和错误言论提供传播渠道。要充分发挥网络作家中心作用，积极做好新兴文学群体的团结引导服务工作。要积极发挥文学工作者职业道德委员会的行业管理、行业自律作用，大力倡导文学工作者弘扬和践行社会主义核心价值观，遵纪守法、服务社会、乐于奉献，积极营造繁荣发展社会主义文学事业的良好政治生态。

第三、全面落实管党治党的主体责任

在十九届中央纪委二次全会上，习近平总书记明确指出，全面从严治党是统揽“四个伟大”的根本保证，全面从严治党必须持之以恒，毫不动摇。中国作协党组要按照习近平总书记的要求，坚持和加强党对文学工作和作协工作的全面领导，坚持以党的政治建设为统领，加强中国作协各级党组织建设，坚决维护习近平总书记在党中央和全党的核心地位，坚决维护党中央权威和集中统一领导，严格执行新形势下党内政治生活若干准则，坚持习近平总书记科学总结的全面从严治党的“六个统一”，坚持把党建工作和中心工作一起谋划、一起部署、一起落实、一起考核，切实担当好管党治党的政治责任。进一步加强领导班子建设，把信念坚定、为民服务、勤政务实、敢于担当、清正廉洁的好干部配齐到各级领导班子。各级领导干部都要承担起“一岗双责”，既要做抓业务的能手，更要做抓党建的好手，承担好分管领域的管党治党责任。作协党组、各级党组织和党员领导干部都要牢记自己的第一身份是党员，第一位的工作是为党工作，抓好党建是最大的政绩，要坚定理想信念，强化政治责任，全面增强本领，扎实改进作风，模范执行中央八项规定精神和实施细则，做到守土有责，守土负责，守土尽责。要加强党的基层组织建设，落实“三会一课”制度，加强党员的政治学习、政治教育和发挥先锋模范作用的教育，夯实基层基础。坚持用制度管人管事管阵地，坚决防止和反对个人主义、分散主义、自由主义、本位主义、好人主义，坚决防止和反对宗派主义、圈子文化、码头文化，坚决反对搞两面派、做两面人，把从严治党责任落实到所属每一个党组织、每一名党员干部，突出刚性约束，突出督办督查，突出追责问责，以“重装行装再出发”的精神状态、“永远在路上”的执着、“没有完成时”的韧劲，坚定不移地推进中国作协全面从严治党工作。

第四、建设一支忠诚干净担当的纪检队伍

面对管党治党的新形势新要求，结合中国作协深化改革工作，作协党组将进一步加强机关纪委建设，在人员编制十分紧张的情况下增加机关纪委人员编制。机关纪委和集团纪委要忠诚履行党章赋予的职责，紧紧围绕坚持党的领导、加强党的建设、全面从严治党、党风廉政建设和反腐败斗争，坚守职责定位，强化监督、铁面执纪、严肃问责。要把对党的十九大精神学习贯彻情况的监督检查作为今年的重点工作牢牢抓在手上，突出政治纪律、政治规矩，全面加强纪律建设和作风建设，坚决防止“四风”反弹回潮。

执纪者必先守纪，律人者必先律己。纪检机关是党内的“纪律部队”，肩负着维护党纪政纪的重要职责，其素质、能力和作风，直接关系到全面从严治党的成效。中国作协广大纪检干部要以更高的标准、更严的纪律要求自己，始终对党忠诚，扎实开展以学习实践习近平新时代中国特色社会主义思想为重点的“不忘初心，牢记使命”主题教育，带头坚定信念，带头担当作为，带头提高本领，带头锤炼作风，做到忠诚坚定、担当尽责、遵纪守法、清正廉洁。认真执行监督执纪工作规则，强化自我监督，自觉接受党内监督和群众监督。在中央纪委驻中宣部纪检组的领导、指导下，自觉把维护党的纪律作为重要政治责任，深化运用监督执纪“四种形态”，以钉钉子精神抓好中央八项规定和实施细则精神的贯彻落实，认真查找形式主义、官僚主义的新表现，紧盯享乐主义和奢靡之风新动向，强化日常监督执纪，严肃查处顶风违纪行为，对发生严重违纪问题的单位和个人严肃追责问责，以强有力的问责推动基层党组织落实管党治党责任，确保党和人民赋予的权力不被滥用、惩恶扬善的利剑永不蒙尘。

下面，请贾育林同志讲话，大家欢迎。

同志们，2017 年 8 月 29 日，贾育林组长亲自到中国作协调研，对加强和改进中国作协党风廉政建设和全面从严治党工作讲了五点意见。这之前，他还专门找我谈话，就加强中国作协及各报刊社网意识形态工作、落实工作责任提出了重要意见。刚才，他的讲话，站在管党从严、治党从严的高度，坚持问题导向，提出的问题一针见血，令人警醒，提出的要求明确具体，针对性、指导性、可操作性很强。我们要认真组织好贾育林同志讲话精神的传达学习，更好地把握工作方向，更好地把握工作着力点，更好地肩负起全面从严治党的两个责任。

同志们，新年伊始，我们就召开会议，专门部署中国作协全面从严治党和党风廉政建设工作，反映了党组对这项工作的高度重视。在新的一年里，我们要紧密团结在以习近平同志为核心的党中央周围，以习近平新时代中国特色社会主义思想为指导，全面贯彻党的十九大

精神，不忘初心，牢记使命，一以贯之、坚定不移把党风廉政建设和反腐败斗争引向深入，努力开创中国作协全面从严治党新局面，为促进社会主义文学的繁荣发展和作协各项任务的顺利完成做出新的更大的贡献。

新春佳节将至，我谨代表铁凝主席、中国作协党组书记处全体同志给大家拜个早年，祝大家身体健康、工作顺利、家庭幸福！

在中国作协九届三次全委会上的工作报告

（2018年5月9日）

中国作协党组书记、副主席　钱小芊

各位委员、同志们：

这次全委会的主要任务是，深入学习贯彻习近平新时代中国特色社会主义思想和党的十九大精神，认真贯彻落实全国宣传部部长会议精神，分析研究当前文学发展状况，总结中国作协2017年以来的工作，部署下一阶段的重点工作。

受中国作协书记处委托，现在，我向中国作协九届三次全委会报告中国作协2017年以来工作情况及下一阶段工作安排。请全体委员审议，并请列席会议的同志提出意见。

一、学习贯彻习近平新时代中国特色社会主义思想和党的十九大精神，文学事业和作协工作取得新进展

2017年以来，中国作协深入学习贯彻习近平新时代中国特色社会主义思想，学习贯彻党的十九大和十九届二中、三中全会精神，紧紧围绕党和国家工作大局，坚定不移地履行团结引领广大作家和文学工作者听党话、跟党走的政治责任，不断推动中国特色社会主义文学事业繁荣发展，各项工作取得新进展。

（一）深入学习贯彻习近平新时代中国特色社会主义思想和党的十九大精神

去年以来，我们把迎接党的十九大、学习宣传贯彻党的十九大精神作为各项工作的主题主线。组织举办党的十八大以来中国文学成就展、迎接党的十九大作品系列研讨和主题实践采访等活动，安排各报刊社网设立专版专栏，推出主题专辑和作品，全面报道和系统回顾党的十八大以来我国文学事业发展新气象新成就新变化，营造了良好氛围。

党的十九大召开后，我们把学习贯彻习近平新时代中国特色社会主义思想和党的十九大

精神作为首要政治任务。先后召开党组书记处扩大会议、中国作协九届主席团三次会议、省级作协和行业作协主要负责人专题研修班，对在作协系统和文学界学习贯彻习近平新时代中国特色社会主义思想和党的十九大精神进行了研究部署。召开机关党员干部大会、离退休干部会议和机关直属单位局处级干部、党务干部专题培训班，学习党的十九大精神。组织文学界学习贯彻党的十九大精神宣讲团，由中国作协主席、党组书记处同志和部分作家带队，到全国12个省区市作协进行宣讲，对地方作协学习情况进行调研。各地作协结合本地实际，组织开展了一系列学习宣讲活动。分别组织召开了首都文学界、少数民族文学界、网络文学界和各专门委员会的学习座谈会，引导广大作家和文学工作者把思想和行动统一到党的十九大精神上来。注重发挥《文艺报》、中国作家网及新媒体平台作用，开设专版专栏，专题报道党的十九大相关消息，刊登文学界深入学习贯彻的情况报道，刊登作家、评论家和文学工作者学习党的十九大精神的认识和体会，在文学界兴起学习宣传贯彻热潮。

党的十九届二中、三中全会召开后，我们组织了传达学习，推动在文学界形成尊崇宪法、学习宪法、遵守宪法、维护宪法、运用宪法的良好氛围；把深入学习领会深化党和国家机构改革的有关精神同深化中国作协改革结合起来，找准定位、明确要求，更好地发挥作协组织的桥梁纽带作用和在推进国家治理体系、治理能力现代化建设中的作用。

（二）不断深化习近平文艺思想的学习贯彻

我们始终把习近平文艺思想作为文学事业和作协工作的指导思想和引领旗帜，引导激励广大作家和文学工作者用习近平文艺思想武装头脑、指导实践、推动工作。党组书记处多次召开会议，研究部署深入学习贯彻习近平文艺思想的系列举措。铁凝主席和党组书记处同志在《人民日报》《求是》《学习时报》《文艺报》等发表学习体会文章，推动文学界对习近平文艺思想的学习贯彻。在省级作协和行业作协主要负责人专题研修班上，着重从全面深刻把握文艺工作者的历史使命、坚持以人民为中心的创作导向等10个方面阐释习近平文艺思想的科学理论体系，对学习贯彻习近平文艺思想作出具体部署。以“学习贯彻习近平文艺思想、牢固树立马克思主义文艺观”为主题，通过集中培训和分片培训相结合的方式，举办了27期培训研讨班，基本完成了为期两年的面向全体会员的专题培训。连续举办习近平文艺思想论坛，编选出版《习近平文艺思想研究》年刊（2017年卷），以习近平文艺思想引领理论评论和文学创作。鲁迅文学院加强习近平文艺思想教学研讨。《文艺报》开设专栏，编发了140余篇理论文章，深入阐发习近平文艺思想的科学体系和精神实质，不断把学习贯彻引向深入。

（三）持续开展“深入生活、扎根人民”主题实践活动

围绕重大主题和重要时间节点，组织百余名作家开展了为期两个月的“迎接党的十九

大”主题实践采访活动，还组织作家赴河北省塞罕坝林场开展了生态文明建设主题实践采访活动。建立“深入生活、扎根人民”经验交流和工作联系制度，自2017年起，每年召开一次主题实践活动经验交流暨全国创联工作联席会议，促进“深扎”活动有序有效开展。继续实施定点深入生活扶持项目，重点关注现实题材选题，2017年度共扶持90个创作选题，相关作品正陆续面世，内容涵盖经济、文化、社会、生态等多方面，重大题材、重点工程、重要典型得到突出呈现。继续开展“文学照亮生活”全民公益大讲堂活动，组织作家分赴基层举办讲座，在文学界和社会引起热烈反响。在中国作协及各地作协的倡导和组织下，大批作家踊跃深入边疆少数民族地区、革命老区、贫困地区以及改革开放前沿采访创作，推出了一批较好的现实题材作品，关注现实、反映现实成为创作的主潮，深入生活、扎根人民日益成为广大作家的自觉行动。

（四）进一步加强重点作品扶持和评论评奖工作

2017年以来，我们高度重视并不断加强文学创作的组织、引导、评论、评奖工作，取得了明显成效。一是认真抓好重点作品项目扶持工作，2017年度共资助76个重点项目，其中“迎接庆祝党的十九大胜利召开”主题专项8项，“中国梦”主题专项23项。二是召开全国重大文学题材创作规划暨创研工作会议，与中宣部有关部门合作举办了现实题材、历史题材作品创作出版培训班。三是加强现实题材创作的研究和引导，着力推动广大作家不断提高对时代和生活的认识把握能力，催生更多现实题材精品力作。四是以“贯彻落实党的十九大精神，创造新时代的新史诗”为主题，成功举办了第二届中国文学博鳌论坛，与会作家、评论家围绕中华民族伟大复兴的历史前景与中国特色社会主义文学的初心和使命，中国特色社会主义新时代与中华民族新史诗，坚定文化自信与弘扬中国精神等议题进行了深入探讨，取得了广泛共识，产生了积极影响。五是精心组织第十届全国优秀儿童文学奖评奖工作，评出18部获奖作品，这些作品代表了当前我国儿童文学创作的水平和成就，体现了儿童文学繁荣发展的良好态势，评奖工作受到文学界和社会舆论的好评。六是着力加强文学理论评论工作，重视发挥理论评论对创作的推动引导作用，文学批评的针对性、有效性进一步增强，说真话、讲道理的良好批评氛围正在形成。

（五）着力加强对新文学群体的团结引导

2017年以来，我们积极延伸工作手臂，采取了一系列措施，努力做好新文学群体联络、服务、引导工作。按照中国作协深化改革方案的要求，成立了中国作协网络文学中心，在浙江杭州成立中国作协网络文学研究院；支持各地作协加强网络文学服务组织工作，截至2017年底，全国共成立18家省级网络文学工作机构。网络文学的工作架构更加完备，系统化、组织化水平得到提高。积极发展网络作家会员，2017 年度新发展中国作协会员 507 人，其中网络作家 44 人，中国作协会员总数达到 11000 余人，其中网络作家 165 人。加强网络作家培训，在鲁迅文学院举办了 3 期网络作家高级研修班，培训学员 133 名。与团中央合作实施“网著梦想”全国青年网络作家培训服务计划。进一步加强对网络文学创作的引导，在江苏南京举办“第三届中国网络文学论坛”，与国家新闻出版广电总局合作组织 2017 年优秀网络文学原创作品推介活动，推出 40 部优秀作品，取得了良好社会反响。

（六）积极做好少数民族文学工作

2017 年以来，我们着力做好少数民族文学工作，取得新的成绩。一是持续推进少数民族文学发展工程，确定 2017 年度少数民族文学重点作品扶持项目 90 项，出版扶持项目 23 项，翻译扶持项目汉译民专项约 150 万字，民译汉专项作品 10 部。扶持出版的《新时期中国少数民族文学作品选集》获第四届中国出版政府奖。二是继续组织实施中国当代少数民族文学作品对外翻译工程，21 个项目获得翻译资助。截至 2017 年底，该工程累计资助 121 个项目，已出版 63 项。三是举办“中国少数民族网络文学会议——2017 · 中国少数民族当代文学论坛”，丰富了少数民族文学工作内容。四是高质量完成鲁迅文学院少数民族作家班的培训任务，举办了 3 期少数民族文学培训班，150 多名少数民族作家参训，取得了良好成效。

（七）大力拓展对外对港澳台文学交流

2017 年度，中国作协共组派出国（境）访问团组 17 个 99 人次，接待来访团组 9 个 141 人次，进一步扩大了中国文学在世界文学格局中的影响力。一是夯实与欧美主流文学界的交流平台，成功举办了第 4 届中国-澳大利亚文学论坛、第 3 届中国-西班牙文学论坛、首届中国-葡萄牙文学论坛和首届中国-瑞典文学论坛。二是突出“文学新丝路”特色，倡导并主办了首届“中国-湄公河国家文学论坛”和首届“中国-南亚国家文学论坛”，与周边国家的文学交流机制化建设成效显著。三是在中国作协实施的中国当代作品翻译工程、中国当代少数民族文学作品对外翻译工程和中国当代文学精品译介工程的资助下，已有 106 部中国文学作品在海外出版，涉及英语、俄语、德语、阿拉伯语、瑞典语、希腊语、越南语等 24 个语种。同时，我们组织与香港作家共同庆祝香港回归祖国 20 周年，与澳门作家共同深入社区采风等活动，举办海峡两岸 70 后作家作品研讨会、两岸文学对话，有力推动了与港澳台地区的文学交流。

（八）积极推进作协深化改革

2017 年以来，按照中央要求和深化改革方案，不断推进作协改革向纵深发展。一是提高政治站位，加强组织领导。明确提出要把推进深化改革作为牢固树立“四个意识”、同以习近平同志为核心的党中央保持高度一致的具体体现，作为事关作协组织校正发展方向、增强发展活力的根本性问题，自觉将推进深化改革作为党组书记处的重大政治责任，作为年度重点工作贯穿始终，加强检查督导，注重工作统筹，进一步增强各单位各部门推进改革的思想自觉和工作合力。二是加快改革进度，着力破解重点难点问题。组织指导各单位各部门依据《贯彻落实〈中国作协深化改革方案〉任务分工方案》，严格按照时限和要求狠抓工作落实。中央深改办对中国作协深化改革工作进行了督察，中央深改办《关于中国作协深化改革方案贯彻落实情况的督察报告》肯定了中国作协深化改革工作，也指出了存在的一些问题，党组书记处对此高度重视，对照《中国作协深化改革方案》对改革任务重新进行了全面梳理和研究，分析问题、制定措施、落实责任，对重点难点工作逐条逐项明确了责任部门、责任人和时间进度、推进措施。目前，72 项具体改革措施中，60 项长期性任务已有 57 项取得阶段性成果，还有 3 项需要抓紧落实；12 项阶段性任务有 9 项已完成或正在按计划推进，还有 3 项需要抓紧展开。对需要抓紧落实和展开的，逐一研究制定了具体落实措施。三是加强对地方作协深化改革工作的督促指导。对《督察报告》中指出的一些地方作协改革中存在的问题，分别向有关地方进行了通报，要求在所在地方党委宣传部门的统一领导下抓好整改。同时，根据中央文改办《关于推动地方文联、作协、记协深化改革的通知》要求，对有关地方作协深化改革工作进行督导，推动尽快出台方案，建立工作台账，搞好跟进对接，确保按时按质按量完成改革任务。

（九）巩固深化巡视整改成果

2017 年 2 月，中央巡视组向中国作协党组反馈了专项巡视意见。我们紧紧围绕坚持党的领导、加强党的建设和全面从严治党，以习近平总书记系列重要讲话精神特别是关于巡视工作的重要讲话为镜子，以“四个意识”为标杆，以党章党规党纪为尺子，严格按照政治巡视要求，全面落实巡视整改意见。一是坚持以习近平总书记重要讲话精神统一思想，提高认识。严肃认真地对待中央巡视组反馈的问题，包括在意识形态工作和选人用人两个专项中的问题，提高政治站位，强化政治责任、政治担当和政治自觉，不折不扣落实整改任务。二是认真履行整改主体责任和全面从严治党主体责任，党组书记处同志按照各自职责抓好分工范围内的整改落实工作，中国作协所属各单位各部门领导班子对本单位本部门整改工作负总责，主要负责人切实履行第一责任人职责。在两个月集中整改期间，召开了 12 次党组书记处会议，研究讨论整改议题 28 个，先后 7 次召开各单位各部门负责人参加的会议，专题研究部署巡视整改工作，制定工作方案和工作台账，确保整改任务按时完成、取得实效。三是细化任务、从严从实推进巡视整改。对中央巡视组指出的问题，逐条梳理分析、逐项细化任务，逐一提出整改措施，明确整改问题清单、任务清单、责任清单。通过强有力的组织领导，细化任务，落实责任，即知即改，立行立改，全面整改，巡视整改工作扎实有效推进。四是严格督查，确保整改任务落地落实。集中整改结束后，安排对巡视整改工作情况进行了两次认真检查，并召开党组书记处扩大会议进行专门研究，要求各单位各部门经常回头看，确保各项整改任务如期完成。根据巡视反馈的意见，梳理和形成了 173 项整改任务，已落实 171 项，另外 2 项整改任务将随着深化改革工作一并整改到位。五是大力加强作协党的建设。制定完善了《中国作家协会党组坚决维护党中央集中统一领导的若干规定》等 28 项制度，“四个意识”和制度建设、制度执行力得到加强。召开中国作协全面从严治党工作会议。完成了 7 个基层党组织的换届、改选和组织调整工作。在中直工委指导下完成了中国作协机关党委换届。大力营造风清气正的选人用人环境，选人用人工作评价满意度进一步提高。认真落实意识形态工作责任制，加强文学现象和文学思潮分析研判，完善舆情信息汇集和分析机制。

2017 年以来，中国作家出版集团及所属各报刊社网强化阵地意识，聚焦主责主业，发挥内容品质优势，加快媒体融合发展。各报刊社编发了一批广受关注的优秀作品。《文艺报》和《作家文摘》入选全国“百强报纸”。《人民文学》10 种外语版和 4 个双语版成为中国文学对外推介的重要窗口。作家出版社编辑出版了“剜烂苹果 · 锐批评”文丛，许多重点原创图书受到广泛好评。积极推进媒体融合，提升文学传播力。中国作家网实施升级改造，着力推送优质内容、改进用户体验，推出了“新时代、新征程、新篇章”等相关专题，扩大了辐射力、影响力。中国作家出版集团及所属报刊社网的 14 个微信公众号，注重内容、形式上的创新探索，受到读者的欢迎。中国作协及中国作家出版集团通过全国文学报刊联盟积极延伸工作手臂，加强全国文学报刊交流合作，召开了“新时代 · 新使命 · 新作为”主题论坛。过去一年来，坚持以人民为中心的创作导向，“讲好中国故事、弘扬中国精神、凝聚中国力量”，成为各文学期刊的思想和行动自觉，文学期刊培养和凝聚作家队伍、推动文学创作、涵养文学生态的作用得到进一步发挥。

2017 年以来，各团体会员单位认真学习贯彻习近平新时代中国特色社会主义思想和党的十九大精神，按照党委政府决策部署和中国作协工作安排，团结带领广大作家和文学工作者，开创了事业蓬勃发展、创作繁荣兴盛、工作日益活跃的新局面。各团体会员单位自觉加强党对文学事业、作协工作的统一领导，深化改革、增强活力，强化行业服务、行业管理、行业自律，巩固和强化了党在文学界的凝聚力和影响力。把创作生产优秀作品作为文学事业、作协工作的中心环节，坚持全心全意为作家服务、为创作服务，充分发挥文学评奖、作品研讨、创作扶持的引导、示范、激励作用，有力推动了文学创作。积极转变职能，延伸工作手臂，面向社会，培育新人，不断扩大文学事业持续繁荣发展的社会基础。积极争取党委政府的支持，加大对文学事业和作协工作的投入，营造了尊重文学、尊重作家的良好氛围，为实现各地各行业文学事业繁荣发展创造了新经验，作出了新贡献。

同志们，一年多来作协工作各项成绩的取得，是以习近平同志为核心的党中央亲切关怀、坚强领导和中宣部等有关部门正确指导、大力支持的结果，是广大作家和文学工作者辛勤耕耘、真诚奉献的结果，是主席团各位成员、全委会各位委员和各级作协干部齐心协力、履职尽责的结果。在此，我谨代表中国作协书记处，向大家表示衷心感谢！

二、深刻把握新时代新使命，开创文学事业和作协工作新局面

党的十八大以来，以习近平同志为核心的党中央以巨大的政治勇气、高超的政治智慧和强烈的责任担当，领导中国特色社会主义事业取得了历史性成就、发生了历史性变革，中国特色社会主义进入了新时代。在新时代新形势下，我国社会主义文学事业迎来了新发展新机遇，也面临着新任务新挑战。文学事业如何围绕中心、服务大局和出精品、出人才，作协工作如何更好体现政治性、先进性、群众性和增强活力，都是文学事业和作协工作必须回答好的重大问题。今年3月5日到4月15日，根据中宣部《宣传思想文化战线大调研工作方案》，中国作协精心组织开展大调研，铁凝主席、党组书记处同志分别带队，分6个组深入到10个省市进行专题调研，各调研组采取深入基层一线、组织召开座谈会、面对面征求意见、调查问卷等多种形式，共召开29个座谈会，与近700名作家、评论家和文学工作者座谈交流。在广东珠海、浙江湖州和北京分别召开专题座谈会，19个省级作协的负责同志及部分在京作家评论家参加了会议。铁凝主席和党组书记处的同志把调研同宣讲习近平新时代中国特色社会主义思想和党的十九大精神结合起来，进一步推动了作协系统和文学界的学习贯彻工作。

这次调研以习近平新时代中国特色社会主义思想和党的十九大精神为指导，紧紧围绕开创新时代文学事业和作协工作新局面，推动文学创作从“高原”迈向“高峰”，团结引领新文学群体，推动作协组织延伸手臂、深入基层等重大主题展开，这些主题是经党组书记处认真研究并报中宣部确定的。通过调研，我们在这一系列重大主题上提高了认识，明确了思路，着力解决好调研揭示的一些问题，把调研成果充分运用到工作中来，对于开创新时代文学事业和作协工作新局面具有重要意义。

（一）牢牢把握新时代新形势新任务，进一步增强责任感使命感

党的十九大报告深刻阐明了新时代坚持和发展中国特色社会主义的一系列重大理论和实践问题，从战略全局上对党和国家事业作出了规划和部署，是我们党在新时代开启新征程、续写新篇章的政治宣言和行动纲领。进入新时代，我们面临着新的社会主要矛盾，肩负着决胜全面建成小康社会、全面建设社会主义现代化强国的历史任务。这是一个文艺事业、文学事业可以大有作为的历史机遇期。以习近平同志为核心的党中央高度重视文艺事业、文学事

业，习近平总书记主持召开文艺工作座谈会，出席中国文联十大、中国作协九大开幕式，都作了重要讲话。习近平总书记的这两篇重要讲话，深刻回答了文艺与时代、文艺与人民、文艺与市场、文艺与价值观等重要问题，丰富和发展了马克思主义文艺观，为我们开创新时代文学事业和作协工作新局面提供了根本遵循。

通过调研，我们深深感到，在以习近平同志为核心的党中央领导下，党的十八大以来，文学事业生机勃勃、气象一新。以习近平同志为核心的党中央把坚定文化自信和建设中国特色社会主义文化提升到前所未有的高度，党中央和各级党委政府对文艺事业文学事业更加重视，采取了一系列支持扶持的政策措施；坚持以人民为中心的创作导向和深入生活、扎根人民，日益成为广大作家的思想自觉行动自觉；作家队伍更加团结，文学创作持续繁荣；弘扬社会主义核心价值观、追求德艺双馨、努力从“高原”走向“高峰”成为广大作家的普遍共识；现实题材创作、主旋律创作，在传统文学领域成为越来越多作家的艺术志向，在网络文学创作中也正在受到越来越多的关注；文学批评激浊扬清的功能显著增强，健康的批评氛围正在形成；文学的社会传播和大众阅读明显回暖，优秀的文学作品更加充分地发挥着涵养传承中华文明、温暖教化人心的社会效益；以增强作协工作的政治性、先进性、群众性和工作活力为着力点的作协深化改革，正在大力推进；中国文学的对外交流更加活跃，世界影响持续扩大。这都为新时代我国文学事业的繁荣发展提供了良好条件和基础。

我们也应当看到，我国文学事业发展正处在新的历史起点上，在面临前所未有发展机遇的同时，也面临着新的挑战与考验。随着经济体制深刻变革、社会结构深刻变动、利益格局深刻调整、思想观念深刻变化，文学外部环境正在发生深刻改变；互联网和新媒体不仅改变了文学的传播和接受方式，催生着新的文学形态，也带来了文学观念和文学实践的深刻变化；无论是文学从业者的来源构成及其思想、工作、生活状况，还是文学作品的创作生产、形态样式、阅读传播，以及文学与社会生活的交互作用，都出现了许多新情况；市场竞争机制推动了文学创作、文学出版，而其负面因素的消极影响也不容忽视；在新的历史条件下，文学事业发展和作协工作本身也存在一些突出短板和薄弱环节，等等，这一切都需要我们给予高度重视，认真加以解决。

面对新机遇新挑战，我们必须以习近平新时代中国特色社会主义思想特别是习近平文艺思想为指导，奋力开创文学事业和作协工作新局面，为实现中华民族伟大复兴中国梦提供强大的精神力量。要着力引导广大作家和文学工作者深刻认识文艺在实现“两个一百年”奋斗目标、实现中华民族伟大复兴中国梦进程中的地位和作用，更加自觉地肩负起责任和使命；要坚持以人民为中心的创作导向，在深入生活、扎根人民中进行无愧于时代的文学创造；要大力弘扬和践行社会主义核心价值观，不断推进文艺创新、提升文艺原创力；要倡导讲品位、讲格调、讲责任，抵制低俗、庸俗、媚俗，用高尚的文艺引领社会风尚。各级作协组织要坚持问题导向，直面问题，破解难题，大力推进工作体制、机制、理念、方式创新，积极探索符合文学发展规律及作家特点的体制机制和活动方式，不断激发文学事业的活力和潜力，推动新时代中国特色社会主义文学事业不断繁荣发展。

（二）聚焦聚力中心环节，进一步推动文学创作从“高原”迈向“高峰”

优秀文艺作品反映着一个国家、一个民族的文化创造能力和水平，推动优秀作品创作生产是文学事业、作协工作的中心环节。新中国成立以来，特别是改革开放以来，我们党领导人民勠力同心、不懈奋斗，使整个国家的面貌发生了前所未有的变化，使中华民族以崭新的姿态屹立于世界东方，迎来了从站起来、富起来到强起来的伟大飞跃，其中包含着无数感人的故事和动人的景象，为新时代文学创作提供了无尽的矿藏，也呼唤着我们创作出无愧于新时代的中华民族新史诗。近年来，广大作家和文学工作者在精品创作上付出了艰苦的努力，但与文学在中华民族伟大复兴进程中所应发挥的作用相比，与人民群众日益增长的精神文化需要相比，与文学精品理应达到的高度和影响力相比，文学作品有数量缺质量、有“高原”缺“高峰”的问题依然突出。这里的原因是多方面的，有作家面对新时代新使命新要求，思想准备、艺术准备相对不足的问题，也反映出我们各级作协组织在动员、组织、引导、保障精品创作方面，工作还有薄弱环节，还有亟待改进和提高的地方。

我们必须切实把推出更多的反映伟大时代的优秀作品作为各级作协工作的中心环节，下大力气动员、组织、引导和支持精品创作，有效引导广大作家和文学工作者坚定文化自信，树立雄心壮志，满怀激情地攀登文学高峰。要引导广大作家充分认识新时代之“新”，深入领悟新时代本质，炼就与新时代相适应的文学观念、审美品格和气度境界，努力塑造新时代典型，深刻阐释新时代精神，弘扬社会主义核心价值观，成为新时代波澜壮阔生活的记录者。要始终把人民作为文学表现的主体和主角，在深入生活、扎根人民中获得灵感和元气，进行无愧于时代无愧于民族的文学创造。要坚守艺术理想，祛除浮躁心态，不忘初心，笃定恒心，加强思想积累、知识储备、文化修养、艺术训练，不断提高学养、涵养、修养。要加强现实题材创作的规划支持，大力强化文学人才队伍建设，对中青年作家加强政治引领、业务培训、创作扶持，多措并举，多管齐下，激发广大作家的创作热情，勇攀文学新高峰。

（三）延伸联系手臂，进一步加强对新文学群体的团结引导

团结引导新文学群体健康成长是作协组织的重要责任。由于社会生活的深刻变化、互联网和新媒体的迅猛发展，以网络签约作者、自由撰稿人和新媒体作者为代表的新文学群体不断涌现。近年来，各级作协认真贯彻落实习近平总书记关于“加强联络，延伸工作手臂，加强对新文艺组织、新文艺群体的团结引导”的重要指示，认真研究和探索新文学群体队伍建设的特点规律，不断创新工作手段，加强培训、联络、推介等工作，取得了明显成效。同时，

通过调研，也发现还存在许多亟待解决的问题，如：对做好新文学群体和网络作家工作的重要性缺乏足够认识；作协组织对新文学群体和网络作家的工作覆盖仍然不到位；对新文学群体和网络作家的工作吸引力不足，对网络文学作品的创作影响力不够；对新文学群体和网络作家普遍关心的工作和生活问题缺少解决办法和手段，等等。

我们必须进一步认清作协组织担负的重要责任，以更加开放的眼界、更加开阔的胸怀、更加积极的态度、更加有效的办法开展对新文学群体的工作。要认真总结这几年开展工作的经验，进一步创新方式方法，加强正面引导力度，探索建立网络文学等新兴文学样式的评价体系，引导新文学群体和网络作家增强弘扬社会主义核心价值观的责任担当。要加大对新文学群体和网络作家的扶持力度，拓展服务渠道，为他们提供政治学习、业务培训、作品研讨、维权保障、职称评定等服务，不断增强作协组织的吸引力，真正把团结引导新文学群体健康发展的责任落到实处。

（四）加强基层工作，进一步厚植文学事业繁荣发展的社会基础

基层是文学事业和作协工作的根基。近年来，各级作协不断加强基层组织建设和作家队伍建设，积极开展面向基层、服务社会的文学活动，推动文学日益走进基层、走向大众。地方党委政府对文学事业和作协工作的支持力度在不断加大，不少地方制定出台了扶持文学事业繁荣发展的政策，取得了较好的成效。但基层工作薄弱的状况，仍然较为普遍，基层作协仍然面临很多体制机制上的困难和问题，成为文学事业发展和作协工作的突出短板。

我们已经向有关部门提交了调研报告，提出了改进改善这方面情况的工作建议。各级作协组织也应主动作为，积极争取党委政府和主管部门的支持，推动制定出台对基层文学事业和作协工作支持扶持的政策措施。要因地制宜，采取多种方式加强基层作协工作队伍建设，充实基层工作力量。要加强文学公共服务，组织更多面向大众的文学活动；加强与教育部门合作，推动文学阅读和优秀作品进校园进课堂；加强与各类影视单位、广电媒体的合作，推动文学作品改编影视戏剧作品，推动更多的作家和文学作品参与有影响的广播电视节目活动，扩大文学作品的影响力。要积极推动举办各类文学周、诗歌节等文化惠民、文化公益活动，提高全社会的文学素养和文学欣赏水平，努力厚植文学事业繁荣发展的社会基础。

三、突出重点，推动文学事业和作协工作取得新成效

今年是贯彻党的十九大精神的开局之年，是改革开放40周年，是决胜全面建成小康社会、实施“十三五”规划承上启下的关键一年。我们要深入学习贯彻党的十九大精神，坚持以习近平新时代中国特色社会主义思想为指导，切实增强“四个意识”，坚定“四个自信”，

紧紧围绕学习宣传贯彻习近平新时代中国特色社会主义思想和党的十九大精神这条主线，深入学习贯彻习近平文艺思想，充分发挥政治引领、团结引导、联络协调、服务管理、自律维权、推动创作职能，着力增强政治性先进性群众性和工作活力，创新方式方法，加强基层基础，努力推动新时代中国特色社会主义文学事业繁荣发展。

我们要重点抓好以下几项工作。

（一）深入学习贯彻习近平新时代中国特色社会主义思想和习近平文艺思想。习近平新时代中国特色社会主义思想是新时代推进中国特色社会主义伟大事业的指导思想，用习近平新时代中国特色社会主义思想武装头脑是党的十九大提出的重大战略任务和我们必须肩负的重要政治责任。我们要采取多种形式持续深入地学习宣传习近平新时代中国特色社会主义思想和习近平文艺思想，在入脑入心和学懂弄通做实上下功夫，在融入创作实践、推动作协工作上下功夫，推动学习宣传贯彻工作往深里走、往实里走、往心里走。要积极筹备成立习近平文艺思想研究中心，定期举办习近平文艺思想论坛，继续编选出版《习近平文艺思想研究》年刊，在报刊网设立专栏，持续不断地把学习宣传贯彻工作引向深入。在前两年集中培训的基础上，要组织好今年面向新文学群体、中青年文艺骨干及市县基层作协负责人的集中学习培训活动。

（二）全力做好庆祝改革开放40周年各项工作。按照中央的统一部署和要求，结合文学事业和作协工作实际，组织开展形式多样的庆祝活动。召开首都文学界庆祝改革开放40周年座谈会。在现代文学馆常设的现当代文学展中推出“走进新时代的中国文学”展厅并举办专题特展，展现改革开放以来特别是党的十八大以来取得的文学成就。开展重大主题采访创作活动，围绕农村改革、精准扶贫和乡村振兴战略，对外开放和经济特区建设，重大科技创新成就，边疆民族地区新变化新气象等主题，分别组成作家采访团，深入一线采访采风。编辑出版“改革开放40年文学丛书”“共和国70年名家名作丛书”。办好北京国际图书博览会中国作家馆，突出展示庆祝改革开放40周年的图书和报刊。围绕庆祝改革开放40周年主题，与《人民日报》联合举办主题征文活动，举办第三届中国文学博鳌论坛，组织所属报刊社网、文学社团采取开设专栏、举办主题研讨、座谈等多种形式，大力营造庆祝改革开放40周年的浓厚氛围。各团体会员单位都要把庆祝改革开放40周年作为一项重点任务，突出各自特点，组织开展丰富多彩的活动。

（三）精心筹备召开全国青年作家创作会议。全国青年作家创作会议是在文学界有重要影响的会议，自1956年至今，已先后召开过7次，对团结引领青年作家，促进青年文学人才成长发挥了重要作用。今年9月，将在北京召开第八次全国青年作家创作会议，这是我国文学界的一件大事。党组书记处研究确定了青创会初步方案，要求高度重视、精心组织，确保青创会圆满成功。要高标准做好会议筹备工作，组织得力的工作班子，细化工作方案，加强统筹协调，认真抓好会务事项落实。要结合筹备召开青创会，深入研究新时代青年作家队伍包括新文学群体的状况和特点，梳理青年作家创作趋势，总结各地在培养青年作家方面的经验，分析存在的问题，研究探索加强青年作家工作、促进创作繁荣的对策举措。各报刊社网要组织策划相关专栏专题，为召开青创会营造良好氛围。

（四）认真组织好鲁迅文学奖评奖工作，加强和改进文学理论评论工作。今年将举办第七届鲁迅文学奖评奖，这是党的十九大后中国作协组织的第一次全国性文学评奖活动。书记处已对《鲁迅文学奖评奖条例》做了修订，要求突出以习近平新时代中国特色社会主义思想为指导，坚持以人民为中心的创作导向，弘扬社会主义核心价值观，坚持公开、公平、公正的原则，推出体现民族精神和时代精神的优秀作品，更好地满足人民对美好生活的新期待；要求高度重视，周密组织，既借鉴以往评奖的有益经验，又充分考虑当前面临的新情况新问题，做到工作关口前移，加强沟通，把工作做实做细，高标准组织好评奖活动。要进一步加强和改进文学评论工作，打磨好文学批评这把“利器”，形成常态化的良好批评氛围，既要关注具体作品，更要关注重大问题、重要现象，充分发挥文学评论引导创作、多出精品、提高审美、引领风尚的重要作用。

（五）加强现实题材创作规划组织，推动“深入生活、扎根人民”活动常态化长效化。要紧紧围绕催生精品力作，按照中宣部《当代文艺创作工程规划》的要求，认真做好现实题材、革命历史题材创作的规划组织工作，加强对重点作品扶持、定点深入生活等工作载体的统筹协调，着力在有效对接作家创作需求、加强全程服务下功夫。加强与团体会员单位和出版单位的协调联动，共同做好选题规划和后续跟进。在这项工作中，要尊重文学创作规律，既要防止和克服急功近利、一哄而上，也要积极而为、主动作为，特别是要在如何做好新形势下重大主题创作策划引导，如何实现作家个性化创作与组织化保障有机结合，如何充分发挥文学创作生产和传播各个环节的积极性，形成合力，如何发挥好有影响的作家特别是党员作家在重大主题创作中的积极作用等方面，加强研究和探索，努力取得经验。要落实好习近平总书记给乌兰牧骑队员们回信的重要指示精神，进一步组织好文学下基层、作家下基层活动，进一步做好“文学照亮生活”公益大讲堂、群众性的诗歌朗诵活动等文学普及、文学服务工作。各级作协组织要引导作家以向生活向人民学习的态度，走进生活深处、体悟生活本质、吃透生活底蕴，努力创作出反映时代精神的现实题材精品力作。

（六）确保如期完成作协深化改革任务。按照中央的统一部署，今年中国作协将全面完成深化改革的各项任务，省级作协的改革正在全面展开，整个作协系统的改革都处在一个关键阶段。要进一步统一思想，充分认识深化改革是党中央的重大决策部署，是中央全面深化改革的重要组成部分，是必须完成的重大政治任务，切实增强推进改革的思想自觉、政治自觉、行动自觉。要强化问题导向，按照中央深改办督察意见，以敢啃硬骨头、勇挑千斤担的精神破解改革重点难点任务。突出抓基层、打基础，加强对基层作协组织的帮扶指导，年内在鲁迅文学院开办两期基层作协负责人培训班。组织基层文学期刊交流培训活动。组织少数民族文学创作调研，支持少数民族文学事业持续发展。召开作协系统文学馆工作会议，加强联动协调，充分发挥各级各类文学馆的公共文学服务功能。要加强和改进会员发展工作，强化会员服务管理，加强对文学社团的业务指导和行业管理，更加广泛地团结和服务各方面、各层次、各门类作家。切实维护作家权益，进一步改进和加强作家维权工作。继续开展东西部作协“结对子”活动，促进各团体会员单位之间的工作交流。大力加强作协信息化建设，通过网络和信息化推动作协工作提质提速提效。各级作协组织要针对基层组织体系不健全、公共文学服务机制不完善、与新文学群体联系不紧密、基层文学阵地建设薄弱等突出问题，积极主动作为，强化责任担当，勇于攻坚克难，在破解难题中推动作协工作改革创新。

（七）进一步推动对外、对港澳台文学交流与合作。广泛开展多领域多层次多种形式的中外文学交流，办好第5次汉学家文学翻译国际研讨会、首届中国–阿拉伯国家文学论坛、第4届中韩日东亚文学论坛、第2次中国–中东欧16+1文学论坛等中外文学交流活动。加强与周边国家及“一带一路”沿线国家的文学交流，加大各项译介工程的推进力度。积极开展与孔子学院等对外文化机构的合作。进一步做好《人民文学》外文版各语种落地推广工作，不断增强影响力。继续办好鲁迅文学院国际写作计划。加强研究和探索，推动网络文学海外传播。加强以港澳台青年作家为主要对象的文学交流活动，积极做好海外华人作家文学交流工作，提升交流水平和层次。

（八）加强作协机关党的建设。要切实加强中国作协各级党组织的政治建设、思想建设、组织建设、作风建设、纪律建设，把制度建设贯穿其中。要坚持把政治建设摆在首位，严格遵守政治纪律政治规矩，把管党治党、全面从严治党要求贯彻于文学事业和作协工作中。今年中央将深入开展“不忘初心、牢记使命”主题教育，我们要按照中央的统一部署，结合作协工作和文学事业实际，扎实搞好专题教育。要锲而不舍落实中央八项规定精神，坚持克服形式主义、官僚主义，转变工作作风，深入调查研究，加强基层基础工作，更好地把广大作家和文学工作者团结在党的周围，听党话、跟党走。要切实增强做好文学工作的本领，不断提高专业化的水平。要严格落实意识形态工作责任，认真开展文学现象、文学思潮分析研判，关注重要文学作品、文学现象、文学思潮，切实提高分析研判工作的及时性、针对性、有效性，形成长效化分析引导工作机制，建设好管理好文学阵地。要按照风清气正的要求选人用人，努力建设好政治过硬、本领高强的作协干部队伍，履行好管理责任。

各位委员、同志们，文化兴国运兴，文化强民族强。在实现中华民族伟大复兴中国梦的新时代新征程中，我国文学事业正处在繁荣发展的重要历史机遇期。让我们紧密团结在以习近平同志为核心的党中央周围，高举习近平新时代中国特色社会主义思想和习近平文艺思想的旗帜，锐意进取，埋头苦干，潜心创作，扎实工作，不断开创新时代中国特色社会主义文学事业新局面！

塑造时代新人 攀登文学高峰

（2018 年 9 月 20 日）

中国作协党组书记、副主席 钱小芊

各位来宾、各位同志，各位青年作家朋友：

金秋时节，我们在北京召开全国青年作家创作会议，这是党的十九大之后我国文学界的一次盛会。在此，我谨代表中国作家协会，向从全国各地前来参加青创会的 300 多名青年作家，表示热烈的欢迎和诚挚的问候！向长期以来扶持青年作家成长的老作家和今天专门出席青创会开幕式的老作家代表，表示衷心的感谢和崇高的敬意！

这次青创会，是在全党全国人民深入学习贯彻习近平新时代中国特色社会主义思想和党的十九大精神、全国宣传文化系统深入学习贯彻习近平总书记在全国宣传思想工作会议重要讲话精神的背景下召开的。习近平总书记在全国宣传思想工作会议的重要讲话，深刻论述了新形势下宣传思想工作的使命任务，对文艺工作提出了新的要求。广大作家和文学工作者要进一步增强责任感、使命感，更加自觉地承担起举旗帜、聚民心、育新人、兴文化、展形象的使命任务，为人民群众提供更丰富、更有营养的精神食粮，更好地满足新时代人民群众对精神文化生活的新期待。今天上午，我们聆听了中共中央政治局委员、中宣部部长黄坤明同志关于推动文艺创作的重要讲话。黄坤明同志的讲话热情肯定了党的十八大以来文艺创作取得的成就，深刻阐述了文艺在新时代的地位和作用，对推进文艺创作、加强文艺队伍建设提出了要求，充分体现了以习近平同志为核心的党中央对文艺事业的关心重视，我们一定要认真学习领会，全面贯彻落实。

广大青年作家是中国特色社会主义文学事业的强大生力军，是中国特色社会主义文学事业的未来。青年作家的创作和成长，对于中国特色社会主义文学事业的大发展大繁荣，具有非常重要的意义。纵观我国新文学的历史，青年作家的写作，在中华民族追求民族解放和民族复兴的伟大历史进程中，建立起了辉煌而光荣的传统。每次重要的文学潮流中，我们都能看到青年作家的身影。今天，中华民族迎来了从站起来、富起来到强起来的伟大飞跃，我们比历史上任何时期都更接近、更有信心和能力实现中华民族伟大复兴的目标。在这样一个全新的历史方位上，文学创作大有可为。当代青年作家生逢其时，重任在肩，要积极做伟大时代的在场者、历史进程的记录者、人民心声的表达者、文化发展和社会进步的建设者。这是时代给予的重要机遇，也是历史赋予的庄严使命。

党的十八大后的五年多来，以习近平同志为核心的党中央对中国特色社会主义文学事业的发展和青年作家的成长，给予了高度重视和亲切关怀。在党中央的坚强领导下，我国文学事业进一步繁荣发展，文学界精神面貌焕然一新，青年作家队伍持续壮大、思想境界不断提升、优秀作品层出不穷，形成了生机勃勃的喜人景象。

五年多来，青年作家精神振奋，积极向上。关注现实生活，关心国家命运，记录时代伟大变迁，反映人民群众心声，成为广大青年作家的普遍共识和价值追求。青年作家坚持以人民为中心的创作导向，以弘扬和践行社会主义核心价值观为己任，有强烈的社会责任感和使命感，我们的青年作家队伍是一支党和人民可信赖的队伍。

五年多来，青年作家视野开阔，思想活跃。努力学习中华文化，积极汲取多种营养，文学创作题材体裁丰富多样，不断满足人民群众多样化的精神文化需求，努力提升文学原创力，在锐意进取的创新创造过程中，正在逐渐形成气象万千、富于时代特色的艺术风貌。

五年多来，青年作家创作活跃、成绩突出。青年作家创作的许多优秀作品，受到了人民群众的广泛喜爱，在茅盾文学奖、鲁迅文学奖、全国优秀儿童文学奖、全国少数民族文学创作“骏马奖”等重要国家级文学奖评选中，都显示了青年作家的实力。

五年多来，青年作家队伍不断发展壮大，形成了丰富的层次、显示出多元的构成。“70后”“80后”青年作家继续保持旺盛的创作活力，“90后”等更年轻的写作群体开始涌现，逐步走上文学前台，网络作家、自由撰稿人等新的青年写作群体迅速成长，这都为青年作家队伍注入了新的活力。

同志们、青年作家朋友们，党的十九大描绘了决胜全面建成小康社会、开启全面建设社会主义现代化国家新征程的宏伟蓝图，使我国文化事业发展面临着新的重要历史机遇，也对我国文学事业新发展提出了新的要求，我们召开这次全国青年作家创作会议，恰逢其时、意义重大。本次会议的主题是：深入学习贯彻习近平新时代中国特色社会主义思想和党的十九大精神，团结动员广大青年作家，深入生活、潜心创作，塑造时代新人，攀登文学高峰，为新时代中国特色社会主义文学大发展大繁荣做出更大的贡献。

下面，我讲几点意见，与青年作家朋友们交流。

一、塑造时代新人，攀登文学高峰，广大青年作家要以马克思主义和习近平新时代中国特色社会主义思想为引领，认真学习习近平总书记关于文艺的重要思想论述。

“万山磅礴必有主峰，龙衮九章但挈一领”。我国是社会主义国家，我们党是马克思主义政党，马克思主义是中国特色社会主义伟大事业的根本思想引领。恩格斯说：“马克思的整个世界观不是教义，而是方法。它提供的不是现成的教条，而是进一步研究的出发点和供这种研究使用的方法。”马克思主义科学揭示了人类社会发展规律，以实现人的自由和全面发展为己任，不仅致力于解释世界而且致力于改变世界，是人们观察世界、分析问题的“伟大的认识工具”。马克思主义早已同中国共产党的命运、中国人民的命运、中华民族的命运紧紧相连，并深刻改变了中国，其科学性、真理性在中国得到了充分检验，迄今依然有强大的生命力。广大青年作家要深入学习马克思主义理论，努力掌握马克思主义的立场观点方法，由此夯实文学创作的思想根基，确立攀登高峰的时代坐标。

习近平新时代中国特色社会主义思想，是马克思主义中国化的最新成果，是立足时代之基、回答时代之问的科学理论，是我们在新时代统一思想认识、凝聚意志力量、应对风险挑战的强大思想武器。在这一思想的指导下，党的十八大以来，党和国家各项事业取得了历史性成就，发生了历史性变革。党的十九大和十三届全国人大一次会议把习近平新时代中国特色社会主义思想确立为我们党和国家必须长期坚持的指导思想。广大青年作家要认真学习习近平新时代中国特色社会主义思想，努力掌握这一思想的精髓要义和丰富内涵，以此作为观察和认识中国、观察和认识世界、观察和认识社会、观察和认识我们正在从事的事业的思想指引。

党的十八大以来，习近平总书记多次就文艺工作和文艺创作发表重要讲话，尤其是在党的十九大报告、文艺工作座谈会的讲话、中国文联十大中国作协九大开幕式的讲话、全国宣传思想工作会议的讲话中，习近平总书记深刻回答了有关我国文艺发展一系列重大的理论和实践问题。

习近平总书记强调，文化是一个国家、一个民族的灵魂，文艺是时代前进的号角，举精神之旗、立精神支柱、建精神家园，都离不开文艺。实现中华民族伟大复兴的中国梦，必须高度重视和充分发挥文艺和文艺工作者的重要作用。广大青年作家要深刻把握肩负的历史责任，不忘初心，牢记使命，自觉投身中国特色社会主义伟大事业，积极反映我国人民正在进行的创造历史的伟大实践。

习近平总书记强调，文化自信是一种更基本、更深沉、更持久的力量。没有高度的文化自信，没有文化的繁荣兴盛，就没有中华民族伟大复兴。广大青年作家要深刻把握坚定文化自信的重要意义，自觉地从中华优秀传统文化、革命文化和社会主义先进文化中萃取精华、汲取能量，用有骨气、有个性、有神采的作品振奋民族精神，鼓舞人们前进。

习近平总书记强调，人民是历史的创造者。社会主义文艺是人民的文艺，必须坚持以人民为中心的创作导向，在深入生活、扎根人民中进行无愧于时代的文艺创造。广大青年作家要深刻把握以人民为中心的创作导向，坚持为人民服务、为社会主义服务的方向，增强深入生活、扎根人民的自觉，真正在思想上、行动上、创作上解决好“为了谁、依靠谁、我是谁”的问题，不负时代召唤，无愧人民期待。

习近平总书记强调，文艺是铸造灵魂的工程，承担着以文化人、以文育人的职责。社会主义核心价值观是当代中国精神的集中体现，凝结着全体人民共同的价值追求。广大青年作家要深刻把握弘扬社会主义核心价值观的根本任务，把社会主义核心价值观生动活泼、活灵活现地体现在文艺创作之中，用栩栩如生的形象告诉人们什么是应该肯定和赞扬的，什么是必须反对和否定的，做到春风化雨、润物无声。

习近平总书记强调，我国文艺园地百花竞放、硕果累累，呈现出繁荣发展的生动景象，同时也存在着有数量缺质量、有"高原"缺"高峰"的现象，存在着抄袭模仿、千篇一律等问题。广大青年作家要深刻把握提高作品的精神高度、文化内涵、艺术价值的创作要求，志存高远、厚积薄发，以质量为文艺创作的生命线，坚持思想精深、艺术精湛，加强现实题材创作，推出更多讴歌党、讴歌祖国、讴歌人民、讴歌英雄的精品力作。

习近平总书记强调，一部好的作品，应该是经得起人民评价、专家评价、市场检验的作品，应该把社会效益放在首位，努力达到社会效益和经济效益相统一。广大青年作家要深刻把握社会效益与经济效益的关系，坚守文艺的审美理想、保持文艺的独立价值，不在市场经济大潮中迷失方向，不在为什么人的问题上发生偏差。

习近平总书记强调，文艺要塑造人心，创作者首先要塑造自己。养德和修艺是分不开的。要把崇德尚艺作为一生的功课，把为人、做事、从艺统一起来，提高学养、涵养、修养，努力追求真才学、好德行、高品位，做到德艺双馨。广大青年作家要深刻把握为人与为文的辩证关系，努力克服各种浮躁心态，自觉抵制各种不良倾向，坚决反对粗制滥造、追名逐利等不正之风，积极营造清朗和谐、昂扬向上的文坛风气。

习近平总书记强调，文艺批评是文艺创作的一面镜子、一剂良药，是引导创作、多出精品、提高审美、引领风尚的重要力量。文艺批评要的就是批评，要褒优贬劣、激浊扬清。广大青年作家要深刻把握开展积极健康的文艺批评的重要要求，把好文艺批评的方向盘，注重运用历史的、人民的、艺术的、美学的观点评判和鉴赏作品，构建中国文学批评话语体系，形成作家批评家围炉夜话、肝胆相照、砥砺并进的文学氛围。

习近平总书记强调，文艺是世界语言，国际社会想了解中国，文艺是最好的交流方式，发挥着不可替代的作用。广大青年作家要深刻把握讲好中国故事、传播好中国声音的重大使命，继承和发扬中华民族优秀传统文化，学习借鉴世界优秀文化成果，创作出更多具有中国特色、中国气派、中国风格的优秀作品，不断扩大中国文化在世界范围的影响。

习近平总书记关于文艺的重要思想论述，是习近平新时代中国特色社会主义思想的重要组成部分，是新时代中国特色社会主义文艺的理论纲领和行动指南，是中国文艺事业繁荣发展的指导思想和根本遵循。它是基于对中国文艺近百年来的历史经验和实践探索的科学总结，提出和解答的是中国特色社会主义文艺事业面临的一系列具有新的历史特点的重大命题，既形象生动又旗帜鲜明，既非常具体又关乎根本，既作用于当下文学现场又具有深远的历史眼光和高远的历史站位。对于广大青年作家来说，习近平总书记关于文艺的重要思想论述，是指引文学方向的路标，也是校正自身写作的坐标。认真学习、深刻领会、努力践行习近平总书记关于文艺的重要思想论述，是广大青年作家成为时代新人、攀登文学高峰的必由之路。

二、塑造时代新人，攀登文学高峰，广大青年作家要坚持以人民为中心的创作导向，深入生活、扎根人民。

今年是我国改革开放 40 周年。40 年来，我国社会发生了全方位的变革和翻天覆地的变化。这在中华民族发展史上是前所未有的。在座的青年作家，出生和成长于改革开放的伟大时代，是十分幸运的。党的十九大指出，中国特色社会主义进入了新时代。进入新时代，意味着我们国家的发展站在了一个新的历史起点上，进入了一个新的发展阶段。对于新时代，我们要从中华民族的历史、1840 年近代以来中国人民遭受欺侮的历史、1921 年以来中国共产党领导人民进行艰苦卓绝奋斗的历史、1949 年以来新中国的历史、1978 年以来改革开放的历史来深刻认识和把握，要从党的十九大描绘的“两个一百年”奋斗目标、实现中华民族伟大复兴的中国梦来深刻认识和把握。反映时代是文学工作者的使命，坚持以人民为中心的创作导向，就必须扎根人民，同人民在一起，积极反映人民的生活。新时代为文学创作提供了广阔天地和无限可能。我们所面对的生活是如此新鲜丰富、多姿多彩，社会的发展进步、人民的不懈奋斗、家庭的酸甜苦辣、百姓的喜怒哀乐，都值得我们去仔细倾听、用心书写。这是广大青年作家进行文学创作无尽的矿藏。

今天的时代特点和生活特质，给青年作家的写作带来前所未有的考验。一方面，生活内容丰富多彩、纷繁复杂，面对不断变化的生活图景和经验内容，青年作家如何避免“浮光掠影”“浅尝辄止”，如何从“大致了解”的状态进入到“深刻把握”的境界，是文学创作必须完成的功课。另一方面，新媒体技术大大提升了人们信息获取的能力，却也带来了某种“遮蔽”。今天只要打开电脑、手机，各种信息铺天盖地向我们涌来。然而，屏幕里的生活不能替代真实的生活，碎片化的信息不能替代我们对生活的真实了解和思考。如果每日坐在家里，满足于用网上搜索得来的信息写文章、编作品，以为这就是生活、这就是创作，必然会陷入创作的误区和迷途。青年作家中的很多人社会生活的阅历相对不足，面对“术业有专攻”的更加精细的社会分工，多数年轻人对自己所在的行业领域可能比较熟悉，但对该领域之外广大人民群众的生活一般所知甚少。青年作家写自己的经历和悲欢，很容易“写疲”“写尽”，当有限的经验被挖掘完之后，假如没有更多的营养补充，写作事业就难以为继。这是制约青年作家长期发展的瓶颈之一。

文学创作之路没有捷径。广大青年作家要充分开采时代生活这座富矿、从矿石里提炼出金子般的作品，就必须扎扎实实地深入生活、扎根人民。著名作家赵树理写农村和农民是很生动的，为什么能够生动？因为他自己生活的根就扎在农村和农民那里。赵树理成名之初是这样，到了后来成了大作家，这一本色依然不变。他工作在北京，却最热爱深入农村，喜欢待在晋东南乡间，跟农民吃住在一起，像关心文学一样关心粮食收成和农业政策。周立波写

《暴风骤雨》《山乡巨变》，专门去东北土改地区和湖南老家农村深入生活，一去就是一年甚至三年，最终写出了反映时代变迁的大作品。刘白羽68岁时去前线采访，拄着拐杖登上了最前沿的山头阵地。接待的人怕出危险，劝他不必那么靠前，他说："那怎么行？我这一辈子从来都是随先头部队行动。"这样的决心和勇气，值得今天的青年作家学习。

深入生活与扎根人民，在本质上是一组相互依存、不可分割的关系。不到人民中去、不在感情和思想上同人民站在一起，对生活的深入也只会是表面的、肤浅的。习近平总书记指出：人民需要文艺，文艺需要人民，文艺要热爱人民、服务人民。同时，他强调：文艺创作方法有一百条、一千条，但最根本、最关键、最牢靠的办法是扎根人民、扎根生活。2017年10月19日，习近平总书记在参加党的十九大贵州省代表团讨论时，提到党政干部要学柳青，接地气。总书记说："'党中央制定的政策好不好，要看乡亲们是哭还是笑。'这句话我是听我们的人民作家柳青说的。人们说，如果你去农民里面找到他，分不清，你不知道谁是柳青，都一样。他就跟关中老百姓一样，穿着啊、打扮啊，连容颜都一样。他就是长期在农民里面，对他们非常了解。中央的文件下来了，他就知道他的房东老大娘是该哭还是该笑，他很了解老百姓的想法。党政干部也要学柳青，像他那么接地气，那么能够跟老百姓融入在一起。"

新时代的青年作家要在新时代的生活中，与广大人民群众融入在一起，就要像柳青等老一辈作家那样，不仅"身入"，更要"心入""情入"，感受人民的悲喜、传递人民的心声、描绘人民的梦想。只有那些从最生动的人民生活和最真挚的人民情感中提炼出的故事和形象，才最能够激荡人心、传之于世。

三、塑造时代新人，攀登文学高峰，广大青年作家要坚定文化自信，弘扬和践行社会主义核心价值观。

文学高峰不会从平地凭空拔起。古今中外，一切伟大作家和伟大作品的背后，都必然存在着特定民族的精神背景、文化谱系，以及对此种背景谱系的深入理解、深切认同与高度自信。我国现当代文学史上的文学巨匠鲁迅、郭沫若、茅盾、巴金、老舍、曹禺创造了文学辉煌，他们的根基就在这里。根深方能固本，源远才可流长。对本民族、本时代文化的高度自信，是文学创作的根脉，是优秀作品的源泉，是作家文学写作的支撑。坚定文化自信就要对博大精深的中华优秀传统文化有深刻的理解、对中华民族的文化理想与文化价值有发自内心的高度认同。为此，广大青年作家要学习中国历史，特别是中国近代史、中国革命史、中国共产党史、中华人民共和国史、中国改革开放史，提升文学作品的观察力、穿透力和纵深感。正如习近平总书记所指出的："没有历史感，文学家、艺术家就很难有丰富的灵感和深刻的思想。"

坚定文化自信不仅与文学创作相关，也与国家兴衰、民族兴亡密切相关。习近平总书记强调，坚定文化自信，是事关国运兴衰、事关文化安全、事关民族精神独立性的大问题。当代中国，能够让我们建立起高度自信的文化，是一种什么样的文化？就是中国特色社会主义文化。党的十九大报告指出，中国特色社会主义文化，源自于中华民族五千多年文明历史所孕育的中华优秀传统文化，熔铸于党领导人民在革命、建设、改革中创造的革命文化和社会主义先进文化，植根于中国特色社会主义伟大实践。中国特色社会主义文化拥有悠久的文化源流、鲜明的形成背景、强大的现实根基，广大青年作家要筑牢对中国特色社会主义文化的高度认同与高度自信，通过优秀的文学作品，帮助广大人民群众更广泛地建立起这种认同和信心，进而使全体人民在理想信念、价值理念、道德观念上紧紧团结在一起，坚定中国特色社会主义道路自信、理论自信、制度自信、文化自信，这是实现中华民族伟大复兴中国梦的必然要求，也是广大青年作家不可推卸的神圣责任。

核心价值观是一个民族赖以维系的精神纽带，是一个国家共同的思想道德基础。社会主义核心价值观是当代中国精神的集中体现，是我们这个时代在精神文化层面上的“最大公约数”，是广大人民群众最重要、最基本的认同基础。文化自信要体现在日常创作之中，就是要在思想上坚持、创作中弘扬社会主义核心价值观，坚决抵制虚无历史、泛娱乐化、泛物质化和低俗、庸俗、媚俗等错误影响。只有这样，才有可能使我们的作品反映人民的心声、获得人民的认可，成为彰显时代形象、凝聚时代力量的精品佳作。

广大青年作家应主动担负起弘扬、践行社会主义核心价值观的责任。立物易、立心难，要推动社会主义核心价值观转化为广大人民群众的思想自觉和行为习惯，需要文学创作充分发挥春风化雨、润物无声的作用。要用生动的故事、丰满的形象和鲜活的语言，把社会主义核心价值观融进广大人民群众心里，从而实现文学立德树人、以文化人的社会效益和社会价值。

从今年起，我们将不断迎来一些重要的时间节点，今年将庆祝改革开放 40 周年，明年将迎来中华人民共和国成立 70 周年，2020 年将全面建成小康社会，2021 年将迎来中国共产党成立 100 周年，在这些重要时间节点，我们期待并相信广大青年作家会创作出一大批反映中国人民“光荣与梦想”的优秀文学作品。

四、塑造时代新人，攀登文学高峰，广大青年作家要讲好中国故事，展现中国形象，为世界文明发展注入新的激情与活力。

今天，我们的国家正在从“中国制造”向“中国创造”转型。文学的声音，要有“中国制造”，更要有“中国创造”。用中国声音讲述中国故事、彰显中国精神、展现中国形象，是新时代对广大青年作家发出的召唤。

改革开放以来，我国综合国力和国际地位不断提高，国际影响力不断增强，国际社会对我国的关注前所未有，世界上越来越多的人想更多地了解中国发展、中国文化和中国文学，我国文学走出去、作家走出去面临着比以往更好的时机，作家在推动文化交流、文明互鉴和扩大我国的国际影响力方面承担着比以往更重要的责任。改革开放带来的文化碰撞和交流，国外的文学作品与文学理论的大量引入，拓展了我国作家的视野，对我国文学的发展产生了积极作用。但中国文学发展到今天，如果还仅仅是“引进”，显然已经不够。如果离开国外的理论和技巧就张不开嘴、下不去笔，那只能说明我们还没有找到自己的声音、没有发现自己的故事、没有深刻体认我们自己民族的精神特质。也就是说，还没有建立起足够强大的文化自信，没有建构起我们自己的美学自信。文化自信、美学自信建立不起来，我们的写作就容易耽于模仿、流于跟风，就不可能书写好中华民族的新史诗。

“工欲善其事，必先利其器”。在世界文化激荡中，广大青年作家应当更加珍视我们民族的美学传统，激活民族文化宝库里的思想资源，为建立我们自己的理论体系和话语体系做出积极贡献。中华民族在长期的历史中，形成了许多独特的思想理念、道德规范、审美风范。中华美学博大精深，拥有极其丰富的内涵。这些价值理念和美学追求，是中华文明几千年培育传承下来的宝贵精神财富，深深地影响着中国人的思想和行为。这是中华民族的文化基因，拥有永不褪色的吸引力、凝聚力和强大的生命力。我们要更加主动、更加自觉地学习和传承中华优秀传统文化，努力做到创造性转化、创新性发展，用中国声音讲述好中国故事，以中国故事建立起中国形象、展示出中国精神，在向世界讲好中国故事中呈现中国文学的精彩。

广大青年作家要树立宽广的文化眼光，拓展宽阔的世界文学视野。一方面，要在眼光和胸怀上保持开放的姿态，关注世界文学发展潮流、研究世界文学优秀成果，汲取其中的营养精华来滋养自身的写作。另一方面，要积极“走出去”，推动中国文学深度参与到世界文学格局建构之中，把中国的故事和中国人的形象更好地推送到世界人民面前，使他们感受中国文学的魅力，加深对中华文化的认知，增进对中国价值、中国精神的理解。广大青年作家要以更积极、更健康、更自信的心态，努力提高国际文化交往能力，促进中国文学的对外传播，展现中国独特的诗情和意境，以中国的精神为世界文明发展注入新的活力。

五、塑造时代新人，攀登文学高峰，广大青年作家要迎接艺术挑战，勇于探索创新。

创新是文艺的生命。对广大青年作家的写作而言，艺术创新尤为可贵、尤为重要。

一百年前，中国新文学发轫之时，文学革命的先驱们热切呼唤文学的创新和进步，提出了“今日之中国，当造今日之文学”的观点。新文化运动就是要“树立新时代的精神，适应新社会的环境”。鲁迅先生曾热情地鼓励青年们探索创新，希望能够勇敢地发出“我们现代的声音”。文学之“新”，意味着文学在思想内容、艺术技巧上的探索创新，乃至于对思想观念、社会风气的推动更新。可以说，创新是中国新文学的“初心”。回眸过往，展望未来，中国特色社会主义文学事业要保持生机、持续繁荣，也需要广大青年作家不忘“初心”，勇于创新。

艺术创新，呼唤的是题材内容的深化拓展。改革开放40年来，中国社会发生了深刻变化，我们的身边出现了大量新的事物、形成了大量新的经验、产生了大量新的观念。很大程度上，我们生活的许多内容是前人所未及书写或者书写不充分的。新时代的新故事、新内容，更需要有新的写作者来深入表现。我们讲加强现实题材文学创作、让现实主义焕发出强大的艺术生命力，听起来是一个老话题，其实是一个新任务！“现实”本身就始终是生生不息、最新鲜最有活力的。新时代蕴藏着创新的无限可能。广大青年作家应当对此有所思有所为。

艺术创新，呼唤的是个性风格的张扬。百花齐放，需要有不同的颜色；百家争鸣，需要有各自的歌喉。青年作家要立志在写作中确立自己的艺术风格，不满足于“老调重弹”，也不要仅仅止步于学习模仿，而要尽早学会“用自己的嗓子唱歌”、构建起自己的“文学辨识度”。

艺术创新，呼唤的是手法形式的新变。青年作家要广泛学习各种表现技法和艺术手段，既要有博采众长的“慧眼”、也要有为我所用的“匠心”。青年作家应当敢为“先锋”，勇敢地去探寻艺术的“新大陆”。

艺术创新，呼唤的是文学观念的变革。拥有更广阔更宏观的历史眼光，学会从人类文明和世界大势的高度去辨识和把握我们身处的现实，为自己的写作注入历史意识和史诗意识，这是我们文学观念与时代同行的一个重要要求。当下，文学的边界在不断扩大，网络小说、科幻文学、自媒体写作等，都已成为备受关注的新的文学现象。广大青年作家应当进一步打开视野，更新观念，及时关注、认知、判断、研究这些新的文学现象并积极参与其中。随着网络新媒体平台发展迅速，文学作品的阅读接受场域有相当一部分已经从纸质书籍转移到了网上，网上阅读、移动端阅读成为普遍现象。有许多青年作家就是充分利用网络、微信公众号等新兴媒体平台推出作品，获得了大量的读者。广大青年作家要积极利用新平台进行创作、展示作品、收获读者、引领风气。

艺术创新有自身的规律和要求。习近平总书记强调，创新贵在独辟蹊径、不拘一格，但一味标新立异、追求怪诞，不可能成为上品，却可能流于下品。30多年前，刚过而立之年的青年作家路遥，以一部《人生》引发全社会的广泛关注和热议，但他没有满足于一时的轰动与名誉，而是潜下心来，构思并着手创作一部更加宏大的作品。他为了这个更大的创作理想，阅读大量中外经典作品，阅读大量社会科学著作，广泛搜集各种信息，倾情倾力，最终完成了最能体现他艺术理想和美学抱负的长篇巨制《平凡的世界》。路遥把所有艺术上的创新投入到这部长篇小说的创作当中，但他又不跟风潮，不追时髦，坚持现实主义精神，为中国当代文学史留下一部经典之作。青年路遥的经历与成就，他的执着自信和创新精神，对广大青年作家有着重要的启示意义。

六、塑造时代新人，攀登文学高峰，广大青年作家要崇文尚德，德艺兼修，不断提升人格和精神境界。

青年作家，同时拥有“青年”和“作家”两种身份，这对我们的人格修养和精神境界提出了很高的要求。青年往往是时代风气的引领者，而作家作为“人类灵魂工程师”肩负着立德树人、以文化人的重大使命。作家对人民的精神与道德的影响，不仅通过创作出来的作品实现，也会经由作家自身的言行传播。读者既在阅读作品，也在了解作家，并从中受到潜移默化的感召和影响。因此，广大青年作家不仅要写好笔下的书，还要写好“自身”这部书，不断提升人格和精神境界，为青年乃至全社会做出表率。

崇文尚德，德艺兼修，不断提升人格和精神境界，既是对创作者的要求，更是伟大作品诞生的条件。“立言先立德”，作家的道德水平及人格修养，从来不能与创作割裂开来。具有生命力的文学作品，天然地具备着歌颂真善美、鞭挞假恶丑的价值引领属性，应当成为社会正义与人性良知的体现。广大青年作家要从创作生涯的初期阶段做起，自觉培养高尚情操，树立正确的历史观、民族观、国家观、文化观，培养起高度的道德意识与社会责任感，把对正义的坚持、对光明的向往、对人民的热爱刻到骨子里，印在文字中。唯有经过苦心孤诣的艺术创造，才能够创作出真正有力量、有生命、为人民群众喜闻乐见的优秀作品，并以此实现文学对人类灵魂的塑造、对时代精神的凝聚。

作家的“德”，既包括一般社会意义上的“道德”“美德”，同时也包括了文学工作特殊而具体的“职业道德”“职业责任”。具体来说，抄袭模仿、千篇一律，是职业道德、职业责任的缺失；胡编乱写、粗制滥造，也是职业道德、职业责任的缺失；只想着越快越多出成果，没有耐心对作品进行细致打磨，同样是职业道德、职业责任缺失的表现。广大青年作家要努力建立对自身身份的自觉和责任、对文学事业的敬畏和热爱，始终秉持和坚守文学工作者的职业道德、职业责任，在创作中摆正作品质量与数量的关系、社会效益与经济效益的关系，注重质量、注重社会效益，使文学创作避免遭受“浮躁”的伤害。

习近平总书记在给牛犇同志的信中，对文艺工作者提出了“在从艺做人上做表率”“做有信仰、有情怀、有担当的人”的希望和要求。新时代呼唤有筋骨、有道德、有温度的文学作品，而这样的作品只能是由同样有筋骨、有道德、有温度的高尚灵魂才能创造出来。衷心希望广大青年作家能够自觉地担负神圣职责，坚守艺术理想，崇文尚德，德艺兼修，不断提升自身的人格修养和精神境界。

同志们、青年作家朋友们，青年作家的成长需要全社会的重视、关心和支持。中国作家协会作为党和政府联系广大作家的桥梁和纽带，始终将团结、引导、发现、扶持青年作家作为工作的重要任务，始终着力于更广泛地发现青年作家、更有力地扶持青年作家，始终着力于为青年作家的创作和成长提供更好更有效的支持与帮助。最近五年来，中国作家协会党组书记处在每年的调研中，都把青年文学人才的培养作为重要课题。在2015年的调研中，铁凝主席和党组书记处的同志先后就新文学群体特别是网络作家的创作生活状况进行调研，为这几年团结引导网络作家和推动网络文学创作起到了很好的作用。在今年的调研中，我们又对青年作家尤其是基层青年作家在创作和成长中遇到的问题与难点进行调研，研究提出解决办法，推动地方作协、行业作协加强基层青年作家工作，各地方作协、行业作协等团体会员单位积极从工作机制、队伍建设、平台搭建等各个方面支持青年作家创作和成长，这都为本次青创会的召开打下了良好基础。

在支持青年作家创作和成长方面，当前和今后一个时期，中国作家协会将重点做好以下工作：继续推动广大青年作家深入生活、扎根人民，在未来五年内，遴选并支持1000名青年作家定点深入生活；以多种形式挖掘青年人才、扶持青年创作，加强对青年文学创作及队伍建设的研究、引导、规划，成立中国作家协会青年创作委员会；实施青年作家创作扶持计划，用五年时间支持1000名青年作家进行现实题材创作；加强青年作家文学培训工作，在未来五年内培训青年作家1000人；吸收更多创作势头好、文学潜力大的青年作家加入中国作家协会；拓展工作渠道、延伸工作手臂，进一步将青年网络文学作家、青年自由撰稿人等新兴写作群体纳入作协的工作范围；加强对青年文学创作优秀成果的研究和宣传推介，扩大青年作家及其作品的社会影响力。我们要根据青年作家的地区、职业分布，改进工作方式方法，为青年作家安心学习、专心创作和健康成长努力创造条件。同时，积极推动有关部门、有关地方党委政府更加切实地关心、爱护和帮助青年作家的工作和生活。

同志们、青年作家朋友们，“桐花万里丹山路，雏凤清于老凤声”，中国特色社会主义文学事业的繁荣发展需要广大青年作家潜心创作、勇攀高峰，中华民族伟大复兴的百年梦想呼唤广大青年作家牢记使命、砥砺前行。让我们紧密团结在以习近平同志为核心的党中央周围，肩负起人民的热切期待和历史的光荣使命，坚定理想信念，练就过硬本领，勇于创新创造，锤炼高尚品格，为中国特色社会主义文学事业的繁荣发展，为实现中华民族伟大复兴的中国梦贡献青春和才华！

严守政治纪律和政治规矩
建设党中央放心群众满意的作协机关

——在中国作协警示教育大会上的讲话

（2018 年 10 月 10 日）

中国作协党组书记、副主席　钱小芊

同志们：

今年 5 月 12 日，习近平总书记在中央纪委国家监委驻中央办公厅纪检监察组报送的“辽 12 · 15”专案查处报告上作出重要批示，强调“此案要依法依纪严肃处理。要依此开展中办系统警示教育，还可延及中央国家机关开展警示教育。要汲取教训、举一反三，建立健全各项制度机制，解决核心机关、机要单位及人员灯下黑、疏于监管的问题”。根据习近平总书记批示，9 月 29 日中央和国家机关工委召开警示教育大会，中共中央政治局委员、书记处书记、中央和国家机关工委书记丁薛祥同志出席会议并讲话，对中央和国家机关开展警示教育活动作出全面部署。

今天，我们召开中国作协副处级以上干部参加的警示教育大会，主要任务是贯彻落实习近平总书记重要批示和丁薛祥同志的讲话，传达学习中央和国家机关警示教育大会精神，通报有关案例，进行警示教育，同时，举一反三，针对中国作协党风廉政建设和反腐败斗争、全面从严治党面临的形势和任务，对进一步加强中国作协纪律建设和作风建设提出要求，进行部署。

中央纪委国家监委驻中宣部纪检监察组四室主任王强同志参加我们的会议，我们表示欢迎。

下面，请陈德龙同志传达《关于中央办公厅王殿杰等人严重违纪违法案件查处情况及其警示教训的通报》和《党的十八大以来中央和国家机关党员领导干部违纪典型案例通报》。

现在，请吉狄马加同志传达丁薛祥同志在中央和国家机关警示教育大会上的讲话。

同志们，刚才，我们传达学习了丁薛祥同志在中央和国家机关警示教育大会上的讲话，传达了《关于中央办公厅王殿杰等人严重违纪违法案件查处情况及其警示教训的通报》和《党的十八大以来中央和国家机关党员领导干部违纪典型案例通报》。这些案例应该使我们受到深深的触动和教育。事实证明，中央和国家机关不是净土，不是真空，“灯下黑”的问题还远未解决。在当前全面从严治党和反腐败斗争的高压态势下，仍然有个别党员领导干部罔顾党纪国法、为所欲为，一些部门、一些单位落实管党治党责任不严不实，管理监督宽松软问题突出，这方面具有普遍性和代表性。

通报的几十起违纪违法案例，牵涉到中央和国家机关许多部门、单位，涉及的人员既有核心部门重要岗位的领导干部，又有敏感特殊岗位的党员干部。其中，有的我行我素，漠视党的政治纪律和政治规矩；有的顶风违纪不收敛不收手，公然违反中央八项规定精神；有的特权思想膨胀，任性纵权，以权谋私，大肆收受、索要钱物；有的法纪意识淡漠，越红线破底线，打着中央和国家机关的招牌谋取私利；有的弄虚作假，以假档案假干部假党员混入中央和国家机关；有的监管不力，致使下属企事业单位失管失控；有的政治站位不高，履行全面从严治党主体责任不力。他们的违纪违法行为，严重损害了中央和国家机关的形象，严重践踏了党纪国法，严重破坏了党的团结统一。

党纪严于国法、重于生命。毛主席讲，路线是“王道”，纪律是“霸道”，两者都不可少。小平同志说，一靠理想、二靠纪律，这样才能团结起来。正是靠严明的纪律和规矩，我们党才能历经坎坷而不气馁、屡遭磨难而不溃散，不断发展壮大、屹立潮头。党的十八大以来，以习近平总书记为核心的党中央手持党的纪律规矩这柄利剑，以雷霆之势、霹雳之举，正风肃纪，不以权势大而破规，不以问题小而姑息，不以违者众而放任，一大批违法违纪者被毫不留情地绳之以党纪国法。周永康、薄熙来、郭伯雄、徐才厚、令计划、苏荣等，纵然地位再高、权力再大，但利令智昏、贪赃枉法，一样难逃党纪国法的制裁。

习近平总书记一再告诫我们，作风建设永远在路上。只有常抓不懈，警钟长鸣，才能善作善成、久久为功。古人崇尚“吾日三省吾身”，共产党人强调自我净化、自我完善、自我革新、自我提高，说的都是内正心、外正容。中国作协是党领导下的政治机关，承担着团结引领广大作家和繁荣发展中国特色社会主义文化的重要责任，应该始终走在中央和国家机关纪律建设和作风建设的前列。我们一定要牢记总书记的谆谆告诫，以认真较真、从严从实的鲜明态度，切实把纪律建设和作风建设存在的突出问题查找好、解决好。

党的十八大以来，中国作协党组和各级党组织，坚决贯彻党中央决策部署，认真履行全面从严治党主体责任和监督责任，严明党的纪律和规矩，持之以恒正风肃纪。5 年多来，共处分违反党纪政纪人员 4 人，其中司局级 1 人，处级及以下 3 人。这些人员中，有的是违反中央八项规定精神，有的是发表错误言论，有的是违反国家有关政策。对工作不力失职失责 2 人进行了问责，1 人给予党内警告处分，1 人进行了诫勉谈话。另外，我们还对 5 人进行了谈话提醒，对2人进行了批评教育。在严肃执纪的同时，我们坚持运用“四种形态”抓早抓小，对一些小毛病小问题早发现早提醒早处理，让“红红脸、出出汗”成为常态，使广大党员干部真切感受到党纪无处不在，体现了严管就是厚爱。近期，我们将严肃处理中国作家出版集团徐忠志严重违纪的问题，将组织对巡视整改再次进行“回头看”，党组还责成机关纪委、集团纪委要组织开展中央八项规定精神及实施办法的贯彻落实、文学基地的清理、文学征文评奖情况、干部兼职情况和领导干部出京请假报备情况专项检查，认真查找和解决这方面还存在的问题。

为了建设让党中央放心、让人民群众满意、风清气正、纪律严明的作协机关，结合今天的传达学习，我代表党组着重再强调以下几点。

一、要进一步增强“两个维护”自觉，着力提升政治鉴别力

政治上的清醒坚定，关键是要在复杂形势面前能明辨是非，站稳立场。十八届中央第十一轮专项巡视向中国作协党组反馈意见时明确指出了我们存在的在学习贯彻中央精神上还缺乏政治自觉，在落实党要管党、全面从严治党和党管意识形态的工作责任上还不够有力，缺少必要的政治敏感性和政治鉴别力等问题，对此我们进行了整改，但仍应以此时时提醒和经常认真对照检查。

保持政治上的清醒坚定，就是要铸牢“两个维护”的政治信念，坚决维护习近平总书记的核心地位，坚决维护党中央权威和集中统一领导。要深刻认识到，维护习近平总书记的核心地位，维护党中央权威和集中统一领导，就是维护党和国家的长治久安，就是维护国家富强、民族振兴、人民幸福，就是维护最广大人民群众根本利益。要牢牢站稳这一政治立场，主动自觉地向党中央看齐，向习近平总书记看齐，向党的理论和路线方针政策看齐，向党的决策部署看齐，做到党中央提倡的坚决响应，党中央决定的坚决执行，党中央禁止的坚决不做。要牢固树立“四个意识”，坚决抵制和反对“七个有之”，不断增强坚决维护习近平总书记的核心地位、坚决维护党中央权威和集中统一领导的政治自觉、思想自觉、行动自觉，始终与以习近平总书记为核心的党中央保持高度一致。

保持政治上的清醒坚定，就是要时刻保持对党忠诚的坚贞品格。对党忠诚是共产党人的政治品格，也是守纪律讲规矩的基本要求。在党内生活中，守纪律讲规矩是“压舱石”，是“磨刀石”，也是“试金石”，只要看是否遵规守纪，就能辨识是否对党忠诚。我们在座的都是处以上干部，都是党组织把我们一步一步培养起来的，我们的政治生命是党给予的，是党的事业为我们提供了实现人生价值的舞台，所以忠诚于党、忠诚于党的事业，自觉与党同心同德、同舟共济，对于我们是天经地义的事情。政治上坚定的基础是理论上的清醒。习近平总书记指出：“如果缺乏理论思维的有力支撑，是难以战胜各种风险和困难的，也是难以不

断前进的。”所以，我们要认真学习马克思主义理论，认真学习习近平新时代中国特色社会主义思想，在理论上要弄明白，努力掌握观察形势、分析问题、把握方向的立场观点方法。理论上不强，政治上就不会强，作为党员领导干部，特别是在宣传文化和意识形态领域工作的党员领导干部，必须要理论上强，把政治理论学习作为基础课、基本功，只有这样，才能真正做政治上的“明白人”。

二、要进一步抓好理想信念教育，着力提升思想源动力

讲理想信念是我们党强大的政治优势，理想信念教育是每个党员干部的终身必修课。从今天通报的案例来看，一些部门和单位党的领导弱化、党的观念淡化、党的理想信仰虚化，一些党员干部不信马列信鬼神，拜“大师”、看风水、做法事，遇到事情不是相信组织依靠组织，而是求助“大仙”指点，寄望菩萨保佑，这些都是严重的党的信念缺失、精神滑坡的表现。

习近平总书记指出，理想信念是共产党人的精神之“钙”，没有理想信念，理想信念不坚定，精神上就会“缺钙”，就会得“软骨病”。抓好理想信念教育，一是要抓好政治理论学习，尤其是认真学习习近平新时代中国特色社会主义思想，要认真学、反复学，做到真学真懂、真信真用。二是要涵养政治文化，用中华优秀传统文化、革命文化和社会主义先进文化滋养政治信念，维护健康清廉向上的党内文化氛围，旗帜鲜明抵制和反对关系学、厚黑学、潜规则等庸俗腐朽的政治文化。三是要提高政治觉悟，自觉加强党性和政德修养，明大德、守公德、严私德，时刻对照信念信仰、党章党纪、民心民生、先辈先进“四面镜子”，从违纪案例中汲取教训、自省自警，始终做到相信党、相信组织，始终做到廉洁从政做事、廉洁修身齐家，永葆共产党人清正廉洁的政治本色。

三、要进一步扎紧制度的笼子，着力提升法纪震慑力

良好的作风养成离不开完善的制度规范和严格的制度约束。推进纪律建设和作风建设新常态，必须把制度建设贯穿其中，进一步扎紧制度的“笼子”，不断提升党纪国法的震慑力。古人讲，“守王法者梦里无惊”“畏法度者最快乐”。就是说一个人敬畏法纪，就会多一些清醒谨慎，多一些清正廉洁，多一些清风正气，不做违法乱纪的事，就用不着提心吊胆，自然过得踏实快乐。这次通报的60余起案例，一些党员干部之所以违法乱纪，根本原因就是法纪观念淡薄，视制度为无物。这警示我们，必须学会时时事事在纪律约束中工作、在规矩管束下行事，始终绷紧党纪国法这根弦。高压线也是安全线，紧箍咒也是护身符，这是被无数惨痛教训反复证明的一个道理，不能事到临头，后悔莫及。

扎紧制度的笼子，绝非一朝一夕之事。对于我们来说，一是要建立健全制度体系。我们针对十八届中央第十一轮专项巡视指出的问题，制定修改完善了56项干部监督、组织生活、文学评奖、选人用人、财务管理等方面的制度。我们要认真执行好这些制度，同时，要根据实际情况，时时“修补”制度的漏洞，既不能“牛栏关猫”，也不能留“暗门”、开“天窗”，落实好用制度管人、按制度办事的要求。对关键岗位、关键人员建立风险防控机制。二是要提高制度的约束力和执行力。把制度执行与制度建设摆在同等重要的位置，用严格的执行保证制度建设的实际效果。对影响制度执行的问题及时纠正，对违反制度、损害制度权威性和严肃性的行为及当事人，坚决追究责任，决不搞下不为例，决不能让纪律规矩成为“稻草人”。三是要加强日常监督。要重点强化政治纪律、政治规矩的监督，带动组织纪律、廉洁纪律、群众纪律、工作纪律、生活纪律严起来，要重点加强重点岗位、人员和问题易发、多发单位、部门及有关人员的监督管理，及时发现苗头及时提醒纠正，触犯纪律就严肃处理，做到真管真严，敢管敢严，长管长严。我们大家都要从这些年来我们严肃处理的案例中，包括徐忠志严重违纪案中，认真汲取教训、引以为戒。

四、要进一步压实全面从严治党主体责任，着力提升管党治党工作合力

全面从严治党是系统工程，必须发挥党的组织优势，形成一级抓一级、各级一起抓的良好局面。上次中央巡视组在反馈意见时，指出了我们全面从严治党不严、党内监督不实、“两个责任”缺位的问题。我们必须时刻把全面从严治党两个责任紧紧抓在手上、扛在肩上，坚决克服“上面机关紧、下面企事业单位松”的问题。

作协各级党组织和负责人，要坚持严字当头，把履行管党治党政治责任与抓好单位建设发展同计划、同布置、同落实、同检查，坚决克服“重业务轻党务”的错误思想，要真正做到在其位谋其政，认真履行责任，看好自己的门、管好自己的人，发生问题要严肃追责。做好这方面工作，一是中国作协各级党组织书记要发挥好第一责任人作用。党内职务不是政治荣誉，而是政治责任。我们时刻牢记自己党员的第一身份，第一职责是为党工作，纠正党风廉政建设只是纪检部门事情的不正确认识。坚决克服好人主义，切实承担起管党治党和教育管理责任。二是党组织成员要按照职责分工履行好分管工作的政治责任。要提高政治站位，强化政治担当，尤其注重在工作中毫不动摇贯彻落实党中央决策部署，在党风廉政建设和反腐败斗争上不打折扣、不讲条件，坚决做到守土有责、守土负责、守土尽责。三是纪检部门要发挥党内监督专责机关作用。要履行好监督执纪问责职责，对管党治党不力的严肃问责。机关纪委、集团纪委要不断加强自身建设，始终做到立场坚定、态度鲜明、勇于担当、履职尽责，在强化不敢腐的震慑、扎牢不能腐的笼子、增强不想腐的自觉方面发挥更大作用。

“自治而后可以治人，自净而后可以净人”。从这次通报的几十起案例看，领导干部是违纪违法案件的高发群体。权力是柄双刃剑，权力越集中，腐败风险就越大，一些单位独立性强、自主性大，也容易成为监督空白。抓管党治党、抓党风廉政建设，关键在于领导干部，领导干部既要以身作则，又要敢管敢抓，只有以身作则，才有可能敢管敢抓。为此，要做到要把立言与立行统一起来，把慎权与尽责统一起来，把自律与他律统一起来，要求别人做到的，我们自己首先要做到，在管党治党、党风廉政建设方面发挥好率先垂范的作用。

意识形态工作事关国家政治安全和政权安全，作协工作具有很强的意识形态属性，我们必须认真履行意识形态工作责任，旗帜鲜明地宣传贯彻党的理论和路线方针政策，旗帜鲜明地宣传贯彻党的主张和党中央的决策，旗帜鲜明地坚持正确的政治方向、舆论导向、价值取向，决不给错误思想观点提供传播渠道，也决不允许我们的党员干部在我们管理的阵地和网上的微博微信散布传播政治有害信息。报刊社网、开办的微信公众号、党员干部个人的微博微信，都绝不允许散布传播政治有害信息。党组和各单位各部门党组织都要严肃地担负起监督责任、管理责任，切实增强做好意识形态工作的政治自觉。

五、要进一步坚守底线，着力提升崇德向善的行为自觉

习近平总书记指出：“能守住做人、处事、用权、交友的底线，就能守住党和人民交给自己的政治责任，守住自己的政治生命线，守住正确的人生价值。”什么是底线？我认为，底线就是纪律规矩分界线，守纪律讲规矩，就能守住名节，把正方向；不守纪律不讲规矩，不仅伤害集体、贻误事业，也会害了自己。底线就是带电的高压线，特别是党的十八大后，“高压线”不仅通了电，而且电压越来越高、电网越来越密，是绝对不能触碰的，碰则一失万无，不碰则万无一失。底线就是人生的幸福线，对党员干部来讲，纪律规矩就是最直接的政治爱护、最基本的底线保护。这里的分界线、高压线、幸福线，是对纪律规矩本质内涵、标准尺度和实践要求的一种比喻。今天通报的60多起案例就是最好的证明。客观地讲，这些出问题的人有不少能力是比较强的，能干事却出了事，就是因为突破了底线。我们作协机关的同志，手中或多或少也都有别人看中的一定的权力，如果不慎重也容易出问题。前不久，中央又颁布了新修订的《中国共产党纪律处分条例》，新规禁令的界线划得更明确了，一些过去好像可以干的事，现在不能干了；一些普通百姓能干的事，党员干部不能干了；一些过去干了是小事，现在干可能就要“出大事”了。在这种情况下，我们更要把纪律规矩挺在前面，把底线设得高一些、守得严一些。一是要多算事业的大帐、个人前途的大账，少算个人私利、蝇头小利的小账。二是对人对事要秉持公心，力戒私心，不能只讲感情不讲原则、只重关系不重规矩、只唱红脸不唱黑脸。三要弘扬正气，狠刹邪气。上次中央巡视组在反馈意见时，也指出了作协机关的风气问题。我们要以此次警示教育为契机，认真自查、深刻反思、

不断整改，建设好、维护好、发展好中国作协机关和各单位各部门风清气正的良好风气。

落实工委要求，还有几件工作：

一、今天会后，对未出席会议人员，各单位各部门都要及时组织他们认真学习今天的会议精神，并做好记录。对因公因私请假的几位局级干部统一做一次传达学习，请纪委落实；

二、近期机关党委（人事部）、机关纪委要组织副处以上人员观看警示教育片和去廉政教育基地学习；

三、各单位各部门近期要组织开展一次廉政教育党课；

四、各单位各部门要结合学习新修订的《中国共产党纪律处分条例》等党内法规组织开展一次专题组织生活会；

五、各单位各部门要在 11 月 2 日前将警示教育开展情况书面报送机关纪委。

在深入学习贯彻全国宣传思想工作会议精神专题研修班上的讲话

（2018 年 11 月 21 日）

中国作协党组书记、副主席　钱小芊

同志们：

这次深入学习贯彻全国宣传思想工作会议精神专题研修班，是中国作协党组书记处学习贯彻全国宣传思想工作会议精神的一项重要安排。近年来，我们每年召开一次省级作协负责人专题研修班，就一些重大问题、重要工作组织开展专题研讨，提高认识、统一思想、集思广益。同时，通过专题研修的方式，加强中国作协党组书记处与省级作协负责人的联系，为省级作协之间总结工作、交流经验、研究问题提供一个平台。这次专题研修班的主题是：以习近平新时代中国特色社会主义思想为指导，深入学习贯彻全国宣传思想工作会议精神，进一步加强和改进作协工作。全国宣传思想工作会议召开之后，中国作协党组书记处召开会议进行了传达学习，在全国青年作家创作会议和有关工作中积极贯彻和体现会议精神。这三个月来，各地都在组织学习全国宣传思想工作会议精神。在这个基础上，经过一段时间的沉淀，我们再来认真学习领会、深入研究思考，结合明年的工作安排，把全国宣传思想工作会议精神更好地贯彻到工作中去。

下面，我讲两个问题。

一、深入学习领会、全面准确把握习近平总书记关于宣传思想工作的重要思想

今年 8 月 21 日至 22 日，中央召开全国宣传思想工作会议，习近平总书记在会上做了重要讲话。这次会议是深入贯彻落实习近平新时代中国特色社会主义思想和党的十九大精神，面向新时代、开启宣传思想工作新局面的一次具有全局意义的重要会议。习近平总书记的重要讲话立意高远、思想深刻、内涵丰富、求真务实，具有很强的政治性、思想性、战略性、

指导性，从国际和国内、历史和现实的结合上，深刻回答了在新时代如何把握宣传思想工作、怎样做好宣传思想工作的重大问题，开辟了宣传思想工作理论和实践的新境界。我们必须深入学习领会、全面准确把握习近平总书记关于宣传思想工作的重要思想，切实把思想和行动统一到习近平总书记重要讲话精神上来。

（一）深刻把握宣传思想工作的历史性成就和历史性变革。党的十八大以来，以习近平同志为核心的党中央把宣传思想工作摆在全局工作的重要位置，作出一系列重大决策，实施一系列重大举措，召开了一系列会议进行部署。习近平总书记指出，宣传思想工作是党的一项十分重要的工作，是中国特色社会主义事业十分重要的组成部分。意识形态工作是党的一项极端重要的工作，巩固马克思主义在意识形态的指导地位，巩固全党全国各族人民团结奋斗的共同思想基础，是意识形态工作的根本任务。5 年多来，在党中央坚强领导下，宣传思想战线积极作为、开拓进取，党的理论创新全面推进，中国特色社会主义和中国梦深入人心，社会主义核心价值观和中华优秀传统文化广泛弘扬，主流思想舆论不断巩固壮大，文化自信得到彰显，国家文化软实力和中华文化影响力大幅提升，全党全社会思想上的团结统一更加巩固。5 年多来，宣传思想领域最具标志性的成果，就是从根本上扭转了意识形态领域一度出现的被动局面，使意识形态领域形势发生了全局性、根本性的转变。5 年多的实践证明，党中央关于宣传思想工作的决策部署是完全正确的，宣传思想战线广大干部是完全值得信赖的。党的十八大以来，宣传思想工作取得历史性成就和历史性变革，根本在于习近平总书记作为党中央核心、全党核心的坚强领导，在于习近平新时代中国特色社会主义思想的科学指导。我国文学界 5 年来出现了一系列新变化、新气象、新面貌，这是整个宣传思想工作历史性成就和历史性变革的重要组成部分。

（二）深刻把握关于“九个坚持”的规律性认识。党的十八大以来，以习近平同志为核心的党中央高度重视宣传思想工作，习近平总书记总揽全局，以极大精力亲自谋划部署、亲自指导推动，召开一系列重要会议并发表重要讲话，提出了一系列新思想新观点新论断。习近平总书记用“九个坚持”对党的十八大以来宣传思想工作的新思想新观点新论断做了精辟概括。这“九个坚持”是：坚持党对意识形态工作的领导权，坚持思想工作“两个巩固”的根本任务，坚持用习近平新时代中国特色社会主义思想武装全党、教育人民，坚持培育和践行社会主义核心价值观，坚持文化自信是更基础、更广泛、更深厚的自信，是更基本、更深沉、更持久的力量，坚持提高新闻舆论传播力、引导力、影响力、公信力，坚持以人民为中心的创作导向，坚持营造风清气正的网络空间，坚持讲好中国故事、传播好中国声音。“九个坚持”是党的十八大以来宣传思想工作实践和理论创新的系统总结，体现了我们党对宣传思想工作规律的深刻认识，我们必须长期坚持，不断发展。

（三）深刻把握“四个前所未有”的风险挑战。习近平总书记指出，当前，我国发展形势总的很好，做好宣传思想工作具有坚实的理论基础、实践基础、物质基础、民心基础。同时，他强调指出，实现中华民族伟大复兴正处于关键时期，统一思想、凝聚力量任务之艰巨前所未有；世界正处于百年未有之大变局之中，增强国际话语权、提升国家文化软实力任务之艰巨前所未有；思想文化相互激荡、价值观念多元多样，建设具有强大凝聚力和引领力的社会主义意识形态任务之艰巨前所未有；新一轮科技革命带来传播格局深刻变革，改进创新宣传思想工作任务之艰巨前所未有。这“四个前所未有”告诫我们，面对宣传思想工作形势和任务，我们要清醒地看到面临的风险挑战，要有居安思危的风险意识、忧患意识，坚持底线思维，保持战略定力，有效防范和应对风险挑战。

（四）深刻把握“十五个字”的使命任务。习近平总书记指出，做好新形势下的宣传思想工作，必须以新时代中国特色社会主义思想和党的十九大精神为指导，增强“四个意识”、坚定“四个自信”，自觉承担起举旗帜、聚民心、育新人、兴文化、展形象的使命任务，促进全体人民在理想信念、价值理念、道德观念上紧紧团结在一起，为服务党和国家事业全局作出更大贡献。这一重要论述，具有高度的概括性、指导性，是在新的历史起点上开创宣传思想工作新局面的根本要求。“十五个字”，把新时代宣传思想工作的任务讲清楚了。使全体人民在理想信念、价值理念、道德观念上紧紧团结在一起，这是习近平总书记多次讲的，是宣传思想工作的根本任务和重要责任。我们这么大的一个国家，如果在理想信念、价值理念、道德观念上五花八门、始终乱哄哄，要实现中华民族伟大复兴的中国梦，是难以想象的。我们要深刻理解这一使命任务的极端重要性，时刻牢记并不断增强做好工作的责任担当。

（五）深刻把握从正本清源进入守正创新阶段的历史方位。习近平总书记指出，经过5年多来的努力，宣传思想战线正本清源的任务取得重大成效，现在进入了守正创新的重要阶段。必须坚持正确政治方向，在基础性、战略性工作上下功夫，在关键处、要害处下功夫，在工作质量和水平上下功夫，推动宣传思想工作不断强起来。我们要深入思考从正本清源进入守正创新阶段的意义、内涵和要求，把握好“守正”与“创新”的关系，立足新方位新坐标，把握新形势新要求，不断增强创新性开展工作的自觉性，努力作出无愧于新时代的新业绩。

（六）深刻把握建设具有强大凝聚力和引领力的社会主义意识形态。建设具有强大凝聚力和引领力的社会主义意识形态，培养担当民族复兴大任的时代新人，更好满足人民精神文化生活新期待，不断提升中华文化影响力，是习近平总书记在讲话中提出的新形势下宣传思想工作中的四项重点工作。习近平总书记指出，意识形态工作是为国家立心、为民族立魂的工作，事关党的前途命运、国家长治久安、民族凝聚力和向心力，牢牢掌握意识形态工作领导权，建设具有强大凝聚力和引领力的社会主义意识形态，是新时代坚持和发展中国特色社会主义的一个重大命题，也是全党特别是宣传思想战线必须担负起的一个战略任务。习近平总书记强调，要把意识形态工作领导权牢牢掌握在手中，任何时候都不能旁落；要把坚定“四个自信”作为建设社会主义意识形态的关键，坚持马克思主义的指导地位，研究回答新时代重大理论和现实问题；要把握正确舆论导向，做大做强正面宣传，巩固壮大主流思想舆论；要坚持立破并举，敢于亮剑，旗帜鲜明支持正确思想言论，旗帜鲜明反对和抵制各种错误观点，同时要讲求艺术、研究策略和方法；要压实压紧各级党委（党组）意识形态工作主体责任。我们要认真学习这些重要论述，不断增强做好意识形态工作的责任感，落实意识形态工作责任和要求，切实把意识形态工作的主动权、领导权牢牢抓在手上，在建设具有强大凝聚力和引领力的社会主义意识形态中充分发挥文学的作用。

（七）深刻把握培养担当民族复兴大任的时代新人。习近平总书记强调，宣传思想工作是做人的工作的，要把培养担当民族复兴大任的时代新人作为重要职责。培养时代新人，重中之重是要以坚定的理想信念筑牢精神之基，把社会主义核心价值观融入社会发展各方面，使之转化为人们的思想自觉和行为习惯。习近平总书记指出，现在，社会上有一些消极的东西，有的传递不思进取、颓废悲观等不良情绪，有的把财富标准同成功标准简单画等号。这些情绪观念同时代新人应有的精神风貌格格不入，要切实加强教育引导，决不能让这些谬误蔓延流传开来。要大力弘扬时代新风，在推动社会文明进步中实现群众的自我教育、自我提高。习近平总书记把培养时代新人放到宣传思想工作的突出位置，值得我们认真思考，我们有责任聚焦聚力培养时代新人，更好地承担起以文化人、以文育人的重要职责。

（八）深刻把握更好满足人民精神文化生活新期待。习近平总书记强调，我国文化供给的主要矛盾已经不是缺不缺、够不够的问题，而是好不好、精不精的问题。要坚守以人民为中心的创作导向，引导广大文艺工作者深入生活、扎根人民，把提高质量作为文艺作品的生命线，推出更多同新时代相匹配的文化精品；要端正创作思想，坚持把社会效益放在首位，引导文艺工作者树立正确的历史观、民族观、国家观、文化观，严肃认真考虑作品的社会效果，坚决抵制低俗庸俗媚俗，用健康向上的文艺作品和做人处事陶冶情操、启迪心智、引领风尚；要适应网络文艺发展的新趋势新变化，加强网络文艺精品创作，推出更多健康优质的网络文艺作品，加强引导管理、完善法规制度、强化行业自律，培育良好网络文艺生态。要推动公共文化服务标准化、均等化，推动文化产业高质量发展，坚定不移将文化体制改革引向深入。习近平总书记把发展文艺事业、满足人民精神文化生活新期待作为新时代宣传思想工作四项重点工作之一，使我们深受鼓舞，也使我们深感责任重大。这一讲话中关于文艺工作的重要论述，既与习近平总书记之前有关文艺工作的论述一脉相承，同时又放在宣传思想工作的重点工作的层面，讲任务、讲要求、讲问题，讲得更加集中，我们必须认真思考、深入领会、全面把握、坚决贯彻落实。

（九）深刻把握不断提升中华文化影响力。习近平总书记指出，当前外宣工作处于历史最好时期，同时也面临最大压力。中华优秀传统文化是中华民族的文化根脉，其蕴含的思想观念、人文精神、道德规范，不仅是我们中国人思想和精神的内核，对解决人类问题也有重要价值。要把优秀传统文化的精神标识提炼出来、展示出来，把优秀传统文化中具有当代价值、世界意义的文化精髓提炼出来、展示出来，提高走出去的质量和水平，以优质的内容吸引人、打动人、影响人。习近平总书记的这些重要论述，深刻阐明了改进和加强外宣工作的要求，中国文学在改进和加强对外宣传、讲好中国故事中应该发挥更加积极更加重要的作用。

（十）深刻把握加强党对宣传思想工作的全面领导。习近平总书记强调，要旗帜鲜明坚持党管宣传、党管意识形态，各级党委要负起政治责任和领导责任，党委（党组）主要负责同志要带头把方向、抓导向、管阵地、强队伍，带头批评错误观点、错误倾向。要推动宣传思想战线全面从严治党向纵深发展，以党的政治建设为统领，把讲政治作为第一位的要求，把忠诚可靠作为第一位的标准，坚决纠正“四风”，彻底摒弃形式主义、官僚主义。要不断增强脚力、眼力、脑力、笔力，努力打造一支政治过硬、本领高强、求实创新、能打胜仗的宣传思想工作队伍。学习贯彻习近平总书记的这些重要论述，我们必须坚定自觉地坚持和加强党对宣传思想工作的全面领导，坚持全面从严治党永远在路上，把党的政治建设摆在首位，把旗帜鲜明讲政治的要求贯穿融入宣传思想工作全过程、各方面，加强作风建设，锻造过硬本领，不断提高思想水平、工作能力。

以上从十个方面对习近平总书记在全国宣传思想工作会议上的重要讲话作了学习梳理。这十个方面是一个有机的整体，是相互联系、相互影响的，学习领会习近平总书记的重要讲话，要从这十个方面完整地去理解、把握。同时，要把学习贯彻这一重要讲话同学习贯彻习近平新时代中国特色社会主义思想和关于宣传思想工作的其他重要讲话、关于文艺的重要论述结合起来，增强我们做好宣传思想工作、文学工作、作协工作的政治自觉、思想自觉、行动自觉。

二、认真贯彻落实习近平总书记在全国宣传思想工作会议上的重要讲话精神

习近平总书记在全国宣传思想工作会议上的重要讲话，是做好新形势下宣传思想工作及文学工作、作协工作的根本遵循。这一重要讲话提出的关于“九个坚持”的规律性认识、十五字使命任务，提出的宣传思想工作从正本清源进入守正创新、四项重点工作和增强“四力”，都与我们做好文学工作、作协工作有关，都是我们在工作中要认真贯彻落实的重要要求。

如何贯彻落实习近平总书记在全国宣传思想工作会议的重要讲话，我认为，可以从三个层面来做学习思考：一是从党的十八大以来我们所做的工作的层面，二是从讲话精神贯穿的思想原则、工作原则的层面，三是从具体工作的层面。

党的十八大以来，我们所做的工作，概括地说，主要是以下几项：

一是围绕学习贯彻习近平新时代中国特色社会主义思想和习近平总书记关于文艺的重要

论述，着力坚持以习近平新时代中国特色社会主义思想作为文学工作、作协工作的根本指导。我们组织深入学习习近平新时代中国特色社会主义思想和党的十九大精神，持续开展多种形式的学习宣传贯彻习近平总书记关于文艺的重要论述的活动，在文学工作、作协工作中形成了浓厚氛围，极大增强了广大作家和文学工作者紧密团结在以习近平同志为核心的党中央周围，听党话、跟党走的坚定性自觉性。

二是围绕筹备和召开中国作协九大，着力维护和发展文学界昂扬向上、团结和谐、风清气正的氛围。在党中央的坚强领导和广大作家、文学工作者的支持下，作协九大开成了高举旗帜、改革创新、民主团结、繁荣鼓劲的大会。习近平总书记在开幕式作了重要讲话，激起热烈反响。大会代表和产生的全委中增加了许多“新人”。中国作协九大的胜利召开，成为我国文学事业繁荣发展、文学界出现新变化新气象新面貌的重要推动。

三是围绕以人民为中心的创作导向，着力推动现实题材创作，努力实现文学创作从“高原”迈向“高峰”。持续开展深入生活、扎根人民主题实践活动，加强现实题材创作的组织规划，积极倡导德艺双馨，组织开展对优秀作品和作家创作的研讨，召开第八次青创会，精心组织鲁迅文学奖、茅盾文学奖、全国少数民族文学创作“骏马奖”和全国优秀儿童文学奖评奖工作，加强文学批评工作，推动文学界形成关注现实、反映现实的创作主流，使深入生活、扎根人民和从“高原”迈向“高峰”日益成为广大作家的自觉追求。

四是围绕深入开展群团改革，着力保持政治性、先进性、群众性，积极扩大工作覆盖、增强工作活力。落实中央群团改革要求，制定工作方案，积极推进改革，完善组织机构，强化服务职能，克服机关化、行政化倾向。着力延伸联络手臂，扩大工作覆盖，建立联系新的文学群体、引导网络文学发展的工作机制。指导省级作协积极推进改革。目前，中国作协关键性改革任务已基本落实，机构改革已全部完成，改革的成效正在显现，工作活力不断增强。

五是围绕“走出去、请进来”，着力谋划中国当代文学走出去，构建对外、对港澳台文学交流新格局。积极组织对外文化交流活动，拓宽与欧美主流文学界的交流平台，加强“文学新丝路”特色，开展与“一带一路”沿线国家文学交流，搭建与周边国家、阿拉伯国家、中东欧国家等的对外多边、双边文学交流制度化机制化框架，连续举办汉学家大会，推动文学对外译介工作，讲好中国故事，进一步扩大了中国文学在世界文学格局中的活跃度和影响力。

六是围绕巡视整改工作，着力解决在加强党的领导、党的建设方面存在的突出问题。认真配合中央巡视组的工作，严肃认真地开展巡视整改工作，在中国作协进一步加强了党的领导、党的建设，坚决纠正党的建设“宽松软”的问题，意识形态工作责任进一步落实，党的意识、党员意识和政治纪律、政治规矩明显增强，队伍建设、作风建设得到加强。

这些方面的工作，都是根据党的十八大以来党中央决策部署和对作协工作要求来组织的。开展这些工作离不开各省级作协和广大作家、文学工作者的支持帮助，同时，各省级作协这些年的工作也主要是围绕这几个方面开展的。当然，我们在工作中仍然存在着一些短板和很多不足，我们要继续着力补短板、强弱项。梳理和总结这些年来的工作，理清思路、明确任务、突出重点、改进工作，有助于我们更好地贯彻落实习近平总书记在全国宣传思想工作会议重要讲话精神。

在习近平总书记的重要讲话中，有一些贯穿始终的重要的思想原则、工作原则。学习习近平总书记的重要讲话，结合作协工作，我认为，有这样一些思想原则、工作原则是需要注意把握的。

一是关于坚持守正创新。习近平总书记指出，宣传思想战线现在进入了守正创新的重要阶段。这一重要论断，是我们在新时代推进文学工作、作协工作创新发展的现实依据和重要要求。守正，就是坚守正道，就是按照习近平总书记和党中央的要求、按照现在的工作方向，继续做下去，就是继续深入学习贯彻习近平总书记关于文艺的重要论述，坚守以人民为中心的创作导向，坚持为人民服务、为社会主义服务，坚持百花齐放、百家争鸣，坚持创造性转化、创新性发展，努力推动文学创作从“高原”迈向“高峰”。创新，就是创新求进，紧跟时代步伐、大胆解放思想、勇于破解难题，着力解决好工作中的短板，克服工作中存在的突出问题，更加积极主动地抓改革、谋创新，通过改革创新推动发展、推动问题解决。不创新，就守不住阵地，更不用说把工作推向前进。我们必须把守正创新贯穿到研究、谋划、推进文学工作、作协工作各个环节，体现到工作的各方面。

二是关于坚持问题导向。习近平总书记指出，坚持问题导向是马克思主义的鲜明特点。问题是改进工作、做好工作的起点，也是改革创新的推动力。要学习掌握事物矛盾运动的基本原理，不断强化问题意识，积极面对和化解前进中遇到的矛盾。坚持问题导向，是习近平总书记反复强调和身体力行的，也是党的十八大以来党和国家各项工作取得历史性成就、历史性变革的一个重要原因。坚持问题导向，体现了马克思主义的世界观、方法论。只有树立问题意识、坚持问题导向，科学分析问题、深入研究问题、弄清问题性质、找到症结所在，才能不断有效破解前进中的各种难题，才能开创新时代文学工作、作协工作的新局面。我们要努力学会用辩证唯物主义和历史唯物主义方法，研究分析事关文学工作、作协工作全局和长远发展的问题，有大局观、全局观，注重从战略上思考谋划，着力研究解决阻碍文学工作、作协工作发展的问题，不断推动文学工作、作协工作创新发展。

三是关于坚持稳中求进。党的十九大报告在阐述新时代中国特色社会主义基本方略时指出，要坚持稳中求进工作总基调。坚持稳中求进总基调最初是就经济工作提出的，在这些年的实践中，党中央把稳中求进总基调作为治国理政的重要原则，作为应对目前国内外不确定性的战略思维。“稳”是主基调，是大局，是基础和前提，是讲尊重规律；“进”是积极进取，是奋发有为，是讲责任担当。“稳”和“进”是辩证统一、互为条件的。落实稳中求进总基调的要求，就是不能搞大跃进，不搞大哄大嗡，不搞新官上任三把火，同时也不能得过且过、无所作为、做一天和尚撞一天钟，就是要履职尽责、帮忙不添乱，就是要久久为功。坚持稳中求进总基调是我们做好文学工作、作协工作的重要原则、重要要求，我们的工作必须体现和符合这一重要原则、重要要求。

学习贯彻习近平总书记在全国宣传思想工作会议的重要讲话，从具体工作层面讲，我梳理了一下，主要是四个方面的工作。

（一）深入学习贯彻习近平新时代中国特色社会主义思想和习近平总书记关于文艺的重要论述

推动新时代文学工作、作协工作创新发展，最重要的是深入学习贯彻习近平新时代中国特色社会主义思想和习近平总书记关于文艺的重要论述。

党的十九大以来，中国作协党组书记处努力推动习近平新时代中国特色社会主义思想的学习宣传贯彻往深里走、往实里走、往心里走，在文学界引起了很好的反响，产生了很好的效果。习近平新时代中国特色社会主义思想是马克思主义中国化最新成果，是中国特色社会主义理论的最新成果，是我们党和我国人民在实现中华民族伟大复兴中国梦的历史进程中统一思想认识、凝聚意志力量、应对风险挑战的强大思想武器。我们学习宣传贯彻习近平新时代中国特色社会主义思想的重要任务，就是要推动广大作家和文学工作者真学、真懂、真信、真用，用党的创新理论武装头脑，在学懂弄通做实上下功夫。宣传思想工作是政治工作，中国作协是政治机关，必须增强“四个意识”，做到“两个维护”。我们要深刻认识到，维护习近平总书记的核心地位，维护党中央权威和集中统一领导，就是维护党和国家的长治久安，就是维护国家富强、民族独立、人民幸福，就是维护最广大人民群众的根本利益。我们必须自觉在深入学习贯彻习近平新时代中国特色社会主义思想上做表率，在始终同党中央保持高度一致上做表率，在坚决贯彻落实党中央各项决策部署上做表率。

党的十八大以来，习近平总书记多次就文艺工作和文艺创作发表重要讲话，这些讲话旗帜鲜明，关乎根本，具有深远历史眼光和高远历史站位，又有很强的现实针对性，深刻地回答了事关文艺繁荣发展的一系列具有根本性、方向性的重大理论和实践问题，提出一系列富有创见的新思想新观点新要求，丰富和发展了马克思主义文艺理论。在今年年初的深入学习贯彻党的十九大精神专题研修班上，我就习近平总书记关于文艺的重要论述，初步概括了十个方面，提出要全面深刻把握习近平总书记关于繁荣发展社会主义文艺与实现中华民族伟大复兴紧密相连，反映时代是文艺工作者的使命，坚持以人民为中心的创作导向，文艺工作要把弘扬社会主义核心价值观作为根本任务，树立精品意识勇攀文学艺术高峰，文学艺术要把社会效益放在首位、实现社会效益和经济效益相统一，克服浮躁抵制各种不良倾向，发挥文艺批评褒优贬劣激浊扬清的导向作用，讲好中国故事传播好中国声音，加强和改善党对文艺工作的领导等方面的重要论述。在这次全国宣传思想工作会议上，在讲到文化文艺工作时，习近平总书记强调，要坚持以人民为中心的创作导向，把创作生产优秀作品作为中心环节，把提高质量作为文艺作品的生命线，繁荣文艺创作，推出更多同新时代相匹配的文化精品，推出讴歌党、讴歌祖国、讴歌人民、讴歌英雄的精品力作，推出更多健康优质的网络文艺作品，为广大人民群众提供更丰富、更有营养的精神食粮，实现从“高原”向“高峰”迈进。这些重要论述，连同习近平总书记在文艺工作座谈会、中国文联十大中国作协九大开幕式上的重要讲话和党的十九大报告上有关论述，系统地阐述了文艺在中国特色社会主义事业中的地位作用和使命任务，科学分析了文艺领域面临的新形势新情况新问题，深刻回答了什么是中国特色社会主义文艺、怎样繁荣发展中国特色社会主义文艺等一系列根本问题，是习近平新时代中国特色社会主义思想的重要组成部分，是新时代中国特色社会主义文艺的理论纲领和行动指南。我们要认真学习、深刻领会、努力践行。

（二）以创新为动力，推进新形势下的文学工作、作协工作

随着时代的发展、事业的进步，新情况、新问题层出不穷，新事物、新知识不断涌现，我们要坚持问题导向，强化问题意识，坚持守正创新，认真梳理、推动解决当前文学工作、作协工作存在的突出问题。

1. 关于加强文学领域意识形态工作问题。近年来，我们认真落实文学领域意识形态工作责任制，定期分析研判意识形态领域形势，强化文学期刊网络等意识形态阵地管理，文学领域意识形态总体形势向上向好。同时，我们也清醒地看到，在文学意识形态领域还存在着不可忽视的风险和隐患。中国特色社会主义进入新时代，经济社会的深刻发展决定了社会思想意识的复杂多样，各种错误思想对文学领域的影响和渗透不容忽视，经济社会发展中各种矛盾和问题会以多种形式反映到作家创作与文学作品中来；中外文学交流的深度、广度日益加深扩展，中外文学观念的冲突碰撞难以避免，马克思主义文艺观面临多元文艺思潮的冲击和挑战；文学作品的创作生产、出版传播、阅读评论都发生了革命性的变化，网络新媒体的发展和海量的网络文学作品为一些错误思想观点的传播扩散提供了土壤和渠道平台。我们必须适应新时代新要求，分析面临的新问题新挑战，切实提高做好新时代文学领域意识形态工作的自觉性、针对性、有效性，提高我们的工作能力和工作水平。要进一步高举习近平新时代中国特色社会主义思想和习近平总书记关于文艺的重要论述的旗帜，不断增强广大作家和文学工作者坚定“四个自信”的底气。要旗帜鲜明地加强文学领域意识形态工作，切实担负起做好文学领域意识形态工作的政治责任，增强文学领域意识形态工作的领导权，绝不给错误思想观点提供传播平台。要进一步增强忧患意识，强化问题导向，加强阵地管理，把意识形态工作列入年度工作要点，纳入重要议事日程，纳入党建工作责任制，纳入领导班子、领导

干部目标管理，确保意识形态工作制度落实、责任落实、工作落实，做到守土有责、守土负责、守土尽责。

2. 关于规划组织现实题材文学精品创作问题。总体上看，当前，有影响力、人们普遍认可的好作品还不够多，我们的创作与这个伟大时代还不那么相称、不那么相符，文学创作中存在着有数量缺质量、有“高原”缺“高峰”的问题，同时还存在着虚无历史、泛娱乐化、泛物质化等问题，存在着对社会现象的认识偏差，视野狭小、情绪灰暗或偏激等问题。如何认识时代、把握现实，特别是如何正确处理光明和阴暗面、主流和支流的关系，如何创造新时代的新史诗，这些都是亟须着力探索和解决的问题。我们正在迎来一系列重要时间节点，今年是改革开放40周年，2019年新中国成立70周年、2020年全面建成小康社会、2021年中国共产党成立100周年，这些重大时刻都足以写入中华民族的史册。我们应该用什么样的文学作品来迎接新时代反映新时代，如何为人们提供更好的精神食粮，需要我们严肃对待、认真思考。文学创作是个体劳动，但也是可以通过加强规划组织来加以推动的。我们要落实好中国当代文学创作工程规划项目，通过多种形式推动重点作品创作，在2021年前的每个时间节点都力争推出一批体现新时代文学高度的精品力作。要切实加强现实题材创作的规划组织，在今后的文学评奖、重点作品扶持等工作中鲜明突出地体现这个导向。要研究改进重点作品扶持、定点深入生活、“深入生活、扎根人民”等项目，坚持质量优先，突出重点，解决存在的问题。要聚焦聚力现实题材创作，聚焦中国梦的时代主题，聚焦聚力精品力作，围绕重要时间节点，采取有力措施组织推动讴歌党、讴歌祖国、讴歌人民、讴歌英雄的文学创作。

3. 关于引导作家端正创作思想、克服浮躁问题。这几年，文学创作繁荣活跃，但能称得上精品的并不多，文艺创作中的不良思潮还有一定市场，一些粗制滥造的文化垃圾招摇过市。我们正处在一个社会快速发展、深刻变革的时代，现实生活有太多的复杂性，对社会生活的认知难度很大，作家面临的市场诱惑也很多，互联网发展放大了这种复杂性，社会上的浮躁风气不可避免地会反映到文学创作领域。习近平总书记在许多场合多次肯定作家柳青、路遥、贾大山的创作道路，批评文艺创作中存在的浮躁问题，指出文艺创作方法有一百条、一千条，但最根本、最关键、最牢靠的办法是扎根人民、扎根生活。习近平总书记强调，创作生产人民喜爱的文艺精品，必须端正创作思想，要下更大气力解决好浮躁的问题。为此，我们要持续不断地在广大作家中倡导深入生活、扎根人民，坚守从文从艺初心，坚守理想和情怀，把文学当成毕生追求的神圣事业，用健康向上的优秀作品和做人处事陶冶情操、启迪心智、引领风尚；倡导把社会效益放在首位，树立正确的历史观、民族观、国家观、文化观，严肃认真地考虑作品的社会效果，以传世之心打造传世之作。这些话，我们要不断地去讲，这方面的工作，我们要不断地去做，并采取一些积极有效的措施，树立讲品位、讲格调、讲责任的鲜明导向，旗帜鲜明地唱响主旋律，旗帜鲜明地抵制和批评虚无历史、泛娱乐化、泛物质化的错误思潮，坚决抵制庸俗、低俗、媚俗现象。

4. 关于改进文学批评和评奖问题。这些年来，文学批评的工作得到了加强，我们创设了一些文学批评的平台，推动文学批评的开展。但是，总体上看，激浊扬清的批评功能仍然没有充分发挥，批评少，有分量、有思想、有水平的批评特别是针对具体作品的批评还较少。形成这种状况的原因是多方面的，历史的原因、现实的原因都有，改变这种状况也需要从多方面着力、久久为功。我们要加强文学批评的原则性、针对性、引导性，既要关注具体作家作品，形成常态化的良好批评氛围；也要关注重大问题、重要现象和重要思潮，包括国外的文学思潮，开展有理有据有说服力的批评，更好地发挥文学批评对文学创作的影响和引导作用。我们要认真研究新时代文学批评的基本观念、文学批评的话语方法，推动文学批评创新发展。今年，我们组织了第七届鲁迅文学奖评奖工作，评奖过程坚持以习近平新时代中国特色社会主义思想为指导，坚持弘扬社会主义核心价值观，坚持公开、公平、公正的原则，风清气正，获奖作品较好地反映了党的十八大以来我国文学创作取得的成绩，反映了中国当代文学繁荣发展的态势，受到社会各界的普遍好评，是近年来“非议”较少的一次评奖活动，这也与我们改进了评奖工作有关。今后，我们要强化政治引领，牢牢把握中国特色社会主义文学工作的正确方向，把社会主义核心价值观体现在文学创作、文学评论和文学评奖之中，进一步发挥文学批评文学评奖的导向作用。

5. 关于更好地团结引领青年作家问题。作协工作在一定程度上存在“老龄化”的问题，对青年作家关注不够，如何团结引领青年作家是作协工作的一个重要问题。青年作家是中国文学的未来。现在的青年作家，生活经历、学习经历、工作经历与我们有很大的不同，身份也是多样，体制内的、体制外的，网上的、网下的，有单位的、没单位的，在本地有户籍的、没户籍的等等。同时，青年作家的社会阅历相对单纯，但对各类社会现实问题敏感，容易受到外界和网上错误东西的影响。这使我们团结引领青年作家的工作面临着许多新问题、新挑战。我们过去的发现作家、联系作家、团结作家的机制和方法对于现在的青年作家往往不适应了，如果不积极应变，就有脱离青年作家的可能。今年9月份，我们召开了第八次全国青年作家创作会议，提出了支持青年作家、网络作家创作和成长的具体措施，包括吸收更多创作势头好、文学潜力大的青年作家、网络作家加入中国作家协会，进一步将青年网络文学作家、青年自由撰稿人等新兴写作群体纳入作协的工作视野等，受到广大青年作家、网络作家的欢迎。我们要继续深入分析研究新时代青年作家队伍状况，研究新形势下青年作家的创作特点和规律，采取切实有效的措施加强对青年作家的团结引领，加强为青年作家服务的工作。要尊重青年作家的创作个性和创造性劳动，充分信任，热情关心，积极引导，为广大青年作家学习培训、作品推介、维权服务提供更多帮助。

6. 关于引导网络文学发展问题。网络文艺是新生事物，网络文艺受众越来越多，网络文艺既有蓬勃发展、充满活力的一面，也有野蛮生长、良莠不齐的一面。据统计，当前中国网络文学用户4.06亿，在网上专业和业余从事文学创作的大约1300万人，2017年新增原创网络小说233.6万部。这些数据充分反映出我国网络文学蓬勃发展、充满生机。但同时，网络文学作品题材扎堆、内容雷同、抄袭模仿、品质不高的问题也比较普遍，官场“亚文化”小说“遍地开花”，不少作品存在粗俗低俗和色情内容。网络文学网站大多为民营资本控制，始终存在着追求市场效益、背离社会效益的风险。解决这方面存在的问题，需要多方发力，既要加强管理，也要加强引导和教育。要进一步加大作协组织对新文学群体和网络作家的工作覆盖，增强作协对新文学群体和网络作家的吸引力、影响力。近年来，一些省级作协开展网络文学、网络作家工作很活跃，但也有一些省级作协的工作没有踩到节拍上，网络作家的工作还不太得要领。要面向网络作家，探索改进创新方式方法，把更多的网络作家团结在作协的周围，积极影响和引导他们共同培育网络文学良好生态。同时要注重发现和推出更多积极向上的网络文学精品。要积极强化网络文学批评机制，将网络文学批评的阵地前移到文学网站，对各种不良现象做出及时反应，进行批评引导，落实好管理引导的责任。

上述这些问题不是作协工作的全部问题，但确实是做好作协工作要着力解决的重要问题。我们要认真思考、积极谋划，以创新为动力，总结工作中的成功经验特别是省级作协和基层作协创造的新鲜经验，创新工作的思路理念、内容形式、方法手段、体制机制，使作协工作充满生机活力。

（三）以“四力”为抓手，更好地团结引领广大作家和文学工作者、服务文学事业发展

在全国宣传思想工作会议上，习近平总书记强调，要不断增强脚力、眼力、脑力、笔力，系统开展增强“四力”教育培训，努力打造一支政治过硬、本领高强、求实创新、能打胜仗的宣传思想工作队伍。增强“四力”，是习近平总书记对新形势下宣传思想战线干部队伍建设提出的总要求，也是我们在作协工作中提升本领能力的方法路径。

落实增强脚力要求，就是要进一步深化作协改革，坚持服务文学、服务作家，围绕服务文学、服务作家摆道理、做文章；坚持重心下移、力量下沉、资源下沉，往下走，夯实作协工作的基层基础；坚持转变职能，健全面向基层、面向社会的服务体系，注重在重点作品扶持、定点深入生活、文学人才培养培训、文学评奖、优秀作品出版推介、会员发展等方面向基层倾斜；坚持延伸手臂，创新方式方法，建立联系新的文学群体、引导网络文学发展的有效的工作机制，不断增强作协组织的吸引力。要进一步做好“文学照亮生活”公益大讲堂等文学普及、文学服务工作，更有力地推动文学走进学校、走进社区、走进乡村、走进基层，厚植文学事业繁荣发展的社会基础。

落实增强眼力要求，就是要扩大视野、提升眼界，坚持把文学工作、作协工作放到大局上来思考谋划，更好地围绕中心、服务大局，把服从服务大局体现和落实到我们的每一项工

作当中。要注意观察和分析，及时发现苗头性倾向性的问题，切实加强引导和管理，见微知著，防止风起于青蘋之末，防止“茶杯风波”演变成舆论风暴。要把中国文学发展放在世界文学的大格局大框架中来考量，推动中国当代文学走出去，讲好中国故事。

落实增强脑力要求，就是要坚持政治引领，加强和改进党对文学工作的领导，把团结引领广大作家和文学工作者听党话、跟党走作为根本任务。要把深入学习领会习近平新时代中国特色社会主义思想和习近平总书记关于文艺的重要论述，作为各级作协组织最重要的政治任务，组织广大作家和文学工作者认真学、反复学，努力掌握其丰富内涵和精髓要义。要把坚持正确导向摆在首位，巩固马克思主义在文学领域的指导地位，引导广大作家和文学工作者始终站在党和人民的立场上，听党话，跟党走，为人民抒写，为时代讴歌。

落实增强笔力要求，就是要会写文章，会写好文章。写出好文章，功夫既在于写文章本身，又在写文章之外，文章的水平在一定意义上是政治水平、思想水平、工作水平的综合反映。笔力是与脚力、眼力、脑力相关联的。我们要写出好文章，就要对做好作协工作这篇大文章有想法，要经常思考，没有这种思考是写不出作协工作好文章的。同时，要加强学习，学习政治理论，学习历史，阅读文学作品，阅读其他有助于提高我们思想水平、知识水平和文字能力的东西，形成学习阅读的风气，这样来逐步提高我们的笔力。

对于广大作家来说，也有增强“四力”的要求。我们要组织好增强“四力”的教育培训工作。

（四）着力加强作协党的建设，为文学工作、作协工作创新发展提供坚强政治保证

作家协会是党领导的，必须始终把坚持党的领导、加强党的建设放在最突出的位置，这是确保作协组织政治方向的根本保证。经过党的十八大以来的政治洗礼，各级作协组织党的意识、党员意识普遍增强，加强党的领导和党的建设的要求更加明确，这方面工作得到了切实加强。加强作协党的建设，首先是要坚持把党的政治建设摆在首位，以政治建设为统领，旗帜鲜明地讲政治，牢固树立“四个意识”，坚定“四个自信”，坚决维护习近平总书记在党中央和全党的核心地位，坚决维护党中央权威和集中统一领导，始终在政治立场、政治方向、政治原则、政治道路上同以习近平同志为核心的党中央保持高度一致，严守政治纪律、政治规矩。同时，要坚决反对形式主义、官僚主义，以此为突破口，切实转变工作作风，深入调查研究，扎扎实实做好工作，克服做表面文章、搞政绩工程、大而化之和不作为、不负责、不担责的现象，维护好、发展好作协工作积极有为、昂扬向上、风清气正的良好氛围。

同志们，这次专题研修班，是一次学习讨论，不是工作会议和工作部署，我讲的是我的一些学习体会和工作思考。希望大家围绕学习贯彻全国宣传思想工作会议精神和习近平总书

记的重要讲话，结合思想实际、工作实际，进行学习讨论。年底临近，大家工作都非常繁忙。我们要珍惜这两天专题研修的宝贵时间，认真学习，深入思考，积极参加讨论。讨论不做一般表态，不做工作汇报，围绕主题谈认识、讲意见、提建议。同时，大家要严格遵守研修班纪律，不迟到、不早退、不请假，确保有好的学习研修效果。

高举改革开放旗帜　攀登时代文学高峰

——在首都文学界庆祝改革开放40周年座谈会上的讲话

（2018年12月24日）

钱小芊

同志们，朋友们：

值此改革开放40周年之际，我们在这里召开首都文学界庆祝改革开放40周年座谈会，学习习近平总书记在庆祝改革开放40周年大会上的重要讲话，共同回顾改革开放40年来中国文学的发展历程，共同展望新时代中国文学的光辉前景。

40年前，党的十一届三中全会开启了我国改革开放的伟大征程，改革开放改变了我们国家的命运。正如习近平总书记指出的，改革开放是我们党的一次伟大觉醒，正是这个伟大觉醒孕育了我们党从理论到实践的伟大创造。改革开放是中国人民和中华民族发展史上一次伟大革命，正是这个伟大革命推动了中国特色社会主义事业的伟大飞跃！习近平总书记在讲话中，将推进改革开放和中国特色社会主义事业，与建立中国共产党、成立中华人民共和国一起，称为“五四运动以来我国发生的三大历史性事件”，“是近代以来实现中华民族伟大复兴的三大里程碑”。这深刻揭示了改革开放对于我们国家、对于中华民族所具有的非同寻常的意义。

改革开放的春风，推动古老的中华民族以令世界瞩目的速度，驶上了在奋进中发展、在变革中新生的历史快车道。从开启新时期到跨入新世纪，从站上新起点到进入新时代，40年风雨同舟，40年披荆斩棘，40年砥砺奋进，我们党引领人民绘就了一幅波澜壮阔、气势恢宏的历史画卷，谱写了一曲感天动地、气壮山河的奋斗赞歌。我们用几十年时间走完了发达国家几百年走过的历程。中国人民在改革开放中焕发出前所未有的积极性、主动性、创造性，在社会主义现代化建设中展现出了巨大的力量，创造了前无古人的伟业，使不可能成为现实、成为可能。改革开放这场波澜壮阔的历史变革，也为中国文学的繁荣发展打开了宽阔的空间，提供了强劲的动力。

习近平总书记在庆祝改革开放40周年大会上的讲话中指出，“改革开放极大改变了中国的面貌、中华民族的面貌、中国人民的面貌、中国共产党的面貌。中华民族迎来了从站起来、富起来到强起来的伟大飞跃！中国特色社会主义迎来了从创立、发展到完善的伟大飞跃！中国人民迎来了从温饱不足到小康富裕的伟大飞跃！”在这三个“伟大飞跃”的实践中，我们可以自豪地说，中国文学没有缺席！中国作家没有缺席！

40年来，中国文学紧跟时代脚步，紧扣改革脉搏，贡献了一大批展现时代变革、抒发人民心声、反映人民群众对美好生活向往、深受人民群众喜爱的优秀文学作品。党的十八大以来，在习近平总书记关于文艺的重要论述的指引和激励下，广大文学工作者以坚定的文化自信与强烈的文化担当，积极回应时代和人民的召唤，坚持以人民为中心的创作导向，克服浮躁、潜心创造，深入到改革最前沿和广大人民的生产生活之中，以生动而深刻的笔触，描绘民族复兴的宏伟画卷，摹画人民生活的火热图景。一批又一批书写时代进步、表达人民心声的优秀文学作品涌现出来，在中国特色社会主义进入新时代的今天，中国文学正不断地开拓新的疆域，攀登新的高峰。

改革开放的40年，是中国特色社会主义文学在党的领导下焕发蓬勃生机的40年。我们党在总结历史经验基础上，形成了新时期党的文艺路线，解放思想、实事求是，坚持为人民服务、为社会主义服务的方向和百花齐放、百家争鸣方针，紧紧依靠广大文学工作者，尊重文艺创作规律，为文学艺术繁荣发展打下了坚实基础、开辟了广阔空间。党的十八大以来，党中央高度重视文艺工作，习近平总书记关于文艺的重要论述，总揽全局、视野宽阔、内涵丰富、思想精深，科学总结了我们党领导文艺的历史经验和实践探索，深刻有力地回答了中国特色社会主义文艺面临的一系列具有新的历史特点的重大问题，是马克思主义文艺观中国化的重大创新发展，对中国特色社会主义文学的发展具有根本的指导意义。

改革开放的40年，是中国特色社会主义文学与时代同行，生动反映社会进步的40年。改革开放的伟大实践，当代中国日新月异的历史巨变，为广大作家提供了比以往任何时候都更新鲜、更复杂、更丰沛的生活经验，为文学提供了取之不尽、用之不竭的创作资源，极大地激发了文学的创造活力。改革开放以来，我国文学创作呈现井喷式的发展，各种文学现象、文学思潮、创作流派缤纷涌现，为中国当代文学贡献了一批堪称经典的优秀作品。习近平总书记指出，改革开放铸就的伟大改革开放精神，极大丰富了民族精神内涵，成为当代中国人民最鲜明的精神标识。文学在伟大的改革开放精神的铸造过程中发挥了重要作用。党的十一届三中全会前后，中国文学以自觉的责任担当，发出了思想解放的先声，奏响了时代前进的强音。40年来，中国文学始终以昂扬的激情积极参与推动社会进步和时代发展，始终保持对改革开放中国的热情讴歌和对改革开放建设者的深情礼赞。40年来，一大批视野开阔、思想活跃的优秀作家涌现出来，他们以强烈的社会责任感、庄严的历史使命感、敏锐的生活感受力和高超的创作技巧，记录时代变迁，展现时代精神，以思想智慧和创作才华，托举起新时期的文学高原，赢得了人民对文学的热爱。路遥、蒋子龙等优秀作家是其中的杰出代表。

改革开放的40年，是中国特色社会主义文学与人民同心，和人民一道前进的40年。一切优秀文艺工作者的艺术生命都源于人民，一切优秀的文艺创作都为了人民。习近平总书记指出，改革开放40年的实践启示我们：为中国人民谋幸福，为中华民族谋复兴，是中国共产党人的初心和使命，也是改革开放的初心和使命。这同样是我国广大文学工作者的初心和使命。40年来，中国文学始终坚持与人民同行，把满足人民精神文化需要作为文学的出发点和落脚点，把人民作为文学表现的主体，把人民作为文学审美的鉴赏家和评判者，把为人民服务作为文学工作者的天职，在人民的伟大创造中进行文学的创造。广大作家虚心向人民学习，从人民的生活奋斗和喜怒哀乐中寻找创作的灵感，挖掘典型素材，选取独特视角，认真研究人民群众精神文化生活的新特点、新趋势，把握人民群众审美需求的新规律、新变化，深入人民群众的内心世界、感受人民群众的真实情感，用自己感情的投入和心血的倾注，展现出广大人民群众在实现中华民族伟大复兴的中国梦的征程中昂扬向上的精神风貌和深刻的命运变迁；中国文学在弘扬社会主义核心价值观，提升大众思想文化道德素质和审美水平，鼓舞人民斗志，凝聚民族力量，引领社会风尚，培育社会主义新人等方面，已发挥出并正在发挥着越来越重要的作用。

改革开放的40年，是中国特色社会主义文学熔铸中国精神，参与世界文学建构的40年。习近平总书记在中国文联十大、中国作协九大开幕式上的讲话中指出，中国人民不仅将为人类贡献新的发展模式、发展道路，而且将把自己在文化创新创造中取得的成果奉献给世界。随着中国国际地位和影响力迅速提升，中国对外开放力度不断增强，作家们从改革开放宏伟实践和中国社会飞速发展中汲取丰厚力量，同时也拓展了视野，坚定了自信。世界渴望进一步了解中国，中国的作家有意愿、也有能力把中国的经验和情感传递给世界。如今，中国文学“走出去”的努力已经看到了成效，取得了成果。各国人民更加愿意同中国作家交流、听取中国作家声音，中外文学交流日益深化，中国文学、中国作家与世界对话的自觉、自信和能力不断增强，中国特色社会主义文学，连同其所承载着的中国故事、中国美学和中国精神，正越来越深刻地参与到世界文学和人类文化建构之中。

过去的40年，中国文学紧紧抓住时代所赋予的发展机遇，实现了巨大的进步，取得了辉煌的成就。与时代同行，与人民同心，这是中国特色社会主义文学在改革开放40年繁荣发展的根本经验，更是中国文学在新时代创造更大辉煌的根本方向和必由之路。今天，中国特色社会主义进入新时代。站在新的历史起点上，中国文学满怀对未来的期冀，承担着对历史的责任，必将高举新时代中国特色社会主义和改革开放的伟大旗帜，与人民同心共进，从时代的变革和发展中汲取不竭的生机和活力。

高举改革开放旗帜，必须牢记文艺的神圣使命和光荣责任。文艺事业是党和人民的重要事业，文艺战线是党和人民的重要战线。习近平总书记在文艺工作座谈会上的讲话中指出，“没有中华文化繁荣兴盛，就没有中华民族伟大复兴。一个民族的复兴需要强大的物质力量，也需要强大的精神力量。没有先进文化的积极引领，没有人民精神世界的极大丰富，没有民族精神力量的不断增强，一个民族不可能屹立于世界民族之林。”文学在我们民族的精神生活中占有重要地位、发挥着重要作用。以人民为中心，为人民服务，创造属于人民、为了人民的文学，这就是现代以来广大中国作家薪火相传的初心，也是中国梦的重要组成部分。文运与国运相牵，文脉与国脉相连，中国特色社会主义文学的繁荣发展，与实现中华民族伟大复兴的中国梦的历史进程不可分割。面对时代的要求和考验，我们要持续深入学习贯彻习近平新时代中国特色社会主义思想，深刻体认中国文学的使命和责任，以坚定的道路自信、理论自信、制度自信、文化自信，高举中国特色社会主义的伟大旗帜，坚持中国特色社会主义文学的前进方向，不断增强“脚力、眼力、脑力、笔力”，努力书写中华民族新史诗。

高举改革开放旗帜，必须不断激发文学创造活力，努力打造精品、勇于开拓创新。习近平总书记指出，“衡量一个时代的文艺成就最终要看作品。推动文艺繁荣发展，最根本的是要创作出无愧于我们这个伟大民族、伟大时代的优秀作品。没有优秀作品，其他事情搞得再热闹、再花哨，那也只是表面文章，是不能真正深入人民精神世界的，是不能触及人的灵魂、引起人民思想共鸣的。文艺工作者应该牢记，创作是自己的中心任务，作品是自己的立身之本，要静下心来、精益求精搞创作，把最好的精神食粮奉献给人民。”广大作家要以创作出无愧于时代的精品力作作为自觉的艺术追求，把自己真正沉潜进对新时代中国人民生活、命运和情感的深入体察思考之中，热情讴歌党、讴歌祖国、讴歌人民、讴歌英雄，努力绘就中华民族伟大复兴过程中波澜壮阔的历史画卷。同时，广大作家必须不断迎接艺术挑战、不懈进行文学创新。文学之新，不仅意味着新的故事、新的形式手法，更是要塑造时代新人，有力展现这个时代崭新的精神风貌，大力弘扬伟大的改革开放精神、大力弘扬社会主义核心价值观，举精神之旗，立精神之柱，领时代风气之先，不断满足广大人民群众对美好生活的新期待。

高举改革开放旗帜，必须不忘本来，吸收外来，精益求精，讲好中国故事。习近平总书记指出，“改革开放40年的实践启示我们：开放带来进步，封闭必然落后。中国的发展离不开世界，世界的繁荣也需要中国。”40年来，中国文学以开放的胸襟和开阔的心怀，不断汲取外来文化和世界文学中的精华，文学观念与创作方法获得了有效的丰富与更新。今天，中国文学正向世界发出自己有力的声音、建构起自己鲜明的形象，这是时代发展的大势所趋，也是文化繁荣的题中之义。与此同时，广大作家也越来越深刻地认识到坚定文化自信的重要性和中国优秀传统文化的价值。在这个千帆竞发、百舸争流的时代，广大作家要以宽阔的胸襟，站在民族历史和人类历史的高度，深刻体认中国人民的精神追求和历史实践对人类命运共同体的巨大贡献和重大意义，深入开掘中华民族深远的历史传统、深厚的文化根基，坚持古为今用、洋为中用，兼收并蓄、推陈出新。只有这样，才能够锻造出更多有筋骨、有道德、有温度的优秀作品，更好地讲述中国故事、传递中国价值、呈现中国魅力，向世界展现中华民族朝气蓬勃迈向未来的形象。

经过改革开放40年卓有成效的探索，中国文学已显示出旺盛的生命活力，40年后的今天，中国文学正进入更大繁荣发展的新的历史时期。习近平总书记在庆祝改革开放40周年大会上的讲话中说，“40年来，我们始终坚持发展社会主义先进文化，加强社会主义精神文明建设，培育和践行社会主义核心价值观，传承和弘扬中华优秀传统文化，坚持以科学理论引路指向，以正确舆论凝心聚力，以先进文化塑造灵魂，以优秀作品鼓舞斗志，爱国主义、集体主义、社会主义精神广为弘扬，时代楷模、英雄模范不断涌现，文化艺术日益繁荣，网信事业快速发展，全民族理想信念和文化自信不断增强，国家文化软实力和中华文化影响力大幅提升。”这样的评价，包含了党和人民对广大文学工作者们工作的充分认可，也寄寓着党和人民对中国文学未来发展的热切期望。伟大的时代召唤伟大的作家，伟大的实践呼唤伟大的作品。新时代中国特色社会主义文学，肩负着党和人民赋予的神圣使命。正如习近平总书记在讲话中所说的，“实现中华民族伟大复兴，是一场接力跑，我们要一棒接着一棒跑下去，每一代人都要为下一代跑出一个好成绩。”在新时代，我们一定能够在这场接力跑中，高举旗帜、不忘初心，秉承弘扬改革开放精神，继续书写改革开放故事。我们要认真学习习近平总书记在庆祝改革开放40周年大会上的重要讲话，在以习近平同志为核心的党中央坚强领导下，增强“四个意识”、树立“四个自信”、做到“两个维护”，振奋精神、坚定信心，向着实现中华民族伟大复兴中国梦的宏伟目标，不断攀登新时代中国文学的高峰！

文学创作概况

我们更需要能突围谱系的作品

——2018年长篇小说回顾

刘江凯

万物能更生，天地始无穷。中国文学自然也属于这需要不断更生的“万物”之一。但和万物自然更生有所不同的是：中国长篇小说不需要庞大的数量扩张，更需要勇于突破文学谱系的优秀作品。长篇小说展现的是一个作家的综合实力，是对作家全部人生阅历、生活经验、知识积累、艺术想象力、批判性和持续创新能力的大考验。好的长篇小说总是具有某种“突破谱系边缘”的能力，这个谱系有大有小：小可以表现为作品中不同的人物形象和叙事手法等；中可以表现为是否对作家或同类小说创作有所革新；大则表现为对一个国家、一个时代甚至整个文学谱系的突破贡献。对于长篇小说创作而言，当然也有钱钟书这样以一部《围城》就突破谱系、确立地位的作家，文学史上也确实出现过不少“一本书”现象，但对于大多数的长篇小说写作者来说，不论是集毕生经验与才华写了一部重要的长篇小说也好，还是保持某种水准线不断地推出新作品也罢，我们都希望能看到作家突破自我甚至是突破以往文学谱系的佳作。某种程度上讲，写得越多，名气越大，读者就越渴望作家能写出至少和自己以往风格不太一样的作品来。一方面，即使很拙劣的小说也一定有它区别于其他小说的故事原创性；另一方面，我们也确实阅读了太多几乎无感的原创小说。造成这一印象的原因可能就是：小说能在多大程度上突破已有文学谱系中对应内容的“影响焦虑”？对于读者来说，小说至少要突破阅读者个人储备的文学谱系阅读经验，才能激发起读者的兴奋感来。

2018年长篇小说的发表与出版继续如“不尽长江滚滚来”。据专家估算，二十世纪九十年代初长篇小说的年产量大约不下100部，并表示企图通读这些作品，做出细致的评价是困难的。[①] 1998年中国长篇小说年产量突破1000部，2017年则突破10000部。[②] 2018年继续以近万部的数量开拓着中国长篇小说的年度疆域。不可否认，中国长篇小说的产量每年都会维

---

① 陈晓明：长篇小说创作概述，中国社会科学院文学研究所《中国文学年鉴》编辑委员会. 中国文学年鉴 1993［M］. 北京：社会科学文献出版社，1994。

② 白烨：2017年我国出版了上万部长篇小说，谁能够看得完？参见网络报道 http：//www. artsbj. com/show-18-569523-1. html 2018/01/30［2018/12/19］

持在很高的量级上不断生成；同时也很难想象，这么多的长篇小说，评论家们怎么可能全部读完并给予恰当的评价？在一个以手机终端和碎片化阅读的时代，别说10000部，即使100部甚至更低数量长篇小说的细致阅读都是很困难的。所以哪些小说才有可能获得阅读或者批评的关注首先成了一个问题。虽然这可能是一个很残酷的结论，但2018年近万部长篇小说的绝大部分可能面临着“阅读的死亡”问题（不否认一些作品有新媒体环境更为复杂的阅读情况）。如果一部小说出版以后，无法进入到相对普遍和深入的阅读环境，其实就是一种“文学阅读的死亡”，这些小说的出版诞生日几乎也是它们阅读意义上的祭奠日。那些好不容易冲破“阅读死亡”封锁线的作品，还没来得及喘口气，就会发现前面还有一条更为严峻、残酷的“批评死亡”封锁线。名家新作，文学大刊，各种年度小说排行榜或者参与某些重要文学奖项与活动的作品，无疑会成为公众阅读和专业批评的首要关注点。只是这些文学“门槛”高高低低，从一腿长到齐腰深甚至一人高，也不是谁都能随便抬抬脚就可以轻松迈入的，最终能够踏进门槛之内的依然是少数作品，那么更多的作品究竟是在什么意义上发表或者出版也成为一个问题。如果说这是包括文学在内大多数行业必然的生态竞争机制，那么真正的问题是这个机制能否有效地过滤和筛选出时代的经典，挖掘并发现文学的新锐力量？这样想来，中国长篇小说的创作、发表与出版、批评与筛选机制本身也成为又一个值得思考的问题。

2018年总体来说应该是中国长篇小说的“大年”，可以用“万物更生，推陈出新”来概括这一年的总特征：既指作家阵容的新老承接，也指不少名家推出新作，还指作家小说对原有题材的新突破，原有主题的新思考，原有叙事手法的新变革等，当然也包括对时代生活新问题的文学表达等。我们可以列举出一些引发批评关注、进入大众阅读视野的作品如宗璞《北归记》、徐怀中《牵风记》、贾平凹《山本》、王安忆《考工记》、韩少功《修改过程》、张炜《艾约堡秘史》、梁晓声的《人世间》、李洱的《应物兄》、范小青《灭籍记》、残雪《一种快要消失的职业》、叶兆言《刻骨铭心》、刘醒龙《黄冈秘卷》、老藤《刀兵过》、肖亦农《穹庐》、张平《重新生活》、周大新《天黑得很慢》、刘亮程《捎话》、陈彦《主角》、徐则臣《北上》、宋尾《完美的七天》、石一枫《借命而生》、笛安《景恒街》、叶弥的《风流图卷》、葛水平《活水》、陈河《外苏河之战》等。阅读的愿望太多，只可惜个人有限的时间布袋子已经被填满并快要撑破。长篇小说犹如文学的主力部队一样排山倒海般地碾压过来，只能在有限的阅读范围内仓促地做出一些印象点击。

二

2018年正值改革开放40周年，这一年的中国长篇小说，天然地获得了一个宏大的历史景深。历史题材类的小说不仅数量众多，而且角度各异，同时都有一种指向现实的幽微力量。

印象深刻的有宗璞的《北归记》，小说最吸引我的是充盈其中的“浩然之气”和“青春历史”以及典雅的文人笔法。老作家宗璞的《野葫芦引》从1989年第一卷《南渡记》到2000年第二卷《东藏记》，再到2009年第三卷《西征记》，2017年压卷之作《北归记》的发表（《人民文学》2017年第12期）无疑是当代文坛的一个重要收获。小说充满了一种胜利的欢乐和理想的光亮，“我必须回去”的歌声随着江波欢腾起伏，嵋、合子与庄无因、庄无采四个好朋友在重庆抗战胜利后的喜悦氛围中等候回北平的交通工具。小说以孟樾一家回到北京的生活为主，将叙事的重心主要放在了几位青年学生的身上，他们一起唱歌、跳舞、读书、讨论，那里有诗与青春的气息，也有一代知识分子的使命、责任和情怀。九旬宗璞特殊的家庭学养，和父亲冯友兰一起在西南联大八年的难忘生活，让她成为书写中国知识分子题材重要且无可替代的作家。“知识”的叙述魅力随处可见，如《北归记》里出现的歌曲就有《嘉陵江上》、威尔第《铁砧之歌》、英国民歌《我的心在高原》，以及黄自《踏雪寻梅》等。细腻精深的文人笔法和知识分子的浩然之气都令人感动，“大学培养出来的人，应该有理想有热情，能够独立地自己判断是非，而不是被人驱使。我们培养的是人，不是工具。大学不只是教育机构，还是学术机构，它的任务是继往开来，传授知识并且创造知识。国家的命脉在于此。”孟樾的慷慨陈词不仅仅是小说虚构的历史回声，也是小说面对当下现实社会与大学教育的深刻反思。

徐怀中《牵风记》（《人民文学》2018年12期）是老作家以九十岁高龄写的一部关于解放战争文学的作品。作家16岁入伍，亲历了战争的洗礼，早年千里挺进大别山，新中国成立后调任《解放军报》编辑、记者，开始更多地从事文学创作工作。二十世纪六十年代中期率中国记者作家代表团从柬埔寨进入越南南方，在丛林、地道和轰炸中冒着生命危险完成了采访任务。1984年任解放军艺术学院文学系主任期间招收了包括莫言等在内众多著名的文学创作学员。这样的经历自然给《牵风记》增添了许多只有亲历者才能感受到的战争细节和超越性的生命之美。《牵风记》描写了挺进大别山背景下一群有信仰、有战斗力同时也有感情、有文化、甚至有美感的军人形象。主要围绕着灵秀率真的汪可逾、俊朗勇敢的曹水儿、能文擅战的齐竞展开故事的主线，其间也穿插了“小尿壶”这样的红小鬼以及一匹叫“滩枣”的军马形象。小说既有亲历者的扎实细节，也有一种超越了生命限度之后的随心所欲之感。人物刻画自由出挑，一些情节夸张大胆，以空灵雄奇的语言描写自然唯美的情感，整体来说前实后玄，整部小说融合了作者对人生、战争、感情、命运等等的思考，让我们读了以后不由得感慨“老骥伏枥，志在千里。烈士暮年，壮心不已”。

对历史情境中的理想人格做出文学想象与现实关怀的还有老藤的《刀兵过》（原刊《中国作家》2018年第4期）。小说以辽河口湿地被称为“南大荒”的芦苇荡为背景，虚构了一个叫“九里”的乌托邦式的弹丸小村，叙述了具有家国情怀的王克笙、王明鹤父子乡贤一茬茬过刀兵的故事。王氏父子笃定刚毅，隐忍智慧，一生行医救人、立德立心，历经朝代变迁，兵家战乱，在历史的天空上既有寒光凛冽的刀光剑影，也有个人命运的变迁与悲欢离合。而塔溪道姑和她的徒弟止玉则是另外两位集才学、美貌、情谊、智慧于一体的理想人物。《刀兵过》和我们熟悉的作家萧红、迟子建一样都是关于东北的文学想象，却呈现了不一样的“风景”。诚如批评家王尧所指出的那样：“东北”是被视作一种内部的他者形象存在于“中国想象”之中的，《刀兵过》则带给我们另外一个分享着中华文化质素的东北。[①] 它的风景描写不同于萧红、迟子建笔下白雪茫茫的东北，而是有着海洋性质、统治色偏红的东北自然风景，同时它也以复杂的结构呈现了覆盖晚清、民国、中华人民共和国三个时间段的历史“风景”和人物故事。《刀兵过》写得好读而不失严正，虽然人物刻画有极致理想化的色彩，但这盛开在历史深处的理想之花，却折射出了时代的变迁，检讨了传统文化的轮回，让我们有机会重新审视放荡和溃散已久的现实人性。

肖亦农《穹庐》（作家出版社 2018 年 10 月出版）历经 12 年完成，为写好该作，作者查阅了很多历史资料，并数次前往俄罗斯、额尔古纳河、布里亚特民族乡实地采访，寻找鲜活的历史细节和有生命力的人物形象。《穹庐》是一部具有民族诗史性的大作，写得大气磅礴，令人耳目一新，既有大历史的勾勒，也有具体人物形象的塑造，题材尤其独特。小说为我们挖掘了蒙古族布里亚特部落在二十世纪二十年代从西伯利亚迁徙东归，重新回到祖国怀抱的传奇故事。革命和战争搅动起历史风云，原本平静的布里亚特草原出现了布尔什维克红军，哥萨克白匪，日本军国主义的先遣队以及各类地方武装。小说塑造了嘎尔迪老爹这个贯穿全篇的中心人物，以及班扎尔义士、萨瓦博士等诸多个性鲜明、同时又有历史深度和生活厚度的人物形象，将个人命运与民族部落和国家兴衰、战争与和平等重大主题形象细腻地关联起来。小说在宏大的历史背景中通过一个蒙古族部落波澜壮阔的回归祖国的征程，写出了个人命运、部族命运在复杂国际历史环境中的冲突，地域和民族特色十分鲜明，不仅是关于蒙古族文学的重要收获，也丰富了中国当代文学的民族边疆题材的创作。

本年度其他历史题材的优秀长篇还有叶兆言的《刻骨铭心》（人民文学出版社 2018 年 5 月出版）。依然是以他熟悉的南京为背景，讲述了二十世纪二三十年代秀兰、王可大、亚声、丽君等青年男女在历史动荡的大格局中的私人生活与命运起伏。刘醒龙《黄冈秘卷》（湖南文艺出版社 2018 年 7 月出版）从“我”的一篇散文激怒了朋友少川高一女生北童开讲，层层解套，勾连出黄冈的家族秘史与革命传奇，写活了父亲的爱恨情仇史，写出了历史是如何与现代人物的命运发生了深刻的联系，打开了一帧鲜为人知的“黄冈秘卷”。小说在追索父辈的故事时，几乎是围绕着两个人物父亲老十哥刘声志、堂叔老十一刘声智展开的。两个人如同人性的一体两面，勾连起个人历史的不同走向和人性的复杂多面。借着一段江湖寻仇，刘醒龙接通了所有人对黄冈的想象，不断制造着阅读的快感，但由此而钩沉出的历史内核却是如此坚硬，当他在谈论故乡时，是在谈论内心的一种品格。

---

① 王尧、牛煜：“东北-历史-故事”：《刀兵过》阅读札记，《当代作家评论》2019 年第 1 期。

具有同样特点的还有徐则臣的《北上》(《十月·长篇小说》2018 年第 5 期), 小说以著名的京杭大运河为线索, 巧妙地以运河为载体形成一个“十”字形的叙事隧道, 不仅接通了历史与现实, 还连通了中国与世界, 形成一种更为复杂、深沉的反思书写。在时间的一头是一百多年前八国联军侵华背景下来华考察大运河的意大利人保罗·迪马克, 为了寻找侵华战争时期失踪的弟弟马福德, 他的北上考察路线牵连出翻译谢平遥、挑夫邵常来、船老大夏氏师徒, 义和团民孙氏兄弟等一干人马; 另一头则是 2014 年左右以大运河申遗项目, “我”要拍摄《大河谭》连缀起了邵星池、周海阔、孙晏临等现代社会的运河儿女, 以今天的运河史梳理挖掘出他们祖辈的命运变迁。而八国联军侵华战争以及“小波罗”保罗·迪马克受到马可·波罗影响对大运河的考察兴趣, 大运河申遗的隐形线索, 则把中国置于历史与现实的世界关系之中。《北上》打开了徐则臣另一种写作的向度, 展现了令人吃惊的历史虚构能力和扎实的知识写作功夫, 作家以实地考察和文学虚构的方式, 如同当年开凿运河一般, 一段一段地在当代文学的大地上开工筑河, 让小说人物的故事填满了整条河流。可以说徐则臣用小说的形式不仅复活了那条古老的大运河, 甚至也为我们重新开掘了一条新的文学大运河。

二

2018 年现实题材的小说也有不少收获, 许多老题材也能写出新意思来。比如宋尾《完美的七天》(《收获》2018 年长篇专号春卷) 就是一部能不断打破你阅读期待的小说, 这显然和它独特的叙事方式很有关系。小说的开篇让你以为是话剧《明年此时》或者电影《廊桥遗梦》的故事, 但叙事人角度的突然置换, 会让每一个读者产生从原来的阅读轨道被甩出去的新鲜刺激感。其实小说的故事内核就是常见的现代婚恋、家庭、偷情, 但宋尾的厉害之处就在于能把一个常见的故事类型讲述得惊心动魄, 百转千回, 现代婚恋、家庭、情感故事在新闻调查的线索里, 像侦探小说一样环环相扣, 层层打卅, 每每在读者适应了故事的走向之后, 笔锋一转, 打开故事隐秘但合理的另一面。作家巧妙地将故事控制在“危险的边缘”, 调动起读者的好奇心不断地探求事件的真相, 每个人物都打开我们观察生活、感情、婚姻、人性的一些面向, 合在一起也就看到了自己的生活。小说披了一个悬疑的壳, 讲述了一个告别的故事, 同时也是一个发现的故事, 让我们看足了好故事之后还能陷入深深的沉思。从长篇小说来讲, 宋尾算是一个新人, 即使发表在《收获》这样的文学大刊上, 也难免淹没在 2018 年数量众多的名家新作里。之所以对这部作品想多说几句, 除了小说确实写得好读外, 还因为这部小说体现了一种难得的叙事探索精神, 写得诚恳而努力。当代文学如果想不断发展, 就需要更多这种新鲜生猛的力量。

张平《重新生活》(作家出版社 2018 年 7 月出版) 在反腐主题上又有了新的探索, 是他搁笔十年后的新作, 作家自陈“仍然是现实题材, 仍然是近距离地描写现实生活, 仍然是重大的社会和政治题材”。“也许，这才是我的一部真正的反腐作品，通篇都是腐败对人与社会的戕害和毁伤。”① 读罢小说就会发现《重新生活》打破了我们以往对反腐小说的概念化理解，由显性腐败的前台转向了隐性腐败的后台，从反腐本身转向了更宏大和深刻的腐败文化的基因与国民性思考。小说里的主角不再是大人物，而是“树”倒了以后那些依附者及其攀升的土壤环境。提起腐败，人人痛恨而不觉得和自己会有什么关系。《重新生活》则让我们意识到：所有人都会腐败，这不仅仅是制度问题，更是文化基因和国民性格问题。当腐败观念以民族文化、世俗人情的假寐方式沉睡于所有人的思想认知中时，很多时候我们在不自知的情况下已经扮演了腐败的合谋者或助推者。感恩师长送薄礼，亲人入学托关系，师生乡亲相扶持，长官权威恭迎送，这些“人之常情”才是难于防范、无法克服但随时可以滋生出更大腐败观念的国民性文化土壤。

2018年还出现了新时代才可能有的新题材。比如周大新《天黑得很慢》（人民文学出版社2018年1月出版）是一个老龄化题材的小说，随着中国社会的快速发展和老龄化的加剧，这样一个具有世界性同时又非常私人化的小说角度也成为许多当代中国人不得不面对的问题。衰老问题无疑是每个人都会面临的生理和心理问题，每一场精心装扮的背后都躲藏着一个害怕衰老的灵魂，不论它看上去多么青春靓丽、威武洒脱。小说通过保姆钟笑漾对退休法官萧成衫的长期陪护，以一种新颖有趣的结构方式写出了老年人从不服老到不得不老去的精神和生理历程。单就题材而言，这部小说也可在汗牛充栋的当代长篇小说中占有一席之地。小说的结构方式也颇为新颖，以“万寿公园黄昏纳凉”本周主要活动安排的通知为纲要，从周一到周日列出标题和内容简介，然后按此娓娓道来。周一到周四分别是陪护机器人、灵奇长寿丸、返老还青虚拟体验、人类未来寿限四场讲座推销，展示了当代现实生活中人们面对衰老时的各类反应与面相，也为之后三场陪护老人经验谈做足了外围铺垫功夫。《天黑得很慢》和当代现实结合得很紧，有时代特征。对于生活条件得到极大改善、开始迈入老龄化社会、渴望更高生活质量的当代中国人来说，这部小说新颖而厚重，从某种角度打开了当代中国人和当代社会不得不认真面对的一扇文学窗户。

近年来试图对新中国成立以来，或者改革开放前后至今的中国社会进行文学全景式描绘的长篇小说也有不少。比如2018年通过家庭来反映当代中国近五十年市民生活变化的梁晓声的《人世间》（三卷本）。这部长达120多万字的小说以北方省会城市周姓平民子弟的生活为线索，从二十世纪七十年代一直写到今天，小说以市民文化生活为主，从生活起居到人的精神面貌和心理状态，多方位、多层次地描写了中国社会巨大变迁过程中普通百姓生活的起伏变化。作者立足百姓立场，满怀深情地写出了感同身受的当代中国市民生活史，体现了和过去很不一样的观察角度。城市作为人类生活的一个巨大场景，无疑也是文学无法避开的主要

① 张平：归途漫漫，但充满希望（创作谈），《长篇小说选刊》2018年第6期。

对象。2018 年也有一些以描写都市年轻人为主的小说，比如笛安《景恒街》（《人民文学》2018 年第 11 期）是当代中国都市青年文化生活的一个缩影。“景恒街”是北京 CBD 附近一条街道，也是故事男主角关景恒，一个转型创业的过气歌手的名字。小说围绕着关景恒、小潘、朱灵镜以及一款以粉丝经济为主名叫“粉蝶”的 APP 展开创业、融资、商战及爱情故事。相对于中国的乡土小说和历史小说，当代文学一直缺少成熟的城市题材小说。但打开电视，这些年倒并不缺少热播的都市剧，从《我的前半生》到《欢乐颂》，高楼、名牌、机场、豪车，美女与老板，还有必不可少的爱情故事等等，似乎是现代都市的标配。我始终相信有什么样的社会现实，也一定会产生相应的文学样式与内容。笛安一代作家的成长环境与精神气质显然与前代作家有了质的差别，我们也有理由从这些作家身上期待拥有更多新鲜元素的创作。

反映当代大都市与青年生活的还有大学教授、文学批评家张柠的长篇处女秀《三城记》(《当代》2018 年第 6 期)。批评家写小说，张柠并非第一人，稍往前数数就有吴亮的长篇小说《朝霞》和季红真的长篇小说《童话》。我想对于熟悉这些批评家的文学界、批评界及广大的读者来说，一定很想尝尝这些平时的文学“美食家”们亲自下厨操刀做的一场盛宴究竟是个什么品味吧。这部小说的核心故事正如封底和腰封所介绍的一样：这是一段“80 后”在当下都市为无处安放的自我寻找着落的成长史。26 岁的顾明笛大学毕业后在上海东山公园管理处工作，经常和老同学张薇祎、朱旭强、王治裳、万嫣等搞文学沙龙聚会，受张薇祎的影响从上海辞职到北京报社做记者，后又辞职考博士，在经历一场精神的困扰后南下到了广州开始了新的生活或者说征程。小说通过几个年轻的文化人在北上广的精神求索与实际行动，试图激活世间百态，追问当代文化人的思想蜕变和精神出路。《三城记》对三个城市的文化生活与工作内容描写饱满丰富，细节真实形象，对于谙熟此类生活的读者来说常有会心一笑的触动，这和张柠早年在上海华东师大读书，之后在广州生活，最后在北京高校工作当然很有关系。阅读小说的过程，我们也偶尔会感受到阅读钱钟书《围城》时的一种感觉：尽管小说里的主人公确实都是受过高等教育的文化人，但其中一些人的话语和思想智慧似乎仍然有作者赋予的明显色彩。这部小说和李洱的《应物兄》都对中国当代知识分子的精神现状有某种深刻的内在观察与反思，丰富了中国当代文学的知识分子题材小说创作。

支撑当代中国迅猛发展的根本原因是有一大批人以“拼命”的态度努力改变自己甚至下一代的命运。有了这亿万股强大的、向上的力量汇聚在一起，自然能够带动起中国这艘巨轮乘风破浪，所向披靡，无坚不摧，无往而不胜。除了城市，中国的广大乡镇也一样蕴藏着大量上下求索，试图将个人命运掌握在自己手里的人，这一点我们可以从陈彦的《主角》里强烈地感受到。在陕西省戏曲研究院担任过二十多的专业编剧，还交叉任职过十几年团长和院长的陈彦，发挥了他对舞台生活无可比拟的优势创作了《主角》（作家出版社 2018 年 1 月出版）。小说描述了主角人物“忆秦娥”从一个放羊的“招弟”小妹，经历了命运磨砺之后成为“秦腔皇后”。四十多年人生命运的起起落落不仅仅属于忆秦娥，因为在宽泛的意义上讲，每个人都是自己生活的主角儿，都有奋斗的成功和努力的失败。小说的写作重心更多地放在了主角人物的台下与幕后，和许多挖空心思想成为主角的人不同，这个人物并不精明，甚至开始都没有做主角的意愿，但她能吃苦，肯学习，在时势和命运的裹挟下渐渐入戏成角儿。《主角》虽然写的是戏曲人生，但很有当代生活的现实代表性。成名成角儿，已然成为一种普遍的社会心理。很多人也自觉不自觉地扮演着家庭、单位、公司、行业中形色不一的主角儿，这些角儿好像都是自己命运的主宰者，同时也都无法主宰自己的全部命运。多大范围、多长时间内的主角儿才让人感到过瘾无憾呢？小说结尾忆秦娥脱口吟唱到“转眼半百主角易，秦娥成忆舞台寂。舞台寂，方寸行止，正大天地”也是我们每个人的最终结局。

三

2018 年有些小说的切入角度本身就很有特点。比如刘亮程《捎话》（《花城》2018 年第 4 期）是一部关于语言和声音的小说，让我们见识了语言是如何以语言为写作对象的。地处遥远西域的毗沙和黑勒，因长达百年的战争，两国书信断绝，从而让民间捎话人成了一种秘密行业。小说中的话语角色包括著名翻译家兼捎话人“库”，由毗沙人“妥”的身体和黑勒人“觉”的头错缝在一起的合成人“妥觉”，还有一头叫“谢”的小毛驴。正如刘亮程夫子自道“小说家也是捎话人”一样，这是一部多声调的小说，小说家及其小说本身也成了捎话人和内容。小说内外都有巨大的隐喻和象征。当人类之间的战争变成最为残酷的一种捎话行为时，小说中毛驴谢附体后的库能打通人和驴之间的物种障碍就变得格外有意思了。这不仅仅是对人与自然万物跨界沟通的美好理想，也有对人类自我世界的深刻反思。如果把小说理解成一种捎话的艺术，那么每一次的阅读就都变成了一场心灵的捎话。这里有能写出来的故事，也有更多隐藏在语言背后无法捎出来的话语。

2018 也是名家新作迭出的一年。贾平凹《山本》（《收获》2018 年长篇专号春卷）体现了贾平凹一贯的创作水准。小说以秦岭大山里一个叫涡镇的地方为叙述空间，通过形形色色的人物与丰富的日常细节讲述了中国二十世纪二三十年代军阀混战的乱世里，乌托邦式的涡镇顽强自保的努力却最终毁灭的故事。题材和写法上兼容并包，既有早期土匪系列题材的影子，也有《秦腔》之后细致密实，不易复述的特点。和《老生》强烈的真实感相比，《山本》的主人公陆菊人和井宗秀，尤其是陆菊人被刻画得过于理想。小说另一个突出印象是对历史故事的“空间化”叙述，将表面的历史事件和涡镇与秦岭的空间相结合，用“空间”来推动小说的叙事，这一特点的强化算是《山本》的显著变化，值得深入探讨。以贾平凹在中国当代文坛的分量，《山本》一经发表出版就引发了大量的评论，这也差不多是当代文学批评界的一种惯性表现。在一片叫好声中当然也有不同的批评声音。[①] 当代文学的创作和批评之间确实整体上缺少健康有效的互动关系，过于强大和固化的文学圈关系在一定程度上已经引发了部分人的反思。回到本文开篇所讲的“万物有更生，天地始无穷”，就是想强调对任何固化的创作、批评都应该努力打破，不断推陈出新，才能形成真正繁荣的文学局面。

王安忆《考工记》(《花城》2018 年第 5 期）的命名和《长恨歌》有异曲同工之处，是春秋战国的一部手工业技术文献。小说从 1944 年秋末，陈书玉历尽周折，回到南市的老宅写起，到 2000 年的时候，文物局与陈书玉协商，将老宅子列入高级文物，老宅子被四周建立的高楼围得像一个盆地里的锅底结束。陈书玉和花花公子朱朱、律师世家的奚子、开木器行的大虞被戏称为“西厢四小开”。在抗日战争最后的大反攻时期，“四小开”被命运推着各奔东西，只有陈书玉留在上海经历了各种变革和改造，逐渐蜕变成一个普通劳动者。读《考工记》自然会让人不由得想起《长恨歌》，都是上海的老故事，都描写了大河大江历史巨变中普通人的命运，都有一种淡淡的怀旧气息，王安忆用她惯常缜密绵软的叙述语言慢悠悠地把陈书玉细碎的人生故事串接起来，当然也会不时老到自然地洞悉人性的复杂与柔韧，细节的把握与氛围的渲染都恰到好处。这部小说让我最感兴趣的是小说不光有核心的“人”——陈书玉，还有核心的“物”——陈家祖宅。王安忆延续了《天香》里对工艺的文学描写，围绕着老宅的建筑技艺和木器行业展开了贯穿全书的细腻描写。祖宅和陈书玉，作为小说最为核心的“人”与“物”，互为表里，互相支撑和象征，都由曾经的辉煌历史走向了必然的衰败。小说里的“人”与“物”的关系几乎都是人在主导物，物的存在似乎往往只是一个沉默不语的无生命体，但《考工记》里，我们隐约地看到了“物我同一”的一种命理。如果说陈家祖宅还有机会作为文物被保护起来，那么更多凡人的生命价值和意义，又应该如何不被历史的大浪随意打散归零，保留最后的尊严尺度呢？

韩少功《修改过程》(《花城》2018 年第 6 期）是一部有着明显的“文体”叙事探索的小说，有着反复“嵌套”说明小说创作的“元小说”特点。阅读《修改过程》你会想到的不仅仅是脱胎于现实原型的虚拟人物在何种程度表现或修改了人物的真实生活，还会想到我们究竟应该如何审视文学与现实生活的关系。小说中的网络文学作家肖鹏，将 77 级同学的生平经历改编成网络小说，引发同学的不满，随后通过这些人物的小说前台和人生后台，逐一交代陆一尘、马湘南、林欣、赵小娟、楼开富、毛小武、史纤等人物的小说形象和现实人生的际遇。小说角色与人物原型相互串联，生活真实素材与虚构经历杂糅缠绕，把前台后台之间的界限打破，试图把虚构的文学与真实的人生直接对接起来，直接让“两个世界”（真实和虚拟）的人自由穿插，互为镜像，甚至互相“修改”命运。当我们以为自己不过是在阅读一部小说时，有谁会想到也许我们也不过是小说人物里“阅读”到的一个阅读者呢？韩少功的

---

① 鲁太光：价值观的虚无与形式的缺憾——论贾平凹的长篇小说《山本》,《文艺研究》2018 年第 12 期。

这种努力，虽然并不见得多么惊天动地，却也着实体现了一个资深作家对文学不断追求自我超越、努力探索的“先锋”精神。

张炜《艾约堡秘史》（《当代》2018 年第 1 期）围绕着四个个性鲜明的人物，千年一遇的神奇尤物蛹儿、富甲一方的狸金集团的老板淳于宝册，坚守精神追求的学者欧陀兰，保护现实和灵魂家园的吴沙源展开。小说表达了“一位巨富以良心对财富的清算、一个农民以坚守对失败的决战、一位学者以渔歌对流行的抵抗、一位白领以爱情对欲念的反叛”的主题，故事传奇，语言洗练。主人公淳于宝册是一个极其丰富和复杂的巨富人物形象，但他的“荒凉病”某种程度上也象征了个人或者整个社会在暴富之后信仰缺失、心灵荒芜的精神困境。小说刻画了他是怎样对待自己的历史、荣誉、爱情、权力等等，并由这些情节演绎出在财富急剧膨胀过程中的社会和道德伦理等更为深刻的问题，小说深度关注了中国巨富群体的个人生活和精神世界，将改革开放 40 年来的社会发展浓缩在人的内心和精神里，用纯文学的方式呈现并反思了当代中国社会的发展，并延续了张炜格外关注人的精神生活的特点。

范小青《灭籍记》（《作家》2018 年第 4 期）再次体现了其小说对人“身份问题”的关注。范小青笔下的人物和故事，都和她现实当中经历的种种人和事有着密切的联系。她写的多是普通的小人物，但表达的内容却非常丰富。“寻找”经常是范小青小说的一个构思的出发点，甚至是一个基本的主题。《灭籍记》讲述了主人公吴正好因为一纸祖屋契约的意外出现，踏上了寻找父亲的亲生父母郑见桥和叶兰乡的道路，在“寻找”的过程中引出了叶兰乡、郑见桃、郑永梅等一系列人物在这段历史中的离奇境遇。小说结构讲究，构思严谨，故事讲得极为精彩，因此可以读得津津有味。其实对于一个读者来说，好的小说标准有千万条，但第一条首先应该满足“好读”。《灭籍记》就是这种把日常情感和奇思妙想的“悬念”层层叠叠的“折”进情节里，同时又可以让读者在阅读的过程中环环相扣、自然顺畅解开来的小说。同时它也是一部非常“耐读”的小说，它不是那种让你读完一个故事后，除了留下一点情节印象和几个主要人名后再无想法的小说。小说的“荒诞现实主义”风格让你在有趣、幽默、欢畅的阅读过程中，不得不对人物“身份”、历史与记忆之间错综复杂的关系这些宏大问题产生深刻思考。范小青在访谈中也坦言，创作《灭籍记》的初衷就是想写一个以“回到苏州”为主题的故事。“苏州是一个特色非常鲜明的城市。比如说苏州的老宅，在我的心里占据着非常重要的位置。我也写过很多关于苏州老宅的小说、散文，比如我的第一部长篇小说《裤裆巷风流记》。到了《灭籍记》，我想用当下的眼光再去重新打量那些记忆中的苏州老宅。《灭籍记》其实建立在‘实’的基础之上，就是苏州老宅在今天碰到的那些普遍性问题。在动笔写《灭籍记》之前，我是做了大量的准备工作的。”①

① 范小青新作《灭籍记》：一部寻找“身份”的荒诞剧，[J/OL]. 新浪读书，(2019-01-20)［2019-02-15］http：//book. sina. com. cn/news/xpxs/2019-01-20/doc-ihrfqziz9460239. shtml

残雪一直是中国当代文坛上一个有点特立独行的作家，她不扎堆也不介意远离批评的中心。不论是早期具有“先锋”色彩的创作，还是后来的文学批评与哲学思考，都有一股子不管风吹浪打，凭我自由“实验”的写作追求。《一种快要消失的职业》（《花城》2018 年第 1 期）在整体上延续了超现实的实验性的写作思路和残雪惯用的那些山上的小屋、鼠、蛇等动物意象，塑造了亿嫂（春秀）这样一个奇异的赤脚医生形象。她失去了自己的孩子，对中草药无比痴迷，与其说她的行医是来自病人的需求，倒不如说更多的来自对自身与自然关系的探求。小说的很多情节仍然具有超现实的意味，比如不断出现的巨蟒、超强的听力、与已死之人的碰面、枯井冒水等等。残雪认为物质和人的精神共同构成宇宙或大自然的本质，物质与精神也一道构成最高的宇宙矛盾并辩证存在与发展。《一种快要消失的职业》其实也是这种人与人，人与大自然之间的交融互动理念的文学展示。残雪的小说一方面似乎和中国古典哲学里的“天人合一”进行了某种对接；另一方面，她对物质和作为物质存在的身体都极为重视，也暗合了国外近些年兴起的“物质生态叙事学”。尽管近些年她的写作似乎渐渐淡出了当代文学批评界的主流关注，但我们仍然期待中国当代文坛能更多一些类似残雪这样的作家。虽然我们期待出现能引发全民热议的现象级作品，但从另一个角度来讲，如果连续多年只有那么几个少数的批评兴奋点，只在意那么几个少数的批评话语圈子，或者总是存在一个强大吸纳能力的文学“中心场域”，其实也是一种文学多样性的失败，从长远来说并不利于中国当代文学的发展。

李洱的《应物兄》（《收获》2018 年长篇专号秋卷）可能不仅是 2018 年中国长篇小说的重要收获，也许在近些年来中国长篇小说体系中也能占有一席之位。这部历经十三载创作而成长达近百万字的小说一经发表，就引发了批评界的广泛关注和评论。按照李洱在小说后记中的说法：这部小说从 2005 年春天开始动手写，一年之后就写到 18 万字，原来设想写到 25 万字，在经历了匪夷所思的车祸，儿子的诞生，母亲生病去世后，两次从头写起，写坏了三部电脑，一度字数达到了二百万之多。李洱的《花腔》是继中国先锋小说落潮之后又一部具有强烈文体意识，极具先锋实验性的长篇小说，而对知识分子的刻画显然也是李洱极为擅长的一面。《应物兄》的出现不仅为我们呈现和描绘了中国当代知识分子最新的精神图谱，也是中国当代文学“知识写作”饱和度和艺术性结合非常密实的一部佳作。小说的中心情节以应物兄作为济州大学儒学研究院筹备成立的轴心人物展开，通过迎接儒学大师程济世回来执掌门面，上勾下联、左连右通地牵引出以三代学院知识分子为主体，遍布政、商、学、媒等形形色色的江湖与市井人生。《应物兄》让我想起了艺术家宋冬以《物尽其用》为题目的展览：他把母亲房子里面一生用过舍不得扔掉的所有东西做了一个展览，当这些日常生活司空见惯甚至可以视为垃圾的东西以展览的形式再现时，我们看到的可能就是母亲一生，甚至是中国五十多年来非常形象和具体的日常生活消费史，这些物件会胜过任何经济统计学、中外消费理论、各类专家学者的话语论述，直接以“物”的形式向所有的参观者讲述自己的故事，并引发人们内心的震动与对话。如果我们把李洱的《应物兄》视为一个大的当代中国文学、社会、人生的“展厅”，那么《应物兄》也许有某种“人尽其用”的效果。它也是对当代中国知识分子和社会各色人生的一次精神展览，让我们意识到一件事可以引发多少传奇的人生故事，一辈子又将经历多少令人期待而又难以把握的人事。《应物兄》让我有一边想痛快地阅读一边又有点不忍读完的感觉，所以读得很慢。以遍布小说的“知识写作”来说，我做了一个简单的统计，发现在前10节里有近24处知识性的内容，并且后边的内容也基本保持着这样的比例。这对于一部以知识分子为主体的小说来说，应该是整个写作得以成立的重要基础，否则就会成为那种只能靠情节、人物、抖机灵来完成的密实性很低、“言之无物”的小说。这也可以理解《应物兄》为什么一写就是十三年，在这一点上，《应物兄》在中国小说谱系里和《围城》甚至更早的《儒林外史》既有呼应也有对话。

结 语

2018年的长篇小说也体现了丰富的文学地理。从遥远的西伯利亚草原到东南沿海的京杭大运河；从东北的辽南芦苇荡到西南重庆的磁器口古镇；北京、南京、上海，苏州、内蒙古、湖北、陕西等等。文学其实就是这个世界人人都可参与的最简易科幻体验，每一次阅读都是人们摆脱沉重的肉身，让生命以个人意志的方式自由穿越时空、随意幻化人生。一方面，每一部小说都值得获得阅读的尊重，正如每一个努力的人都应该获得承认的尊重一样。另一方面，长篇小说也往往对作家的生活、文学、思想的积累要求很高，从小说出版的角度讲，我能理解并接受长篇小说年产量成千上万的事实，但如果从文学谱系本身的价值创新来看，历史已经证明往往很多年也难以形成普遍公认的经典作品。我曾表示，许多当代文学作品能够被发表和出版，大多数是个人意义的，少数有时代意义，只有极少数才是文学意义的发表。① 今天人们渴望出现所谓“现象”级的作品，但热闹的现象之后也未必有几部能成为真正的经典。中国庞大的体量真的不需要过多渲染数字意义上的高原，而更应该追求谱系和质量意义上的高峰。艺术的创造需要自由的灵魂与清静的环境，那些不断赶场、大声表演的灵魂怎么可能静坐成佛呢？

当我断断续续地阅读了2018年长篇小说并絮絮叨叨地完成了这篇阅读札记后，形成了关于长篇小说几条非常个人化的观察意见，在这里简要提出来，以供大家批判：

其一，中国的长篇小说需要回到文学本身去发现和培植更多的文学新人。已经开始成长或者较有积累的年轻作家则需要突破“身边小说”或者既有经验的简单置换与想象，不断开拓自己新的写作疆域。虽然实际的人生经验和经历没法人为加速和选择，但知识、视野、方

① 刘江凯：现实主义的写作困难，《长篇小说选》2018年第6期。（特稿：新时代与现实主义）

法等却可以不断加持积累，努力解决好有限创作资源的转化与创造问题。

其二，成名作家除了普遍的文学标准外，在自我突破方面不得不承受更多的读者期待。我们当然不应该苛求作家的每部作品都和前面的有所不同，只是希望作家不要在一种惯性的支配下连续写作，因为他们有时间、有条件、有经验甚至在艺术上有责任做出努力。在这方面，有争议的尝试也好过平稳的发展。

其三，中国当代小说需要在总体的未完成进程中努力构建一种“贯通物”。当代社会不断发展，现实生活不断展开，在给作家们的写作带来机会的同时也设置了很多认知障碍，尤其对于体量巨大的长篇小说，如果缺少一个可以贯通小说的“象”“气”“人”“物”等叙事主线，不论写得多么密实，也难以形成畅通的文脉气象。

其四，当下的长篇小说更需要一种“先锋”精神的召唤。近些年文学的先锋精神整体式微，当年进行集体性先锋突围的作家们今天大多已功成名就或在观念上已显稳重成熟之态。而年轻作家们似乎又难以在当下的文化氛围中形成集体冲锋的实力，文学的江湖正处于混乱的秩序更替中，在一个需要“讨好”秩序才能获得进一步发展的文学环境里，富有“先锋”精神的艺术探索也只能是少数人偶尔尝试的行为吧。作家们除了依靠经验写作外，也有必要展开更多学习性的积累，这样才能更有方向地找到自己的写作突破口。

最后，与之相应的，中国当代文学批评则需要解决好小说创作“倒逼”批评理论的问题。如果说什么样的文学现实会造就什么样的文学表现，那么同样的道理，什么样的文学创作也会倒逼出什么样的批评话语甚至理论才对。当下中国的社会现实、文学创作和文学批评之间当然会有许多“错位”表现，但这也正是当代中国文学从业者应该努力面对和解决的问题所在。中国当代文学批评缺少的可能并非训练有素、来则能论的批评者，甚至也不是找不到属于自己的批评理论话语，而是恪守文学的初心，回到文学的本身，共同建设健康、良好、多元、守正、既活泼又严肃的文学生态。

今天的中国如此大开大合，当代的文艺如此千姿百态。在2018年改革开放40周年之际，阅读这些长篇小说让我更加形象地感受了中国社会大江大河般的流转，感受了历史与现实的广阔和幽微。2019年是中华人民共和国成立七十周年，就像大年初一引爆观影热潮和评论的科幻电影《流浪地球》一样，当代中国有足够深厚的艺术土壤和巨大的发展空间，我们需要的只是那些敢于梦想、诚恳奋斗的艺术拼搏者。也许有人会在一夜之间成为“网红”，但没有谁会在一夜之间成为真正的大师。这也让我们有理由期待之后的当代文学在现实主义的批判性关怀中，能够召唤出更多的先锋艺术精神，能够更好地回到文学及其批评本身去发展繁荣。

作者系北京师范大学中国文化国际传播研究院副教授

巨变的历史与滞重的书写

——2018年中篇小说读记

李 音

2018年的中篇小说若作年度文学创作考察和总结，很难说在这有限的十二个月里产生了迥异于前几年的文学气象和特质，也没有发生什么标志性的文学事件。但距离1918年中国现代文学的奠基之作《狂人日记》的发表正好百年，“五四”运动亦即将百年，总不免令人多一些历史感喟和回望，别具时代切片的意义。

1936年埃德加·斯诺这名伟大的新闻记者，不满足于对远东中国只获得浮光掠影式的新闻见闻，在鲁迅先生的指引下，他通过阅读和编译沸腾的三十年代的文艺作品来探索中国人民的恨与爱，诅咒与憧憬，由此窥见了现实更本质的方面。他向西方世界介绍了中国短篇小说集《活的中国》。几十年后，萧乾还深情地回忆道，在1938年《西行漫记》问世前，斯诺最重要的一部书不是《远东战线》，而是《活的中国》，正是通过文学，他认识了旧中国的现实和新中国前景的开端。如今，在全球化高度发达的媒介时代，讯息绝不匮乏和滞后，不仅有立等可取的海量新闻资讯，还有大数据的精准统计分析，不再需要什么冒险的年轻人不远千里去聆听和传达遥远的心跳，如果世界上还有什么大众不知道的秘密，我们时代的传奇人物爱德华·斯诺登已经不断在兑现透明世界的承诺，即便身囿斗室也能一手造成信息风暴——全球顶级国家机密网络共享。与此同时，文化工业大行其道，社交媒体亦让全民都成为即时多样表达交流的书写者，作为印刷文明代表的文学作品失去了传递感情、培育全民道德和共识的媒介优势。我们生活在一个现实之奇幻超越了文学想象的时代，如果文学之于人类还有什么不可替代的魅力和意义的话，人工智能正在朝这一神秘之地进军。2017年微软“小冰”发布了第一本人工智能诗歌《阳光失了玻璃窗》，不管有多少争议，谁也无法忽略这一深远的意义，这是现代中国1917年“文学革命”百年之后另一种完全不同性质的文学、文明革命。从斯诺到斯诺登，从鲁迅到小冰，我们的现实和文化象征体系正发生着超现实超速度的变化。

美国作家菲力浦·罗斯在二十世纪六十年代美国正高速发展的时期，表达过他那一代许多小说家的困境：“二十世纪中期的美国作家忙于试图理解、描写和真实反映出美国的现实生活。但这是一项令人麻木、厌倦和烦恼的工作，最终对一个想象力贫乏的人来说是件苦差事。现实事件不断地超越我们的才能，风行一时的新文化几乎天天抛出崭露头角的风云人物，那本是小说家艳羡的事情。”我们如今面临的世界，全球政治文化状况的复杂暧昧和科技之令人惊讶的变革，给大众及作家造成的迷茫和震惊已远超菲力浦·罗斯的苦恼。不过，对于中国作家来说，告别革命的二十世纪，纵身于后现代后理论后人类后真相……诸种“后”时代，一切都过于重大，一切又过于匆忙，在中国压缩式的发展进程里，历史感和现实感的重建、调适尤其令人措手不及。当代丰产的现象级作家阎连科在他讨论文学的一部著作《神实主义》中地宣称，长期以来统治文坛的现实主义为中国当代文学最大的桎梏和最虚假的意识形态。这种夸张的厌弃和愤怒其实是中国文学自进入新时期以来很长一段时间内的共识和主流意识——1980 年代新锐作家纷纷慌忙追赶最新文学潮流，力图接轨“世界文学”，视现实主义为窠臼，热衷于形式实验的历史尚未远去。一方面我们固然终于有莫言收获了诺贝尔文学奖，一方面我们却发现，文学已被飞速流动变化的现实所抛弃。大量的文学作品让人阅读起来和时代基本不相关，让人无从分辨今夕是何夕，文学在改善公众的现实迷茫感方面前所未有地毫无增益。

出于直观的现实刺激以及文学界内外的反思和批评，近年来现实主义精神和手法开始在文学界明显回归，从创作到相关理论批评形成了一股潮流和热门话题，2018 年文学界似乎又回到了“五四”。《长篇小说选刊》专门举办了“新时代与现实主义”大讨论，该刊陆续约请了众多不同代际的批评家对此话题进行讨论和呼吁，发表的特稿和相关文章在短短几个月内多达六十多篇。而 2018 年的中篇小说，就目前重要的文学期刊和选刊所发表的作品而言，从内容题材到书写形式几乎是压倒性的重返现实主义。中篇小说由于文体特征的原因，是作家及时反映现实、参与公共事物比较合适方便的形式。短篇小说体制短小内容有限，因而极为依赖出色的创意，实际上是难度非常高的文体，而长篇小说固然能反映更深广的生活，但构思和创作时间漫长。相较之下，中篇小说兼二者之长。因此，与其他文体相比，中篇小说自新时期以来在数量和质量一直比较稳健。学者孟繁华尤其高度评价新世纪中国当代文学中篇小说的成就，称之为“百年中国文学成就最大的文体”，青年批评家宋嵩也观察到，中篇小说已经成为逐渐成熟起来的“80 后”作家对时代和社会发声的重要途径。在文学革命百年后的今天，即便不敢说仍旧可以通过文学来深入地理解中国，但可以说，如果要观望当下文学对中国的书写，我们在何种程度上、以何种思想视野和精神立场对现实进行赋形，中篇小说是一个很好的窗口。

一、中国故事的两极时间

王德威有“小说中国”的提法，他说“在泪与笑之间，小说曾负载着革命与建国等使命，也绝不轻忽风花雪月、饮食男女的重要。小说的天地兼容并蓄，众声喧哗。比起历史政治论述中的中国，小说所反映的中国或许更真切实在些。”虽然他的意思并不仅仅是由小说看中国，但这种说法或许在另外一个意义上尤其适合中国，这种有着广阔疆域、悠久历史、多民族文化，人口众多，内部政治经济不平衡造成地域之间巨大现实差异甚至是不同时间感的共同体。否则，我们便无从把握和概述共时的小说中呈现出的完全不同性质的纷繁现实。2018 年的中篇小说一如既往地呈现出乡村、城镇——城市、大都市两极泾渭分明的经验对象和空间，其差别之大，让人感觉到同一大地上不仅耸立流淌着不同的山川风貌，还展演着不同的社会进程时间和历史记忆。

郭楠的《海上列车》带来的故事于“五四”百年历史节点上阅读起来别具时代变迁意义，标识出经过一个多世纪的飞速发展，中国时间在世界上已多少具有赶超性。不同于近代以来中国人对于欧美文明的普遍向往和服膺，以及二十世纪八十年代重新走向世界的焦虑和热切，更迥异于郁达夫所书写痛诉的支那人在强国所遭遇的歧视，《海上列车》的女主人公，一名普通的中产阶级，在游历欧洲时表现出一种全球化时代世界消费者的平常心和家常感，反倒是欧洲文明在新一代中国人的审视里褪去炫目光环，不仅某些地方显示出破败衰老的征兆，而且作为中国人还有可能因为有钱而被欧洲人嫉妒和偷盗。但小说并没有表现出当下中国人的优越感，也没有意图去暗示欧洲道德亦有堕落的一面。作者在小说中进行对比的不是中国和欧洲，而是通过生活在国内的女主人公和嫁在意大利、一向崇拜高级文化的旧时同学的物质和精神生活状态的对比，展示出令人五味杂陈的与时俱迁斗转星移，中国人文化主体性、心理的往昔和今日、扭曲和自信。二十一世纪中国在世界格局中的位置发生了很大变化，中国人逐渐摆脱弱国子民感，越来越频繁地融入世界，对不同文化和自身文明都将有更客观和深入的理解。另外，随着全球经验的趋同化，新的“中国——世界”叙事或许将讲述更多的具有世界共性的当代生活而非差异。南翔的《洛杉矶的蓝花楹》也表现出这种处理异域生活的平和自如的气质，故事中的大学访问教授——亦是单身妈妈，在洛杉矶的一段育儿生活和恋爱虽然遭遇了一些文化差异，但差异可能也不是故事的中心，这只是一个都市通俗故事的洛杉矶版，异域经历更多地转换为不同的人生碰撞，由此促成了人的成长和获取了对生活更从容的姿态。张翎的《胭脂》叙述了一家三代女性飞蛾扑火的生命波折和家族秘史，但这段自民国至今的传奇故事，以一张家传书画的生成、丢失、复得连缀起来，最终结束在巴黎。当小说角色在故事结束时回望这一切时，迷离伤感的历史/个人书写置入了世界的浩渺烟波中。中国故事正在悄然自如地置换更大的叙述背景，并因此而带来不一样的景观和质感。但这只是中国故事的一部分。《海上列车》中的女主人公穿 PRADA 球鞋背 GUCCI 邮差包，这并不是大部分中国人的日常和现实。

生活在山西作家葛水平的《嗥月》、东北作家迟子建的《候鸟的勇敢》、海南作家林森的《海里岸上》、辽宁作家老藤《青山在》、云南作家吕翼《来自安第斯山脉的欲望》在 2018 年共同把目光投向了遥远闭塞的地方和过去的时间、逝去的世界，构建了另一种诗性风景。《嗥月》取材于作家自己的幼年经历，以自己的父亲为原型，塑造了“猎人王泉”这个人物形象。王泉是穷困的哈喽村不事农活的猎人，捕捉到狼是改善“一年不见肉味的贫苦日子”的唯一机会，也是他自认为在村庄扬眉吐气的时刻。王泉在捕获一匹母狼的四只幼崽后，用铁链锁住狼崽，引诱母狼每天夜晚来喂奶，预备伺机将其拿下，最终绝望的母狼不得不咬死自己的狼崽以求解脱。在这段人与母狼斗智斗勇的故事里，猎人有多少勇敢和智慧，人性就显现出多少残忍和扭曲，极端的贫穷和艰苦侵蚀了人的灵魂，反倒是母狼“那闪着绿光的眼眸居然闪过一丝只有从寺庙里出来的人眼光中才有的祥和”。小说主人公王泉一直觉得自己的敌人不是人，是兽。但人是向往光明的，其他动物也是向往光明的。作家葛水平在创作谈里说：“写这样一篇小说，其实是想给狼写一封道歉信，说一声对不起”。王泉人性的被损害或者说未觉醒，还因为“他是一个不想和土地劳作的人”。《嗥月》这篇小说并不止于书写人性的残忍，正如葛水平所说：“在有限的生命中，我们和动植物有一种很幽深的命运勾连，它们更容易让我尽可能地怀想那些像阳光一样寂寞而又温馨的往昔，生龙活虎，是的，这是民间本能的力量。在激荡着山风的沉沉大野里，这些，共同构成了生命的痛楚与美丽、缺憾与圆满。”同样以深情温柔的笔致，守护和赞美着爱、生命与自然的是迟子建《候鸟的勇敢》。迟子建以晶莹明亮的文字再现了有生有灭四季轮回的林海雪原，以及苍茫大地上血肉丰满的真实存在和浩瀚人心。随着“极北的金瓮河被春的烈焰红唇点燃，脱下冰雪的衣冠，敞开心扉，接纳了这久违的吻”，候鸟们纷纷归来，大地上又开始了新一轮的生命展演。一年一度守候、照顾这些天外来客的是管护站的守护员张黑脸。从这名憨厚痴傻汉子的眼睛望过去的自然界生命充满了神性和灵气。正如作家阿来所说，迟子建的小说从自然界出发，用候鸟的生命形态对小说的主要人物形成一种灵魂上的启示和救赎，自然与人形成了一个互相映衬、互相对比、最后互相提升的关系。小说中最令人难忘的是两对生命的互相映照和扶持：一对不离不弃的东方白鹳，因为其中一只受伤，最终无法成功南迁双双冻死；奶奶庙尼姑德秀师傅和张黑脸，他们苦难、孤独、善良的人生被蓬勃的、不知由来的情感打破了既定轨迹，却又像这对白鹳一样，陷入茫茫雪原看不到前方。这是东北特有的冷峭和寂静才能孕育出来的温柔和爱。但“候鸟”意象还隐喻对照着更冷酷严峻的社会现实。不仅自然生态因为人的利欲潜伏着被破坏的威胁，社会生态因为阶层和贫富差距也开始发生撕裂和扭曲，“过了凛冽的寒冬，南下的候鸟就要北归了。也不知什么时候起，瓦城里的人像候鸟一样爱上了迁徙。冬天到南方避寒，夏天回到瓦城消暑。对于候鸟人来说，他们的世界总是春天的。能走的和不能走的，已然在瓦城人心中扯开了一道口子。”一场在富贵阶层爆发的疑似禽流感的风波，使穷苦人以为候鸟是正义的化身。由此，以前在瓦城人看来候鸟怕冷又怕热，是个十足的孬种，可如今，人们却开始称赞候鸟的勇敢。迟子建反映了近年来比较引人关注的东北衰落问题，但这部小说最独特的地方在于，山川草物、人与候鸟，社会和自然界都在世间相互映照和依存，在揭露社会问题之上，小说还有一种辽阔和温情，如她所说："所有的问题，在时间面前都不是问题"，"因为有了寒冷，有了对寒冷尽头的温暖的永恒的渴望，有了对盐那如同情人般的缠绵和依恋，我想北方人的泪水会比南方人的泪水更咸。"

迟子建提到的那些候鸟人大部分都是去海南避寒，遥远而温暖的热带也许被"瓦城"人寄托了别样的美好生活想象，可海南的本土青年作家林森却唱起了渔猎文明的挽歌。《海里岸上》的主人公"老苏"是村里最后一代按照传统方式渔猎的出海人，下一代子女们都已经离开"海里"回到"岸上"，投身于其他行业，生活在城市。那些仍然生活在海边的年轻人，却又大多是利用大海旅游资源做起了红火的砗磲买卖生意，这原本是被上一辈人视为"海底灵物"，多少要心存敬畏的事物。古老的以海为田的生活方式的结束，是逐渐到来、自然而然发生的，并没有给曾经做过船长的老苏带来多少伤感——所有渔民都深知与海浪搏击的凶险，尝尽生活的艰辛。让老苏痛苦为难的是，面对生意举步维艰、陷入经济困境中儿子的哀求，他可能不得不把祖传的《更路簿》和罗盘卖给有资本的古玩收购者。尽管他已经不再下海，尽管已经有了新的航海科技，但代代相传、不断增补的《更路簿》和罗盘记录和承载着数辈人的海上生活以及用生命换来的航海经验，它们维系着族人及消逝的历史。只有"老苏"这样的最后的亲历者才能明白，"岸上"的生活没有性命之虞，却庸常灰暗，在资本逻辑支配下甚至显得卑劣，"海里"的世界充满历险，生死未卜，但辉煌而神奇。湛蓝的海洋、璀璨的星空、咸腥的海风，悲壮勇敢的男人，谨小慎微的睿智，人与大海充满神谕意味的玄妙沟通，我们文学书写中鲜有的海洋传奇是小说《海里岸上》最夺目之处。老藤的《青山在》亦哀伤一种古老生计及传统信仰的逝去。辽西元青山地区为了发展经济，对大山进行过度开采，生态环境的破坏危害到白虎、金钱豹、貔子等物种的生存，也毁坏了毕氏皮匠铺几代人在大山中的家和行业规矩，老掌柜毕一裘神圣的"喊山"行为也终于成为一种传说——"爷爷喊山荡气回肠，腔似蒙古长调，一个哎字，拖出高高低低的一串啊哦，不换气，几乎让人听到窒息"，喊山是人与大山的对话和守护，与百兽之王白虎的呼应。虽然没有人再会如此雷震四野霸气十足的喊山，但作者冀望"传说不等于谎言，谎言没有寿命，会像烟雾一样散去，而传说却像种子一样能生根发芽，开花结果"。以经济发展为中心、市场逻辑主宰的现代文明对乡村生活的冲击和人性的毁坏，在吕翼的小说《来自安第斯山脉的欲望》中更加触目惊心。为了脱贫，经济作物玛卡被引进了云南的村庄"裤脚坝子"开始种植，这象征着欲望引进了偏远的乡村。二娃和格布这两个从小一起长大的农村青年，一个尽力适应、融入社会的快速发展，寻求各种快速致富的门路，一个因为忠厚木讷，而处处被动，但最终他们不是因为"发展"而丧命，便是因为被"发展"所抛弃而扭曲。玛卡、充气娃娃这些鼓动现代欲望的事物，被放置在安第斯山脉——世界上最长的山脉，意象很具有冲击力。

无论是感伤的挽歌还是愤怒的批判，这些作品大致都构造了或隐或显的现代/传统、新/旧、城市/乡村这样的对立结构，分配着传奇与庸常、生机与毁败、健康与堕落、亮丽与晦暗的修辞。就文学水准而言，可能每部作品在技艺和语言上存在一些高下差异，但它们的小说语法是一样的。这样的语法和经验——固然具体内容上有时代变化，但作为文学经验，它们都不陌生更不新奇，在百年中国现代进程中颇有传统。尹学芸的《喂鬼》或许在一定程度上以灰暗朴实的观察模糊消解着这种二元经验构造法。由于长期以来积郁着对故乡的乌烟瘴气的陋习的厌憎，主人公“我”在干娘临终之际借口出差拒绝探望，远走滇西赴网友之约，试图逃避奔丧习俗“喂鬼”。但秀美的滇西山区固然淳朴却并非与世隔绝，亦非千年不变的世外桃源，而是正在进行建设和发展，“远方”的人们也在时代的节拍中真实的生活和改变着。同时，“我”试图躲避的烦冗的奔丧陋习最终也没有出现，“喂鬼”仪式简单，习俗变通得颇照顾人情。此时，“我”反倒感觉有些失落，似乎被真正的规则、被故乡排除在外了。与“我”陷入城市和故乡的牵扯、纠结、疼痛的情绪中不同，网友阿祥，正面描写不多却始终萦绕在小说中的人物，他也关心乡村的衰败问题，却更务实、更勤于调查和思考，探寻实际可行的乡村建设和“逆城市化”道路。在乡村和城市问题上，“我”带有简单的价值预设和情绪化反应，面对阿详，“他的思想里流淌着大江大河，我却不能游弋”，“我的思绪一直跳来跳去。忽而就能想到那座叫‘罕’的村庄。我为它写过无数文字，在那些文字中，它美丽、灵动、健康、朝气，曾吸引人去寻访。我的那些有关它的文字，从没涉及一个‘痛’字，我总是尽可能地虚化和粉饰。可实实在在地，它经常让我痛，痛到无法言说。我甚至搞不清是我虚伪还是我的文字虚伪”，“我”意识到我对滇西抽象的美好想象和消费就像是一个骗子。《喂鬼》并没有对如何深入乡村或地方生活世界的肌理，真实地理解和描述其生存和情感做更多的探讨，但这篇小说可以看作是以朴素的体验质疑了我们的文化表征——尤其是文学描写中对乡村的成见、对其过去和当下一厢情愿的想象。这种普遍的习惯性的城市／乡村，传统／现代的二元表述，尽管在审美上仍有其可取之处，但对于已经经历了百年现代进程的中国，对于卷入全球化和城市化进程中的当代乡村而言，更多的是遮蔽了乡村的现实，无力把握复杂的结构性巨变的经验和真正的核心问题，暴露出文学背后思想的懒惰、智识的滞后、对当代社会整体性认识的偏差，或者无能。

二、走向城市文学

“如果说曾经有一度城市文学是相对于乡土文学而言才成立的，那么今天，这种语境已经发生了翻天覆地的变化”。青年作家王威廉的判断一针见血地描述出了我们的现实经验和文学构造正在发生的变化。随着城市化进程的持续，文学会越来越转向城市书写，作家代际转换的趋势也是生长于城市的作家比重不断加大，不同于之前的作家——乡村记忆对其创作和精神构成非常重要，城市生活则独立成为他们的切身经验和认知对象。可以预计城市文学的作品数量将会呈爆发之势，但目前整体情况还如批评家何平所言，城市离我们很近，我们离城市文学还很远。在城市书写方面摆脱了肤浅简单的都市元素拼贴，勘探和表现了当下时代城市生活和社会文化特质、人的情感结构及其困境的，是像计文君、鲁敏、文珍等这样的成熟而敏感的作家。计文君在2018年的中篇创作可谓高产，《琢光》《婴之未孩》《夏生的汉玉蝉》等作品均以不避琐碎的极大耐心，试图通过逼真的经验写实技艺去捕捉新媒体时代的幻变，描摹其间的世态人心。《琢光》属于作者的“化城喻”系列，是以新媒体网络红人为主角的系列故事，小说里充满网红、公众号、粉丝、APP、微店、直播等虚拟社交时代的事物和经济，这些事物在小说里并不仅仅用于传递时代信息和营造叙事氛围，而是小说通过虚构揭示当下社会文化，反映“后真相时代”必需的物质性构造和情节设定。小说中的主人公“艾薇”“酱紫”等都是经营自媒体的“网红”，是经营和售卖自己的形象，也就是现在所说的“卖人设”的文化商人。在打造“人设”的过程中，加工、包装甚至虚构都是其必要的生产环节。“人设”现身说法，在艰难现世中提供各种生活理念和精神产品，被吸引的百万计粉丝们则回报以实际的消费行动，并提升公司在市场上的融资能力，她们创造着当下时代新型的财富神话。但在信息高度发达的网络时代，“人设”也随时可能会崩塌。不过，同打造人设”有整套的设计一样，通过精心策划的舆论引导和危机公关，崩塌的人设也可以再次翻转。小说中逆袭上位的人物酱紫对此颇有心得——“优秀的危机公关方案不是为了澄清事实，其实也没谁真正关心事实，而是把公众的注意力和情绪引到有利于自己的方向，更高明些的还能化危为机，引发公众同情，肯定正面情感”。这就是所谓“后真相时代”的特质——在这个时代，真相没有被篡改，也没有被质疑，只是变得很次要了。媒介发达带来的巨量芜杂信息反而造成人们辨别上的困难，相比寻求真相，人们更倾向于以立场和情绪来理解事物。《琢光》中作者特意设计了“兔子洞”这个意象，去隐喻我们所处的景观社会、后真相情境，即鲍德里亚所说的，充斥着各种符号的“超真实”的媒介社会，真实与虚构之间界限已经“内爆”。某种程度上，我们都像爱丽丝一样在“梦游仙境”，“有了幻境，谁还要寻找真相?”或者，按鲍德里亚的说法，在这个真正颠倒的世界，真实不过是虚假的一个契机。计文君的写作触及时代文化的新主题新现象，但她更在意的是希望借此反映当下的人心困境，给人宽慰，小说中塑造的“风园”便是对《法华经》中的故事“化城喻”的借用——“幻化的城，却能提供真实的庇护和憩息”。《婴之未孩》《夏生的汉玉蝉》属于计文君创作的另一个系列“问津变”，以甘田与艾冬这两个人物的故事贯穿，更加集中体现了作者所一直关心的问题——在繁华热闹又荒寒冰冷的都市以及琐碎纷繁的日常中，人的自我成长和心理重建。甘田这个人物被设定成一位颇为名气、有点大众传播力的心理咨询师，特别对应了当下大众对心理分析（泛心理科普）的需求潮流，各种真伪心理学知识已经明显地渗透和建构着城市年轻人、中产阶级个体的“自我”和生活理解。目前影响很大的以普及心理学为主要内容的公众号“KnowYourself”，网上被青年人简称为“KY”，在“心理学+互联网”创业方面取得了现象级效果，这应当看作是我们这个时代最突出的文化标签之一。

鲁敏近期的小说也关注到时代繁华的虚实难辨，以及个人的无处归依感。《有梦乃肥》讲述一个大龄单身女子，突然由于自己的梦可以预知未来，预言自己和他人，从而使自己原本孤单、乏味、平凡的生活、情感和工作发生了一系列变化。带有一点荒诞色彩，具有相似主题和意味，但更能反映鲁敏的思考和探寻的是同年创作的短篇小说《球与枪》。《球与枪》塑造了两个外表极为相似真假难分的人，一个是老实人，一个是在逃罪犯，两人在生活中有若隐若现的交织。这部小说在本质上是写当代人的一体两面，试图揭示在无处不在的镜头监控社会，人在责任和规则约束下的内心隐蔽压抑的自由欲望。如鲁敏自述，她对“盛世小民”的生存心态心有戚戚，仿佛是左右手对握取暖般的怜爱与慰藉。社会与时代，如此华丽灿烂，而个体则在各自的角落默默自持，作家渴望有某种以假乱真的事物，去干预到我们这乏味、平庸的日常。与计文君和鲁敏相比，同样是书写人的情感生活，文珍的《河水漫过铁轨》这篇小说对时代问题、现象的特意关注和智性玄思弱化很多，但以真正年轻的笔触和语言、控制得恰到好处的美学分寸写出了如流水般不舍昼夜的大都市生活，淹没闪烁于其间的青年群像，对世界的日常和奇迹、喧哗与孤寂的辩证有着温厚切肤的体谅和接纳。《河水漫过铁轨》貌似以年轻人的婚恋为主题，尤其还描述了同性恋，但实质上都只是以此为巧妙的切入点和结构人物关系的方法，铺展出已与城市融为血肉关系的这代年轻人的生活图景、心理变革。文珍为这部小说写过一首诗歌，特别切合其主题和意象，“有一天我们约好一起骑车到郊区去。/在堆积如山的单车坟场最上面/找到了几辆还能扫码的，/一直骑到城外的铁轨边去。/就在那儿看到了倒流河从东往西，/逐渐漫过铁轨/像倒悬的银河一样向我们涌过来。/所有人都站在原地仿佛被什么击中/但回去路上也并没有爱上彼此”。克制的抒情构造了灰暗和闪耀的张力，那些偏要向西的河流，倒悬的银河，并没有改变世界什么，但的确又有什么发生了变化。

如果按代际划分，王占黑、郭爽、邵丽分别属于“90”后、“80”后、“60”后作家，但她们在2018年分别发表的中篇小说《小花旦的故事》《九重葛》《大河》却有一些明显的共同点。这三部小说都回归到人物和故事，关注普通人，书写大时代背景下的细民琐事；空间上选取凋敝的旧社区、不那么时髦光鲜的小城市、半新不旧的地带；以个体故事带出时代潮流变迁，具有时间纵深感。另外，在小说人物关系和视角设定上，它们都选取了晚辈作为“叙述者”，在对父母辈、“昨日遗民”生命历程的打量中，也呈现叙述者这一代人的精神成长史，并努力使更多的事物有所联结和呼应，重新去理解世界理解爱。郭爽的一次创作谈也非常适合理解王占黑的《小花旦的故事》，以及最近“80”后、“90”后年轻作家的一种写作潮流：“我们这一代人的经验还没有被写得太多。现在的年轻作家，似乎都在写一个逝去的年代。我觉得80后是非常强悍的一代，那种强悍在慢慢浮现，强悍到他可以去写父辈，就是我愿意先把时间给你，然后我自己的世界等一等”。《小花旦的故事》属于王占黑的“街道英雄”系列，这个系列“计划要把小区里各路人马写一遍，剃头店师傅、杂货店老板娘、水果摊贩、彩票店主、送牛奶的、卖鸭脖的、闲人和酒鬼，还有几只出色的狗”，无论人和动物，清一色都叫“XX的故事”。王占黑以“一个老小区的小朋友”的平视亲昵的视角，所写的这些由陈芝麻烂谷子构成的“人物志”，实际上都是“反英雄”人物，他们曾经在自己的时代活色生香喧嚣热闹，构造着和活跃于自己的社区、单位群体生活，但在上世纪末他们却被城市高速发展所甩落，渐渐被忽视和遗忘，其旧有生活世界亦衰败零落，呈现出怪异或糟糕的模样。王占黑的书写比较依赖调用自己的地方经验，但她逐渐发现，事实也的确如此——这种集中于某个街道、社区的民生书写实际上在当代社会具有一种普遍性，每个小区都有这样的人，每个城市都有这样的社区，它们或许彼此能互为当代城市丛林的样本。除了将视角投向平民，王占黑小说最大的特点在于其出众的语言才华，对话生动自然，人物白描精炼传神，结构简单但文风老成，吴语方言的运用也为小说增色甚多。尽管在金宇澄的《繁花》之后，这样的语调和词汇降低了新鲜感，但不可否认王占黑仍然是2018年最引人瞩目的新人作家。郭爽的《九重葛》题目取名于一种南方常见的藤类植物，通常叫三角梅，她以此来隐喻笔下的人物地位和其命运：“九重葛贱。秉性与这方水土太相宜，不需照料就长得漫天飞舞，花开颜色也秾丽俗艳”，但大院的九重葛没种下几年，城里的植被已换了风气。“新班子植银杏。说是进口的树苗，新城区八车道的路边三米一棵，真真的黄金大道。银杏却不喜这边多石的黄土，长得垂头丧气”，不曾像市民们期待的那样，“绽出一地金黄，在秋的天色里闪闪发亮”。郭爽的这篇小说讲述家属大院故事，其为人物设定的情感纽结除了父母子女间的血缘关系、男女之间的情爱关系，还有同侪间的友爱与竞争，人物关系瓜葛错综，叙事也在不同时间来回跳跃，从童年深处的记忆到当下生活场景，平凡的生命印刻着这三十年来时代的更迭与变迁。这篇小说被收入到郭爽的中短篇小说集《正午时踏入光焰》，如其所说：“日光下凡人一无所傍，暗流处生命依然壮阔”，郭爽也要捕捉那些微小生命的不平凡的星辰闪烁时刻。不同的是，王占黑的叙事热烈活泼，更突出人物在身不由己中的“韧性”，郭爽的《九重葛》则在精神气质上尝试师法契诃夫的《樱桃园》，叙事者不动声色，最大程度地消融在讲述中，只是耐心、持久、专注地凝视在时代布景里走来走去的人物，变与不变。他们没有什么耀眼的才华和光辉，喏喏然地活着，一切旧的都已破坏，新的还未长成却已颓然。郭爽似乎在以低声平调来捕捉这世界无声的重压与折磨。“作家的道义和责任感，有时候也反映在说话的方式上，使作家的生活态度在作品里显影”，这是邵丽对十九世纪以来俄罗斯那些伟大作家的观察，她十分欣赏那种对苦难悲悯和宽容的态度，“他们虽然没有对个人的磨难置之不理，但绝对没有狭隘的谩骂和咬牙切齿的嫉恨”。这种道义、责任感、忍耐和宽容的态度也反映在《大河》这部小说的故事和叙述中。小说写婆媳之间的故事，以作者九十岁的婆婆为原型，塑造了一位一生婚姻并不太幸福出生于农村的女性，然而她充满生的欲望，与时俱进；不卑不亢，活得有章有法；虽脾气刚烈却乐善好施，又洁身自持。小说的叙述者儿媳、知识女性“我”，以极大的耐心和宽容超越了触目惊心的婆媳关系，最终在深入理解他人世界的过程中，“我”和婆婆形成了一种女性命运的共同感，女性的生命像大河一样川流不息，宽展、温和、清澈地顺流而下。《大河》是一部温婉细腻，技艺圆熟，完成度很高的中篇小说，它的娓娓道来和道德情感或许印证着卡夫卡的箴言：“人类有两大主罪，所有其他罪恶均和其有关，那就是：缺乏耐心和漫不经心。也许只有一个主罪：缺乏耐心。由于缺乏耐心，他们被驱逐；由于缺乏耐心，他们回不去。”但考虑到当下人的情感模式、文化心理和生活形态所发生和即将发生的更剧烈的变化（“80”后、“90”后扎堆的豆瓣网站上有一个存活了11年的家庭情感方面的互助小组“Anti-Parents”，2017年由于其人数过高、影响太大而被有关部门解散），《大河》读起来竟让人有一丝挽歌之感，这样的经验书写或许过于具有代际性。毕竟，很多河流现在都已经面目全非。

改变了的“山川江河”，替代了森林的不断扩张的城市需要新的赋形方式，在这方面做出探索和努力的是80后作家王威廉。在城市文学写作者中，他是极为特殊的一位。2018年的《城市海蜇》是篇幅略短的一部中篇小说，但很能反映王威廉一贯的风格和思考。小说故事和人物设置很简单，带点传奇性。男主人公孔楠是在深圳打拼的一名普通青年，在好朋友张锋车祸去世多年后，他突然接到一名自称“张锋曾经的女友”的外地女人的明信片，由此他们开始联系并见面。最终女人告诉他，她就是张锋，张锋没有死，只是做了变性手术更换姓名和身份变成了一个女人。“城市海蜇”这个题目和具体故事情节没有太多关系（仅作为事件中若干细节，比如他们互相寄送的明信片印着海滩与海蜇），却是这部小说非常重要的一个意象和隐喻装置。孔楠在海边偶然拍摄的这张命名为“城市海蜇”的摄影是阴差阳错完成的。

“他一扭头，发现左边不远处的沙滩上全是密密麻麻的白色。‘海蜇!’他一个人惊呼起来，像只笨鸭子，挥舞着双臂，跳了下来，向那里狂奔而去。等到跑近了，看清了，他的脚下一软，跪倒在了地上。这不是什么海蜇，这里全是白色的塑料袋，全是破损的塑料垃圾，全是毫无生命特征的无机残渣。有些部分掩埋在沙子下面，有些部分挂在礁石上面，裸露在空气中的部分，在海风的吹拂下，竟然还旗帜一般飘荡着，飒飒作响。他突然跪直了上身，用手机拍了起来。效果出乎意料。他走回去，穿好鞋袜，拿出佳能单反相机，开始正式的拍摄。他整个人趴在沙滩上，用大广角镜头把全部的白色碎片都囊括进来，又适当地造成某种失焦，那些白色统统变成了通透的海蜇。他又尝试着找了不同的位置、角度与高度，拍摄了一组照片，在回放照片的时候，他一扫刚才看见垃圾的沮丧，变得很兴奋。垃圾变成了艺术，这就是艺术家的事业。深圳当然有大面积的海蜇，这就是。他要制作成明信片，寄给女人。他激动，因为这是一封只有他才能创造出来的回信。临寄出的时候，他想了想，在明信片上写了一句话：‘城市海蜇：像是过去躺在沙滩上。’”

王威廉是少见地对当代社会的城市化进程和巨型都市投入具有社会学性质思考和哲学凝视的作家，他对城市的流动性、镜像性、虚拟性以及科技的重要性有深刻的理解。现代城市不再是地理学意义上的闭合空间，而是一种开放的、没有边界的文化空间，具有强大的镜像传播和文化复制性，网络、屏幕、手机、GPS 的无处不在使现代城市变得越来越符号化。在人口极度密集充满流动性的巨型都市，一方面人的现实空间极端有限，被庞然大物压迫、切割与隔绝起来，一方面又被虚拟符号抽空了真实感，置身在没有具体边际的漂流状态中。同时，科技的加速发展对日常生活的影响越来越深入，导致我们有太多的事物包括对人的定义和理解正在溢出既有的稳固框架。王威廉不止一次地谈论现代城市这些核心问题，在他的视阈里，城市文学不能仅仅被当作是一种针对城市的文学，而是代表着当下社会浑浊裹挟的总体历史进程。但对这种时代精神历史进程的把握，如果还是像传统的文学再现那样，如摄像机般地罗列外部的环境与人物关系，将是缘木求鱼的行为，所生产的很可能是无效现实。王威廉的小说创作与其说看重的是“随物赋形”的能力，不如说更着意于“随心造物”的实验。恰如《城市海蜇》这篇作品所反映的特征，他认为，在当前这种社会文化状况下，作家需要发明某种人与世界的“连通器”，寻找一个恰切的形象，或者动态的流动意象群列——它可以是人，也可以是事物，或者是人与世界的关系本身，去作为隐喻以突破语言与叙述的束缚，将城市的气质、风格、欲望以及那些不可描绘的形象和无以言表的事物传达出来，唤醒人们内心思想与情感的潜流，刷新这个城市化时代人类存在的体验。在这个意义上，“城市海蜇”这个从“垃圾”中生长出来意象，也可以说是王威廉同类小说创作理念的一个精确隐喻。他的小说追求从现实世界到诗性世界的飞跃，人物塑造、情节经营上相对简省，风格冷静，隐约有金属质感（或者说有未来感）。在那些书写城市的小说中，王威廉的创作在艺术上可能并不臻熟，但是它们有一种强烈的气质和分辨度，给人一种感觉，就像是目睹了架上绘画和装置艺术的差别。

三、新穷人时代

卡尔维诺在《看不见的城市》这部现代版《一千零一夜》小说里讲述过一个叫莱奥尼亚的城市，这个城市的居民热衷于追随新潮流，每天都在更新自己，于是便不断地制造丢弃物、垃圾。他们将其清扫堆积在城外，昨日的废物堆积在前天以及更久远的过去的废物之上。于是那些无法毁灭的废弃物品所堆砌的堡垒围绕在了城市的周围，从各个方向俯瞰着它，就如环绕的群山。卡尔维诺出于对工业城市的焦虑写了这部小说，今天在城市化进程加剧、生活越来越同质化的中国，这些故事正成为我们现实的倒影，映照着我们时代的危机状态。如果说正在扩张的城市是簇新的，时代是繁华的，像《低处的父亲》《我的姑姑纳兰花》（马金莲）、《柑橘》（宋小词）、《亲爱的树》（肖勤）、《苹果刑》《晚不安》（徐衎）、《甜蜜点》（须一瓜）、《望湖楼》（尹学芸）、《龙门》（胡学文）、《多普勒效应》（王威廉）、《枪墓》（班宇）等小说所书写的世界就是俯瞰着向天生长的高楼、环绕着我们光鲜时代的群山，沉默且不可降解。这些作品里描述了被遗弃的农村、衰败破烂的贫民区，充斥着孤寡老人、傻瘫疯之人、穷人、打工者、下岗的工人、孤独绝望的年轻人，他们的生活艰辛且屈辱、压抑而愤怒，徘徊在挣扎与犯罪的边缘，他们被侮辱被损害，也损害别人，他们是时代的“弃儿”和“失败者”。这样的作品可以分别根据主题被细化归类为“小人物”“底层文学”“失败青年”等系列或当代文学潮流，也可以追溯至百年前现代文学中的“平民文学”“血和泪的文学”“被侮辱与被损害者”“零余者”书写传统，但在今天的社会情境下，它们更适合在卡尔维诺所虚构的“莱奥尼亚”城市隐喻的意义上来进行整体把握：这些失败者和弃儿是全球化时代、消费社会系统性生产出来的“新穷人”，是结构性的经济因素和制度安排造成的“附带受害者”。

2018年西北作家马金莲发表了两篇优秀的中篇小说《低处的父亲》《我的姑姑纳兰花》，这两部作品和宋小词的《柑橘》、肖勤的《亲爱的树》会让人不由自主地会想起“被侮辱与被损害的人物”这份遥远的文学记忆。《低处的父亲》讲述了精神失常的父亲走失之后，“我”组织家里兄弟姐妹们寻找父亲的事情，在这个过程中，“我”开启了对扭曲的家庭生活历史的回忆，看到父亲因我们的自私、冷漠而被遮蔽的屈辱和苦痛，认识了一个一生都活在“低处”的父亲。疯子父亲一个人千里迢迢从城里返回故乡，把最后的人生时光交给了农村。作者多少也在隐喻着当下村庄的命运，它们同心智受损、被遗弃的疯子父亲一样处在时代的“低处”，将风流云散，难以追寻。小说中的残酷不是来自外界的苦难，而是生活的艰辛粗糙所导致的日常情感的冷漠。《我的姑姑纳兰花》有同样哀婉的笔调和残酷的回望凝视：一个生命充满光亮的女性如何在苦涩的爱情打击和艰难的婚姻生活中逐渐暗淡了光芒。马金莲的笔调深情绵长，目光温暖古朴，让人无法将她和“80”后作家联系起来。宋小词的《柑橘》和肖勤的《亲爱的树》分别写了乡村和城镇中一生受尽屈辱和压榨的孤寡老人，他们并非不思进取，然而所有的挣扎既赶不上时代的变化，也经不住一点微小的不公正和生活意外事件的打击，他们珍视微薄的良善，同情弱小，然而却因此被人欺压凌辱，沦为时代的底层，“他们多么像这锅里的肉，忍受着煎熬，只为多逼出一点油汁来”。虽然这两部作品都将人物的生平铺陈了自二十世纪五六十年代以来的当代历史发展背景，但它们和马金莲的两部作品一样，都更着力描写人物与非常具体的生活环境之间的冲突，对人性之恶和冷漠的痛心具有超越时代批判的性质。《苹果刑》《晚不安》是刚崭露头角的青年作家徐衎的作品，这两部作品以先锋文学的笔法写身处逼仄生活格局的底层和社会边缘残障人群内心压抑的欲望，以及欲望不得满足而变形扭曲的愤怒和恶意。虽然两部作品尚未脱去大学中文系文学史教育的痕迹，手法和主题都不新奇，形式略大于内容，但用现代主义沉重阴暗的色调和物化的笔法去描述当下城市底层因生活窘迫而排挤碾压、混乱、无可言说、无处申诉的精神状况，现在读起来竟别样的契合现实，也为书写时代卑微者的被侮辱与被损害添上了不可或缺的一面。

尹学芸和胡学文两位老成的作家则直击社会阶层分化之触目惊心的现实。《望湖楼》以无巧不成书的情节和人物关系来结构小说，由于大雪天张罗一场完全超出穷人预算的报恩宴席，下岗工人贺三革的人生命运从此陡转急下，随着故事进展，矛盾深化，原本不相干的人也因各种因缘牵扯到这场事件中，但“跟富人打交道，倒霉的总是穷人”，富贵权势之人安之若素，生活毫不受影响，想要伸张一点公平和正义的下层人却面临锒铛入狱的命运。《龙门》以榫卯结构连缀人物关系网，小说以两条故事线索，四位叙事人的交叉讲述汇集了两场凶杀案，展示了龙门市的底层众生相。两场新旧凶杀案中，一场是因为情爱，一场是稀里糊涂因为慌乱而误杀，这两位杀人犯都不是本性凶残罪大恶极之人，相反，“李叔”虽是预谋杀人，却在漫长的岁月里释放着令人温暖的善良和爱，“毛头”则是弱小无辜、一心巴望孩子将来能出人头地的老实人，为了孩子能进一所好小学而误杀了校长。小说要拷问的是，这样的不幸究竟是怎样酿成的，或许就像这个虚构的“龙门市”，小说里每一个自卑又隐忍、软弱又坚强、怯懦又执着的人对美好生活的热望最终都要化为泡影，无法越过人生的“龙门”。社会阶层分化导致的这种无可化解的绝望和绝境，正是近年来现实主义题材小说开始热衷于描写犯罪事件的现实原因。须一瓜的《甜蜜点》以通俗小说模式讲述一场庞大的精密谋划的复仇杀人案件，其诱因是官霸勾结欺压一方百姓，长期在地方制造罪大恶极群情激愤的惨案。但像《龙门》《望湖楼》中这样的人世惨淡艰辛、希望微薄，生活如履薄冰、岌岌可危，这种隐性的不公正更是《甜蜜点》背后，也是我们时代弥漫的底色。对这种底色的把握需要小说家的洞察力和分寸感，胡学文拒绝为写底层而制造苦难，他在一个创作谈中谈到类似问题：“乡村这个词一度与贫困联系在一起。今天，它已发生了细微却坚硬的变化。贫依然存在，但已退到次要位置，困则显得尤为突出。困惑、困苦、困难。尽你的想象，不管穷到什么程度，总能适应，这种适应能力似乎与生俱来。面对困则没有抵御与适应的能力，所以困是可怕的，在困面前，乡村茫然而无序。”

敏感的小说家所感受到的困境，正是社会学家齐格蒙特·鲍曼所说的“新穷人”社会的特质。穷人在每一个时代都有，但“在一个需要作为社会成员的每个成年人都要投入生产劳动的社会，和一个由于数个世纪的劳动而积累了巨大的力量，因此生产任何事物都不需要庞大的和正在增加的社会成员的参与的社会，穷人的意义是不同的。在一个到处都是生产者或就业者的社会里，穷人是一回事；在一个消费者居多的社会里，穷人意味着完全不同的意义，在这样的社会里，生活的规划是以消费者的选择，而不是以劳动、专业技能或者工作而建立的。如果说‘成为穷人’曾经的意义源于失业，那么今天，它的意义主要来自有缺陷的消费者（flawed consumer）的困境”。在生产型社会过渡到消费型社会后，穷人成为毫无用途的，如同生活中要被清理遗弃的垃圾一样的“废弃的生命”。过去历史上的贫穷是一种物质上的匮乏，但在精神上是平等的，但在消费社会，穷人在物质和精神上的平等都被剥夺了，穷人的尊严受到破坏。鲍曼说，不管从前历代人所经历的苦难多么尖锐或者令人憎恶，新穷人所体会到的这种“多余的”感觉，这种意味着“社会性无归属感”的感觉，以及所有伴随而来的丧失自尊和生存目的的感觉，还有对于这些即使现在还未到来但是随时会变成他们命运的疑问，都是前代人未曾体验过的。2018 年东北作家班宇的创作引起文坛的注意，除了技艺和语言上的特色，首先最打动人心的便是小说中所絮语的，一无所傍的青年人在新穷人时代的普遍命运——冷漠、孤单、疏离、茫然。短篇小说《逍遥游》和中篇小说《枪墓》不渲染苦难和贫穷，但它们使我们产生愤怒，它们是有可能将这种新形式的穷困和苦难转换成一种公共议题的写作，如鲍曼所控诉，“贫穷不是由社会造成的许多的耻辱中的一种，这不只是因为贫穷是最痛苦且为它的受害者带来比其他形式羞辱更多的苦难而已，贫穷是一种‘超羞辱’，是一块让所有的无尊严繁茂的土壤，是一块让‘多重羞辱’开展的弹簧垫。”

王威廉的《多普勒效应》具有类似的主题和情感。这些“80”“90”后作家目前共同的努力让人想起加缪的话，“二十多年荒唐的历史进程中，我茫然无助，和许多同龄人一样，在时代的剧烈动荡中，仅靠一种情感模模糊糊地支撑自己：写作的光荣。写作之所以光荣，是因为它有所承担，它承担的不仅仅是写作。它迫使我以自己的方式、凭自己的力量、和这个时代所有的人一起，承担我们共有的不幸和希望。”但他们的生命力或许还体现在，如目前班宇和王威廉这样有意识的，在沉重的书写中对文学中衰败的诗性语言的挽回，就好比要让光束探进黑暗，让文字照亮世界，不是用一种“轻”而是用一种“重”，去拷问出时代的黑，还要从中拷问出白。

一次长谈与小说家的三种能力

聂 梦

大约在两百年前，华兹华斯这样概括诗人所应具有的能力：观察和描绘的能力，强烈的感受能力，沉思的能力，想象和幻想的能力，判断的能力（《抒情歌谣集》1815年版序言）。那时，小说正在兴起，小说相对于韵文体叙事文的优势还未能充分施展开来。因此，华兹华斯对诗人的要求，更像是几则带有普遍性的描述，适用于文学创作的诸多门类。今天，在更复杂的情节形式、更广阔的环境展现、对人物性格及其动机更持续的探究等领域里，小说家们已经完成了无数轮革命性的深耕，但从根本的能力要求上看，华兹华斯的路径描述，非但没有过时，反而依然能够提供参考。具体到2018年的中短篇创作，如果暂时放下对不同题材、不同形式、不同渠道上各美其美的整理爬梳，将众多流动的身影重叠为一个，将音调各异的段落小节合并为一章，或许，这一年来林林总总的文学叙事，可以在某种意义上精简为一次小说家面对阅读者充分调动个人才华的恳切的长谈。长谈以“人”为主题，在论及人是怎样的，人何以至此，以及人还可以怎样的过程中，小说家从共情、沉思和想象的向度上，展示出了异于常人的能力。

共情的能力

事实上，当“人”作为主题被确定下来时，就已经标识出这一年中短篇写作异于以往的重要特征。通常认为，塑造鲜明的人物形象，并非中短篇小说的首要任务。小说家们倾向于在万字计的篇幅里，求索迷宫、微妙的情绪、转瞬即逝的偶然，编辑人类伟大进程阐释的注脚，锤炼剪裁功夫甚至玩赏语言的游戏，但具体到一次长谈中，情况却变得不大一样了：如若忽略人的因素，一味强调故事或瞬间感受，长谈之长恐怕难以为继。此外，既然是谈，而不是表演-观看、讲述-倾听，小说家首先要做的，是让自己的表达充满魅力，将对方牢牢地吸附在椅子上，并时刻保有回应的冲动。这对长谈发起者敏锐的感受力，对生活的热情以及开阔自由的灵魂都提出了考验，当然，更重要的，是对共情能力的考验。此前有评论家指出当代文学创作无情无义的问题，这显然不是一次富有成效的长谈该有的样子。令人欣喜的是，在2018年的中短篇写作中，许多个鲜明的人物留了下来，他们没有随着故事的结束淡出，或者干脆直接被抛到长篇小说的院墙内。小说家们在有限的时空里，耐下心来与笔下的人物共情，并让阅读者一并拥有投射的机会，与人物的经历、情感、思维、人格之间建立关联。这种关乎人本身的共情的努力，超出了对文体规则的探讨，也超出了人物之于故事的某次胜利，它所指明并彰显的，是一种更为基本的写作伦理和文学观念——无论形式和内容如何角逐，无论现实、浪漫，讲述还是展示，人的样子，人的重要性，始终应当保持在一个更优先的级别上。文学首先是人学，人的要素，才是文学作品的硬核。

如果说在《李海叔叔》之后，还有哪些形象能够作为尹学芸写作实力的例证，那么，《天堂向左》中的千叶可以算作一个。热情、善良，狡黠、任性，生活善待她时，整个世界在她面前都没有屏障，沉到谷底，又爆发出飞蛾扑火般的孤注一掷。这一次，尹学芸没有沿用《李海叔叔》言无不尽的写法，而是让千叶周围的几个人物也各具微妙之处。作者在简单的人物关系中间构建起片面的正义性：当每个人都代表一种伦理力量，并在相持中形成不可避免的矛盾时，人物性格才具备了持续生长的土壤，命运的埋伏也才能见出层次和起伏。班宇的《逍遥游》同样贡献了一位令人印象深刻的女性形象。想去环抱，却虚弱无力，作者对生存死亡交界处的人生，以及心底暗存希望的凑合的生命状态倾注了极大耐心，于共情中带给阅读者多个层面的震颤：年轻女病者有限的人生欢愉被逐层剥落；这剥落源自同为生活所迫的善良渺小友人的无意之举；所有意外都有其必然性；人们深陷在大雾里，却仍想要笨拙起舞。班宇对于女性心理有着精微的把握，手中握满细节，一路认真铺设，最终让小说在结尾处沸腾。生活的艰辛，在保洁员拉丽身上亦有回响。一个身患白化病的自闭症孩子，为拉丽与画家的爱情画上句号，也把她的生活变成了一个白色的谎言。陶丽群满怀同情和善意地拿出小说《白》，在描述主人公痛苦粗暴以及女儿冰冷情状的同时，也写出了在与生活争夺爱的能力的过程中，人的艰难与韧性。

面对钝痛，有人选择宣泄，自然也就有人选择沉默，迟子建写《候鸟的勇敢》，写到张黑脸和德秀师傅相好后求报应、求神灵的审判时，大概就是沉默的。一个痴痴傻傻，一个身在佛门，两个原本隔山隔水的人，在清醒中动情，情动后又看不到前路在何方。“没有哪一处人间灯火，可做他们的路标”，这种无可皈依之感，让人唏嘘动容。艾玛《夹叉》里的金文玲也是这样一个沉默者，她埋头伺候手中的花木，任凭医务兵“装殓组”的经历、战争留下的自认为不配享受活着好处的负罪感以及她自己，始终待在那个炸聋她一只耳朵的弹坑里。艾玛不动声色地让对谈者看到，理想主义式的执拗如何在回忆和生活的“夹叉”中被磨掉光亮。

小花旦也沉默，他的绰号里装满了众人的异样眼光，娘娘腔、同志、异装等等，但他自有一套应对磨损的方式：珍惜并释放天性，以新的自我不断转场，在旧地界闪着扎眼的光，又在新地界闪着复古的光。王占黑是2018年的文坛新秀，一边在中学教书，一边书写城市旧空间，同时还对组乐队、讲开放麦脱口秀念念不忘。在《小花旦的故事》里，她的共情能力显示出强大的延展性，方言入文，以稳健的笔力，绕开猎奇、粗糙的现实主义、虚假的底层等年轻写作者容易跌入的陷阱，从个人生活史，到性别少数族群生存状况，再到城市的文化变迁，将城市景观中落后但蓬勃的部分拉伸至新的空间。李军亮（手指《问李军亮好》）也执着于用自己的方式开垦生活，比如喋喋不休，让人既心酸又好笑的炫耀，诚意十足的劝诫等等，他的世界虽然可怜但却自给自足，因此萌生出一种简单、活泼且耐人寻味的调子。

朱山坡在《深山来客》里描写病苦中的夫妻之情，撑着小船，从鹿山千辛万苦来到蛋镇，只为让妻子再多看一场电影。小说中，电影既指代爱情，又作为艰难生活中的理想和浪漫质素被铭记。《中年妇女恋爱史》中的茉莉，天真地以为拥有姿色并对浪漫报以幻想，就能够跑赢时间，但在张楚看来，时间终会让茉莉们的奔跑变成“苦熬”。三三的《暴雨如注》短小醇熟，男女间心绪复杂的试探进退被处理得火候刚刚好。刘丽朵《我们的丈夫》以现代人的感情和婚姻问题为叙述对象，作者将丈夫的问题从“你”延伸至“我们”，关于问题的喟叹因而带有了普遍性。张天翼《地之血》面对的是女儿融入母亲再婚家庭的重重困难，血寓意着女儿与母亲之间最深刻的关联，也见证了一个面对面、一步步倒退着走远的过程。

此外，还有一些特殊的形象在这一年走进我们的视野。次仁罗布的《红尘慈悲》一如既往地被藏地风俗和悲悯情怀所覆盖，小说超越了一般意义上对女性命运的关注，作者将有关阿姆的讲述，寓于人性观照和由信仰而生的神性光辉之中，结局处棒喝式的陡转提示人们，红尘世界里不缺乏慈悲，只是我们的眼睛被愚痴蒙住了而已。除去阿姆，陈再见《法留》中心有所动的小尼姑，须一瓜《甜蜜点》里因凶杀案而相遇的警察与少女，李查德《垫脚箱》、赵挺《青年旅馆》、魏思孝《一份青年作家调查报告》中的迷惘青年等，也分别在各自的面向上丰富了2018年的文学肖像。

杨红《捉马笔记》的落脚点不在于某一个人，在于通过少女视角的回忆复活一座居于城镇边缘的村落，折射风物人情和时世变迁。作者采用散文的笔法，把对人性的体悟和关怀藏进细节里，细腻却不晕染，至性至情又处处留白，人物、故事因晋东南方言的滋养而鲜活水亮，整个村庄也因此具备了更长久的文学生命力。《九重葛》下，郭爽同样记录着身边转瞬即逝但又能够将人与人区分开来的面孔、情感、散碎的笑声、错漏的记忆。在新事物与衰颓之间，总有一些东西指向永恒。两个从童年深处走出的女孩，顺着层层交错的藤蔓，牵出两个相识多年的家庭，也牵出那些逝去的时光，牵出岁月的变幻与悠长。郭爽在《九重葛》中设置了十分漂亮的收尾，也确证了一位年轻作家的才情与格局。

沉思的能力

此处的沉思，约等于华兹华斯“强烈的感受能力”和“沉思的能力”之和，指小说家不被眼前的事物所感动，表达并非直接来自外界刺激的思想和感情。这是一种主动的过滤的能力。它帮助小说家的目光从一己之经验中超拔出来，既看到具体的人，也看到问题中的人、事件中的人；它让关于人的谈论在个体和群体之间流通，挂起浩大强悍的生存真实与精神难局的背景布；它敦促写作者时刻保持警觉，在灵感撞击之下于某个狭窄视阈里获得的经验价值始终有限，只有当人同与人相关联的环境（历史、现实、社会、阶层等）建立起密切联系时，我们才有可能在这种综合性中试着回答人何以至此的问题。与此同时，它还担负着调节甚至改变着长谈节奏的重任：如果说共情阶段，小说家追求的是共振，那么，到了沉思的阶段，更为理想的效果恐怕就变成了停顿、内心一怔，甚至是不同形式的较量——小说家同阅读者、小说家内部、小说家与自我之间展开残酷的竞技，看看谁想得更深远，谁更能抵御思想之重之苦。

首先一个话题是历史·现实·人心。《弥勒，弥赛亚》是2018年中短篇写作中不容忽视的存在。徐皓峰对于所思所述有着精准的定位："犹太自称是与神立约的民族，华夏是告别神走了三千年人的道路的民族，二战是旷古灾难，西方神道崩溃、东方人道崩溃之际，这两个民族在上海相碰，颠覆了旧有的人、神概念。"小说的局面包含了两重巧，第一重巧，巧在写特定历史时期社会"边缘人"的角力，不同国籍、享有各自特权的犹太人，一路流亡至此的骡子营村民，硬土区的安徽、河南富豪构成了小说中交锋的主要力量，史实、宗教信仰、民间生存逻辑等在特殊的时间、地点和情势下碰撞出旧我崩坏、新我难成的痛。第二重巧，巧在如此复杂、难以尽述的局面中，作者将着力点放在一个"不靠语言而活"的人身上，刻骨铭心不能折现成话，反而道出了会说者嘴里听不到的别样悲喜。从行文来看，全文三万余字，字字俭省，似在试探依托语言存活的文明，在语言缺位的情况下如何延绵。作者自述，不在小说中完成思想总结，但小说起笔信仰，落笔于人心，足以构成人间，其间的认知与判断已然自见。莫言的《等待摩西》看似事关信仰，实质上讨论的恐怕仍是个体与历史、现实之间失衡的互动关系。整个文本以"竹节"样态示人，"我"的几次返乡，柳卫东的几番更名以及两人各自的人生起落，被时代更迭中大的历史节点分隔开来，莫言老练地将离乡-回乡、等待（戈多）、编年记事、文本嵌套等手法融入拔节过程中，临至结尾一刀砍断，"一切都很正常，只有我不正常"，留下观者面对毛茬，笑谈这杆竹子原本要长多高。古琴大师曾先生（斯继东《禁指》）也似从历史中来，深居老宅，终日抚琴写字，拒世俗于门外心外。曾先生却不古板，他尊重并珍惜操嫂带来的鲜活经验，不为名实礼数所累，名士风流之外，自有一套素朴自然、四时流转的生活逻辑。曾先生与操嫂的结合是小说的主线，但如题所述，禁指二字道出了小说的另外一层蕴含，立一禁指，就是告诫世人，要有所为，更要有所不为，这一旨归同深具江南情致的文化心理和审美意趣结合在一起，加深了小说的诗性和升腾能力。城乡对照是文学创作常见的主题，陈应松在《赵日天终于逮到鸡了》中找到了一种对话式的叙事语调，他用漫画的笔法写城市人的猎奇矫情，用老实的语言写村里人的悲凉和狡黠，夸张与白描相遇，喧腾中透着悲凉，令整个小说余韵悠长。《楼顶上的下士》延续了王凯的军营日常谱系，这个作品的特殊之处不在于用扎实的笔触，写活了有能力的指导员和有个性的下士两个形象，而在于在既有限度之下，用心地探讨自由与纪律、变量与规则之间的关系，这让小说跳出了军旅文学的范畴，在一般文学的意义上获得了更多的可阐释性。此外，盛可以富有寓言形式与哲学考量的《偶发艺术》，周洁茹始终无法成型的自带荒谬感的《读书会》，顾湘《炖牛肉》里目睹租屋遭遇火灾时漫不经心、调侃式的心理活动与人际关系中“无胜于有”的念头，陈思安《活食》中为接受蛇活食乳鼠所置换的、人换一种活法厌倦套路渴望被世界淘汰的复杂心理，凌岚用来对抗并溶释新移民初到异地陌生感的危险的《离岸流》，樊建军《索他旅馆》中人的境遇的奇妙关联以及不被世俗理解的理想主义的执念等，均从不同角度拆解、剖析着现代人的心灵体验。

面对被裹挟的人们，小说家该如何抒情，在这一问题上，袁凌和班宇各自给出了回答，并在文本层面构成某种意义上的对话。《世界》是袁凌的首部中篇小说集，秉承了此前非虚构作品《青苔不会消失》即已奠定的不要花招、以头抢地的基调，用沉静、细腻的笔法再现生活肌理，凝视贫苦者的生存，描绘人世间厚实的苦与拙。关于抒情问题，袁凌表示：“当你面对真实，是容不得抒情和发泄的，你需要内心的力量把它接应下来，然后才可以反思，才可以质询生死，才可以继续理解别人。”这一点，手持小说集《冬泳》的班宇大约也是认同的，不然他不会在短篇小说中彻底放弃从高潮前夕写起的做法，转而尽量延宕高潮，抑制爆发，最终获得一种力的对抗。但班宇毕竟还年轻，对世界还跃跃欲试，还想要心存浪漫地去描绘人的尊严与善好。他在小说中有意探索一种浪漫的现实主义抒情方式，在冰冷现实之上铺陈暖意，在生命的硬与软之间来回协调，让彷徨、伤痛、苦难乃至荒诞，都带上婉曲和热闹的一面。这既是班宇独特的抒情方式，也是他文学观念的一种传达。因此，从这个角度看，相比较前文提到的屡次上榜的《逍遥游》，《去五里河》（又名《肃杀》）恐怕更能凸显这位年轻的小说家在文学表达方面所做的尝试与努力。一座没落的工业城市，人们把生活信念寄托在一个足球队身上。这其中混合了妥协，同情，扶助，悲悯，还有若有若无的梦想。班宇准确地捕捉住这个时代复杂的气息，并赋予其希望，在《去五里河》里，我们可以窥见踏踏实实的洞见与爱。

还有一个沉思的话题是自我。如果仅从题材上区分，《基本美》大致也可以归入青春迷惘系列，但周嘉宁的写作优长就在于，能够将一直伴随写作者多年的难以言喻的迷惘心绪有力地表现出来，赋予其语言和形式。小说《基本美》即具有不断自我发问、在实践中自我回答并不断修正答案的勇气和能力。小说记录了来自大陆小城青年致远和香港青年洲之间的友谊，所谓双城记、不同文化间的碰撞隔阂并没有成为作者关注的焦点，作者关注的是，重要历史时段如何与青年的日常生活、精神生活的建立联系。小说中的青年并没有因为迷惘而走上叛逆放纵的道路，他们保持着热情和智识上的清醒，在理想生活与现实生活之间努力寻求平衡，他们尝试着严肃地靠近历史，理解历史，参与历史，在现实和由过往现实所构成的历史中不断挖掘自己认可的部分，通过与同行者的交流对照，实现自我反思。这种努力，使得青春迷惘挣脱了漂浮在半空中的自我怜悯自我同情的轨道，获得了更加清晰明确的落脚点，并为自我成长开辟了新的视野和空间。蔡东在《照夜白》中论证了自我打捞的重要性。作为职业说话人的教师谢梦锦某一天突然厌倦了程式化的生活与日常表演，萌生出与生活的既定秩序断交的决心，她从假装失声开始，渐渐发展为享受有意的沉默所带来的乐趣。小说以第三人称叙述，但给人的感觉更像是一段主人公由试探到放纵的自说自话。这是一篇为自己、也为他人创造安静的小说。安静作为现代人的奢侈体验，即便是在文学中，我们也要很用力，付出很多代价才能够获得它。相比较此前引起关注的《朋霍费尔从五楼纵身一跃》等作品，蔡东这一次以极个人、极放松的方式，写出了落在实处的现代人的精神诉求，甚至还包括人的自由意志和人本来的样子，尤为可圈可点。

想象的能力

既然是长谈，总有陷入疲惫或者为思维惯性俘获的时候。每到这时，想象力便出来救场。文学需要依靠想象的力量来彰显自身的独特魅力。当历史、杂谈、词典或报告，各种性情、各种民族、各种年龄的男人和女人用各种文字缩写的书全拥挤在架子上时，想象的力量帮助文学从中脱颖而出，以更新的思路、更加有意思的方式，赋予阅读者以更深刻、更广泛的乐趣。它牵引着我们对文学永不尽兴，对无限性有所认知，同时也对创造性的读者提出要求。双雪涛在《女儿》中想象了一个文本中的文本，一场小说家之间、真实与幻觉之间的较量，较量中间包含着多重期待。大头马《赛洛西宾 25》的写法让人想起《万历十五年》，草蛇灰线伏脉千里，大风起于青蘋之末，而指示人生捷径的物质赛洛西宾 25 又仿佛《黑客帝国》中真相与虚假的红蓝小药丸。这些都是小说家在长谈中充分调动想象力的有趣表现。

危险感是关涉想象的长谈的重要关键词之一。就像卡佛所描述的那样，小说家必须让阅读者感觉到什么在迫近，在不断逼来。沈大成的小说就具备这样的危险气质。小说集《屡次想起的人》2018 年入围“宝珀·理想国文学奖”决选名单，收入作者诡谲却又合理的十五篇小说，描绘了身上带有遗憾状态的、忙于隐藏秘密、脱离现实并用心生存的形形色色的人。《分裂前》是其中格外出色的一篇。沈大成在小说里想象了一个分裂国，因为染色体问题，人们无法实现有性繁殖，新生命需要依靠老生命分裂完成。一个变成两个，两个变成四个，每次分裂新生命均分老生命的年龄。小说家的一次小小建模，一瞬间将真实世界中所有悬置的、虚幻的、可以想见但并不一定具备讨论基础的问题，无比真实地推到了人们面前：同意分裂，意味着主动选择死亡。死亡变成了可商讨的，有确切时间、但又支持随意更改并可以被充分准备的事情。那么，一个有独立思想、意识和情感的人要如何准备死亡？分裂者和新生人两不相干，当一个人有权决定他人的生命起点时，他将如何割舍自己成全他人？相爱的两个人怎么办，约定好未来的某一天同时分裂，还是各自打算，个人意志和感情哪个排名更靠前？上述种种，仿佛一张密实到难以透光的网，覆盖在人物和阅读者的身上，令人呼吸困难。但沈大成的厉害之处就在于，她设置了无数种的可能，让危机感以无数种方式向你逼近，而她只选取其中最具包孕性的一刻来写。《分裂前》的主角是一位从未更改过分裂时间的女性。小说对准她48岁生日前夕的那一小段时间，她的准备、安排，如何度过生日派对，和一对一陪伴的客户专员的简短聊天，仅此而已。所谓复杂性，往往就寓于这样的简短之中。沈大成对她的理想读者说，这位女士“以前爱读情节曲折的长篇小说，最近放弃了，在图书馆，她不做研究地从书架上取走一些短篇小说集”，那么《屡次想起的人》或许也在其中。

来自豆瓣的魏市宁也写危险，在《北方狩猎》里，他释放着狩猎对于潜在的捕猎者不可抗拒的心理诱惑：社会规则和生活常轨之外的内爆式的勇气，沾染着血腥的浪漫主义的回魂，隐藏人格的苏醒……写作者试图让对谈者体验，在大是大非的更迭时期，另有一些琐碎的价值也在互相缠斗，它们令困境中的人突然着魔，或是陷入更深的困境。小说为非虚构的叙事格调和纪录片式的影片氛围所环绕，在大量的细节真实之上叠加突如其来的惊惧，完成了文本结构从缓升到陡降的跨越。危险在米荆玉处具象为一只阴郁、无语、悲苦和无处倾诉的《海怪》，它代表着被废掉的神明，在沾染了殖民者相思病的城市里，索要人类的皈依和慰藉。错版画《神奈川冲浪里》因漏掉了富士山而失去动荡中最重要的平衡点，变得“恶魔化”，鹰爪浪残忍凌厉地扑打海上孤舟，也扑打着“我”原本平静的生活，张玲玲说，只要多在画边看一看，画中的海浪迟早会打到我们身上。小白《离岸》的危险感源自夫妻间特殊的伙伴关系，以及一场从小说开头即幻想造势、直到结局处终于反转实现的谋杀。

谈到想象，总绕不开科幻。小说家们通过这种文学形式表达着一个时代对于未来的看法和信念。科幻的重要性之一就在于，它不仅仅作为一种文学类型，更作为一种思维模式、一种理念和观念层面的革新参与到传统小说家的创作中，科幻式的表现方法和想象方式，正在被越来越多的青年作家所采用。相比较前文提到的充满危险性的文本，2018年的中短篇科幻并没有给人留下惊险刺激的印象，小说家们以相对温和的软科幻方式，着陆在现实与未来的临界点上。阿缺的《彼岸花》贡献了这一年中短篇写作最浪漫的时刻，在一个行动自如，拥有正常意识、还不错的理性思维以及有趣的灵魂的丧尸肩头，某天长出了一朵花。一组富有意味的对照在这一刻形成，残破的变异的身体孕育出异质的新生命，被正义抛弃的岌岌可危的覆灭者决心守护一朵花并等待它绽放结果。阿缺在小说中营造出的残酷颓败又坚韧的美感，令人久久不能释怀。梁清散《济南的风筝》更像是一个幻想和知识考古学的结合体，主人公“我”以1910年山东济南北部的连续爆炸案为入口，几经周折挖出了掩埋在历史尘埃中的机械制造奇闻——科技奇才陈海宁于动荡时局中制作载人扑翼飞行器“济南的风筝”的坎坷历程。科幻评论家三丰称，找到了合适的主题，梁式考古推理的威力和魅力大展。这里的主题，不仅仅包括依托超群想象力而进行的艰难的科学索隐，也包括对不同世界观在不同科学家身上如何推演的深刻反思。陈楸帆《这一刻我们是快乐的》最具实感，小说通过纪录片的方式讨论科技如何改变人类自然生育过程及其背后的复杂语境，其中代孕、同性生育、男性分娩、无性繁殖新人类等，似乎都距离当下的生活并不遥远，在技术、伦理、社会心理等诸多因素的助力下，小说家让对谈者意识到，人类的未来竟然如此扑朔迷离。“这一刻我们是快乐的”仿佛一道苦笑着的讽喻，这一刻的快乐不够笃定，下一刻人的样子更是无从预知。

事实上，将一整年的中短篇创作，缩减为一场关于“人”的长谈，本身就是一次想象中的冒险。分散地看待一部部作品，仔细探讨哪个更出色，哪个还有提升的空间，并从中提炼出不同小说家的创作特色，这固然有意义，但假设真的存在这样一种合并、被视为一体的可能，或许也会帮助我们获得某些新的发现。比如在这场长谈中，我们注意到，小说家动用共情、沉思、想象的能力，在一定程度上摆脱了私人经验的束缚，将凝视的目光对准了“人”。他们塑造了多个鲜活的形象，积极建立起个体与群体，与更广泛意义上的环境之间的深刻关联，并对带有普遍性的人的精神难局，以及整个人类的现状、未来加以注目。小说家邀请他的理想读者一道，努力认识和发现文学，而在这一过程中，他们也正在被文学认识和发现。

短篇小说的中国精神

——2018 年短篇小说观察

申霞艳①

幼时除夕，爷爷总是拿出算盘来计算家庭一年的得失。今天，盘点越来越脱离温饱问题的原意成为时间的标志。如果以《狂人日记》为标志，2018 年刚好是现代意义上的短篇小说走过一百年。中国小说在过去的一百年里取得了非常丰富的成果，不过鲁迅至今依然是小说家们效仿的典范，《孔乙己》《在酒楼上》等一系列作品依然是我们评价短篇小说的参照物。怀着喜忧参半的复杂心情，我写下 2018 年短篇小说年鉴，并期望由此触摸小说中的中国精神。

从世界范围来看，常常被人提起的短篇小说三巨匠是契诃夫、莫泊桑和欧·亨利，这分别代表了俄国、法国和美国三种不同的趣味。从我国的文学状况来说，老一代受厚重广阔的俄罗斯文学影响较深，年青一代更喜欢轻便灵巧的法国文学，欧·亨利这种过于依赖巧合的小说则略显做作，被小小说和段子手继承得更多。从小说文体内部来说，当前长篇备受青睐，无论是出版界还是影视界都给长篇抛媚眼，并制造了一种奇怪的局面：仿佛不写个长篇就不能称为小说家，仿佛只有长篇才代表小说，年轻作家往往以中短篇在期刊界打开局面之后就迅速投入长篇的怀抱。在长篇越来越脱离小说往影视的轨道倾斜之际，我愈加倾心于短篇，对持续进行短（中）篇创作的作家心存敬意，比如石舒清、魏微、张惠雯、周嘉宁等。短篇像短跑一样依靠爆发力，而且要求精湛准确，不得有任何闪失；长跑则依靠耐力和节奏。所以长篇很容易被主题、故事、史诗、知识、风俗、气魄、情怀等等迷离的光环包裹。而短篇相对纯粹，故事的曲折离奇不那么重要了，使文学区别于哲学、新闻等其他社会科学的独特

① 申霞艳：女，湖南人，文学博士，教授。1992—1999 年就读中山大学，获文学学士、硕士学位；2007 年获中山大学文学博士学位，现任职暨南大学文学院中文系。长期致力于研究当代文学，在《文学评论》《文艺研究》《读书》等刊物发表论文六十多篇，多篇被转载，曾获广东省鲁迅文艺奖等奖项。曾职于《花城》杂志，广东外语外贸大学中文学院。兼任广州市文艺评论家协会主席，广东省文艺评论家协会副主席，中国现代文学馆第七届客座研究员，首届广东省签约文学评论家。

形式被凸显出来。短篇是小说中的精灵，荟萃天使的脸蛋和魔鬼的身材，像星星一样闪闪发光。创作短篇，必须在形式中体验到创造的魅力才能给创作者提供持续的动力。中国强大的“文以载道”传统使作家聚焦于道，忽视创作还有“文”的部分，即文学性，文学的形式层面。消费社会的传播、消费方式的合力置文学性于边缘境地，读者的注意力被广告词等符号所吸引，流于泛文化。回到短篇，有助于我们重新考量小说如何成为小说，文学何以成为文学。

一、审美的固化与边地书写的补益

2018年，第七届鲁迅文学奖名单颁布，短篇小说与大家的预测相差无几：一方面我们说是由于获奖者众望所归，另一方面，我们也应该由此想到，时代的审美趣味和意识形态正在固化，不能给人以惊喜，其中至少有两方面的不足：一是“80后”所占的比例太小，二是在美学上提供别有洞天之感的作品少，独与天地精神往来的作品就少之又少。美学创新可以各说各话，但前者浮在面上值得一议，也许是国奖的指导要求，也许是评委队伍的老化所致。学过文学史都知道，二三十岁是创作的黄金年华，我们能数出诸多作家的代表作都是诞生在这个年龄段，这也跟人的生命力匹配，这个年龄叛逆，敢于伸张自己的趣味，敢于与整个世界对抗，此处就不援引弗洛伊德的理论了。就像改革开放40年社会阶层、利益慢慢固化一样，同质化的生活使得我们的想象也在趋于板结化，整个时代的创造力趋于钝化，曾经充满希望的田野如今日渐苍茫。

冯骥才的《俗世奇人》文风出奇地朴素，寥寥数笔便能写出各行各业的特点：泥人张、牙医华大夫、苏七块等等手艺人的性情跃然纸上。作者也在努力重倡短篇小说的故事性，通过故事的反转写出了人间百态，给人出其不意之感。《俗世奇人》歌颂了手工业劳动者的技术与美德，讽刺了阿谀奉承、傲慢、小气等品行，从选材到行文都与时文拉开了距离，写作技艺上冯骥才有意接通了中国古典小说的广阔传统，呈现文学恒常的一面。

在“乡土文学终结”如雷贯耳之际，马金莲依然执着地书写她的干旱的小小的故乡。雷蒙·威廉斯在《乡村和城市》中分析了英国现代转型时期的文学，他认为：“现在乡村的一般意象是一个有关过去的意象，而城市的一般意象是有关一个未来的形象，这一点具有深远的意义。如果我们将这些形象孤立来看，就会发现一个未被定义的现在。关于乡村的观点产生的拉力朝向以往的方式、人性的方式和自然的方式。关于城市的观点产生的拉力朝向进步、现代化和发展。”① 他接着阐释：“乡村的观点往往是一种关于童年的观点：不仅仅是关于当

① 雷蒙·威廉斯：《乡村和城市》，商务印书馆，2013年，第401页。

地的回忆，或是理想化的共有的回忆，还有对童年的感觉：对全心全意沉浸于自己世界中那种快乐的感觉——在我们的成长过程中，我们最终疏远了自己的这个世界并与之分离，结果这种感觉和那个童年世界一起变成了我们观察的对象。”① 马金莲对世界的变化了然于心，她说：“当下的乡村已经远远不是我们最初生长、生活、熟悉的那个乡村，社会裂变的速度和纵深度早就渗透和分解着乡村。”② 但她固执地写下她的记忆，写下她的扇子湾，写下逝去的童年，写出了个体成长所带来的分离感、分裂感和痛感，以及在城市化刺激下农业文明根部的细微而深刻变化。《1987 年的浆水和酸菜》详细地书写了做浆水的过程，我们仿佛能够模仿小说制作一坛浆水和酸菜，这种扎实的描摹、再现能力正在被同质化的二手生活所排斥。在浆水和酸菜背后，有作家对生活的感悟，浆水、酸菜对艰苦岁月的滋润就像回民女性以其无悔的劳作、付出对家庭起着润滑剂的作用。小说细细描摹浸透于日常生活皱褶里的艰辛和酸甜滋味，两兄弟妯娌之间扯不断的血肉感情。小说引入的民谣，“羞脸鬼，羞脸鬼，端个瓦盘要浆水”能够迅速地将我们带入具体的生活情境中。民谣因为蕴含汉语的韵律而具有传播的优势，其短小精悍的形体特点往往饱含着人生经验的结晶和时代现象的聚焦。大时代下面最为坚韧的日常生活，贫困、饥饿所不能摧毁的与生命同在的光芒和温暖。

与马金莲书写回民生活异曲同工的是次仁罗布，他的《红尘慈悲》以云丹·觉如的视角讲述自己的家庭故事，将我们带到偏僻的觉如地区。小说叙述舒缓细密，辗转有致，如行云流水，浑然天成，一唱三叹，余音袅袅。觉如是如此僻静，仿佛从来如此，仿佛源远流长，“在觉如这个地方重复着祖辈曾经过过的日子，虽然我们每天迎来的是新的太阳，但过的日子内容却是那种亘古不变的旧日子。”我们似乎也能由此感觉到宗教的滋养，它给那些毫无征兆的夭亡以慰藉。孩子接二连三的夭折，父母唯有逆来顺受。三十多岁的母亲已经衰老不堪，他们的青春已在生存、生育中消耗，转瞬即逝。纵使童年记忆中密布着浓重的阴云，“我”也依然能从大自然的神奇和经文的抚慰中感受到生命的力量和节奏。贫穷和偏僻使大家没法接受更多的教育，女孩尤其如此，读几年书就辍学，稍大就嫁人，重复母亲的道路，无一例外，亘古如斯。在“我”到县城读中学期间，家里为我和大哥贡贡娶了媳妇阿姆。受过教育的“我”对此十分敏感，因此与同学发生斗殴，此后离开家乡，漂泊到西藏学习唐卡。学成回乡探亲时目睹了阿姆由少女到人母的变化，并拒绝了阿姆陪睡。在“我”再次离家后不久阿姆意外摔死，妹妹告诉我阿姆身上一直携带着“我”的照片，是因为我阿姆才毫不犹豫地嫁到我家。这让我痛惜，决定为阿姆塑一尊观音像，可是我心神不宁、毫无头绪，老师让我回家一趟。深夜，淡淡的月光下，阿姆仿佛复活。我们也由此亲历了一位少女短暂的一生，她爱，却未曾得到回应；她劳作、善良、隐忍。老母亲、阿姆、妹妹，藏族少女的

① 雷蒙·威廉斯：《乡村和城市》，商务印书馆，2013 年，第 402 页。
② 马金莲：《1987 年的浆水和酸菜》代序，第 4 页，花城出版社，2016 年。

“无我”精神有如神灵普照大地。通过次仁罗布伤感的笔触，塑造了大写而沉默的阿姆，令人感受到痛惜和安慰，也感到日光令人眩晕的力量和大地的慈悲，这片土地是阿姆长眠的大地，是千百年来无数美好事物消失的土地，这片沉默的土地同样孕育了生命和美。“沉舟侧畔千帆过，病树前头万木春”。美之绽放与生命的凋零，让人忧伤，让人叹息。《红尘慈悲》写出了一种非常深邃的对生命的理解，写下了作家对于劳作、大地和人的深情。次仁罗布的笔有如神助，被赋予了宗教拥有的巨大的力量，那些美好的事物同样在缓慢和贫瘠中次第开放，而这一切，恰恰是快速变化的消费社会所匮乏的。

作为一个多民族国家，少数民族的书写、边地生活的书写的确给中国文学的审美带来了丰富性，为同质化的城市文学提供了广阔的外延，而且提供了更为恒常的宗教力量，让我们在前行的时候忍不住回眸，并珍视那些发展过程中不小心丢弃的美德。

二、历史依然动人

阅读习惯使我们对历史有所倚重，哪怕是小说，我们也有历史题材这一专项，无论是小说生产还是小说传播、评价、评奖都为“历史”留有专门之地。历史的幽灵四处飘荡，我们不自觉地渴望从小说中得到历史的借鉴和启迪。

肖克凡的《特殊任务》用小朋友模仿大人的俏皮口吻来讲述过去的故事，孩童叙事的优势是将高高在上的历史拉下来进行揶揄，让历史的荒诞处显得可笑。作品以历史中与读者拥有相似经验的小人物为媒介，对真实的历史进行了有趣的重构。“我”随外婆、母亲乘火车去给病重的姨妈“救援”，“我”的棉衣夹层里塞满了面粉，一到姨妈家外婆就将面粉拆出来做油烙饼子卖；大表哥也从东北农场赶回来，用棉裤夹带猪油回来，猪油可以卖给我妈妈的老师做肥皂。在严格实行计划经济、反对投机倒把的时期，我们一家子都在夹带，想办法蒙混过关。“我母亲”受过高等教育，常为谎言脸红，但自己的亲姐姐也不能见死不救。釜底抽薪的是大姨并没生病，而是因为赌博而躲出去了，而参与赌博的正是母亲的偶像——那位留过学、会自制肥皂的老师。在极端年代，精神与身体同样饥饿，每个人都被迫参与谎言工程；高度禁锢的时代，当生存受到威胁之际，人们必定会铤而走险。具有创造力的专业人士丧失了专业的用武之地，只能靠赌博来打发毫无希望的时光。恰是饱经沧桑的外婆能够在这种危难之中显得游刃有余，她的生存智慧教育了“我”，在道德面前，生存具有优先性，这才是人生常识。小说以戏谑写沉重，以童趣写历史，令人莞尔，催人深思。

房伟的《“杭州鲁迅”先生二三事》构思独特，“杭州鲁迅”乃真有其事，曾经有真人冒充鲁迅在苏曼殊墓前写下凭吊诗，鲁迅先生为此发表《在上海的鲁迅的启事》以便澄清真相。如果光从这点历史事迹出发，我们很容易指责伪劣的“杭州鲁迅”欺世盗名。房伟却设身处地地为这位“杭州鲁迅”设想，假如这位周预才也有足够的资源，也许就会成为另一个鲁迅呢。“杭州鲁迅”有他的隐痛，他的名字与“周豫才”同音，是当地一名中学教师，长相尤其是胡子和鲁迅非常相似，更重要的是他是鲁迅精神的崇拜者、继承者。周预才并没有蓄意要充当鲁迅，这完全是个意外，这位落拓书生在课堂上讲解鲁迅的小说，被误认为是鲁迅，在同事梅先生和校长的推波助澜下，周预才假戏真做，当起了“杭州鲁迅”并拜谒苏曼殊墓题诗，结果东窗事发被揭穿。周预才在当地混不下去了，到上海当印刷工人，并真的见到了鲁迅先生，这两次见面使他更加尊崇鲁迅先生。在鲁迅先生的葬礼上，很多人都扮演鲁迅先生表演话剧以示哀悼。周预才比其他人表演得更加惟妙惟肖，得到了群众的普遍认同。此情此景，周预才仿佛灵魂附体，接过了鲁迅先生的精神衣钵。这部小说颇有深意，一方面，他讽刺了周预才，他意志并不坚定，顺应制造英雄的潮流自扮英雄，并从偶像崇拜中获益；更浓重地讽刺了我们这个“做惯了奴隶的民族”所热衷的造神运动，这也侧面说明我们这个民族在心理上总是不够成熟，不能公开地使用理性；同时我们也看到公共领域有一种挟持人的力量，这种巨大的挟持力量使人软弱、盲从，另一方面，扮演鲁迅对周预才精神深处产生了难以言传的影响，模仿英雄、靠近英雄也让普通人在精神上更为强健。房伟在这样一个历史故事中注入了当代思考，鲁迅对二十世纪中国产生过深刻的影响，尤其在知识分子中间他的精神被继承，鲁迅也在一定程度上改造了民众的精神世界，为我们注入了现代精神；但做惯了奴隶的民众对于造神运动依然有着强烈的兴趣，我们渴望生活在神的庇护下而忘记了神的阴影对生长的遮蔽。英雄、神与群众的关系是相辅相成的，并不是单向度的。反思造神运动也是一种精神清理，让我们大家都重新以鲁迅精神为镜子。

莫言2012年获得诺奖之后，有好几年不曾发表作品，大家对他的复出充满期待，但目前的作品似乎盛名难副。《等待摩西》是2018年莫言作品中比较好的一个。小说通过一个人的几度易名：摩西——卫东——摩西来构筑故事的主体框架。姓名虽然只是一个符号，却具有强烈的暗示功能，而且人内心的信仰亦随政治历程一起动荡。东方的个人崇拜需要反省，西方的宗教同样不可靠。摩西的父亲信奉基督，却置自己的嫡亲孙子受罪于不顾，他的宗教信仰也值得质疑。在艰难困苦和缺乏父爱中成长的孩子对父亲极为反感。文中只有卫东的妻子，无论丈夫做生意飞黄腾达时还是后来失踪多年再回家来都始终如一，我们当然可以批评卫东妻子的麻木、不觉悟，但也不能否认她身上体现了一种东方女性的宽恕、坚韧和伟大，既往不咎也许是中华民族最为宝贵的精神传统之一。

莫言的小说是顺着历史长河讲述，王手则以倒叙的方式深入历史的腹地。他的《平板玻璃》写当代一位经营玻璃的成功商人多年前的惨痛记忆。小说以第一人称叙事，“我”从上海为邻居背回一块结婚用的玻璃，打开后发现玻璃破碎了，这不仅摧毁了邻居女儿的婚姻，也使“我”有家不能归，而且很多年也不敢去上海。上海、故乡都成了伤心地，只有玻璃到底成全了他的事业。“我”终于鼓起勇气去上海出差，并联系当年为我提供住宿的旅馆服务员陈优犁，我们的交流非常愉快，但当我试图与同样独身的她谈论感情时，却发现她仍被萤一般的婚姻观念束缚着，这么多年过去了，她依然在乎流言，仿佛她的幸福远远没有攻破流言重要。王手试图写出时代观念对人永远挥之不去的伤害。谁能想到一块玻璃改变了两个家庭的命运，这背后的荒诞谁与言说？

三、直面当下的精神难题

在现实主义的巨大框架之下，作家们做出了各自的努力来回应当下，努力将个人经验与广阔的社会现实融合。斯继东的《禁指》叙述节奏缓慢，用语古雅，方言植入十分斟酌，仿佛要为时光的步履作证。小说写“我”到当地著名的琴师曾先生家当保姆，曾先生温文尔雅，处处为他人着想，日久生情，我和曾先生互相交流了彼此跌宕的人生经历：曾先生学艺、从艺的故事见证了大历史的蜿蜒变化，而我丈夫的悲剧则显示乡村的权力关系。原来我的丈夫死于乡村的强权，冤一直无处申诉。曾先生斯文柔弱，后来却因仇家的孩子想从他学琴而帮我了却了心愿，知道丈夫屈死的真相。琴师曾先生是善和美的象征，柔弱、绵长而坚定。整个小说弥漫着“杏花烟雨江南”般朦胧而美好的情调。标题“禁指”倡扬一种心存敬畏、有所不为的精神。

与此相似的是晓苏《吃苦桃子的人》中的憨宝，憨宝看似憨，实则为以苦为乐者、信念恒常者，无论时代如何变动，他坚守自身的人生法则，不去突破底线。他最经常的动作是吃苦桃子，当他感到无聊时就啃苦桃子，这个动作是以苦为乐的象征。他抵御一切外部的诱惑，小说写车花找他帮守车，对车花提供的一切好处他都不假思索地拒绝了，给他柔软的毛毯盖他却坚持用的自己的旧棉絮和草垫，他的逻辑非常简单：

> “盖了你的毛毯，我今后就不愿意盖我的旧棉絮了”；
> “今天我收你一百五，若是明天别人只给一百，我就不想干了”；
> “我一穿你的夹克衫，今后我就不愿意再穿我的褂子了”；
> “我怕跟你睡一回，今后就不想再跟老白菜睡了”；
> “我不想进城……我们农村人，一进城，心就会花，心一花，就完蛋了”。

情节以递进的方式推进，从穿、盖、吃到睡来不断诱惑憨宝，但憨宝的信念从没动摇，他以减法生活，将人生的欲求降到最低。憨宝这种逆潮流而动的坚守精神在消费社会显得特别难能可贵。在最简单的人生法则的支持下，作为生活的弱者的憨宝却担负起了人生的全部重量：使母亲老有所养，使被父母抛弃的侄子不至失学，让村里的寡妇老白菜得到慰藉。憨宝信守自己简单生活的价值观，拒绝别人的恩惠，甘愿守护自己贫穷而平静的生活，安贫守拙也让憨宝获得了完整的人生，并且给车花重新承担生活重量的勇气。文尾，车花在憨宝精神的感召下自惭形秽，并想要像憨宝一样肩负起自己的人生重任，“找憨宝要了一个苦桃子”，这是精神上的醒悟与传承。人生包含着苦难，是苦难让人生具有重量，“几个世纪以来，人们坚信苦难是人生的一部分。这一信念也就成为人类最为重要的精神资产，成为人们面对苦难时的精神支柱。”① 憨宝对苦难的承受、守护道德底线、有所不为的精神和以减法应对纷繁变幻的生活乃消费社会极度匮乏的思想资源。

班宇的《逍遥游》是2018年短篇中的亮点，字里行间仿佛有一阵春风，让人在感悟生之艰难的同时体会欣喜。作家将东北地区普遍存在的下岗问题具体化为几个人的人生难题：“我”刚工作就得了尿毒症，男同学赵东阳家夫妻失和，女闺蜜谭娜找对象不顺，身体却日益发胖。小说平静而有节奏地叙述长长的苦难，中间夹杂着小小的快乐，丧失希望后灰色年华中依然有着淡淡的时隐时现的星光。空心的生活就像尿毒症，需要隔两天就透析才能勉强维持下去。身患尿毒症的女主角“我”经历了接二连三的祸不单行：父母离异、刚工作就患绝症、母亲猝死、女友遭家暴，男同学夫妻感情不和，旅行途中男女朋友苟合的插曲。灰色的另一面是暖色：离异后的父亲许福明决然地回来担负起照顾女儿的重任，底层人物之间的友谊和温情，旅行途中啤酒的凉爽、太阳的光芒，在毫无希望之处依然潜藏着微略的暖意，久经磨难的女儿终于与一直耿耿怀恨的父亲达成了和解。值得特别一提的是小说中父亲许福明的形象，道德、责任、欲望在他身上缠绕着，他是如此真实，他渴望爱情，但当女儿生病，他又被打回原形，他诉苦，甚至有点猥琐，接受他人的怜悯和女儿的讽刺，在他身上有人性的幽暗，但是他到底没有放弃一位父亲的责任，将所有的重担背负起来。他没有多少语言，却在沉默中显示人的光芒。语言是小说的亮点，东北口语与古雅之语交织，切换自由，这对青年作家来说相当不易。小说引入诗句“满船明月从此去，本是江湖寂寞人”来表达病人的感受，谁说一个人病在床上心灵就一定会丧失敏感呢？也许疾病会加剧心灵的感应强度。名句就是因为超越了作者具体的心境而被世世代代的读者共情而成为经典的。人物的语言吻合各自的身份，又与叙述语言有分别：

赵东阳说，那后悔啥，咱该咋玩咋玩，我算看透了，我跟她是过一天少一天。谭娜说，话说得跟放屁似的，你跟谁还能过一天多一天是咋的，那不符合自然规律。

谭娜说，他说他挺想我的，以前是他不对，会逐步改，让我再给他一次机会。我说，你是不是又要犯糊涂。谭娜说，有点心软，但也没定，我说我得想一想。我说，想啥，挨揍没够咋的。谭娜说，那万一他真改了呢。我说，狗改得了吃屎吗。谭娜想了想，说，也对，妈的，好悬又让他忽悠，我也发现了，现在有时候心太软，前些年真不这样，那时候多潇洒啊，平地一声雷，爱谁谁，平地一声屁，爱咋咋地。我说，这话对，咱可不

① 【英】阿兰·德波顿：《身份的焦虑》，上海译文出版社，2007年，第51页。

能越活越回旋啊。

方言具有普通话所不具备的地方特色，尤其是从音韵上提供一种特有的韵律。这里也涉及写作中方言的度，对于每个作家来说，方言肯定是最为就手的，但进入写作，就必须经受读者的检验，写作是一种无形的对话，一定要考虑读者的接受程度。所以方言只能部分使用，比较合适的是人物语言，且以不影响理解为度，叙述语言中的方言必须格外节制。《逍遥游》的语言分寸感很好，方言的运用既不影响意思的表达，又让人物性格通过语言传递出来。班宇将一个时代的问题落实到具体的人物身上，尿毒症将会成为生活的一种隐喻。旅行在某种程度上就是给日常的上班生活进行透析，只有到陌生的地方透透气再重新踏入原来的生活轨道，才能与既定的生活模式达成和解。

四、如何想象女性、想象爱情

文学如何想象女性往往与时代的文明程度相联系，也体现男性与女性的平等程度。在漫长的传统社会，文学在一定程度上充当了女性觉醒的麻醉剂，让她们安于第二性的地位，安于在家庭中充当贤妻良母。其实，文学在女性的觉醒和解放过程中也扮演了重要的角色，促进了社会的现代转型。

余一鸣的《制造机器女人的男人》选取了一个巧妙的角度让两个处境截然不同的男人成为故事的主角：城里的支教的男老师张士伟和因妻子跑了而回乡搞修理的王聪明，张士伟是王聪明儿子的老师。张士伟的父母曾是高官，因贪污入狱，他经历了巨大的人生落差后选择离开省城下乡支教，乡村的生活图景在他眼前展开：老人、留守儿童以及妇女们各种不同的问题。被妻子抛弃的王聪明靠修理维持生计，却想要制造出机器女人，文章结尾通过儿子的口透露他不是为了自己，而是为了这些留守儿童，希望给他们一个母亲，可以照顾他们。在这篇小说中，既有残忍的现实，也有流淌的温情。不同的破碎让两个完全不同的男人惺惺相惜，他们都意识到母亲对于生命的重要性。一个卑微的、沉默的人也可能有着伟大的梦想。在叙事过程中，作家余一鸣并没有对抛弃孩子的妇女进行口诛笔伐，相反，他在字里行间给母爱以崇高的位置。从这个短篇我们也看到作家对于时代难题的关心，乡村的空心化乃是当代中国最大的政治问题之一，与之相伴的是农村男孩结婚难，留守儿童和老人没能得到亲人的照顾，面对这个难题近年已经有不少作品作出了回应。但在回应这种时代的重大问题时，有些作家显得偏狭，固守小我，不能换位思考，只知有己，不知有人。写作必须推己及人，由小我进入大我。王聪明制造的机器女人如果只是为了自己那意义有限，当他由自家的处境想为全部留守儿童做一个机器母亲，意义就放大了。

张惠雯的《沉默的母亲》是从女性的角度书写当代母亲，今天的母亲不再是曹七巧那样的贪财型，也不是过去那种忍耐型的，时代变化了，现代女性的困境是隐蔽的。沃克太太成为太太之后，就没有了自己的生活，她成了三个孩子的母亲，打理家务，她没有工作，也没有收入，没有朋友，“她看起来那么被动、怯懦，像一只容易受惊吓的麻雀，连她的发型、衣着都给人垂头丧气的感觉。”最后，她得了厌食症、肥胖症。第二段“水族馆的一天”取细部描写一家人去水族馆观看的经历，也是在这个过程中，“我”对自己身为母亲的角色有了新的认识，“我是留下来、没法片刻逃离琐碎日常的那一个。我就像玻璃罩子后面的海马，困在小小的天地里，游来游去、转来转去，仍然还在那里……和你不喜欢的生活绑在一起……”第三部分，小说以回忆的视角写一位提前缺席的母亲，这位母亲因过于溺爱孩子而患上了心理疾病，最后自杀。现代社会对女性提出了不同的要求，既有习惯的力量，也有身份上的成见，而中、西不同文化组合的家庭表现更甚，女性无法从这种家庭文化中建构身份认同。小说的三个片段貌似没有关联，但从深里看，张惠雯撷取的是典型性的生活片段，各式各样的情绪危机足以摧毁母亲和貌似光鲜的家庭，带来永远无法平复的伤痛。

如果将朱辉的《午时三刻》和张楚的《中年妇女恋爱史》对照起来阅读就会别有意味，大抵能代表当代男性对这个时代女性负面品质的想象。在张楚的《中年妇女恋爱史》主要讲述少女茉莉从中学延绵至今的恋爱史，旁及茉莉闺蜜小五和老甘的情事。三个女人一台戏，女人们，事无巨细地都是要互相交流的。每个时代有着不同的恋爱标准，作者通过引入真实的重大历史事件来形成参照系，整个外部世界在发生翻天覆地的变化，而少女们执着于她们的日常爱情。在茉莉的多次婚姻变故中，我们也感受到整个社会对女性的道德要求慢慢降低，对金钱的兴趣日益浓厚，最终茉莉落了个人财两空。釜底抽薪的是这次情人蔡伟同时还欺骗了她的姐妹小五，阅尽沧桑的中年女性仍然会拜倒在男性的性魅力上。茉莉的爱情很大程度是建立在身体欲望的基础之上，她的悲剧在于贪婪和对自身欲望的放纵。随着女性越来越掌握经济上的主动权，一个青年男性出卖色相的时代静悄悄地到来了。小人物沉湎日常的卑微要求到底与崇尚消费和性欲的大时代连接起来。茉莉的遭际也揭示女性在追求主动权的同时必须承受个性解放的反作用力。

朱辉的《午时三刻》着重写少妇秦梦媞对于外表美的疯狂追求。她将女性一生的重大机会比如求职、找对象、结婚、升迁都与外貌直接挂钩。秦梦媞将自己无法得到的如炙手可热的职业、高不可攀的丈夫都归结为自己的丑，为自己没有继承父母的优质基因懊丧，她一而再、再而三的要求去韩国做美容手术，并且要求父母为她的手术费用买单。当她最后一次面对升迁副馆长的机会时，再次要求去韩国整容，结果却从母亲那里得知了自己血缘的真相，她的生父也刚辞世不久，生母早已不在人世。小说以一种戏谑的口吻叙述秦梦媞的整容与人生。我们似乎也能看到消费社会正在规训我们的想象，一个人不是想靠个人奋斗和脚踏实地的努力来靠近自己的人生目标，不是靠美好的修养和纯洁的心灵来争取自己的爱情，而是希望通过“次品返修”来与竞争激烈的现实对抗，希望通过一张精致的脸去赢得爱情和事业。作家在给予女主角同情时不自觉地认同了她的狭隘，因此他的笔锋就停留在外部那张不断修整的脸上，没能深入内心去探触她无言的痛楚。

《中年妇女恋爱史》和《午时三刻》对照阅读，就会发现当今时代我们的想象出了问题。茉莉和秦梦媞的想象背后受制于共同的逻辑，即消费时代的符号逻辑，女性有光鲜的外表就会拥有一切。茉莉靠施展自己的性魅力来获得男性的青睐，她从来没有培养出分辨男性的眼光，最终被情人骗走了全部家产，连自己养老的钱也搭进去了。秦梦媞一直在为拥有漂亮的脸蛋筹集资金。这两个小说展示了当代男性作家对于女性想象的偏差，女性再度沦为丧失自我的空心人，她们活着只为取悦男人，“女为悦己者容”，仿佛美貌就能得到男性的认可，只要男性认同就可以得到一切，稳定的家、升迁的机会。这种想象当然是狭窄的、单向度的。实质上，随着改革开放的深入，社会发展同样给了女性更多的空间，更多的机会和多样化的生活方式。无论如何，作家敏锐地察觉到，在时代话语的影响下女性自我的丧失是多么的容易，更容易被外部的消费符号所裹挟，她们很容易被男性话语欺骗而忘记内心深处自我的要求。

夏商的《猫烟灰缸》以精神病院旁的咖啡厅为叙事背景。咖啡馆已经成为都市文学最常用的叙事空间以及浪漫邂逅的想象符号，咖啡的刺激让人意乱情迷，诸多情事旁逸斜出。年轻的精神病实习医生第五永刚坐在医院旁的阿朵咖啡馆，听院长转述的女病人米兰朵的故事，原来这个阿朵咖啡馆是老板老靳为赎罪而开，米兰朵全身心投入爱情，怀孕之后老靳躲开了，在寻找老靳的过程中米兰朵发疯了。第五永刚在聆听这个故事的同时仿佛一切又要重演。是的，都市生活犹如无形的囚笼，大家一面渴望冲出“围城”，去触犯古老的戒律，同时又倾心天长地久的爱情。无独有偶，宋阿曼的《午餐后航行》写出了当代都市女性的困境一种，莫名空虚，同性之间彼此隔膜，无法坦荡交流；异性之间仿佛只剩下身体交流。女主角以为可以借助身体满足来抵御内心的情感需求，爱情却猝不及防地降临。当她从疯狂的情欲中苏醒，却发现这不过是一个千篇一律的第三者插足的故事，“午餐后航行”是欺骗女性的借口。女主角站在高高的楼顶上渴望结束自己的生命，一刹那飞机却从头顶掠过。这篇小说的语言娴熟，比喻新颖，可惜结局的自杀显得过于轻率。生活中有比个人感情更为宽广的内容。小说将人物置于封闭的环境，不需要工作赚钱，也不需要与家人、朋友联系，这样的写作就像温室的花朵，经不起生活的风雨。也容易让读者感到疲乏，甚至觉得虚假。要表达都市生活的千篇一律、无精打采还需要另辟蹊径。

同样是写都市男女爱情故事，谢络绎的《兰城》就将男女的恋爱故事镶嵌进城乡差别以及全球化的时代进程中。在省城金融业工作的美兰虽然事业蒸蒸日上，可是个人问题一直没有解决，成了剩女，外部的光泽并不能抵御记忆的暗黑。这次人家给她介绍了一位海归李达，家就在省城，一切条件都非常理想，美兰希望能够谈成，在聊天过程中不自觉地根据对方的话风美化自己的家乡。很久不曾回去的兰乡在她的嘴里变成了兰城，学校、电影院、公园甚至养老院都在她的随口一说中变成兰城的一部分。随着交流的深入，美兰将兰城描绘得立体、现代甚至天花乱坠，当然她在聊天过程中的信口胡诌也具有理想的意义。兰城寄寓了米兰对故乡的良好愿景。虚构越多，米兰越担心谎言被拆穿。就在米兰焦虑不已的时候，李达却电话告诉米兰他到了真正的兰乡，与米兰描述的几乎一模一样。小说给了一个惊喜的结尾，乡村的城市化似乎可以帮助米兰圆梦，乡村也越来越长出城镇的模样来，但是那块长期压在米兰梦中的石头能够轻易挪开吗？她的母亲是被贱卖到兰乡而且终日挨打的，她的父亲因打斗摔死在这座城市的脚手架上，她重男轻女的爷爷奶奶已经老掉牙了，这才是她挥之不去的兰乡记忆，梦魇并不能随兰城一字之移而改变。记忆对人内心的压迫并不见得比现实更轻。在光滑靓丽的外表下，那暗黑的记忆仍在压迫着脆弱的心灵。尽管今天米兰与李达似乎是男才女貌非常匹配的一对，甚至他们的聊天也显得情投意合，但横亘在他们心灵深处的是迥异的梦和记忆，这些无形的部分依然在分隔他们。米兰的恋爱故事参与了这个时代的难题，为当代文学书写城乡差距提供了旁敲侧击的方法。

短篇鉴于篇幅，往往只需抓住某一点，将同类题材放在一起阅读，就会产生一种互相对抗、互相对话、互相质疑和互相补充的效果。只要每位作家都严肃地对待写作和生活、时代的关系，我们还是能够从诸多短篇中重构当代女性的心灵生活图鉴。

五、自由与“危险”的诱惑

卡佛有篇流传甚广的创作谈《我喜欢短篇小说里有点危险感》，我想这于很多小说家心有戚戚。危险感带来内部的紧张，使读者让渡自己的意识参与到阅读对象的内部来。先锋小说已经将形式实验内化，每位有野心的小说家都在不断实践。双雪涛的《女儿》形式新颖，设计了一个成名的小说家和刚刚开始写作的写手相遇，写手因为听了小说家的演讲之后就将自己未完成的创作发给小说家。小说家一边在等待女翻译，一边阅读写手的故事，没想到很快就被迷住了，原来写手写了一个正在构思的杀手的故事，镶嵌进来的小说颇具“危险感”，故事扑朔迷离，语言也简洁遒劲。小说家看后给写手回了信，提供了几个可能的版本供他参考，但是邮箱里却再也没有下文。平凡的生活意外的插曲，阅读经典的梳理和类型小说的紧张套路，等待一个具体的人和一篇虚构小说的结尾，让短篇小说插翅具有飞翔的能力。无独有偶，韩少功的《修改过程》也是从人物将自己的小说挂到网上发表展开的。真实的作家与虚构的作家交流，这是作家在有意识地将写作对象化、客体化，对小说之所以成为小说重新进行思考。这种写作的自觉精神是非常可贵的，我以为这是先锋小说的重要遗产。这样，作家就不会仅仅满足于讲好一个故事，也不会在自己的想象力面前止步。写作的职业化使得作家不得不重新思考形式，而不是听凭无意识的驱动讲述故事。盛可以的《偶发艺术》也具有实验性，文本吸取了戏剧的特点，将章志清的人生以不同的视角讲述出来，经过各个片段的拼贴，我们大致能得出章志清短暂、不得志的一生以及他与妻子、旧情人的关系。由于允许观众对各个场景进行参与、质疑，从各执一词、七嘴八舌中我们依然捕捉到隐蔽的情感态度，于是单纯的个体命运被置于时代语境中，婚姻观从来都是时代观念的试金石，通过婚姻观也能展现时代的变化。

李宏伟的《冰激凌皇帝》是一个寓言小说，一位读书人奉师命山长水远地赶到京城去觐见皇帝，这是他第一次离开书院出门。当他急于向皇帝传递孙先生的嘱托时，皇帝却不紧不慢地让他描述一路上的见闻。由于长时间的烈日酷夏，整个世界即将毁于一旦，无论是皇帝还是孙先生都束手无策。小说写的是人如何应对世界的末日恐惧以及内心的根本性恐惧。书生路上见到有一家人干脆以饮酒度日，借酒消愁，书生如果不是为了赶路也渴望加入这种饮酒狂欢之中。皇帝知道末日的大限将至，却忙着颁布了一道又一道诏书，以此来转移大家内心的焦虑。其中有一道诏书非常有意思，“即日起，国中语言一律按反向偏移使用。偏移度视具体情境，由当事人自行决定，以应局势变化。”书生接着谈论自己对于这道诏书引起的困惑，“偏移词语是否真的就能偏移事实?”词语与事实的关系被拎出来加以重新审视，但小说醉翁之意不在此，叙述从这个非常有新意且有深度的念头旁滑翔而过，回到一个陈旧的常识当中：当事实已经无法改变，我们只能改变自己的态度，缓解内心的焦虑。即便尊为皇帝，面对末日的到来也只能以偏移词语的诏书来应对。知情的孙先生让从未离开书院的弟子赶到京城也只是让民众误认为大厦将倾之际仍有良方。在大势面前，人的种种徒劳并不是改变大厦倾颓的趋势，而是以忙碌来缓解幽暗的情绪和焦虑的心理。

姚十一的《大象夜奔》同样是寓言小说，“我”是盲人村里唯一正常的人，却早早成了寡妇。整个村子的人都将大象当成神的使者，并且信奉神灵会让某一个瞎子恢复光明，为此发生了一系列怪诞、疯狂的事情，最终他们分食了大象。小说来了一个箴言式的结尾：

> 匍匐在地的人们，你们需谨记：
> 神赐你宝剑时，就知道荆棘布满了荒原

《大象夜奔》笔调戏谑，嵌入了盲人摸象的隐喻，但总体来说完成度不够，意旨表达不清。

2018也是须一瓜的收获年，她的长篇《双眼台风》、中篇《甜蜜点》和短篇《会有一条叫王新大的鱼》都获得了相当的关注。她在侦探小说的框架下将写作伸向四面八方，既吸收作为类型小说的侦探小说的层层推进，同时也注意层层点染人心的暖意。短篇《会有一条叫王新大的鱼》故事扑朔迷离，讲述则遵循了“冰山”理论，将大部分隐藏在冰山之下的内容留给读者去联想，这也给阅读留下了难度，跟随人物关系的精妙设置逐渐接近谜底。而人情

“关系”在“熟人社会”具有特别的意义。姜东顺夫妇托“关系”为弃婴小袜子办出生证明，花钱买的假证让姜东顺被捕，律师同学通过“关系”疏通让他取保候审，接受社区矫正，负责管教的冯伟则对他态度十分恶劣。原来冯伟处境相当艰难，父亲老年痴呆，母亲为了接水摔伤了胳膊。无巧不成书，冯伟的父母与姜东顺一家竟然是邻居。冯伟回来得知，是犯人姜东顺帮他找回了父亲，他邻家女孩小袜子就是那个弃婴。冯伟被感染了，送给小袜子一尾鱼，被小袜子叫作“王新大”。冯伟是法律的象征，而姜东顺为弃婴做的一切乃情感的象征，须一瓜总是能够发现情与法产生冲突的微妙情境。在中国，大家习惯性找关系，“关系”无处不在，甚至宰制我们的潜意识。“关系”具有双重意义，有时会扰乱公共秩序，甚至违法，但也有些时候也能够弥补法律的不足，毕竟人情是无法整齐划一的广阔领域，情感也是“关系”的润滑剂。小说以一个首尾呼应，融情入境，展现了人情的璀璨光华。

大头马的《搁浅》试图整体描述城市人的生存状态，小说摹写了一位负责解决人生难题的接线生的工作，电话分别描述了对方的人生状态，死了狗的老人陷入困顿，不想迈出家门；老婆出轨、丧失工作的丈夫渴望杀人报仇，接线生自己则在通话过程中想起十年前老师的自杀。那些貌似漫不经心的谈话牵扯出当代人的生活难题，不知不觉就到了生死关头，看上去人生有无数条道路，走着走着就只剩下惯性。“搁浅”形象地描述了当代人丧失活力的生活状态，我们好像都缺乏那种向大海奋力一跃的冲劲，尽管大海近在身旁。

朱文颖的《有人将至》故事设置非常巧妙：“我”是心理医生，有一对男女是抑郁症患者，他们都来“我”这里开药，并且将药放在同一个抽屉不同的格子里，各吃各药，彼此小心翼翼地守护着这个秘密。心理医生“我”一度与这位丈夫患者偷情，却并不知道他们是夫妻，直到他妻子意外怀孕需要停药来找“我”时才知道真相。文尾，三人碰面，妻子仍朝“我”使眼色以求保守秘密。精神疾病乃对当代人普遍生存境遇的隐喻。即便是夫妻，也各自守护着秘密。秘密将大家隔离，大家都活在心事重重的重压下。

黄咏梅的《给猫留门》由收养的一只流浪猫写出了三代人的境遇：独生孙女的孤独、儿子的童年创伤与爷爷的历史创痛。据说猫是最善于掩饰伤痛的动物，人类也一样，每个快乐、平静的外表下都可能有着内心的隐疾。王占黑的中篇《小花旦的故事》将“我”的成长与反身份的“小花旦”老人的人生经历交替叙述，逝去的时代与展望的时代相交，张力饱满。

除了叙事形式的创新，科幻小说带来的内容创新也形成了越来越强劲的力量。特别是在刘慈欣、郝景芳等科幻小说家的努力下，科幻小说正成为当代文学一个新的增长点，王十月、王威廉等一大批作家也开始尝试创作科幻小说，科幻的未来向度对当代作家具有很大的诱惑力。面对科技日新月异的发展，面对越来越多领域的工作由机器人取代，敏感的作家不能不做出自己的反应，借科幻抒写自己的情怀和幽思。

可圈可点的作品还很多，如任晓雯的《迎风哭泣》，徐则臣的《兄弟》，朱山坡的《深山来客》，凌岚的《离岸流》。任晓雯的《换肾记》详细刻画儿子、儿媳逼母亲为子捐肾的悲剧，《金锁记》的狠毒阴魂未散。范小青的《变脸》抓住了一个敏感的时代现象，就是机器进入我们的生活中给我们带来的困惑。从买房子由于脸和身份证不匹配开始，本来已经写到我妻了对我的身份产生怀疑，可惜作品没能由此深入，而是调转笔锋再写买手机遭遇身份识别困难，结果弟弟一来就匹配了，问题迎刃而解。一个复杂的可能具有荒诞意味的身份认同题材被轻轻地放过了。

在历史、现实和未来的维度之外，朱大可的神话小说也引起了相当的关注。神话乃民族的诗，是整个民族文化的潜意识。《字造》以仓颉造字为素材，将字分为光明系和黑暗系，写出当代人对远古祖先的生活方式和创造方式的重新想象。厨川白村说：诗是个人的梦，神话是民族的梦。的确，妥帖地安放在民族潜意识深处的神话总是能在不同时代借尸还魂。

总之，对于短篇小说来说，现实永远拥有最大的份额，现实永远是文学取之不尽用之不竭的源泉，每个作家都应该睁开眼睛打量现实。此外，历史包括神话小说也是小说家津津乐道的叙事资源，“重要的不是叙述的时代，而是时代的叙述。”从作家的叙事态度中我们总能找到时代的面影。在高科技的刺激下，也有一小部分作家仰望未来，创作科幻小说，如果从原型来追究，层层剥离我们依然能够看到现实的内核。无论是远古的神话题材还是仰望星空的科幻小说，都来自作家对现实的思考和转换，来自每个独特心灵对时代迅疾变化的感应。

2018 年中国小小说综述

高 军

2018 年，是改革开放 40 周年到来的日子。中国小小说创作平稳发展，可圈可点。有关小小说的事件一波波掀起，主要体现在评奖和评选方面，颇为提振人心。

一、评奖和评选

首先是第七届鲁迅文学奖评选揭晓，《俗世奇人》（足本）作为小小说获奖引起强烈反响。小小说于 2010 年列入鲁奖评奖序列，但前两届轮空，一直无人获奖。2018 年，第七届鲁迅文学奖各评奖委员会对经过公示的提名作品进行了认真评审，于 2018 年 8 月 11 日分别投票表决，产生了七个奖项的获奖作品。在 5 个“短篇小说奖”中，人民文学出版社 2016 年 1 月出版的冯骥才的《俗世奇人》（足本）以作品集形式获奖。《俗世奇人》（足本）由 36 篇小小说组成，以文化视角写 36 个市井人物，以人物性格或精神反映民间文化景观，笔法老到，人物传神，艺术韵味十足。故事互不关联，但内在气息相通，作品从不同层面和角度展现出了特定地域的文化风貌以及这种文化风貌所培育出来的独特的地域性格。作者站在岁月和时代的长河中，刻画出奇人与俗世交织下的多重况味，意味深长。获奖辞为：“冯骥才的《俗世奇人》（足本）回到传奇志异的小说传统，回到地方性知识和风俗，于奇人异事中见出意趣情怀，于旧日风物中寄托眷恋和感叹。精金碎玉，以少少许胜多多许，标志出小小说创作的‘绝句’境界。”因为《鲁迅文学奖评奖条例》规定：“中篇小说、短篇小说，以单篇形式参评；小小说、诗歌、散文杂文、文学翻译，以成书形式参评；报告文学、文学理论评论，以成书或单篇形式参评。结集作品，出版年月前四年内创作的内容须占全书字数三分之一以上。”所以，《俗世奇人》（足本）符合评奖条例，冯骥才的获奖实至名归。尽管很多人一直不承认《俗世奇人》（足本）是小小说作品，但按照评选规则公布，说明评委会认可是小小说。以《俗世奇人》（足本）为小小说“破题”，小小说界兴奋异常，给小小说作家以极大的鼓舞。随后人民文学出版社以《俗世奇人》（足本）为龙头又后续出版了“小小说精品系列”丛书，第一辑已于 2018 年 8 月出版，共由六位作家的小小说作品集组成，除《俗世奇人》

（足本）外，又加上了孙方友《老店铺传奇》、聂鑫森《湘潭故事》、杨小凡《药都人物》、相裕亭《盐河旧事》、张晓林《夷门书家》。

12 月 21 日，“中骏杯”《小说选刊》双年奖（2016—2017）举行颁奖仪式，其中有袁良才《卜白》、相裕亭《看座》、章月珍《王保长》三篇小小说作品获“微小说”奖。

12 月，由中国微型小说学会、江苏省镇江市文学艺术界联合会主办，《金山》杂志社承办的第十六届中国微型小说年度奖（2017）揭晓，本届年度奖共产生三个奖项 23 篇获奖作品，其中一等奖 1 篇，二等奖 4 篇，三等奖 18 篇。本届获奖作品中，题材多样化，角度多样化，叙述语言个性化，有些作品不但表现在构思的精巧，还展示出精短篇幅中所蕴含的生活丰富性和文化的厚重感，显示出中国微型小说创作队伍的日渐成熟。相裕亭《看座》获得一等奖，陈敏《“老鼠搬家”》、三石《白菜石》、郑俊甫《太史简》、李德霞《深秋》获得二等奖，季明《我知道你是谁》、赵新《问候》、叶征球《蒲公英》、申平《寻找战马墓》、谢志强《抓阄》、朱雅娟《马蹄铁》、王鼎《娘根》、刘立勤《法医李炎》、崔立《父亲敬的酒》、张洪贵《风清月正高》、许心龙《父亲的麦粒》、杨海燕《元青花》、周海亮《狙击手·规则》、津子围《1974 年天空的鱼》、陈慧君《办公室》、周长风《握手》、原上秋《老张其人》、朱莲花《老太爷》获得三等奖。自 2002 年开始，中国微型小说年度奖已连续举办了十六届，在中国微型小说界产生广泛而深远的影响。

为庆祝改革开放 40 周年，全面展示当代小小说创作取得的辉煌成就，很多刊物进行了评选活动。10 月，《小小说选刊》《百花园》联合组织“改革开放 40 周年最具影响力小小说”评选，共评出 1978—2018 年间优秀小小说 40 篇，名单如下：汪曾祺《陈小手》、白小易《客厅里的爆炸》、邵宝健《永远的门》、王蒙《手》、许行《立正》、沈祖连《老实人的虚伪》、于德北《杭州路 10 号》、沈宏《走出沙漠》、莫言《奇遇》、孙方友《女匪》、修祥明《天上有一只鹰》、凌鼎年《剃头阿六》、王奎山《红绣鞋》、贾大山《莲池老人》、冯骥才《苏七块》、刘国芳《风铃》、司玉笙《高等教育》、刘黎莹《端米》、刘建超《将军》、阿成《教堂的钟声》、蔡楠《行走在岸上的鱼》、侯德云《冬天的葬礼》、黄建国《谁先看见村庄》、申平《头羊》、滕刚《仿佛》、聂鑫森《逍遥游》、邓洪卫《初恋》、孙春平《讲究》、谢志强《黄羊泉》、韩少功《青龙偃月刀》、奚同发《最后一颗子弹》、陈毓《伊人寂寞》、张晓林《洁癖》、罗伟章《蒙面人》、安石榴《大鱼》、袁炳发《幻想》、芦芙荭《麦垛》、夏阳《好大一棵树》、何君华《群山之巅》、非鱼《论王石头的重要性与非重要性》。

11 月 30 日，《微型小说选刊》“经有关专家和本刊编辑部共同评选，产生了‘改革开放 40 年最具影响力微型小说’40 篇”，名单如下：白小易《客厅里的爆炸》、朱士奇《神奇的绳子》、于德北《杭州路 10 号》、林荣芝《慰问》、王军《小梅你好》、凌鼎年《剃头阿六》、毕淑敏《紫色人形》、沈祖连《僧面佛面》、邵宝健《永远的门》、高海涛《一串墨点》、刘以鬯《打错了》、刘国芳《风铃》、钱岩《一个男孩生命的最后两小时》、王奎山《画家和她的孙女》、王大经《老刘误机》、修祥明《小站歌声》、司玉笙《高等教育》、尹全生《延安旧事》、孙方友《满票》、汪曾祺《尾巴》、郑洪杰《端州遗砚》、曹德权《血债》、袁炳发《1976年7月28日》、何葆国《命运敲门声》、王蒙《善狗与恶狗》、蔡楠《生死回眸》、冯骥才《刷子李》、谢志强《大名鼎鼎的越狱犯哈雷》、邢庆杰《晚点》、魏金树《好人坏人》、罗伟章《独腿人生》、何雨生《木头伸腰》、侯德云《谁能让我忘记》、滕刚《石头》、刘建超《高叫你的名字》、陈启佑《永远的蝴蝶》、许行《立正》、申平《头羊》、孙春平《讲究》、庞滟《左耳世界里的罪恶》。

10月，全国小小说学会联盟主办的“改革开放40年：小小说40人、40事、100篇经典”的评选活动结果出炉。

同时，很多省区也都评出了改革开放40年40篇小小说。

二、作家与作品

（一）著名作家不断关注并以身作则进行小小说创作

本年度仅为笔者所见，就有以下作家创作出了风格各异的优秀小小说作品。

宗璞《你是谁?》（2018年第1期《上海文学》），以他回家看到一个陌生老女人在扶手椅上喝茶大声问“你是谁”开始，那女人满眼都是泪水说自己是董芊，但他指着婚纱照说那才是董芊。她去取衣服他说她偷并报警，警察点破他们就是夫妻，然后他跑她追，后来追到了一个养老院，她说他失去记忆了。老人们七嘴八舌中各自展示着老人生活的镜像。后来有些相认，可很快他又跑，她就再次追起来。好多年前，她跑他追，现在他不认识她了，她在追击中也在发问：“你是谁?”作品关注老龄化和老年人的生存状态，颇多深沉的人生体验，读来让人唏嘘感叹，更让人对年届九十的老作家的旺盛创作活力感佩不已。

何立伟《昔有少年》（2018年6月1日《解放军报》），少年三毛和伙伴们去游泳，石头划伤了右腿，被当过兵的父亲使军用皮带抽打了一顿，母亲在一边吵也没用，他没有哭而是要做一个《牛虻》中亚瑟那样的人。他们又翻墙进入军队驻地，被抓个正着，又被父亲打了个痛快淋漓，其他伙伴也都没少一顿打。随后，他们饶有趣味地说起挨打的情况，然后再去横渡湘江，猴子还要下次叫姜妹子来跟他们游泳。回去的路上，见了姜妹子，他们都很兴奋。晚上，他们坐在墙头上，纵情议论自己所知道的军队历史和自己对军人生活的憧憬。小说充满生活气息，准确把握儿童的心理特点，写得饶有趣味，读来引人入胜。

陈村《第一只苹果》（2018年第1期《上海文学》），将旧题材翻出新意，上帝创造天地后，一个早晨见蛇在自己面前晃悠就让它去看亚当和夏娃在干啥。两个人光着身子看野牛交配，看公鹿打架后胜者与母鹿交配。夏娃怨亚当在看云，渴望摆脱这种平淡而没有激情的日子，过上普通而丰富的烟火生活，不希望活着和存在就是为了让上帝高兴的。所以后来夏娃宁愿冒着死的危险，开始吃那第一只苹果，想让亚当成为一个真男人，让自己不被忽略。随后亚当也开始吃苹果，想与夏娃一起死。上帝来后，发现了他俩的情况，他的"心事澄清了"。后来，牛顿、乔布斯都和苹果发生了重要关系。亚当和夏娃以及他们的子孙们，都过着生老、恐惧而追求幸福的日子。名作家带头进行小小说的探索和创新，给小小说界吹来一股清风，给创作带来一些新的启发。

何申《我和米格》（2018 年 5 月 4 日《今晚报》），用两条线索结构作品，二十年前"我"买了一条叫米格的狗，它一直桀骜不驯，我行我素。"我"在现实生活中却是被左右掣肘，作为报社的社长因为单位日子尚好过，领导、平行单位的头头、同学、亲戚谁也不好得罪，但还是得罪了一圈人。看看米格，身无烦事，一身轻松，个性十足。"我"不想干了，不顾一再挽留，辞了职，没人串门，对世态炎凉不关心，自由自在了。半年后，米格长成大狗，"我"带它到山上，看它想走就放走了。人与动物、人与社会分别构成一对矛盾，作品内涵加大，对比中构成张力，很有匠心。

乔叶《修空调的他们》（2018 年 7 月 27 日《新民晚报》），写盛夏来临，"我"住在顶层，用了多年的空调又坏了，就打了维修电话，来了三个小伙子。三个小伙子与多家公司签了约，维修工作熟练。"我"陪着他们上楼下楼，很理解他们的辛苦。所以他们其中一个再次与"我"就价格沟通的时候，包括一项高空作业费，"我"一律满口答应。小伙子很高兴，跑到楼上和伙伴们说。听到他们爽朗的笑声，"我"又想是不是自己会让他们觉得人傻。但是，"我愿意，很愿意。"作品以小视角、小故事、小人物，见证生活的变化和世道人心，里面包含着温馨、理解，有一种朝气勃勃的气息充溢着。

孙春平《余热》（2018 年第 2 期《百花园》）中过去的同事小窦已经成了影视公司老总，邀请已经退休多年的俞老去北口市为一部合作的电视剧把关。到达后，安排别人陪着俞老吃火锅，而她和合作方的李某另外出去谈话去了。吃火锅的过程中，合作方的人说俞老一直关心这部剧并想出演一个角色，话说岔了头，被另一人制止了。窦总和李某回来后，李某很不高兴，窦总和助手扶着俞老上车返回。在服务区俞老酒醒，听到窦总在一边打电话说定金追回来了，办法是早就商定的那个，果然立竿见影。晚上俞老难以入眠，既然是定金就应该收不回来，老伴和他分析说就是窦妖精狐假虎威，劝他以后少搭理这些人。小说隐忍不发，情节节制，又剑拔弩张。把美好的人情当作了充满铜臭的利用，触目惊心。

聂鑫森《金络渡》（2018 年第 1 期《百花园》）中，钟水生当兵回来后本来被安排在城里工作，但他自愿回乡下金络渡摆渡。这里不值得花大钱修桥，但时常有人需要渡河。尽管待遇不高，但全家人都大力支持。他的母亲是老一代摆渡人从水中救出的，老人去世后爹就让他回来接了班，他觉得人就得像他当海军潜艇员时候见到的鲸落一样奉献自己。一次有个大款让他背过泥泞地然后上船，并说有钱能使鬼推磨，他当即把大款扔到了地上。省里记者来采访扶贫攻坚，为他写了《鲸落金络渡》一文登在报上。

梅子涵《车票》(2018年3月2日《新民晚报》)写的是下乡知青的故事，“我”下乡四年了，这次在冬夜乡下公路上搭乘了一辆拖拉机，准备回农场。开拖拉机的男人在刚才“我”截车的时候马上停下了，他是到桃园的。到桃园后“我”还有很远一段路要走，但也顾不得这些了。本来“我”乘坐的是汽车，可是因为下车呕吐车开走了自己也不知道。到了桃园开拖拉机的男人就回了，可是突然又转回来，他问“我”去哪里，他要继续送“我”。下车的时候，“我”邀请他来玩来洗澡，这时候已经晚上十一点多了。后来，开拖拉机的人没有来享受对农民来说当时很是奢侈的洗澡。多年来，“我”总是觉得欠着他一张很贵的车票。

韩石山《想起母亲就想哭》(2018年9月10日《文艺报》)是散文化的写法，“我”小的时候，不大看得起母亲，觉得她糊涂、嘴笨。家里祖母说了算，母亲更显得无足轻重了。有时候“我”向她要上学费用，多报一些她也看不出来，她觉得孩子还小不会骗自己的母亲。她只会嘱咐“学好，甭惹事”这几个字，后来才体会出这五个字是多么重要。六十多岁时，母亲失语更不会说话了，只会低头往“我”怀里撞，只能说一个“好”字了。“我”自己也已经老了，想起现在才发现的母亲的美丽贤惠等就想哭。读来生动感人，读者也会有一种想哭的感觉。

王族《马鞍子》(2018年第10期《山西文学》)也是散文化的写法，先写白哈巴村的巴车很有意思，简单几笔就写出了独特的个性，随后说他家有一个传了五代人的马鞍子，“我”想找他聊聊马鞍子，他却已经骑马走了。“我”在村里转悠着，发现了一个被遗弃的马鞍子，随后详细写了这个马鞍子的存在状态。牧场主人回来，小心地卸下马鞍子，介绍马鞍子怎么磨合出来等。然后再写一群放牧者归来，纵马狂奔时候马鞍子的情况。几天后传来巴车的马鞍子碎了的消息，他又去寻找做马鞍子的上等木料去了，直到“我”离开，还没有见到他回来。作品叙事洗练，行文流畅，厚重丰满，独具特色。

双雪涛《抱河》(2018年第1期《上海文学》)，写一个冬夜“我”喝酒后沿滨河路回家，突发奇想从冰上过去，发现冰上躺着一个人。“我”要闻闻他的那茅台酒气，于是发生了一次对话，交流中说起各自的家，“我”说亮灯的就是自己的家，但指不出具体是哪间。他也说了自己家的位置，但“我”也看不见。然后谈起自己十八岁时候的恋人，他说自己那个恋人最大的梦想就是做个家庭主妇，想一辈子照顾他。他要先自己生活十年，然后再一起活到死。可是十年后，她真来了，胖得不像样了，也更庸俗了，说自己烧菜烧得更好吃了。他拒绝，她跑了，后来她掉到这条河里淹死了。这时候他才知道自己爱过这个人，尽管也已经结婚生子，但每年她的生日他都到这河上抱着这条河睡一觉。他觉得这样自己才能安静下来。“我”要走的时候，他问“我”，家里的灯还亮着吗？“我”没有说话，他又卧在冰河上睡着了。小说文笔沉着，深潜忧思，显示着作者对感情的独特感知与把握方式，显示出对小小说文体的探索和努力。

蒋一谈《狗狗的骨头》（2018 年第 6 期《人民文学》）中写道，天气炎热，捕猎辛苦，狮子想了个办法召集狼、狐狸、狗组成小分队，自任队长，说好捕猎到食物后平分成四份共同分享。狐狸率先发现了一只小鹿，但是分成四份后狮子却用各种理由全部据为己有。狮子睡着后，狐狸建议它们三个重新组合，狗发现了一条蛇分成三份后，狼以狐狸想单干为由排斥狐狸，并以自己是狗的祖先为由占有了狗的那一份。狐狸建议和狗组合，狗遇到一条羊腿，狐狸却说都应是它的，最后把骨头给了狗。狗没有怨言，它突然发现骨头的味道好极了，并且咬骨头还能锻炼牙齿，骨头还可以当枕头，于是就这样爱上了骨头。作品写得极富有童话色彩，但在生动有趣的故事叙述中，自私的劣根性被揭示得淋漓尽致，更可怕的是对被自私压榨以后的逐渐习惯和习惯以后的幸福感，令人感到不寒而栗。

女真《办个事情》（2018 年第 4 期《小说月刊》）中写，秋收时“我”回到乡下帮家里收秋，爸说该办个事情了，家乡习惯于婚丧嫁娶升学搬迁等办事情，否则显得主人无能，经济上也受损失。五年前“我”大学毕业办过，但“我”漂在城里，连房子和女朋友也没有。这次事情没办成，倒是参加了别人家的两次办事情，搭上了八百元钱，相当于一个月的房租两周的生活费。回城后不敢再和家中联系，可母亲打电话说又要办事情，父亲腿摔坏了。“我”想爸要硬办，自己就得答应。回去后才知道，原来是办自己在城里首付买了房子。此后连家乡电话都不敢接了，子虚乌有的房子不敢面对乡亲。小说热闹中充满心酸，把一种生存状态表达得淋漓尽致。

津子围《演讲》（2018 年第 6 期《小说月刊》）中漂亮的宋嘉老师被聘来做范良的辅导员，宋嘉口吃，原来范良也口吃，他们用结结巴巴的话交流着，约定范良给宋嘉讲如何养小动物，宋嘉给他补习功课。一个暑假范良充实而快乐，开学后他变得大胆提问，并能指出老师的错误了。高二的时候一次回家，他偶然看到了宋嘉老师正在电视上流利地接受采访，他扔掉书包回到了自己的房间。母亲告诉他，宋老师小时候真的口吃，但她说过没有什么不可能，范良噙着泪花点了点头。二十年后著名医学专家范良在生动流畅地做第一百场演讲，台下一位老太太似曾相识。他走下台来，用激动得口吃的话语问她：“是宋老师吗？”宋老师闪烁着泪花说：“是的，是……是我！”小说深刻阐释着平等、尊重和爱能照亮人生，流溢着一股浓浓的暖意。

庞余亮《汪先生的三点、六点和七点》（2018 年第 5 期《广西文学》），写汪先生的父亲已经很老了，但经常到汪先生所在的办公室喘着气检查桌子上的作业本等，他有气管炎病。他不来，汪先生就会经常在上课的空隙里骑着自行车回家，再急着赶回来上下一节课。他的名字汪三鼎被演绎成了三点，而两个儿子一个叫汪波一个叫汪涛，被演绎成了六点和七点，也有人叫他们父子为三鼎、三皮、三寿。汪先生的父亲听到后生气地拂袖而去，汪先生说父亲是生自己的气，作为乡下教师，光顾了教别人而忽视了自己孩子的教育，导致他们没考上大学。汪先生父子三人就像他说的那样，多年父子成兄弟，有次总务主任叫三皮、三寿，他们都愉快地答应。作品展示乡村教育状态，致力刻画人物，有酸涩，更有温馨，对作品的故事、人物、叙事方式等读者都能留下深刻印象。

李治邦《白琵琶》(2018 年第 3 期《太湖》)，写在列车上主人公邂逅了一位背着琵琶的年轻漂亮的姑娘。她发现他在看一本《中国音乐》杂志，两个人交流起来。他说他在民族乐团当指挥，指挥过很多名曲的演奏，并说不是什么乐团都能请动自己。姑娘主动拿出自己的白琵琶，那是一位名家的精心制作，为他演奏了一曲《十面埋伏》，他给指出了一些不足，让姑娘很是崇拜。后来两个人同时下车，得知姑娘竟然就是到民族乐团报到的，他离去的背影有些颤抖。在排练大厅里，姑娘看到的指挥不是他，他正在乐队一角的打击组里卖力地舞动大镲。姑娘迟疑了片刻，还是笑着朝他走去。作品细致刻画人物的微妙心理和行为，体察入微，拿捏精准，读来颇有回味的余地。

台湾著名作家林清玄《在爱情里，看什么都是美的》（2018 年第 2 期《人生与伴侣》)，写一对情侣学生时代都爱莲花，他希望以后在院子里种一池莲花，自己在莲花池边为她写一辈子诗。但后来他失联了，她把身孕也处理掉了。后来她结婚了，央求丈夫在院子中开了一个大池塘种莲花，还会拿出当年的那个他写给自己的诗回味。她从莲蓬里挖出莲子，先放在诗边，继而炖成了一锅莲子粥。和丈夫一尝，苦得不成样子，丈夫给她讲爱情也如莲子，表面洁白高贵清纯，剥开来莲心最苦。她痛哭起来，这时候她才知道，永远不会忘记陪自己看莲花并让她认识了莲花里的莲心，十几年后还饮着自己生命的苦汁的丈夫。作品含有哲理，更有文学水灵灵的生机，尤其精细刻画了人物的心理嬗变和升华。

马来西亚华人作家朵拉《被帕慕克毁掉的爱情》（2018 年 9 月 10 日《羊城晚报》)，关注的是现代社会的爱情，她以为自己爱上他了，她讲究眼缘喜欢和年轻靓仔交往，主动加顺眼人的微信以便自己有加上、或搁置、或删除的掌控权。她对他很有好感，两个人一边微信交流一边约会，约会大多在书店附设的咖啡厅。他俩喜欢阅读，但她却在帕慕克的著作里看到了三个月前他发给她的引起她好感的一段话，而当时他并未注上“摘自帕慕克的《纯真博物馆》”，自己带着仰慕的心爱上的竟然不是他的话。就这样，她的爱情被毁掉了。极为浪漫的爱情，因为缺少了诚信的支撑，出现破绽，走向结束。她不能容忍这种欺骗，不是缺少理解和宽容，而是对现代社会诚信缺位的强力反拨和可贵呼唤。小说叙事讲究，角度新鲜，读后令人回味之处多多。

（二）第一代小小说作家的新作为

在 1990 年前已经成名的小小说作家，习惯上被称为第一代小小说作家，他们中在本年度仍一直保持旺盛创作和编辑精力的有凌鼎年、谢志强、刘国芳、申弓（沈祖连）、白小易、马宝山、杨晓敏、腾刚等等。杨晓敏、腾刚在本年度主要致力于小小说编辑事业，成就不俗。凌鼎年、谢志强、刘国芳、申弓（沈祖连）、白小易、马宝山都在2018年度写出了重要小小说作品。

凌鼎年《地震云》（2018年第3期《华文小小说》）中，老婆一直看不起一辈子平凡普通的史大椎，老婆跳广场舞，他退休后就玩起了微信。在三十六楼阳台锻炼时，看到了天边的地震云，老婆讽刺挖苦他不懂。他认真探究后在微信上予以发布，引起朋友圈强烈反响，并有人邀请他加入“地震观察研究沙龙”。他觉得自己很有收获感，很是开心。可是民警找上门来，告知他发布不实信息，他态度不好差点造成袭警，被拘留十五天。小说显示着当下世态，更有对自我身份和自我价值的追寻，写得有声有色，况味复杂，显示着作者的老道笔法。

凌鼎年《高楼坠物》（2018年第5期《时代文学》），写住在底层的华老伯，是上过战场的二级伤残老兵，他耳背到了半夜起来小便才发现台风来了。他怕院子里200年树龄的盆景受到损伤，去搬时被楼上坠物砸死。报警后无从查明，起诉到法院，眼看邻里关系就要起大的风波，住33层的温老板为了不伤邻里和气，主动承担了60万元赔偿费用。但小区人觉得是他家的坠物要了华老伯的命，甚至连有关领导也开始了对他的询问。他万万没想到会是这样的结果。作品不在于探寻真相，而是深入人物内心世界，探索人的心灵隐秘，以此烛照世道人心。

刘国芳《你以后看见农民卖东西，莫还价》（2018年第7期《北方文学》）表现出作者多年来一直坚持追求的小小说的诗意化取向，具有鲜明的艺术特色。本文直接打破诗歌和小说的界限，可以说这是一篇小说也可以说是一首叙事诗，作品一句一行，分为十节，涉及谷贱伤农，涉及农民进城、留守儿童、空壳村问题，涉及乡村旅游、乡村振兴等问题，有担忧有悲悯。叙事的跳跃，有着加大内涵的主题性追求；分行的形式，体现着创新的探索性。这篇作品，在作者近期的创作中也罢，在年度整体创作格局中也罢，都是弥足珍贵的。

刘国芳《女朋友何青》（2018年第8期《青岛文学》）写主人公经过一家水果店，听到店主人名叫何青就笑着进去买水果，后来何青问主人公为什么总对着自己笑，原来他的女朋友也叫何青，在外地打工。两个人交往越来越多，也更熟悉了，他就送她一个手镯。这时候一个女孩经过店门口，发现了他，惊喜地说正要给他打手机。他问她是谁，她说自己是何青。作品情节简单重复，但富有诗意色彩，更通过一个相同的名字，蕴含了更多的生活、情感内涵。

申弓《承诺》（2018年第5期《天津文学》），用“你”的称谓展开，你下班后不愿意回家，因为母亲总是念叨让你找男朋友，而你相信缘分。一个汉子走了进来，告诉你他已经攒够了一万元钱，说是前年你乘过他的车。两年前从省城出差回来已经半夜，只有一辆三轮车，你乘坐上了，并与他聊了起来。他盗窃、斗殴导致残疾，他说在这辈子不会有人看上他了，你说会有的只要凭自己的本领攒足一万元。现在他来了，你又到哪里给他找到一个合适的人呢。看他失望的样子，你告诉他明晚八点汽车总站门口，会有一个穿紫色连衣裙的姑娘等他。你回了家，从箱底找出了那件还那么鲜艳、久而没穿的紫色连衣裙。小说故事情节奇特，但演绎的是一诺千金的诚信。由于他已经改过自新，并且也能讲究诚信，通过诚实劳动践行诺言，所以也就可信了。

申弓《轮回》(2018 年第 3 期《新老年》)，写王德仁和李德志在村子里自小就是一对好朋友，后来分别到了一支队伍上，自此分手。在解放海南的战场上两人碰面了，在上司逼迫下王德仁端起枪射中了李德志左肩膀。李德志一直耿耿于怀，王德仁被俘后一直想解释那一枪是为了让他负伤下战场，但总没有机会。王德仁一直是向解放军射仇恨一枪的罪人，没完没了的交代和被批判。李德志造反进革委会，后来成为“三种人”，最后也成了一个普通人。两个人同时退休，在工人俱乐部相遇，李德志由面色缓和到主动邀他打麻将。第二天两人一起去钓鱼，关系彻底得以改善，又成了一对好朋友。篇幅短小，容量很大，有历史脉络，有人性变迁等。

谢志强《掌握时间的人》(2018 年第 6 期《百花园》)在旧时光里演绎时间故事。上海知青钟建国从插队开始就对时间失去了感觉，村子里没有钟表，知青们作为集体户由村子里安排当过兵的户长吹号管理他们出工和吃饭。但户长也只能由着自己对时间的感觉吹号，于是他被称为掌握时间的人，钟建国还说这是接受时间的再教育。钟建国写信向上海的父母求来了一块手表，户长想把号交给他，但他怎么也吹不响，只好他看时间再喊户长吹号。知青回城的时候，钟建国把表留给户长，户长说掌握时间的人要走了。送行的时候，户长把号送给了钟建国。返回上海多年，这把号始终挂在他的床头墙壁上，他也时常能听到冲锋号响起的声音。有苦涩，有温馨，有纪实，有魔幻，是一篇能让人反复回味的作品。

二十世纪七十年代末开始文学创作的马宝山写出了新作“唐朝诗人”系列，其中的《唐朝诗人二题》(2018 年第 4 期《北京文学》)颇具代表性，其中《月影点睛》写王维，《大隐》写孟浩然。王维在京城学习时候，不愿意把时间浪费在玩乐上，到画廊学习绘画，住到闹鬼的小阁楼上，画狐越画越像。一天晚上，一只白狐跳到了窗台上，此后经常来看他作画。又一次正画着，风吹灭了蜡烛，又找不到引火，就在月光下点了尚未画上的另一只眼睛，第二天发现毫无光彩。画师和他谈论今后的人生，告诉他一生安逸晚年会有一场风雨。作品以此故事串起王维的人生之路，以及他身居高位但心灰意冷的心路历程。选材角度巧妙，极富新意。对孟浩然，写其由上进到隐居的过程，一次因为喝酒，他感到失去机会而后悔，六年前皇帝对他“不才明主弃”不高兴已经失去一次机会了，如此几次后他就寒了一片报国心，到鹿门寺隐居了。襄阳城里姚长史多次来拜访他均未见到，某次在路上和一个樵夫谈论了半天孟浩然的诗。冬天又去拜访，住持说这次在家，出门时住持问会见情况，他说没见到，只有一个戴绿色幞头的扫雪人。住持大笑，两次都见到了啊。作品剪裁得当，写得风生水起，静中寓动，动中有静，极为讲究。

1985年就在《中国青年报》发表过成名作《客厅里的爆炸》的白小易在本年度写出了《乌庄》（2018年第5期《小说月刊》），作品写钱雨去乌庄旅游盼望有一次艳遇，下了飞机坐上大巴车，邻座是一位女士，不妙龄也不够浪漫，但车上的司机、目的地的旅店都把他们当成了一家人。后来的几天里，总是抬头不见低头见，也总避不开对方。他俩索性结伴而游，成了熟悉的朋友。分别的前夜，钱雨有了些感觉，女士泪流满面告诉他说，互相都不是自己要找的人，钱雨觉得他们要找的人可能根本就不存在。时代光怪陆离的色彩被折射得精准到位，作家的笔力不减当年。

（三）小小说创作的中坚力量继续保持强劲势头

刘建超《老街担家》（2018年第1期《广西文学》）写老街挑着担子清理旱厕的老干，身处低微但工作态度认真，努力干好自己的本职工作。他认真练习如何跨越门槛、如何均匀稳当地走出院子，从不让污物溅出一点。下大雨他知道明晃家雨水会涌进后院，茅池会溢到院子里，就及时赶去清理。冠老太太戒指掉入粪便中犹豫不说，但他了解后就一筛子一筛子过滤，找出来清理得干干净净还回去。四十多岁的他在相亲路上因救落水儿童不幸身亡，老街老少几乎全部出动为他送葬，白绸挽幛上写着他每次入户喊的“来咧走咧”，并用他“干净”的姓名，称赞他“一生干净”。作品语调沉稳，人物给人留下深刻印象。

申平《钢的琴》（2018年2月4日《羊城晚报》），写扶贫组入村后发现有一最困难的贫困户吴更里没有被列入扶贫对象，深入了解后却发现，尽管他家里那么贫穷，却有一架价值几十万元的钢琴。这是过去吴更里的父亲当包工头时候为他买的，希望把他培养成一个著名钢琴家。但在他十岁那年发生变故，父亲跳楼而死，他挑起了家庭的重担。他一直留着钢琴的原因，既是为了纪念自己的父亲，但更是希望留给自己的儿子。发现儿子对钢琴没有兴趣后，就把希望放在了孙子甚至孙子的儿子身上。不论贫穷的吴更里那种执着的钢琴家梦想到底有多少现实意义，值得充分肯定的是那种热忱的期望和坚定的信念。在一种浓郁悲情氛围中，坚持着对物质时代的反拨和对峙，让读者在心酸中产生出深深的感动和敬意。

侯德云《扶贫往事》（2018年第1期《百花园》），写一行四人自驾下乡，看到乡村桃树丰收，进而说到樱桃。刚从乡镇调来的老朱开着车讲扶贫的事儿，乡里进了樱桃让老百姓栽，但大家都不认识，乡长只好让机关干部给种到老百姓地里，有的群众站在地头叼着烟看，结果几年后大赚了一笔。后来又发动种大棚蔬菜，计划十户结果二十户争着要报名，丰收后老百姓给送来了三车，只好送到食堂，并帮着给联系客户。后又发稻种和化肥，结果第二年李老头惯性地拿着两个蛇皮袋又来要。结尾才说这次下乡，就是下去扶贫的。小说叙述抽茧剥丝，从容有致，用讲故事的方式推动情节发展，扩大了内涵空间，触摸到了农民的精神肌理。

刘正权《帽子给我戴正了》(2018年第6期《啄木鸟》),叙述一个协警陈大华因为头小帽子戴不正,局长训示中严厉指出协警也是警察,队长劝他工作态度端正,更有说服力。陈大华工作认真,公是公私是私,过年熟人喝酒后以为可以从他这里侥幸过关,结果都被抓了个正着。正月初五,值了一个通宵班的他临下班了为了拦截一辆闯红灯的车被撞飞,又被后面一辆车二次碾压。局长发现他的帽子端端正正戴在头上,队长说陈大华在帽子里缝上了两层松紧带。局长明察秋毫,查出肇事车辆是毒驾,陈大华被追认为英雄。有记者对下班路上拦车又是协警追认英雄有疑问,局长告诉他协警也是警察,让他把帽子戴正了。光头记者没戴帽子又是网站的,队长告诉他是指无冕之王的帽子,网站记者也是记者。小说言近譬远,昭示所有人都要行端表正,才能根本转变社会风气。构思颇具匠心,读来意味深长。

张尔工(张晓林)《苏轼的房子》(2018年第2期《大观·东京文学》),依旧写宋朝故事,这是他经营多年的一个专题,本篇围绕房子写苏轼的颠沛流离,年轻时候随父亲进入汴京,坚持自家买房住,但却被外放,只好住官舍。后来在黄州才又建起了自己的房子雪堂,但又被贬汝州。他决定在宜兴城外买一片地买一处房子养老,结果听到了老妇人因为失去了这套房子的痛哭声,他撕掉了买房的字据,带着家眷离去了。作者尊重历史事实,不虚构、不戏说、不演义,只在人性的空间进行挖掘。语言韵味十足,形象鲜活,给读者以扑面而来的清新感,体现着他构建新历史文化小说的清明上河图的雄心。

张晓林《萧亮飞》(2018年第5期《红豆》),属于"夷门书家"系列作品之一,萧亮飞精心保存的剃头刀是用来剔骨头上的肉筋吃的。他写诗词,也爱画画,书法有自己的面目。后来他喜欢收藏当地名人的字画,某次书法没有入眼,那包字画的纸竟让他眼睛一亮——却是自己的作品。后来他的字画突然大受欢迎,有一无赖上门讹诈,他给免费画了一幅画,向别人张摆时,别人告诉无赖说他下作并将会倒霉,他灰溜溜收起画来向一边走去。小说叙事散淡,细节新颖。

万芊《魏大力是条汉子》(2018年第3期《天津文学》),写村子里水系发达,全村人都会游泳,但姿势都是狗刨式,上边来选游泳苗子,一看就扭头走了。当过海军的魏大力回村了,他两腿受伤被截肢,整天内心空空。李家二丫头掉到水里,他滚着轮椅救出了二丫头,此后他拿着一根竹竿坐在岸边,救助孩子或指点孩子学习游泳,一些孩子终于被选为了游泳运动员,村子也成了"游泳之村"。和外村进行一次比赛,游在最前面的是魏大力。后来他参加了全国残疾人运动会,几次都获得奖牌。知情人知道,魏大力在部队时就获得过全军游泳冠军。作品技法娴熟,人物形象让人难忘。

邢庆杰《白鸦》(2018年第7期《微型小说选刊》),写白乌鸦从空中扑向他的一瞬间朱老三从梦中惊醒了。朱老三是个老护林员,那年月老百姓买不起煤,全靠晒干的树枝子。朱老三原则性很强,自己绝不砍树,只是拆鸟窝来烧火做饭。儿子刚刚出生,他从鸟窝里拆出四只鸟蛋。两只白色的影子朝他俯冲下来,抓破了他的头皮。他从地上抄起一根木棍抡出去,由于用力过猛带倒了旁边的地排车，压住了右腿。他把鸟蛋煮了给妻儿补充了营养，两只白鸦在他的屋顶叫了一夜。第二天孩子发了高烧，落下了惊厥的毛病，朱老三被压过的右腿从那时起就不听使唤了。朱老三把鸟枪装满弹药，开始找那两只白鸦寻仇，但那两只白鸦再也没有出现过。后来，朱老三醒来时，屋门前的水洼里躺着两只白色的乌鸦。把鸟儿都埋葬后，朱老三感觉到拆除鸟窝简直就是作孽。之后，朱老三开始伐倒了枯死的树做鸟窝。他发现自己的右腿不知什么时候恢复正常了。小说插叙朱老三早年护林时候的经历，交代了时代背景，表现了那个年代的艰难，同时也引出下文拆鸟窝的情节。小说多处运用对比手法，如朱老三护林时跟村民们行为的对比，朱老三拆鸟窝与建鸟窝行为的对比，使人物性格更加鲜明。结尾写朱老三目光停留在一棵枯死的槐树上，“心里估算还能做多少鸟窝”，意蕴丰富，余味悠长。

秦德龙《开粮店的朋友》（2018 年第 6 期《小说月刊》）颇具荒诞色彩，延续了作者的一贯风格，写朋友开粮店，“我”去祝贺，可是却不见一粒粮食，剪彩过后才知道他卖的是营养胶囊。朋友邀请参加剪彩的人去吃饭，大家都说别吃饭了吃药吧，他就果真给发了营养胶囊。“我”与他断绝关系，可是他的粮店生意红火，高考的、减肥的都趋之若鹜。后来碰见，他说已经把满汉全席打造成满汉药席了，喝酒的时候喝肾黄金药水就行了。

秦俑《听来的鬼故事》（2018 年第 4 期《辽河》），这是一篇向《聊斋志异》致敬的作品，故事是四爷爷亲自讲的，他年轻时候当民兵，有天晚上十一点多换岗后回家的路上，在一个荒芜的路边墓地碰到村里的陈铁匠，铁匠处处堵他的路。四爷爷枪走火后，二爷爷赶来，发现他原来是在和一棵树对抗着。但是第二天早上知道，陈铁匠在前一天晚上十一点多去世了。自此以后，四爷爷再也没有走过那条穿过墓地的小路，但他去世后却葬在了陈铁匠的旁边，这是他留下的遗愿。故事传奇，但却叙述着理解、悲悯、人性等因素。

徐均生《谁是英雄》（2018 年 7 期《山东文学》）故事比较简单：发大洪水了，单位整修的堤坝有人发现了管涌，并及时上报，避免了一场大灾难的发生。上级要表彰这位发现管涌的英雄，但却没人去认领，有人指认这位英雄就是单位的领导。小说没有直接去写如何寻找英雄，而是通过这个单位知情者或参与者的自述，时隐时明地道出了这个英雄在哪里，为什么会产生这样的英雄。小说通过寻找英雄这样一个举动，深刻地揭示出了一个非常现实的问题，有时成为英雄的壮举是人为造成的。从而，作者对现实的批判，有了更新的视角，有了更值得深思的地方。

徐均生《子君的自卑》（2018 年 6 月 3 日《昆山日报》），子君救人成了英雄，但他不愿意上台，不愿意领奖，而且感到很自卑。他的心理与行为，与现在的一般人很不一样。如果按常规分析，他甚至有些怪异，很不正常。谁不喜欢表扬和嘉奖呢？其实，这正是他的超过常人的高明之处。他看到了太多的“赞美之辞里面有太多的利益考虑”。正是因为他对当前种种不正之风洞烛其微、敢于反世俗，力图排除因此带来的烦恼，于是便采取了躲避。所以，对他的“自卑”，应做出与文字意思相反的解释。他拒绝奖励，但一旦有了险情，“自卑”不复存在，他又勇敢向前，义无反顾！他实际是一个打着“自卑”旗号，极有正义感的青年，不事虚夸，只做实事，与当前的一些俗人泾渭分明。这是一篇宣扬好人好事的小说，但写法很特别，不是正面的歌颂，而是从反向来写，这就有了新颖性和吸引读者的效果。

奚同发《仓万林的2018》(《百花园》2018年第8期)，在写法上很讲究，结构颇具匠心。主人公选取5月4日这个特殊时间节点送父亲进敬老院，同时送孩子去学校。一夜没合眼的仓万林吃早饭前出去移车，却在车中号啕大哭。此前的3月10日，他们家的存款超过了一百万，仓万林一家省吃俭用，没有买房子，一直住在父母家，最终是集合了双方父母和夫妻俩的所有收入，所以才有了这些钱。再往前的2017年底，母亲去世，父亲把自己的收入全部交给了儿子，指望后半辈子依靠儿子了。可是哪里想到，前几天妻子因病住院，先拿出了一百万的三分之一。仓万林担心父亲自己在家不安全，决定送父亲进敬老院，并许诺每个周末接他回来，妻子病好后就接他回家。一周后，妻子病危，转院北上，父亲没能回家。一个月后仓万林开始四处借钱，作品以“当然，房子的主意，那时还没打”戛然而止。展示了仓万林从百万富翁转眼间跌入深渊的无可逃避的现实，给人一种冷飕飕的感觉，让很多人从中看到了自己在现实压力中无处可逃的影子。作家以此抒写了现时的真相和对小人物的悲悯情怀。

高军《沂蒙老区二题》(2018年第3期《小说月刊》)是革命战争题材的小说，《苍耳子》以纺线轴子上使用的苍耳子作为道具，写丁秋生到汶河边小河村看群众纺线织布，养活自己、供给部队大生产的故事。在李大娘家里，丁秋生发现纺线轴子最下端的挡头儿毁了。不久前他在西北方向二十几里的一个村子，见到了当地用一种叫苍耳子的东西套在轴头上的事情。丁秋生和大娘在野外很快就找到了几粒苍耳的果实，简单加工后就套了轴头上，丁秋生先试试，再让大娘去试。此后，苍耳子的这种用途在小河村和周边村子里广为传播，并一直沿用至今。小说从细微处着手，表现的是军民鱼水情的大主题。《圆坟》以富有地域和时代特色的歌谣开篇和结尾，写司令员孙继先为在九子峰与日军进行的决战中牺牲的铁峪村田农民田大圆坟的故事，他带着烧纸，推起小车推土倒在坟堆上。然后随着人们绕着坟堆转起来，再进行烧纸，祭奠，磕头。孙继先站起来的时候，大家看到他的额头上沾着一层黄土。他提议再唱一遍为田大编的唱词儿。于是，合唱声在这座新鲜土壤堆筑的坟前响起，并且越来越高亢。小说具有浓郁的地域风土人情色彩，写得生动感人。

于心亮《疫苗》(2018年第1期《北极光》)中，徐念租李粉的房子开茶叶店，他爱家爱孩子，但有一次聊天中说自己喜欢男人，而李粉也说自己喜欢女的。徐念接孩子回来的路上李粉让他们陪着逛街，妻子董贞听说他喜欢男人后很不高兴。李粉病了，徐念去看她，被她的小狗咬了，二人去打疫苗，董贞很不客气很粗鲁。于是两人离婚，徐念向李粉求婚。李粉仍说自己喜欢女的。李粉收回房子，和一个有点男性化的女子合伙开了个咖啡店。徐念自己是开玩笑，李粉是真喜欢女人，她说早就给他打过疫苗的。小说中的“疫苗”一语双关，展现当下斑驳的现实生活，短小的篇幅里展示着尽量大的画面。

于心亮《刀客》（2018 年第 2 期《小说月刊》），写一个磨刀匠李九看到刀客很神气，自己也想做个刀客纵横江湖。于是他去拜师学艺。结果师父让他去卖刀，完不成任务就受处罚，想跑也跑不出去。师父被官府抓走，后来李九才知道自己晕血，于是去练习杀鸡，引得很多人来看他晕倒，杀鸡店生意火爆。泼皮张三看他杀鸡不晕了，让他照着自己当鸡杀，结果割伤了张三的胳膊。李九蹲了几天牢狱，像个刀客了，大家开始崇拜他，有事都来求他。结果他去的时候，都是把刀插在自己的腿上或胳膊上。事后给他报酬，他坚决拒绝，成了名人。但是人们无聊了，也会去找他诉苦，说自己受了欺负，他就持刀出门，大家跟在他的身后，就会很开心。这篇小说的可贵之处，是在轻松戏谑的叙述语调中，塑造了一个让人难忘的人物形象。

这些年随着国家反腐力度的加强，写官场的小小说很多，王培静《幸福享不了》（2018 年第 2 期《小说月刊》），却不是从正面下手，而是通过在外当市长的父亲国仁老汉的境遇表现主题。作为一个老教师，他一个人的收入就足够他和老伴两个人的养老生活，可当地几级政府的全面照顾让他感到极不舒服，他和老伴享受不了这种“关心”，进城去给儿子讲，要求减少这种“关照”，没想到被保安阻拦不说，他的言行还成了他们的笑柄，被当成了神经病。结局更是石破天惊，国仁老汉失踪了。这个不是结局的结尾，给读者留下了太多的联想空间，题目也有反讽的味道。该作语言朴实，结构看似自然却是作者用心为之，结局留下了悬念，市长父亲还能不能回来，谁又能为老人的失踪负责？看过后，给读者心里压上了一块沉重的石头，不知那些善于溜须拍马的人看了作何感想？此作不失为 2018 年度的一篇小小说佳作。

王培静《盼年》（2018 年 2 月 2 日《中老年时报》），以过年要放的鞭炮为引子，以孙子回家时留在地上的一泡尿为道具。一进腊月，老父亲就开始张罗置办年货，一趟趟地跑集市，买菜买肉买鞭炮。儿子上次带孙子回来时，放了从乡村小店买的受潮的鞭炮，失了面子。他想这次一定要把上次失去的面子找回来，更想和孙子好好亲热几天，没承想，儿子打电话来，说要去媳妇家过年。老汉失望之时，赶紧采取了补救措施，把孙子上次回家时留下的一泡尿盖了起来，没人时就偷偷去闻一闻。把一个农村老人盼孩子回家过年的心情写得淋漓尽致，既感人又辛酸。语言质朴无华，感情饱满，结尾震撼人心。

胡炎《秋雨》（原载《百花园》2018 年第 2 期），写秋雨霏霏的日子，高阳心情阴郁。他盯着一扇窗口，在心里说：“最后一次。”六年前，高阳因盗窃罪入狱，妻子和他离婚，年迈的母亲撒手西去。重获自由后，他决心洗心革面。然而，前妻身患重病，无钱治疗，高阳痛悔不已。为了挽救前妻的生命，为自己“赎罪”，高阳只得重操旧业。不料就在开锁时，年轻的“女主人”回来了。巧合的是，她的钥匙丢了，而她阴差阳错地把高阳认作了街头配钥匙的师傅。就这样，高阳将错就错，帮“女主人”打开了房门，然后逃回前妻居住的楼下。可是，意外的事情发生了，那位“女主人”潜入前妻的门前，把一包钱物塞进门缝。高阳既惊讶又困惑。原来，这竟是一个女贼，并且早已判断出高阳是她的“同行”。此前她曾进入前妻家中行窃，非但一无所获，奄奄一息的前妻还让她心生恻隐，她一心想帮帮她。最终，他们把赃物还归原主。在无边的秋雨里，用“最后一次”四个字完成了灵魂的救赎。作品以细腻的心理刻画和一波三折的情节设置，揭示了主人公复杂的内心矛盾和精神挣扎，烛照出人性的多维与蜕变。全文以秋雨开篇，暗示主人公内心的悲凉、忧愁与阴郁；又以秋雨收尾，升华为荡涤灵魂的甘露。不仅前后呼应，更营造出了浓厚的氛围，提升了整篇作品的文学品位和艺术张力。

蔡楠《老赛与瓦子》(2018 年第 10 期《大观·东京文学》)是白洋淀题材的作品，关注的是生态问题。夏季的傍晚，老赛在树下一铁锨一铁锨撒饲料，瓦子们从树上落下啄食。老赛发现一只翅膀受了伤的瓦子，就端来一碗小河虾。瓦子受伤的地方，老赛用创可贴给它贴上。本来老赛的农家院是在千里堤上的，后来和儿子赛舟搬到了淀里。儿子建了采摘园，做了轮渡，做起了火红的生意，老赛和老伴儿退居了二线。在这个夏天，老赛找到了自己的乐趣：喂鸟。赛舟又在养蟹池里搭起了一片凉亭和一个大戏台。在一个食客逮住那只受伤的红嘴瓦子之后，鸟儿们再也不来了。老赛赶到凉亭餐桌的时候，那只红嘴瓦子已经被炖成了一盆汤。他掩埋了红嘴瓦子被煮烂的小身体。赛舟指责他，他上了岸，和老伴在千里堤的旧址上又开起了农家院瓦子家园。每到傍晚，他搅拌好饲料向核桃树下扬去，瓦子鸟们就都飞来了。雄安新区设立，白洋淀开始水域生态修复，赛舟带着媳妇儿来到了老赛跟前，要求瓦子家园算他们一份。老赛一边给瓦子喂食，一边轻轻地嘟哝，瓦子，又叫淀鸥，学名须浮鸥，喜欢在辽阔的水面迎风飞翔。

戴希《儿女》（2018 年第 2 期《林中凤凰》）写老太太七十七岁生日一过老伴就去世了，接着她又患了重病，小儿子精心照料，可老人总觉得自己拖累了孩子，时不时就发脾气甚至想寻短见，但小儿子始终对老人满面春风，关怀备至。大儿子在美国，是著名诗人、教授，但远隔重洋，又加上个人生活也有些问题，所以一直不能回来。在小儿子的陪伴下，十年后老人去世。临终前老人拉着他的手说：“亲爱的儿子，谢谢你。”小儿子随后选择了自杀，因为他是机器人，所以选择了倒地摔碎自己，拆掉电池，自毁程序。这个机器人是老人在北京外企的女儿买来替自己尽孝的。作品体现了科技的发达给人类生活带来的影响无处不在，虽然具有讽刺意味，但也时时给人带来一丝温馨，一些感悟……

刘立勤《折腾》(2018 年第 5 期《延安文学》)聚焦当下的扶贫工作，写了一个叫老常的能折腾从不吃亏的农村人物，他在大集体时当保管员，别人挨饿他吃得好好的，包产到户了他什么义务也不承担，经常让神经病老婆闹腾，农业税等从没有交过。这次扶贫他本不在范围内，可他和孩子分家卖了好房子搬回危房去住，闹腾成了贫困户。还挑选领导帮扶他，结果他真的折腾出了乡间别墅，外带一座花门楼。但他家放烟花鞭炮的时候，村人没有靠前的。他还放出风来，来年准备把房子卖了，再买一处旧房住进去。小说直指当下的某种痼疾和扶贫工作中存在的一些弊端，更是透视某类典型人物的可怕惰性和顽固的劣根性，触目惊心，意味深长。

非鱼《桐花开》（2018 年第 8 期《百花园》）中，大清早武他娘就开始骂街，这次一听就没有具体对象。她的骂街村里人都早已习惯了，并习惯了看这番热闹。她刚嫁来村里的时候还叫桐花，长得也漂亮。可是自从丈夫去县里修水库去世后，她就开始到各级机关去讨说法。后来机关人员都换了，更没人管了。她慢慢变成了寡情刻薄的武他娘，只要吃一点亏就骂人、就计较。时间长了，大家就当戏看了。这时候因媳妇去世刚从山上搬下来的铁匠来了，铁匠长得和武他娘去世的丈夫很像，他因女儿要看热闹才过来看看，出于礼貌对她一笑，武他娘觉得心里一哆嗦便停止叫骂回家了。村人似乎明白了什么，热心撮合，两人都能互相理解，于是两家并成了一家，武他娘让铁匠以后叫她桐花。小说对人物心理把握准确，具有浓郁生活气息，读来颇能令人回味。

安石榴《探亲》（2018 年第 19 期《小小说选刊》），是为纪念改革开放 40 周年而写，小说写山东人柴万金因家乡穷闯东北，娶了东北姑娘海蓝。他们多年不敢回老家探亲，因为第一次回去的时候，手表、身上的衣服都被留在了故乡。海蓝因拉扯孩子等真的没再回过，柴万金二十年里回过几次，都大同小异。但他们会经常给老家寄钱，逐渐地，家乡来信不再要钱了，并邀请他们回去看看，说家乡富了美了。他们回到家乡探亲，大家盛情接站，盛情款待他们。小说主题鲜明，是一曲改革开放的赞歌，充满正能量。

谢大立《两个男人》（2018 年第 6 期《天池》）写得风生水起。汪旭参加完江总的后事，担心新上任的耿荣会拿他开刀，因为过去江总对耿不满意，他也就不拿耿当回事。与其被动还不如主动出击，汪旭径直走进办公室开始挑战，但耿荣却心平气和，告诉他不上他的圈套，然后约定相处一段时间，让汪旭再做决定。两天后耿荣让他当部长负责科研，随后又享受副总待遇。后来他看到了一些文件，发现耿荣对他其实一直很好。他深受感动，向耿荣表示决心，耿荣却诚恳地说，报答国家或者说报答发动机吧。两人击掌，并发出了爽朗的笑声。作品写的是两个男人言行心理的较量，更写出了对立的逐渐化解，进而融洽。给人留下难忘的印象。

符浩勇《芬芳的野百合》（2018 年 1 月 25 日《中国县域经济报》），说的是讨价还价的故事。围绕着百合花的线索，小说基本以两个人的对白完成整个故事，但展开自然，仍然保持传统小说的情节布局，在买花—讨价—交易完成的过程中，充满着生活的情趣，故事交代也很自然。在两个人表面上没有波澜的对话中，一种矛盾悄悄出现，那就是沾染市井的小市民习气和来自乡间淳朴的民风在静静地角力，近乎玩笑的计算公式，其实包含着一种狡猾，以致“小伙子摸不着头脑”，没有分辨，在对方忘了带钱的情况下还让他把花先带走，完全出乎“我”的意料。小伙子将捆绑好的百合花递上来，说：“爱花的人不会赖账的!”表面上是随口说出，实际上是点出了至今还在农村沿袭的诚实的风尚。在文本的意蕴中，小伙子相信自己，也相信别人肯定和自己一样。在这笔小小的交易中，我们可以窥视出一种诚实的胸襟，这就是做人的境界。以致“我”发出感慨：“野百合也有春天，它是一种纯洁的花!”这句话是赞扬，也是一种“见贤思齐”的自省。读着《芬芳的野百合》，仿佛就闻到了野百合淡淡的清香。

江岸《死亡弯月》（2018年第4期《大观·东京文学》），写年过半百的卢守贵外出打工，难以找到工作；但是，比他年龄大、文化程度低的邻居罗延成却在外面混得很滋润。过了年，卢守贵百般纠缠罗延成，要和他一起外出赚钱。无奈之下，罗延成带上了他。在城市里，目睹了罗延成“工作”状况的卢守贵被惊得目瞪口呆：原来，罗延成在马路上碰瓷。正当卢守贵纠结不已、不敢迈开碰瓷第一步的时候，惨剧发生了，一辆紧急拐弯的大货车将罗延成卷到了右轮下面。题材并不新颖，但却从上了年纪的农民工生存艰难的角度入手，巧妙地设置了阅读期待，让读者和故事主人公对另一个主人公从业的情况心存疑虑，一层层剥笋似的揭开谜底，最后水到渠成。作者保持了他一贯的对农民的温情，没有站在道德的制高点上对碰瓷这一行为指手画脚评论是非，而是将理解、宽容和悲悯融为一体，通过血淋淋的车祸，给企图走不法途径赚钱的农民敲了一记警钟。故事主人公的名字也耐人寻味，一个叫“守贵”，一个叫“延成”，既符合生活实际，又成为各自品格的代名词。

袁省梅《焊花·焊纸》（2018年第7期《百花园》）是工业题材的作品，这个题材在相当长的时间里是小小说的弱项，这两篇作品能让人眼睛为之一亮。《焊花》写常小俊作为新分来的技校生给老张当徒弟，他“瘦得跟个焊条一样”，并且白静文雅，老张觉得他不适合当焊工。可是常小俊愿意跟技术最好的老张学习，平时苦练本领。实习期满考核学徒工，一个个都灰溜溜回去了。常小俊走上前去，完成了高难度的操作。老张终于觉得他会成为一个好焊工了。《焊纸》写常小俊的同学，已经当了副主任的丁健揽下了一个高技术活，老张抱怨难度大，但常小俊说自己就是想试试。他与小米想出了办法，但师傅回来说丁健跟厂里签的大修费用很低，不值得干。最后他们还是干了，3毫米的钢板经过磨损已经像纸片了，焊接难度很大。后来常小俊终于想出了办法，顺利完成任务。完工的晚上他们去喝酒庆祝，常小俊说自己能把纸焊住，不信就焊不住小米，小米笑着说自己不是纸。生活气息浓郁，故事生动，人物鲜活，是两篇优秀的作品。

田双伶《若得周郎顾》（2018年第7期《新青年》），关注的是男女情感领域。刚刚失恋的周霁被朋友拉着见到了林龄，二人都曾经留学日本，周霁觉得樱花只有京都的正宗，林龄却不这么认为，她甚至对乡下的野花野草更感兴趣。周霁喜欢严谨的学术研究，追求在高端大刊发表论文。林龄喜欢饮食文化、生活美学，插花、布茶、吃火锅的烟火气息。周霁再次出国一年后回到北京，林龄已经回南京去了。周霁想起了诗句“若得周郎顾”，也想起了林龄那张甜美的笑脸。这种题材，一直是作者最擅长的。

孙道荣《一只蚊子》（2018 年 6 月 3 日《新民晚报》），写董事长办公室进了一只蚊子，并咬了董事长，消息不胫而走。刘副经理送蚊香液，并检讨自己工作没做好；工会吴主席来给抹上风油精，并拿电捕蚊器四处挥舞，被劝走；刘副经理又安排大赵去用手捉，也还是捉不到，董事长安排他回去了，自己也出了办公室；董事长回来的时候，看到老陈坐在那里，让蚊子咬自己，来解决这个问题。作者用杂文的笔法写作小小说，生动形象，辛辣的讽刺意味在文学笔调下汩汩流溢。

宋以柱《草褥子》（2018 年 2 月 1 日《山东工人报》），写县纪委副书记卜繁金，一早到安乐镇去调查从前师范同级的同学李斌的问题。当年在学校里发生的草褥子事件让他记住了李斌，因为李斌把学校配的棉垫送给了校外捡垃圾的老人，自己用那个从家里带来的草褥子。草褥子往外掉细碎杂草，下铺同学生气动手打了他。这次是有人举报他，卜繁金走访调查，在李斌的宿舍看到了他还在铺着草褥子。调查没有问题，原来是因为中午不许喝酒，被李斌处分的人写了上告信。问题解决，走下楼来，外面是一片好阳光。小说构思巧妙，以草褥子为道具，有纵深感地塑造了一个基层干部形象，是具有正能量的。

王如意《母亲的草鞋》（2018 年第 1 期《山东文学》），开头具有画面感，写了历史，写了乡愁，写了当下农村新的变迁。作者是早期山东小小说的重要作者之一，本篇新作同样写得虎虎有生气，是一篇耐咀嚼的好作品。

（四）新一代小小说作家不断写出优秀作品

李伶伶《关关雎鸠》（2018 年第 7 期《天池》），塑造了一个让人难忘的女性形象卫竹，她开的烧烤店被砸后，店员抱怨说姐夫也不来帮个忙，她严正告诫说要叫先生不许叫姐夫。她是在电大认识丈夫的，结婚前她叫他先生，结婚后还是如此。她一个人再忙也不让他做家务事儿，只要他给自己朗诵“关关雎鸠”就心满意足了。烧烤店经常有闹事的，都是她自己扛着。后来受伤住院了，丈夫辞职来到了店里。她出院后看到丈夫已经没有了儒雅形象，污言秽语讲得很顺溜，她流下了眼泪，此后不再叫他先生了。理想与现实的冲突触目惊心，令人不寒而栗，昭示出生活的内里本质。

薛培正《蹲点》（2018 年第 1 期《小说林》），生动地叙述了两位县委书记先后蹲点的故事，当年老李还是个小伙子，跟着抗美援朝回来的梁书记，有吉普车不坐，步行七十多里路到刘家峪，吃住在农民家里，和老百姓劳动在一起，小李觉得不卫生的饭菜梁书记吃得可口极了。十七年后，小李也成了县委书记，他同样是年年蹲点，在水库工地上，在选拔干部上，都能耳聪目明。尤其是任用干部，他总结出了“蹲苗”的办法，必须先下一线蹲点，群众认可了才任用。他退休后，还是经常下乡，看到了一些干部在基层的吃喝现象和被双规的情况，忧心忡忡，在日记中记下了对廉和贪的思考。小说有历史纵深感，高扬主旋律。

高薇的《桂花糯米藕》（2018 年第 8 期《天池小小说》），写了一个濒临死亡的老太太，在弥留之际想吃自己家乡的桂花糯米藕。时值隆冬季节，家中派出多人也没找到，最终一饭馆老板另辟蹊径，圆了老太太的心愿。一位追随爱情而背离家乡六十年的老人，在告别人生时那种无法言说的惦念，都浓缩在一盘桂花糯米藕中。小说写得朴素而沉重，证明着真诚善良的美德。一点皴染，千层波浪，密匝匝地撞击着读者心扉。在叙述中也讲究语言的优雅和洗练，更寻找着结尾处的出奇制胜。

高薇的《莲灯》（2018 年第 6 期《百花园》），通过一个孩子的视角，叙述了一个看似简单却又颇具意味的故事。鬼节这天“我”和奶奶一起给先人做了七个莲灯，晚饭后奶奶却把六个莲灯放进篮子，让我和妈妈去送到湖里。而当我和妈妈送完莲灯回家时，奶奶已经去世了。按照风俗这时要给奶奶做莲灯，当“我”把奶奶备好的莲灯拿出来时，家人在异常吃惊的同时也更加悲痛。文中还穿插了爷爷保护文物的内容，以及奶奶和妈妈的一些善良举动，在看似平淡的人间烟火中，透露出一种厚重的人生积淀，朴实的文字里裹挟着岁月的风霜，一唱三叹。

李晓斌《小城故事》（2018 年 8 月 13 日《人民日报》），也是为改革开放唱赞歌的正能量作品。小说按时间顺序娓娓道来，雪是个裁缝，来小城做个体户，剪裁的衣服很受欢迎，后来招收徒弟传授技艺。当时对雇工数量有限制，只好成立个体劳动者协会培训基地。雇工政策放开了，她放开手脚带领大家一起致富。再后来她到外地办工厂，然后又回来招收几百人办起了厂子。雪老板到局里办事，聊起四十年的变化，也看到了局办公室的巨大变化。写法上细腻、精致，拿捏得当，有温度地传达出了四十年改革春风一波波吹过的情景。

苒小雨（张玉玲）《我想和你一起骑单车》（2018 年第 11 期《大观·东京文学》），是一篇幻想与现实交织的有特色作品，“我”飞快地骑着单车向前，马阅在身后一个墙角看着“我”的背影。“我”过去一直喜欢与他一起骑单车，最早是在二〇一八年的校园里。后来两人结婚，“我”只是画画，他包揽了生活的全部。但在“我”画展圆满结束后，他总是失踪一段时间。后来马阅告诉“我”是一次加班感冒，自己被一双柔软白皙几近透明的手和两粒退烧药打动了。但他没有做出选择，继续包揽家中的一切。“我”在后来的画展中，一结束就自动离开。阿历来电话时，“我”正为马阅过四十二岁生日，“我”的愿望是与他再一次一起骑单车。于是阿历寄来了一种返老还童新药，服用后“我”回到了二十岁的状态，可是马阅没有丝毫变化。这时是二〇三八年夏天的傍晚，二十年前的二〇一八年那次骑单车时，“我”俩大学毕业即将离开校园。这次骑单车，“我”回头看了一眼与马阅生活了多年的房子，向前飞快地经过，“我”要回母校，要去老地方等马阅一起骑单车。富有想象力的叙述转换，显得很是新颖，也增加了更多的内涵。

蔡中锋《中华神耳》（2018 年第 12 期《小说月刊》），透视人性的暗弱。听说“我”的老同学张华在某局当秘书二十年，练就了一双出神入化的神耳，“我”就顺道去拜访他。在张华的办公室里，他们做了实验，张华果然是隔着门听脚步就知道走过去的是谁，如总览全局、脚步沉稳的一把手李局长，年富力强、前途无量、脚步轻松的赵副局长，还有年轻貌美、与李局长有一腿的秘书小刘，张华甚至听出了昨晚她与李局长的苟且之事……后来，门外又有脚步声，张华怎么也听不出来了，最后判定不是自己的熟人。结果打开办公室门，站在门外一身农民工打扮的竟然是张华的亲爹。从一个小的侧面，平淡中显奇崛，浅近中包含着幽深辽远的意蕴。

高沧海《农耕博物馆》(《天池小小说》2018 年第 9 期)，讲述的是一位曾经很贫寒的老太太，她有两个儿子大稻和二稻。老太太曾经很破旧的房子，因城市的扩建而变得价值非凡，而她已经很老了。两个儿子都争着让他到城里去住，她说什么也不去。新开的农业公园里要增办一个农耕博物馆，小儿子脸红脖子粗地跟来人争价钱。但她把跟她一样老的小柜子、小方杌，无偿捐献给了农耕博物馆。如今，她已经去世好几年了，但在农耕博物馆里，灯光甜蜜地打在小柜子、小方杌上，光线里好似能听到它们的叹息。

高沧海《翠薇，你好》(2018 年第 10 期《天池小小说》)，讲述“我”的大伯职责就是养护滨河路上第十九号公厕。他跟七号路的女清洁工交情甚笃，他默默地帮助着女清洁工度过生活上的难关，甚至不惜在三叶草里套种花生，然后拉到小清河的集市上去卖。颇有事了拂衣去，深藏功与名的旷达。人物写得很有特色。

王举芳《棉》(2018 年第 3 期《山东文学》)，给人带来一股清新的感觉，塑造了一个貌似柔弱、实则温柔中有隐忍、有坚强、有理解、有宽容的农村青年女子形象，这是一个既有传统美德又有现代意识的新女性，所以最后感动了对手，尖锐对立的一切瞬间瓦解。这是一篇很有特色的作品。

武庆丽《风水》(2018 年第 3 期《山东文学》)，是一篇包含着当下农村政治、经济、文化生态的小说，通过几个人物的纠缠，将政治利益、经济利益交织在一起，能让读者加深对现实的认识和理解，容量显得很丰盈，艺术上也能有追求，有讲究。

赵淑萍《跑龙套》(2018 年第 1 期《海燕》)，以童年眼光透视旧年间的乡村文化生活。县剧团来村里的日子就像过年一样热闹。家里六口人，只有三张票，恰逢“我”十岁生日，所以“我”被允许去看。黄昏，奶奶拄着拐杖在门口等演员，演员都已经化妆了，需要到各家吃派饭，奶奶迎进了一个后生，奶奶叫他“才子”。演员吃完饭需要支粮票和现金，也可以用一张戏票顶。“我”家杀了土鸡，上了米酒，“才子”喝得很尽兴。“我”天真地问戏里才子也喝酒吗，他说只是装样子。他给了一张三人的戏票，应该补给他钱，但约定他再来吃两天晚饭抵顶。“我”去看戏，发现“才子”上了戏台好像瘦了高了。第四天早上，演员卸了妆要走了，“我”看到在家里吃饭的“才子”，结果竟然是那个开场提灯笼探路的角色，但他说在戏中“才子”也要挨他的板子。其实奶奶第二天就看出来了，只是没有说穿而已。让奶奶奇怪他不是主角怎么会有票。十多年后，“我”在县城报社工作，去剧团采访碰到了他，说是当时和团长关系好，团长把票给了他。他豁达地说自己还在跑龙套。场景温暖，诠释着人生和命运。叙事间接，内藏张力。

刘博文《放生》（2018 年第 1 期《山东文学》）写林果从街上出来，提着刚买来的娃娃鱼，想给怀孕的自己做一顿大餐补一补，母亲让林果打掉肚子里的孩子，放自己一条生路，因为林果的未婚夫为救人被车撞死了。最后林果决定生下肚子中的孩子，明天把娃娃鱼放生。作者还很年轻，但文笔却颇为老道，写得时尚、灵动，母女二人性格各异又很含蓄，构思巧妙，意蕴丰盈。

厉周吉《玻璃渣的春天》（2018 年第 4 期《山东文学》），是又一篇让人读后产生浓浓暖意的小说，三个同学两个清高，唯独老严用养猪赚的钱默默支持着另外两人和很多文学爱好者，直到后来出车祸养猪场关闭才罢休，但这时候已经失去双腿的老严也开始了写诗，仍然像玻璃渣微弱地映照出春光。

张丽《执着者》（《北京文学》2018 年第 7 期），给人一种况味复杂之感。小说写时隔十年“我”再次因为残疾教师王新来到了笔架村。当年“我”的一篇报道《十年坚守，不让一个孩子辍学》让王新成为省道德模范，让这个村子面貌彻底改变，“我”也改变命运进了城。那时王新一心扑在教育上，腿都因在雪野救孩子被野猪咬成残疾。可是路通了，学校窗明几净，王新已经退休，学校里却一个学生也没有了，孩子们都随打工的父母到城里读书去了。因为有人要把学校拆了建祠堂，王新先是让自己的两个孙子留在学校制造为了两个山里娃不辍学坚持在这里教书育人的假象，随后他与支书商量让村里孤寡老人住进了学校，继续弄虚作假挪用教育经费养老。可怕的是很多部门根本不深入村子，一次次被忽悠拨款、捐助、报道。这次被举报，是想在这里建祠堂而不得的人所为。王新求“我”，村里这么多孤寡老人不能不管，不能让学校没了，要笔下留情。王新有了尴尬的新岗位，甚至冒着违法违纪的风险在为他人谋福利，为自己重新定位。

张桂菊《荆条笔筒》（2018 年第 3 期《山东文学》）开头写道：“初冬的夜晚，天幕像是结了一层薄冰的湖面，率先出来的一些星星如履薄冰一样抖抖索索的，它们眨巴着眼睛看着偎在山怀里的这个农家院落。”随后从一个很新颖的角度描写沂蒙山百姓就像大山一样的包容胸怀。邱老太和儿子富贵能够对自己家里的童养媳长兰子逐渐接受革命道理容忍理解，眼睁睁看着她走出大门跟着队伍离去。这个过程，作者拿捏准确，把人物复杂的心理以及鲜明的性格聚焦在荆条笔筒上表达出来，道具的设置和运用颇显文学功力。整篇作品文字精美，叙事沉静，独具特色。

凌尘《我是潘金莲》（2018 年第 4 期《山东文学》）故事本不新鲜，带夫改嫁、带公婆改嫁的故事在一些好人榜上都会发现；但这篇小说的亮点一是泥土味烟火气的语言，就像直接从现实生活截取的一段；再是离婚双方的行为，凸显对人性的尊重，让小说的立意得到提升。

黄大刚《引嫁娘》（2018 年 5 月 20 日《三亚时报》），结合地域风俗，展示时代变迁。在黄家庄有个风俗，女孩出嫁从祖宅出家门须由引嫁娘扶上婚车，若已经有身孕则要从偏室由引嫁娘背上婚车。春娘是个有福的人，经常被请做引嫁娘。她年龄越来越大，需要背的女孩却越来越多了。可是年轻女孩豆花跟了一个比父亲还老的老板，结婚时不但没有请春娘做引嫁娘，还自己挺着个大肚子从祖宅出来了。春娘自己的小女儿谈了快三年恋爱就是不结婚最后分手，原因是男方怕女方怀不上要求女方怀了孕才结婚，小女儿觉得和这样的人一定要分手。短小的篇幅展示着社会文化的一些密码，如婚姻观念的变迁、人们对爱情的态度等，以此折射着社会的演变，既烛照出溃败的人心，又有绽放异彩的新人、新事物、新希望。

秦兴江《开心先生》（2018 年第 6 期《山东文学》），叙述有才情，行文有韵致，以轻松的笔调，写出了一个有个性的人物形象，只有在母亲得病后才哭了一次，但随后把整天喝酒劝酒的快乐转变为了陪伴母亲的快乐。

周蕖《书殇》（2018 年第 9 期《小说月刊》），写彭总在北京生意红火，自己富裕后想报效乡亲，就在村子里建起了书屋。他回去看的时候，书屋黑灯瞎火，桌椅落满灰尘，书都还像刚摆上的那个样子，乡亲们都在家中看电视、玩手机、打牌等，就是无人看书。他在村里摆酒席请乡亲，以年薪三十万来鼓励大家读书，并用丰厚奖金举办读书征文，识字不多的都得了奖。他再次回乡，书屋里灯火通明，可大家围着桌子都不是看书而是在打牌九，得奖者也正在撕书糊墙，读书心得也都是请人写的。他泪流满面，非常失望。回到家中，看到自己书房里的书也都落满尘埃甚至结了蛛网，火气消了，开始了反思。关注乡村文化生活，文笔跳跃腾挪，写得引人入胜，发人深思。

岑燮钧《高僧》（2018 年第 10 期《安徽文学》），结构富有匠心，致力于塑造充满人间气息的人物形象。从祖母带着七八岁的“我”去南山寺写起，那时正是混乱时期，墙上有“万岁万万岁”等字样，祖母和她的三哥用南山腔拉着家常，让他给就要去读书的“我”开光，三哥还给了祖母一包治疗心口疼的药。后来祖母总是念叨，因为穷，舅公才当了和尚，“我”才知道那人是和尚。后来，香港一老板捐资重建了南山寺，已当了记者的“我”去采访高僧一泓法师，结果看到他瘦小且佝偻驼背，开口讲话也是拉家常的南山方言土语，“我”从镜头中看到他有一根残指，才发现原来他就是堂舅公。大家都对他的讲话感到好笑，强忍着而已。多年后，还有人拿这个当笑话讲。但是《县志》中却对他进行了公正记载，他一生不曾离开南山，日寇焚烧寺庙时他燃指供佛，“文革”中变身农夫代管山林，平时作家常语，实乃一代高僧。

宋梅花《姚倌儿・赶仗狗》（2018 年第 8 期《金山》）写姚倌儿喜欢打猎，绰号叫赶仗狗，由于他对自己的老婆还不如对他养的赶仗狗体贴，老婆毒死了狗，他打了老婆一顿离了婚。姚倌儿回到了乡下，养狗、卖狗、选狗、驯狗，然后又开始赶山打猎，但他选中的狗大都走失，只剩下一堆母狗。后来他遇上了一个漂亮寡妇，女人带的那狗像他那条死去的狗，他要买，女人不同意，因为这是她的丈夫生前就养着的赶仗狗。他托媒人想让女人嫁过来，女人觉得他是看上了自己的狗而不是她本人。后来姚倌儿病了，高烧不退满嘴胡话，村人让媒人请来了女人，女人来后姚倌儿家的狗都像见了亲人，女人心乱了开始留下了，最终成了幸福一家人，还有了个女儿。难能可贵的是，人物形象独特，富有浓郁生活气息，奇异而让人信服，幽默而让人感到厚重，作者有一种举重若轻的艺术追求。

焦庆福《狗杯家的坑》(2018 年第 7 期《山东文学》)中，一件小事，几个人物，由于一个坑勾连了起来，里面有无意为之，有无奈纠结，有故事有看点，最后一切释然，归于平和，写得有技巧，有匠心。

吴鲁言《红烧青鲇鱼》(2018 年第 4 期《文学港》)，写老华先后开过的店都不太成功，这次在自家小区商铺中开了家快餐店，一位保姆推着一位坐着轮椅的老人来了，老华认出他是哥哥的同学歪痣，并告诉他哥哥已经去世五年。老人要的红烧青鲇鱼，二十三元老华给减免三元，歪痣不同意，但老华很坚决。后来，老华的生意越来越多，原来是歪痣很有钱，热心做公益事业，很多业务都由老华做了。保姆过来为已经彻底中风的歪痣买红烧青鲇鱼，才告诉老华，因为老华记得小时候的情谊，并不只是看重钱，所以歪痣很感动。老华想起来，自己的哥哥在世时也喜欢这道菜。作品有着温暖的底色，向善的指向，往平淡生活的深处细处挖掘，悲悯、同情随处显现出来。

吴苹《比道路更遥远》(2018 年第 7 期《山东文学》)中故事不太新鲜，但结构用心，多重视角展开叙事，尤其是在苟且世俗的烟火生活中，塑造了两个追求高雅的人物形象，读来有一种超拔意味。

白小川《老爸的扁担》(2018 年第 10 期《辽河》)，以一根扁担为道具，塑造了一生实诚的老爸形象。二婶是老爸的亲弟媳，二叔在矿难中去世后，二婶和孩子艰难地生活着，妈和老爸都经常照应她。有次妈从姥姥家回来，发现去给二婶挑水的老爸晚上十点多才回来，于是发生了一些误会，老爸说去为老张家挑猪去了。第二天早上妈变了，叫上老爸去给二婶扯布做衣服。午后，老张家来对老爸挑猪表示谢意。老爸晚上解释挑猪劲大没舍得用自己的扁担，就将扁担竖在了二婶家里。再后来妈说了缘由，那晚她发现二婶家竖着老爸的扁担，屋里有个酷似老爸的男人。但天刚亮妈去厕所发现那人是本村的单身汉喜贵，只是背影很像老爸。原来喜贵和二婶早就好上了，后来老爸用这根扁担挑着嫁妆将二婶送了过去。作者在平凡的柴米油盐中从容而有艺术性地写出了一个曲折的故事，充满温情，带有强烈的感情色彩，反映了乡村百姓的美好心灵和淳朴诚信的民风，读来颇为动人。

高乔乔《铡刀》(2018 年第 12 期《山东文学》)，是一篇历史题材的作品，写抗日战争时期一个基层农民刘世矩在鬼子来扫荡前，把在五孔桥存放的五十多万斤军粮全部藏了起来。日伪军确信村里藏有大量军粮，扫荡却几乎一无所获，就气急败坏地抓了刘世矩。他三次被敌人按到了铡刀底下，尽管疼痛难忍，但他的决绝态度未损分毫。粮食保住了，“再次醒来时，浑身几乎被裹成粽子的刘世矩看见的不再是穷凶极恶的眼睛。——被戴上大红花听表扬的时候，刘世矩笑得有些勉强。”文章结尾：“透过极为热烈的掌声，他的目光急切地搜寻着。那铡刀的木槽和铁皮都黑得发亮，里里外外透着憨厚朴实，旁边还有几捆猪草。他真想过去摸一摸……”年轻作者对历史题材的把握让人感到不可小觑。小说用富有冲击力的语言，令人信服地叙述了一段往昔的历史，主人公也如一座雕像立在了读者面前。作品语调凝重，节奏沉稳，很有特色。

2018 年的中国科幻小说

李广益

2019 年新春，《流浪地球》的巨大成功再次点燃了国人对于科幻的热情，国产科幻电影欣欣向荣的时代已然不远。然而，《流浪地球》的小说原著已是近二十年前的作品，《三体》三部曲完结也过去了快十年，现今的中国科幻小说是否风采依然？对于这样一个关注者越来越多的问题，科幻作家们在 2018 年给出的答案令人意犹未尽却又满怀期待。

宇宙的召唤

2018 年最受关注的科幻小说无疑是《黄金原野》。十年来新作寥寥的刘慈欣再次把目光投向星辰大海，试图重新点燃人类探索宇宙的激情。由于一场发射事故，原本在有史以来最为强劲的火箭推动下飞向月球的“黄金原野号”飞船，踏上了飞离太阳系的不归路。由于飞船和地球保持着通讯联络，地球上每个人都可以通过虚拟现实连接进入飞船，和唯一的宇航员爱丽丝一起，在茫茫太空中漂流。对爱丽丝命运的关切成为全世界的主流民意，最终促使美国投入巨资开展救援。相关研发一度山穷水尽，却因核聚变发动机奇迹般的成功而柳暗花明。而当救援飞船接近“黄金原野号”时，全世界的人惊讶地发现，当年的事故乃有意为之，“黄金原野号”存在的意义就是激发人类对太空事业的关切，引导人类重新开始“更加广阔的生活”。小说延续了刘氏科幻志存高远的宏大风格，在其一贯以来的“进军太空”信念之外，流露出对于现实进展缓慢的不满。但这种情怀式的焦虑，导致小说寄望于个别“先知”的英雄主义和牺牲精神，以及“先知”化身“网红”在美国甚至世界范围内掀起的民粹浪潮，不仅在逻辑上存在诸多可商之处，还损失了“写幻如实”的具象描绘，语言甚为枯干。后《三体》时代的刘慈欣仍在沉重跋涉。

与航向太阳系之外的冒险相比，登陆火星进行考察甚至殖民显然要现实得多。不过，正因为相对“现实”，写作这类题材对作者的知识水平尤其是对技术细节的了解有较高要求。正在连载的《死在火星上》虽是网络科幻，却具有极高的“硬度”，令技术宅大呼过瘾。地球化为乌有（“炸了”），幸存者只有困在火星表面昆仑站的男性机械电气工程师唐跃，困在火星太空轨道联合空间站的女性植物学家麦冬，和一位善于吐槽、个性十足的机器人“老猫”。作为人类文明的全部孑遗，这一男一女一猫，依靠自己掌握的科学知识和技术装备，更依靠意志和勇气，克服了一个又一个难题，在火星上艰难求生。小说在技术细节方面相当严谨，以至于不断穿插的斗嘴耍贫都无法消除叙述的冗长感。《死在火星上》的某些情节与《火星救援》颇为相似，但整体上看来仍然创意十足。和火星相关的作品还有“冷湖奖”的系列获奖作品，只是这里的“火星”指的是冷湖附近酷似火星的雅丹地貌。《冷湖，我们未了的约会》《灵魂游舞者》《龙骨星船》等作品充分展现了科幻作家围绕同一命题展开各异妙想的能力。

刘洋的首部长篇小说《火星孤儿》，则以“火星”隐喻燃烧的地球，将近未来科技打造的升级版“高考工厂”和来自另一个维度的外星文明引发的世界大灾难联结在一起，讲述了一个扣人心弦的故事。莫名其妙的大停电像瘟疫一样在世界各地蔓延，失去电力的人类文明岌岌可危。骤然出现的神秘石碑上似乎铭刻着拯救世界的密钥，但石碑给出的种种与现实相悖的“知识”让各路专家束手无策。无奈之下，政府委托一所堪称“考试之王”的私立高中另辟蹊径，让善于吸收的中学生们学习石碑上的“知识”体系，然后尝试解题。具有讽刺意味的是，最终解决问题的既不是考试技巧，也不是批判精神，而是一个又一个巧合。小说流畅可读，两重核心构思甚为精彩，但这两重构思的结合，尤其是末尾两种文明的沟通与和解，颇有“机器降神”的生硬感。在较长的篇幅中稳健而合理地展开情节并使之富有感染力，是作者应当致力的目标。

在汪彦中的《二次遗书》中，人类和降临地球的外星人展开血战。司空见惯的题材，从一群秉承国际主义精神自愿投身澳大利亚战场反抗侵略的亚洲学生视角展开，产生了化陈腐为新奇的效果。如果有海外留学经历的作者能够将《二次遗书》扩写为长篇，使性格各异的几个主要人物更为丰满，战争场面描写更为细致，或许能成就一部科幻版的《向加泰罗尼亚致敬》。

付强的《暗夜亡灵》是以太空为背景的推理科幻。作者以一艘失事的飞船为案发现场，抽丝剥茧地慢慢揭开谜底。读者仅仅依靠基于科学常识的逻辑推理无法抵达终点，必须加入科幻的想象力，这体现了《暗夜亡灵》作为交叉文类作品的魅力。尽管抵达真相的关键环节过于天外飞仙，暴露了构思上的火候不足，这类拓展文类边界的尝试仍然值得赞赏。

人工智能时代

随着人工智能技术的高速发展尤其是对生活领域的渗透，人类对技术社会的感知渐渐聚焦于此，中国也不例外。在这种形势下，人工智能题材的科幻佳作层出不穷。

彭思萌的《缓缓失色》中，一个拥有一百多位测试员的大型测试中心，面对竞争压力，不得不一再利用AI提升测试自动化程度，削减人手，最终偌大的中心只剩下总监一个人和一群高效运转的测试机器人。总监虽然侥幸保住了自己的职位，却被上司批评为“优柔寡断”“受了太多私人情感的牵连”，不得不对自己的大脑进行改造，从此世界在他眼中失去了颜色。同样涉及人在技术社会中的异化，王元的《上帝之手》讽刺的是人性中的贪婪。毫无文学鉴赏和写作能力的程序员马陆，利用数据库和一个有深度学习能力的撰稿软件，合成了大量文学作品，成为财源滚滚的知名作家。妻子疑心他的横财来路不正而离去后，马陆在“创作”的道路上越走越远，企图写出“超越所有人的小说”和“超越所有小说的小说”，终因程序失控而暴毙。在感慨利令智昏的同时，我们不禁想到，现实中的人工智能已经开始写小说和诗歌。AI创作的科幻小说比肩克拉克和刘慈欣的一天，是否已经不远？双翅目的《公鸡王子》重思“人如何驾驭人工智能”这个科幻领域的“古老”命题，试图用源自东方传统的“四勿”取代阿西莫夫设计的“三定律”。这篇雄心勃勃的小说具有很强的思辨色彩，但显然没能在理念表达、逻辑组织和叙事结构之间把握好分寸。

与之相对，慕明的《假手于人》展现了人工智能应用较为积极的愿景。这篇地域特色鲜明、语言细腻宛转的小说，讲述的是传统与现代以新技术为中介的调和。竹编匠人老唐，潜心竹编四十余年，技艺精湛，然而年事渐高，苦无传人。留美归来的神经科学家，用数学建模的方式保存了老唐灵动非常的双手。这双“手”，不仅能够编织出与老唐穷其心力的杰作难分轩轾的工艺品，还能同样精细地操作柳叶刀，挽救患上脑瘤的老唐自己。老唐最终坦然接受了时代的变革，而世界各地神乎其技的手工艺也有望通过科技得到全新意义上的传承。《假手于人》的叙事分为老唐和“我”的两条线，交错推进，相当程度上融入了在国外工作的慕明对家乡、父辈、传统文化的情感和自己行走世界的经历，真挚感人而又不失开阔气象。需要指出的是，人工智能的应用重新诠释了“传承”的意义，但并不足以消解本雅明在《机械复制时代的艺术作品》中提出的问题。与老唐手作的精致竹篮“分毫不差”的机器制品，是否具有本雅明所谓“灵晕”？这样的精美造物，倘若在利润的驱动下，成千上万地滑下流水线畅销国内外，其价值应当如何估量？作者含蓄地提到了“不太明亮的角落”，“只是希望，不要牺牲太多”，透露出全球资本主义时代的隐忧和无奈。

技术在生活领域的应用，因其与个体生存状态息息相关，产生的影响更为复杂。宝树的《妞妞》，正是在这一层面陶钧文思的力作。已为人父的宝树一改标志性的戏谑文风，以前所未有的深情书写了一个催人泪下的故事。董方和沈兰这对小夫妻遭遇痛失爱女的不幸后，沈兰沉浸在悲痛中不能自拔，无法接受女儿已经不在人世的事实。寡淡的夫妻生活和绵长的丧女之痛，让夫妻俩对妞妞的归来欣喜若狂，尽管“她”仅仅是个仿生人。这个“妞妞”以妞妞生前的影像资料为基础，用金属骨架、人工智能芯片和人体生物组织制造，不仅外表可以乱真，还能重现妞妞的情感和人格，甚至像妞妞一样成长——虽然到妞妞逝去时的两岁为止。“妞妞”给了沈兰安慰，却不能遏止董方逐渐产生的不满，因为仿生人营造的幻象让沈兰拒绝再生一个真正的孩子。他试图重现孩子坠楼的一幕，让沈兰直面残酷的真相，走出幻觉，迎接新生，结果是又一场人伦惨剧：为了拯救和当年一样即将坠楼的“妞妞”，沈兰冲向窗口，这次她抱住了孩子，和孩子一起消失在窗外。不能接受事实的变成了董方，最后他和“妞妞”“沈兰”和乐甜美地生活在一起。仿生人对于董方和沈兰的意义到底是什么？是疗治灵魂创伤的全新可能，还是逃避现实、封闭自我的藏身之所？如果没有“妞妞”，沈兰会在永恒的悔恨中堕入死灭，还是孕育新的孩子，告别迷惘人生？唏嘘之余，我们对人工智能或许会有更深一些的思考。小说往复于董方视角中的记忆与现实，叙事时空经常只能等到特定细节出现才能确定，这种迂回盘旋的手法，连同哀转久绝的心理描写，使文本浸透“此情可待成追忆，只是当时已惘然”的怅恨迷离，体现了一个成熟作者融抒情于叙事的功力。

改造人类

在数千年的文明史中，人类在改造自然方面取得的成果远远大于改造自身。时至今日，通过物理或生化手段改造人类的努力才初现曙光，并在科幻小说中扩散出一圈又一圈的涟漪。《恐惧机器》延续了陈楸帆对人脑的功能和运作机制及其改造的兴趣，但在这个故事中，改造人类的主导者不是人类自己，而是人工智能。一艘飞船肩负起将人类文明的种子播撒到新世界的使命，但掌控飞船的 AI 认为原先设计的殖民计划是错误的。要让人类适应广袤的宇宙，他们需要进化再进化。AI 改造了目的地星球，投放经过基因改造、能力各异的人类部族，使之成为生存竞争的修罗场。对于恐惧这样一种让人软弱、逃避甚至崩溃的心理机制，究竟是简单地关闭头脑中的相关情感回路，造就“无惧者”，还是与之共舞，用意志将恐惧调校成“千变万化的武器”，更有利于人类的生存与发展？小说围绕这样的问题展开。《恐惧机器》不是一个叙事性突出的文本，其有趣之处除了主题之外，还有“作家与 AI 合写科幻小说”这样的看点。AI 学习陈楸帆写作风格后根据关键词自动生成的那些段落虽然语无伦次，却像是先知对艺术之未来的预言：“纺机织出的第一英尺布，粗铁的第一个铸件，比起金匠切利尼制作的首饰和雷诺的油画来，其潜在的美学价值要更高。”

邓思渊的《一次别离》和李立军的《卖壳》有不少相似之处：都是一鸣惊人的新秀，都在中篇的规模上暴露了某些欠缺，都以三口之家运用科技改造女儿为主线和悬念。《一次别离》中的父母纠结于是否给女儿做一个额叶增强手术，这个手术能够大幅度提升孩子的思维能力和记忆力，副作用是冷漠、麻木和社交障碍。正在小家庭犹豫不决时，父亲卷入一场奇怪的车祸，被判支付巨额赔偿。不甘心被冤枉的父亲借由职务之便，逐渐发现了真相。出错的自动驾驶系统的核心技术是由额叶增强手术最早的接受者开发的，他因这个手术而成为少年天才，也因这个手术丧失了社会化认知和情绪能力，而他开发的系统中的致命问题正是源于他在设计时未将人类的存在纳入考虑。逃脱破财之厄的一家人，再次面对是否做手术的难题。此时，一度十分抵触的女儿，在自己的成绩排名因为做了手术的同学越来越多而不断下滑的残酷事实面前，选择接受手术。小说既指向现实中日趋严酷的社会竞争对学校教育的渗透，又展望了即将到来的新人类和新社会，对一家三口心态变化的描写真切动人，令人掩卷长叹。《卖壳》的核心构思是意识迁移技术——一个人甚至多个人的意识可以完美无缺地移植到另一个人的大脑中，以不同权限与原生意识共存。这一构思超前幅度较大，也缺乏技术论证，不过的确很好地发挥了“技术改变社会”的叙事功能。作者以意识迁移技术为前提，由父母急于为病重的女儿寻找一具可供孩子意识寄居的过渡躯壳出发，推演出惊心动魄的故事和出人意料的结局。意识的存在与消亡关乎人的生死，意识支配身体的能力又关乎生者的存在状态，为拯救女儿不惜自己出卖躯壳的父亲、试图通过卖壳重返青春的富商、鸠占鹊巢消灭原生意识的惊天秘密……《卖壳》极写人性之碰撞纠葛，一波三折，引人入胜。

《彼岸花》这个优美的标题，让人不太容易联想到丧尸题材。与别出心裁的标题相应，阿缺一反《生化危机》《行尸走肉》等影视作品以血腥、暴力和恐怖为看点的重口味套路，把丧尸故事写得幽默风趣，清新动人。叙事是以丧尸视角展开的，原来丧尸虽然嗜食人肉，却并非理智全无，他们也有自己的喜怒哀乐。在“我”这个丧尸眼中，以解放世界的名义大肆屠戮丧尸、在发现丧尸有变回人类的可能仍企图消灭所有丧尸的人，比丧尸更彻底地丧失了人性。以“我”的血肉为养分生长出的奇异花朵，能够让丧尸“渡劫”抵达彼岸，重返人类，成为丧尸和人类共同的希望。如果丧尸化是一个可逆的过程，我们完全可以把丧尸看作身患沉疴的病人，而不是必欲除之而后快的恶魔。这样一来，人类对丧尸的憎恶和攻击，与历史上对病人层出不穷的歧视甚至屠杀可堪比拟，“我”对人类各种穷形尽相的冷眼旁观，也就和《狂人日记》有了几分神似。

如果说《彼岸花》中病人被当作罪犯来处刑，杨晚晴的《罪》则想象把罪犯当作病人来医治。即便是死刑犯，也不会遭受肉体层面的毁灭，而是通过“脑区再造”，洗白人格，成为一个全新的人。这项技术既符合人道主义，又可以阻止罪犯继续侵害他人，还能节省公帑，可谓一举多得。唯一的问题是，新技术经常不那么可靠。从约书亚·佩鲁佐到哈罗德·古德森再到龚一杰，脑区再造始终无法彻底成功，手术前的人格和记忆会被特定人声唤醒，谋杀随之发生。警探贝利亚在龚一杰身上唤醒了杀害妻子的凶手哈罗德·古德森，将其击毙，得报大仇。富有讽刺意味的是，作为死刑死硬支持者的贝利亚，同样被处以脑区改造并释放，消失在人海之中。记忆/人格再造不算一个新点子，《罪》的出色之处在于疾徐有致，结构圆融，人物刻画和环境描写都达到了较高水准，显示了不凡的文学功力。

赵垒的《傀儡城之荆轲刺秦》是以东北大地为背景的赛博朋克小说。坊间似乎有把所有涉及赛博格的小说归入赛博朋克的倾向，这也无可厚非，但《银翼杀手》那般阴暗凋敝却又光怪陆离的都市景观或《神经浪游者》中令人迷狂的网络空间更能诠释赛博朋克的气质，而《傀儡城》恰好在这两方面尤其是前者有突出表现。作为一个篇幅相当长的探案故事，尽管以政治刺杀案的侦破为主线不断推进，又有氤氲全书的《荆轲传》唱词烘托气氛，却缺乏让读者时刻兴奋的跌宕起伏，其亮点全在由无数生动细节构建的“后东北”形象。艰难转型而欲振乏力的东北，硬汉身上充满强力的机械义体，模糊现实和虚拟边界的电子脑和无处不在的全息投影仪，让人生失败者在迷乱症中苟延残喘的蜂巢屋，共同营造出扑面而来的赛博朋克感。换言之，“后东北”的科幻审美呈现，是《傀儡城》最值得称道之处。就其行文而论，小说字里行间虽然萦绕着“锈带”的颓唐落寞，却不时涌现恰到好处的妙喻，以及东北人特有的爽利对白，让人时时会心一笑，读起来不觉疲倦。如果赵垒能凝聚更有冲击力的核心构思，并改变叙事节奏的拖沓，他或许会是杨平、陈楸帆之后又一位有代表性的中国赛博朋克作家。

李宏伟是科幻界不太熟悉的作家，但他的科幻写作实践应当得到关注。《现实顾问》的情节不算复杂，推进较为缓慢，也不着力于技术社会整体氛围的营造，好整以暇地盘桓于细腻的心理和情感描写，这些可能都和活跃于主流文学圈的作者对自身写作的非科幻定位有关。然而，使整个故事成立的核心构思是实打实的技术创意，且不乏新颖之处。《现实顾问》同样以“虚拟现实”为主题，但浸入方式不需要脑机接口，甚至不需要互联网，只需要戴上像隐形眼镜一样贴合角膜、对视觉神经系统进行引导的“超现实眼镜”。借由“超级现实公司”提供的数据服务，戴上这种眼镜的人不仅可以看到自己想看到的“现实”，也可以设定自己在别人眼中的“现实呈现”。为了获取服务，一个人需要向公司转让自己的知识产权、肖像权和“现实权”，不足部分再另行购买。在大多数人佩戴“超现实眼镜”的“超现实社会”中，缺乏影响力的眼镜佩戴者负担沉重，而不戴眼镜的人虽能看到世界实貌，但在戴眼镜者眼中却以非常低的清晰度甚至雾状呈现，从而形单影只。一位因火灾毁容的母亲在去世前戴上眼镜，把自己的美好形象留给在“超级现实公司”担任“现实顾问”的儿子，儿子却涉险取下自己的眼镜，只为再次目睹母亲的真实形容，而这永生难忘的最后一面使他开始质疑“超现实眼镜”造就的这个真假难辨的世界，拒绝再为不断侵蚀真实世界的公司效力。小说中的“超现实眼镜”让人不禁想起柄谷行人所说的“认识装置”，但在今天由商业逻辑所支配的高技术现代社会的语境中，这一“装置”更为“现实”，也更具有批判意义。

恶托邦，异托邦，或然历史

《亡灵》付梓，韩松的“医院三部曲”迎来完结。和韩松十余年来的大多数作品一样，《医院》的文辞恣肆放纵，语句天马行空，对普通读者极不友好，也没有给资深科幻迷准备他们喜闻乐见的科技盛宴。不过，韩松以其疯狂的想象力，构造了中国文学中最疯狂的恶托邦之一。建筑在火星上的一座巨型医院“病人膏肓”，陷入医生和病患的战争。医生利用亡灵之池“复活”病人延续医院运作，而逃脱的病人愤怒地发起叛乱，企图依靠传统医学夺取话语权，二者展开了你死我活的厮杀，最后一同走向毁灭，新医院即将重启……韩松的确在很多方面承继了鲁迅，譬如对“铁屋”式意象的爱好，对“病态”和“健康”的颠覆理解，以及《野草》风格的诡谲文笔，但他们之间又有一些根本的差异。比如，鲁迅苦痛而刚强地“反抗绝望”，竭力克制内心挥之不去的黑暗，韩松则完全相反，以不抵抗的姿态放任绝望吞没其文本世界。在这个意义上，撇开碎片化的形而上思辨构成的幻象，韩松想要表达的东西自《红色海洋》以来从来没有发生本质性的改变，不同的只是材质各异的保护壳。

《亡灵》容易让读者深陷文字漩涡，吴智睿的《发条城》则头绪清晰。这篇小说有明显的“黑镜感”，因为“社会底层依靠简单枯燥体力劳动发电换取低劣生活供给”的设定和《黑镜》第一季第二集实在很像。不过，“发条城”的比喻以及主角寻找不可见的“表盘”的努力，将故事带向了另一个方向。社区居民每日辛勤工作的发电量远大于社区运作和居民生活的消耗，富余的电力到哪里去了？为什么有很多从事技术工作的居民神秘消失？主角制作了一个名为“发条城”的游戏。这个反映了他对社区真相之猜测的作品没有得到游戏公司的青睐，却很快招引来各种“善意满满”的“关注”和“帮助”，主角也不得不接受“招安”。小说留白甚多，并为想象空间的填充留下了线索：不是人工智能，而是一部分人，夺走了另一部分人的生存地位。和《发条城》相比，杨晚晴的《墓志铭》是一种特殊性质的恶托邦：世界末日。这篇处处向《地球往事》系列致敬的小说，从一个数学家身患绝症的悲伤，展衍为世界末日来临之际人类面对死亡的不同表现，语言富有诗意而不拖泥带水，场景切换干净利落，除了略嫌平淡的收尾之外皆属上佳。

顾适的《赌脑》同样有奇绝的想象，虽然其想象意不在讽喻或探索，而致力于构建一个精巧的叙事回路。作为故事发生地的坤城，在频繁发生时空逆转的六国之间保持着稳定，形成一个不能自由出入的异质时空，庶几可视为福柯所谓“异托邦”。坤城有一奇事，曰赌脑，即读取昔日被冷冻保存的头颅中的记忆，因为世界发生时空逆转时，人们的记忆随之消失，只有通过读取乱世之前被冰封的记忆，才有可能想起自己是谁，明白世间真相。谓赌者，缘于读取记忆的后果难测，既有可能“参悟”奥秘而引起时空逆转，也可能仅仅是增添或减少一些记忆，赌的其实是命运。主要人物先后进入精心描绘的茶馆场景，围绕一桩离奇的“猎头”案唇枪舌剑，渐渐揭示乱世之由来，富有戏剧性和画面感。原来这个世界是由所有人的大脑云互联后所幻化，“坤”储存了所有人的记忆和情感。脑联网消灭了无知和孤独，却造成了精神交错，让人们弄不清自己是谁，进而不认同真实世界中的身体。坤城以外不时发生的时空逆转和记忆丢失，乃是脑联网世界的生存策略，而坤城，就是命运周而复始的地方。《赌脑》有一个清晰可辨的技术内核，却富含奇幻风味，这在虚拟世界类科幻小说中比较常见，而虚拟世界的自由度正是网络空间很多时候比浩瀚星空更吸引人的重要原因。

值得一提的还有几部历史题材的作品。梁清散的《济南的风筝》是“晚清蒸汽朋克”新作，看得出来作者在史料上下了很大功夫，甚至连故事的基本形式都是两个生活在当下的人在古旧报刊中寻觅蛛丝马迹、不断接近历史本来面目的对话，远离了常见的小说文体。在漫漶难辨的泛黄纸页中，竟然隐藏着一个曾经负笈海外，回国后独力研制载人扑翼飞行器和核能蒸汽机，终殒命于事故的奇才！这个虚构的研究实录有一种煞有介事的非虚构感，读来妙趣横生。滕野的《时间之梯》让人想起郑文光的《天梯》，但小说中的时间之梯有过去和未来两个方向，并连接着世界各地。在走向历史的旅途中，发现时间之梯的学者夫妇实现了任何一个历史研究者梦寐以求之事：进入自己从前只能通过文献记载去想象的历史时刻。但他们发现，溯历史长河而上时，自己的肉体也会越来越接近人类的先祖，精神越来越接近理智的边缘。古生物学家丈夫无法遏制直面古生物的诱惑，抛妻别智消失在向远古延伸的梯级上，历史学家妻子悲伤之余，转身走向未来。《时间之梯》是一篇能够唤起我们思古之幽情的隽永小品。邢立达的长篇处女作《御龙记：史前闯入者》是一部穿越小说，想象中华文明多个朝代之人通过时空裂隙回返白垩纪，成为龙背上的民族，与龙共舞。《御龙记》的创意十分诱人，而且作者的古生物学家和科普达人身份为小说中的古生物、古生态乃至古玩描写提供了保障，但科学的严谨并不会自动转化为文学的成功。纵观全书，人物形象塑造等很多方面显得相当青涩。

过去的一年中没有像样的乌托邦创作。乌托邦一直是当代中国科幻的薄弱环节，在整个世界的理想社会想象都较为贫瘠的时刻就更是如此。不过，对美好生活的希望始终顽强地存在并得以表达，只是我们需要借鉴恩斯特·布洛赫在《希望的原理》中对“期盼意识”及其多元表现形式的讨论，才能在诸如“那天的大海天一样蓝／我们的地球阳光灿烂”的零简断章中窥见一个更加美好的世界。

纵观 2018 年的科幻创作，分量十足的长篇小说阙如，实为憾事。如果说《三体》那样引爆公共舆论的现象级作品可遇而不可求，每年涌现一两部科幻界有口皆碑的长篇应该是合情合理的期待。这样的“持续繁荣”难以企及，与科幻出版市场尚不足以支撑一个具有相当规模的职业作家群体，特别是不能让积淀较深的作者潜心创作，有着密切关系。

但从另一个方面看，短篇和中篇精品迭出，尤其是近期登上科幻大舞台的一批新人创作旺盛并逐渐成熟，又显示了非常可喜的趋势。最近几年，在银河奖和星云奖两大奖项之外，未来大师奖、晨星奖、光年奖、水滴奖、冷湖奖等科幻奖项雨后春笋般出现，京东、华为等大企业也陆续加入奖掖科幻创作的行列，有力地促进了科幻队伍的壮大。观获奖之作，年轻作者对高技术社会的敏锐感觉和大胆想象，使其作品在科幻文类本体意义上具有相当优秀的品质。这些借由科幻奖项的兴盛脱颖而出的新锐，有望和此前主要由《科幻世界》培养的多位“80 后”知名作家一起，成为未来中国科幻文学的中坚力量。中国工业化进程的逐渐完成以及高技术对日常生活愈益深入的渗透，为科幻小说由“伏兵”而“偏师”甚或“中军”提供了非常有利的外部环境，而时代动向和时代精神要转化为与之相称的、“下一个刘慈欣”的科幻杰作，有待于出版环境的进一步改善、健康批评生态的营造以及科幻影视之勃兴的推波助澜。

散文与我们这个时代的联系和共鸣

——2018年散文盘点

王清辉

2018年，在记录人情世事，抒写世道人心方面，散文写作一直没有停止前进的脚步。我们怎样认识自己所处的时代，不同的人选择了不同的面向。无论是大题材还是小题材，无论是现实题材还是历史题材，都逃不开对时代精神的认识问题。在这个价值观、审美趣味日益趋同的时代，如何重建文学与生活的关系、个人经验与周围世界的关系，仍是散文写作需要思考的重大问题。

一、微妙的想象力

在过去的2018年，有一个散文写作的面向吸引了我很大关注，那就是植物散文。写到植物或者说是自然万物的时候，和其他题材相比，行文都会更加从容而气壮，而显出超越个人哀乐的微妙的想象力。这类想象力的微妙之处就在于，写作当然应该重视人心，但是也离不开对自然万物的敬畏之心，对自然的敬畏既超越人心，却又离不开人心的思忖。2018年获得第七届鲁迅文学奖散文奖里有李娟的《遥远的向日葵地》，那块令人操心的向日葵地，在她笔下生长出无限的生机和喜悦。她写向日葵的播种、育苗、成熟、灿烂、歉收或是丰收，其实写的是等待、隐忍和离别，写的是通常被人熟视无睹的春秋交替岁月更迭，写的是天地之间人与人的相偎相依，生命与生命之间的长久眷恋。

有关自然、植物和故乡的写作，并不是一个全新的写作方向，但是草木对于人的亲近，不仅是对幼年回忆的描摹，也不仅是兴之所至的探看，而同样成为当代人的精神面貌的写照。在我读来，这样的回归自然本心的写作，成为这个普遍物化的现代世界里更为深沉的乡愁和更加个人化的美学。谈瀛洲在《人间花事》里心心念念的花草，都建立在自己的第一手种植经验的基础之上，读来新鲜有趣；而字里行间贯穿着关于生命、自然以及家风传承的独特感怀，给我们以韵味深长的美好体验，同时触动我们思考生活本身。植物的文化品格和人的往事亲情相映成趣，平淡的岁月因为花草的点缀而添其韵致。舒行的《山里来信》主要写的是观察自然的感受，写故乡的楠溪江也写北京，无论四季生活还是岁时风物，在作者眼中都是自然的恩典和奇迹，简单的生活反而是精神的安居之所。看似很诗意的风景和民俗，因为都是真实的日常生活，自带同一的情感基调，带给我们关于故乡的别样感怀。杨木华《寻花》写寻花所见的梨花、核桃花、报春花、臭菊、樱花、玉兰、海棠等，都是自然种种，而人类偏按自己的喜好给植物加上“花语”，可是花的本意只顾盛开。

二、及物的考验

关于故乡和亲人是散文写作永恒的题材，就算是掉头书写外面的世界，终是为了寻找内里真正的自己，因为一切都源自故乡和童年，这也可以说是对散文及物的考验。张天翼在《粉墨》写自己生活里的百味杂陈，也写平凡琐碎中的趣味，以及亲人的逐渐离去，生命中遭遇的痛苦和挫折，但从文字中处处透出的是她与生活和解的态度。无论是写伤心事还是亲情中最不堪的残忍，因她的真挚而读来饱含深情，这是最动人的地方。殷健灵《访问童年》通过对童年回忆的采访和再写，展现心灵的成长和创伤，从一个侧面展现百年来儿童的成长史、精神史。访问童年，访问的是一个人深入的内心和久远的自我。书中受访者的年龄跨度将近一百年，他们的童年回忆虽然千差万别，但是我们仍然可以从他们的故事中找到自己的影子，甚至是发现一个心有灵犀的知己。黄立康《A 面房间》用磁带曲目的形式结构了一幅成长的隐喻图，我们透过他的人生体悟，同时看到了民族文化在现代性进程中不可避免的衰退景象，那些保留了无数代人的传统，珍贵的精神信仰正在消散。

三、时间的馈赠

在散文写作中，关于小说、电影、绘画等的文艺评论和论述是个人旨趣最为鲜明的部分。汪民安《绘画中的手》集中关注“手”在绘画中的存在，无论是绘画的主题还是画家的个人风格特点，在手的表现上都纤毫毕现，“生活，就是手的无止境的磨砺”。唐棣《时间的魅影》思考的是关于电影的方方面面，但他又说“我们谈论电影时，很可能并不知道自己在谈论什么。所以，我们的谈论既是对电影发言，更多的则是对自己说话”。张怡微《新腔》中，她一直关注的家庭关系，女性、自我、衰老等问题都成为她解读时的切入点，也在某种程度上参与成为选材的考量。与常见的诸多评论集不同，这些角度都使她在通常意义上的文学史、电影史宏观的架构之外，找到一条与自己的关注点相辅相成的路径。黄德海《泥手赠来》原是专栏“书间消息”的文章结集，展现了他阔大的美学视野和丰厚的知识积累，既有潇洒的艺术直感，又是视角独特的美学鉴赏，我最欣赏的是他文章中毫无习气又时刻自省的风度。

大量的散文写作从个人的阅读、应酬、反思等方面体现出整体性的时代经验和情感特质。比如包慧怡的研究方向是古英语与中古英语文学，《缮写室》是在她成长过程中对她影响甚远的作家及其作品的阅读笔记；止庵《游日记》是一个读书人的旅行日记；柳鸣九《种自我的园子》则是作者一生交游和思考的文字印记。另外，我还读到一个有趣的对照：韦力是藏书家，《觅文记》继续他的“传统文化遗迹寻踪”，梳理了从先秦诸子到清末大儒的生平、主张和寻访所见的一方风土，素朴地挖掘古典之美；陈晓维是个“书贩”，他的《书贩笑忘录》让我们了解旧书一行的生态和秘闻，看到熟悉的生活和人性，也从中读到自己生活、奋斗和追求的影子。一个买书人，一个卖书人，有一点共同的感触，那就是“从平凡岁月中发现不经意积累出来的一星半点特别的生活意义和生存价值”。

张新颖《九个人》和李光谟《从清华园到史语所》我都是当作人物散文来读的，《九个人》指的是沈从文、黄永玉、沈植芳、路翎、穆旦、萧珊、巫宁坤、李霖灿和熊秉明，他们的故事和二十世纪中国一路同行，各人的命运相异而又有相通之处。李光谟写的是对父亲李济一生的追忆，作为中国现代考古学的奠基人，李济的治学生涯中能使人见微知著处颇多，书中写到的细节琐碎丰富，比如写到李济参加殷墟工作伊始，就跟同仁们约定一切出土物全部属于国家财产，考古组同仁自己绝不收藏古物。这条不成文的规矩，他自己身体力行，至死不渝。从考古学史的角度来看，这一条规约的开创性意义，是怎样估计也不过分的。个体生命在时间的长河中都不过是一瞬，我们从他们的故事中看到他们的事迹，看到他们从过去的时间里不断汲取丰富和支持自己的力量，同时也看到他们把自己托付给未来的时间。

四、历史的思考

2018 年的散文写作中，作家上溯的目光和对当下的关切都在历史散文里得到非常有力的呈现与表达。陆波《北京的隐秘角落》也是专栏文章结集，属于人文地理城市掌故之属，但她本是北京人，又兼具律师的明察和女性的缜密，因此尤其擅长打量北京的城市深处：既是因缘巧合的深处，也是沧海桑田的深处。面对物换星移的变迁，我们日常的城市图景一经对照历史的沉积，深邃的震惊感就纷纷跃然纸上。更为可贵的是她在探秘中展现出来的行踪和心迹，真挚妥帖，是散文中最难得的收获。陈福民在专栏文章“北纬 40 度”中展现了他梳理我们一贯以来的历史观念和关于世界的知识的努力，对观念和知识的深究自然地接续起我们如何看待自我和他者，如何解释中国现代化转型等诸多关键性问题。江子《青花帝国》试图结合历史的真实和浪漫的想象，还原出青花瓷背后的活生生的人，包括工匠、皇帝、画师、督陶官、诗人、藏家、使臣还有现代考古人员。原本静默在时间中的瓷器，随着它背后涌动的各色人物而活了过来。

2018 年末开播的文化类综艺节目《上新了，故宫》让故宫和故宫宝藏再次成为网红。作为《上新了，故宫》的编剧，祝勇无疑同时也是讲述故宫古物故事的合适人选，他在《故宫的古物之美》中选了18件“古物”来写，他写的不仅是古物本身，更是与古物密切联系着的“历史的尊严、民间的生命、民族的个性、美的基因和情感的印迹”。我想我们对民族文化历史的关注和喜爱应该成为我们共同探索、感受和想象的精神天地，这样才能够获得实实在在的文化自信。

五、公众号的可能性

在以微信为代表性媒体的自媒体时代，散文在巨大的写作和阅读空间中，以其真实性、直接性、震撼力和感染力，成为最有传播力的时代声音。散文的写作似乎从未像现在这样容易，也从未像现在这样融入人们的日常生活。一篇公众号文章可以一夜之间红遍全网，圈粉无数。不管公众号写作的初衷是什么，他们都有一个共同的目标，就是增强传播效率，提升阅读量，因此面对社会热点事件及时发声，几乎成为公众号文章的必修课。这一类写作中，又可以分为娱乐八卦、情感、职场、亲子、阅读、影视等类别，因而有人认为微信公众号的文章大多并不是有意为散文，但在我读来，如果说要和散文相比较的话，那么它们的共同之处在于直白表达了世界观、价值观。以“洗稿”为例，这是自媒体时代新出现的侵权现象，和习见的抄袭不同，洗稿篡改的是文字和表达，抄袭的则是观点和态度，这也从反面说明，价值观和判断力对于公众号文章的极端重要性。随着自媒体的继续快速良性发展，会吸引越来越多内容丰富的优质公众号出现，这对于碎片化阅读时代也不失为一个值得期待的好现象。

由于本人目力所及，在一篇文章中不可能穷尽2018年散文的全部写作成果，然而从我有限的阅读经验可见，散文作为一种文体包罗万象，海纳百川，只要写得足够准确和真实，美和有力量，不管是什么题材，都能写出和我们这个时代最密切的联系和共鸣。在散文里和岁月和生命对话，不可少的是作家个性和灵魂的浸润。亲和力和现场感，是散文所特有的文学风范。我们说散文写作自由宽广，不代表说散文的基本面貌就只会是泥沙俱下。面对这个时代的复杂经验，我们需要不断更新角度、视野、表达和方法，让散文书写成为兼具个人情怀和文化张力的精神记录。

2018 年诗歌：从最多的可能性开始

霍俊明

来源：《文艺报》2019 年 01 月 28 日星期一第 2 版

对于一年的诗歌来说，繁多的诗歌现象以及处于频繁变动之中的诗歌现场使得任何言之凿凿的定论和总结都不可能是周全和完备的，但是一个显豁的事实则是诗歌写作美学及其生产和传播形态以及多样化的文化功能呈现出越来越多的可能性。诗人的写作身份越来越呈现出非专业化的特征，诗歌介入社会以及大众参与诗歌的程度不断加强，诗歌不再单单是密室独语和精英隐喻的产物。与此同时，多样态的诗歌观念和写作实践的互动又呈现出介入感和及物状态的广阔社会空间，以及差异性现实的精神想象力和修辞能力。旧体诗词的创作也出现较为繁荣的局面，创作人数众多，诗词刊物和传播渠道日益拓展，诗人越来越关注用传统的诗词形式表达丰富的现实经验和广阔的时代感受。

开放性的对话结构

谈论 2018 年度的诗歌创作以及种种现象，给人印象最深的仍然是诗歌的活动化，传播的日常化、公众化和电子化，诗集出版的多元渠道以及体量庞大的诗歌创作人口和诗歌产量。从民刊、传统纸媒、正式出版物到网络论坛、博客、微博以及微信，其变化和衍生足以超出人们的想象，而诗歌内部的分蘖以及功能在媒介革命中的变化也几乎是前所未有的。

据不完全统计，目前在网络和新媒体平台上首发的诗歌产量（包括旧体诗词）一年内已接近一亿首。涵括近千首诗作的《中国先锋诗歌年鉴：2017 卷》显然是以文本最大化和美学多样化的方式展示和认定优秀的文本。然而以微信为代表的新媒体诗歌平台由于缺乏必要的筛选、编辑机制，很容易变成良莠不齐、泥沙俱下的大杂烩。值得注意的是，曾经呈井喷状态的“微信读诗热”在 2018 年出现了冷却和退潮现象，“为你读诗”两年前其每期推送的阅读量基本都在 10 万以上，如今常常只有一两万。日趋冷静和理性的阅读氛围正在形成，但是也必须注意的是诗人和诗歌的双重失范成为普遍现象。

与此同时，诗歌越来越呈现出一种开放性、对话式的结构。频繁的诗歌活动以及新媒介的参与使得诗歌重新回到了大众视野，“诗歌升温”“诗歌回暖”成为持续讨论的热点话题。诗歌与日常生活、公共世界、社会文化空间的关系越来越密切是不争的事实。无论是诗歌文体的融合还是诗歌的跨界传播，其跨学科、跨文体的对话能力是前所未有而又有目共睹的。

诗歌的开放性还必然体现在诗歌的跨语际、跨区域的交流和传播。诗歌译介在打开诗人眼界的同时也使得现代汉语诗歌保持了一定的活力、开放性、对话性和有效性。而“译介的现代性”和“转译的现代性”直到今天都是没有彻底解决的诗学难题，新诗如何能够达成个人性、本土性、汉语性和世界性的融合显然还将是一个长期实践的过程。《广州文艺》2018年第11期推出李以亮、黄灿然和舒丹丹关于诗歌翻译的三篇文章《翻译的年轮——以诗歌翻译为例》《朝向更好的汉语——我的翻译经验》《种子移植与审美再现——我的诗歌翻译观与翻译策略的选择》，他们以各自的译介经验谈到诗歌翻译的历史、跨语际书写的差异和互文、文化背景、异质感、语言特质、诗体建设、现代汉语经验、现代汉语诗歌文化等诸多重要问题和现象。尤其是黄灿然谈到的“有目标地翻译”“查词典”“利用互联网”“查资料要有耐性”“回到上下文里思考”“原作者引述错误”“避免先入为主”“广泛阅读原著”“修改的准则”“朝向更好的汉语”等10个方面的技术性和操作性问题对于翻译者来说具有参照价值。

诗歌译介及其研究在2018年表现出持续的热力。这是以诗歌为基点而辐射到文化、意识形态和国家形象的“走出去”和“走进来”的跨语际、跨文化、跨国别、跨民族的多元对话过程。这一过程不仅与中国诗歌的译介及其影响和效果史有关，又与中国对所谓的世界文学体系的想象、参与、反应和评估有关。例如加拿大皇家学院院士、诗人蒂姆·柳本认为西川、翟永明和欧阳江河是中国的“曼杰施塔姆一代”。

2018年的诗歌译介和研究大体分为以下几个方面：中国传统文化典籍、诗歌经典在外国的译介，民间文学、口头文学以及少数民族诗歌在国外的翻译，新的翻译模式比如“合作自译”现象，百年视野下的诗歌对外翻译，对译介的媒介、途径、渠道和形式的讨论，海外汉学家译介中国诗歌的情况，翻译的现状、生态、新变以及出版市场，自译和“以译代作”现象，翻译的技巧、语言问题和文化问题，民族文学、文学传统、抗译性和交流性问题，译介的多层次以及重心的转移等等。例如杨沁的《诗歌回响在神奇的国度——印度现当代诗歌一瞥》一文从底层的现实精神、斑斓的地域风貌、亲密的人神关系、深邃的哲学思考、诗人与语言的深刻联结等5个方面分析了当下的印度诗歌状况。

2018年度诗歌翻译中“磨铁诗歌译丛”以及“蓝色东欧”“巴别塔诗典系列”“俄尔甫斯诗译丛”等值得关注，代表性译本有《如果我忘了你，耶路撒冷：阿米亥诗集》、《灿烂的星，愿我像你那样坚定——英美十四行诗选》、《菲利普·拉金诗全集》、《杰克·吉尔伯特诗全集》、《里尔克诗选》、《希尼三十年文选1971—2001》、《消失的岛屿》（希尼）、《卡斯蒂利亚的田野：马查多诗选》、《某晚当我外出散步：奥登抒情诗选》、《兰斯顿·休斯诗选》、《一握砂：石川啄木诗选》、《一封谁见了都会怀念我的长信：石川啄木诗歌集》、《叶芝诗集（增订版）》、《我们生活的故事：马克·斯特兰德诗选》、《我曾这样寂寞生活：辛波斯卡诗选》、《给所有昨日的诗》（辛波斯卡）、《所有亲我亲爱的人》（安妮·塞克斯顿）、《花与恶心：安德拉德诗选》、《在寂静如语的梦里：罗塞蒂诗选》、《砌石与寒山诗》（加里·斯奈德）、《斧柄集》（加里·斯奈德）、《奥麦罗斯》（沃尔科特史诗）、《两座城市》（亚当·扎加耶夫斯基）、《最美自然诗集》（7册）、《水中的音符》（济慈）、《米沃什诗集》（4册）、《阿赫玛托娃诗文集》、《观察：玛丽安·摩尔诗集》、《我知道怎样去爱你：阿赫玛托娃诗歌精选集》、《灵魂访客：狄金森诗歌精选集》、《大象：劳伦斯诗集》、《悄无声息的爱》（卡罗丽娜·伊莉卡）、《寺山修司少女诗集》。而王家新最新翻译的《没有英雄的叙事诗：阿赫玛托娃诗选》则在出版后受到了业界一定的质疑和争论。

总体感、方向性与长诗创作

在诗歌活动化、媒介化成为常态的今天，诗人如何写作、如何维持写作的难度和精神深度是常说不衰的问题。

青年写作群体引发越来越多的关注，青年诗人已然成为文坛新的持续增长点。这既与其整体性的写作面貌有关，又离不开各种平台的大力推介。以“90后”和“00后”为主体的新生代诗歌和校园诗歌被诸多刊物和传播平台着力推出，《诗刊》《扬子江诗刊》《星星》《诗歌月刊》《江南诗》《汉诗》等众多诗歌刊物以及《天涯》《大家》《山花》《长江文艺》《西部》《作品》等综合性文学刊物纷纷推出专栏和评论专辑。《我听见了时间——崛起的中国90后诗人》（上下卷）、《中国首部90后诗选》、《中国90后诗选》、《贵州90后诗选》、《中国大学生诗歌年选》等相关诗选以及诗刊社的青春诗会和“新时代与‘90后’诗歌”研讨会、《星星》的大学生诗歌夏令营以及《中国诗歌》的“新发现”诗歌夏令营都对青年群体的写作起到了一定的助推作用。

对于正在生成、分蘖的“90后”诗歌，也许我们能做到的更多的是群体性展示和个案分析。当一代人以集体和集束型的方式展示的时候，其优势在于整体性的庞大面影会越来越具体，但是随之而来的是关于一代人对代表性诗人和标志性文本的期待与焦虑。我们早已经听惯了一代又一代人在高分贝中的“崛起”，但是一代人最终留下来的只能是极少数的幸运者。质言之，无论是个体风格还是整体景观，我们对“90后”诗歌并没有获得足够完备的认识。对于前景和问题，对于优劣短长，对于及时性的赞扬或者否定，都需要我们耐下心来先读读他们的作品。

而一定程度上长诗可以作为一个时期诗歌创作的综合性指标，尤其是在“个体诗歌”和碎片化写作近乎失控的时代正需要重建诗歌的整体感和方向性。2018年是长诗创作的丰收之年，比如代表性的吉狄马加《大河——献给黄河》、于坚《沙滩》《大象十章》、欧阳江河

《宿墨与量子男孩》、雷平阳《送流水》《吴哥窟游记》《图书馆路上的遗产》《湖畔诗章》、叶舟《敦煌纪》、胡弦《沉香》、海男《幻生书》、沈苇《德清散章》、梁晓明《卧龙岗》、王家新《安魂曲》、王单单《镇雄诗篇》、蒋浩《喜剧》、沉河《黄梅诗意》、谷禾《白纸黑字》、龚学敏《三星堆》、江雪《小镇诗人》、郑小琼《水湾》、黑陶《在阁楼独听万物密语——布鲁诺舒尔茨诗篇》、吕约《外公的诊所》、金铃子《立春书》、冰逸《废墟的十二种哲学》、李郁葱《潴野泽》、任白《情诗与备忘录》、吴春山《灵魂笔记》、三子《堪舆师之诗》等等。

关于长诗写作的问题，《扬子江诗刊》2018 年第 1 期刊发霍俊明、沈浩波、颜炼军和王士强关于当代长诗创作及文体的对谈《“当代”长诗：现象、幻觉、可能性及危机》。《作家》第 10 期发表欧阳江河的《宿墨与量子男孩》（共计 25 节）。在科技炸裂以及人工智能化的 AI 时代，我们的生活方式、现实结构甚至包括未来都发生着巨变，很多科幻文学都试图对此做出个人化的想象和精神回应。而在此过程中诗人却是整体缺席的。《宿墨与量子男孩》处理的是近乎抽象的“科学”命题，而诗人对此完成精神对位并不断深入探问的过程体现了一个当下诗人介入现实的能力以及对未来时间和可能的想象力和理解力。与此同时，这首枝蔓纵生的长诗即使对于专业读者来说也是一次不小的挑战。陈亚平从历史序列、语言特质和内部构成等方面的阐释给予该诗高度评价，“根据诗人思想和诗化彼此混合的模型，作品中大量使用片段性、空间化的板块型句群、不流畅性、极端古汉语、自创气韵、语音和节奏不对称、追求事物瞬间印象、语境和词境飘忽朦胧的技术形式，表现处处互不相连又相隔很近，但结构上没有后现代主义的整体碎片性，也没有新古典派的逻辑诗意。”（《新一代长诗：诗化和思艺的古今相接——欧阳江河后期诗歌的深层重构》）

新诗的得失与前景

2018 年是改革开放 40 周年，40 年的历史证明诗歌越来越成熟和多元化了，也逐渐形成了属于中国现代诗自身特有的传统和文化属性，其影响力、公信力也在逐渐增强。

学界和媒体对新时期诗歌的回顾、研讨和总结成为持续的热点，比如“新时代诗歌北京论坛”、《今天四十年》（北岛、鄂复明编选）纪念文集发布会、北京大学“中国新诗百年纪念大会”。四川大学成立的“刘福春中国新诗文献馆”则以资料的形式见证了百年新诗的历史以及当下诗歌的整体成就。从诗歌史叙事的角度来看，谢冕耗费 10 年心血撰写完成的《中国新诗史略》以及张桃洲的《中国当代诗歌简史（1968—2003）》具有代表性。《诗刊》《扬子江》《星星》《诗选刊》《诗歌月刊》《诗潮》《诗林》等专业诗歌期刊展示新时期以来 40 年的诗歌成就，推出大量的相关诗作和评论文章。2018 年也是穆旦诞辰 100 周年，中国人民大学等主持了相关活动，其中谈论最多的是现代性、中国性、译介、本土经验和原创力等问题。这些问题并不只是针对穆旦和过去时的诗歌，而是对当下的诗歌写作具有同样重要的指涉性。

诗歌的接受和评价涉及美学标准、现实标准、历史标准和文学史标准，甚至还包括了所谓的“世界诗歌”的标准。1990年汉学家宇文所安发表了在后来影响甚深的《什么是世界诗歌?》，在他看来包括北岛在内的当代诗人都在一种想象中的“读者”（比如“世界读者”“未来读者”“瑞典读者”）和“世界诗歌”的途中，使得诗歌的语言、意象、修辞、写法以及想象方式都不断向“可译”的“世界诗歌”靠拢，从而使得诗歌的地方性、民族性受到很大遮蔽。这涉及当代汉语诗歌形象以及合法性问题（自然涉及新诗与古典诗学和外国诗歌传统的关系问题），“现代性”“西方性”“中国性”“汉语性”此后被反复讨论。余旸《文化帝国的语言》通过对张枣“汉语性”概念的分析进而试图揭示这一概念背后的文化身份焦虑和思想背景，“中国当代诗歌最多是一种迟到的用中文写作的西方后现代诗歌，它既无独创性和尖端，又没有能生成精神和想象力的卓然自足的语言原本，也就是说它缺乏丰盈的汉语性，或曰：它缺乏诗。”（张枣《朝向语言风景的危险旅行——当代中国诗歌的元诗诗歌结构和写者姿态》）当代汉语诗人也不断试图找回汉语的自信。

较之已经固化和经典化的古诗词的评价体系（西川《唐诗的读法》一书为重新解读唐诗提供了新的视角和方法，对《全唐诗》、随身卷子与进士文化、偈颂与非主流诗歌、儒家道统与杜甫和韩愈、唐代诗人之间的关系以及写作现场、古人对唐人写作的描述进行了解读），新诗的标准和评价则是一个极其复杂的综合系统和不稳定的动态结构。正是这种复杂和不稳定性使得新诗的评价一直缺乏最大化的共识，而往往是歧义纷生、争论不止。每年的诗歌排行榜和选本在很大程度上并没有在读者中争得共识，而是扩大了诗歌美学的差异性，这也可以视为新诗写作的诸多可能性，当然这种差异性和可能性对读者提出了更大的挑战。“中国好诗”（第四季）、“中国桂冠诗丛”（第二辑）、“第34届青春诗会诗丛”“东大陆青年诗丛”“漂移丛书”以及《天天诗历》《阳光打在地上——北大当代诗选1978—2018》《有声诗歌三百首》《中国当代诗选》《20世纪中国百名诗人作品集》《中国先锋诗歌：“北回归线”三十年》《一首诗的诞生》《新世纪诗典》《山湖集》《新世纪先锋诗人三十三家》《2007—2017中国诗歌版图》《中国乡村诗选编》等都试图从不同的角度呈现和总结当下整体的诗歌创作。陈仲义的《现代诗：接受响应论》则针对新诗的接受困境和难度进行了问题化的澄清，对新诗接受的特异性、开放性、有界性进行了深度论述。

目前新诗的体式和形式已是非常多元和复杂，这对于读者来说也是一种挑战，比如一般意义上的抒情诗、小诗、主题性组诗、长诗、长篇叙事诗、诗剧、剧诗（舞台诗）、广场朗诵诗、政治抒情诗、广播诗、散文诗，比如双行体、八行体、新绝句、截句（四行之内）、歌谣体、民歌体、自由体、格律体、新格律体、儿童诗等等。尤其是近年来新疆地区的木卡姆诗歌创作，西北地区受花儿民歌文化以及古波斯诗歌文化影响的创作。

而如何理解和评价以及总结新诗的得失、新诗与传统、诗歌观念以及阅读的懂与不懂、诗歌的大众化和精英化、诗歌的散文化和音乐性成为被重新讨论的话题。整体社会文化系统与诗歌发展之间的极其密切的互动关系是显豁的事实，比如后工业文化、城市文化、后现代文化、消费文化、地方文化、跨语际文化、译介文化、全球文化、媒介文化、公共空间文化对诗歌整体生态乃至新变的种种影响。在复杂的文化系统中诗歌存在的问题也不容回避。

无论是从个人精神生活还是从时代整体性的公共现实而言，诗人都不可能做一个完全的旁观者和自言自语者。谢冕认为诗歌在大众化的程度上仍然存在不足，“对当前诗歌总体评价我和大众一样，诗歌界不能提供大众心中的诗歌，大众失望，我有同感。诗歌界认为新潮就是好，一味读不懂就是好，诗人们互相吹捧，像皇帝的新衣，大众读不懂，这就是潮流、时尚。我不听这一套，大众有大众的道理。”（《新诗与时代同行》）小海在评价吕德安诗歌的音乐性时（《胸前扎着野花的诗人——从古典诗歌中的民间传统到当代诗歌中吕德安的创作》）谈到了古典诗歌中的民间传统（包括民歌、谣曲）以及民歌对当代诗人的一些影响，也强调更多的写作实践证明现代诗的音乐性（音调）越来越内在化。于坚《在金华谈艾青》强调诗歌的碎片化和小品化削弱了“群”的功能，“今天的中国诗歌为什么如此孤立，我觉得最根本的原因就是不群，越来越成为自恋者们的修辞游戏。碎片化就是物化，物就是彼此孤立不亲、不仁的碎片。碎片化的结果就是诗的小品化，诗不招魂，不群，它只是小品，修辞小游戏，小聪明。艾青的诗，到今天，还是有一种被团结、召唤的号召力。”

结　语

关于这一年来的诗歌综述差不多是浮光掠影式的，而诗歌的可能性、广阔的前景以及历史教训都值得我们不断重视和讨论下去。“进行时”当中的新诗必然处于不断地纠正和调校的过程，人们对新诗的批评、不满，应该和理解、宽容比肩而行，而诗人也应该躬身自省、砥砺前行。诗人为自己的理想世界和精神净土效忠，诗人和现实以及社会的关系也应该处于开放的互动结构之中。尤其是在诗歌越来越碎片化的情势下，诗坛所需要的正是总体性、方向感的具有穿透时空的精神膂力的写作。任何一个时代都在严格地筛选着诗人，诗人也在自己的时代创造了精神生活和想象性的世界。

从各种可能性开始……

——2018 年诗歌年鉴

张光昕

纵观 2018 年国内的汉语诗歌创作的整体情况，从思想立意、艺术创造、文化繁荣和精神文明建设等的意义上来看，可谓是“百花齐放”“八仙过海”的丰收年。值此中国新诗诞生百年之际，老中青三代诗歌写作者心手相连，为广大诗歌读者布置了一座异彩纷呈的百花园。本文从 2018 年正式或非正式出版发行的各类诗集、诗选、期刊、报纸、互联网和微信公众号等多种渠道，搜集和遴选了一批具有代表性的新诗作品，分门别类地纳入“现代身体的触感诗学”“造物者的劳绩与光芒”“路上的风景和过程的秘密”“词语的历险和拯救的可能”和“灵魂的叹息和自我的升华”五个主题之下，尝试捕捉文学创造的各种可能性，为时代提供见证，为艺术探索标准。同时，这篇不尽完善的年鉴希望能够为广大海内外中国诗歌的热心读者、研究者、爱好者提供一篇兼具诗学指引性、作品解析性、社会陶冶性和阶段概括性的年度参考文献。

一、现代身体的触感诗学

当代汉语诗人愈发关照比语言更趋近意义本源的身体。身体记录着生命面对世界的原初感受，不仅构成了人思想意识的触媒，而且也形成了人对世界的观念图景。另外，“身体是事件被铭写的表面”（福柯语），一副现代人的身体刻写着社会制度和意识形态的印记。如何让身体与制度化的规训保持距离，又能与深层次内心体验紧密联系，这关乎生命的源泉与活力的释放，也考验诗歌语言的成熟和圆融，更暗示着处于危机中的人在何种意义上能够获得启迪和拯救。2018 年的中国诗坛，以身体和触感为维度的新诗写作成为蔚为壮观的风尚，收获了一大批既承接传统又具开拓精神的优秀作品。

当代诗人朱朱素以“其诗神情而敏感，其人博学而沉思”著称，《我身上的海》（《钟山》杂志 2017 年第 6 期）似乎为 2018 年诗歌的身体触感写作埋下一个华丽的征兆。朱朱

“冒神明之不韪”，用诗歌揭示着身体与海之间的隐秘的关联。该作品亦可被视为一首“元诗”：“海”折扇般容纳了诗人的灵感、对诗歌的某种执念或诗学的志趣与理想。朱朱的诗语一如坚韧而汹涌的海水，不断淹没并不存在的瞬息之岸、撞击想象与真实的礁石，我们似乎可以在词语中聆听到身体为诗歌铺垫出的壮阔和绵延之思。同样，著名诗人陈先发力图借由身体体验来暗示现代生活无处捉摸的痛感和无处不在的退潮感。他的《遂宁九章》之二，题为《在永失中》，在该诗的结尾，诗人与过去的自己，即在列车玻璃上倒映出的形象产生割裂，速度获得最后的胜利。在人与人相互抛弃的当代社会，诗人发现，甚至连记忆与自我也是可以随意弃置的。诗的结尾昭示了一种巨大的失败，也预言了人类在面对现代性威胁时必将朽坏被弃，沦为无意义的垃圾的命运。诗人孙磊写了一首《玻璃》，以寥寥数行的篇幅包蕴着无尽的遐思和愁绪。玻璃隔绝着诗歌内部的声音，像是被捂住了嘴。因而“某种深渊的声音”无法传递到读者的耳蜗。玻璃，音近于“剥离”。诗人小心翼翼地剥离开自己的情绪，剥离语言的颜色与温度、形状与声音，剥离你与我——甚至是永别，最终，诗只剩下了透明。易碎的可能时刻暗藏危机而不露声色。

这种典型的现代情绪极易发酵成一种剥去了传统浪漫主义外衣的赤裸忧郁，在庞培的《忧伤》一诗中，这种忧郁被诗人截取为雨的片段，体现为一种湿润的语言品质：如雨滴一般轻盈、柔软。雨珠在玻璃之上反射着微弱的光，如同空旷的野外传来舞曲的回响。作品虽论及“忧伤”，但诗的色调却非冷峻，反而充盈着澄明、清澈与透亮的光线。顺着光线进入诗歌内部，犹如聆听一首悠扬的雨后舞曲。复沓的形容词如回环的舞步，重复的旋律交织成时空的共鸣。这种效果也回旋在津渡的诗作《室外的夏天》中。诗人饶有兴致地审视着熟稔的夏天，并试图诠释夏天带给人们的一种普遍的疲乏感。一边感叹在时间的意义上“夏天这样短暂”，但又体验到夏天作为一种空间（“室外的夏天”）所带来的恍惚、“厌倦”与“怅然所失”。空间想象在诗人冯晏的《深夜的仁寺洞步行街》一诗中再次得到延展和抒写。在双重的移步换景中，诗人带领我们看到了店铺、石头路面、提琴艺人……也看到了世界的空位、深不见底的空寂、梦境的现场和飞蛾扑火的词。虚虚实实，在明暗交叠中如枝蔓丛生，诗人重构了一个立体的仁寺洞步行街，它是诗人所独有的艺术真实；也在戛然而止的地心入口，进入词的有限性甚至诗的限度等问题的思索。

现代身体的触感书写及其对心理和社会效应的反思在更年轻的诗人群体当中有着别出心裁的艺术表达。在《飞天》2018 年第 8 期上，发表了青年诗人李娜的诗歌作品《永夏》，娓娓道来的口吻如一位少女在夏夜与友人促膝，低诉往事，声音温婉，又隐含某种决心：如果生活终究乏善可陈，如果那些夜晚再也无人问起，她仍要记录下这些微微颤抖的细枝末节，“细小的喜悦”，“痛苦与笨拙”。在夏夜，雨水的降落与蒸发带来一些人事的变化，“拆毁”“打碎”与“生长”在“一夏的时间”里并肩而行，诗人学习里尔克，耐心观察着一切事物的发生与消逝。夏天除了教给人心思的细腻，更直接的，恐怕是煽动着身体的热感。青年诗人黄婧怡在她的《热天午后》中，“热”的氛围贯穿全诗，诗人开始了一场对自我和生活的认识之旅。这是一种“闷热”，它的特质不是“干”，而是“黏”。它要不了你的命，不会给你恐惧，但就是要让你难受，让你心烦。这难道不就是我们的生活吗？诗中对“年轻人”的形象进行了立体的刻画，如作息方式，身体经验，文化素养等等，而这个“年轻人”的核心气质是“不满”。这种“不满”情绪通过讥诮、反讽的语调贯穿全诗，与“闷热”如两条线一样扭结纠缠。2018 年，90 后诗人李海鹏在中国青年出版社出版了个人诗集《转运汉传奇》，同样以夏天为题材的《初夏印象》一诗更像是一次修辞练习，诗人娴熟而精准地完成了每一个词语的调度，为浮光掠影的夏初印象和内心蠢蠢欲动的激情找到了一个适当的空间秩序。“我”与他人的汗液在这个潮湿狭窄的空间内流动，成为空间得以逐步延展的一条时间线索。汗水中渗出的脂粉味正如童年“糖果和酒”散发的诱惑，人正是在经历诱惑、幻想欲望被满足并遭受到不被满足的失败中长大。苏丰雷的诗歌《夜间游戏》也在“汗水”中出场，调用了敏感的身体触觉，用智趣的笔眼审视着孩童的“夜间游戏”，临时发明了一种快乐的精神现象学。诗人并不像写古典诗歌那样，纯粹站在旁观者的角度，作审美的一瞥，而是一边理性地、精致地建立起经验的布景：晚稻、田野与草垛的阴影都弥漫着神秘气息，世界是一个玻璃球，而万物竟然因为孩童与夜间的暧昧游戏而联系起来。

夜间的城市经验会让我们由衷体会到“五色令人目盲”的极端状态，青年诗人戴琳在《色盲小夜曲》中说，夜晚城市的街道“没有霓虹也漂亮”。有论者称，在这首充满光线和动感的小夜曲中，隐藏着一种速度，如等待红绿灯时短暂停驻的车灯和人群，如积水路面以某个恰好的入射角映出整座城市的幻影，如树枝在夜风吹拂中刹那相触，一切都在快速发生又结束，“快过一道过去的幸福闪电”。诗人在这样一段由许多短暂事件密集组成的“浓稠的时间”里，试图去“抓住可靠的灵感”，却感到眼睛布满了红血丝。高速的街景令感官疲倦，但诗人仍努力用语言去刷新我们无数次重复的体验。这种繁复错乱的现代经验在青年诗人江汀的《印象多么恍惚》中，获得了另外一种秩序，诗人分享的不是夏季的热感，而是一种冬天的精神，诗句间仿佛弥漫着十九世纪俄罗斯乡村清晨的浓浓雾气。在诗中，主体的内心被外化作一系列寒冷、黑暗、朦胧的环境，我们读到，生活的困锁最后都通向了对命运的追问。为了通向这种形而上的维度，诗人的方法是完全沉浸于对事物的感受中，并以经验空间的扩散来延长这种感受。在《特区文学》2018 年第 3 期上，诗人张媛媛的《野马》令诗歌读者眼前一亮。她化用庄子寓言，在“生物之以息相吹”的气类感应中，达到人与自然共相感奋激荡的状态。而更具现代意味的是，她的“触物起情”的感兴，进入到更加细微深邃的层次——如“毛孔”“指甲”等身体敏感地带，以及“痒”“濡湿”等细微的身体感受，在深层次的交相共感状态中，诗人内部自如流转的气息与外部的自然气息相贯通，将身体触感的书写升华到世界和宇宙的境界之中。

二、造物者的劳绩与光芒

诗人，即制作者。他致力于用词语为世界而创造和预言，因为他属于一类特殊的工匠，谙熟于事物的肌理和生成的喜悦。诗人善于将目光聚焦于周围事物的灵韵，不论这些连绵起伏的事物是出于神造或人造，它们皆以本真的存在形态，永恒地注视、启发着人类，为人类带来生命的秩序感与安定感。人类也与这些造物一道，融入生命之间的本源性亲近中，在那里归于生命与生命之间的倾听与应答。2018 年，从各种正式、非正式出版的诗集、刊物、网络媒体或微信平台等渠道涌现出的这些诗作，构成了一道不可小觑的风景线，现择取一些代表作品管窥全豹。

著名诗人陈东东创作于 2018 年的诗歌《武陵源》，初看上去，读者很容易将其认定为一首游客诗。细细品来则发现，这是其实是一首以旅游经验为基石但却消解了流行旅游价值的作品。全诗的反讽语调贯穿始终，显示了诗人结构性处理经验的能力。通过这种质疑的视角，诗人把旅游中的庸俗和陈腔转化为饶有趣味的批判激情。比如，“导游遥指突围至云上的沉积岩老拳”一句，是对某个经典战斗姿态的戏拟；“小时候味道的环球旅行者”，戳准了一些旅游者的虚假乡愁，“精神血液的流量”，则把无形的信仰量化以揭示旅游精神的自欺本质。同样容易被人读成旅行诗的，还有著名诗人宋琳的《江心屿》，其实更应被读成是诗人与谢灵运之间隔代的对话。诗的开篇即对“江心屿”做了一番象征化的塑造：在形象的接连转化中，它显得虚实难辨，成为诗意的一个原点。接下来，诗人通过目光的推移，为岛屿创造出了一片结构性的“大地”。在诗的后半部分，诗歌的目光缓缓降落到喧嚣的市井生活：芜杂的“此在”，仿佛因山水获得了某种解脱与超拔的空间。在诗人漫游式的目光中，中西传统被改造为一种新的观看方式：诗人并不进入风景，而是在物我的对望中，与传统相认，并确认“只有相认的瞬间才使我们甜蜜”（曼德尔斯塔姆）。凯瑟琳·科玛认为：“诗人的任务就是把物质世界转化为交给持久的、不可见的审美空间。”对于诗人森子而言，诗歌不仅是可见的，而且还是颜色饱满、线条流畅、浓淡相宜的。在他构建的文本空间中，诗歌不是一门孤立的艺术，需要动用多种感官去感受。比如《野蔷薇之乱》一诗，就将视觉转化为听觉，野蔷薇浓密的花朵如同众声喧哗，诗人的想象在这花枝上延展，一个“乱”字，写出了花之茂密、多彩，也写出了暮春的心绪。同样重视视觉经验转换的，还有著名诗人西渡，他的《夏天》一诗，是为纪念美国当代新写实主义画家安德鲁·怀斯而作。怀斯的画中表现的人体和光影都享有很高的评价，这也成了这首诗所极力表现的部分，诗中将风景与身体相互譬喻，相互交融，让本来空泛的风景显得灵动丰腴，而身体也艳光四射，诗中不断提醒着光影与色彩，也让这首诗如画一般，让人惊艳。

诗人雷武铃的《公园》延续了他一贯对外部世界的观察兴趣，绘制出一幅热闹又宁静的公园夜景图。正如塞尚相信用色彩和线条能够客观地把握自然，雷武铃也怀抱着同样的信心，试图用诗歌语言构筑出一个肉眼所见的真实的外部世界。它并非自然和现实的仿制品，而是一个观看的过程，诗人借由这个过程的展开得以重新确认自我在广阔的外部世界中的位置，通过精微的观察和认知活动，恢复对自我以外的事物敏锐的感知能力，从而重新建立起自我与外部世界之间的关系。同样精于观物的还有两位南京的诗人，胡弦和黄梵。在《卵石》一诗中，胡弦似乎已找到了撬动言说的支点；但这种轻快的获得，并没有妨碍他对事物以及与事物有关的一切进行深度挖掘。卵石，或是对人的隐喻，或是对和人一样的、充满被动和矛盾的某种存在状态的隐喻。成为铺路石后，“没有谁深究你看见过什么”；我们的敌人不单是存在于这个时代的外部力量，还有岁月本身。而岁月的“不说出”，既是亘古的真理，又是真正令人恐惧的空虚。在《筷子》一诗中，黄梵赋予“筷子”以生命，与“筷子”对话，除了是一种拟人修辞外，还表现了诗人对赋予物的人格化特征的努力和对生活情景进行升华的偏好。也就是说，物不再是物，它经诗的赋形之后被“发明”为诗人与之谈话的对象。在黄梵这里，筷子指向了弱势、沉默和工具化的命运。但同时，诗人对筷子不仅仅是单向的塑造，在“我”与筷子之间，还有某种伦理性的交互：诗人自我精神的分裂、对沉默的社会性群体的遥指，或者某种形而上力量的召唤。

在2018年此类诗作中，杭州诗人蒋立波的《与蜂群相遇》脱颖而出。这首诗当之无愧是“轻与重”完美结合的典范。轻，因为它以舒缓的语调持续不断地抛来动人的想象和隐喻，几乎句句有惊喜，不断以新鲜空气擦拭语言；重，因为它并没有溺于词语和修辞迷宫而流于空洞，而是以它的智性强度构筑起宽敞而坚实的思索空间。蒋立波的其他诗作，也都有此特点。无人能够给诗下一个完整的定义，然而单从文本角度对诗进行一个尽管片面但是通俗质朴的理解，或许诗就是“有意味的形式”，就是“理性和感性的复合体”。里尔克曾写过一只巴黎植物园中的豹，让读者着迷而深思。在某种程度上，吕德安发表于《作家》杂志2018年第7期上的《河马》，构成了与里尔克的对位书写。里尔克的豹是疲倦而无止境地处于意志的昏眩中，与此相反，吕德安的河马则处在“继续升起”的状态中，笨重而又优雅。诗人三次凝视河马的升起，三次升起所组成的复调，像一圈圈涟漪，让这一向上的动作变得充满强烈的动感。然而我们终将领悟，河马祈祷般缓慢的升起，是对人与万物一种轻微的反讽。在一个具象而非抽象的世界，尤其是被大数据的网络紧紧包裹着的世界之中，词语充当着衡量事物的砝码，反复被提及的词语证明着某一事物的重要，诗人更关注那些被潮流淹没的事物，那些隐匿起人类的命名并配得上这般“待遇”的事物。在诗歌《那些配得上不说的事物》中，诗人毛子终究未能详细地谈论那些“配得上不说的事物”。在说出那些词语的瞬间，他陷入两难之间，而最终，这些词语的归宿只能是沉默。事物的沉默既是诗的起点，也是它的终点。与那些“值得一提”的事物相比，“配得上不说”的事物显然更具力量。

华兹华斯在《抒情歌谣集》序言中谈及诗人与自然之关系，他以为人与自然根本互相适应，人的心灵能映照出自然界中最美最有趣味的东西。诗人被他在全部探索过程中的这种快感所激发，和普遍的自然交谈着。在这种意义上，诗人杜绿绿的《垛楮》便是一首“自然”与“肉身”相交织的抒情歌谣。她以女性诗人特有的敏感的捕捉力，不断向“双柏”这个神秘的地方追问、探寻，所见所思之景，使得这首长诗带上民间神话的气质。读过青年诗人陈让的《咏物诗》和《自然》的读者，自可从中读出和谐自然中万物的联系与呼应。陈让的眼光是独特的，他知道，一般人看得见的自然往往在浩瀚磅礴的名山大川之中，所以他偏要展现那不容易看得见的自然。他在枝条、晨光、雾、风、雨、阔叶、露珠、溪水、倒影等等组成的“寂静世界”里，幸运地瞥到了自然的本体：那是“正在偏移”的自然，而“这移动缓慢且持久”。自然的真身永远不会轻易出现在磅礴的景象里，那只是它玩弄世人的一个幻象。它的真正所在，是那寂静中的微微一动。从外界滑入内在，从物理声音变为内心低语，这是文本内在的呼吸，要感受到这微妙的变化，需要读者有一双“内在的耳朵”。青年诗人弃子的《细雨》和《鱼腥草》，正是这双内耳的知己。在《细雨》中，世界正向一个幼小心灵渐渐敞开，她也正在试图一点点“攥住”这个世界。终有一天，她会“熟悉眼前这片海域”，像当年领着她的那个大人一样，重新体验“宽阔带来的静谧”。《鱼腥草》也是如此，一行又一行的铺垫，只为“富足”两个字。与其表达情感，不如叙述情境，当诗人把情感／心境得以产生的情境诗意地呈现出来时，读者自会参与进来，再生出诗中的情感／心境。在《读诗》2018 年 3 月号上，上述神秘的过程在谭毅的《凝结与升华》中带来令人惊讶而感动的力量。词语的链条不安分地扭动着，使诗歌获得一种视听特征。而对事物的赋形又强化了这种视听语言，让整首诗更有现代感。沿着这股情绪和力量的暴动，我们还能读到苏晗的作品《树歌》。以城市风景之一的道旁树作亲历者，一切事物在表面看来都随树木缓慢而有秩序地生长，随气候冷却、退场。诗中绵密的修辞一再拖缓现实事物的变化发展的速度，构成“形势大好的光阴”。但“另一种声音”不合时宜的临场总是在反复提醒这日常之景的危机四伏。

三、路上的风景和过程的秘密

除了以身体触感为媒介和以造物之光芒为契机的诗歌写作之外，我们还注意到 2018 年中国诗坛出现的又一类型气质的创作倾向，它们专注于流动不居的生活现场，铭记着或畅达或幽涩的人际交往，将某一场旅行、某一场谈话、某一次出神的经历化为纸上玫瑰和探究生活真相的歧问。在这期间，诗歌也在运动中展示为一种画面深处的灭点，具有将一切风景和事物收纳整合、九九归一的能力。

“第三代”诗歌代表诗人赵野近年来打开了全新的写作襟怀，新作《徽杭古道致王君》挥洒自如、古意盎然、大道至简。赵野在诗中明白道出了自身“在写作中内化的背景”，源自传统、源自血脉的“时间履迹”，这是值得今天的许多诗人去重新找寻的。过去曾经将古今隔绝，对旧的事物弃如敝屣，但越来越多的诗人敏锐地觉察到，今天的诗歌写作与过去绝非断裂，而是从一种明确的世袭转变成了隐晦的遗传，发现传统正是发现自身，发现那些幽微却又带着强大影响的存在。河南诗人张永伟的《想马河畔》也具有相似的内在高度和悠远气息，以及令人感到踏实的诗意伦理——存在即细节。换言之，这是一首“限度之内”的诗，诗人不虚妄于任何概念，而是在对事物的凝视中绵延着诗意。由世界的细节深入世界本身的过程中，既是在观察也带有冥想，既是在写实也兼顾赋形。我们读到，时空的切面、命运的典故与形而上的意蕴在此相互契合，自然事物被神性的东西围绕着。它们彼此之间找到了和谐温柔的问候方式，从整体上包孕着诗人的内心。同样不可忽视的是幽居海南的70后诗人蒋浩，他将近几年的诗歌作品汇集为一册《游仙诗·自然史》，带给读者极其惊艳的阅读体验。他的新作《七曲山之夜》因细节的转换而格外动人。依托于“星光”的意象，诗意从时间的银河，流转到童年记忆、古代诗人的形象，最后到写作本身。在结构全诗时，诗人显示出一种较为自由、随手的调子，这表明他对语言的享受状态。所以，他以联想为重要动力的隐喻并不刻意晦涩、但十分奇异精彩。有时，我们读蒋浩的诗，好像他是在熟练地把玩一枚魔方，向不同的角度旋转出不一样的诗意，但其背后不乏精巧的布局。

女性或许更能体味到人生或词语路上的旖旎风光和神秘景深。女诗人兼翻译家舒丹丹便拥有这种不俗匠心，刊登于2018年6月“中国诗歌网”的诗作《缘溪行》便是一首行走之诗。行走，是为了“确信青山在侧，流水不腐”，自然有其永恒的定律；也是为了确信那个走了很远的自己，最后又回到了自由的状态中。这首行走之诗不使用艰涩的语言，却常常在酣畅的言说中，引出某种玄思。她的诗有浓郁的自然气息，与大自然中的植物、动物、雨露阳光融为一体，但又能保证主体的独立，不被自然的笼罩所遮蔽。从这个角度来看，自然更像是她诗歌中必不可少的背景。行走更是时间流逝的隐喻，女诗人宫白云的《第七日》仿佛是倒放的录像，从时间的尽头不断回到一切的开端。时间不断退回，如同傍晚退潮后的海岸，白日里隐匿在海水深处的形形色色的贝壳与礁石，此刻一览无余。神用六天创造天地万物，第七日安息，时间便因此被分割成“周”，第七日则是一周的最后一日。与神相异，诗人宫白云仿佛从第七日苏醒，在已经完备甚至陈旧的世界万物之间，诗人“一秒也没有停留”。在《滇池》2018年第9期上，“80后”女诗人杨碧薇的《下南洋：开平碉楼里的女人像》让人印象深刻，诗人展示了开平碉楼上一对伉俪小影中微笑着的女人与百年后“从云南来的年轻女游客”隔着遥遥的时空、穿过想象的边界无声地交谈，那幅历史风尘中的老相片更像是诗人置身于历史空间之中的自画像。从镜头的视线里洞穿的一切：道德与反叛、幸福与苦难、自由与禁锢、过去与未来等等，都在某一个瞬间定格。延宕至今，她的笑已回答了一切。

青年学者一行也是一位内行的诗歌写作者。在2018年3月号的《读诗》上，一行发表了诗作《秋日，与小毅登万溪冲后山》。诚如诗中所言：“我们无法在人生的中途休息”，因为生活和时间总是既在前边死劲拽着又在后面狠狠推着我们。但我们总有办法稍稍变换行走的方向，就像一颗微微逃逸了固定轨迹的行星。在循环往复的日常生活中，一场突如其来的雪，一场短暂的异域旅行，或者偶然深夜回家时寂静宽阔的街道，都会给我们惊喜。因为我们获得了与以往生活不同的眼光，去看待那似乎是一成不变的风景。“90后”诗人砂丁的《远足》也是首“在路上”的诗。全诗弥漫着一种青年式的忧伤情绪，这主要体现在叙述的节奏和语调上。温柔、细腻、亲昵的叙述造成了某种清新的音调空间，游记诗中插入的追忆片段又为这个音调空间附上了伤感的光晕。如果我们同意，诗的音乐很大程度具有重塑时间的功能，那么在《远足》中，经由琐碎的叙述，逝去的过往和眼前即景被松散地拉到同一个时空。青年诗人了小朱的另一个身份是飞行员，他的《飞行生活》一诗刚好是他两种身份的统一，他重复着连接大地和天空的事业。该诗是这位诗人飞行经验的片段，飞行员的身份赋予了诗人与众不同的视野、海拔与想象。在这首诗的开篇，诗的主人公发出气度不凡的宣言：“我带着一个落日升起”，对于其他人而言这种表达是充满臆想性的豪言壮语，而对于一个飞行员而言，这是真实可信的经验的复写。但在了小朱的诗学空间内部，与真实之维度平行的、甚至更为辽阔的是想象的维度。在诗歌内部，时间被折叠又被延展，诗人生活在其中，合乎规则的生活只在想象中羁放，用力拉开生活的引线却不能引爆琐细的日常，最终只能伪装成一次叹息：“我的处境还不能脱离得失。”

青年诗人王志军的《山村》一诗有效地处理了“速度”，其实也在处理我们生活的本质。无论是从一地到另一地的快速变换，还是某处风景自身的变迁，其背后隐含的，都是为我们的日常带来迥异与惊诧的具体经验，以及我们在面对这些非日常时候的震惊体验。诗中的乡村一地既是旅程的终点，也是一个漫长的旅程，它既是一个地址，也是诗人面临问题的核心，是速度的具体形态，这首诗可谓是将这种速度感完整地呈现给了读者，同时还有这种现代速度所带来的、那些惯常被无视的切身感，这同样是这首诗有趣的地方。青年诗人王辰龙的《某野浴者的体检报告》制造了一种充满戏剧性的历史场景，诗人将一位“野浴者”（“他”）同时置于两个时空之中：“客厅”与“长河”，“晚年”与“暑假”（童年），诗题中的“体检报告”指向某种身体的政治——在水中的矫健（“像是幻听号令而抢跳的好手”）与在客厅里的疲乏（“他瞌睡着”）两者之间释放出某种从空间变化指向时间流度的张力——晚年现实生活的琐碎与困顿（诗第四、五节）使“他”尝试着通过在水中游泳，怀念并企图重现年轻的景象（“蝉蜕”“努力睁开双眼”）。在这种时空变迁的交叠中，诗人“用现代汉语实践了一种与消逝对称的抒情”（陈勇语），也因如此，诗人的言说正坚实地重塑着“消逝”的现实。“90后”诗人张嘉珮创作于本年度的《散步》培养了一种安静的观看目光和静谧的冥想，事物的光芒也自然涌现。散步营造出的氛围，构成了一幅空白的背景，似有若无，留下痕迹又被擦去。正是在这样的背景之下，事物的生机和光芒自动显现出来，在这几个意象中体现得尤为明显，“八点钟的塔楼”“从不说谎的树下”。可以看到人力对自然物象的修改，但显得恰如其分，在整体氛围之中，这些带着人为修辞色彩的词语，如盐水般融入了事物，与事物完全融合在一起，令事物获得了恰切的命名。

四、词语的历险和拯救的可能

新诗写作所倚重的是具有无穷生命力的现代汉语，词语不但是一种古老文明的高度浓缩和优质基因，也是包含想象力和预言性的文化种子。词语身上肩负激情和重任，将人类智慧裹进语言艺术。在信息和媒介时代，诗人尤其关注诗歌如何制造一种“反环境”，就像麦克卢汉所说：“对现实环境进行戏拟，直到成为它的反讽形式，并映衬出现实环境的荒谬”。在这过程中，诗人对词语提出了更高的要求，从而将人类从难以明察的麻木状态之中拯救出来，保持明澈的生命意识。那么，在2018年的新诗写作实绩中，生生不息的现代汉语是如何为制造“反环境”而披肝沥胆、屡建奇功的？我们不妨尝试翻检一番以下诗人的作品。

著名诗人桑克的诗，始终在日常生活（口语化）与历史感（对时空的驻足凝视）的双手互搏中生长蔓延出来。因而在桑克看似非常流畅的口语化写作中，其实隐含着自我与外界的多重驳诘。比如《在黑报大楼办公室斜视圣伊维尔教堂》就通过作为记者的“我”，看向了历史与此在相互重叠的空间景观。圣伊维尔教堂只有在日常之外的斜视中才能被发现。但发现它的并不是“我”或诗人，而“是推土机和吊车联合发现的”。“黄金或权柄”再一次在历史的身上进行雕刻。诗人回想自己的记者生涯，这意外来临的“斜视”，一方面被称为“非人工的纪念碑”；另一方面，诗人又显得颇为清醒，意识到“象征的限度是强烈的”，更坚硬与神秘的双重现实，则让“我”感叹生命的“赔不起”，遂遁入不可说的境地。诗人哑石素以语气的对撞、翻转式的自我矫正生成出诙谐不经的诗意氛围，相比之下，其新作《白描能完成的事，时间已做得丝丝入扣了》更像一场有关精神传统的严肃探讨。诗人提到“宇宙的羽毛”，让人联想到清晨的阳光，充满爱意。诗人将人与世界的关系凝定为一个颇为温柔、同时带有相当神话气氛的场景。而“斜刺里，风裹血丝，扑进你的怀抱……”这样的诗句，让我们反思写作本身，正如那匹不断流动的“锦缎”，它要求创造，也呼唤着诗人拥抱创造的危险。在诗人姜涛的许多作品中，我们都能发现一个“我”的声音，虽不以第一人称显现，却隐身在或叹喟、或调笑的语气背后。这个面具化的声音从“洞中”走出，与人伦、工作、城市生活等各样经验对撞，又回头打量一下自己逼仄的领地，调整一下腾挪的距离与角度。姜涛的新作《洞中一日》出自新近出版的同名诗集，将“新房”喻为蛮荒“山洞”，平白多了几分鲁滨逊开疆拓土的色彩。可是，这些修辞甚至谈不上“化用”，它们足够“轻”，像酒中气泡，漫不经心地生成，又漫不经心地腾起、消失。《洞中一日》排除了我们印象中的“诗意”语言，显得坦率、亲切，如触角一般，更便于深入那些灰灰白白的经验地带。

诗人徐淳刚将自己的诗歌命名为“流水账”，这一自嘲的“定位”极具讽刺性。比起“流水账”啰唆的铺陈，徐淳刚的语言更像是真正的流水一般顺畅、自然，偶尔溅起几朵水花，使读者不失读诗的警惕：看似没有刻意设计的结构，实际上却“暗藏玄机”。《关于飞行的流水账》一诗是按着时序记录的从武汉至西安的旅途感受。诗人对现实场景的描摹、联想与回忆在外部声音提示的时空之中穿行，因为“流水账”的形式，旅途中广播的声音、空姐问询的声音乃至飞机自身的噪声都没有打断诗人的运思，甚至与联想的空间融为了一体。正当徐淳刚飞行之际，青年诗人簌弦正在复旦大学的本部与北区之间架起一道思想高速路。读过《本北高速指南》的朋友或许同意这种判断：蔌弦擅长将事物扩展出有效的隐喻，从而使其既是对风景的描摹又暗含对风景的分析、剖解和讽喻。他遵循着句子的“经济”原则，不另辟空间，一边对现实观察、想象，一边就展开评论。我们从中可以看到，诗人的想象力最终要服务的，不仅是对抒情的修辞提升，还试图通过对那些“联袂性”的隐喻和适度反讽的练习，来发展其诗的心智判断力。这种判断力又得到了诗中主体声音的协助，他避免犹疑，在快速的、不愿多做停顿的跨行中，以颇具信心的节奏向前推进。值得一提的，还有青年诗人张政硕的《船夫和桥》，作品捕捉到了俄语声音的特质，“前缀在喉咙中轻轻摩擦”，前缀表示运动动词的方向，如同船桨划开水面；词语的后缀在表示语法含义时，词尾的发声常常被忽视，因而“与木桥诀别”后，“不久失去讯息”。此诗作于彼得堡的涅瓦河畔，船夫与桥本是诗人眼中真实的景象，但在船夫激昂的吆喝声和怀旧的船调中，诗人却仿佛回到了上个世纪，甚至一度恍然：这不是彼得堡，这是列宁格勒！如同曼德尔施塔姆对故乡的呼告：“彼得堡！我暂时还不想死去：／你那里还有着我的电话号码”（《列宁格勒》）。

诗人兼翻译家程一身有一首《几何人体》，让人惊叹不已。诗人用词语雕塑几何女体，像是在进行一次人体拓扑学实验。诗中称，发是“最美的线”；面是“两个倾斜的平原连成一片”；眼是“圆中套圆”；乳则是“两个洁白的圆合成一条/黑色的线”。臀与椅面的三角，仿佛是上帝通过几何学定律在向我们泄露先机……这又让人想起绘画史上蒙德里安的新造型主义。几何线条看似冷漠，却最深地浸透着自然的奥秘和动人的美。正如诗人的工作，同样是源于点线面的启示，才恰恰“组成一部爱的奥义书”。从几何思维出发，诗人方李靖的新作《“茫茫黑夜测量”》的题目，戏拟了法国小说家塞利纳的《茫茫黑夜漫游》，将“漫游”改为“测量”，独具工科博士的理性气质。物理意象在提供一种个性化的修辞之外，也完成了一种充满异质性的美感。麦克卢汉认为，如果坐在黑暗的屋子里谈话，话语就突然获得新的意义和异常的质感。话语的质感甚至比建筑物的质感还丰富。这首由精准的词语、理智的结构和感性的诗绪所建筑的长诗，因为黑暗的底色和有限的空间而呈现出丰富的意义与丰盈的质地。在对黑暗的测探中，旁观的目光成了记录的镜头。该诗也包含了许多属于同时代人精辟的表达，那些文字成了这首诗的底色。在关联着远方和人们的视域中，黑色也变得层次丰富，黑暗既可以凸显又可以凹陷。当与“风景”相对时，女诗人苏仪总是能够显出足够的耐心，细腻而温和地，以朴拙而诚恳的语言对空间做事无巨细的观察。但苏仪以诗歌为介体进行的这种观察并不仅仅限于一种定格目光的审视，它是一种从“此地”到“异地”，将

“自然之物”与“现代生活”杂糅的审视。她的诗歌《白河》便是如此，诗人将自身安置在“白河”这一空间，但诗人的思绪或者说所写之物早已穿梭在“玻璃城市”与“摇摆的丛林”之中，你便无法确认“白河”这一坐标的可靠性。这种跳脱感带给阅读者的是一种奇幻日常的变形。苏仪擅长对自身空间进行事无巨细的观察，但她的这种观察却带着一个精致的万花筒似的装置，不断提醒，不断加重与现实的疏离感，从而与日常时间做出抵抗。

诗人回地在《七月递过来一张废纸》中尝试了一次尤利西斯式的写作。时代与历史在诗中互相错位和颠倒，互为叠影，充满隐晦的批判和无边的叹嘘。商业招牌成了阴阳两界的鬼魅闪光，京郊的潮白河成了古希腊神话中的冥河，冥王的船夫卡隆也华丽转身，经营起付费儿童游艇。曾经领着但丁穿越地狱、炼狱的维吉尔，在新式楼盘的假山假水间装模作样，拜伦和但丁在仿欧建筑的度假村内成了新时代的观光客。诗人把日常商业景观社会中置换成幽灵世界。死者以一种荒诞、滑稽的面目“粉墨登场”，而活人们却在雾霾交织的黄昏、日暮中“看不见对方的影子”。诗人感叹人们“仅活在自身的幽灵状态中”，或许这种种吊诡才是时代的真相？七月递过的这张废纸，被诗人展开阅读，却从根本上又是无法阅读的。这一情调在诗人昆鸟的《家的岁末》中也有共鸣。在今天，写乡愁的困难在于，我们缘何要离开故土，这种原因会化为枷锁。明明是数小时就可以回去的地方，却给人感觉无限遥远，因为回去这一行为所蕴含的，不仅仅是回归，还带有放弃，筹码的压力使得这个行为变为最简单却最不切实际的选择，最后给人留下的，更多是迷茫。正像这首诗里写到的，最后一节仍然是回到那个进程里，一个无法着陆也无法登陆的状态，一个永远流浪的状态。在《活着的人》一诗中，安吾尝试以一种无奈而辛酸的语气吐露着生活的艰涩，真实与虚构的世界不断交织，难分难解难辨，仿若一部不言自明的当代传奇，一部暗色调的时代纪录片。在诗的抒情主人公诚恳的独白中，“活着”这一永恒重大的话题变得清晰而实在；“活着”，从高深乃至于虚无的云端哲学，下降到坚实厚重的现实大地。在被热爱着的“生活”面前，在失去温度的现实前面，一切比喻、一切形象、一切修辞都显得如此单薄，甚至矫情。幸运的是，安吾找到了适合他的、甚至只属于他的语气，他的气息流畅而自如，在他的吐息之间，“活着的人”脱离了文本空间，成为一个真正“活着的人”。

五、灵魂的叹息和自我的升华

在2018年的诗歌创作中，依然有相当一部分作品以稳健、笃定和超拔的姿态回应着中国文学绵延数千年的抒情传统。诗人们以一颗强烈的公道之心关注着国事家事天下事，将宏大磅礴的时代主题和微小杂芜的心间律动游刃有余地相互结合，在诗行中抒发出“灵魂的叹息”，呼吁读者探触生命的悲悯和语言的本源，形成文字的终端物：感叹。古往今来，感叹的形式变化多端，始终是中国人在命运、万物、天地面前表达和表白自己的基本方式，是对人生无意义本质的肯定，却又没有因此否定人生。在生命的存在与虚无之间，诗人们做出了大量极有价值的尝试和求索。

《山花》杂志2018年第1期上，发表了著名诗人臧棣的《最高的存在入门》，作为诗人若干“入门”系列诗中的一首，它以熟练巧妙的修辞，把不同性质的词语进行转接，呈现出自由的旁逸斜出之姿。从题目上看，诗人仍然是围绕“存在”这一带有形而上性质的主题展开了语言纹理的延伸和编织。与其说该是要解决“存在何为”这一问题的答案，不如说，他是通过联想、比喻以及不同性质词语的并置等方式，踏上了有辩证性质的智力跳板。“第三代”著名诗人钟鸣在他的新作《穿刺者》中，以反讽而悲悯的语调，塑造了一个沉默、麻木、郁闷或狂妄的“穿刺者”形象。词语和身体因某种疼痛联系在一起，以致意欲表达的和实际说出的形成了裂隙，诗人以旁观者的视线敏锐地捕捉到了“穿刺者”微弱的颤动，而摇撼他的不是鳄鱼虚伪的眼泪或者绝境中的寂寞，而是某种历史的虚幻和现实的空无，因为只有这些假设每天都在贬值，最终成为负担，“成为不可能的可能”。在2018年由北京大学出版社出版的《阳光打在地上：北大当代诗选（1978—2018）》中，收有出身北大中文系的60后诗人清平的一首《往贤与风景》，为“隐者”精神一个绝妙的注脚。在今天这个时代已经很难再成为一个隐士了，但所幸诗人做到了，正像这首诗中，以一种颓废与不以为然，诗人最终完成了自身的隐逸，诗篇结尾可以看见，作为写作者的诗人明言，没有什么能写成篇章，整首诗读下来可以发现，这绝非矫揉造作的姿态，而正是诗人真实的想法，也正得益于这种诚实，诗人在诗中消弭了二元的对立，消弭了有与无，好与坏，是与否，而代之以无所谓，让隐逸之气自显，让整首诗显得澄澈、清明。在《作品》2018年第3期上，80后诗人唐不遇刊登了两首“挽歌”，显得凝练、透彻。在《季节挽歌》中，诗人将四时轮回与人的死亡结合在一起，把故去的老人看作是待栽种的树。目睹下葬的过程，诗人只能眼看着，“不知道他会变成什么树”，仿佛故去的人真的会在另一个世界里重生。而果园里苍老的树和轻快的小溪之间形成的强烈反差，又预示着一个更新的世界，新的轮回。《鱼头豆腐挽歌》也有着同样的品质。它展现了欲望的交叠与变异，如何使母亲不再为鱼和鱼卵的死亡心怀震悚，平静的语调却让人感觉被一种复杂的冷漠所击中。纵观这两首诗，没有一个表示悲痛的词语。但读毕却让人想起古人语：“死生亦大矣，岂不痛哉？”

第七届鲁迅文学奖获得者杜涯的新作《在更高处》，发表于《诗刊》2018年第3期，诗歌在杜涯这里，作为现实生活的一个缓冲地带，为个人有限经验体会到的日常生活提供了一个腾挪心灵的空间。她用写诗的方式提醒自己，在枯索的现实之外，还有更高处的存在。每日匍匐在大地上的是面目模糊、疲于奔命的人群，诗人却不忘抬头仰望天空，“那更高处，永不许我下降”，“我”对自然和宇宙万物的情绪化感知进一步加深了自我与外部世界之间的关联，“我”与“更高处的存在”之间展开了情感上的互动、灵魂的对话，对“无限”的体认让“我”重新认识到自我和现实生活的限度，并能够以一种更妥切的方式去面对。谷禾的新作《在世界的每一个早晨》发表于《山花》2018年第9期，该诗给人最直观的感受是：我们可以从一首诗里看见世界的模样。虽并不能算作一首长诗，但其“体量”却是惊人的：从个体生命的往复，到世界各地发生的种种或好或坏的现象，再到历史的发展……它们都被囊括在这首诗中，作为作者展现其博大的人文关怀的道具。可以说，作者深切地感受到了现实世界的矛盾，生活阴暗面与时间一道，不断侵蚀着人们的知觉。可贵的是，在这残酷的世道中，作者依然保持对未来的希望。同样读来让人心头一紧的还有刘洁岷的《灾难一课》。这是一首地震诗，文字并不复杂，叙述平缓，语气淡然，但正是这种看似冷漠的述说，却猛烈地铺开一个惨烈的景象，甚至没有多一点铺垫的地方，这样强烈的对比不由更使人悲恸。每一节都酝酿着强烈的情绪，却都在最后两句消弭一空，语气也转为叹息一般，让人感到憋闷与窒息，好似隐隐传达着：除了生死，人生没有大事。这首诗很难让人细品，因为那些汹涌的情绪被紧锁在波澜不惊的话语中，可若要试图进入，那爆裂而来的冲击便越凶猛，越读便越是心疼。

在《诗刊》2018年第2期（上半月刊）上，诗人余笑忠的一首《命途》也在探索着灵魂的偶然和慈悲。本诗的语言简单、朴素，语调隐忍、克制，没有故作姿态的起起伏伏，只平静地叙述了一个事件，像观察者一样，诗人观看着自己和一个误入电梯的单纯的小家伙之间是如何产生联系的。一个平凡的生活场景中，两个不同生命的相遇，却碰撞出了共同的命运的回响。几分嗟叹，几分动容，正是本诗的全部了。读完这首诗后，特别适合再读一读袁永苹发表在《青春》2018年第6期上的《晚祷》。这首诗捕捉到最精致的家庭生活片段，亲密的母女间的交流为原本平淡的日常生活着上了一层温情的色调，这种细腻得不可言说的情感，非为人母，不可抵达。袁永苹的诗，始终以极大热忱指向生活最具痛感的地带，以婉转低回的语调逼近人性极幽微之处。这需要一种持续而细微的观察，同时还需要敏锐精巧的感知力，这是作为一个诗人必须具备的自觉。同理，诗人吕约的《叹息国》确如叹息一般，向读者娓娓道来一个纷繁的故事。渐渐铺开的宏大叙事，其中不难看出在一片广阔的土地上，跨越了时间的诸多隐喻，也很容易看出诗人试图为这些事件找寻共同的特质，并为之命名的野心，这亦是对一种语言，一个民族的特质、血脉、染色体进行探寻和命名。值得称道的是，诗人并未将目光停留在过去，她真正的对象依然是当下的生活，叙述中伴随的叹息语调更多是针对此刻的。她试图命名的主体是切身的状态，只是诗人敏锐地找到了其源头。

《汉诗》执行主编、诗人张执浩的《松针是最好的引火》，为我们找到了生活与写作的等价物，但随时随地“燃烧”的能力在渐渐离“我”而去，“焚毁的冲动”却还“时刻都存在”。这样的困境让我们看到了燃烧作为生命状态的两面性：它带来危险，但也携带着希望和活力。意识到这一点的诗人，察觉到了时间的匆匆流逝，他并没有大哭大喊，“唯有写下这首诗/折断身体里的一根根枯枝”。或许，这也是“燃烧”曾经教给我们的道理：在“再无可燃之物”时，只有写诗才能代替“燃烧”，为我们保留绽放的尊严。诗人李建春《大匠的构型》呈现出建筑师般精妙的构思与美学的追求。诗思如钢筋搭建着坚稳的结构，诗绪如水泥填补着凝固的框架，词语如砖石错落而有致，短句如梁柱稳固且耐腐，气息是门楣与窗棂"通风报信"，修辞则是精雕细琢的脊兽砖雕或细细描摹的瓦当图案。在这精心建筑的诗歌空间内部，所有的图形文字犹如一场思维姿态的芭蕾，在旷野的中心旋转，在奇迹的漩涡中心跳跃，当风景的幕布垂落，建筑师方能停下摇曳的思绪，完成大匠的构型。读罢全诗我们发现，这其实也是一首元诗，建筑的工匠如同诗人一般，以声音和形状构建富有层次和质感的美学大厦；而在某些时刻，诗人亦如匠人。《诗建设》杂志主编、诗人泉子的两首新作《圆月》和《凡心》将沧桑和叹息的主题高度凝缩又润物细无声地化繁为简。诗人特别选择了"圆月"这个形态，月亮因承受（"吞下"）全体人类的苦难而变得鼓胀，又以最极限的努力救赎（"倾吐"）全体人类的罪恶并给人以心灵的慰藉和宁静。全诗以近乎训诫的口吻，期望"你"成为"圆月"般的人。这既可以是诗人与自己的对话，因而是一种自警；也可以是借某种更高存在的口吻与读者对话，因而是一道律令。《凡心》可以看作《圆月》的续集，镜头从圆月转向望月（神）的人，人因为仰望神而在自身深处获得了光芒（救赎?），成为新的光源。而结尾的意义却是暧昧多元的：幽暗处的刀刃，究竟在谁手中？是在每一个仰望神的"你"手中，还是一只看不见的神秘之手中？而"伟大的时代"，是每一个凡人共同建筑的可赞美的时代，还是一种反讽，一个幻象？凡人，即便是能够为光芒浇筑的人，究竟是伟大时代的建筑者，还是终究会被伟大时代碾落成尘？这恐怕是让普天下所有诗人鼓起勇气不断写下去的少数几个谜团之一。

以一篇综述性质的文章来完整概括整个2018年度的汉语新诗创作情况是不可能的。本文只能以极为有限的视野去尝试做出一定程度上的归类、盘点和评价。在梳理工作中尽量回避了一些具有高知名度、高曝光度和高点击率的名人名作，也有意省略了本年度荣获各类各级诗歌奖的获奖诗人和作品，本着以作品质量和写作价值为中心，本年鉴倾向于勾勒和挖掘本年度诗歌领域有长足创造力、深厚艺术修养和一定的社会批判性的优秀作品，力图在国内众多视角的年度综述中提供一份冷静、谦逊、有可持续性阅读魅力的作品指南。

重建文学与现实的关联

——2018年非虚构写作年鉴

黄　灯

文学与现实的关系，之所以成为一个特别值得讨论的话题，多年来，来源于个人化叙事合法化后，其创作实践及其危机需要清理，非虚构在此种境况下，之所以成为热门，主要来自其文体的粗粝和草根，更便捷地与现实建立了贴皮贴肉的关系。

整体而言，2018年的非虚构写作，沿着自2010年《人民文学》高调开设的“非虚构”路子，坚守“见证与写实”的特质，在经历了梁鸿、慕容雪村、孙惠芬、萧相风、丁燕，以及阎海军、李娟、黄灯、袁凌、刘绍华、魏玲等作家的具体实践，伴随着一批极具震撼力的作品《中国在梁庄》《出梁庄记》《生死十日谈》《工厂女孩》《崖边报告》《大地上的亲人》《我的凉山兄弟》《我的九十九次死亡》《青苔不会消失》的出现，依然持续了该有的热度，在文学相对疲软和深度报道日渐衰竭的年代，重建了文学与现实的关联，彰显了文字的力量和书写的尊严。具体看来，无论在题材和叙事策略上，均有了新的开拓，展现了“非虚构”文体的创生力量和自我生长的可能性，其内在的规定性和边界也逐渐生成。本文将从2018年度非虚构写作的题材“伤痛与问题”“底层与平民”“历史与记忆”“地域与风物”四个方面进入，梳理本年度的重要作品，并就此进行总结和反思。

一、伤痛与问题

一个时代有多繁荣，其内在的伤痛就有多深重。问题和病候从来就没有离开过人类，它们从来就和人类相伴而行，完美无缺的“美丽新世界”和“黄金时代”只是一种比远方更远的理想。文学和时代的关联，更多表现为文字对人类心灵内伤的关注。近年来非虚构写作的火热不是偶然，中国快速的城市化发展和改革进入深水区的实际情况，使被引爆的社会问题相对集中，而纯文学对时代的反应不可能那么直接，新闻媒体和深度报道又无法到场，这给非虚构写作留下了广阔的空间，非虚构写作的风靡，是时代症候纷纷浮现的一种表征，非虚构写作者，可以看作为时代写病历的人。

2018 年的非虚构写作，同样有大量的作品直抵时代的痛点，不过，与此前从一个比较宽广的社会层面去呈现社会问题不同，比如，梁鸿的《中国在梁庄》、阎海军的《崖边报告》、黄灯的《大地上的亲人》三部作品，主要从宏观的视角，去透视中国以城市为中心的发展路向对农村、农民群体的伤害，显示了一种整体性的制度层面的反思，具有明显的宏大叙事的特质，而 2018 年的非虚构写作则与此不同，更多聚焦于“人”，而不是“事”，写作者把更多的笔墨，用来描述“个人”如何承受问题与伤痛，伤害如何在个人的心灵和精神处发生，个人又如何试图从伤害中实施精神的奔突，乃至“破茧而出”，作品不再正面直击宏大的社会问题，而把触角伸向私人领域，包括私人性的身体、精神的疾患乃至因疾病而带来的死亡，出现了周芳的《精神病院采访实录》，普玄的《疼痛吧指头》，长江的《我的生命谁做主？》，李西闽的《我们为什么要呼救》，向思宇、罗鸿的《废墟上的小太阳》，李珶璐《中国失踪儿童家庭的忧与盼》等一批有代表性的作品。

周芳是一名卫校工作的语文教师，2013 年，她曾在医院的重症监护室做义工，写下了见证死里逃生中拥抱生命的《重症监护室》。这次，她又以精神病医护人员的身份走进精神病院，零距离地走近精神病人，了解他们的日常生活及内心世界。在这部作品里，周芳以生动的笔墨描摹了失去理智、吉凶难料的精神病人，其中有多疑、妄想、突然用菜刀砍人的“武疯子”，有具备强烈自残、自杀倾向的躁郁症患者，有处在极度焦虑、痛苦中的精神分裂症患者，还有因婚恋失败内心扭曲的“花痴”等。在讲述每一个患者的故事前，周芳都会列出一份类似病人病历的材料，大致介绍他们的病状和基本情况，然后细致描写患者在医院的种种行迹，并穿插进病人的人生经历和精到的分析，对精神疾患者进行病理学追溯，推究他们产生精神障碍和分裂的原因，有时还会对病人进院后的治疗效果进行叙述。周芳的描述，充分展开了精神病患者不为人知的生活和世界，让读者得以看到另一群生动、鲜活的生命。和正常人一样，这些精神病人有血有肉有情感，有作为人的权利，但他们被放逐、歧视，生活于远离正常社会的“孤岛”之上，呈现出扭曲、痛苦、绝望的生命状态。周芳的作品提醒我们，在我国，这样的精神病患者，并非个案，而有近一亿的数目；她的写作让人警醒，现代生活给人带来的压力，会让每个人都有可能一刹那间心理失控、崩盘、恶变，沦为其中的一员。米歇尔·福柯在《疯癫与文明》写道：“病人被囚在船上，无处逃遁。他被送到千支百汊的江河上或茫茫无际的大海上，也就被送交给脱离尘世的、不可捉摸的命运。”对待日益增多的精神病患者，我们不能像福柯所说的那样，将他们抛弃。而正视与关注这类人的生存状态、发病机理和防治措施，对社会中的每一个人都非常重要。

普玄的《疼痛吧指头：给我的孤独症孩子》，则以身患孤独症的儿子为中心，书写这个“星星的孩子”给自己、家人带来的巨大影响。据 2015 年的监测数据，中国的孤独症人群在一千万以上，但对这个群体的福利救助还远未提上日程。医学上被称为孤独症的儿童，大多

"有视力却不愿和你对视，有语言却很难和你交流，有听力却总是充耳不闻，有行为却总与你的愿望相悖……"。人们无从知道这些孩子的病由，只好把他们称为"星星的孩子"。他们像星空中彼此隔绝的星星，独自闪烁，没有人知道其生命的打开方式，也没有人能找到进入其精神世界的通道和密码。《疼痛吧指头：给我的孤独症孩子》正是一本打开这个群体的细密之作，也是一个父亲和命运的抗争之书。全书分为三个部分：第一部分写天生孤独症的儿子的成长，以及作者及其家庭为此所背负的压力和重担、希望和失望、煎熬和期待；第二部分写自己不足为外人道的隐秘家史，在这一部分中，普玄写了自己存在两位残疾人的原生家庭，在母亲的支撑下，如何在过往的艰难岁月，不向厄运低头，在苦难中相互扶持的家族史；第三部分重新回到儿子的成长，叙述了大年三十的夜晚，自己穿过浓雾重锁的大山，送孩子回家过年艰难而悲苦的旅程：在旅程中，父子有了一次奇异的交流，作者也因此获得了自我救赎，最后，儿子来到福利院，学到了新东西，也有了新归宿。

客观而言，孤独症儿童往往会让一个家庭陷入绝境，这其中有医疗机制的不健全、福利的缺位和社会偏见等因素，但作品并没有在孤独症儿童关联的社会后果等方面多花笔墨，而是更多从个体命运、生存的角度，写自己和家庭为偶然的厄运所产生的抗争，同时坦然将多年来的苦痛、挣扎、彷徨与抉择裸露出来，让读者感受到一个父亲令人痛心的父爱，以及一个家庭的坚持和顺受。这部作品不仅写给自闭症孩子和家庭，还写给每个人，在普玄看来，无论人类到达怎样一个时代，无论人类的文明怎样发达，作为个体的人生都充满意外，苦难不可预测，也不会消失，而人类的感情是相通的，我们必须保持一种同理心和共情能力，对别人身上的苦难保持理解和同情，而不是漠然。正是有这样一种创作初心的加持，《疼痛吧指头》获得了超越具体家庭困境的形而上学意义，获得了一种可贵的普遍性，作者对苦难的审视，使得作品平静而浩大，体现出一位优秀作家的精神底色。

疾病能让个体陷入困境，疾病也可以将一个人推向死亡。站在死亡的路口，个体该如何直面对死亡本能的恐惧、又该如何处置即将结束的生，并维护垂死生命的尊严？这些命题，长江在《我的生命谁做主？——死亡门前的调查与思考》中给予了回答和思考。作为央视著名记者、主持人和作家，长江曾选题、策划并与他人合作完成了《你立遗嘱了吗?》《你知道"生前预嘱"吗?》《捐献器官——生命接力》《重生》以及《病房里的童年》《不该缺席的生命教育》等"生命系列"的电视专题，并将其变成文字，目的就是呼唤中国重视"生命教育"。作品一开始就提出了一个残酷的问题：假若有一天你或你亲人的生命走到尽头，并面临无效抢救的危局，救还是不救？救，只能延长心脏跳动的时间、生命已无法康复，并且必须为此支付更高昂的医疗费用，病人也将为此承受更多的肉体痛苦；不救，病人则可以相对平静且更有尊严地告别人世，而活着的人却可能面临良心的谴责与舆论的煎熬。在作品中，长江用饱含激情、富于思辨的叙事，呈现了采访对象面对这些问题所作出的抉择。她写一位13岁的少女果果，美丽、善良、聪慧、热情，因为脑血管疾病意外倒下，父母代替这个天真烂漫、乐于助人的小女孩，捐出器官和组织，并为女孩办了一场“欢送会”，以一种放松、自然的方式送别爱女。长江还写了一位身患肺癌的77岁的老护士长，不愿意在生命的最后时刻被人采取心肺复苏、插管、切喉、上呼吸机等措施，以及她家人的理解和支持。同时，作者还把镜头推向开国大将的后人罗点点、陈小鲁等人，他们因为见证了父辈在人生最后阶段的“积极抢救”，对其带来的身心剧痛感同身受，为了让中国人在临终的那一刻能按自己的意愿，有尊严、不痛苦地离开，他们发起了“临终不插管俱乐部”，建立了“选择与尊严”公益网站，成立“生前预嘱”推广协会，起草并准备推出《中国缓和医疗（安宁疗护）发展蓝皮书》。他们所做的这一切，彰显了“生命教育”“死亡教育”的迫切，通过非虚构的写作，将“我的生命我做主”的意识扎根在读者的心田。

当然，除了疾病给人带来的苦难，大自然制造的灾难更是左右人类命运的暴君。2008年5月的汶川地震、2013年4月的芦山地震，在一瞬间把众多的家庭带进了地狱。时至今日，许多人还没有从那些巨大的无妄之灾中恢复过来，但生活还要持续，灾区的人们现状如何？2018年，几部重要的非虚构作品抵达灾区，将地震留给人们的创伤和灾区重建的希望，呈现在读者眼前。

作家李西闽在汶川大地震期间，曾被埋在废墟中长达七十六小时，获救后其根据个人生命经验写作的长篇纪实散文《幸存者》，引起了极大的社会反响，并获得华语文学传媒大奖。2018年，他带着新作《我们为什么要呼救》重新讲述了地震幸存者悲怆而又时见希望的人生故事：在书中，“李西闽”袒露了自己在震后因为无法忍受身体的疼痛和内心的恐惧，曾多次试图自杀；摄影师苏青眼见一对新人在自己面前瞬间消殒，多年来内心的愧疚和负罪感一直将其死死纠缠；当地农妇李翠花无法走出丧子之痛，长久陷于无法自拔的心灵灾难之中。在李西闽笔下，地震幸存者所面临的人生困境让人心痛不已：他们既要补缀起已经被天灾震得支离破碎的生活，还要克服幸存者的精神负罪感。幸运的是，“李西闽”最后战胜了死亡的诱惑，收获了人间的温情；苏青历经了与女友的分分合合之后，认识到彼此的真情，重归于好；而李翠花也终于诞下了一名可爱的女婴，重新找回了家庭的希望和圆满。在李西闽悲情而又不乏温暖的叙事里，苦难对于人精神成长的内在力量被最大限度地彰显出来。

向思宇、罗鸿的《废墟上的小太阳——震后少儿成长手记》，则以访谈的形式，真实记录了“5·12”大地震后，四类失独丧偶重组家庭再生育子女的成长经历，以及随之而来的矛盾和困惑，再现了这些家庭的生活状况。两位作者奔赴地震后的北川、汶川、什邡等重灾区，走访多户经历了丧子之痛的再生育家庭，通过与这些家长们的闲聊，呈现了这些孩子们的成长近况，凸显了地震给这些家庭带来的伤痛和打击。作品叙事朴实、家常，带着日常生活汤汤水水的平淡和烟火气，在悲怆的基调里，跳动着生命的恒常和庄严，传达了重建新生活的憧憬和希望。

陈果的《听·见——芦山地震重建故事》，耗费了四年心血，通过深入灾区重建一线的翔实采访，作者与重建亲历者交心、谈心，倾听、记录和整理了不少资料，挖掘了发生在他们身上的感人故事。作品所呈现的36个故事，讲述了50多位重建亲历者的具体事迹，鲜活再现了芦山地震灾区重建的历程，构成了一幅全景式的鲜活画卷，也呈现了作者对重建的深度思考。作品的“附录”部分，收录了作者蹲点采访过程中的一些日记，使得本书更具现场感和亲和力，增强了历史价值与传播价值。

除了疾病和灾难，2018年的非虚构写作，对当下社会问题同样进行了关注。以孩子的命运和成长为例，就出现了不少作品，分别从拐卖儿童、失独家庭、青少年犯罪等几个方面，讲述了被卷入社会问题中的孩子处境，表现出对个体生命的人道关怀。

李琭璐《中国失踪儿童家庭的忧与盼》，是一部走进被拐卖儿童家庭，倾听他们声音，正视这些家庭在失去孩子后的凄惶人生的作品。一开始，作者就把读者引向画家李月领的画展，画家为61位失踪儿童画了61幅画像，每一幅画像旁都有一个小卡片，简要地记录着这些孩子的情况和失踪的时间、地点等信息。这些孩子，或在自家床上被偷走、或在公园门口走失、或在上幼儿园路上弄丢，甚至有些莫名其妙找不到，他们的画像聚拢在一起，与浸透着孩子家人悲伤和企盼的视频一起，以极具视觉冲击力的形式，再现了一个个特殊家庭的悲伤的故事。接着，作者展开了这些失踪孩子的家人，艰难而漫长的寻亲故事：这里有电影《失孤》中的角色“雷泽宽”的人物原型郭刚堂，这个山东聊城的汉子，为寻找1997年丢失的儿子，北到漠河，南到海南，十几年里骑着摩托，走遍了除新疆和西藏以外的所有省份，走遍了每个可能有消息的方寸天地；这里还有从小被人贩拐卖，但最终逃跑出来，以至四处流浪，一直想回到家乡和家人身旁的杨海军；这里还有用28年的时光去寻找丢失的孩子，尽管毫无结果，但却组建了“陕西爱子联合会”的李静芝……作品展示了不同家庭背后痛不欲生的父母，凸显了他们为寻找失踪孩子所进行的艰苦卓绝的努力与协作，也饱含着作者对时代之痛的思索。

江暖的《云度山峙——对一位失独母亲的生命解读》，则以一个“闺蜜”的体贴和悲悯，走进自己的好友曹清清的世界：儿子康汇云清华毕业后，原本拥有似锦的前程，却因一次感冒发烧不幸身亡，曹清清成为一位失独母亲。作者在查阅和研读大量医学研究成果的基础上，对康汇云的发病和治疗过程进行追溯，对医院过度使用抗生素的行为和治疗方式，进行了深入细致、专业性极强的分析与质疑，并在悲悯的讲述中，再现了曹清清失去儿子、精神支柱倒塌后，所坠入的无尽的悲伤和绝望，对独生子女政策进行了尖锐的诘问与反思。作者饱含深情的叙述，和冷静专业的省思，将医疗体制和独生子女政策上存在的问题，以令人动容和振聋发聩的方式呈示出来。

张雅文的《妈妈，快拉我一把》，以青少年的犯罪为主题，同样让人心痛和发人深省。作者曾走进十一个省市的未成年犯管教所，与242位未成年犯人、监狱干警、专家学者深入交谈，倾听那些满脸稚气，却背负着抢劫、杀人、强奸、运输毒品、组织卖淫、暴力、伤害等各种罪行的花季少年，面对面地讲述自己的人生故事及犯罪经历：这里有自小饱受同伴欺凌、愤而反抗乃至刺死同学的东北少年石帆；有为了留住妈妈，而误杀和妈妈在一起的男人的云南少年；也有重复自己父母的犯罪人生、因贩毒被抓的十七岁孩子……作者没有停留在对少年犯罪事实的陈述层面上，而将笔触伸向了少年误入歧途的动因，让读者看到未成年人犯罪的背后，所存在的家庭教育的缺失、留守儿童的孤独、网络的影响、学校的失责乃至法律的缺失等原因，对现代化进程中，孩子所承受的后果进行了反思。

整体来看，2018 年的非虚构写作，在呈现社会的伤痛和问题层面，进行了诸多的实践。这些写作将社会众多的伤痛、疾患和问题推到了公众眼前，提醒着人类社会的不完美的永恒性，让社会中的每一个人，对习以为常的安宁和平静，保持应有的珍惜与警觉。

二、底层与平民

自非虚构写作在国内兴盛起来开始，就带有非常鲜明的底层色彩，从非虚构获得的关注和社会影响力来看，书写底层乡村的作品，无论是《中国在梁庄》《出梁庄记》还是《崖边报告》《大地上的亲人》等，多年来，一直保持持续的关注度，在读书界和民间，产生了极大的影响力，以至“底层和平民”的草根化视角，事实上成为这些作品的基本底色。这些作品大都直击“谁人乡村不沦陷”的颓败现实，揭示农民群体在迅疾的时代变革中，被发展抛弃、不自觉沦为城市化负面效应承受者的整体命运，更多从呈现问题的层面，叙述了乡村与底层劳动者的面貌，带有强烈的知识分子的自省和反思的态度。和此前的创作比较起来，2018 年的非虚构写作，同样延续了这一特质，但在具体的观照对象上，有了很大拓展，不但有农民，同时也有工人、社区工作者、大学老师、被边缘化的孩子等。草根化的视角不再承载过多的道德负载，而是成为写作者从日常生活进入，叙述普通人命运的一种态度。

从乡村书写而言，云南作家朱镛的《此岸到彼岸》无疑是这方面的杰作。这部作品讲述云南昭通巧家鹦哥村的农民蒋仕学，在高 260 米、宽 440 米的金沙江上，创造出“亚洲第一高溜”的故事，引出他们一家三代走出大山、寻找出路的血泪史，展示了乡村变革的内生需求和动力。鹦哥村背靠无边的群山，前临宽阔凶险的江水，前无出路后无退路。因为没有路，这个村庄长久以来一直被围困，但村民走出大山的愿望从未熄灭，众多的村民甚至为此付出生命的代价，这种和自然抗争的努力，给一代一代的村民烙下了无以言说、终生难愈的创伤。朱镛用无限的体恤之心，体察村民的艰难困苦，感受着村民对文明的向往、对知识的敬重和内心与大地相连的朴实信仰，以满怀深情的笔调叙说着他们动人的创造。在 1999 年，蒋仕学带着村民用最原始的方法，全靠力气和双手，在金沙江上建起了联通云南和四川的“亚洲第一高”的溜索，并用他们特有的智慧克服困难让溜索运行，在沉默中改变鹦哥村的历史和村民的命运。当然，最能改变村民和村庄命运的力量，来自国家的投入和社会的发展，作品的最后，因为金沙江大桥如火如荼的建设，连接大山村落的公路也如期开建，一种“守得云开见月明”的欢喜不自觉铺展开来，鹦哥村将迎来一个全新的时代，个体的抗争和国家的力量，在具体问题的展示中，获得了巧妙的铺陈。

徐春林的《平语札记》同样关注底层的乡村。作品写自己的故乡江西修水罗家窝村，在中央“移民扶贫”政策的支持下，所呈现的深刻、根本的变化：按政策要求，罗家窝村从大山深处整体搬迁入城，一步从农耕社会跨入工商业文明主导的市民社会。作者没有仅仅停留在国家政策对村民改变的层面上，而是着力把深居大山中卑微的山民，在物资匮乏的贫困里充满艰辛和苦难的历史记忆凸现出来，重现了个人对乡村苦涩而疼痛的印记，用文字为这些默默无闻的小人物，苦难之中依然葆有人性的尊严立下了一座丰碑。作者在书里真实地记录了移民工作中所遇到的困难和取得的成果，真切反映了当地百姓迁徙期间的变化和幸福感的获得，多维度地呈现了普通人在时代洪流中沧桑变幻的命运，凸显了罗家窝村民在城市化进程中，从物质生活到精神生活的跨越式发展。

农民和农民工群体，之所以成为近年来非虚构写作的重要对象，与这个群体在社会转型过程中所承载的时代阵痛有关。而事实上，在二十世纪九十年代，社会一直存在一个和农民群体同样重要的庞大人群：工人阶层。在国企改革以前，这个群体作为国家的领导阶层，始终享有较高的政治地位和经济地位，但他们在国企改制以后的命运，在文学上的表达，始终处于匮乏境地。2018 年，唐朝晖的《螺丝钉传》，就是为这个群体立传和画像的重要非虚构作品。

作为写作者和图书策划人，唐朝晖曾经在国家二级企业，湖南铁合金总厂做过十多年的石灰窑工人，极为熟悉国有企业产业工人的工作和生活。在此以前，根据个人的生命经验，他曾写作《一个人的工厂》，表现一名石灰窑工人的青春成长史。可以说，工厂经历和工人生活，是他生命中的重要部分和生命底色，也成为他情感的寄寓所在。在离开工厂 20 年后，他接受韩敬群先生的建议，重新回到工人队伍里，与工人面对面访谈，《螺丝钉传》就是他对钢铁工人所做的口述实录。由这些片段性的口述记录可以看出，唐朝晖在采访工人时，事先并没有定下一个确定的话题，以随机为主，加上对工人的访问时间比较短，作品里工人的口述，呈现出拉拉杂杂、零碎、不完整的状态，但就是这些片段的实录，从侧面反映出了现代大型国有企业产业工人的生活、精神状态，以及他们对自身和社会的清醒认识。唐朝晖访谈的工人年龄跨度大，来自五湖四海。对那些即将退休的钢铁工人（如胡海）来说，他们清楚地知道，像自己这一代靠体力劳动的工人，已不能适应现代钢铁企业的需要，必然面临淘汰的结局，面对一代人即将谢幕的命运，他们坦然接受，“人家这个时代，就是知识的时代，不会就是不行”；对那些处于中年的工人而言，他们依然葆有工人阶级的自豪，有对工作的热爱，有对自身阶级紧密关联着国家的安稳感，有当了“劳模”，就应该“更好地工作呗”的精神境界，但面对“创新”的茫然（如吴学春），他们也有被迫下岗后的危机（如王文彬）；对年轻一代钢铁工人而言，他们则有着与父辈完全不同的理念，对生活、自身和现代企业有着个性化的理解，他们能感受到一线工人的苦和累，但不以当工人为荣，并不认为工人就应该吃苦，期待通过科技革新，让工人摆脱受累的职业形象，他们中的一些人，喜欢动脑，热衷设计专利，有对企业存在问题的独立思考（如刘鹏），还有一些年青工人，为寻求更好的自我发展，在劳累工作之余，拼命考消防工程师、教师资格证、医师证等，甚至参加司法考试，或者在文字、文学的世界寻找自我实现（如杨宏楠），显然，年青的工人群体，有比工厂更开放、更广阔的世界。概而言之，这三代工人，虽然跨越不同的时代，有不同的生活和认识，但他们作为社会最普通的劳动群体，命运被国家和企业政策所规定，甚至无声地承担着企业变革的风险，但他们不抱怨、踏踏实实地工作和生活，保持着底层从来不曾缺失的正直，有着朴实的笑和正常的生活状态。唐朝晖的口述记录，让人感受到，“工人群体，是劳动者的代表，是社会的脊梁，值得敬重和重视。”

与唐朝晖把目光投向最平凡的产业工人相似，毛眉的《社区纪事》，同样聚焦到社会最基层的工作人员——社区女人。毛眉在参与2016年新疆针对城市基本的社会单元——社区开展的“访惠聚”工作时，曾与这些“社区女人”一起工作，亲历她们在社区事务中的紧张忙碌与人生悲喜。《社区纪事》不避繁难，事无巨细地记录了她们的日常工作和琐屑生活。在毛眉的笔下，这些社区女人上白班，值夜班，走访入户，小区巡逻，捡烟头，撕小广告，站在十字路口做文明劝导，给高龄老人送补贴等，总是在最不起眼处，为城市的运行和百姓的生活做着无声的服务。社区的自来水管爆裂了，她们要打12319城建服务热线、12345市长热线、执法局、房管局、环卫局、信访局、物业公司等，一件小事要打无数个电话，费尽诸多口舌协调沟通；她们要为老百姓办社保、办暂住证、办失业证、办低保、办贫困生助学基金、办廉租房申请、给老人发放高龄补贴。她们的工作没有边界，居民家的下水道堵了、小区围墙坍塌、监控摄像头安装、长期上访户安抚、社区路面翻浆、井盖子破损、地基塌陷……全是她们的工作范畴。由于她们的工作太琐屑、繁杂、耗时，她们经常无法顾及自己的家庭，就像林燕子一样，为了没有尽头的社区工作，不得不把年幼的女儿一个人锁在家里。由于社区没有执法权，只有调解权力，她们的工作面临太多的无奈；又由于她们的服务对象太过庞杂，很多时候，她们总是不被理解，饱受委屈。毛眉通过《社区纪事》，对“社区女人”烟熏火燎、一地鸡毛般的生活，投以最深切的关注，呈现了社会转型期，基层社区工作人员心酸而又充满职业忠心的人生。

除了农民、工人，知识分子也成为2018年非虚构写作重要表达对象。二十世纪八十年代，报告文学作家徐迟的《哥德巴赫猜想》、黄钢的《亚洲大陆的新崛起》、柯岩的《船长》，陈祖芬的《祖国高于一切》、黄宗英的《小木屋》等，曾掀起了描写和歌颂科学家、知识分子的热潮，相比这些作品科学家神话整体建构的特质，以“知识实验室”的名义，由东方出版中心推出的《我在北大当教授：20位北大学者访谈故事集》，回复到了一种平民视角，将教授还原到常人的语境，通过对20名教授的深度访谈，表现了知识分子的日常面貌。这些教授，知名度大都不高，很多都是年轻学者，少有人像陈景润那样解决了世界难题。不过，当他们就自我的人生经历、治学经验、学术理论、教育理念等话题侃侃而谈时，他们在专业领域里的不懈钻研精神、深刻的学术思想和建树、对生命的深邃思考，很快就能将读者带入科学和学术的胜境，并折服于他们的情怀和精神。这些不同领域的学者，个性和神采不一，有的张扬进取，有的低调温和，有的只是在幕后做事情，有的则愿意大包大揽，但他们无不心无旁骛、淡泊名利，在追逐梦想的道路上砥砺前行，呈现出单纯、质朴的生命质地。就像陈春花，在这个理想褪色的年代，还爱问别人“你的梦想是什么”。《我在北大当教授》采用了非虚构写作中常用的田野调查和深度访谈，在此基础上呈现了20位学者“因为热爱所以无悔坚持”的奋斗精神，凸显了他们牢固、单纯的信仰，在喧嚣的时代，这个群体的选择，安定了浮躁的人心，修正人们膨胀的欲望。2018年的非虚构作品，类似的题材还有裘山山的《踏追青山》等。

值得一提的是，在底层和平民视角的非虚构写作中，近几年表现不俗的非虚构作家袁凌，2018年依然有亮眼的表现。他关于边缘人群的《寂静的孩子》，发表于《收获》2018年第12期，在“引言”中，袁凌提到，该文写作的缘起，来源2015年春天他和摄影师赵俊霞搭档，在乡村儿童联合公益旗下的免费午餐、大病医保、暖流计划等组织支持下，开始每次为期半月的探访项目。作者的足迹遍布内蒙古、新疆、贵州、四川、广西等十余个偏远省份，救助了近百位孩子。通过和孩子的共同生活，近距离观察，了解孩子的真实日常，项目持续到2017年春天结束。此后，他又通过其他的渠道，包括借助大爱清尘、真爱阳光等公益平台，接触到随打工的父母迁居到城市的流动儿童、集中供养的孤儿、矽肺病区的儿童，以及其他情形的城市和乡镇儿童，探访持续至今。这些文字，正来自这些探访经历。“我忘不了这些男孩和女孩。在我们的世界里，他们的生命不应如此寂静。或者由于地理的遥远，无从听到，或者就在我们身边，却受制于阶层和身份，被看不见的玻璃墙消音。”

在《寂静的孩子》中，通过袁凌冷静、细腻、节制而又情感充溢的描述，一群被沸腾的生活消音的孩子，就这样走向前台，诸如和奶奶相依为命，来自陇西的移民女孩石雪莉，母亲出走，父亲坐牢而不敢声张，为了获得水源和土地，离开家乡来到河西走廊川道一个叫山羊堡的村子；诸如天天的妈妈为了增加对孩子的陪伴，主动放弃在北京工作机会，终于回到了孩子的身边。尽管和雪莉比较起来，天天的物质和成长环境完全不同，但从孩子身心的角度出发，出生和成长在大城市的天天，和深处僻远的乡村的雪莉，获得了同样的表达权利，无论是乡村的贫瘠、无望以及走向城市的艰难给孩子带来的困扰，还是城市快节奏、高压力、强竞争给孩子带来的心灵伤害，在袁凌的笔下，因为有寂静孩子的整体观照，呈现出了丰富的面貌。在《寂静的孩子》中，还有父亲患有三期矽肺、哥哥偷盗入狱的静悦，有不幸身患白血病、爷爷自己熬制驴皮的张浩，还有和伯伯相依为命、照顾重病伯伯的红林，还有和奶妈蜗居在上海角落，靠妈妈缝纫为生，但最后不得不因为念书，回到安徽老家的政宇，还有十七岁仍在上学前班的大凉山少年觉力。这些夹缝中的孩子，因为袁凌的书写，得以进入读者的视野，也因为非虚构对真实的坚持，让人在文学化的阅读感受中，能够直接感知到生活最为真实和粗粝的一面。

概而言之，与前几年创作相较，2018 年底层和平民视角的非虚构写作，少了些悲情和苦难，多了些民众负重前行的希望和力量。底层和平民是这个社会的大多数，是主体的阶层。从 2018 年非虚构写作对这些群体的描述可见，尽管时代已被描述为问题重重的样子，但这些普通的群体，仍然保持对生活的庄严，保持对职业和营生的敬畏，仍然有着相对纯朴的道德感和相对自然的人性和情感方式，即使社会阶层的固化和断裂渐成事实，他们改变命运的可能性越来越小，但他们始终没有放弃个人的努力，正是在这种平凡的坚守中，2018 年底层和平民视角的非虚构写作，始终弥漫了时代前行的力量和希望。

三、历史与记忆

非虚构写作从来不拒绝历史与记忆。2015 年，白俄罗斯女作家阿列克谢耶维奇，获得诺贝尔文学奖，这一事件被当成非虚构写作被传统文学认同的标志。阿列克谢耶维奇的《锌皮娃娃兵》，忠实记录了亲历阿富汗战争的俄罗斯士兵、妻子、父亲、孩子的血泪记忆。她的另一部作品，《切尔诺贝利的回忆：核灾难口述史》，通过采访切尔诺贝利核电站反应堆爆炸中的幸存者，客观真实审视了这次历史灾难，她的创作，极大提升了历史与记忆类的题材，在非虚构写作中的分量。2018 年的非虚构写作，在这一领域，有出色的表现。

对中国历史而言，2018 年是一个特别的年份。50 年前的 1968 年，为响应毛泽东“知识青年到农村去”的号召，千百万城市和城镇青年浩浩荡荡奔赴广阔农村，“接受贫下中农再教育”，知青“上山下乡”运动拉开帷幕，共和国历史上一个特殊群体由此形成，他们在农村这片“广阔天地”度过的青春岁月，在他们的人生里留下了难以磨灭的印记。“文革”结束后，他们大多潮水般“返城”，但也有少数知青因为各种原因留在了他乡。50 年过去，这些或返城、或留下的知青，到底经历了怎样的人生？他们的生活状况如何？回首过去，他们对自己的青春岁月，到底有怎样的认知？袁敏连载于《收获》杂志上的系列访谈《兴隆公社》，对此做出了回应。

作为作家和资深出版人，袁敏早在 30 多年前，就曾发表过知青小说《深深的大草甸》。她的姐姐曾落户在北大荒，与 306 个知青插队于兴隆公社，这篇小说故事主人公的原型，就是姐姐的中学同学和知青时代的伙伴。“这只是一个知青的故事，她的背后是一个群体，我想用文字记录他们的故事。”袁敏觉得那一代人的青春不应该被淹没，因此她的寻访，从当年的富锦兴隆公社开始，并首先落脚在杭州知青的七份档案上。《兴隆公社》的首篇《知青档案追踪始末》，记录了作者追寻知青档案的艰难历程，以及在此期间，不断被激发的复杂情感和强烈的探究欲望。《东风夜话》一篇，则通过多人的访谈，回复到北大荒寒冷漫长的夜晚，大队里的10多位知青，凑在煤油灯下读书、争论、“妄议时政”的场景。这一群有抱负的热血青年，尽管被甩到社会最底层，却依然关心国家命运，他们在荒诞年代的“夜话”中，表现出对国家未来的强烈使命感，其难得的独立思考从荒山僻野中传出，不得不让人动容。《兴隆公社》以内容相对独立的连载出现，呈现出丰富、精彩的面目：《南林孤鹤》一篇，诉说了杭州知青中十几位孤儿或坎坷或凄惶的命运，勾画了一个独特群体的人生历程；《白雪屋顶》一篇，记叙了公社宣传队知青感伤而浪漫的青春芳华；《乡村教师》一篇，则聚焦兴隆公社做乡村教师的数位知青，如何在北大荒传授知识，把文明的火种，传递到北大荒的经历。袁敏对知青生活的钩沉，既有对知青艰难困苦、甚至英年早逝命运的同情，也呈现了这个群体蓬勃的青春、动人的欢笑、年轻的奉献，以及和北大荒人民结下的温暖情谊，以“真实和求证”的姿态，在某种程度上修正了对“知青文学”的偏见。

与袁敏不同，朱晓军、杨丽萍的《大国粮仓：北大荒留守知青口述实录》，将镜头直接对准了那些因各种原因，最终留在了北大荒的知青。1960年代，全国1700多万知青“上山下乡”，54万知青来到北大荒。到七十年代末，95.5%的知青返城了，80万知青留了下来，其中有两万来人留在了北大荒，被称之为“留守北大荒的知青”。《大国粮仓》以19位留守知青的命运曲线为轴心，构建了16个真实、感人的故事：这里有后来成为“世界模范农民”的胡国华，他因为大豆课题被拴在了北大荒，读博士，当博导，与志同道合的孙立文结为夫妻；这里有宁波知青、将军的女儿黄丽萍，在北大荒嫁给了农民，子女也成为地道的农民。这些留守知青，除了很少一部分历经坎坷，最后小有所成外，大多身世飘零，最终无声无息地在北大荒终老。作品真实、客观地打开了留守知青群体的生存图景，从知青的视角，展现了北大荒五十年的发展史，生动呈现了知青和北大荒之间难分难解的命运和抗争。作者的讲述，固然让人对留守知青的命运感到唏嘘，但他们身上所体现出来的坚韧、担当和责任感，以及美好的人情、人性，同样让人感佩。

在“上山下乡”50周年之际，非虚构写作让知青群体再次进入公众视野，跟以前的知青文学不同，2018年知青题材的非虚构写作，以朴实无华的叙述，记下了知青为他们下放的属地，做出的特殊贡献。这种不矫饰、不悲情、不浪漫的扎实书写，让知青不寻常的命运得以清晰呈现，让读者对这场史无前例的社会运动，有更为理智和清醒的认知。

除了知青这段历史，2018年的非虚构写作，还表现出对民国历史的浓厚兴趣。阚文咏的《李庄深巷里——羊街8号家族记忆》，讲述抗战期间四川省宜宾李庄的开明士绅罗南陔说服众人，克服困难，召集李庄的开明人士，敞开胸怀，把同济大学、中央研究院等文化机构的一大批民族栋梁、魁星下凡一样的文化人（如梁思成、林徽因夫妇及李济、傅斯年等）请到李庄，让这些“下江人”在李庄安生读书、讲授学问、发明创造、薪火传承，铸就了中华文化传承史上的一段佳话，也让“李庄”这个名字，在历史的长空中，散发出耀眼的光芒。与此同时，作者也提到，当时的国民政府先前曾下文，征求或请求沿江一带不少比李庄条件好得多的地方，在危难之际，接纳同济大学等众多文化机构，但全都遭到了拒绝，两相对比，李庄罗南陔及李庄的普通百姓，他们在国家、民族命运系于一发的关键时刻，敢于牺牲个人利益救文化于水火的历史功勋，更让人激动和感怀，读者由此意识到，正是民间的鼎力承托，中华文化、大国之斯文虽历经战火，却能生生不息的文化奇迹，和普通人的付出和支持息息相关，这既是一部家族史，也是一部家国史，个人和国家的命运，在非虚构的历史还原中，获得了生动、参差、丰富而深广的表现。

张在军的《东北大学往事：1931—1949》，同样讲述了民族文化在抗战期间颠沛流离，但却薪火相传的不朽事迹。东北大学由张作霖、张学良父子创办，于 1923 年 4 月 26 日正式宣告成立。在张氏父子的鼎力支持下，东北大学校舍壮丽，设备充足，良师荟萃，学风淳朴。然而，1931 年“九一八”的炮声，让东北大学成为近代中国第一所流亡大学。从此，东大师生背井离乡，流离燕市，转徙长安，借住开封，南渡潼川，抗战胜利之后方复员沈阳，至辽沈会战打响之际再迁北平，最后伴随全国解放而解体。张在军立足资料，在回溯东北大学的创立和辉煌后，深入研究了东北大学抗战期间被迫流徙，经历艰难而巍然不倒，让一派文脉得以赓续的悲壮历史，和《李庄深巷里》构成了巧妙的呼应。

除此以外，同一题材，2018 年的非虚构写作，还有李在中的《朵云封事》，这部作品将 1933 年“中央博物院筹备处”成立之后，到 1965 年并入台北故宫博物院，所经历的各种波折和往事，做了较为完整的还原与讲述，同样表达了一个文化传承的主题。

概而言之，无论是知青记忆，还是民国时期关于文化传承的历史，叙述的主要是群体或民族的共同经验。事实上，2018 年的非虚构写作，关于个人记忆，同样颇为亮眼，其中以阎连科《田湖的孩子》影响最大。这部作品是一个乡村少年对与故乡有关的个人成长的情感实录，分为田湖寨、年月雨、亲邻故事、见娜姑娘、出走龙门、尾声六个部分，讲述了作家少年时代，与他发生深刻精神关系的故乡风物、革命、青春、传说故事、成长的片段记忆。这里既有革命时代对地主富农的批斗，又有超越阶级斗争的邻里乡情；既有少年充满朦胧期待的出走心气，又有愿望幻灭后的震动与震惊，作品以文学气息浓厚的语言，勾画了一个少年与时代的现实相遇，以及由此悄然发生的蜕变。书中第四部分“见娜姑娘”一章极为重要，这个来自省会城市的姑娘，吃饭、穿戴、生活方式都与别人不同，与少年时代的作家，有着说不清道不明的情愫，他们的相遇吹拂着年少的和风细雨，也掺杂着一个时代的荒唐和野蛮。对作者而言，见娜姑娘的出现，让一个乡下少年，意识到了乡村以外的另一个世界，并在他内心种下了“出走”的种子，并最终迈出了“出走”的脚步。作者对记忆的讲述，既有一个少年亲历的纷繁往事，又不可避免地充溢着作者现时对于过往的看法和情感，回忆因此变得复杂、纵深，恰如杨庆祥所说，“这不是简单的抒情或怀旧，它关乎一个时代、一种经验、一个文明体的失落、扭曲、挣扎和最终的烟消云散”。

任曙林的《不锈时光》同样是一部个人记忆的回忆录，作为摄影师，他从事的工作，就是对一个时代的见证，他的青春和摄影之路密不可分，作品展现了如下内容：“特殊年代的学生岁月、摄影的启蒙与摸索、拍摄《八十年代中学生》的前前后后、离开中学生之后的矿区拍摄、下海后的迷茫与顿悟、与父亲既简单又复杂的感情……”这是一部朴实无华而又深情无限的作品，作者在对往事的追忆里，将对摄影的深刻理解也表达了出来。在对中学生长达8年的拍摄中，作者发现了“脚与后背”这个拍摄角度，他打破了当时主流的人像摄影规则，拍摄了大量“没有头的影像”，写下了自己的“脚与后背”理论，“有腿脚就有鞋和袜，性别、脾气、秉性、心情、思考全写在离地三尺之内”。所以这不仅是一部关于记忆的书，同时也是一部通过摄影，表达对时代思考的书。

2018年，有关历史与记忆的非虚构写作，整合了个人、群体、国家各个层面的经验和记忆，从一个点、一件事、一个人，还原和补充了时代的气息和面貌，它们不仅再现历史，促使人们在回望中对过往进行反思，也提示当下的人们，如何让眼前的现实，更符合人性的要求，如何让人性向丰盈而美好的方向伸展。

四、地域与风物

2018年的非虚构写作，不仅有直指现实和历史坚硬部分的“伤痛与问题”“底层与平民”“历史与记忆”，也有注目于生活的柔软部分，对乡土、城市、街道、文物、出产等日常事物，进行满怀温情抚摸的“地域与风物”题材的写作。

阎海军的《陇中手艺》就是这样一本洋溢着生活之美的书。作者用几年时间，寻访了陇中地区200多位艺人，选取其中25种民间手艺细细叙述，在书中，作者记录了草编、绣花、剪纸、石匠、铁匠、捏兽、砖雕、皮影、吹匠、画匠和阴阳等25种民间手艺以及手艺人的故事，形成了这本放射着乡村文化华彩的书。阎海军坦陈，“写作时，我不单想写手艺，我想把手艺人的生命故事融合到里面，讲他们如何在乡土中国作为一种纽带维系着社会结构。”在讲述各种乡村手艺和手艺人故事时，作者始终关注手艺和乡村生活的内在联系，以此凸显乡村生活的内在逻辑。比如，阎海军注意到，一些与宗教信仰相关的手艺，往往有更长久的生命力，也更能获得可持续发展；一些与丧葬有关的手艺，如吹匠、画匠和阴阳，由于关涉民间信仰，承载了农民内心精神寄托，也有很好的传承。更重要的是，阎海军对陇中手艺的讲述，打破了城市人不切实际的想象和成见，他告诉读者，乡村的手艺不是匠人“择一事终一生”、不是一辈子投身于此、日夜操劳的志业，“种地”才是他们安身立命之本，一门手艺或一个匠人，是否被村民重视，更多取决于他们的人际交往能力，取决于他们是否具有和善、得体的“匠心”，声望比技艺更为重要。基于此，阎海军对乡村某些手艺的消失并不悲叹，这里面渗透了作者对自然传承原则的尊重和对乡村运转逻辑的理解。乡村手艺，既是文化的，也是文明的，更是乡村生活的。《陇中手艺》写出了即将消失的农村手艺的历史，关涉农村生活旨趣、生命仪式，是一部农村精神生活的风物史。

与阎海军非虚构写作执着于乡村物事不同，陆波的《北京的隐秘角落》则倾心城市，他进入庞大的北京城，去探寻历史遗迹，探究被尘埋的历史真相，搜寻出历史画卷中的小事件、小场景、小人物、小性命。作者用脚细心踏寻北京城中的隆福寺、宣武门、保福寺桥、樱桃沟、大觉寺、颐和园、法海寺、北大未名湖畔的花神庙等，在历史遗存的屋檐、一砖一瓦下面，发掘出名节不保的孙承泽，唤醒生活于此的宫女、太监、和尚、道士之流，推出隐身于历史大帷幕之下的众多女性（如隆裕皇后），让他们隐匿于历史风云中的前尘往事，逐渐浮现出来。陆波擅长搜寻那些早已消失或面目全非的城市地标物，将“过去的北京”“隐迹”的北京用文字还原出来，通过历史钩沉的方式，凸显了作品的史料价值，更重要的是，在搜罗历史遗迹，显影其背后的苍茫人事时，作者带有一份“同情之理解”，对湮没于历史烟尘中的小人物倾注了“恻隐”之心，并在人物的抉择与行动、勇敢或怯懦之间，显现基本而真实的人性，陆波自然而发的共情能力，使得这部作品，散发出温润的人性光辉。

吴雅山的《米粮库胡同往事》，从北京的一条胡同说起，讲述着北京的过往和荣光。吴雅山是个地道的老北京人，从小在地安门长大，对老胡同情有独钟。在书中，作者提到，说起米粮库胡同，就要说到胡适。1930 年 12 月，胡适携家眷入住米粮库胡同 4 号，这是他在北京居住时间最长的“家”，以胡适为中心，一大批文人在此上演着人生的悲欣故事，作品围绕胡适展开，最终收笔于胡适故居。翻开本书，一大批文化名人、政界显要，翩翩从米粮库胡同向读者走来，这个人物长廊中，既有对北京的街巷胡同深有研究，并自建“淑园”的清末学者陈宗蕃，也有通过科举考取功名，充任袁世凯幕僚的袁祚廙，更有胡适举家入住米粮库后，与他肝胆相照的傅斯年、陈垣、陈半丁、丁文江、罗尔纲、石原皋、蒋梦麟等。弥散在胡同深处的历史细节，包括梁思成年少时的车祸及与林徽因的情缘、徐悲鸿与白石老人的忘年交、诗人徐志摩的恋情、胡适与贴心“徒弟”罗尔纲的师徒情分、胡适与小脚夫人江冬秀的相濡以沫、沈从文为师的困窘与炽热、“中国拜伦”梁宗岱的爱恨与情仇……一代文人的流风余韵，让这条胡同丰盈而充实，闪烁着文化的灵魂。这批星河灿烂的文化精英，居住在米粮库胡同，在此交友，做学问，开展文化活动，不但影响了一个时代的风气，更为米粮库胡同增添了深厚底蕴。吴雅山的《米粮库胡同往事》，不仅写了一条胡同的地貌风情，更写出了一代文化精英让后世高山仰止的精神气韵。

来自美国的史明智，立足他者的视角，对中国活色生香的市民生活和快速变幻的城市景观，进行了冷静而新奇的叙述，《长乐路》延续此前外籍作家如何伟的《寻路中国》《江城》的书写路径，以上海市中心地标人民广场西南方的长乐路为观照对象，成为 2018 年非虚构写作的重要图书。长乐路是一条自殖民地时期就种植着梧桐的街道，遍布餐厅和琳琅满目的各式小店，极具小资情调，史明智通过这条街道，着力于描述街道上居住、打拼的各色人等的悲喜人生：这里有曾于60年代建设新疆的冯叔和傅姨、有被拆迁的老康、有来自湖南的“80后”青年CK、有来自山东农村经营花店的赵女士等。这些人物普普通通，因为长乐路彼此有了关联，对他们而言，沉淀于其生命中最波澜壮阔的事情，是与时代的各类牵连：湖南青年CK，原本是一名手风琴厂的工人，后来因为从事手风琴的管理和销售，积累了一笔资金，得以帮助他在长乐路实现梦想，开了一家三明治店；赵女士因为来到中国最繁华都市的最繁华街道，通过劳动彻底改变命运，但户口的限制，为她的人生设置了无法跨越的障碍，在现实面前，她不得不将优秀的儿子送回老家；被拆迁的老康，为了维护自身的利益，不得不奋起从事外人无法想象的抗争。史明智用一条街上的几段人生，拼凑出中国几十年来的历史变迁，写出了中国城市化进程的复杂、丰富和细致的肌理，更彰显了普通人在这个日新月异时代的欲望、情感、生命的活力和不竭的创造，凸显了中国发展的内在秘密和面临的问题，巧妙连缀了地域风物与人的命运。

值得一提的还有顺手牵猴所著的《博物馆窜行记》和冯骥才的《漩涡里》。顺手牵猴被李敬泽称为“全球化时代的浪子”，1990年代时，曾是知名的先锋派作家，现为腾讯大家专栏作家，他自称是一个退休的行脚诗人。他说自己和那些生活在城乡接合部、每天堵在路上、周末接送孩子参加各种课外班的人，没有实质的区别，他的生活，不过比别人多窜行了一些博物馆，法国国家工艺博物馆、法国国立中世纪博物馆、大都会博物馆、加德纳博物馆、阿姆斯特丹国立博物馆、保罗·盖蒂博物馆、纽约现代美术馆、卫城博物馆等，都曾留下他的脚印。《博物馆窜行记》通过叙述作者对西方著名博物馆的寻访，介绍和评点了一些大师和他们的画作，诸如达·芬奇的《蒙娜丽莎》、拉斐尔的《夜巡》、梵·高的《向日葵》、莫奈的《睡莲》、杜尚的《喷泉》等，穿插着典故和奇闻轶事，以此串起了中世纪以来的欧洲绘画史，本书以非虚构的形式写作，风格诙谐幽默，既可当作欧美博物馆简明手册来读，也可当作另类的欧洲绘画史和艺术史来看。冯骥才，这位新时期文学的干将，自二十世纪九十年代开始转型保护传统村落和传统文化，2018年完成的《漩涡里》，依然延续了这一主题。这部作品，以个体多年的文保经历为观照对象，回答了一个被无数次问到的问题：你究竟怎样从一个作家转变为一位众所周知的文化遗产的保护者？他以细腻真切的笔触，回复到自己内心深处的文化焦虑，剖析了一个中国文化人，面临摧枯拉朽的现代化进程的心路历程，既是一部个人的心灵史和精神史，也是一部凸显中国转型期，城市化进程中“发展与保护”之间的抗争史。

从以上的梳理可以看到，2018年的非虚构写作，除了常见的“伤痛与问题”“底层与平民”“历史与记忆”，在“地域与风物”层面，也有着大胆的开拓。这种现象的出现，并非偶然，作家对乡村、街道、历史遗存和风物的凝视，正体现出他们对全球化、城市化发展快速同质化倾向的警惕，对本土文化、民间文化的追寻，亦体现了作家寻找和凝聚本土记忆、力图形塑国人精神共同体的内在企图。

五、总结与反思

从以上对2018年非虚构写作的梳理来看，和此前非虚构写作曾引起极强的社会反响比较起来，这一年的整体状况比较平淡，缺乏有冲击力的现象级作品，但正如惊涛骇浪过后的和风细雨，作为一种日渐成熟的文体，在文学整体边缘化的年代，这种现象应该是非虚构写作的常态，在重建文学和现实的关联上，非虚构以明确的问题指向，用极具审美性的语言，汲取人类学、社会学、统计学等方法论，弥合了纯文学与社会隔膜所带来的遗憾，也缓解了新媒体语境下，传统媒体受到冲击后，深度调查缺位和深度调查记者日渐流失后的窘状，提供了很多个人化的理解。具体说来，本年度的非虚构创作，具有如下特点：

1. 从题材的拓展上，体现了一种日渐丰饶的态势，从整体上丰富了非虚构的写作对象，也使得非虚构文体的特征日渐凸显。如前所述，本年度非虚构写作，从题材范畴而言，主要从“伤痛与问题”“底层与平民”“历史与记忆”和“地域与风物”四个方面进入，如果说，“伤痛与问题”“底层与平民”是非虚构写作的基本款，那么，2018年，对“历史与记忆”“地域与风物”的集中、深入的书写，则可以视为非虚构写作对现实边界的拓展，已进入到文化和精神层面。可以预见，因为非虚构写作和社会问题天然的共振特性，诸如《重症监护室》《疼痛吧指头》《我的生命谁做主?》《我们为什么要呼救》《废墟上的小太阳》《听·见——芦山地震重建故事》《中国失踪儿童家庭的忧与盼》《妈妈，快拉我一把》《寂静孩子》这些社会性极强的作品，今后必然依旧是非虚构写作的重要方向。但2018年非虚构创作中出现的诸如《兴隆公社》《大国粮仓：北大荒留守知青口述实录》《李庄深巷里——羊街8号家族记忆》《东北大学往事：1931—1949》《不锈时光》《陇中手艺》《米粮库胡同往事》《长乐路》《博物馆窜行记》，以其对历史的钩沉、对史料的采撷、对记忆的唤醒，从一个切口进入，打开了文化这个更为廓大的视域，拓展了非虚构写作的边界。

在题材拓展的基础上，2018年的非虚构写作，文体的特征日益清晰，比如，以叙事为主的纪实性，在这一年的创作实践中得到了加强，就算是极为文学化的《李庄深巷里》，也注重对事实的梳理。另外，作家不依傍于主流意识形态的独立思考，也越来越鲜明，比如陈果的《听·见——芦山地震重建故事》，写的是芦山地震灾后重建中，政府主导“芦山模式”，从取材而言，极易写成常见的报告文学，但作者独特的视角，没有停留在简单铺陈政府工作的成效，而是着力触及成就背后的“但是”，自觉持守“万物皆有裂痕，但那是光漏进来的地方”的写作立场，很好地坚持了“见证与写实”的特质，分清了和意识形态极强的报告文学的界限。

2. 在叙事策略上，2018年的非虚构写作也有自己的创造，注重从纯文学中寻找有益的资源。比如普玄的《疼痛吧指头》，主要是写自己身患孤独症的孩子，但第二部分却从孩子身上宕开，叙述自己的家族史，看似游离了中心，却让作品获得了更开阔的历史视域（自闭症），从而使得作品避免就事论事，能够上升到人类普遍的疾患与病痛层面，更容易获得超越性的价值。从叙述视角看，为了保证作品的真实性，非虚构一般采用常见的第一人称，但《疼痛吧指头》的三个部分，却根据需要，有不同的安排，诸如作品的第一、第三部分使用了限制性的第一人称，第二部分则使用了非限制性的第三人称，两种具有反差效果的叙事视角，将一个家庭、三代残疾人的故事交织在一起，既写出了时代与社会冷酷的一面，也强有力地彰显了民间社会对不公命运的抗争，叙事视角的调整，使得非虚构写作，具有一种形式上的美感和仪式感。

还有一些非虚构作品，注重叙事结构的创新。比如，唐朝晖的《螺丝钉传》，在正文的叙述部分就有特别的设计，每一部分的开头，都会简单介绍工人的籍贯、入厂时间和工种，接着是与叙述内容没太大关联的几句诗，再接着录入工人的口述。如，“田勐，1981 年 9 月出生于河北迁安驿南府村，2004 年入厂。制氧。一条彩虹 /从海平面伸向你”。这种设计，将知识分子的文学化语言、公文的介绍性语言以及工人的口语并置在一起，让两个社会阶层的生活、精神状况形成一种对照，营构出一种复调式的丰富和多声部的合奏，作为主体部分的工人口述，因此不再单调。当然，2018 年的非虚构写作，在叙事艺术上的创新还不止这些，非虚构作家们所做的努力，不仅从整体上提升了作品的艺术门槛，也为非虚构写作和其他形式写作之间的关联，架构了桥梁。

3. 从写作姿态而言，一直坚持了在地化和落地性，坚持了非虚构写作最为质朴的粗粝性和草根性，坚守了作者的“行动”和“在场”底线，主动“走出书斋，走向吾土吾民，走向这个时代无限丰富的民众生活，从中获得灵感和力量”，推动中国文学从“个人化”乃至“私人化”合法化后所致的窘境中走出，为文学自 90 年代以来的消费主义、娱乐化桎梏中顺利突围提供了动力。更重要的是，非虚构的这种姿态，促使文学中的现实与民众生活发生了更紧密的关联，为中国文学拓展了一片新的空间，对作家更快抵达时代生活的现场，恢复对时代的敏感，提供了准备，也为破除当下知识界、创作界和现实的隔膜，起到了很好的纠偏作用，为新的精神资源的生产，找到了一条切实可行的路径。

尽管 2018 年的非虚构创作获得了诸多成绩，并涌现了大批作品，但作为一种新兴的艺术门类，它的力量并不那么强大，不能否认，因为非虚构文学和现实的贴近，在所有的文类中，它最能引起社会反响，并取得了有目共睹的成绩，但残酷的现实是，相比中国丰富、复杂的社会实践，相比问题丛生的现实图景，非虚构，依然处在一个不成熟的阶段，依然没有产生与中国经验匹配的伟大作品，无论在艺术性和思想性上，还有待整体提升。也正因为它的稚嫩和不足，非虚构招致了不少质疑和批评。比如有一种声音就认为，看似热闹的非虚构写作只是文体短暂的喧哗与骚动，甚至“非虚构”的命名都没有意义，伟大的作品，一定是被

“人物”主导着的，写出了“人”和“人的命运感”，而非虚构写作的着力点，仅停留在世界“发生了什么”等事件的描述上，是“事件”大于“人物”的创作，因此无法穿越时光进入文学经典的殿堂。这种概念化的评论标准，无疑遮蔽了非虚构产生的具体语境。对中国当下优秀的非虚构作家而言，他们的写作，更多都是时代和问题倒逼的结果，是在纯文学面对现实隔靴搔痒，深度新闻因为新媒体冲击日渐凋零，而不得不用文学回应棘心现实的举动，他们的写作，戳穿了世上本无事的祥和幻境，着力从时代的裂缝中让光透进来，并保持对时代的痛感。相比高高在上的概念化批评，处于草创阶段的非虚构写作，更需要耐心的理解和接纳。

最后，需要补充的是，随着新媒体的快速发展，非虚构越来越成为各类门户网站依赖的写作资源，诸如网易的“人间”，澎湃的“镜相”等，这些新媒体裹挟门户网站的流量，使得非虚构与现实的关联越来越紧密。应该警惕的是，对天然草根气质的非虚构而言，边界模糊的文体性征，不应成为其浮皮潦草的写作借口，说到底，它不过问题丛生的社会倒逼，不过一种文字表达上的本能反击，它能否获得自身独立的文体生命力，既取决于单个文本的质地，更取决于一批有创作实绩作家的支撑。在非虚构快速发展的今天，如何重建作者和读者之间的信任，如何维持这种信任，在新媒体轻狂、快捷的语境中，成为非虚构写作者特别需要持守的底线，否则，就算获得了“网红”的荣耀，频频推出了亮眼的爆款，那也不过是话语狂欢中的一锤子买卖，热浪过后的一地鸡毛。在社会剧烈的转型中，被忽略的群体，他们内心的挣扎、迷茫，个人生存的无力、困顿，以及对未来不确定性的焦虑，这种种被时代滚滚红尘淹没的细枝末节，在非虚构的烛照下，以文学的名义，重新获得了表达的尊严。

唯有实现对人心的照亮和体恤，非虚构才能获得持久的生命力，这是一种文体选择背后价值观的呈现，更是一个写作者直面个人写作观的开始。

2019年2月18日

2018年报告文学：塑造出彩中国人，讲述精彩中国故事

李朝全

2018年是一个特殊的年份，中国迎来了改革开放四十周年。四十年来，中国的经济社会发生了全方位的、全面的深刻变革，社会的变革也极大地影响到了道德人心、人性人情的变迁，重塑了中国人基本的文化气象和精神面貌。报告文学是一种与时代同向而行的文体，四十年来，中国报告文学创作成就最突出的表现是塑造了一批鲜活的时代新人形象，讲述了大量有关中国发展变革的精彩故事，涌现了一批记事写人、书史立传的报告文学佳作。

及时记录改革开放风云

本年度，对改革开放40年报告文学的回顾，首先是从年初对徐迟《哥德巴赫猜想》发表40周年的纪念。正是由于有了《哥德巴赫猜想》等一系列作品，包括黄宗英的《大雁情》《小木屋》、理由的《扬眉剑出鞘》、陈祖芬的《祖国高于一切》、黄钢的《亚洲大陆的新崛起》、鲁光的《中国姑娘》、柯岩的《船长》、李延国的《中国农民大趋势》等一批优秀作品的涌现，才让报告文学“由附庸蔚为大国”，成为一种堪与诗歌、小说、散文、戏剧比肩并立的重要文体。

在纪念《哥德巴赫猜想》发表40周年的过程里，文学界重温了报告文学创作的初心，包括报告文学的社会功能、社会作用和时代职责，时代担当，重温了报告文学基本的精神品格，强调报告文学要坚定地与时代同行，与人民同步、同心。

在回顾四十年来报告文学创作的历程取得的成就及其经验、启示方面，报告文学界也进行了深入的思考，提出报告文学创作要聚焦出彩中国人，讲述精彩中国事，要担当起史志职能和反映现实、参与社会进步的重要职责。中国作协创研部，《文艺报》、中国报告文学学会等许多单位和机构都举行了有关改革开放40年报告文学创作的回顾与展望的系列研讨及探析，取得了一批有益的研究成果。第七届鲁迅文学奖和第七届徐迟报告文学奖相继揭晓，十

余部用心用情用功书写的优秀报告文学作品获奖，堪称实至名归。

本年度，对于时代变革主题的书写，无疑是报告文学创作最重要的收获。譬如关于改革开放主题的书写，有深圳作协组织创作的《深圳报告》，聚焦深圳十个重要项目或高新科技企业，组织了一批作家撰写短篇报告文学，包括李朝全的《梦工场追梦人》记述深圳前海青年梦工场一批青年创业者的故事，李春雷的《生在无人区》反映华大基因在基因研究及应用方面取得的杰出成就，李青松的《无人机》重点书写了深圳的大疆无人机和北京的彩虹无人机等。段亚兵的《深圳拓荒纪实》对当年的基建工程兵部队脱下军装投入深圳早期的改革开放开发进程，作出的不可磨灭的历史贡献，给了应有的客观的记述和评价，具有鲜明的史志价值。

何建明的《浦东史诗》被认为是关于浦东的改革开放史记，既有史志的壮阔，同时又不失优美的诗意。作家从自己小时候的经历写起，讲述自己和浦东半个世纪的缘分。在他读小学时，被打成“走资派”的父亲带着他，驾驶着一艘小木船到上海来运输肥料，在这个过程中，小船因为经受不住大轮船掀起的海浪而倾覆了，他和父亲侥幸死里逃生，被冲到了浦东的岸边，捡回了一条命；而在80年代初中期他成为解放军某总部的一名年轻军官，和女朋友在上海外滩谈恋爱时，找不到立足之处，当他提议到河对面的浦东去时，遭到了女友的冷眼，因为那时的浦东还是相当荒凉的一片土地，那场恋爱最终无果而终，而何建明与浦东的缘分却延续至今，在改革开放40周年之际，由他担纲撰写浦东改革开放历史。在采写这部报告文学的过程中，他深切地感受到了上海人的奋斗开创精神。他说，其实上海从来就是一个动词，一个状态，一种精神，因为这个城市就靠近大海，没有勇敢的行为，没有创新的锐气，没有坚韧的意志，历史和自然的浪潮早已将我们淹没与湮灭。正是因为认识到了上海的精神美、品质美和情意美，他郑重地以新上海的名义，以文学的形式，向那些历史性的人物和功臣们致敬。

唐明华的《大风歌：中国民营经济四十年（1978—2018）》选取民营经济发展脉络这个难啃的骨头为选题，刨根究底，正本清源，从民营经济的源头个体户、私营公司、小商品市场等等入手，逐一梳理民营经济发展的来龙去脉。作者善于从不计其数的与主题相关的人物和事件中，抓取那些具有典型性、代表性的人和事，捕捉其身上的个性闪光和传奇故事，用娓娓道来的讲述，引领读者重返80年代初期那个民昧初开、民智再启的年代。像摆小摊的温州个体户章巧洪、章华妹，像勇闯各个难关最终拿下第一份民营企业与外商合资的企业执照的大连退伍军人姜维……一个个“敢吃螃蟹”的时代弄潮儿如雨后春笋般涌现，他们的形象在唐明华的生花妙笔之下跃然纸上。而作者对于那个时代的打量、探析与思考亦都一一流露于字里行间。民营经济是我国经济制度的内在要素，民营经济是社会主义市场经济发展的重要成果，是推动社会主义市场经济发展的重要力量，是中国经济社会发展的重要引擎，民营企业家、企业家精神都是值得大力褒扬的宝贵的民族财富。唐明华通过自己细致深入的采访，自主选择民营经济这样一个创作选题，采访和描写了一批曾经为中国民营经济、中国改革开放摸索探路的重要的企业家，选取了那些具有标志性标杆性意义的民营企业和民营企业家，用心挖掘他们的历史故事，用情表现他们的精神风采，包括步鑫生，包括傻子瓜子的创始人，包括希望集团和刘永好，恒大集团和许家印……这一个个敢为天下先、敢于闯新路探新途的时代新人的代表，因此，《大风歌》具有鲜明的史志价值，也有很强的文学价值。它不仅为我们讲述了一个个生动感人的故事，塑造了一个个性格鲜明的人物，更重要的是，它以文字为这个时代的前行留下了一道历史的印记和一幅珍贵的时代影像。

作为一份专门为农民工办的文学杂志，《芳草·潮》在2018年第六期以整期的篇幅推出“中国农民工四十年”专刊，精心遴选了与改革开放相伴随的中国农民工四十年历史进程中的四十件大事、四十位代表性人物、四十篇重要的政策、言论等，以人、事、言相结合的方式，从正、反两个方面深入解读农民工历史，堪称是一份中国农民工史志或图谱画传。《芳草·潮》创刊于2011年3月，是全国首份大型农民刊物。这份为农民工而办、专门关注农民工的杂志迄今已经走过了八个春秋。刊名《潮》反映了近些年来与农民工相关的一些大事件，如农民工潮、失业潮、返乡创业潮等，农民工在“都市放牛”、都市创业“潮起潮落”的实景，以及新生代农民工追求新潮、开创未来的美好憧憬，也包含有网络热词“很潮”的意味。《芳草·潮》设置了春风行动、影像实纪、维权博客、新创业史、作家手记、农民工诗会等专栏，围绕农民工生存、创业、维权，以及居住、医疗、教育、社会保障等一系列问题，反映农民工生存、生活状态以及他们的理想和价值追求，为农民工读者奉献上一道道原汁原味的“精神文化大餐”。因此，从创刊伊始，《芳草·潮》就是一份有态度、有眼光、有情怀、有担当的公益性杂志。

农民工是改革开放时代的产物，是时代巨变的产物，也是这个巨变时代的见证人。《芳草·潮》之“中国农民工四十年”分为“事件篇”“人物篇”和“政策言论篇”三个部分。“事件篇”是对两亿八千万中国农民工四十年发展进程中的大事记略，真实地反映了进城农民从原先被城市和社会所排斥、名不正言不顺到逐渐被城市和社会所接纳以至于逐步融入城市社会生活并且成为城市生活、城市文明须臾不可离开的有机组成部分这个艰难曲折同时又不可逆转的历史发展大潮。“人物篇”则遴选了四十年间能够代表各行各业和各个阶段的农民工，为四十位农民工塑像立传。这其中，有“傻子瓜子”创始人年广久，老干妈辣酱创始人陶碧华，有感动中国人物、被誉为“中国最美洗脚妹”的刘丽，有因扮演了《天下无贼》《士兵突击》等影视剧中的主角“傻根”“许三多”等而名闻天下的王宝强，也有感动中国人物、“信义兄弟”孙水林、孙东林，还有打工文学的代表人物王十月、郑小琼。“政策言论篇”精选了四十年来有关农民工的政策、言论和观点，特别聚焦几份中央“一号文件”、邓小平关于农民工问题的历次重要讲话，同时也关注那些由农民工所创造出的当代奇迹、传奇和中国故事，譬如：走遍天下的温州商人、三天一层楼的“深圳速度”等，还特别关注那些与农民工切身利益相关的各种问题，如劳动保护、安居工程、子女教育、城市身份、农民工春节返乡等，而且也关注那些负面的社会事件或问题，譬如，“山西黑煤窑”事件、农民工欠薪、孙志刚事件、富士康事件等。由此可见，《芳草·潮》的编辑同仁显然是秉持着“不虚美、不隐恶”的原则，对农民工历史进行了一次真实、客观、准确的梳理、归纳与总结，“中国农民工四十年”的确是一份可贵的文学史志。专刊通过全面、系统地爬梳绘制农民工历史影像，实质上为我们揭示了这样一个道理：农民工更应该成为一种精神。农民工精神就是吃最简单的食物，穿最朴素的衣服，住最简陋的住处，干最粗、最重、最脏、最累的活，挣着一份聊以养家糊口的工资，身后却养活着一家老少三代人，培育着我们国家新一代的建设者和劳动者。他们是一个个家庭亦即一个个社会最微小的细胞的脊梁与支柱。农民工精神是改革开放造就的，也是改革开放精神的重要组成与体现。农民工精神也是艰苦朴素、勤俭节约、自强不息、勤劳致富的代名词，它以中华优秀传统文化为根基，是中华民族精神在当下中国和现实生活中的重要传承、体现和展开。这个时代需要农民工，这个时代需要倡导和发扬农民工精神。“中国农民工四十年”专刊正是对农民工精神的倾情赞美。

精彩描写时代宏大主题

脱贫攻坚战是本年度文学创作的一个重点。何建明的《时代大决战》，以许家印及其领导的恒大集团对口支援贵州毕节的感人事迹为主线，关注毕节的脱贫脱困进程。欧阳黔森创作的《看万山红遍》描写了贵州铜仁市万山区这个落后地区脱贫的进程。小说家贺享雍的《大国扶贫》反映四川大巴山的扶贫事业，凸显其“宁愿苦干，不愿苦熬”的精神。刘裕国、何竞的《向往》不仅描写农民乡亲物质上的脱贫，更注重描写广大农村和农民的精神脱贫，反映他们在文化生活上的逐渐走向小康和富足。

张向持的《根基：“西姜寨现象”启示录》，讲述河南开封市西姜寨这个原本落后的地区如何实现浴火重生凤凰涅槃的故事。西姜寨在新任党委书记李恒志的领导下，花了50多天就实现了脱胎换骨的变化，从社会面貌到民心人心都发生了根本性的变革，带给了人们许多深刻的启示。

对时代楷模、新时代英雄人物的刻画也是本年度主题创作的重要收获。何建明的《山神》将二十几年坚持不懈开凿天渠的时代楷模黄大发作为自己的主人公，讲述了这位可亲可敬的老村支书一心为民谋利造福的感人事迹。冯小军、尧山壁的《绿色奇迹塞罕坝》倾情书写荒原变林海的人间奇迹，讲述了一个关于坚定追求人生信念、完成宏伟事业的当代传奇。塞罕坝林场，五十几年，成千上万人，坚持不懈地做好植树造林、建设绿水青山这样一件正确的事情，将一棵树的文章做到极致，最终成就了一番大事业，绿化美化了一大片国土。这是了不起的一桩伟业，也是隽永的一段中国故事。一群人人生的价值在这个成就里全都得到了体现和报偿。绿色念想，绿色信仰，正是支撑他们的强大精神力量。

刘国强的《罗布泊新歌》讲述的则是一片不毛之地变成财富绿洲的当代传奇。他将罗布泊钾盐的开发放在国家能源发展和西部大开发战略的大背景上来描写，立意高远。在表现这一高远立意和主题时，刘国强采用了鲜明的对比和反衬的手法，着重对比了罗布泊这片不毛之地恶劣的自然环境和自然条件，沧桑的历史面貌和今天罗布泊钾盐公司开发以来工业发展以后一派兴旺蓬勃的景象，创造出巨大的经济效益和社会价值。作者亲临现场，亲身感受环境的恶劣和不宜人类生存，以此反衬罗钾人创业之艰辛和经历的百般磨难。在罗钾企业上马之前，作家也采用了对比的手法，首先是美国的专家提出，中国人要在罗布泊开采钾盐这是不可能的，中国没有能力开采，因为那里没有淡水；接着是北京的权威专家言之凿凿，罗钾这个项目是不可行的。在进入企业创建发展阶段，罗钾同样经历了一波三折，“走一步打一棒”，遭受了种种困难险阻的考验——战斗减员，工资低，人留不住，贷款难，钱筹不来……然而，经过罗钾人不屈不挠的实践摸索，逐步上马，最终把企业做起来，做大做强，一直做到如今的全国钾盐两分天下有一分，罗钾产品占据全国百分之四十五的产量和市场份额。这些都很好地体现了罗钾人艰苦创业的精神。而这一建功边疆、沙漠创业的历程本身就是感天动地、可歌可泣的一首歌。《罗布泊新歌》正是为这项不寻常的事业而谱写的一曲新歌，赞美的是在古老的不毛之地上萌发和涌动的蓬勃生机。

刘国强另一部中篇报告文学《祖国在上》，以生动感人的情节和细节，塑造了新时代杰出的战略科学家黄大年的形象。陈芳、陈冲创作的《种子钟扬》用情刻画了长期扎根青藏高原的钟扬教授这位时代楷模。秦岭的《“明星”黎明与万家灯火》对大国工匠、天津国网电工张黎明事迹进行了生动的叙写。还有杨文学创作的《使命——时代楷模赵志全》刻画了一位优秀共产党员的形象。兰宁远的《英雄的中国航天员》塑造了中国航天员英雄群体。本年度，中国作协创研部在中宣部宣教局的支持下，评选扶持了 35 个时代楷模报告文学创作项目，组织了一批优秀作家前往采访和创作由中宣部推出的一批时代楷模，在《人民文学》《人民日报》等重要媒体陆续发表了一批中短篇报告文学，产生了良好的社会反响。

李迪的长篇报告文学《英雄时代——深圳警察故事》是一部可视、可读、可听的报告文学，是一部具有创新意义的书。李迪刚满 70 岁，他是非常勤奋的一位文字劳动者，每年都有新作出版，而且每一部都是带着体温，有温度，接地气的作品，都是有筋骨、有道德、有温度的作品，都是从生活中采集来，而不是坐在书房里编造出来的。在“打深井”，深入生活方面，李迪一向被作为文学界的一个样板和标杆。

《英雄时代——深圳警察故事》这部作品保持了李迪一贯的很好的文字叙事和把握能力，作品有很强的带入感，好读，且有感染力。全书采用第一人称叙述，是主人公或受访者面对作者的对话和交流式访谈，每一篇均可单独成篇。全书都是采用当事人自己的讲述，没有太多的技巧。作家从深圳 2 万多名公安警察中遴选出 160 个典型进行采访，再从 160 个典型里筛选出30个进入作品，因此他当然能找到最打动我们的深圳警察和他们的故事。作品的叙事中有精彩的侦破、探案过程，譬如写一位入室抢劫的物业管理员，他从楼梯爬上去，再从18楼爬进17楼，半夜入室抢劫，警察和管理员斗智斗勇，审讯的过程十分精彩，情节生动鲜活。同时，作家描写了一些新鲜的事物，比如移动警务，通过移动端、云终端办理案件，侦破查获犯罪嫌疑人，这种侦探方式很新颖。作者擅长通过人物的语言，把人物的个性鲜明地表现出来。譬如，身材曼妙的刑警赛芳快人快语，个性却风风火火，她是"要命办"的负责人，工作起来确实很"拼命"。"七十二变"缉毒警察冯景华，不爱红装爱武汉的崔爱武，说的每句话结尾基本上都带一个"哈哈哈"，把严肃的事都当成快乐的事，这种人物语言都很见个性。

李迪既正面写警察，同时也写警察背后的警嫂、家人。《黑猫警长》写的是姚一元，他的妻子罗静梅的《说说我们家老姚》，与之前后呼应，可以更立体地表现警察老姚的形象。不光警察本人觉得自己的职业是很光荣的，他的家人亦以他为荣，从家庭角度营造了一个很好的从警环境。警嫂们不仅把家里的各种难处一个人担当起来，而且还特别体贴敬重自己的丈夫。丈夫老姚每天抓到小偷回家来告诉她，罗静梅就觉得特别高兴，她以丈夫的工作成绩为荣，以他的职业为荣，这个警嫂也是有精神境界的。通过家属的讲述，读者了解到，老姚的胃已经烂掉了，他为人实诚，今天没抓到小偷，回到家告诉妻子说抓到小偷，只为了让妻子高兴一下。等到看到妻子高兴了，他却又告诉妻子说自己今天没抓到小偷，妻子说，你看我们家老姚多傻，哄哄我高兴就行了，还那么较真。——作者不仅把警察形象写得活灵活现，也把警嫂的形象刻画得鲜明可感，她始终是担心着开心：一面为丈夫的工作成绩开心，一面天天担心丈夫受伤。塑造的警嫂中，许锦东的妻子也是非常优秀的，作者只通过几个很小的细节，如写他们家三岁的孩子多多，在幼儿园玩一个游戏，老师说年兽可以满足每个人的愿望，多多说我最大的愿望就是希望爸爸妈妈能多陪我一些，警嫂讲到这里的时候潸然泪下，也让我们潸然泪下。我们都是父母，我们每天都可以见到孩子，但是警察的孩子想亲近他们却不可得。警察的妻子非常贤惠，尾椎骨折断了，在家里等着丈夫回来帮她换药，一直等到凌晨3点多都没等到……许许多多的细节都非惊天动地，但却都让我们看到了鲜活的警察的多个侧面，在工作中的一面，在家庭生活中的一面，多角度地表现英雄，确实有高人之处。

《英雄时代》写的是新时代公安英雄群体。习近平总书记说，英雄是一个民族最闪亮的坐标。在和平年代，在深圳这个改革开放的前沿窗口，作家找到了这样一群时代英雄，将他们挖掘出来，塑造起来，让我们认识到英雄原本平凡，英雄就在我们身边，关键是要有人能去挖掘他们，慧眼识珠，把他们辨识出来，刻画出来，让我们认识到他们是时代的精神标杆，他们身上体现了忠诚、为民、公正、廉洁的人民警察核心价值观和公安文化的核心价值。因此，李迪确实写出了公安英雄们的精神和丰采。

2018年还有一些作品是对当下正在发生的重大事件的及时反映。譬如对中国天眼的描写，有丁佳、陈言的《天之眼》。对中国科学合肥科技园区的描写，有洪放、朱斌方、许东林的《领跑者》。对世界首条高速公路光伏路面诞生过程的记述，有李延国、许晨的《未来之路》。徐剑的《大国重器》，聚焦中国火箭军的历史，全面客观讲述其前世今生。长江的《天开海岳——走近港珠澳大桥》和曾平标的《中国桥——港珠澳大桥圆梦之路》都是对10月刚刚开通的港珠澳大桥这项世纪工程、世界第八大奇迹的最适时的反映，描述了工程建造的艰辛历程，回应读者和社会关切，给人留下深刻印象。苏毅的《中国海军也门撤侨》是对中国从战火下的也门撤侨行动的一个及时的报告和反映，堪称一部文学版的《红海行动》。陈新的《九寨祥云》追述了2017年8月8日发生的九寨沟大地震诸多感人的瞬间和现场，刻画了一群抗震救灾英雄。

深情聚焦国计民生和社会问题

对国计民生的关注和描写，是报告文学创作具备人间情怀、社会担当和责任意识的重要体现。孙翠翠的长篇报告文学《最后的龙爪沟》是其中值得特别关注的佳作。当下中国农村、中国农民生存境遇如何，长期以来都是作家和文学界关注的一个重要话题，也催生了一批直面乡村实际的有影响的非虚构纪实性作品，对于帮助人们客观认识“三农”不无裨益。孙翠翠怀着深切的忧思和内敛的悲悯与心痛，真实地揭开中国北方部分乡村艰窘两难的生存困境，客观地反映出城乡二元对立导致人口阶层流动性困难与城乡阻隔，以事实印证了乡村振兴战略的紧迫性、必要性和重要性，以及乡村振兴之难、之繁重。

孙翠翠的家乡龙爪沟位处东北偏远山村。改革开放四十年，让龙爪沟与从前有了天壤之别，农村面貌和农民生活状况变化巨大。但是，与更为发达和文明先进的城市相比，这里仍然是落后的，缺乏机会和发展潜力。随着越来越多的人口逃离龙爪沟，这里也渐渐变成了一座老弱鳏寡孤独守护的、日益破败衰落的山村。更有文化更有发展潜力的年富力强的人口几乎都涌进了长春等大城市，到那里去寻找更多的创造财富、享受文明生活的机会。留守在龙爪沟的只有那些与土地割不断联系的老一代农民。进了城的农民努力想跻身新市民阶层，有的通过上大学、经商等路径基本上成功实现了阶层转换，挤进市民社会。而更多的文化程度相对较低的打工者、体力劳动者群体虽极尽勤俭、刻苦和奋斗，却始终只能漂浮在城市生活的水面上，很难挤进真正的市民社会。他们的子女交不起昂贵的择校费和课外兴趣班的补课费，也就很难享有同城市市民相同的起跑线和前途未来。这群年富力强的打工者尽管在城市里生活得并不如意并不美好，他们中的一些人由于家庭纠纷、子女教育等原因亦曾试图重回农村，然而，他们已注定无法返乡，明显落后的农村和更为艰难的生计逼使他们只能再次返回城市，继续在城市的“泥淖”里摸爬滚打。于是，这群试图跻身新市民的农民工便成了尴尬两难的夹心阶层。城市，没有给他们带来美好幸福的生活，也无法许诺给他们一个光明的未来；而乡村，却因为丧失了他们而变得缺乏活力和发展后劲，甚至失去了可持续发展的可能性。正如作者借用村民孙振举的话说："现在沟里的人只出不进，用不上10年，人就得走光。就算我们不进城，老死在这里，孩子们也不会再回这地方了。"这，显然是当下中国部分乡村的真实写照：空心化，"389961"（指妇女、老人、儿童）留守群体，日益凋敝艰难的生存环境……

由此，人们不禁要追问：中国的农村会消失吗？中国的农民会消失吗？我们魂牵梦萦的那个乡土中国的家乡、那个保管和记住我们乡愁的地方会消失吗？

中国独特的城市化进程将亿万农民裹挟席卷进城，城市得到了快速发展，这一大批农民的命运也得到了根本的转变。他们有一个特殊的身份：不是城市户籍居民的城市住客。长期以来，他们只是城市的寄居者。他们参与城市的建设，推动城市的发展进步，然而，他们仍旧只是城市的打工者、城市的过客。城乡二元对立，给他们的生存生活带来了种种阻难和障碍。可以说，他们是为城市发展、为中国改革开放作出巨大贡献和牺牲的人群。他们的正当权益远未得到有效的、有力的保护和保障。土地是农民的立命之本、农民的命根子，农民与土地存在着不可割断的联系。失去了土地，农民便丧失了尊严和体面的生存依据。在孙翠翠笔下，许多农民因为进城而将土地转包或出让经营权，渐渐失去土地，似乎是主动地放弃了对土地的依赖。而失地进城的农民并未找到新的可靠的依附或归属。同时，也有一批"老农民"苦苦坚守，捍卫着自己的土地，如张景林夫妇、大于夫妇等。对于城市，他们仿佛有一种天生的拒斥感。而土地却能确保给他们带来自足的、幸福的而有尊严的生活。他们相信土地，相信龙爪沟，因此，即便是在受到各种诱惑如房地产商于长龙携资本觊觎土地妄图从他们的手中"夺走"土地，他们也绝不妥协或退让。他们或许是农村土地最后的一批守卫者，甚至是殉道者。就像坚持不用农药种植有机蔬菜的李明娟，终究竞争不过那些使用种种手段伎俩的不法菜农。农力维艰，生存殊为不易，这批最后的土地守卫者终有一天会死去会消亡，那么，之后的农村究竟会变成怎样一番模样？未来的乡村还会存在吗？而倘若失去了土地、失去了家乡，那么，广大的农民又该在哪里立足？他们的前途和希望究竟在哪里？

——这，大概也是作者在创作这部作品时一再苦苦追索和拷问的问题。如今还有父辈留在乡村，有父辈守护着的乡村就有我们血缘的、地缘的和精神上的故乡，然而，一旦他们远去，故乡还会好吗？农村还会安好吗？农村，农民都是大时代的被改变者，是一群被动的接受者。在时代的巨变面前，他们几乎无能为力、无所作为。字里行间，充溢着作者深刻的关切和问询，浸润着切切的忧思和隐隐的痛心。

孙翠翠的讲述注重对家族谱系和乡村秩序的尊重与追随。她从自己的父亲母亲家族开始入手，逐一触及父辈和同辈乃至自己的晚辈乡亲们的生存处境及命运遭际。农民不是生来就是生活的被动者和苦难的忍受者。父亲孙振凯好容易考上师范离开农村，却因已订婚的未婚妻在农村，不得不回乡，成为被土地所囚困的一员。母亲李廷梅勇敢地走进城市，参与开办缝纫铺，做得风生水起之时却因“假尼姑事件”而被骗得财务空空，以一个挫败者的身份被父亲接回了农村。表姐夫张景林到城市的大学里经营餐饮，收入可观，却感受不到生存的尊严，最终选择回乡。然而，他们的乡村生活收入有限，远远不及城市，医疗条件落后，为了治病甚至需要自己给自己打针，各项保障匮乏。以宗法和血缘为纽带维系的乡村社会实质上已经崩塌，他们很有可能将成为龙爪沟悲壮得近似悲剧的最后的住民。更多的农民已经回不去了。大于的女儿大霞苦于城市生活的艰难，打算回乡，却早已无法适应乡村的生活而不得不回到城市。李明红开店，受尽电表员的勒索敲诈，好不容易在城里打拼下自己的一片天地，把女儿接到城里读书，又苦于高昂的择校费，请不起家教上不起课外班。她艰难地供孩子上了大学，又与丈夫因婆媳关系闹矛盾打离婚而决意返回自己最后的收留地——家乡龙爪沟，然而，乡村正在凋敝，不适合居留，实在更无可恋。被困囿于土地的农民注定是艰难的、悲苦的。山东来的“老蒯”嫁了几任丈夫，或者沦为家暴的受害者，或者变成施暴者，最终“死”在上门女婿赵思的拳头之下。她之所以终生忍受家暴，只是为了有个依靠、老了后有人养老送终。就连“老蒯”健壮如牛的女儿吴华，最终也成了丈夫家暴的牺牲品。而他们的孩子柱子年纪轻轻竟已有了一身的戾气和怨恨气，处处与人作对。成子的母亲为了过上好日子，进城去了。成子从小便痛恨母亲，即便学习优秀，也永远都不开心，常常陷于自卑，并慢慢地染上酒瘾，最终死于酒后脑出血。疼爱他的奶奶第二年也死了，父亲失去了进城打工的动力，一夜便赌输了全部家产，然后也“人间蒸发”不知所终，一个家庭就此消亡了。对于农民而言，城市并不美好；而他们扎根立足的乡村，同样并不美好，甚至更为悲催。他们似乎已变成了时代的弃儿。他们的命运，关系着乡村的命运，也关系着中国的未来。《最后的龙爪沟》不是投向故乡哀婉的最后一瞥，不是一曲献给乡村和农民的悲歌或挽歌，而是一首催人警醒、发人深省的思乡曲、怀乡曲，更是一首呼唤乡村振兴、重整河山的长调。家园将芜胡不归，乡村将败待振兴！空心村、空巢候鸟家庭，可能正在成为中国许多农村的真实写照。以习近平同志为核心的党中央高瞻远瞩、思深虑广，非常及时地提出了乡村振兴战略。这是新时代中国特色社会主义思想的重要组成，也是我们党执政治国兴国的基本方略之一。“小康不小康，关键看老乡。”“全面小康，一个都不能少。”——这些掷地有声、铿锵作响的金色话语，是一个拥有近百年历史的伟大政党的庄严承诺，也是中国乡村振兴的希望和未来所在。在国家调整转变发展战略，统筹促进城乡协调发展的历史性进程中，我们坚信，一个充满生机与活力、充满希望和未来的乡村一定会焕现在中国大地上，那个让我们日思夜想的家乡、乡愁必将永在！《最后的龙爪沟》仿如一声叹息，留下了一帧有价值的历史存照与时代见证，留下了历史转型期的一段剧痛记忆。它是当今农村社会调查的一份有效样本，亦将成为国家记忆和民族历史的一份珍贵记录。

王敬东的《北京遭遇“垃圾围城”》聚焦大城市的垃圾围城困境。李璟璐讲述《中国失踪儿童家庭的忧与盼》，长江追问《我的生命谁做主？——死亡门前的调查与思考》，还有连忠诚《生死中介人》对全国首位器官捐献协调员高敏协调档案的记述。包括曾经以《重症监护室》一作引人注目的周芳，推出了新作《精神病院采访实录》。2018 年是知青上山下乡 50 周年，对留守知青的持续关注，有朱晓军、杨丽萍的《大国粮仓：北大荒留守知青口述实录》。张雅文满怀悲悯和同情之心，对未成年人违法犯罪案件进行深入调查，通过采访未成年人管教所和女子监狱犯人以及监狱的管教警察，撰写了《妈妈，快拉我一把》，尖锐揭示少年犯罪的社会问题，作出了许多发人深省的思考，能带给大卜为人父母者以警醒和教育。

2018 年是汶川大地震十周年，向思宇与罗鸿创作的《废墟上的小太阳——震后少儿成长手记》是作者继关注地震灾区灾后家庭重组、生活重建的又一篇重要作品，重点关注灾后出生少儿的成长。

杨黎光是一位有着相当自觉的文体意识和创作追求的报告文学作家。自 2003 年的《瘟疫，人类的影子》聚焦“非典”的来龙去脉，开始深入的反思、开掘之后，他的报告文学创作在理性追索和思辨的路上越走越远，拓展了思辨体报告文学的新天地。2007 年以降，他花费了十年时间，以广东商人和广东的现代化过程为蓝本，深入探寻中国现代化进程的脚印，撰写了《大国商帮》《中山路》和《横琴》“中国现代化进程三部曲”。现代化，包括社会和人的现代化，这是一百多年来中国无数仁人志士不竭奋斗的基本目标，亦可被视为改革开放 40 年文学的一个基本主题。杨黎光近年的创作实可谓是关注时代发展最基本主题的独到深思。他近期发表的长篇报告文学新作《家园》延续了对现代化进程的探究，关注的是城市生活的一大痛点——深圳市的“二线插花地”棚户区，亦即西方所谓的城市“贫民区”。如果说，20 多年前杨黎光采写《没有家园的灵魂》关注的是人的灵魂和精神的家园的话，那么，今天他所要关注的则是那些迫切呼唤有一个宜居的家园、有居所归依的个体及个体的生活。这群生活在城市插花地的平民百姓，虽然与其他城里人生活在同一片天空下，但是他们的居住和生活条件相当恶劣，缺乏市政配套管网等设施，存在着重大的火灾、治安、卫生等安全隐患，堪称城市刺眼的一个伤疤或痛点。而为了改善这些棚户区居民的居住和生活条件，以深圳市罗湖区政府为代表的各级政府机关，可谓殚精竭虑，竭尽所能，顶着极大的艰难险阻，硬着头皮搞棚改，进行清理整顿，重建新家园。在讲述这个曲折复杂的过程时，杨黎光极力凸显棚改工程之难和阻力压力之大。罗湖区面对的是玉龙、布心、木棉岭三个片区 62 万平方米 9.3 万人的拆迁安置工作。而如此多的地上房产物业，涉及千头万绪的产权问题，无主地、房屋出租和管理等问题。为了顺利完成这项工程，成百上千的工作人员深入下去，分片区分楼房分解承包任务，一家一户、一个人一个人地盯着，一栋楼一栋楼地推进，逐一进行调查、劝说、协调、安置，费尽了九牛二虎之力才得以完成。为了强调这项工作的重大意义，作品开篇即突出了解决棚户区问题的必要性和紧迫性。罗湖区是深圳市的中心城区，但就在这个城市核心地带，却长期掩藏着这样一片疮痍落后的二线插花地区，亦即当年深圳作为与香港毗邻的边境城市分界线内的棚户区、贫民区，然而，因为改造难度太大，一直得不到整治。

但是，它的确是城市和社会扎心的一个痛点，更是生活在其中的百姓的一个痛点。在倡导绿色、协调、创新、开放、共享新发展理念的今天，这样的插花地无疑不能再容忍其存在，也到了非改不可的地步。当地政府敢担当，敢作为，承担起了新时代赋予的职责，历尽艰辛完成了历史交付的重任，做出了值得铭记的贡献。作家创作的逻辑起点是从不良生态和居住环境可能带来灭顶之灾落笔的。他首先讲述了几年前深圳光明新区的特大滑坡事故，这场滑坡造成了严重的生命财产损失，也给深圳和罗湖区的主政者敲响了警钟：城市病灶、城市痛点、堵点已经严峻到了非治不可的地步！作家的叙写，显然是站在观照民生、关心百姓生存生活的立场上的，采取了鲜明的民生视角。城市是一个生命体，城市居民是一个命运共同体，城市理应让生活更美好，生活在城市里的每一个人都有权得到更有尊严、更体面、更安全也更舒适的生存生活环境及条件。为此，罗湖区展开了这场伤筋动骨的城市改造。而它的成果是有目共睹的。在这片原先脏乱差、布满危险隐患的土地上，陆续矗立起了一片片现代化的居住小区和绿地公园，建设起了全新的美好家园，居民的居住和生活条件正在发生翻天覆地的惊人变迁。罗湖区改造二线插花地的成功实践证明，一个真心为民谋利、为民办实事的政府，一个敢作为、善作为、有作为的政府，最终一定会得到绝大多数老百姓衷心的拥护和爱戴，也必然会赢得民心，赢得人心。杨黎光对棚改的叙写，还注重放在世界治理城市病的艰难历程的大背景下展开，从而使作品具有了一种国际化视野。他探讨了自西方出现现代城市以来，所不断遭遇的一个又一个城市病，以及如何应对和克服这些城市弊端，从而为深圳市的实践提供了一个蓝本和参照。当年，伦敦因为工业化遭遇了酸雨和大雾污染，因而得名“雾都”；近年，俄罗斯的远东西伯利亚地区，因为工业废弛，城市废弃，众多的城市变成了一片废墟和“鬼城”……深圳，这座诞生至今不足40年的年轻城市，正可以汲取前车之鉴，未雨而绸缪，防患于未然，自觉而主动地消灭那些城市病，消除那些城市的痛点和伤疤，从而真正让城市变得更宜居，更美好。对这个城市涅槃重生的过程，杨黎光借用了老鹰老化后如何脱胎换骨从而获得重生的过程作比。老化的鹰在三十年之后，必须将它的喙、爪不断地打磨，使之重新变得锋利，同时换掉老旧的羽毛，方能“返老还童”，得以再生。城市亦是如此，只有不断淘汰那些落后的弊病，消除社会和个体的一个个痛点，才能凤凰涅槃，得到重生和再造。《家园》对城市管理及治理做出了自己的独到思考。如何才能让城市生活群体都得到安全，免于恐惧和贫困，免受伤害，获得幸福与满足，罗湖区和深圳市做了许多有益的尝试。罗湖区通过转型升级发展，实现帕累托资源最优化，打造出了一个生态、魅力、文化、时尚的新罗湖。这些尝试对于那些正在摸索如何优化城市结构、改善城市生活的地区而言，无疑具有积极的镜鉴和标本意义。《家园》这部思辨性特征突出的报告文学作品，对于城市治理和现代化城市建设也有着积极的现实参照价值。

潜心还原历史真实

在历史题材纪实作品方面，衣向东创作的长篇新作《桥——“枫桥经验”55周年风雨历程》具有鲜明的报告文学特点。作品的现实意义和现实指向性昭然若揭。习近平总书记在主政浙江期间就曾指出，发展是硬道理，稳定是硬任务。“枫桥经验”实际上就是讲如何保持国家政权的稳定，亦即平安中国建设、法治中国建设。《桥》在结构上分成三篇，上篇是：站起来的中国，中篇是：富起来的中国，下篇是：强起来的中国，三个历史阶段，脉络非常清晰。换言之，平安中国建设或巩固国家政权的建设穿越了整个新中国的历史和共产党的历史，而且要延伸到更为长远的未来，因此这是一项非常艰巨的任务。“枫桥经验”在各个时期都得到了发展和提升，“小事不出村，大事不出镇，矛盾不上交”——这样维稳和社会治安的核心价值便是通过发动、依靠群众，将矛盾就地解决，用人民调解的方式解决绝大多数的人民内部矛盾、基层的矛盾，这是非常了不起的。我们今天面临的形势是一个社会转型期。转型期各种社会矛盾越来越凸显，也越来越尖锐，矛盾错综复杂，尤其需要新时代的“枫桥经验”，坚定不移地走群众路线，发扬我们党优良的作风、密切联系群众的传统，以柔克刚，构建柔性社会、和谐社会。党的十九大报告提出，要加强社会心理服务体系建设，培育自尊自信、理性平和、积极向上的社会心态。其核心要义就是要让每个人都拥有一份理性平和的心态，不要动不动就激化矛盾，向上、向外转移转嫁矛盾。群体性事件、上访事件是转型期社会不得不面对的现实问题，但这让公安战线承担了艰巨的维稳任务。如何软化各种矛盾，消化社会冲突，消解社会矛盾存量，或者说如何溶解融化人的心结和人际关系的硬疙瘩，“枫桥经验”提供了切实可行的解决之道。“枫桥经验”也是中国特色社会主义建设的一项宝贵经验。这是我国在探索社会主义建设道路历程中摸索出的一份重要经验，而能以一个镇的名字命名“经验”的确很了不起。我们常说“中国经验”，这大家都很好接受，而枫桥只是诸暨市的一个乡镇，它居然也能为国家治理体系和治理能力建设提供有益的经验！一方面，“枫桥经验”是社会主义建设特别是基层政权建设的经验，帮助党更好地巩固国家政权最广大的基础，很好地实行人民民主专政。另一方面，它发扬了党的群众路线的优良作风。群众是无往不胜的力量，群众的智慧创造能够发挥出巨大的社会效用。这样的经验价值重大，值得作家们大书特书。衣向东的报告文学创作注重亲历感、在场感。对“枫桥经验”的采访他几乎把所有的当事人，除了去世没办法采访的，都采访到了。他追根溯源，刨根问底，把历史一点一点地挖掘出来。“枫桥经验”创立者陈友堂已经去世，衣向东就采访他的儿子、儿媳妇，采访他的养女。他还采访了“枫桥经验”的整理者、今年已89岁的徐贤辅。这些都是当年的亲历者，“枫桥经验”就是他们干出来的。在采访“江湖大盗”骆尧松时，衣向东不失机智地设法说服了骆尧松本人和他的家人接受采访，这些都能看出作家是真正用心在采写。在湖州，衣向东坐在出租车上和司机深入聊天，因为他深知通过出租车司机是很容易了解到社情民意的。衣向东似乎有侦探、侦破经验，就像警察一样善于抓住蛛丝马迹，通过出租车司机来了解社会治安、建设情况。他的采访不仅是身体在场，更是情感在场、思想在场的采访，这是报告文学作家最难能可贵的方面。《桥》对于人物和典型的塑造，对故事情节的发掘亦相当到位。譬如，写到派出所民警杨钟湃，他把“江湖大盗”骆尧松送回家，但是骆在家里也待不住，离家出走，杨钟湃帮忙帮到底，直接找大队书记商量，帮骆尧松找到了一份能吃饱饭的活儿——去大队养猪，后来骆又回到生产队从事生产劳动。这让骆尧松最终成为“枫桥经验”改造成功的一个典型案例。寿仲华在侦破一起盗窃案件过程中，亲赴现场细心观察，在村里放电影时，他注意到有个人不去看电影，反而夹着雨伞外出，他感到很蹊跷，经过了解讯问，很快便破了案。“枫桥经验”的传统，55年一以贯之。不变的内核就是矛盾不上交，就地解决，这是最根本的东西。当然，变的内容是，从三个历史阶段——站起来、富起来、强起来的中国来看，每个阶段都有新的内涵。站起来的中国时期，一个不抓，一个不捕，对于“四类分子”，可以让他们的子女去参军当兵去。新时代既要金山银山更要绿水青山，注重保护环境和生态文明建设，随着时间的推移而赋予了“枫桥经验”以新的时代内涵。《桥》不仅仅写了枫桥镇具体的践行和诸暨市的实践，同时把“枫桥经验”在浙江各地推广移植的情况，包括湖州、绍兴柯桥、台州、义乌等地的基层社会治理实践都写到了。比如，写到台州的交警林贻高发明了一件闯红灯监测神器等等。可见，“枫桥经验”不但适用于一个镇、一个市，而且适用于其他地方。《桥》的标题很好，“桥”不仅是一个意象，指涉时间的连接性、延续性，“枫桥经验”从历史走到今天，将历史与今天连接了起来。同时，“桥”又具有空间上的延伸性，寓指“枫桥经验”从枫桥走向台州，走向浙江，走到北京，走向全国各地。“枫桥经验”不但有历时性价值，而且有共时性、普适性价值，意义确实重大。“枫桥经验”历久而弥新，具有强大的生命力。

丰收的新作《珠穆朗玛的眸子》通过抢救式采访和资料搜集整理，力图还原西藏在1960年代初期那段坎坷的历史，特别是中国对印自卫反击战的历史，题材独特，内容真实可信。高洪雷的《楼兰啊，楼兰》以文学考古的方式，试图揭开西域古国楼兰的神秘面纱。傅宁军的《南京先生》挖掘牵系海峡两岸共同情愫的鲜为人知的“南京先生”的故事，彰显了为百姓送医送药福泽万民的人终将得以不朽的深刻主题。简平的《权力清单：三十六条》则讲述了村级政权建设的“宁海经验”，表现让权力在阳光下运行的执政理念。

回望2018年的报告文学创作，作家们无疑是勤奋、刻苦的，取得了与这个文体尊严相当的优秀成绩。同时，我们也看到，在新时代、新征程、新梦想、新奋斗的进程中，每天都在涌现出更多可歌可泣的感人的中国人、中国事，都在期待着报告文学作家及时的采访与记录。这个时代正在不断地向广大报告文学作家提出日益峻切和繁重的要求，因此，如何在抓住好题材的同时，做到潜心创作、精益求精，切实增强脚力、眼力、脑力和笔力，打造出文学的精品乃至高峰，将始终是摆在作家们面前的一个最重要的课题。

成绩斐然 继续前行

——2018 年儿童文学综述

中国作协创研部　纳　杨

2018 年是儿童文学大踏步发展的一年。党的十九大召开后的第一年里，儿童文学延续了作家、编辑、研究者、评论家携手共进的良好发展模式，以习近平新时代中国特色社会主义思想为指导，共同为中国少年儿童创作出版更多优质的文学作品，努力承担起儿童文学在新时代的历史使命，取得了比较突出的成绩。

主题出版继续发力

继《伟大也要有人懂》系列成功推出之后，中国少年儿童新闻出版总社今年推出《习近平讲故事》（少年版），以人民出版社的版本为蓝本，针对少年儿童的阅读特点，精选近 50 个小故事，生动、通俗又深刻地为孩子们讲解“树立文化自信”的内涵，帮助他们树立正确的世界观、人生观、价值观。接力出版社继续推出《资本论（少儿彩绘版）》，由李晓鹏主笔编写，将这部巨著转化为孩子可以理解的内容，在注重阅读乐趣的同时，也注重保留原版的理论价值。中国人民大学出版社推出的《中共党史青少年读本》，同时推出插图版，由中共中央党史研究室专家张树军、武国友撰写，针对青少年的党史学习要求编写，内容权威，篇幅适中，让广大青少年能够在轻松愉悦的阅读中了解中国共产党的基本历史知识。

这类重大题材读本，由所属领域的专家主持撰写，与专业少儿图书出版社合作编辑出版，专门针对青少年读者的阅读兴趣、习惯编写，让孩子们有了一个适宜的阅读版本，对于塑造下一代中国人的精神品格有着重要意义。但是对这类图书的要求应该更加严格，不能仅作为儿童读物来看待，应该注重准确性、权威性、文学性、可读性相统一，要有社科类图书的严谨，也要有儿童读物的趣味。

题材开掘更加深刻和广阔

今年原创儿童文学一个突出特点是突破了以往儿童文学书写的一些范式，在题材开掘方面更加深刻和广阔。这是作家、编辑家共同努力的成果。

童年书写仍是儿童小说的重要主题，作家从自身童年记忆中探寻人生意义，文学性更强、思考更深入，也更有典型性。张之路的《金雨滴》是带有幻想色彩的童年书写，从某个点触发童年记忆之锁，却以贴近当下孩子的心灵和思维的方式讲述，让过去和现在在未来交汇，非常新颖；刘海栖的《有鸽子的夏天》意境优美，细节丰富，意趣盎然；曹文轩的《萤王》书写关于善与美的童年记忆，赞美孩子与大自然天然的和谐共处，以及对这一理念的坚守；叶广芩的《耗子大爷起晚了》把那些深埋在童年记忆中关于老北京传统和颐和园的历史知识融入小主人公的一段生命记忆中；翌平的《野天鹅》则动用了自己童年的经历与感受的储备，写出了孩子面对生活的重压，不同的选择分化出不同的成长路径，也成就不同的人生。

现实题材书写佳作迭出。董宏猷《鬼娃子》以梦幻笔法，一幻一实两条线索，讲述了大山里森林边生活的少年们，要么坚持老一辈人的精神，守山守林，与大自然和谐相处，要么抵挡不了物质生活的诱惑，成为偷猎者、破坏森林生态的“鬼娃子”。虽然作者在叙述中表现出明确的取舍态度，但小说对人物的刻画并没有面具化、形式化，而是立体地写出了两类孩子的代表“春儿”和他的舅舅三毛，以及偷猎者团伙的头儿黑七等人的命运遭际，让我们看到同样面对生活的压力，为什么有人能坚持初心，为什么有人却早早投降，甘心成为欲望的俘虏，而人生的意义和价值是什么，已然在读者心中有了答案。这部小说关注当下现代化进程中，人与自然、人与人的冲突和较量，写出了社会发展的矛盾与复杂，是儿童文学创作中少有的题材。

薛涛的《孤单的少校》则在少年成长故事中引入了青少年世界中扮演着重要角色的网络游戏元素，以游戏和现实双线并进，描绘出当下乡村少年生活中的“平行世界”。现在的孩子似乎有着双重人生，一个是现实世界，一个是游戏世界。那么多孩子沉迷网络游戏，甚至为了网络游戏完全不顾现实世界。我们的儿童文学作品鲜有关注到这个层面的。这部《孤单的少校》并不是从社会问题的角度去写，而是敏锐地发现了孩子们沉迷游戏的深层心理原因：孤单。在小说中，这些乡村少年在现实世界中缺少与父母、家人的沟通，也缺少玩伴，只能在游戏中寻找“同伴”，再把游戏中的“部落”对抗搬到现实生活中来，为无聊的生活增加一些“乐趣”。一系列事件在大人看起来只是孩子的“胡闹”，却也实实在在地会给孩子们带来伤害。在付出惨痛代价后，孩子们终于长大了。

王璐琪的《给我一个太阳》用文学的方式观照校园霸凌这一越来越受关注的社会现象，可以说是儿童文学创作中的又一个突破。小说讲述了跟着奶奶生活的姐弟俩，因父母长年在外打工，基本上得不到来自成人的帮助和支持，在弟弟遭遇同班同学的长期欺负，甚至是诬陷索赔时，姐弟俩凭借自己的智慧和力量，从隐忍到反抗，最终以孩子的方式获得了心理上的坦然。这样的成长更残酷，也更磨炼。其间有成人的帮助，比如学校的老师，但也让孩子们明白了，这类孩子之间的“恶”，只有孩子们自己坚强面对，才能获得战胜的力量。

一些作品突破了现代社会孩子们熟悉的校园生活、都市生活，多角度书写当下中国少年儿童的现实，把丰富多彩的中国文化嵌入其中，更加立体全面地反映现实中国。杨志军的《巴颜喀拉山的孩子》从藏区孩子的视角，写出游牧民族在今天面临的困境，为小读者们描绘了一幅不同于都市和乡村生活的游牧生活图景。其中在牧民心中深深扎根的对自然的敬畏与共存的信念，能够带给物质化包围中的孩子们不一样的体会，让他们知道原来世界上还有这样的生活方式，而且就在我们的不远处。荆凡的《颜料坊的孩子》把读者带入江浙一带一个制作颜料的世家的当下生活中，透过这个家庭的两个孩子对制作颜料的不同选择，展现出传统手工艺的魅力，以及面临消亡的窘境。

此外，常新港《尼克代表我》、郭姜燕《南寨有溪流》、王勇英《花布底片老相机》、刘玉栋《月亮舞台》、肖勤《外婆的月亮田》、赵菱《大水》、汪钥含《沉睡的爱》等，都是深入描写当下儿童现实生活、展现儿童精神世界的佳作。

革命历史题材近年来在儿童文学中也出现了较有深度的作品。今年出版的黄蓓佳《野蜂飞舞》、史雷《正阳门下》都是从正面着手，在宏大叙事背景下，以一个家族或家庭的命运遭逢展示作者对历史的观察、思考和体悟。郝周《黑仔星》则是选取特殊历史时期一个有代表性、有故事性、有感染力的横截面，以细致详尽的描写，把读者带进那段历史之河中，近距离体会那时那地的人的感受。谷应《谢谢青木关》以日记体、纪实笔法，记述了抗日战争期间一个孩子从因战争创伤应激症导致失声，到因身边人的关心、音乐的抚慰而战胜心魔、重获声音的心路历程，把历史作为背景隐在人物身后，更增加了历史现场感。

可以说，中国社会的方方面面都已进入儿童文学作家的创作视野，当下少年儿童生活的方方面面也在成为儿童文学作家的书写对象。历史的、现实的，儿童文学创作已经突破了原有的一些禁锢，获得了更广阔的表现空间。特别是现实题材创作方面，儿童文学作家们坚持深入生活，了解当下儿童真实状态，体会不同地区、不同状态的少年儿童的情感与诉求，深刻洞察现实社会发展在孩子身上体现出的精神演变，从而创作出更加深邃、更加具有时代性的文学作品。这是儿童文学界对儿童文学本身认知不断发展的必然结果。

艺术创新突显，文体意识更加自觉

长篇小说创作艺术有所突破。儿童文学中的长篇小说为了适应孩子的阅读习惯，多为5至8万字。近年来不断出现10万字以上，甚至长达15万字的长篇作品。前面说到的董宏猷的《鬼娃子》、薛涛的《孤单的少校》、杨志军的《巴颜喀拉山的孩子》、黄蓓佳的《野蜂飞舞》，还有曹文轩的《疯狗浪》等都是突破10万字的长篇佳构。这些作品在容量、深度和广度上，突破了原有的长篇儿童小说的体量，讲究小说的结构、细节的充沛，情节适度的复杂深刻，同时保留了儿童文学原有的语言文字简练易懂、故事生动有趣等特色，让阅读能力较高的孩子能够获得更高层级的文学阅读感受。

童话创作新的探索。作为儿童文学一个非常重要的门类，今年有几部童话作品在童话艺术探索上作出了一定贡献。汤素兰的《南村传奇》注重中国本土童话特色的继承和创新，以民间传说为蓝本，注入作家的想象，带领今天的孩子一窥传说的神秘与魅力，其间包涵的是属于中国人精神血脉的那种独特味道。萧袤的《山海经童话》继续推出《大蟹》《羽民之国》两部，是当代作家的幽默和智慧与古典神话碰撞出的火花，也会给孩子们带来中国式审美体验。周晓枫的《小翅膀》从孩子的“通病”怕黑入手，带来一个光明的故事，设计出“小翅膀”这个勇于对抗自己命运，只为带给孩子爱和美好的小精灵形象，可以说是用西方精灵形象的“壳”装了一个中式精灵的“核”，贴近中国儿童的世界，充满中国童话的韵味。马原的《湾格花原：砖红色屋顶》在奇思妙想的世界里探讨人与自然、人与自身如何相知相处等命题，融入哲思和寓意。李姗姗的《面包男孩2》继续塑造“面包男孩”这个童话形象，但与第一部不同的是，这次让面包男孩置身于一个更具现实性的环境中，面包男孩像普通孩子一样要上学，其中智斗假冒面包师的不法商人等情节，与现实生活遥相呼应。童话创作的创新，是一个老生常谈的话题。童话在当下社会中依然能够拥有一席之地，不仅取决于孩子的天性，也取决于作家们的不断创新，探索出适合当下儿童读者的童话。而童话与现实世界的关系，是其中一个重要艺术命题，需要不断实践不断突破。

幼儿文学发展引起重视。当前一个突出感受是，幼儿文学在过去十多年里得到了大发展，但也出现了明显的不平衡，以幼儿为对象的图画书发展迅猛，儿歌、童谣虽然量大，但优秀的作品太少，童话、故事有佳作，但能够形成流传甚广、影响巨大的品牌效应的太少，幼儿阅读市场仍是引进品牌童书占有大量市场。而且因为幼儿文学的门槛看起来较低，很多品质不佳的作品充斥市场，更拉低了读者对原创幼儿文学的印象。在中国作家协会儿童文学委员会召开的原创幼儿文学发展论坛上，与会作家、评论家一致重申幼儿文学的重要性和写作难度，强调为幼儿写作要认真研究幼儿的阅读特点，重视幼儿的独特性，在给幼儿带来情感启蒙、审美启蒙方面下功夫。正如金波在《独特的幼儿文学》一文中所说，幼儿文学是需要多种技巧的文学，需要有更深入的研究，有更多作家的参与。

实际上，儿童文学界一直在努力提升幼儿文学的品质，近年来不断有原创幼儿文学佳作出现。专门针对幼儿的期刊《幼儿画报》经过近40年的努力，已经达到月发行量突破200万份，推出了“红袋鼠”“火帽子”“跳跳蛙”等一系列深受小朋友们喜爱的卡通人物形象。

原创图画书品质呈现逐年上升趋势。与之前改编著名作家的作品不同，越来越多的儿童文学作家参与到图画书的创作中，金波、高洪波、秦文君、曹文轩、张之路、白冰等，都在专门为图画书创作文字，并且与画家沟通，共同打造精品。图画书的图画类型越来越丰富，油画、水粉画、国画、布艺等多种形式，写实、抽象、儿童画、简笔画等多种风格，与文字搭配，相得益彰。可以说，原创图画书正在形成中国风格。今年出版的格日勒其木格·黑鹤、九儿的《鄂温克的驼鹿》，徐鲁、王祖民、王莺的《冬夜说书人》，曹文轩和和歌山静子合作的《守夜》，保冬妮、刘江萍的《游园》等，无论是文字还是图画，都展现出较浓郁的中国精神特质。还有一些紧跟当下中国现实生活变化的作品，比如黄蓓佳、白雨的《凯撒有了小妹妹》等。可以看到，原创图画书在向引进图画书学习的过程中，开始显现出一种自觉的文体认知。图画书已成为幼儿文学中一个重要且传播效果惊人的门类，如何更适合中国儿童的口味，更贴近中国传统审美趣味从而让中国儿童更容易得到美的体验，反过来，也让图画书的审美意趣帮助孩子们建立起对中华民族精神特质的感悟力，这应该是原创图画书努力的方向。

理论评论取得优异成果

今年相继出版了两部“大部头”理论研究著作。一部是王泉根教授的《百年中国儿童文学编年史》，以儿童文学史实发生的年、月、日的先后为基本叙述顺序，记录了 1900 至 2016 年一百年里，文学运动、文学思潮、文艺争鸣、社团流派、文学交往、文学会议、作家生平、作品发表、理论批评、文学报刊沿革、文化和文学政策的制定与沿革，以及与文学发展相关的社会、政治、经济和文化事件等背景材料，为进一步研究中国当代儿童文学提供了翔实的历史资料，是一项重要的基础性研究成果。

另一个重要的基础性研究成果，是 84 岁高龄的张锦贻研究员历时 16 年完成的《中国少数民族儿童文学》，填补了我国儿童文学研究中关于少数民族儿童文学研究的空白。全书分上下卷。上卷以民族聚居区域为线索，论述了 55 个少数民族从民族民间儿童文学发展而来的本民族儿童文学的成长态势。下卷则从民族儿童文学的现时实际出发，逐年综合论析了各少数民族儿童文学当下的发展情形、审美取向，展现了中国儿童文学深厚的民族文化意蕴。

今年是改革开放四十周年，儿童文学界也在认真梳理儿童文学发展状况，对发展历程进行回顾和展望，看清来路，坚定信心。

文艺报开辟“新时代儿童文学观念及变革”笔谈专栏，由李利芳、崔昕平两位青年儿童文学评论家、研究者主持，组织全国儿童文学理论评论者，就儿童文学发展问题多角度展开讨论，对儿童文学理论研究的推动起到积极作用。从 7 月到 12 月，持续刊发了 14 篇文章，就坚持“以儿童为中心”的创作导向、儿童文学的“难度”与“高度”、儿童文学的边界、儿童文学的主体性问题、儿童文学的评价标准等命题进行探讨。如此集中地开展理论争鸣，既是就问题谈问题，也是由谈问题引导创作，同时也展示了一支有能力的儿童文学理论研究及评论队伍。

此外，方卫平、赵霞的《儿童文学的中国想象——新世纪儿童文学艺术发展论》抓住文化与儿童文学、儿童文学与童年书写这两个着眼点，较为系统地梳理了新世纪以来中国原创儿童文学的艺术发展轨迹，既是理论研究成果，也具备一定的史料研究价值。

儿童文学界开展关于现实题材创作的讨论。在今年召开的曹文轩现实主义儿童文学创作研讨会上，与会者提出，曹文轩小说中现实主义与浪漫主义相结合的艺术特色，对儿童文学的现实题材书写具有启示性意义。今年多部优秀儿童文学作品中也比较明显地展现出这一艺术风格。儿童文学作品应该是思想性、艺术性、趣味性、可读性相统一的，现实主义和浪漫主义都应该是为达到这一“统一”而自如运用的创作手法。

2018 年原创儿童文学创作成绩斐然，是广大儿童文学作家、出版人的辛勤付出不懈努力的结果，令人敬佩。以这样的创作势头，一定会出现更多优秀的原创儿童文学作品。同时也要看到，对于超过 3 亿的少年儿童的阅读需求，原创儿童文学仍然远远不能满足，尤其是深刻反映当下现实，展示时代特征和精神特质的优秀儿童文学、经典儿童文学依然稀缺。随着全社会对少儿阅读越来越重视，少儿阅读能力不断提高，已经出现层级分化。儿童文学作为当下儿童阅读中的一个重要门类，需要继续提升品质，以满足不同层次阅读需求。另一方面，在网络信息发达的今天，优秀作品的宣传力度仍需不断加大，让优秀的作品真正走到孩子手里，走进孩子心里。原创儿童文学依然任重而道远。

2018 年网络文学：现象、问题、趋势

肖惊鸿

2018 年，是网络文学发展的一个重要时间节点。这一年，网络文学现象突出：类型多元化创新，更加注重品牌阅读；现实题材热点频出，社会影响日益广泛；玄幻和二次元创作增长，优秀作家作品备受关注；海外传播持续升温，创新模式不断开拓。网络文学问题仍然存在：优质内容垄断性集中；现实题材创作尚在起步；新的盗版方式出现，盗版问题越发严重；人才仍是重中之重，人才缺失依然严重。网络文学趋势明显：坚定主流文化立场，坚持内容创新发展；IP 联动成为行业共识，网络文学新生态逐渐形成；平台探索免费模式，寻求多样化发展。

一、创新、增长、开拓的创作现象

1. 类型多元化创新　更加注重品牌阅读

2018 年，网络文学创作全面多元化发展更为成熟。网络创作从最先的幻想为王，走向更多分类。随着全社会对网络文学的关注度提高，更多的类型被开掘出来，经不完全统计，目前一级品类和二级品类统计有 200 余种。

例如内容占有量最大的阅文集团，男生作品一级品类主要包括玄幻、都市、奇幻、仙侠、现实、历史、军事、游戏、体育、科幻、灵异、二次元 12 大品类；女生作品一级分类主要包括现代言情、古代言情、玄幻言情、浪漫青春、仙侠奇缘、悬疑灵异、科幻空间、游戏竞技 8 大品类。在男女生一级分类之下，有超过 200 个二级题材类型。再比如中等体量的纵横文学，二级品类也多达 50 余种。其中，女频以都市言情为主流，男频主打幻想和都市题材。

据了解，阅文集团采取对创作创新扶持与补贴策略，从 2016 年开始品类化发展模式，2016—2017 连续两年都有 10 个以上品类增长超过 100%。就现阶段来看，玄幻、都市、言情（含古代现代）三个男女生品类读者接受度最高，创作最为活跃。其他诸如现实题材、科幻、

二次元等也体现出迅猛增长的态势。

在政策引领下，网络文学平台各显神通，开创打造各种阅读品牌。阅文集团推出“元气阅读”的二次元品牌和“红袖读书”，主打青年女性品质阅读。阿里文学推出“天猫读书”和“妙读”，打造电子书渠道和快速阅读平台，同时也为传统图书的网络阅读创造更大的可能性。这一年，新女性新言情开始升温。比如中文在线重启“四月天”网站；晋江开启“关爱冷题材”功能，给内容质量较高但相对数据较差的题材以更多的推广；阅文集团等大网站通过IP运营，打造现实题材典型。

各大网站纷纷开辟更加垂直细分类型。一些小分类开始崛起，创新题材层出不穷。如以科普为特点的“学霸”题材、职业题材，如术小城《我只想当一个安静的学霸》、志鸟村《大医凌然》；灵气复苏流炙手可热，如会说话的肘子《大王饶命》；跨界融合题材一路走红，如爱潜水的乌贼《诡秘之主》、咬火《这里有妖气》；内容新颖以脑洞取胜，如我会修空调《我有一座冒险屋》。这些小说以不俗的品质和市场表现体现了创新价值。在创新风潮中，玄幻都市类仍然占据创作主体。一批知名网络作家不忘初心，努力提高艺术水准，不断融进创新元素。如梦入神机的国术流《点道为止》，坚守中华文化传统的烽火戏诸侯的《剑来》等，均可圈可点。

2. 现实题材热点频出　社会影响日益广泛

在现实题材热的带动下，一大批现实题材作品以不俗的艺术表现力体现出鲜明的时代风貌。唐家三少在《为了你，我愿意热爱整个世界》之后，接连创作出《拥抱谎言拥抱你》以及续集《守护时光守护你》，给生命和生活一个向上的希望和美好的结局；骠骑的《山河血》，聚焦革命历史进程中的奋斗与牺牲，展现了大无畏的英雄主义情怀；何常在的《浩荡》，以改革开放40年的宏伟社会生活为背景，书写年轻一代的理想和追求；卓牧闲的《朝阳警事》，以基层干警的新形象，向新时代的奉献精神和高尚情怀致敬；吉祥夜的《写给鼹鼠先生的情书》，以温暖的女性笔触赞美了恪尽职守的平民英雄以及那闪耀青春光芒的爱情；郭宇、刘波合著的《网络英雄传》，以“自己人”的姿态，毫不吝啬地呈现了在互联网时代我们的拼搏和我们的成就，作品不胜枚举。这些现实题材作品，有一个共同的特点，那就是在进行现实书写中，始终不忘在作品中注入鲜明的网络特性。这些优秀的网络作家，勇于在创作实践中对网络文学现实题材做出有益的探索，贡献出宝贵的经验。今年有更多的作者转向现实题材创作。虽然这些作品中的大部分尚不尽如人意，理论评论上也亟须引导，创作需进一步提高质量，但逐渐被更多的读者接受，产生了广泛的影响。

3. 玄幻和二次元创作增长　优秀作家作品备受关注

以东方神话为基础的玄幻类小说稳定增长，同时西方神话为基础的幻想类创作有所回落。

比如，唐家三少的《斗罗大陆IV终极斗罗》、辰东的《圣墟》、我吃西红柿的《飞剑问道》、血红的《开天录》、猫腻的《大道朝天》等等，这些作品对中国传统文化和经典作品的传承，以及与东西方神话资源的融合，扩展了东方神话幻想世界的宽度，呈现出中华传统经典神话的再生力和网络作家的创造精神，彰显了网络作家人类命运共同体意识，同时，也造就了网络文学创作的先锋派。

在多元文化的影响下，二次元文化在网络文学中一路开挂。一方面在创作内容和形式上不断有新意，另一方面，在当下网络文学改编中日渐走红。甚至，出现二次元漫画改编影视剧的新潮流。二次元文化对于网络文学创作的影响更多地体现在创作手法上，如《夜旅人》的双时空线设置。与二次元文化相关的是，小众风格的网络文学创作日见其盛。并随着IP改编的相互促动，二次元文化潮流对网络文学创作的影响将会进一步加大。

今年是网络文学发展的一个重要时间节点。20余年，积淀了一大批优秀作品，也造就了一大批优秀作家。在“中国网络文学20年20部作品”评选中，猫腻《间客》、痞子蔡《第一次亲密接触》、今何在《悟空传》、阿耐《大江东去》、萧鼎《诛仙》、辛夷坞《致我们终将逝去的青春》、唐家三少《斗罗大陆》、萧潜《飘邈之旅》、桐华《步步惊心》、酒徒《家园》、金宇澄《繁花》、月关《回到明朝当王爷》、天下霸唱《鬼吹灯》、wanglong《复兴之路》、天蚕土豆《斗破苍穹》、血红《巫神纪》、当年明月《明朝那些事儿》、我吃西红柿《盘龙》、蝴蝶蓝《全职高手》、辰东《神墓》名列其中。此外，像跳舞、风凌天下、耳根、忘语、愤怒的香蕉、阿菩、流浪的军刀、丁墨、吱吱、希行等众多优秀的网络作家，至今依然沉浸在创作的梦想之中。

4. 海外传播持续升温　创新模式不断开拓

这一年，网络文学和世界大众文学的交流融合趋势越发显著。

阅文集团海外品牌起点国际（webnovel）访问用户超2000万。除上线的翻译作品外，上线原创英文作品累计达10000余部，并与当地数字平台达成合作、投资，输出原创内容。值得一提的是，其中最受欢迎的作品，多数带有中国元素。中文在线的海外平台Chapters，目前注册用户达500万，是中国最大、全球Top3的海外视觉小说平台，开创了业态新模式。纵横文学除熊猫看书增加听书频道外，还通过PandaReader阅读产品在Google Play上线。掌阅海外版iReader支持14种语言，覆盖40个“一带一路”沿线国家和地区，用户超过2000万。

都市题材和科幻玄幻作品依然是海外输出的主要内容。比如中文在线开发了刘慈欣的英文叙事类IP并在美国上线，成绩优异；云起书院作者囧囧有妖创作的《许你万丈光芒好》，将都市甜宠、复仇、娱乐圈、小包子助攻等大受欢迎的“火文”元素囊括其中，备受海内外读者欢迎。

今年，网络作者总数有望突破1500万。截至6月，阅文集团驻站作者数量已突破730万，作品已达1070万部。中文在线作者超过370万。各大网站访问用户即读者累积数以亿计。阅文集团平均月活用户增长已达2.135亿。网络文学阅读群体年轻化趋势越发显著。19岁—24岁群体占比45.1%，与此相对应，“90”后作者占据主流。在海外传播领域，也体现了这一主流趋势。

中国网络文学的足迹已经遍布亚洲主要国家以及美国、英国、法国、俄国等多个国家和地区，随着智能手机普及化和使用者的年轻化，特别是以网络文学为源头的全球文化传播产业链的形成，为中国网络文学海外传播创造了更为广阔的发展空间。但是，对翻译要求高、中外文化有差异、海外侵权盗版严重、盈利模式尚未成熟等问题，将制约网文出海增速。

二、内容、盗版、人才的问题

1. 优质内容垄断性集中　现实题材创作尚在起步

对于网络文学而言，优质人才和优质内容仍然主要集中在阅文集团。一家独大仍是行业的显著特征。今年出现的优质作品阅文集团约占90%，无论是新人创新题材，还是名家新作，无论是内容质量还是读者流量，在市场竞争中都占有绝对优势。客观地看，这种格局利大于弊。一方面，不易于市场良性竞争，行业发展格局失衡；另一方面，这种垄断性集中对人才培养、内容沉淀提供了相对稳定的条件。虽有后起之秀，但毕竟，网络文学是要靠质量说话。对网络文学内容生产和商业规律而言，垄断性集中是网络文学发展的客观结果。

现实题材创作尚在起步阶段。众所周知，网络文学创作起源于东西方神话体系，是世界优秀文化遗产的传承与创新，特别体现在幻想类网络小说类型中，表现了作家超凡的文学想象力和创造力。在众多的网络小说类型中，与当下生活经验相关的类型有都市、青春、校园、职场、婚恋、家庭等题材，这些，应该都是现实题材创作的范畴。但，一方面囿于作者的人生阅历，对社会变革的认识不足，另一方面受限于网络创作本质属性和通用的写作手法，已有的现实相关题材通常把现实当成背景，主人公缺乏对现实生活的经验写照，因此作品现实表现力匮乏，难以表现人物在现实中的成长轨迹，缺乏时代精神和人文观照。如何创作出既带有独特的网络属性、又具有鲜明的时代精神，同时又受读者喜爱的现实题材作品，仍需广大网络作家付出更多的努力。值得欣慰的是，一些优秀的网络作家已经走在探索的路上。

2. 新的盗版方式出现　盗版问题越发严重

由于自媒体平台快速崛起，除原有的盗版网站和相关应用外，出现了自媒体平台洗稿现象。经由自媒体平台发布的小说相当一部分洗稿、抄袭，据网站抽查，甚至相似度60%以上作品占抽查样本的多数。

其次，海外盗版侵权问题也越发严重。随着网络文学在海外的广泛传播，起点国际站和海外相关机构产生了版权纠纷、海外本土相关平台之间也发生了版权纠纷问题。网络原创的知识产权保护法不健全，催生了行业法务队伍的膨胀，导致网文行业成本加大。基于网络文学原创的稀缺性、传播的即时性、IP转化的市场性，使得网络文学维权困难，一直得不到根本解决。这个问题仍然是一柄达摩克利斯之剑，成为全行业的痛点。面对反盗版，北京互联网法院于今年成立，采用了新的诉讼审理方式处理此类案件。行业也采取了自救措施，如晋江文学城自主研发并上线了“防盗文”功能。然而，整个行业的盗版问题目前仍然无法解决。

3. 人才仍是重中之重　人才缺失依然严重

在网络文学20余年的发展过程中，一批网络作家成长起来。对于网络作家的孵化平台——文学网站来说，原创内容平台——阅文集团在创作人才的培养上做出了重要的贡献。然而尽管如此，带有资本属性的网络文学，在市场大潮中不会一成不变。随着后来者不断加入，相对于庞大的读者体量，好作家永远是稀缺资源。网络作家的培养就成为网络文学发展中的重中之重。而创作人才的培养是更为缓慢的过程。资本逐利与人才培养之间构成了一对不可调和的矛盾。必须说，网络文学是乘科技东风得以迅猛发展的时代骄子，同时也是在市场环境中迅速膨胀起来的巨婴。庞大的产业规模，将人才的缺失反衬得更为严重。除了创作人才的缺失，网站编辑也是人才的低洼地带。大网站培养基层编辑相对得力，但也是后起网站挖人的重灾区。刚培养好的编辑一不留神就被别家双倍甚至三倍薪酬挖走做了中层。这个问题加剧了企业竞争，造成了企业之间的紧张关系。同时快速升级的编辑从业经验不足，缺乏实操训练，小马拉大车，直接拉低了行业整体素质，对网络文学发展产生了制约作用。

三、主流创新、IP联动、免费阅读的趋势

1. 坚定主流文化立场　坚持内容创新发展

自上而下的意识形态管理、引导和扶持，对推动网络文学主流化发展起到决定性作用。坚定主流文化立场，成为各网络文学平台发展基调。网络作家更加坚定文化自信，努力创作出更多更好的网络文学作品。主流文化立场和内容创新成为发展金手指。行业逐渐摆脱了之前做大做强的画大饼方式，做深做精成为发展的不二法则。内容为王，守正创新，质量取胜。

新晋网络文学企业摆脱了固有的模式，精心打造工作室即作品库或可成为通用选择。行业发展进入理性回归阶段。在资本严冬过后，期待内容创新带来回暖。

2. IP 联动成为行业共识　网络文学新生态逐渐形成

IP，还是 IP。全行业的发展依然是以网络文学为支点，撬动 SUPER IP（巨型 IP）的战略运营。去年，行业经历了网络文学 IP 走低的大趋势。为分化市场风险，IP 开发方式发生转变。各网站纷纷启动 IP 内容一体化开发，建立 IP 垂直生态体系，通常是以原创内容+IP 运营+影视+游戏的模式。近年来，随着政府对网络文学的管理引导加强，对现实题材创作扶持力度加大，游戏得以严控，历史玄幻等网络小说主体类型影视向改编走低，网站纷纷响应号召向现实题材创作加以倾斜。现实类题材成为 IP 改编的主流，各大网络文学企业都增加了自身现实类题材的储备。加之 CP（Couple，配对）流量变现带来的市场利好，一批知名网络作家放弃以往成熟的类型创作，改写现实题材。同时，二次元类型则延续了去年的良好势头，周边产业开发成为热点。IP 价值重塑、IP 联动成为行业共识，网络文学新生态正在形成。

3. 平台探索免费模式　寻求多样化发展

基于以上人才、内容的发展和局限，今年免费模式的打开似乎势在必行。掌阅开发“浩阅”推行免费阅读；再如今日头条，从最开始做免费到转型收费到如今又推出今日头条极速版、独立运营的阅读 app 再次转向免费；如点众、连尚读书、追书神器、米读、趣头条、淘集集、子弹短信等等，分别处于开发或运营免费阅读产品的不同阶段；阅文也正在筹备上线免费产品。其中，如连尚，推出了较为成熟的免费阅读模式，与掌阅、中文在线、博易创为、网易、快看文学、磨铁中文网、凤凰网、阿里文学、黑岩、吾里文学、火星小书、逐浪网等共 76 家企业进行了免费模式的合作，囊括玄幻，言情，都市，武侠，灵异，历史，科幻，游戏八大类的 10 万册体量。所谓免费阅读，是指通过看广告而获得内容，但同时保留了免广告按字付费阅读的方式和会员模式。对于免费付费这两种模式的选择，简单的理解是，有的读者习惯进大书房，追求单一而纯粹的阅读快乐，而更多的读者愿意进大卖场，喜欢一边看书一边逛，然后买买买。虽然免费模式的探索成为当下行业发展一大趋势，但，这种模式对原有的创作与接受之间的互动关系必将产生深层影响，给网络文学带来发展的不确定性。针对这种模式，还要进一步观察研究。

综上所述，2018 年，网络文学进入全面多元化发展阶段。

文学理论与批评综述

2018年中国现当代文学研究书目提要

崔琦　辑录

1月

丁颖，《都市语境与鲁迅上海创作的关联研究》，中国社会科学出版社，2018年01月

本书以都市语境为背景，切入鲁迅上海时期的身份转变、职业转型、生存境遇、文体意识、创作新变、文化姿态、文化选择等内部及外部关系的综合分析，意在说明，在鲁迅的创作和思想的扇面上，都市是一个不可或缺的精神存在，尽管它对鲁迅的影响是非决定性的，但它无疑在很多方面丰富了鲁迅，激发了鲁迅，也造就了鲁迅。它为鲁迅提供着赖以生存的物质场域，发言为声的“思想市场”，精神搏击的“壕战之所”，同时也是鲁迅后期思想的灵感来源。都市写作和反抗的对象，为鲁迅的后期创作带来了新的质素和质的递推，是鲁迅反思和反抗的思想触角不断延续和深度抵达的角隅。

李遇春、汤天勇，《湖北中青年实力派作家群体研究》，华中师范大学出版社，2018年01月

本书精心挑选16位小说家、诗人作为湖北中青年实力派作家代表，以此勾勒出湖北文坛二十世纪六十年代至八十年代出生的作家整体面貌和创作实绩；收集并整理了有关作家的评论、创作谈、访谈、媒体印象等资料，根据编写体例，每位作家研究由“作家小传”“作家创作谈”“经典访谈录”及“代表性评论”几个部分组成。这样既展示了作家真实的创作过程与心路，又对作家不同类型的文本进行互文性观照，更能借助评论家对作品技术与艺术的经典阐述找寻文本进入的密匙。

刘志华，《阐释与建构：“十七年文学批评”研究》，厦门大学出版社，2018年01月

“十七年文学批评”在整个十七年文学进程中扮演着创新“革命文艺理念”、整合中外文学资源、确立文学新秩序等方面的关键角色，其目标是建构社会主义文学新秩序，建立系统的社会主义革命新文艺。本书对作为整体的“十七年文学批评”进行深入细致的研究，在今天更显得重要和必要。

王春林，《新世纪长篇小说观察》，中国书籍出版社，2018 年 01 月

本书主要从现实和历史两个维度对包括贾平凹的《带灯》《老生》，王蒙的《闷与狂》，韩少功的《日夜书》，宁肯的《三个三重奏》等 20 多部有代表性的长篇小说进行了深入细致的探讨研究，有助于读者全面深入地理解把握新世纪以来的长篇小说创作。

徐勇，《选本编纂与八十年代文学生产》，人民文学出版社，2018 年 01 月

随着“文革”的结束，此前“一体化”的文学格局呈现出松动的迹象，选本运作从选家资格、选择标准、入选作品到出版社的确定等等一系列环节，都相应地发生变化。这一变化，是与文学批评地位的变迁联系在一起的。八十年代的文学选本，在经典的确立、自由批评空间的创立、创作指导和时代精神的建构等方面有其不可替代的价值。本书通过对八十年代文学选本的整理、分类及分析，力求从选本的角度重新建构八十年代文学坐标，充分发掘出选本在批评标准的形成、文学史观念的更新、文化认同的建构、公共空间的开创和新时期共识的凝聚等方面的作用，并发掘出选本在八十年代文学史、文化史和思想史上的独特价值，以及选本文化在特定年代所具有的文化政治含义。

于淑静，《世情的戏谑：20 世纪 30 年代中国幽默小说研究》，人民日报出版社，2018 年 01 月

本书从文化的角度，撷取中国二十世纪三十年代别具风格的重要幽默小说家，通过对典型的小说文本个案的再解读，剖析其中幽默艺术特色，从而探求幽默内在的文化精神所在。结合具体的小说文本，分别从表现内容、文本风格和审美特征三方面来论述中国二十世纪三十年代小说的幽默。在此基础上，透析中国二十世纪三十年代小说幽默的内面文化精神指向，指出其独树一帜的现代性文化品格之所在。

中国社会科学院文学研究所编，《中国文学年鉴 · 2017》，中国社会科学出版社，2018 年 01 月

《中国文学年鉴 · 2017》由中国社会科学院文学研究所主办。主要内容包括：本刊特辑、现状考察、创作综述、作品选载（长篇小说、中篇小说、短篇小说、散文、随笔、诗歌）、文学访谈、研究综述、论文摘要、论著评介、学术会议、文坛纪事、编后记等。

2 月

白烨，《文坛新观察》，作家出版社，2018 年 02 月

本书是评论家白烨的一部评论集，为作者近三年间的文学评论萃选。“习近平文艺思想研读”，由悉心研读的领悟与体会，讲述了习近平文艺思想的丰富内涵与重要精神；“年度文情概观”既检视文学演进，梳理文学成果，又抓取主要倾向，评说存在问题；“经典现象重温”与“新人新作评介”，以作家作品为对象，或侧重于文学经典现象解读，或重侧于文学新人新作评介，在鲜明的主体意向中，呈现出文学的新动向与创作新进展。

李怡、毛迅，《现代中国文化与文学》，巴蜀书社，2018 年 02 月

本书力图通过现代文化与现代文学、文学史新论、巴蜀文学重读、对视与争鸣、现代文学档案等栏目，在更广阔的学术平台上整体把握 20 世纪的中国文学与文化，以强化问题意识、倡导学术锐气，极富学术价值。

吴秀明，《当代文化现象与文学热点》，北京大学出版社，2018 年 02 月

本书分上、下两编，共十八章。选择当前富有代表性的十余个文学或文化热点问题，如“断裂”事件、重排大师、新概念作文、国学热与于丹现象、《沙家浜》与红色经典改编、莫言与诺贝尔文学奖、《上海宝贝》与“另类文学”、网络文学的现状与问题、新移民文学的境遇与发展、“金王之争”“二余之争”“韩白之争”、《国画》与官场小说、《狼图腾》与生态文学、“大话”文学潮、底层文学写作等进行分析。试图通过这些个例或个案解读，以点带面，对当下及近些年中国文坛出现新的文学思潮和动态、趋向进行概括。让读者了解当下中国文学在发展过程中呈现出既频频变化而又活泼无序的真实状态，在此基础上培养他们独立思考的精神和分析、把握问题的能力，并以积极主动的姿态参加当下文学和文化的建设。《当代文化现象与文学热点》在前版基础上做了较大修订，新增了一篇前言和四章内容（第七、九、十、十八章），考虑内容方面的因素，删去了前版中“‘梨花诗’与现代汉诗”一章。

赵笑洁编，《郭沫若研究年鉴 2016》，中国社会科学出版社，2018 年 02 月

《郭沫若研究年鉴》是郭沫若研究的年度优秀成果汇编，精选年度内发表的郭沫若研究论文，辑录郭沫若研究的学术会议、学术动态、文化资讯、研究成果目录索引等各方面的信息，开设了著名学者的访谈、馆藏资料的发布、历史事件的回顾等方面的栏目，进一步增加有关郭沫若生平展览展示等宣传方面的内容和信息。

3 月

中国现代文学馆编，《2017 年度唐弢青年文学研究奖论文集》，长江文艺出版社，2018 年 3 月

本书是中国现代文学馆编的 2017 年唐弢青年文学研究奖的获奖论文和入围论文，囊括了项静、徐刚等多位青年学者研究中国现当代文学的论文，展示了 2017 年中国现当代文学研究的相关成果，内容丰富，涉及现当代文学的一些重要作家作品和文学现象、思潮等，是业内学者了解中国现当代文学研究现状的有益参考。

陈佳冀，《中国当代动物叙事的类型学研究》，中国社会科学出版社，2018 年 03 月

本书以中国当代文学中的“动物叙事”为研究对象，实则是基于将当代动物叙事作为一个叙事学意义上的类型整体为考察前提，重心是在对动物叙事这一特殊的叙事类型其具体的功能形态与历史根源的考察。也就是从类型的本质属性与发生两个很为基础的向度衍生而出，包含了对当代动物叙事的概念诠释、伦理资源、叙事传承、类型衍生、功能形态、深层结构、基本叙述模式以及神话根源等多个层面的探讨。

邱诗越，《中国现代小说市镇叙事研究》，中国社会科学出版社，2018 年 03 月

本书对中国现代小说市镇叙事进行专题研究。作者分别从中国现代小说市镇叙事中的疾病叙事、死亡叙事、欲望叙事、权力叙事、左翼叙事、仪式叙事、“异化”现象、“水”意象、叙事技巧、女性形象等方面着手，通过不同的角度，对中国现代小说市镇叙事进行了深入的探讨。同时，作者在书中提出了“中国现代市镇文学”的概念，并阐述了这一概念的内涵。通过提出“中国现代市镇文学”这一概念，突破了以往文学史著作关于中国现代文学的“乡土文学——都市文学”二元对立划分模式的认识，形成了对中国现代文学的“乡土文学——市镇文学——都市文学”三元并立划分模式的新认识。本书的研究成果，拓宽了中国现代小说的研究视野，深化了对中国现代文学史的研究，填补了目前学术界的空白，具有重要的学术价值。

刘法民，《莫言文学怪诞的功能价值》，上海人民出版社，2018 年 03 月

本书以审美形态学方法寻找莫言文学怪诞的功能价值。给怪诞审美形态下一个本质定义，以此为标准细读莫言诺奖作品，筛选出典型怪诞审美形态实例 600 多个。将这些怪诞分为饥饿、欺凌、残忍、魔幻、恶之美五类，分析其对恶进行再现的揭示功能与意义启发功能。

孔小彬，《多维视角下的当代乡土文学》，世界图书出版公司，2018 年 03 月

乡土文学是二十世纪中国文学的重要内容。本书主要讨论中国当代乡土小说，从传统与现代、历史与现实、政治与伦理、媒介与文化等四个方面展开，从而大致梳理当代乡土小说的多样面貌，并深入分析乡土小说的得与失。

陈思广，《中国现当代文学研究鉴识》，陕西师范大学出版社，2018 年 03 月

本书收录的是作者近 30 年来关于中国现当代文学史料研究、现代长篇小说史论阐述以及重要作家作品思想艺术研究方面颇有心得的学术论文。全书分上中下三编：上编为作者有关中国现代文学史料学方面的爬梳与钩沉，中编为作者有关中国现代长篇小说史论方面的梳理与思考，下编为作者有关中国当代文学重要作家及作品的感悟与阐释。

张连义，《新时期小说的农民意识现代转型》，中国社会科学出版社，2018 年 03 月

本书以农民与土地的关系为线索，从土地意识、身份定位、伦理困惑、科学意识、消费观念等五个方面梳理新时期小说中农民意识的现代转型，并由此探究农民走向现代化的艰难历程。

4 月

崔绍怀，《多维视野中的〈野草〉研究概论》，中国社会科学出版社，2018 年 04 月

本书从诗学、美学、社会学、文化学等视角出发，以相关的研究史料为基础，通过对不同历史时期《野草》研究文献资料的集中梳理，对《野草》研究进行了多维度的、全面深入的考察，书稿出版对鲁迅研究、《野草》研究史论等方面有推进作用。

姜德明，《常读鲁迅》，人民日报出版社，2018 年 04 月

本书精选了作者姜德明关于鲁迅的研究随笔。文章或从小处着笔，体现了鲁迅这个伟大人物的朴素与平凡；或介绍与鲁迅交往的人，如钱玄同、刘半农、沈兼士、宫白羽、萧红等；或介绍文学作品及其背后的故事，如关于《一件小事》《西游日记》《枯叶杂记》等作品背后的故事。

刘复生，《80 年代文学研究读本》，上海书店出版社，2018 年 04 月

本书所收集的论文涉及二十世纪八十年代文学的历史文化语境，文学观念，文学创作现象等。本书编选的对象不是宽泛意义上的针对八十年代文学的一般性研究，而是侧重于对八十年代进行知识清理和观念批判，比如“纯文学”体制的生成与自然化，“新启蒙”与“重写文学史”的价值颠倒的历史逻辑等。

李云雷，《“底层文学”研究读本》，上海书店出版社，2018 年 04 月

本书为“中国现当代文学研究前沿问题读本丛书”之一种，重点探讨“底层文学”发展的脉络与走向，让读者对“底层文学”的状况有一个较为全面、深入的了解。

杨景龙，《传统与现代之间：中国现当代诗歌论稿》，中国社会科学出版社，2018 年 04 月

本书分为三辑，共收论文 24 篇。第一辑收录古今诗歌传承研究论文 8 篇，涉及中国当代诗学研究领域拓展、话语体系建设和古今诗歌发展演变现象的展示及其规律的探讨；第二辑收录现当代新诗研究论文 9 篇，涉及现当代新诗的题材选取、形式建设以及几位著名新诗人的创作评论，这些文章也多取古今比较的视角；第三辑收录现当代旧体诗词研究论文 7 篇，有对现当代旧体诗词创作现状和历史命运的宏观思考，也有微观的诗人论、词人论，这些宏观和微观论述，也都力图在古今参照的视角下展开。三辑文章合而观之，有助于读者对现当代诗歌生态的整体了解，对现当代新旧各体诗歌与古典诗歌之间的传承关系的深入认识，对中国诗歌古今发展演变规律的准确把握。

游溪，《“孤岛”气候与海派气质——“孤岛”时期艺术期刊研究（1937—1941）》，中国社会科学出版社，2018 年 04 月

本书以上海“孤岛”时期艺术期刊为主要研究对象，考察了当时各类艺术期刊的特征和风貌，对战时上海产生了何种影响，并探讨了在战争时期，文化艺术和娱乐性艺术期刊背后蕴含的历史镜像和人文意义以及“孤岛”时期的艺术期刊和海派文化的关系。本书认为，从整体上看，“孤岛”时期的艺术期刊在其发展过程中，既有坚守抗日救亡的办刊理念，又有以发表艺术理论为主的传播策略，也有为迎合市民娱乐需求的消遣替代品，从而形成了一个独立于“大后方”或“根据地”主流意识形态之外的文化空间。

肖明华，《20 世纪 90 年代社会文化语境下的文学理论转型》，中国社会科学出版社，2018 年 04 月

本书以二十世纪九十年代社会文化语境下的文学理论转型问题为研究中心，既对其作宏观描述，又对它展开细部考察。作者认为二十世纪九十年代文学理论并非一种单一的存在，而是由一些具体而有差别的学术话语和知识事件所构成。但是，由于大众文化兴起、现代性反思发生和身份政治凸显等原因，当代文学理论又表现出了一定的共性，以至于在研究对象、研究方法、价值取向、身份认同、功能定位等等方面，都发生了转型。“大文学理论”，可以借以作为转型之后的文学理论知识型。理论的批评化、文化研究、文化诗学、后殖民批评、女性主义批评等具体理论话语都要置于此一知识型中才有可能获得切实的理解。“大文学理论”转型的合法性和正当性论证，依然是一个需要文学理论界予以关注的基本问题。

5月

刘旭，《余华论》，作家出版社，2018年05月

本书对余华近40年的创作进行了梳理，论述了他青年时期所谓“现代派”先锋创作的文学技法来源、代表作《活着》等创作手法的转变过程和其成就，以及后来《兄弟》《第七天》两部作品的失误所在。本书对截至目前余华的文学创作做出阶段性总结，分析其长处及不足，更重要的是对余华的创作心理做出分析，勾画了一条隐秘的心理轨迹，与其作品一一对应，得以窥见作家内心世界之一隅。

刘艳，《严歌苓论》，作家出版社，2018年05月

本书通过对严歌苓各时期作品的梳理分析，总结归纳了其创作特色，并将严歌苓放在现当代女性文学史中，与萧红、张爱玲、王安忆进行对比，分析出她们之间共同与不同之处。本书注重文本分析，非常细致深入，是解析评述严歌苓的一部重要论著。本书论主、论者以及论述过程中涉及的文学人物形象皆为女性，因此较之通常的文艺评论，它更多了一层对女性心理的剖析与探幽。

董娜，《严歌苓小说的叙事伦理》，中国社会科学出版社，2018年05月

本书通过梳理严歌苓的作品，发现她的小说创作在题材选择和伦理表达上具有一定的集中性和阶段性特征，与此同时，还体现出历时的整体上的变化。本书依循其创作历程，针对其作品的表现重心和特征，从政治伦理、文化伦理、两性伦理、生存伦理和人际伦理五种伦理关系出发，尝试对严歌苓小说的伦理表达进行历时性和整体性总结。创新之处：（1）研究对象规模空前。（2）将严歌苓的伦理世界划分为五大领域。（3）将“叙述”和“故事”两个层面上的伦理分析结合起来。（4）对严歌苓在近三十年的小说创作表达出的伦理理念进行细致、全面的梳理和总结。

张涛编，《第三代诗歌研究资料》，百花洲文艺出版社，2018年05月

本书为《中国当代文学史资料丛书》之一种，选取了第三代诗歌研究方面的代表性论文数十篇，编者以“选家”的眼光把值得发掘和发现的文献史料呈献出来，展现了文学研究的丰富材料和历史信息，学术价值重大。

孟远编，《新写实小说研究资料》，百花洲文艺出版社，2018 年 05 月

本书是《中国当代文学史资料丛书》中的一种，选取了新写实小说研究方面的代表性论文数十篇，编者以“选家”的眼光把值得发掘和发现的文献史料呈献出来。

陈华积编，《改革文学研究资料》，百花洲文艺出版社，2018 年 05 月

本书是《中国当代文学史资料丛书》中的一种，选取了改革文学研究方面的代表性论文数十篇，编者以“选家”的眼光把值得发掘和发现的文献史料呈献出来。

赵卫东编，《九十年代长篇小说研究资料》，百花洲文艺出版社，2018 年 05 月

本书是《中国当代文学史资料丛书》中的一种，选取了二十世纪九十年代长篇小说研究方面的代表性论文数十篇，编者以“选家”的眼光把值得发掘和发现的文献史料呈献出来。

孟远编，《女性文学研究资料》，百花洲文艺出版社，2018 年 05 月

本书是《中国当代文学史资料丛书》中的一种，选取了女性文学研究方面的代表性论文数十篇，编者以“选家”的眼光把值得发掘和发现的文献史料呈献出来。

白亮编，《新历史小说研究资料》，百花洲文艺出版社，2018 年 05 月

本书《中国当代文学史资料丛书》中的一种，选取了新历史小说研究方面的代表性论文数十篇，编者以“选家”的眼光把值得发掘和发现的文献史料呈献出来。

谢尚发编，《寻根文学研究资料》，百花洲文艺出版社，2018 年 05 月

本书是《中国当代文学史资料丛书》中的一种，选取了寻根文学研究方面的代表性论文数十篇，编者以“选家”的眼光把值得发掘和发现的文献史料呈献出来。

段建军编，《陈忠实研究论集》，西北大学出版社，2018 年 05 月

本论集收集了当下对陈忠实文学作品研究的新方向，从叙事结构、创作观念与方向、美学价值以及生命本体等角度进行了深入剖析与论述，具有一定的研究价值。陈忠实先生一生旨在“寻找属于自己的句子”，各家的一篇篇论文也反映出陈忠实思想的穿透力和深邃的艺术魅力。

6 月

吴晓东，《1930 年代的沪上文学风景》，北京大学出版社，2018 年 06 月

本书源于一次以文学广告为中心的文学史写作，试图借助文学广告这一盏聚光灯，重新照亮一些文学史空间，从文学原生形态的意义上展示 1930 年代的海派文学风景。一种新的文学史观照视角仿若一个探照灯，可以重新照亮历史的某些晦暗的角隅，进而展现一些新的文学风景。

李国，《民间、历史与社会寓言的狂语者——莫言论》，四川大学出版社，2018 年 06 月

本书以莫言的历史倾向为研究出发点，认为莫言在其作品及散文和多次谈话中，表达了其对历史的独特看法。一方面，莫言用天马行空的叙述策略将主流历史民间化；另一方面，他用诡异奇特的感觉手段将客观历史主观化，将必然历史偶然化，形成了对民间、历史及社会寓言等内容表现出独特的审美范式。莫言站在现代人理性思维的立场上，发掘出逝去的历史在当代所呈现出的现代因素，开始了对民间、历史与当下社会进行全新的认识。

凌宇，《看云者：从边城走向世界》，湖南文艺出版社，2018 年 06 月

本书扣紧沈从文文学创作的地域性、沈从文人格的独立性，从作品的地方风味与作者的人格品位两个方面进行深入阐释。全书包括四章：1，他走着一条孤独的人生之路。2，人生奥秘探索者的得与失。3，对艺术美的潜心研究。4，沈从文建造的文学世界。全书阐释了沈从文独立的人生观，自由的文学观，唯美的艺术观。

王祥夫著、程绍武点评，《五张犁——程绍武点评王祥夫短篇小说》，安徽文艺出版社，2018 年 06 月

本书收录了被称为“当代小说之王”的王祥夫先生的 25 个短篇小说。所收小说多为各个时期的代表作及首次出版的新作，其中的代表作品荣获各类大奖，如鲁迅文学奖、《小说月报》百花奖等国内重要奖项。这些小说不仅集中反映了当代人的日常生活和精神生活，也可以看到他们的窘迫状态和积极进取精神，从而体现出一种对“人性”的关怀和关注。加上点评者准确到位的剖析，使得该书读起来更加耐人寻味。

李雪，《为 70 年代小说拼图——20 世纪 70 年代小说的整理与研究》，中国社会科学出版社，2018 年 06 月

本书以 1972 年至 1977 年公开发表的小说为整理、研究对象，强调整理小说篇目、校对发表时间及版本、考察作者身份、划分小说题材等基础工作的重要性，主张依靠一手材料接近文学现场、考察历史细节，从而将对七十年代文学的研究引向“微观”研究。全书分上、下编：上编对七十年代文学的研究意义与方法进行讨论，依据大量史料细述关于七十年代小说的“故事”，试图绘制七十年代文学的地形图；下篇对七十年代的文学期刊、小说篇目进行了整理、汇编和说明，以期为其他相关研究提供资料支持。

董慧，《台湾文学中的东北书写》，九州出版社，2018 年 06 月

本书从四个方面解读了台湾文学东北书写的文本世界：第一部分为日据时期的“满洲”书写，包括“满洲”与台湾——同质异构的殖民地，“击钵吟”中的“满洲”期待，游记宴乐诗词的“满洲”空白，钟理和的“满洲”实景，林熚焜的“满洲”底色等。第二部分为酷寒蛮荒中的东北精神，论述东北精神的源头，东北精神的华袍：骁勇剽悍、反抗压迫；东北精神的核心：诚笃无欺、厚情重义；东北精神的底蕴：执着追求、忍辱负重。第三部分为畏天敬神、圆融剽悍的东北民俗。第四部分为苍凉厚重的美学风格。

朱伟，《重读八十年代》，中信出版社，2018 年 06 月

本书是朱伟三年阅读和写作的结晶，他逐一重读了活跃在八十年代的重要作家的经典作品，条分缕析，系统解读了王蒙、李陀、韩少功、陈村、史铁生、王安忆、莫言、马原、余华、苏童 10 位标志性作家的作品，让读者能够通过一篇文章读懂一个作家。

王春林，《王蒙论》，作家出版社，2018 年 06 月

王蒙作为一位当代中国知识分子，是一位怀有很深的“少年布尔什维克”情结的当代作家。作者在自己擅长的文学批评领域，对这位深具代表性的作家的创作历程和人生轨迹，进行了清晰的梳理。从文学的角度，将王蒙的创作特点、创作背景、文学际遇一一展现。

房伟，《王小波论》，作家出版社，2018 年 06 月

本书作者研读王小波的作品十七年，在王小波研究领域有独特心得，本书也是作者作为 70 后一代青年批评家向其精神资源的隆重致敬。作者搜集了大量采访以及与王小波相关的文献书目，以钻研的态度，以通俗的语言，以独特的视角展现了王小波的精神成长历程。

王进编，《城市文学：知识问题与方法》，复旦大学出版社，2018 年 06 月

本书为《中国城市文学研究读本》的理论卷，展现了中国城市文学研究者对“城市文学”概念的认识过程，集中探讨了“城市文学”的理论意义和背景。

袁红涛、荣跃明编，《“文学城市”与主体建构》，复旦大学出版社，2018 年 06 月

本书为《中国城市文学研究读本》的地域卷，梳理了从“城市中的文学”到“文学中的城市”转型轨迹，特别揭示出关于“文学上海”“文学北京”研究的深入对于中国城市文学研究转型的内在推动作用，进而展现新的研究范式的广泛影响。

贾艳艳，《城市文学与时代症候》，复旦大学出版社，2018 年 06 月

本书为《中国城市文学研究读本》的批评卷。本书分为“记忆与想象”“传统与变迁”两大板块，共九篇论文，通过对古代长安、杭州、扬州、北京等历史名城在文学作品中的反映，以及古代城市建设方方面面的研究，为我们展示了中国古代城市及城市文化的发展沿革。

刘继林，《“先锋”与“民间”——20 世纪中国文学话语研究》，中国社会科学出版社，2018 年 06 月

本书围绕“先锋”和“民间”话语展开，从话语理论的探讨和文学批评实践出发，结合二十世纪中国文学研究、湖北地域文学批评等前沿问题，从点到线、由线而面，将经典作家个案解读、现代诗歌转型研究、特殊文学思潮现象分析、整体社会历史文化观照等统摄起来进行考察，为我们重返二十世纪文学现场提供了学理参照和方法借鉴。

贺绍俊、张欢等，《孟繁华研究论集》，山东人民出版社，2018 年 06 月

本书集合谢冕等知名作家与文艺评论家对孟繁华代表作品的点评、孟繁华的访谈以及孟繁华的自述等。在公开发表文本基础上选编，在内容上对应着具体的专题、时间、活动等。

7 月

杨晓帆，《路遥论》，作家出版社，2018 年 07 月

本书认为路遥文学世界的重心显然不止于揭露社会问题、批判制度之祸，他从生活于制度中的人们写起，写他们为物质生存和精神需要自发的生活，又从这种自然展开的生活形式中提炼出一个理想形态。这里面当然有他对自己身处时代的乐观信念，有他这一代人无法超越的认识局限。但也正因如此，路遥的现实主义不是对观察到的经验现实的直接复制，他既追踪了“改革”的历史走向，又仿佛在预见到改革的现实问题之前，试图凭借他笔下人物的“理想”人生，提供“改革”的另一种历史镜像。

苏沙丽，《贾平凹论》，作家出版社，2018 年 07 月

本书将贾平凹的创作接通一个更宽广的中国文学传统，放置在中国新文学的背景及乡土文学历史的视阈中来考察，寻找他与鲁迅、沈从文、孙犁、汪曾祺、郁达夫、朱自清等现代作家的关联。总的来讲，难以说贾平凹是对中国经验呈现得最彻底最全面的作家，却是以传统的笔法呈现乡村社会最为丰富的作家。

张光昕，《昌耀论》，作家出版社，2018 年 07 月

昌耀是当代一位颇具诗歌个性的诗人，也是被诗歌界广泛认可的一位大诗人。《昌耀论》从诗歌创作的层面对昌耀及其作品进行了一次全方位的解析，旨在探寻昌耀宏大的诗歌文本之后的人生，对西部诗人昌耀苦寒的一生以及生命中的波澜，及他在种种境遇下进行的创作做了一个整体上的梳理。

陈斯拉，《格非论》，作家出版社，2018 年 07 月

本书认为格非的小说既有结构设置、类型体裁叙事视角等技艺的娴熟操练；也有颇具中国传统气韵的典雅语言、春秋笔法、循环结构与神秘意象的巧妙呈示。因此，格非的小说可谓是一种中与西、传统与现代有机结合的产物，但格非的创作根基又还在于中国的传统文化精神。事实上，文学艺术只有真正植根于自身的文化土壤，才有可能枝繁叶茂，才有可能经受得起历史长河的大浪淘沙。

杨肖，《阿城论》，作家出版社，2018 年 07 月

本书以阿城的具体作品为例，分析其知识结构、文学和美术成绩及居美的经验等，将其连接到中国传统文化的大背景，以阿城的生平简历、知识结构、师友交往、作品简介为序，轻松写来，对阿城代表作“三王”做了专门论述，并旁述了阿城在影视剧本和绘画领域的成就。

刘群，《新月社的文化策略》，人民出版社，2018 年 07 月

本书研究的是中国现代文学史上影响较大的一个文学社团新月社的文化策略。新月社于1923 年成立于北京，是五四以来以探索新诗理论与新诗创作为主的文学社团，主要成员有胡适、徐志摩、闻一多、梁实秋等，该社是一个涉及政治、思想、学术、文艺各领域的派别。在本书中，作者详细论述了新月社的发生、壮大及结束的历史过程，立足于“回到历史现场”的全新研究姿态，将新月社置于文学史与政治思想史的统一框架中加以研究，围绕新月派文人利用社交沙龙性质的聚餐会及报纸期刊、出版机构等媒介途径所开辟的“公共空间”展开论述，视角独特，所征引的材料丰富翔实，论述内容详尽，文笔流畅，可读性很强。

宋剑华，《围城中的巨人：理解鲁迅的“寂寞”与“悲哀”》，华南理工大学出版社，2018 年 07 月

本书从鲁迅作品文本出发，打破了国内鲁迅研究界普遍存在的作品文本去替鲁迅进行思想“言说”的历史传统，对鲁迅作品文本本身进行了深入研究，进而对文学巨匠鲁迅进行重新解读，形成了一种全新的理论视角和理论体系，具有一定的新意和学术价值。作者通过揭露鲁迅思想深处的“寂寞”和“悲哀”，向读者展现了一个全新的和更为真实的鲁迅。

吴周文，《朱自清美文与“五四”记忆》，社会科学文献出版社，2018 年 07 月

本书从美学、哲学、文艺学、审美学、心理学等视角，以“五四”新文学诞生及其发展为背景，以朱自清为个案，对其美文创作进行学理性解读；进而对其散文创作的文化价值、诗性价值和美学价值进行史识性的阐释，同时对朱自清个人在“五四”新文化诞生期在理论与创作上所践行的特殊贡献进行了深入的描述。

丛新强，《当代中国文学的宗教维度》，中国社会科学出版社，2018 年 07 月

本书认为，宗教和文学作为人类重要的文化现象与精神现象，在历史渊源、思维方式、精神作用等方面都有着诸多相似之处，宗教文化成为文学创作的重要源泉。本书以大量具体的作品，探讨了宗教文化与中国当代文学发展的关系问题，具体分析了史铁生、赵德发等人的创作，以及当代文学作品中展现的忏悔意识、超越意识等。

魏韶华、范阳阳等，《鲁迅：“国家作家”的形象史》，中国社会科学出版社，2018 年 07 月

作者采用阐释学思维与方法，以产生于不同时期的有关鲁迅的传记、论著、影像等为文本，梳理、考察鲁迅形象的复杂演变过程，以及这一过程是如何随着中国现代民族国家建构历程而发生微妙变化的。通过鲁迅形象演变史，思考现代国家意志对知识分子的精神构成和文化取舍所产生的影响，探寻鲁迅形象演变的内在精神依据。通过从 20 世纪 30 年代到 21 世纪初产生的各种鲁迅传记和其他关于鲁迅的言说，勾勒出这一文化图景中鲁迅形象的演变过程，从而获得对鲁迅形象演变的整体性认识。一方面可以帮助我们寻绎步入“鲁迅世界”的恰当方式，另一方面也可以以此为透镜考量整个中国近代以来中国思想文化的精神脉动。这一研究对于鲁迅研究史的梳理、对于中国现代民族国家建构的回眸反思，都具有极其重要的理论价值和现实意义。

徐勇，《所有坚固的一切都将永驻——青年文学与“80 后”写作》，上海人民出版社，2018 年 07 月

本书对“80 后”文学创作进行了宏观、微观结合的分析、批评。本书将“80 后”作家分为几种类型：传统“80 后”作家、青春“80 后”作家、另类“80 后”作家。对每一类型的特征进行了综述分析。同时选取孙频、李晁、徐则臣、路内、叶弥、双雪涛、田耳、朱山坡、石一枫等“80 后”作家为个案，针对各自的风格特征以及创作缺陷等进行批评。

8月

李彦姝，《乡愁的辩证法：知青作家的城乡经验及其文学书写》，中国社会科学出版社，2018年08月

本书跳出革命、政治、阶级等视角，全面梳理知青作家的城乡经验，立足于对知青作家私人经验与社会历史、地理空间的驳杂关系的考辨，沿着“空间迁徙—城乡经验—文学书写”的思考路向，探寻“社会—文化—审美”的研究路径，从文化诗学和审美诗学两方面激活知青文学的潜在价值。通过绘制知青文学的“时间—空间”研究谱系，破解了既往知青文学研究意识形态色彩过于浓重的困局，提出并论证了知青文学的场域学、乡愁美学、代际研究等新命题。

张燕玲，《有我之境》，作家出版社，2018年08月

本书分四辑，收录了《南方文坛》杂志主编张燕玲从业三十几年来70余篇重要、精彩的文学评论文章。面对文学批评对象，作者遵循文学的规律性，而非“我愉悦即万物皆欣欣向荣，我忧伤即万物皆倾颓百态”；又融入了作者的所感、所思、所省，诚如评论家黄伟林所说：张燕玲的文学批评不仅“自我加入”“眼里有他”，还能将批评对象所蕴含的人生境界和人格修养与其自身的人生阅历沟通融合，是“有人之境”的批评，拥有与其批评对象同样甚至更高的精神高度。

许玉庆，《诗意与涅槃——新时期山东文学中的村庄意象》，广西师范大学出版社，2018年08月

本书突出问题意识、文化意识和原创意识，在对意象、村庄等概念做出界定和分析的基础上，从社会历史角度，探究新时期山东文学中村庄意象的变迁史；从文学地理学角度，探究山东不同地域中村庄意象的文化地理特色；从文化意蕴、审美意蕴角度，揭示山东文学中村庄意象的独特内涵及原创性追求；从文化产业角度，探索村庄意象对文学生产、文化传播和乡村旅游等领域的价值及意义。

赵月霞，《“缄默”与“狂言”：莫言小说中的儿童视角研究》，中央民族大学出版社，2018年08月

儿童视角叙事是莫言小说创作的显著特征，且已成为他“个性化”叙事的重要组成部分。本书力图通过两个维度确立莫言儿童视角叙事的独特性和文学史意义。一是立足儿童视角叙事与莫言小说创作关系的内部维度，明晰儿童视角叙事之于莫言个性化创作的意义所在。

二是将莫言的儿童视角叙事置于中国现当代文学空间的外部维度加以观察，既注重与同时代作家的横向比较，也揭示其在现当代文学演变中的地位和意义，从而在个性揭示与精神联系两个维度确立其儿童视角叙事的特征和意义，并凸现莫言文本的重要性以及作家创作的主体性，探寻莫言儿童视角的产生、表现、操作方式以及叙述效应。

陈思广编，《阿来研究资料》，四川文艺出版社，2018 年 08 月

本书是一部关于中国当代作家阿来的研究专集，内容包括作家小传、作家创作谈、研究文章选辑、作家创作年表、评论文章索引。本书既有阿来本人的创作观阐述，又有陈美兰、陈晓明、郜元宝、高玉、贺绍俊、梁海、南帆、王一川、谢有顺、徐新建、张学昕等诸多国内著名教授关于阿来创作颇有深度与启示的研究论文。不仅显示了国内有关阿来小说创作及译介方面的学术水准，还展现了有关阿来诗歌创作、电影及戏剧改编等方面的学术进展。全书既有个案分析，又有宏观探讨；既有认同，又有争鸣，点面结合，百花齐放。作为当代著名作家，也是当代藏族作家中的杰出代表，阿来先后荣获茅盾文学奖、鲁迅文学奖，拥有广泛的文学影响力，因此本书对四川作家学术研究界来说，具有很高的学术研究价值。

卢燕娟，《旧题新论——中国现当代文学、文化经典问题再讨论》，北京人民出版社，2018 年 08 月

本书分为“文学研究部分”和“文化研究部分”两个部分，以新的文学史视野和文化研究方法，对现当代文学、文化史上曾经引发关注与讨论的问题，重新进行梳理、剖析，从而进入到对中国现当代文学、文化思想某些带有本质性问题的反思。

9 月

汪树东，《中国现代文学中的反现代性研究》，人民出版社，2018 年 09 月

本书论述了现代文学的现代性追寻与反现代性抗争、文化保守主义的反现代性、审美现代性的反现代性、后现代主义的反现代性以及革命意识形态的反现代性，反思了反现代性文学书写的意义和局限。

贺绍俊、刘起林编，《汪曾祺及里下河派小说研究》，人民出版社，2018 年 09 月

本书系统研究了里下河文学流派的起源、生成及其整体审美风貌。内容涉及地域文化与里下河派的小说创作；汪曾祺——里下河文学流派的旗帜；里下河派寓外作家的乡愁等。

霍俊明，《转世的桃花：陈超评传》，河北教育出版社，2018 年 09 月

本书以大量翔实的一手资料追忆和评论了陈超及其所处的那个诗歌鼎盛时代。书中所涉国内一线诗人北岛、舒婷、西川、欧阳江河、翟永明等近百位，感情充沛，语言生动，理论性强，既是对陈超一生的总结，又是对中国诗歌的反思和指引。铁凝、西川、欧阳江河等 14 位国内当代重量级作家、诗人联袂推荐，表达对陈超的推崇、赞美以及惋惜之情。

王兆胜，《新时期散文的发展向度》，广东人民出版社，2018 年 09 月

本书共分“观念论”“文体论”“场域论”与“作家论”四大部分，分别从宏观的理论组构与反思、中观的特定时期的场域观察和微观的作家作品评论三种维度全面地对新时期以来中国当代散文进行了探询，为学界呈现了一幅新时期散文的批评全景图。

黎秀娥，《直面杨绛——一场跨界的对话》，北岳文艺出版社，2018 年 09 月

本书作者深入杨绛的方方面面，对她进行了比较全面而系统的研究。在书中，作者与杨绛讨论哲学，讨论人性、命运、灵与肉等问题，借杨绛的作品发表了一系列自己的见解，显示了作为批评家和学者的主体性。其中的论辩不乏精彩之处。

石晓岩，《刘慈欣科幻小说与当代中国的文化状况》，社会科学文献出版社，2018 年 09 月

刘慈欣的小说不仅是科学主义“硬科幻”的代表，也蕴含着关注社会和人类未来的强烈使命感和责任感。科幻文学对现实与未来的想象力，对历史社会的赋形和叙事能力，以及由此而表现出来的整体的“文学性”，必将对既有文学创作格局产生冲击。以刘慈欣为代表的当下中国“科幻文学”创作，既可以促使我们在全新语境下重新思考“纯文学”的现状，又可以促使我们从“科幻文学”对“未来”的想象中反思我们对于历史和当下的理解；它既与今日“科幻”题材电视、电影的风行有着相当的关联，又与所谓“技术文化”“赛博格”“后人类”等一系列重大命题密不可分；它固然是晚期资本主义文化“后现代转向”的标本，但显然又是独具特色的当代中国文化状况的体现——在此政治、经济、历史和文化的“聚合点”上，刘慈欣创作的“文化”意义，也就格外值得多加深究。

蒋永国，《鲁迅早期思想与他的新文学创作》，广西师范大学出版社，2018 年 09 月

本书围绕鲁迅早期思想与他的新文学创作的关系展开，主要分为上、下两篇。上篇通过考察鲁迅在绍兴时期和南京时期中西文化的奠基，在文化接受的逻辑过程中阐明鲁迅在留日时期形成的早期思想，对其早期思想的知识谱系及核心内容进行了归纳整理。下篇以鲁迅早期思想为轴心，追索了早期思想中的文化批评视角、“个”思想、纯白人及乌托邦观念在鲁

迅新文学创作中的继承与变异。这一探索意在抓住鲁迅一生的变与不变，充分理解鲁迅新文学创作的延续性与新变，同时也为我们探索中国文化和社会现代化的出路提供启示。

梁向阳，《重回历史现场看文学现象——延安文艺与路遥散论》，人民出版社，2018 年 09 月

本书梳理了“坚持文化自信、讲好中国故事”在延安文艺与路遥创作的具体呈现，深入分析了“延安时期”文化自觉的历史经验与当代意义。简述二十世纪八十年代以来，“延安时期”文艺发展历程，用历史的方法研究“文艺现象”，重回历史现场，分析延安文艺与路遥创作，契合时代要求。

吕东亮、黄继刚等，《变革中的焦虑：十七年文学探寻》，武汉大学出版社，2018 年 09 月

本书致力于探寻十七年时期社会主义文学建构中的相关问题，通过对文体形式变异、典型论争事件、文本征候与作家心态等问题的研究，阐述了十七年文学在变革中追求创新的历史抱负及相应的困境和焦虑。该书崇尚采铜于山、论从史出的学术原则，坚持文本分析与历史考辨的统一，力图从细节描述方面寻求创新突破，推进十七年文学相关问题的研究。

楚军，《莫言作品叙事研究》，科学出版社，2018 年 09 月

本书以认知叙事学为理论指导，结合语料库语言学和比较语言学的理论和研究方法，采用认知语言学、文学叙事学、比较语言学和语料库语言学相融合的跨学科界面性研究范式，以《红高粱家族》《丰乳肥臀》《生死疲劳》《檀香刑》《酒国》《四十一炮》《蛙》等莫言不同创作时期的代表性作品为研究对象，探讨独具莫言特色的幻觉现实主义的文学叙事策略，并通过对其作品汉英版本的比较研究洞察葛浩文英译的叙事特色。在对其作品的具体文学叙事文本的分析研究基础上，本书尝试性地构想出认知叙事文体学的理论视角和认知叙事文体学视域下的文学叙事文本的研究方法和分析框架。

李杭春，《屐痕处处郁达夫》，中国社会科学出版社，2018 年 09 月

本书为作者 20 年来郁达夫研究部分成果之结集。作者采取区域文化批评、比较文学批评、文本细读、个案分析等研究方法或角度，结合郁氏文本和相关考证，对诗人郁达夫的行旅生涯、社会交往、自叙传写作等专题开展了饶有个人兴味的探究。其尤让人瞩目者，是作者在北京、上海、杭州、安庆等地探寻郁达夫“屐痕”的一组演讲。这些与不同人文地理相结合的研究形成了“一幅别具生面的‘郁达夫学术地图’”。全书文字简朴，叙事翔实，思维细密，评议亦别具风格并偶富创见。

10月

毛巧晖，《20世纪下半叶中国民间文艺学思想史论（修订版）》，学苑出版社，2018年10月

本书采用历史描述和逻辑演绎相结合的方法，辅以实地访谈与个案研究，以基本问题为视点，对二十世纪下半叶中国民间文艺学思想史进行思索与考量。全书共分五章，前四章按照历史发展顺序，将二十世纪下半叶民间文艺学史分成四个时期，每个时期分别提炼出民间文艺学的基本问题，陈述其现象，并分析代表学人的主要思想，解析产生这些基本问题及其思想的根本原因。第五章总括全书，得出形成整个下半叶基本问题及其思想脉络的动力机制。全面梳理了二十世纪下半叶民间文艺学学术史、思想史，完善二十世纪民间文艺学学术史的研究，补充新中国成立后民间文学研究之缺乏和不足。其修订与增补的内容，是对20世纪80年代末兴起的“文艺民俗学”学术流派及主要学人思想做精心梳理，补入中国民间文艺学1949—1999大事年表，使学术史的呈现更为丰富、立体。

汪树东，《天人合一与当代生态文学》，广东高等教育出版社，2018年10月

面对全球性生态危机，汪树东在书中摈弃面面俱到地阐释传统文化的陈旧方式，以当代生态文学专题为统领，将优秀传统文化的基因与其对接并灌注其中，提出了生态危机的全面爆发是当代生态文学兴起的主要原因，指出当代作家进行生态文学创作，无疑是在为人类寻找新的文明出路。

刘勇、杨汤琛等，《载道传统与文学的使命意识》，广东高等教育出版社，2018年10月

本书认为文学活动是人类精神的重要载体，记载着不同民族和文化领域的人们生命及精神的发展历程。回顾中国文学几千年的发展历程，不难发现，我们的文学似乎从来都不单纯就是对艺术、审美本身的痴迷和沉醉，作家、读者乃至整个社会都对它寄予了太多的“文学之外”的期待。从古至今，自我价值的寻觅、现实社会的批判、民族命运的思考，已经作为一种底色、一种根基、一种传统，影响着中国文学的发展和走向。特别是进入现代之后，这种传统并没有随着封建王朝的衰落而逐渐式微，而是更加集中、更加典型地集中在了“五四”一代人的身上，几乎新文学所有的作家都不约而同地将目光投放到民族存亡、社会矛盾上，苦苦地思索着中国的命运和出路，体现出一种强烈的使命意识。从载道传统到使命意识，这是把握中国文学几千年来文学本质的根本线索，也是我们当下文学发展的必然方向。

叶立文、王胜兰，《中国新时期文学的浪漫与理想》，广东高等教育出版社，2018 年 10 月

本书以郑敏、昌耀、翟永明等诗人、先锋作家以及 80 后作家为研究对象，认为中国文学一直有一个浪漫翱翔的传统，但是中国当代文学并没有真正成功的文学创作实践，希望能够重拾这一文学传统，恢复中国文学应有的文化自信。

王春林，《文化人格与当代文学人物形象》，广东高等教育出版社，2018 年 10 月

本书认为在建构理想文化生命人格方面，应以传统文学为镜，重塑有理想文化生命的当代文学人物谱系，重建当代文学自信。本书稿共分为 9 章，尝试运用相关的人格理论，拟对差不多已拥有将近 70 年历史的中国当代小说创作，乃至于晚近的新世纪小说创作为研究对象，进行相对深入的考察辨析，以期得出较为合乎事实的研究结论。

咸立强，《立意为宗与现实主义传统》，广东高等教育出版社，2018 年 10 月

本书以专题为统领，针对中国当代文学，尤其是当代文学存在的弊端，将传统文化的基因与其对接并灌溉其中，从而催生出一种符合新时代的新文学。

辜也平，《中国现代传记文学史论》，人民文学出版社，2018 年 10 月

本书从考察、辨析现代传记文学的本质特征、内涵与外延入手，史论结合，在史传传统与西学东渐的双重背景下，以丰富的文献资料宏观梳理中国传记文学现代转型的历史，从文体演变的历史维度探讨梁启超、胡适、鲁迅、郁达夫、郭沫若、巴金、陶菊隐、朱东润等人在传记文学理论与实践方面的独特贡献，并围绕理论与批评的历史发展，研究中国现代传记文学理论的诗学建构，及中国传记文学现代转型对当下的启迪。

刘奎，《冷战初期台湾地区与香港诗坛的交流与互动》，九州出版社，2018 年 10 月

本书针对二十世纪五十年代港台两地同时兴起的现代主义诗歌潮流，深入研究了两地之间的诗人交往的方式和经过，及其交往的时代性，所谓的时代性即当时的冷战语境等问题。本书从钩稽、整理相关史料出发，对两地诗人交往的过程及时代特殊性作相应研究。同时，学界对该论题的关注主要集中于现代诗坛，而忽略了传统诗人，本书则将对两地传统文人的往来也略做探究。

钱振纲，《新世纪茅盾研究论文集》，华东师范大学出版社，2018 年 10 月

本论文集收录了中国茅盾研究会学者撰写的论文多篇，内容涉及茅盾创作综论、小说研究、文艺思想研究、生平与思想研究、编辑与出版研究等领域，充分展现了新世纪茅盾研究的学术成就，也反映出茅盾研究在广度、深度上进一步拓展的趋势。

邵迎建，《张爱玲的传奇文学与流言人生（增订本）》，生活·读书·新知三联书店，2018 年 10 月

本书基于精神分析学家爱利克·埃里克森的认同理论，将张爱玲的生平与生活背景纳入以《传奇》和《流言》为代表的作品系统中加以研究，同时反映了中国 20 世纪 40 年代的文坛与时势背景。书中亦收录了作者亲访上海考察张爱玲故居的记录及张爱玲作品与活动年表，是一部独辟蹊径的“张爱玲文传”。

熊辉，《抗战大后方社团翻译文学研究》，中国社会科学出版社，2018 年 10 月

抗战大后方社团翻译文学是中国抗战文学地图上不可或缺的构成要素，本书立意发掘其文学性、历史价值和社会影响等内容，从翻译文学之镜中窥见抗战文学及社团文学被遮蔽的一些属性。同时，突破“启蒙/救亡”的阐释体系，展示出抗战大后方社团翻译文学以及抗战文学发展的基本轨迹与本真面貌。

晏洁，《想象与形塑：新文学乡土叙事的多元建构》，华南理工大学出版社，2018 年 10 月

本书将乡土文学的外部研究与内部研究相结合，以启蒙、革命、自由三个不同的视角进入新文学乡土叙事的话语内部，通过对乡景、乡绅、乡民与乡俗的文学叙事与历史叙事的互动与对话，探究其叙事话语生成背后的深刻内涵，以使研究不仅仅停留在文本解读或乡土文学历时发展论述的层面。叙事视角的预设使乡土文学中同一叙事类型呈现出了不同的形态，借助历史学与社会学的研究，本书尽可能地接近历史原场，进一步地探究启蒙、革命与自由主义三种叙事话语与历史叙事之间的镜像关系，考察“乡土文学”究竟在多大程度上呈现了乡土现实，或者说作家选择性的乡土叙事是否就可以成为乡土社会的整体意象。

11 月

中国现代文学馆中国当代文学年鉴中心编，《2017 中国当代文学年鉴》，长江文艺出版社，2018 年 11 月

本书分为“年度文献”“文学创作概况”“文学理论与批评综述”“文学出版与阅读概况”“文学活动记事”几个方面，对党对文艺界的总体方针、中国作家创作状况和文学阅读状况作出深入分析，并对各种文学数据进行同步收集、调查、统计、分析、汇总与发布，力求客观、全面、科学地总结与回顾 2017 年中国文学的发展概况。

李玮，《鲁迅与20世纪中国政治文化》，百花洲文艺出版社，2018年11月

本书引入“政治文化”这一视角对鲁迅其人其文的特点进行研究，揭示出鲁迅其人其文特点背后潜在的政治文化影响，给鲁迅的特质找到新的依据，提供新的解释；从“政治文化”视角研究“符号化”的鲁迅是如何参与后世文学建设之中，凸显不同时代由政治文化的变动带来的文学思路的“交错”“转换”和“对话”，来探讨现代文学“文学建构”的规律性，丰富对民族精神文明建设的理解；通过对“政治文化”视角下鲁迅这一典型个案的研究，分析政治文化变迁和作家思想方式、文学策略之间的关系，揭示政治影响下文学建设的规律性。

刘克，《鲁迅与20世纪中国学术转型》，百花洲文艺出版社，2018年11月

本书将鲁迅的学术研究成果纳入鲁迅与二十世纪中国学术转型的大背景下给予新的解释，并在此基础上较为全面地把握鲁迅学术思想对于二十世纪中国学术转型的重大影响。在对鲁迅与同时代学者学术思想异同比较清楚的把握的基础之上，走近和走进这些大师的内心世界，真正理解他们在他们那个时代所必须做的一切以及不得不做的一切——理解他们的启蒙救亡初衷以及当他们遭遇文学与政治的矛盾、创作与学术的冲突时所表现出的困惑和无可奈何的惆怅。

郑家建，《鲁迅与20世纪中国文学教育》，百花洲文艺出版社，2018年11月

本书把鲁迅与二十世纪中国文学教育的关系作为一个复杂个案，作为鲁迅与二十世纪中国这一大论域一个要件、一个逻辑环节，进而探讨鲁迅与二十世纪中国之间的复杂关系，并从这种关系探究之中解构知识与权力、知识与意识形态之间的勾连，在二十世纪中国文学教育过程中的鲁迅的还原与诠解之间寻找“鲁迅的存在”。

林敏洁，《鲁迅与20世纪中外文化交流》，百花洲文艺出版社，2018年11月

本书收集整理鲁迅作品在国外的翻译介绍情况，从接受学的角度来探讨西方受众在与鲁迅作品对话时的文化心理、文化习俗可能产生的制约。收集整理和分析西方主流媒体的鲁迅报道、西方主流教育中的鲁迅课程开设情况，尤其是要运用比较的方法来探讨西方主流教育鲁迅课程开设的特点，为国内鲁迅教育以及国外孔子学院的鲁迅推广提供参考。探讨鲁迅符号在中外文化交流历史上曾经具有的政治功能与文化功能。通过对这些交流活动的分析，对鲁迅符号在这些交流中的政治意义的发掘，进而为文化传播中鲁迅资源的当下意义和发展前景进行探讨。

唐东堰，《鲁迅与 20 世纪中国传媒发展》，百花洲文艺出版社，2018 年 11 月

本书阐述了鲁迅作为一个现代知识分子和职业作家与文化出版之间的关系，探讨“鲁迅后”现代传媒对于鲁迅形象产生、鲁迅符号建构的作用，以及传统传媒在自身的发展中对鲁迅形象资源的利用，其中包括《鲁迅全集》的数次出版对于不同时代的主流出版业发展的促进，鲁迅的作品在不同时代的影视改编所体现出的时代精神以及给文学与影视传媒结合所提供的积极和负面的意义；探讨改革开放以来不同的新生媒体形式在发展过程中对鲁迅形象资源的利用，对鲁迅象征形象和文化符号的构成所发挥的效用，其中包括依托于各地电视台的大众传媒对于鲁迅形象的异类解读，以及以这些传媒为主导的对鲁迅这一符号与象征所赋予的大众娱乐化倾向，同时对网络化时代里鲁迅的网络形象进行整理、分析，探讨和批判网络以公众狂化的形式对鲁迅符号与象征的渎神与解构这一现象背后所隐藏的大众文化心理和流向。

汪卫东，《鲁迅与 20 世纪中国民族国家话语》，百花洲文艺出版社，2018 年 11 月

本书通过对鲁迅的民族观念与国家观念的探讨，总体上阐述鲁迅思想与文学与中国二十世纪民族国家话语之间的关系，在个体生存体验的独特性上揭示鲁迅的民族国家观念以及其民族命运焦虑与同时代人在精神深度和表现形态上的不同。考察、检视二十世纪末期中国后殖民主义语境中的鲁迅批判观点及其思路与方法，同时进一步从理论上阐述鲁迅的民族国家话语与二十世纪民族国家现代化转型的关系。

杨洪承等著，《鲁迅与 20 世纪中国都市化进程》，百花洲文艺出版社，2018 年 11 月

本书探讨鲁迅对都市文化的批判与建构、鲁迅式的都市中产知识分子的崛起对现代都市文化发展的重要意义，以及鲁迅介入和影响着现当代中国都市人的精神、价值取向、职业选择，乃至社会体制、大众生活的思想源流、意蕴。研究鲁迅与个体与群体、大众生活、文化载体、市场经济等多元现代都市文化形态生成演变的内在理路；探讨鲁迅作为二十世纪中国最重要的一个文化符号和象征，在二十世纪后半期的中国城市发展中的贡献，研究和梳理半个多世纪以来中国不同的城市如何利用鲁迅这一文化资源进行消费和建构的自己的城市文化，总结其得失，作出价值判断，以期使鲁迅的文化资源更好地介入和引领当代中国都市文化建设，提升都市现代文明的水平，提高文化软实力。

王锡荣，《日记的鲁迅》，人民文学出版社，2018 年 11 月

本书以鲁迅日记为线索，梳理了鲁迅日常工作、生活、写作、交往等情况，从鲁迅买书读书，收藏鉴赏，到涉讼、旅行、饮酒品茶；从柴米油盐、友情亲情，到寻医问药，国际交往。鲁迅的性格，经历，个性习惯，生活情趣等在作者笔下慢慢道来，让我们看到一个多面、立体、真实的鲁迅。同时也让读者了解了鲁迅日记的独特魅力。书中根据内容选配一些历史图片，可读性更强。

荣跃明，袁红涛，《突破与转型——新世纪以来网络文学研究论文选》，东方出版中心，2018 年 11 月

本书是上海社会科学院文学研究所汇编的网络文学研究文集，收集了近二十年来发表在相关专业刊物上有一定影响力的论文二十余篇，收录的文章作者和观点都颇具代表性，回顾了新世纪以来网络文学的开拓、转型与突破的历程，对网络文学的变革、创作和产业发展进行了学理探讨和研究反思。本书旨在反映当前网络文学研究的最新动态，深化拓展当前的网络文学研究，推动网络文学评价体系的构建。

阎浩岗，《茅盾丁玲小说研究》，人民出版社，2018 年 11 月

本书以茅盾、丁玲这两位地位特殊、经历独特的作家为研究对象，旨在探讨其如何处理革命与文学的关系，遵循政治要求与保持自身个性、忠于艺术理想的关系，从中发现值得汲取的经验和教训。

蒋述卓等，《流行文艺与主流价值观关系研究（上下卷）》，暨南大学出版社，2018 年 11 月

本书以流行文艺与主流价值观的关系为研究对象，梳理它们之间的发展脉络，进一步分析当代中国的文艺文化结构以及当前和未来的文艺走向。书中结合文艺社会学、传播学和价值论的研究方法，从综合考察和整体思辨的角度，对当前各种流行文艺类型，尤其是对新兴流行文艺，如网络文学、网络多媒体文艺、动画及流行文艺期刊等进行深入探讨，把握流行文艺与主流价值观的关系，引导当代中国流行文艺未来的发展方向。

蒋风，《中国儿童文学史》，华东师范大学出版社，2018 年 11 月

本书立足于深厚的民族文化和优秀的文学传统，并对近现代学习、借鉴西方文学的成绩亦给予关注，系统论述了中国儿童文学的发展史，论述的作品题材涉及诗歌、小说、寓言、影视与戏剧文学、科学文艺等。全书凡八编，第一编“中国儿童文学史前足迹”，第二编“1917—1927 年间的中国儿童文学”，第三编“1927—1937 年间的中国儿童文学”，第四编“1937—1949 年间的中国儿童文学”，第五编“1949—1959 年间的中国儿童文学”，第六编“1960—1965 年间的中国儿童文学”，第七编“1966—1976 年间的中国儿童文学”，第八编“1977—2000 年间的中国儿童文学”。

高楠，徐可超，《通往实践的中国文学理论建构》，社会科学文献出版社，2018 年 11 月

本书的批判针对当下国内居于主导地位的观念认识论文学理论，观念认识论文学理论视文学为认识对象，因此为之设置并将之纳入认识论的规定性中。而文学并不仅是认识对象，它更是时间对象，并且就是实践过程本身，作为实践的文学的过程性、流变性、生成性及构成性，由于不合于观念认识论的规定性而被斥于认识论的文学理论之外，这是必须通过批判而折返的研究误区。此研究的体系性突破与方法论突破，其要点在于文学理论的实践属性研究。本子课题的要点在于指示文学理论与文学研究对象的实践性关系，在这一关系中研究文学理论的实践属性、文学理论的实践逻辑、文学理论的批评中介，批判当下国内有代表性与反实践论的观念认识论文学理论，阐释文学理论的实践文本学，并进而概述文学理论的实践论研究方法。

李西建等著，《守持与创造——文学理论的知识生产与创新》，人民出版社，2018 年 11 月

本书以“后理论时代”文学理论的知识生产与创新为论域，旨在探讨在当代社会复杂思想文化背景下，面对“理论的死亡”“反理论”等多种质疑性论断及人文科学面临的危机状况，从价值论角度深入思考当前中国文论发展的基础性问题，探讨具有中国话语特色的文学理论，如何践行其知识生产的使命，如何以正确的价值选择提出面向中国现实文化境况与文学场域的重要命题，进而找到知识生产与理论创新思想依据和价值基点，为中国文论的知识生产及创新提供具有一定价值参照意义的理论思考。本书包括绪论、结语和六章内容，主体部分分别从文学理论知识生产与创新的宏观背景、人文取向、价值选择、话语重构、范式创造及空间拓展六个方面予以探讨，结语结合新时代中国特色社会主义思想，提出了“新时代与文学理论的知识创新”这一具有时代特征的重大问题。

杜国景，《二十世纪文学主潮与贵州作家断代侧影》，科学出版社，2018 年 11 月

本书认为有关二十世纪贵州文学史的研究，应特别注重作家对地域历史文化的感受方式、提炼方式与表现方式。在发现、指出特殊性的同时，不能忽略贵州作家与主流文学的对话关系，尤其是贵州作家以自己的特点融入主流文学宏大叙事的渠道与方式。以此为原则，本书将清末民初至二十一世纪初的贵州作家断为四代，围绕文学与时代的关系，分析每一代贵州作家的特点，即他们如何以对地域文化的独特的精神体验，去迎接时代大潮的冲击，去呼应现代国家民族的历史命运，如何能够在二十世纪中国文学的宏大叙事中占有一席之地。

12 月

张雪飞，《个体生命视角下的莫言小说研究》，中国社会科学出版社，2018 年 12 月

本研究通过对莫言小说创作的整体把握，从形态学、哲学、艺术学、社会学等角度，对莫言小说中“动物性”的呈现姿态、理性思考、艺术特征等方面进行论述，并在与中国现当代文学及西方现代性文学的比较中阐释莫言小说的世界性意义。

魏简，《在虚构与现实之间》，人民日报出版社，2018 年 12 月

本书研究视野开阔，选取了鲁迅的《阿 Q 正传》、老舍的《茶馆》两部现代中国文学的经典之作，与卡夫卡、谢阁兰和布莱希特三位外国小说家所写的关于中国的作品进行比较，将具体文本分析与横向比较研究相结合，将文学与政治、历史相对照，试图从认识论的角度厘清虚构文学怎样与社会历史现实连接这一重要问题，向我们呈现虚构的实践方面和权力的虚构本质，探讨文学现代主义的政治意涵。作者将这些欧洲与中国作品集合在民主的现代主义之下，展示出一种中西文化之差异的新的思想与虚构方式，它们一致体现着现代主义文学的独特之处：对民主世界的不确定性的批判性反思。

薛原，《沈从文的文学地图》，金城出版社，2018 年 12 月

本书以沈从文的人生履历为线索，以其人生各个阶段的文学活动和文学作品为焦点，聚焦其人生和创作，解读沈从文的人生和作品。中国文学界纪念沈从文的各个版本的书比较多，基本都是围绕其文学作品及情感方面，本书另辟蹊径，以沈丛文的人生履历为线索，以凤凰、北京、上海、青岛、昆明、济南、咸宁等沈从文人生驿站为节点，形成一个沈丛文的文学地图，全面解读、剖析、品味沈丛文的人生及其各个时期的作品，具有一定的文学研究及藏书价值。

谢镇泽、郭海军著，《改革开放城市新移民文学书写研究》，人民出版社，2018 年 12 月

本书以审视改革开放 40 年来城市新移民文学书写的发展历程及现状为对象，梳理改革开放以来城市新移民文学的发展脉络，勾勒其在改革开放以来当代文学版图上的地位与价值。采取文学社会学的研究方法、纵向梳理和横向比较的研究体例，在追踪城市新移民文学书写发展轨迹的基础上，以“打工文学”“底层写作”“城市文学”“新市民文学”等阶段性文学形态的递嬗为纲目，通过文本阅读、分析，由点及面地钩沉城市新移民从“他乡”到“我城”的精神蜕变过程，并对新时代语境下“新市民文学”的发展态势及其前瞻进行了极具价值的探索。

郑欣淼，《鲁迅是一种力量》，商务印书馆，2018 年 12 月

本书收录了作者从二十世纪七十年代以来有关鲁迅研究的各类文章，共分为三辑：第一辑主要是发表于二十世纪八十年代至二十一世纪前十年间的论文与讲演，包括《鲁迅论“三教合流”》《鲁迅的文化观与改造国民性思想》等多篇针对某一主题所进行的深入分析；第二辑为二十一世纪以来作者在某些鲁迅主题活动中所作的讲话，以及接受《人民论坛》《解放日报》等主流媒体的访谈；第三辑则涵盖了多种文体，主要为作者写于二十世纪七十年代中后期至八十年代初期的短文、诗歌、贺信与发刊词等等。在本书所收录的四十余篇文字中，作者从艺术、宗教、风俗、传统文化建设等多个不同的切入点出发，对鲁迅笔下的文字以及鲁迅在现实生活中的作为展开了深厚历史眼光观照下的探索与总结；而在充满学理性的探讨之外，在感怀鲁迅的多篇讲话与诗文中，字里行间则又透露出作者在感性层面对鲁迅精神所怀有的情感与共鸣。

赵勇，《赵树理的幽灵》，中国人民大学出版社，2018 年 12 月

本书是一部专题论集，由两辑内容组成，主要涉及赵树理研究和对山西当下作家的评论。

本书第一辑聚焦于赵树理的三重身份问题、可说性文本问题、文艺传播观、文学语言观等，并引入西方学者本雅明的视角和中国作家汪曾祺的维度，试图对赵树理其人其作进行重新解读。第二辑涉及郑义、李锐、赵瑜、聂尔、鲁顺民、葛水平、浦歌、张暄、白琳、悦芳、弱水等十余位山西作家。虽然他们使用的文体不一，创作风格有别，但都个性鲜明，特色明显，且不同程度地继承了赵树理的写作传统。本辑内容聚焦于他们的重点作品，并在公共性、文学性与在地性之间进入问题，展开评析，既呈现了当下“晋军新方阵”创作实力的一个面向，也展示了作者以“论笔”行文的写作风格。

吴义勤，《曹文轩研究资料》，百花洲文艺出版社，2018 年 12 月

本书是《中国新时期作家研究资料汇编》系列丛书中的一本，从 1976 年至今对作家的文学批评与研究成果中，遴选出能够代表各个阶段研究水准的论文近四十篇，从不同角度解读曹文轩及其文学创作活动。

吴义勤，《方方研究资料》，百花洲文艺出版社，2018 年 12 月

本书是《中国新时期作家研究资料汇编》系列丛书中的一本，从 1976 年至今对作家的文学批评与研究成果中，遴选出能够代表各个阶段研究水准的论文近四十篇，从不同角度解读方方及其文学创作活动。

洪汛涛，《童话学》，长江文艺出版社，2018 年 12 月

本书分为童话的基本论述、童话的发展历史、童话的作家作品、童话的继承更新四编，力求全面系统地阐释童话学诸问题。本书思想活，观点新，论断大胆，针对实际，既评既论，夹叙夹议，富于启示，深入浅出，生动好读，是一部有价值的艺术理论书。全面讲述了中国童话的过去、现在以及对未来的展望，重点介绍了童话十大家如叶圣陶、张天翼、严文井、陈伯吹等人的童话作品以及创作特色。

邱绍雄，《中国当代股市小说史》，中国社会科学出版社，2018 年 12 月

本书探寻中国当代股市小说发展的历史线索，探索中国当代股市小说发展的特征和规律，探讨中国当代股市小说的思想意义和文化价值及艺术成就。理清中国当代股市诞生、发展、繁荣的历史脉络，分析中国股市发展的大事概要和阶段性特征，把握中国股市的“中国特色”；分析中国股市发展对中国当代股市小说创新发展的影响，从中国股市的发展中寻找中国当代股市小说创新发展的原因。分析中国社会近三十年来政治经济和思想文化的发展，把握中国当代小说发展的概貌，在整个中国当代政治经济、思想文化和小说发展的大背景下来分析、研究中国当代股市小说的发展和变化。研究中国当代股市小说在不同时期的开拓、继承和创新发展，论述中国当代股市小说的创作成就和嬗变轨迹。总结股市小说思想内容的特点，在比较中研究和把握中国当代股市小说的特征和发展规律，聚焦中国当代股市小说中某一类股市参与者形象的演变史，挖掘某一类股市参与者形象如散户、庄家、资本运作高手、资本英雄等的文化价值。研究中国当代股市小说不同时期的代表作家和作品。分析这些代表不同时期股市小说创作成就的作家作品在思想内容和艺术上的特色。

周建华，《新时期以来小说暴力叙事研究》，中国社会科学出版社，2018 年 12 月

暴力素来以负面形象出现于公众或读者视野中，但是，这一局面在二十世纪七十年代末以后的小说创作中得到改观。本书以时间为经，以社会历史及文化心理为纬，以小说创作为切入点，书写“暴力”如何扭转自己过去的固有形象，化丑为美。暴力不只是事件，还是一种方法、一种观念。从过去小说创作中的配角、反面形象的“标配”到如今文本表现的主体，中性乃至被褒扬的历史轨迹，这种变化其实已经暗示着当代社会价值观念与文化心理的发展脉络。

介入与在场

——2018 年中国当代文学研究综述

沈杏培　许　莹[①]

2018 年度的中国当代文学研究在总体思路和方法上所体现出的史学化趋向和批判性立场益加鲜明。从学科建设上看，随着史料的进一步积累和研究方式的不断完善，中国当代文学研究的整体性视域不断获得调适与拓展的空间，当代文学如何入史的学科议题在学界的共同努力下向着多元化论述与价值重估并存的方向迈进，特别是王德威、洪子诚、丁帆等学者对于当代文学学科构建中的概念主体、作家重评、范式革新等问题的探讨体现出了文学史研究中的新动向。今年的鲁迅文学奖颁奖成为社会各界共同关注的当代文坛盛事，学者陈思和发表于 2016 年《文学评论》第 6 期的论文《有关 20 世纪中国文学史研究的几个问题》获得了本次文学理论评论奖，这反映了研究界对当代文学研究中“元问题”的共同价值体认正在逐步形成。2018 年的当代文学研究在挖掘本土基因与拓展多元文化视域的复调中穿行，各层级的社会科学研究机构、文学期刊杂志社纷纷举办了类型丰富的理论研究与创作实践相关的讨论会，特别是对新时代现实主义创作原则的学理争鸣，对重要作家作品的热烈讨论形成了对文学创作现场的有效介入。“互联网+”文学已然成为新世纪文学发展的时代特征之一，文学空间随之被赋予了新的元素和内涵，文学创作与批评之间在当下的场域中与时代同频共振。随着“五四”运动百年纪念时间节点的迫近，从新的文学空间中探明人类道德伦理冲突与调和的可能性，形成属于新时代的话语启蒙规制，这是文学本体“诗性正义”的时代召唤。

---

① 沈杏培，文学博士，南京师范大学文学院教授。许莹，文学博士，闽南师范大学新传院讲师。

一、重新估定“当代文学”的尝试与反思

把中国当代文学放在“世界中”① 的视域下，来探寻当代文学在时代发展中的自身定位及发展，呈现当代文学对中华文化传统的转化和文学本体审美维度的变迁，是2018年中国当代文学研究中的重要内容。很多研究机构和期刊杂志纷纷以座谈会或者专栏的形式，对当代文学的整体评价、史料开掘、经典重读、新作鉴赏等方面进行了深入和多元的分析。2018年11月5日《光明日报》第13版刊登了作者余光明的《“大文学”与“小历史”——20世纪中国文学史书写的错位与困境》，本文指出“中西‘文学’概念及其知识系统的差异，以及不同时期对‘文学’概念理解的变化，使得类似的疑问会在不同的语境中被反复提起，并由此得出各种不同的答案，从而建构不同的文学历史图景。”郜元宝的《身份转换与概念变迁——1990年代以来中国文学漫议》（《南方文坛》2018年第2期）一文则对当代文学所应囊括的作家作品的范围进行学理上的扩容，他认为当下“中国当代文学”涉及的研究范围过于狭窄，不能真正反映出目前文学创作的真正版图，因此需要对“中国当代文学”的内涵与外延进行重新定义和思考，将海外华人的华语创作纳入研究者的视域当中，这是对当代文学的概念时空进行有效的扩容，从而使当代文学研究能够涵盖华语文学的范围，使研究的价值意义得到进一步增值。在2018年《世界华文文学论坛》第1期设置了“再论华语语系文学”专题中，王德领的《“华语语系”作为一种方法——“华语语系文学”与中国当代文学史研究》一文对“华语语系文学”的概念正当性进行了探讨，这是对以王德威、史书美为代表的关于使用“华语语系文学”概念进行中国现当代文学史书写的回应，论者认为“华语语系文学”的提法“为国内的中国当代文学史书写提供了别样的切入视角”，有利于在一定程度上摆脱现实政治因素的干扰，也让文学研究的核心概念更具有论述目标上的一致性，但是论者同样对史书美“华文文学”概念中的“泛政治化，泛意识形态化”进行了质疑②，论者认为华文文学如果缺乏对国内现当代文学经典作家、经典文本探讨往往因有“话语争夺之嫌”而

---

① 学者丁帆认为王德威是近年来海外从事中国现当代文学与文学史研究的“第三代领军人物”引自《“世界中”的中国现当代文学史编写观念——王德威〈“世界中”的中国文学〉读札》（《南方文坛》2017年第5期）。2017年由王德威主持编纂的《新编中国现代文学史》由哈佛大学出版公司出版，这部文学史由海内外一百多位学者编写完成，以编年体的形制叙述了始于“1635年晚明文人杨廷筠、耶稣会教士艾儒略（Giulio Aleni）等的文学新诠”，止于当代作家韩松所幻想的2066年“火星照耀美国”四百多年中国文学史的发展脉络（《“世界中”的中国文学》，《南方文坛》2017年第5期）。此文中，王德威再次提出了以“华语语系文学”的宏观视域来研究和把握中国现代文学的历史进程，从而引起了海内外学术界的关注，此外高友工、陈世骧、史书美、陈国球等学者对中国文学抒情话语、革命暴力叙事、传统与现代分野之间的讨论也为中国现当代文学引入的新研究范式。

② 刘俊发表于《文艺研究》2015年第1期的《“华语语系文学”的生成、发展与批判——以史书美、王德威为中心》一文，同样对王德威、史书美在概念运用中的“学术缺陷和意识形态立场”进行了批判，正是在这种破与立相互博弈的过程中，我们可以更加清晰地认识到学科元概念的运用所应当具有的普适性和统摄性。

有失学术的公允和客观。关于“中国当代文学”和“华语语系文学”的概念扩容和使用问题的讨论，同样让我们体察到了现时代中华民族文化在“离散”与“中心”之间摆荡的复杂的政治文化心态。从世界文学的角度上看，语系划分和阶段性划分各有其合理性，但是从历史逻辑演绎的合理性上看，时代性的划分无疑更贴合事物动态发展的特征，文学的在场与介入的功能会得到更有效的发挥。

近年来关于中国现当代文学研究应当是“史学化”还是“历史化”的问题从本质上看是“思想”与“学术”之间关系问题的具体化。钱文亮的《“史学化”还是“历史化”：也谈中国现当代文学研究的新趋势》（《中国现代文学研究丛刊》2018 年第 2 期）和郜元宝的《“中国现当代文学研究”的“史学化”趋势》（《中国现代文学研究丛刊》2017 年第 2 期）均呈现出了个人深邃独到的思考。对郜文里所指出的“作者缺席”，追求“大而全”的编纂方式等问题做出了进一步探讨，钱文亮认为福柯思想中的反本质主义引发了九十年代中国现当代文学史的“重写”风潮，而伴随着当前对文学史编纂问题的持续反省，让我们有理由期待“注重对话、讨论而又多元的现当代文学史写作时代的到来。”孟繁华的《中国当代文学研究的“乾嘉学派”——以洪子诚、程光炜、吴俊等的研究为例》（《文艺争鸣》2018 年第 2 期）将洪子诚、吴俊、程光炜等学者“重返”“重读”和史料编纂等研究风格比作中国当代文学研究的“乾嘉学派”，肯定了中国当代文学研究“回到过去”的方法论意义。文学批评的文体问题同样是本年度学术争鸣的一个重点。2017 年 8 月《文艺争鸣》杂志社举办了“文学批评与文体意识”研讨会，与会学者对于当前文学批评的现状和存在问题进行了热烈讨论，主要探讨文学批评是否成为一种自足的文本实践，是否忽略了贴近作品的解读；西方文学理论的渗透和“强制阐释”对中国文论的本土化建构存在哪些实际影响。随后，《文艺争鸣》2018 年第 1 期专门设立“文学批评与文体意识”专辑，文学批评领域的知名学者集中就此问题撰文进行了学理意义上的探讨。针对当前文学作品从文学批评应该面对的对象演变成为文学批评的注脚这一不良趋向，不少研究者均提出了严肃的批评，倡导文学批评需要回到文学“现场”。何言宏在《批评文体的偏至与再造》（《文艺争鸣》2018 年第 1 期）一文中认为文学理论批评的创新必须重审并再思文学内部、文学和其他艺术及社会生活各方面的关系，进而以此为起点展开文学批评实践与理论创造。《文学评论》2018 年第 1 期刊发了南帆的《文学批评：八个问题与一种方案》，此文就当前文学批评中遇到的实际问题进行了逐一分析，并将文学批评的解决方案归结为“历史化”，这实际上所涉及的就是对当代文学史料的进一步挖掘并对其中的历史联系、逻辑联系进行有效的整合，以期能贴近文本的真实和历史的真相。

中国当代文学的历史评价也是今年学界的重要议题。2018 年《当代作家评论》设立了由吴俊主持的“中国当代文学再评价”专题（2018 年第 2 期、第 5 期），他认为“在中国文学进入新世纪、走向新时代的今天，重新评价中国当代文学的研究基础、学术条件和现实需求等，都已经具备，且正逢其时。”从专栏的讨论上来看，研究者主要关注的问题具有明确的当代文学研究的学术规范和方法论意识，而对于“十七年”文学与新时期文学“主体”与“本体”问题的考察则是一种文学史概念的自我纠偏和创新。这两期专栏中的文章主要有段晓琳的《主体与本体：文学“向内转”的双重维度——兼谈新时期主体论与形式文论的关系》（2018 年第 5 期）、程光炜的《怎样研究新时期文学》（2018 年第 5 期）和张均的《我所接触的 1950—1970 年代》，这些文章涉及了当代文学史分期、作家作品分析以及文学批评理论话语建构的相关问题。正是在作家与文本主体价值进一步凸显的研究视域下，今年的文学史研究更加注重经典作家、作品的重读与再评价。例如，《文艺争鸣》2018 年第 1 期分别刊载了洪子诚的《文学史中的柳青和赵树理（1949—1970）》与贺桂梅的《“总体性世界”的文学书写：重读〈创业史〉》，二文对柳青和赵树理在十七年文学中社会主义现实主义创作实践的不同面向进行了深挖。洪文探讨了作家文学史中评价的“错动”与时代政治之间的关系，分析了“社会主义现实主义”在十七年文学和“文革”文学时期具有的塑造英雄人物的英雄行动的阶段性特征，并比较了柳青与赵树理在文学史上价值高低的问题。贺桂梅的《“总体性世界”的文学书写：重读〈创业史〉》一文对柳青《创业史》中所展现的社会主义改造的全景式宏大场景重新进行了学理性解读，将《创业史》的文学实践看作是以苏联唯马首是瞻的左翼文学运动的一部分，这样的解读弥合了文本阐释与具体政治文化语境之间的裂缝，并认为“或许，这也是撇开种种成见，更客观地评价柳青和他的《创业史》的时候”。对柳青文学创作的重评，实际上也成为评价陈忠实、贾平凹、路遥等人乡土小说创作的一个重要参照。譬如对于延川《山花》与路遥创作之间关系的研究，即对于社会主义现实主义延续的内在资源的梳理和反思。马佳娜先后在《中国现代文学研究丛刊》《文艺争鸣》上发文，指出了《山花》杂志于“文革”时期进行作家创作实践培育时是如何延续十七年文学创作风格的。特别《国家的神话：“山花”作家的意识形态叙述——以路遥早期作品及文学活动为中心》（2018 年《文艺争鸣》第 4 期）一文，它探讨了这种延续的风格对于路遥前期创作的影响。丁帆、李兴阳的《中国乡土小说研究的百年流变》（《当代作家评论》2018 年第 1 期）则以百年的视野回溯了中国乡土小说批评与研究“萌生、发展、繁盛、蜕变、断裂、复归到再度新变的复杂而曲折的历史演进”,① 对与“乡土小说”相近的如“乡土文学”“农村文学”等概念进行了辨析，勾勒出了乡土小说批评标准变迁与现代、当代中国社会政治文化变革之间潜在的联系，旨在说明进行“史的阐释”，“以史带论”和“史论结合”在中国乡土小说研究中的合理性和必要性。这些研究从不同的角度补充、修正了既有文学史表述当中的问题，也体现了对当代文学价值与意义的重估。此外，梳理四十年来的文学发展脉络和文学批评的发展历程成为不少研究者思考的问题。在《当代文学的接续与更新——基于〈中国文学

---

① 丁帆等：《中国乡土小说史》，北京，北京大学出版社，2007，第 1 页。

艺术工作者第四次代表大会简报〉的文学史考察》（《文学评论》2018 年第 3 期）中，黄发有通过对 180 期《中国文学艺术工作者第四次代表大会简报》的细读来还原历史语境，对此次会议在“制度重建”和“观念更新”方面促进文学本体性的回归，对“文革”时期文艺创作“三突出原则”无声的质问进行了鞭辟入里的分析，由此，论者进一步得出了第四次文代会不是孤立的历史节点，而是当代文学转型的关键枢纽。《江苏社会科学》2018 年第 5 期刊载了何平的《改革开放四十年文学：逻辑起点和阶段史建构》，文中对四十年来文学发展的“试验性”“市场化”“传媒性”进行了小阶段性的细分，对文学期刊曾经引领的文学自我革新予以肯定，认为“这四十年文学自身对审美陈规和教条的冒犯和叛逆，当然应该被充分地尊重和肯定”。进而论者呼吁更多的学者进入到改革开放四十年文学的阶段性研究中，寻找这个历史区间的文学研究新的学术生长点。

在实证研究方面，随着人工智能的进一步发展与大数据化的史料整合，当代文学学科整体性视域的构建和微观研究都在逐步走向深入。吴秀明的《当代文学史料研究状况考察——基于数据的统计与分析》（《当代作家评论》（2018 年第 6 期）指出只有定性而没有定量的文学研究方式的不足，认为研究者需要重视量的研究，其目的在于建立当代文学研究的学科规范，通过细致的比对呈现出文学研究的发展变化态势，为文艺批评期刊的文章遴选、主题设置等方面提供有效的参考依据。另一方面，孙桂荣的《文学研究的当代性与大数据时代的实证学风》（《湘潭大学学报（哲学社会科学版）》2018 年第 2 期）则注意到了定性分析与定量分析之间的平衡问题，但论者认为尽管实证研究是大数据时代文学研究的新路径，研究者必须在研究中保持理性精神，并介入文学研究的现场，避免人文社科研究滑向缺乏情感渗透的机械结构主义研究的窠臼。

二、介入“新时代”的现实主义导向

2018 年第 7 期的《人民文学》推出了数篇重要的现实主义创作力作，卷首语中有这样一段话：“作家能否保有新鲜的思想敏锐性、能否具备足够的创作完成度、能否秉持初心并在对时代生活的真切体验中生成无尽的创造力的考验”。2018 年 8 月，由《长篇小说选刊》杂志社举办的“现实主义与当代长篇小说创作”论坛在北京举行。论坛围绕“现实主义与当代长篇小说创作”这一话题进行了热烈的讨论。在讨论中，杂志主编付秀莹认为现实主义作为一种美学原则和创作方法，应该是当前文学创作的主潮。吴义勤则指出了当前社会现实变化丰富，而作家的创作让人感觉对现实的把握仍然有所欠缺。同年 10 月，“现实主义与当下的文学创作——改革开放 40 年文学创作的回顾与展望”研讨会在京举行，与会专家学者回顾了中国改革文学 40 年的发展历程，深入探讨了现实主义与当下文学创作现状及发展趋势。随后，《长篇小说选刊》2018 年第 5、6 期刊发了“新时代与现实主义”大讨论相关文稿，当代文学知名评论家纷纷从不同角度对现实主义的特征进行阐释与界定，不同切入点之间的相互碰撞促进了文学的现实主义创作的新方向。《长篇小说选刊》2018 年第 5 期特稿刊载了丁帆的《我们经历了什么样的“现实主义”》一文，该文通过梳理五四以来中国现实主义百年发展历程，总结出了当下文学中缺少“‘批判’（哲学意义上的）的内涵和价值立场”的问题。有论者认为中国目前的现实主义创作不应是对欧洲文学或苏联文学经典叙事法则的跟随，而需是一种具有“中华性”和“民族性”的本土化叙事法则的构建。房伟在《中国文学现实主义问题的反思》一文中明确指出了“‘中国故事’‘中国想象’等文化诉求，正在替代那些深受西方文化逻辑影响的文学表述。”（《长篇小说选刊》2018 年第 5 期）紧接其后，由该杂志社主办的“第三届长篇小说年度金榜（2018）暨长篇小说高峰论坛”于 2018 年 12 月底在京举行。《文艺报》以《现实主义是长篇小说创作的主流》（2018 年 12 月 5 日第一版）为题进行了相关报道。无疑，2018 年的文学实践和理论探讨都围绕着“以人民为中心”的现实主义创作于新时代如何展开而进行。在近期所举办的社会主义现实主义创作原则大讨论当中，研究界的观点主要呈现出以下特点。

当前，关于新时代现实主义的探讨是对现实主义诗学的全面思考，也是对新中国成立后形成的社会主义现实主义文学传统的进一步检讨和接续。杨辉在《路遥文学的“常”与“变”——从“〈山花〉时期”而来》（《中国现代文学研究丛刊》2018 年第 2 期）中对路遥选择现实主义创作手法与《山花》杂志之间一脉相承的关联性进行了考察，指出了路遥对社会主义现实主义手法的持守仍属于新时期文学发展流变的一种，作家本人渴望的是创造出具有历史感和人民立场的作品。2018 年第 19 期的《求是》杂志刊载了艾斐批判历史虚无主义的文章，作者认为两次世界大战后欧洲涌现的现代主义作品是欧洲价值虚无主义在文艺上的表现形式，而当前我国的文艺创作需要对抗虚无主义的影响，坚持以“人民为中心”的现实主义创作原则，才能回应时代的召唤。这也是当前文艺研究当中以“当代性”取代启蒙现代性的一种“替代性方案”，然而这种方案能否对文学的健康发展起到关键性影响，还有待时间检验。关于现实主义创作的问题，不仅仅是简单的创作手法问题，还涉及历史和政治文化内涵，与当代文学发展休戚与共。《光明日报》刊载了赵凤兰的《文艺创作呼唤英雄主义的回归》（ 2018 年 02 月 01 日第 16 版），此文对当前文艺创作中“主角让位于常人，拒绝英雄、躲避崇高、调侃庄严、消解责任”的现象表达出了一定程度上的不满，对流行文化中充斥的伪娘、阴柔倾向予以批评，并分析了《战狼 2》《林海雪原》《湄公河行动》等以爱国主义、理想主义主旋律为创作主旨的影片在市场上大获成功的原因，即在丰富人物性格刻画的基础上展现英雄人物的英雄形象。这种呼唤英雄人物的声音恰恰也体现了对九十年代以来长篇小说创作中“去历史化”倾向的不满。刘艳的《如何书写现实及现实主义文学新的可能性》（《长篇小说选刊》2018 年第 5 期）呼吁创作者要“重振和重构宏大叙事文学……历史叙事的写作伦理和应有维度”，以高于生活的态度把握当下中国社会生活中的震撼性文学现实。这些讨论是对文艺创作的宏大叙事的崇高立场的重申，是希望文学可以营造出正义战胜邪恶，公平公正昭然天下的理想世界，显然这也是对当前社会中所存在的“精致的利己主义”的否定，并期盼可以实现社会公平公正。

第七届鲁迅文学奖的颁布格外引人注目，从获奖的文艺作品和理论篇章来看，这是党的十九大召开后的首次颁奖，因此在获奖作品的选取方面更加坚持文学创作的现实主义风格和理论研究对当代文学的有效“介入”。其中，关于中篇小说获奖作品《世间已无陈金芳》的讨论是探索现实主义在当下文学实践中如何发展的重要个例。在孟繁华看来，石一枫的小说创作代表一种新的文学发展方向，是一种敢于正面强攻的小说。现实主义创作同样也可以利用先锋文学中的技法来实现对“中国故事”的讲述和描摹。[①] 金理在《失败青年故事的限制与可能——以〈可悲的第一人称〉为例》（《中国现代文学研究丛刊》2018 年第 5 期）一文中对文学创作中的失败青年形象进行勘察，从作家郑小驴的创作中挖掘失败青年形象的文学史意义。失败青年这组文学群像于某种意义上是改革开放四十年发展过程中的另类见证者。同题材的还有方方的中篇小说《涂自强的个人悲伤》，小说中的青年自身无法摆脱命运的束缚，只能一步步走向窘迫的境地，然而这并非个人过错，而是社会转型期的变革导致个体遇到瓶颈且难以突破，通过失败青年的视角，作家用文学的方式向读者展示出的是乡村和都市中通道的缺失和阶层固化的现实。白烨在《现实题材与现实主义》（《长篇小说选刊》2018 年第 5 期）中着重强调了现实题材创作需要注重人物形象塑造，要以发展的眼光，运用各种艺术元素来创造出具有现实主义精神的作品。段崇轩在《现实主义：少了什么，多了什么——关于现实主义的境遇、发展的思考》（《南方文坛》2018 年第 5 期）中就现实主义对于“总体性”世界的把握以及现代性创作对于“内宇宙”的描述进行了分析比较，引发出对现实主义手法创新的思考。

新世纪以来，莫言、贾平凹、阎连科、余华、陈应松等作家的创作丰富了现实主义的叙事可能，形成了具有本土化审美特征的叙事模式，但是当前中国现实主义创作仍然需要在一些文化“他者”的参照之下，才能发现“中国故事”自身独特性所在。2018 年 10 月由著名作家阎连科发起、中国人民大学文学院国际写作中心主办的“中国大学生 21 国际文学奖”在北京举行，年逾 70 岁的“国民作家”伊恩·麦克尤恩获颁了本次文学奖。在参加此次颁奖礼期间，麦克尤恩针对当前世界文学发展中遇到的问题与读者进行了交流，在交谈中这位英国作家提出了“更加努力一把，把第三人称、上帝的角度叙事的高地重新再占领回来”[②]，这是对十九世纪现实主义文学高峰的一种礼赞和首肯，同时增强了当下评论家重拾现实主义批评原则的信念。“他者立场”与“中国故事”之间的张力同样也是学者试图纳入现实主义

① 孟繁华：《当下中国文学的一个新方向——从石一枫的小说创作看当下文学的新变》，《文学评论》2017 年第 4 期。
② 转引自王杨：《重建虚构的信仰》，详见《文艺报》2018 年 11 月 16 日第 4 版。

创作理论构建的重要部分。从目前来看，海外华文文学创作中对中国现实与历史的关注程度已然较高。例如，严歌苓作品当中对“文革”十年浩劫的女性化解读和个体化体认成为新移民小说的经典代表，其作品中在刻画正义与邪恶的抗争，光明与阴暗的较量时运用了不同的创作技巧，在叙事视角的转换，时空的切割上均展现出小说家优秀的个人才华。但在人物的刻画和情节的发展中严歌苓却秉承着“有前提的想象”原则，这种前提就是感同身受的生活场景和合逻辑的情节发展。在一个异质文化空间中创作的《陆犯焉识》《芳华》《床畔》既是对中国社会巨大现实的艺术性刻画，同时也包涵着讲述者对现实的文化批判与反思，这也是对新时代中国当代作家的现实主义创作提供了另外一种样式的参考。①另一位海外知名女作家张翎的新作《阵痛》《流年无语》的叙述更加注重个人与时代之间的隐秘而又真实的联系。在于京一、郑江涛联合撰写的《在历史与个体间的诗性飞扬——论张翎长篇小说〈阵痛〉的诗学突破》(《中国现代文学研究丛刊》2018 年第 1 期）中，由于作家在文本中对宏大历史与个人命运之间的恰到好处的叙述处理，被论者誉为是“小说在不动声色中完成了历史伦理与个体伦理的有效平衡，实现了历史真实与女性个体的双向回归。”陆卓宁的《离散与聚合：全球化时代的欧华文学》(《华文文学》2018 年第 4 期）一文通过对不同阶段欧洲华文作家创作实绩的考察，客观反映出了中华文化母体离散者再次寻求文化身份认同过程中的焦虑，这些“陌生化”的“原乡”讲述可以从另一个侧面对“本土化”的“中国故事”形成观照，增加“中国故事”讲述的丰富性和跨文化传播的交互性。

在儿童文学创作方面，我们也可以看到现实主义对儿童文学创作的积极引导和介入。《人民日报》(2018 年 08 月 10 日第 24 版）发表了王泉根的《为中国孩子讲好故事——谈现实主义儿童文学创作》一文，此文回顾了我国当前儿童文学的发展，并指出“如何理解现实、把握时代、更好地塑造儿童文学的典型人物以加强现实题材儿童文学创作，推动中国从儿童文学大国向儿童文学强国迈进，既是新时代对儿童文学提出的新期待，也是儿童文学实现美学突破的内在要求”。2018 年 9 月，由中国作家协会儿童文学委员会、中国现代文学馆、中国少年儿童新闻出版总社联合主办的“曹文轩现实主义儿童文学创作研讨会”在中国现代文学馆举行，研讨会以“担当”“悲悯”“初心”为话题展开研讨，并以曹文轩的“丁丁当当”系列为例，探讨了儿童文学创作应该如何做到现实主义与浪漫主义相结合，展现当代中国文学创作的新时代风貌。②

从本年度新时代现实主义创作大讨论中，我们可以看出现实主义并非仅仅是对社会问题的直接反映，而是将心灵的踟蹰放置在动态的语境中审视，在具体且细腻的笔触下勾勒出比

---

① 作为《严歌苓论》的作者，刘艳在《女性视阈中的历史与人性书写———以〈金陵十三钗〉〈小姨多鹤〉和〈陆犯焉识〉为例》一文中（《山东师范大学学报》2018 年第 2 期）中对于严歌苓创作对中国当代文学贡献归结为“将‘中国故事’在历史维度打开和呈现，……在历史层面的叙述，提供可参鉴的价值和意义。”

② 参见《文艺报》2018 年 10 月 11 日第 7 版。

天空更宽阔的人的心灵光辉的投影和脆弱的战栗。

三、“文学空间”的裂变与增殖：乡土，城市与网络

二十世纪中后期，全球的哲学思潮经历了从时间到空间的“转向”，这种转向被认为是社会发展从现代阶段迈向了“后现代”阶段，以空间的形制来观察和审视文学作品，是文学评论家近年来的重要批评向度，这不仅是因为文学作为话语权力的解构力量，在物质空间之外构筑了一个区别于功利主义“规训与惩罚”原则的人类精神空间，还因为随着科技的进步交互性的“真实赛博空间”为文学注入“混合现实”因子。① 2018 年是文学界充满悲伤的一年，饶宗颐、红柯、李敖、刘以鬯、金庸、二月河、李希凡等名家的相继辞世，让我们感到了一个文学时代正在离我们远去，而这些作家所创造出来的文学世界给人们无法言说的感动和记忆。当我们谈及江湖、平原、香港西九龙或者紫禁城时，已经在潜意识中植入了作家们曾经创造出的想象空间。至于由网络文学作家开辟的“四海八荒”的神话世界以及古墓荒冢的历史留存，都成为青年一代所熟悉的文学空间。2018 年 12 月，人民文学出版社曾邀请香港学者许子东在线分享他对刘以鬯先生文学创作与香港文学之间的关系。在对谈中，他以刘以鬯的香港本土化写作，比如潮湿的回忆笔调、“通感”修辞方式的运用等特征来说明作家创作在时空上对“五四”新文学传统与香港本土文学的衔接作用。② 随着文学创作技巧的提升，我们不难发现，仅仅谈论情节、人物形象、作品风格、叙事技巧已经很难涵盖作家的整体性创造。当空间理论兴起之后，在结合原本“空间叙事”理论的基础上，“文学空间”成为一种文学阐释与解读的新范式。实际上，“文学空间”在当下不仅是故事的背景，或者是人物情感的烘托，它还凸显出一种主体性的价值。谢有顺在《写作无权蔑视“现在”》（《文艺争鸣》2018 年第 12 期）强调“任何新的文学空间的开创，都具有这种‘敞开’和‘遮蔽’的双重特征”，这种双重特征无疑是悬在创作者头上的达摩克利斯之剑，它意味着作家需要通过自身在场的真诚姿态去迎接纷繁芜杂的生活经验，将之进行塑造进而开创出具有象征和隐喻色彩的新型文学空间。

正是在“文学空间”这一概念的介入下，现实主义和现代主义创作于纯文学的空间中找到了融合的可能。陈晓明在评价金宇澄的《繁花》③ 时实际上也注意到了作者在作品中营造出了与李欧梵的“摩登上海”迥然不同的城市空间。这个空间是改革开放进程下具有制度性因素嵌入的上海，由此，我们可以看见摩登的商场和按部就班的大厂在共时性语境中发生的

---

① 关于“混合现实”与文学关系的论述，可参见黄鸣奋：《艺术与混合现实》，《东南大学学报》2008 年第 6 期。

② 杨司奇整理：《许子东：他和金庸都是香港文学的代表》，《新京报》网“文化”专栏 2018 年 12 月 7 日载，网址：http：//www. bjnews. com. cn/culture/2018/12/07/528405. html。

③ 陈晓明：《当代史的“不响”与转换——〈繁花〉里的两个时代及其美学》，《文艺争鸣》2018 年第 9 期。

历时性腾挪与变换。《扬子江评论》杂志社于 2018 年第 3 期和第 4 期开设“青年批评家论坛·新世纪以来城市与乡土写作”专栏，李德南的《空间的凝视与思索——理解新世纪以来城市文学的一个角度》以见诸作家笔端的“城市空间”为考察对象，发现文学书写的城市化进程转向，并从《耶路撒冷》和《故乡》中变卖主宅的桥段里挖掘出其文化内涵的变迁。工业文明的脚步催逼着乡土文明放弃原本的道德秩序，而开始以市场、商业的模式改变人与人在农业时代所具备的天然的家族联系，乡土中国已然在“炸裂”式的城镇化进程中走向凋敝，乡土已经不仅仅是故乡或者出生地，它可能是在世界体系下的中华传统文化。张屏瑾的《城市中的文学空间：一种定义方式》（《文艺报》2018 年 1 月 24 日第 6 版）着重指出了“文学空间”作为一种批评概念的有效性和必要性。在论者看来，时间的分布并非是均质量的，而“现代城市总是由错综复杂的历史所构成，每一个感性的瞬间，每一种风景、景观和每一样式的人际关系，都带有无穷的史前史。”空间的概念则有助于研究者重新进入城乡二元结构，以整体性的目光看待文学和社会之间的互动和联系。沈杏培在《新世纪长篇小说空间叙事的旧制与新途》（《中国现代文学研究丛刊》2018 年第 10 期）一文中通过对中国新世纪以来不同阶段的小说文本细读和纵向比较，发现小说叙事内部空间机制在各个时期的不同表征，并以新世纪为节点呈现小说叙事空间“旧制”到“新途”的扬弃过程，以及这种空间辗转下文学的文化人类学意义所获得的增殖与拓展。

对于当前“文学空间”的凝视，可以看出人类发展阶段的历时性在空间中压缩为一种共时性的存在，由此，伯格森所提及的心理过程中绵延的时间可以是一种具象的存在。科幻文学作为工业文明城市景观的一部分，其叙事空间的建构方式也越来越受到文学界的关注，近年来，《花城》《上海文学》等刊物都先后推出或计划推出科幻小说的专辑及专号来推动中国科幻文学的本土化发展。刘慈欣、韩松、郝景芳、王晋康的科幻作品也让中国读者领略到了一种与乡土、城市相对应的异质空间的存在。对于中国当代科幻文学发展的起点与转化问题，詹玲在《“十七年”中国科幻小说的外来影响接受及概念建构》（《文学评论》2018 年第 1 期）一文中进行了细致的梳理和横向的对比，并指出了新中国成立后中国科幻文学创作的贫弱特征，即为“单一的理想化色彩”。关于科幻文学创作现状的讨论，主要集中在刘慈欣、韩松、王晋康等资深科幻作家以及如郝景芳、刘宇昆、陈楸帆等具有较强影响力的作家作品上。例如，《长江丛刊》2018 第 8 期刊载的《都市宇宙景观在科幻文学中的审美架构》一文，对当前科幻作家借鉴西方科幻文学作品所构建出来的具有异质文化元素的叙事空间进行了反思。王瑞瑞《论科幻文学的宇宙伦理——以刘慈欣的“三体系列”为中心》一文就“人在宇宙中的位置”这样一个亘古常新的话题进行了剖析，同时，该文还从伦理学架构上思考科技对人类道德秩序的冲击。不可否认，人工智能的迅猛发展使人文精神的价值、道德伦理的尺度受到巨大的挑战，形成存在论、知识论和价值论等知识层面上的多重危机，这是今天的科幻文学作家以及研究者们都应警惕的。应该说，无论是城市文学热，还是科幻文学的写作都有助于拓宽人们的认知领域，这是当前文学创作中的一次重要转向。2018 年末，刘慈欣早期的科幻小说《流浪地球》的影视改编接近尾声，并将作为贺岁档出现在大银幕上与观众见面。与欧美科幻文学中的殖民外星球的太空奇观不同，刘慈欣在小说中所塑造的人类携带地球在宇宙流浪的叙事模式无疑更具有守望的姿态，故事中的平民对地球家园的深刻眷恋摆脱了西方太空叙事中逃离地心引力的“诺亚方舟”母题，极具东方儒家文化观念色彩，也成为“给文明以岁月，给岁月以文明”的生动演绎。

网络作为人际关系虚拟的交互空间，其自身的发展有其特有的经验和规律。在《中国社会科学》2018 年第 1 期的《虚拟体验与文学想象——中国网络文学新论》一文中，作者黎杨全考察了中国当前社会公共舆论环境变化下文学想象的多重维度。旷新年则以“王者荣耀”一语双关在游戏的叙事模式中发现了五四新文学运动至今文学所遭遇的前所未有的“变局”，在《王者荣耀时代的文学空间》（《文艺评论》2018 年第 3 期）一文中网络对人与时空关系的改造得到了指认，网络游戏“王者荣耀”在 2017 年实现的巨大盈利规模和对网民的强大吸引力，让论者再次感受到了文学失去了对现实的把握能力，从而断言“21 世纪，商业（金钱）与游戏将冲击宗教、哲学与文学的功能。”何平在《再论“网络文学就是网络文学”》（《文艺争鸣》2018 年第 10 期），重点强调的正是网络文学自身的存在和发展是在资本的控制之下，而与纯文学的“体制内”特征有所区别，也并非是通俗文学的接续。论者认为当前的阶段是“网络文学的‘IP’时代”，粉丝点击率这些读者的网络虚拟反馈对作家的创作产生了实际影响，作者和资本以迎合读者的姿态获得更大的利润空间。他认为：“作者和读者的同时‘到场’和‘在场’共同创作的交际性应该是网络文学的最大特征。”2018 年 8 月由第二届中国“网络文学+”大会组织的“传统文学 VS 网络文学六家谈”在北京十月文学院举行。“传统”作家李敬泽、梁晓声、梁鸿和“网络”作家蒋胜男、董哲、红九进行了深入的对话，对当前线上、线下文学的交融交换观点。网络文学作家认为网络文学实际上是传播方式的不同，无论是在传统期刊杂志上发表的作品还是在文学网站上创作的作品，最终都需要由读者和时间来检验并证明。正如文学既可以见证历史，同样也在建构历史，网络文学从一开始的无门槛被广为诟病到成为文学研究的一个热门话题，见证了时代的变迁和观念的转变。而经过二十年的积累，网络文学中的玄幻、穿越、耽美等不同的文类营造出了与纯文学极为迥异的叙事空间，而其审核机制的薄弱、审美品格的匮乏也同样需要引起批评界的重视。

四、百年新诗“抒情”与“超验”的话语轩轾

对百年中国新诗的关注和争鸣是今年学界的一个重要议题。中国新诗百年纪念大会 9 月 21 日在北京大学举行，作为新时期现代诗歌新美学原则倡导者之一的谢冕在发言中将新诗诞生看作是“一百年来一件大事”（《长江丛刊》2018 年第 7 期）。在发言中，论者纵观新诗百

年来从革除韵脚、对称、用典等修辞方法到走向自由的口语化表达，重新认识了新诗诞生对促进大众文化发展，开启了现代化大门的整体历程的历史功能。《北方论丛》杂志社在本年度开设了“百年汉语新诗”的专栏，从不同角度对百年汉语新诗的问题进行了探讨。在《中国现代抒情诗叙事性发生的语言机制》（《北方论丛》2018 年第 3 期）这篇文章中，傅华从新诗的语法结构入手，追问新诗的语言机制问题。他认为“主谓结构”是新诗以第一人称抒情的必要构件，也是“发生于语言机制中的叙事性成为现代抒情诗的形式表征之一”。方长安的论文《百年新诗元问题重释》（《学术月刊》2018 年第 7 期）将中国新诗的内涵归结为“时空意识、文化本质以及诗学品格”，对诗歌本体这样的元问题进行了辨析和重释。傅元峰的《“百年新诗”辨》（《南方文坛》2018 年第 1 期）从发生学视角上重新进入新诗产生的心理基础，辨析了“新诗”产生的两个源头，试图找寻出新诗主体中存在的传统抒情因子，对新诗的文体进行可能性的勘察。不难看出，新诗的理论建构和创作实践中伴随的是“本土语境”与“西方资源”之间的龃龉及缠绕。正如学者谭桂林所指出的那样，“当一批新文学运动的倡导者对中国文学传统中最难攻克的堡垒发起攻击时，中国文学理论的现代建构也就拉开了历史的序幕。”①

显然，九十年代的诗歌进入了无名写作的状态，诗人由圣坛滑落到了边缘，成为一种形迹可疑的被揶揄者。尽管如此，批评者总是渴求借由诗人形而上的灵光乍现点亮世俗生活的困顿，反哺心灵的脆弱。2018 年第七届鲁迅文学诗歌奖分别颁给了汤养宗的《去人间》、杜涯的《落日与朝霞》、胡弦的《沙漏》、陈先发的《九章》和张执浩的《高原上的野花》，这些诗作在一定程度上代表了当前中国诗歌创作的原貌。综观评委会给予这些诗集的颁奖词，我们可以发现评委作为具有权威性和专业性的读者群体，对于诗歌经典性的要求方面不仅仅在于对象征、隐喻等文字技巧的处理上，更要求诗歌本身所具有的思想性和人间情怀。② 吉狄马加认为本次诗歌获奖作品代表了诗歌创作的多元化，也体现了历史和传统之间的呼应关系。汪政认为文学评奖是文学批评的特殊方式，“它既是对 4 年中众多文体创作的奖掖，更是对这 4 年来文学创作的梳理、研讨和评判。”《中国现代文学丛刊》2018 年第 1 期刊发了杨京京等人整理的《“传承与变革：纪念中国新诗诞生百年”国际会议综述》，本文全面展现了与会者关于获奖作品对中国新诗百年的继承和创造的探讨，这是对本次诗歌奖项一次学术上的认可。在这次讨论中，欧阳江河表达了对诗歌批评与诗歌创作的转化机制问题的思考。他认为，诗歌创作需发现被诗歌掩盖的“未发生的事情”，而诗歌批评的任务是需要对“写作进行等级制辨认与经典确认”，胡桑则指出诗人应“与同时代的人保持一种错位的关系，与现代性保持反讽的距离。”相对于鲁迅文学奖诗歌奖的官方性和权威性来说，柔刚诗歌奖体现

---

① 谭桂林：《本土语境与西方资源——现代中西诗学关系研究》，北京：人民文学出版社，2008 年，第 2 页。

② 《文艺报》2018 年 9 月 19 日第 4 版。

出的世界文学视域下汉语新诗选取的导向意义也值得关注。第26届柔刚诗歌奖颁奖仪式暨获奖诗人作品研讨会在南京举行。德国汉学家、诗人顾彬获得本届柔刚诗歌奖荣誉奖，诗人孙立本获得主奖，诗人杨德帅获得校园奖。与会者探讨了三位获奖诗人的创作特点，并希望新诗在发展的过程中要坚守住作为诗的本体性。① 从本年度的诗歌研究来看，批评者对诗歌的本体性已然十分看重，而诗歌的本体性可以归结为以语言的形态对人类本质存在遮蔽性的澄明，从而进一步打开人类反思与超越性思维，尽管在海德格尔“诗意的栖居”观念的影响下，语言与存在之间的关系被重新定义，然而诗歌究竟应该是贴近生活的情感抒发，还是远离生活的哲思与审视，仍然是百年汉语新诗所要解决的问题。

关于诗人穆旦、张枣的研究也是今年诗歌研究当中的重点。穆旦无疑是百年新诗发展过程中的精神样本，他在百年新诗史上的存在意义不可替代。《文艺争鸣》2018年第11期设立了“纪念穆旦诞辰一百周年专辑”，对穆旦的诗歌创作进行了集中的文本解读与历史化的阐释。《“在言语所能照明的世界里”：穆旦诗歌的修辞与历史意识》一文中，作者李章斌对穆旦在文学史上定位的争议性进行了纠偏，他通过穆旦诗作对语言的更新，对隐喻的精巧运用，对历史具体的“介入”来提示穆旦的创作对八十年新诗创作所具有的典范性意义。被誉为是有着“德国锁”般精细诗歌形制的诗人张枣，同样也吸引着研究者的注意。本年度由湖南社会科学院主办的首届张枣诗歌学术研讨会在湖南长沙举行，会议对张枣诗歌的当代意义进行了严肃而又认真的讨论。张枣是当代诗坛才学较为深厚、深谙西方现代诗歌技法的创作者，他的诗作实践对于中西诗学的对话具有积极的意义。在研讨会上，有论者指出了张枣诗歌的特点在于诗人对“‘汉语性’的理解，并未停留在语言和美学层面，而是推进到诗学理想的层面”。② 《北方论丛》第3期刊登了颜炼军的《诗人的“德国锁”——论张枣其人其诗》，因论者本人与诗人之间的师生关系，所以，论者对张枣生平与诗歌创作关系的论述更加具有“知人论世”的味道。譬如，关于张枣的家庭在“文革”期间遭受到的冲击，以及张枣去国还乡的真实历程，作者都给予史料支撑下的理性判断。回到当下诗歌创作的现场，我们有理由相信诗歌并非处于陨落或者衰败的境地。2017年鲍勃·迪伦以其在流行音乐文化上的贡献获得诺贝尔文学奖，即足以证明当下世界文学主流的包容性，而这对中国新诗创作也提出了一种新思考和新要求。因此，在百年新诗之后的下一个发展阶段，只有真正对诗歌的本体进行全面的勘察和界定，对其形制的内在规定性具备更加有效的认知，才能让诗歌重新返回纯文学的殿堂，发出真正具有美学意义上的声响。

---

① 《文艺报》2018年10月24日第2版。

② 王瑞瑞、李北京：《首届张枣诗歌学术研讨会会议纪要》，《南方文坛》2018年第4期。

五、小说新作研读与经典重读

由中国作家出版集团主办的“新时代：文学批评何为”研讨会暨“剜烂苹果·锐批评”文丛首发式2018年1月在京举行。与会者认为，新时代文学评论者要做好对作家作品有针对性的“剜烂苹果”的工作，打磨好批评的“利器”。文丛的出版激励了文艺批评家能更好地“说真话”。本年度对文学新作研读和对经典的重读更加体现出了建设性与批判性共存的色彩。

对贾平凹的新作《山本》的探讨是本年度文学评论界的一个重要热点。2018年3月《山本》在《收获》2018年长篇专号（春卷）全文发表，这部长篇巨制也成为乡土言说与革命叙事的复调式作品。《探索与争鸣》《小说评论》等学术期刊先后刊载多篇评论文章，对这部作品进行了全面的研究阐释。陈思和在《试论贾平凹〈山本〉的民间性、传统性和现代性》（《小说评论》2018年第4期）一文认为作家的这部新作以现代性的碎片形式展现了二十世纪初山西秦岭“涡镇”乡民的生活往事，以山为本则体现出作者栖息的精神园地所具有的中华特质。贾平凹将这部作品定义为属于自己的一部“秦岭志”，他是这样定义文学和历史的关系的：“从历史到小说，它有个转换问题，凡是历史成为一种传说，这就是文学，而其中重要一点就是‘我’的存在。”① 值得注意的是，仍有学者对这部作品表达出了价值立场上的异议，鲁太光的《价值观的虚无与形式的缺憾——论贾平凹的长篇小说〈山本〉》（《文艺研究》2018年第12期）一文在近期引发读者和评论界关注，论者认为《山本》这部作品在盛名之下，有着难以掩饰的不足，尤为突出的一点就在于作品精神内核上的虚无主义倾向，然而这部作品甫一问世就引起了评论界的热议，这是一种值得反思的现象，论者指出批评家不能仅仅是从友情上去赞美作家，而应该从价值立场、作品的完整性等方面进行解剖，去引导作家创作走向良性发展的方向。评论界这两种不同声音所引起的争鸣，让我们看到了文学批评正在逐步趋于理性与自由，文学批评也在不断获得更广阔的话语空间。

以《花腔》《石榴树上结樱桃》等先锋文学作品赢得读者赞誉的作家李洱，在今年出版了新作《应物兄》。这部作品先是在《收获》长篇专号秋卷、冬卷两次刊完，2018年底由人民文学出版社出版，历经13年的创作与修改后问世。这部作品被评为了“2018《当代》长篇小说年度最佳”，近90万字的鸿篇巨制也对读者有了一种筛选，更加考验读者的文本细读能力。付如初在《〈应物兄〉和当代小说的声望》② 中肯定了作者在创作当中所倾注的心力，论者认为“一部小说有如此丰富的现实意味、历史意味、文化意味和人性意味，在当代文坛

① 《文汇报》2018年5月2日第9版。

② 付如初：《〈应物兄〉和当代小说的声望》，《经济观察报》2019年1月21日第37版。

已是很久都没有过的情形了。”同年12月《应物兄》研讨会在上海举行，研讨会上评论家王春林表达了对李洱创作深度的认可，他认为“《应物兄》就是这样一部聚焦于学院和高校知识分子群体的长篇小说，试图全方位立体地概括表现出一个时代知识分子的生存与精神境况”。[①]《考工记》是王安忆2018年的一部力作，作者认为这部作品与原本的官史《考工记》形成了一种对照，更加体现出小说自身“稗史”的本质。[②]这也意味着小说家正在以自身主体性介入历史，成为美学层面上的“史官”。这部作品所呈现出的质感是为评论家所称道的，师力斌认为：“再深一层，便可体会到生活的绵长与醇厚，铺垫的都是王安忆小说的底色，凄苦而不残酷，通透而不绝望。温柔敦厚，接续了中国文学的传统。”[③]此外，2018年的小说创作体现出了现实主义的多元化表征，张平的《重新生活》、刘亮程的《捎话》、肖亦农的《穹庐》、叶兆言的《刻骨铭心》、梁晓声的《人世间》等作品，这些作品的创作技巧成熟，修辞手法灵活多样，展现出了文学创作的不同面向。

本年度的当代经典作家与经典作品的研究仍然保持着较高的学术水准。对莫言的研究体现出了文学批评的专业性和典范性。莫言近年创作的短篇作品《左镰》《天下太平》《等待摩西》等成为研究作家获诺贝尔文学奖后创作心态和创作风格变化的重要样本。2018年5月由北京师范大学国际写作中心主办的“高密东北乡的归去来辞：莫言新作研讨会”在京举行，与会学者、作家围绕莫言近期发表的新作展开热烈讨论，认为莫言打破了“诺贝尔魔咒”，具有较为饱满的创作状态。讨论会上作家徐则臣认为莫言创作在经历“大踏步的撤退”之后更具有本土性的特点，可看作是现代中国文学史上的“归去来辞”。[④]郭洪雷的《个人阅读史、文本考辨与小说技艺的创化生成——以莫言为例证》（《文学评论》2018年第1期）通过考察莫言个人的阅读史，采用文本细读的方法，清晰再现了莫言创作中对外国作品的吸收和转化，进而指出作家不仅需要良好的原创性，对既有文学名著的创造性转化也是十分重要的能力。对当代作家作品在海外传播的研究是本年度研究的一个热点，《小说评论》自2012年增设“小说译介与传播研究”栏目以来，对莫言作品在国外的传播进行了追踪。王汝蕙与张福贵的《莫言小说获奖后在美国的译介与传播》（《文艺争鸣》2018年第1期）指出了莫言获奖后在国内与国外接受上出现的评价两极的现象，针对这个现象，论者对莫言作品获奖后在美国的接受情况进行了实证分析，指出了美国读者对莫言作品的接受的实际情况以及读者在作品选择上的喜好，旨在增强中国作家走出去的信心。

对陈忠实的研究则呈现出了史料化与思想史的互动与并进的趋势，例如，陈晓明的《乡

---

① 施晨露：《横扫年末文学榜单的90万字长篇〈应物兄〉是怎样一部作品，竟让评论家“掐”了起来》，《上观新闻》2018年12月25日，网址：https：//www. jfdaily. com/news/detail？id=123636。

② 王安忆：《后记》，《考工记》，广州：花城出版社，2018年。

③ 师力斌：《接续了文学的传统》，《南方日报》2018年11月30日，第A18版。

④ 徐则臣：《也是现代中国文学的“归去来辞”》，《小说评论》2018年第6期。

村自然史与激进现代性——〈白鹿原〉与“90年代”的历史源起》（《学术月刊》2018年第5期）一文盘点了1990年代作为文学的一个新的起点，所呈现出的不同以往的特征。从阿多诺的“自然史”视域下来检视《白鹿原》，会发现大地对历史的强大的消解作用，而以白鹿原为叙述时空所演绎二十世纪初剧烈的社会变革，正是一种激进的现代性的上演。《东吴学术》在2018年第4、5期分上、下两篇刊载了《陈忠实年谱》，这为研究作家创作与生平之间的关系提供了重要的史料基础。本年度，《史铁生评传》《史铁生全集》相继出版，评传作者叶立文从史铁生的生活史、创作史和疾病史三个方面深入为读者勾勒出了一位伟大作家苦痛中带着坚定信仰感受生命的历程。陈郎的《佛陀的归来：史铁生的文学与“宗教”》（《当代作家评论》2018年第1期）对史铁生的宗教哲学思想进行了重新审视，以“昼信基督夜信佛”这样一种杂糅的宗教观念表述指出作者对两种迥异的宗教信仰体系的开放态度，这种兼容开放的姿态也对当下跨文化交际提供了某种重要的启示性。

作为新时期成长起来的重要女作家，铁凝独具一格的创作手法一直为评论者所称道。2018年铁凝短篇小说集《飞行酿酒师》出版，其中收录了铁凝的12篇短篇小说。王彬彬在《铁凝短篇小说集〈飞行酿酒师〉简论》（《当代作家评论》2018年第1期）中以凝练的笔触对书中的12个故事进行了评述，让读者从中获得对这些作品的整体印象，文末王彬彬指出《哦，香雪》这部作品在铁凝创作史当中的重要性，认为“1982年的《哦，香雪》，在某种意义奠定了铁凝全部创作的情感基调和价值取向。”张莉的《孙犁、铁凝的文学传承与当代文学的发展》（《中国现代文学研究丛刊》2018年11期）注意到了两位成长于不同时代的作家在精神传统上的承接与转换，文中指出两位作家吸收了中国优秀的文化传统，从而在作品中彰显出了隽永的抒情特点，这种创作风格是值得当前作家吸取和借鉴的。江苏作家范小青素以其平实细腻的叙述风格、描写日常生活中的困境与冲突为读者称道。吴辰的《于无声处听惊雷——论范小青小说中“冲淡”的力量》（《当代文坛》第6期）则追溯了作家近四十年的创作历程，分析了“冲淡”的美学特质，论者认为范小青在日复一日的生活场景当中发现了人性的真善美，这种温情的述说对当下人们的浮躁是一种涤荡和感化。近年来，以“梁庄”系列非虚构作品为读者熟知的学者型作家梁鸿开始将自己的创作兴趣转移到了虚构上，这个转折同样引起了研究者的关注。例如，廖四平、赵乐瑄的《光辉灿烂的梁光正——论梁鸿〈梁光正的光〉》（《当代文坛》2018年第4期）一文，认为小说中的梁光正成为“孔乙己”“堂吉诃德”的现代化、本土化的变体，在庸常无味的生活中难以突破自身的精神困境，但是仍然对自身的尊严和幸福充满渴望，因此，梁鸿塑造的梁光正就成为“中国现当代文学史上是独一无二的，堪称‘这一个’”的存在。无论在非虚构还是虚构创作中，梁鸿总能精确地书写乡土中国的文学地理，细致刻画出“梁庄”中每一个底层人物的疼痛与困境，在冷静客观中勾勒出对乡土凋敝的哀伤，这正是作者为当下文学创作所做出的可贵贡献。

本年度的海外华文作家作品研究凸显出了对国族共同体想象中分化的细致追寻，也蕴含着异质文化之间的抗衡和诘问。继哈金、严歌苓和张北海的新移民文学创作在中国国内引发热议，作品的影视传播增强了国内读者对海外华文文学的接受度后，沉寂十年之久的旅加作家陈河复出后的创作得到了华文文学研究者的嘉许。作为首届“郁达夫小说奖”获得者、“华人华侨文学奖主体最佳作品奖”获得者，陈河创作的一系列小说均以其惊险生动的人物经历打动人心。贺绍俊刊载于《南方文坛》2018 年第 3 期的《陈河：文学的世界革命》一文，通过对陈河的几部小说如《黑白电影里的城市》《沙捞越战事》等的细致分析，发现作者暗藏于文本背后的“文学思维中的世界革命情结”。在《经验的光晕与小说的指纹——论陈河小说创作》（《当代作家评论》2018 年第 6 期）这篇文章中，作者梁豪则发现了作家青年时的“文革”记忆在“他乡”异质文化元素的激活下完成了符码的转化，以小说《红白黑》中“红二代”客死他乡来完成对自身历史的审判，“去国前的生活逻辑与国外生活逻辑之间的反差，呈现不同价值观念的对峙和博弈”也正是陈河小说的魅力所在。陈河小说的反漂泊叙述、内在构造的精致使得他在海外华文文学当中独树一帜，值得批评界再进一步深入挖掘其作品中的美学价值。

结　语

总体而言，2018 年中国当代文学研究对文学现场的介入和对现实主义的张扬，都反映出研究者对于文学与现实、文学与心灵的细致探寻。叙事作品中多重时空的互动，诗歌当中所体现的关系的隐喻，对存在的感知和体验的超越都在汇集成时代的言说，展现时代的精神。2018 年的中国当代文学在繁盛、多元和丰硕中高歌猛进，而中国当代文学批评与研究在场，扎实而理性，很多重要的论题得到了广泛争鸣，很多重要的文学现象得到了理性辨析。当然，当代文学研究既有斐然的成就，也有不容忽视的不足。比如，当代文学批评作为介入文学现场和作家作品的一种重要学术实践，总体上显得温和而中庸，那种严厉的、犀利的、求疵的真诚深刻之作并不多见，文学批评的人情话、套话并不少见，尤其是太过频繁召开的作家作品研讨会，几乎都成了作家的评功说好会；再如，当代文学研究和批评的史料化问题尚未引起足够的重视，台港澳文学和海外华文作为汉语文学的一个重要组成部分，理应得到更多的关注。这些问题既是当下的不足或局限，也蕴含了中国当代文学研究与批评在未来的某些成长空间。

守成与创新的变奏

——2018年度中国现代文学研究综述

李松睿

摘　要　中国现代文学研究在2018年度并没有大的研究格局的改变，但在方法论的探讨、新史料的发掘与整理、鲁迅研究、郭沫若研究、左翼文学研究、新诗研究以及重要的文学文本以及文学现象的重读与重释等方面，都有不少新的发现和推进，涌现出很多值得称道的研究成果。今天的研究者正通过尝试借鉴新的理论、采用跨学科式的研究方法，构筑新的问题意识和观察视角，努力突破目前已经高度成熟的研究格局。虽然这项工作暂时还远远没有完成，并没有撼动中国现代文学研究的整体图景，但所有这些努力其实都是在为这个学科的发展打下坚实的基础，为这个学科在时机来临之时的新变做着准备工作。在这个意义上，或许可以用守成与创新的变奏来形容2018年度的中国现代文学研究。

关键词　中国现代文学研究；研究方法；问题意识；研究格局

经过了数十载的不断发展，中国现代文学研究早已形成了自己固有的学术传统、研究方法、治学思路、研究流派、学者梯队以及学术人才培养方式，所有这一切，都使得中国现代文学研究已经高度成熟和体系化，任何关涉全局的变革和超越都必然是极其艰难的。毕竟，这个学科所涉及的时段只有短短的三十年，作家、作品、思潮、流派、思想史、社会史、传播媒介以及域外影响等方方面面的话题，都已经被一代又一代的研究者系统、全面地梳理、探究过一番，如果没有大的研究范式、学术理路的更替与变革，在这个空间“狭窄”并且已经充分耕耘过的领域，似乎很难再产生新的具有突破性的研究成果。纵观中国现代文学研究最近几十年来的发展，无论是作家、作品论的不再流行，向晚晴或当代的“越界”探究，还是注重对思想史的考察和梳理，抑或是从社会历史的视角反身考察文学作品，都彰显了从业者试图拓展中国现代文学研究疆域的努力，以及这背后所蕴藏的焦虑。人可以改变自己的命运，但无法选择自己所身处的时代。在2018年度，现代文学研究者只能正视并接受他们所身处的研究领域的特点和现状，在持续地坚守中通过自己的努力推动这个学科的发展。在本文中，笔者将就目力所及，对本年度出现的富有特色的研究成果进行梳理和总结，并反思现代文学研究发展的路径和弊病。

一、有关研究方法的探讨

或许正是由于中国现代文学这一学科的发展已经非常成熟，研究界才一直在不断地反思学科内部惯常的研究方法，指出其中存在的弊病，展望新的学科发展的可能性。毕竟，文学研究者，就像所有人文社会科学的从业人员一样，在面对自己的研究对象时，永远无法做到超然冷静、绝对客观。他们总是带着自己的阅读趣味、政治立场、成长经历、知识结构、教育背景以及问题意识等一系列前理解，选择相应的研究方法和研究方式，对研究对象展开探究和分析。因此，虽然研究方法可以大致分为几个较大的流派，并在长时间的发展中形成自身的传承关系，但其实每个研究者的研究方法、问题意识都不尽相同。于是，研究对象在不同研究方法的烛照之下，会呈现出差异性极大的面貌；而研究者究竟能够在研究对象那里发现哪些新东西，往往取决于他们所使用的研究方法、问题意识。

由于研究方法、问题意识的重要性，在中国现代文学这个高度成熟的学科里，开始不断有学者反思和思考已有的研究方式，并对新的学术发展方向予以展望。例如，季红真的论文《关于中国现当代文学研究的方法论问题》① 就以有关萧红的研究为例，指出现当代文学的研究者必须充分意识到方言或语言问题、文献的校勘问题、文献的可靠性问题、实地考察问题以及治学经验问题，等等。在季红真看来，今天的中国现当代文学研究，早已不能仅仅将治学材料、研究方法局限在文学文本周围，而是要广泛地借鉴语言学、历史学、民族学等其他学科的治学思路，广泛征引相关的研究资料，才能真正推动中国现当代文学研究的发展。

与此类似的，还有孟庆澍的《“拟民族志”与“再历史化”——文学史研究二题》。在这篇文章中，作者认为由于中国现当代文学研究往往与政治意识形态紧密结合，产生了种种因政治立场的不同带来的难以说清的纷争，因此“有必要将一些社会科学的研究方法引入文学史研究，以增强其实证性与客观性”。孟庆澍指出，为了解决研究中存在的问题，研究者大多“有意识地采取与传统文史研究（以案头阅读为主）不同的民族志式的搜集资料方式（包括了口述史、访谈、问卷、个案调查等具体方法）”，这是“学界对目前文学史研究存在的问题与解决的方案，存在着某种以实事求是、‘自我客观化’为基石的共识”，而“在理论过剩、阐释过度的今天，另辟文学史研究的社会学（人类学）路径，将社会科学严谨求实的研究方法引入，并非不讲家法的旁门左道，反倒有可能是文学史研究重建学术可信度、可延续性的一条有效路径”。此外，面对文学史写作总会因为文学史观而或多或少地遗漏文学史事实的问题，孟庆澍提出要“将文学史从纯文学的迷思中打捞出来，重新恢复其历史生成物的

① 季红真：《关于中国现当代文学研究的方法论问题》，《东岳论丛》2018 年第 6 期。

多元属性，将其放回历史场域之中，再现文学发生发展的原生状态”[1]。显然，在这位作者的理解中，在中国现当代文学研究中强调实证主义式的研究方法，是搁置学科内部的种种争论，绕开各式各样的研究“雷区”，帮助研究者抵达所谓“真理”或“历史真相”的坦途。只是值得进一步追问的是，放弃了对趣味、立场、价值之间的差异的讨论，单纯考虑对所谓历史事实的呈现和梳理，那么最后完成的文学史写作究竟还是不是“文学”史呢？

系统地总结这类实证化研究经验的，还有金宏宇的《考证学方法与中国现代文学研究》。作为长期关注现当代文学版本问题的专家，金宏宇在这篇文章中对考证学方法对于中国现代文学研究的启示、意义以及贡献进行了详细的说明。值得注意的是，在指出现代文学研究中应该使用的诸如“书证、物证、人证、证词”[2] 等各种类型的证据之后，金宏宇还总结了研究者运用这些证据所应该使用的诸如逻辑思维法、调查观察法、数学考证法以及“e 考证法”等论证方法。这种非常具体、详细地总结研究经验的文章，相信会对青年学者进入中国现当代文学研究提供很多有益的帮助。而颇具症候性的是，金宏宇在文章中提出，考证性研究的“重点不是求取思想的深度，而是关乎知识的广度”，似乎印证了二十世纪九十年代以来学术界所谓“思想家淡出、学问家凸显”的发展趋势。[3]

二、史料发掘与文献整理

上文已经揭示，对中国现代文学研究这个学科中有关研究方法问题的讨论，有着鲜明的实证化倾向，似乎这是一条绕过研究“雷区”、寻找学科创新突破口的必由之路。近年来，这个学科的很多研究成果都来自这一路数的探究，大批作者投身到相关的研究当中，国家社会科学基金及教育部立项的科研项目，很多也与此有关，这就使得实证化或历史化成了中国现当代文学研究这些年来的发展趋势，这个学科甚至被有些从业者认为已经充分地“史学化”[4]。当然，也有学者对此持不同看法，例如，钱文亮在 2018 年发表的论文《“史学化”还是“历史化”：也谈中国现当代文学研究的新趋势》就是对这一问题的思考。只是钱文亮认为中国现当代文学研究中的实证化趋向其实更为复杂，并不能简单地判断为淡化思想、凸显学问，有些研究者所追求的历史化，背后有着米歇尔·福柯、弗雷德里克·杰姆逊等人的解构主义理论的影子。钱文亮指出，解构主义理论“彻底颠覆了传统研究所预设的那些哲学前提和所遵循的基本范式，犀利揭示了许多人们认为自然而然的概念实际上却是权力与统治的

---

① 孟庆澍：《“拟民族志”与“再历史化”——文学史研究二题》，《文艺评论》2018 年第 5 期。

② 金宏宇：《考证学方法与中国现代文学研究》，《中国社会科学》2018 年第 12 期。

③ 李泽厚：《思想家淡出，学问家凸显——与陈明的对谈》，《李泽厚访谈录·九十年代》，北京：中华书局，2014 年，第 145 页。

④ 参见郜元宝《“中国现当代文学研究”的史学化趋势》，《中国现代文学研究丛刊》2017 年第 2 期。

偶然的社会历史建构物，都是在某种特定的历史条件下通过某种话语的运作机制建构起来的，不同的话语背后潜藏着不同的建构和运作规则”①。从这个角度来看，很多研究者所采取的将研究对象历史化的思路，隐藏着与陈陈相因的文学史定论和意识形态对话的意图。

不过无论如何，很多迹象都表明，单纯的所谓“文学性”似乎已经无法成为支撑这个学科发展的基础，必须要通过史料的整理、佚文的发掘、版本的考据等一系列历史学研究方法，才能证明中国现代文学研究存在的合法性。相比于二十世纪八十年代那种更强调“文学性”与“思想性”的研究方式，这样的变化使得中国现代文学的研究更倾向于学科内部的学理化建设，而放弃了对外在的社会生活的回应。这背后自然是由于大的社会环境、文化氛围的变化造成的，而孰优孰劣则只能依靠时间本身为我们提供答案。在这一趋势下，其实每年都会常规性地出现大量新发现的手稿、作品、书信、日记等文献以及相关的解读文章，也不断有人校订同一部作品在不同版次之间所发生的一系列变化，而收录文献更全面、编校更为考究的作家文集或全集也不断出版……所有这一切，都使得中国现代文学研究建立在更加坚实的基础之上，并为后世的研究者提供了巨大的便利。

2018年度的中国现代文学研究在这方面其实也延续了以往的学术品格，不断向着尽可能还原文学史事实的方向迈进。例如，郜元宝的《北京鲁迅博物馆藏“周氏兄弟”中文剪报校改考释》②，对北京鲁博所藏“周氏兄弟”中文剪报的基本情况、研究现状做简单介绍后，具体呈现了其中对鲁迅作品初版本的校改情况，分析了这些校改与最终定本之间的关系，并尝试推测校改原因等问题。这一材料的考释，为研究界呈现了鲁迅作品的修改情况，颇具史料价值。袁洪权的《胡适一九三〇年十二月八日佚信及相关史实梳考》从《清华周刊》上发现一封此前不为各类胡适文集、全集收入的佚信，并围绕该信考证胡适当时的生平，成功地还原了这位文化名人在1931年前后的基本情况，“可为胡适年谱和胡适与清华大学史话的写作提供新的材料”③。吴宝林的《〈胡风日记·武汉一年〉史实考订及新发现——兼谈胡风“战时日记”的史料价值》通过对此前《新文学史料》上披露的胡风在武汉期间的日记进行考订，指出了初次发表时的注释中存在的一系列错误，并结合作者新发现的材料对相关历史事实予以说明。正如作者所言，这项研究“有助于研究者更准确地把握一个文学流派的形成过程和一些重大文学史事件和政治事件的脉络，并且极大提升胡风研究及七月派研究的历史品格”④。尧育飞的《〈李长之文集〉失收新诗文献辑论》发现了《李长之文集》未能收入的8首新诗、3首译诗以及1篇诗话，并分析了李长之这些作品的意义和价值。由于建立在新材

---

① 钱文亮：《“史学化”还是“历史化”：也谈中国现当代文学研究的新趋势》，《中国现代文学研究丛刊》2018年第2期。

② 郜元宝：《北京鲁迅博物馆藏“周氏兄弟”中文剪报校改考释》，《鲁迅研究月刊》2018年第11期。

③ 袁洪权：《胡适一九三〇年十二月八日佚信及相关史实梳考》，《新文学史料》2018年第4期。

④ 吴宝林：《〈胡风日记·武汉一年〉史实考订及新发现——兼谈胡风“战时日记”的史料价值》，《新文学史料》2018年第4期。

料的贡献基础上，这篇论文能够帮助读者“管窥李长之的新诗贡献”，并有可能“重估他在中国新诗发展史上的位置”[①]。这类史料实证研究的背后，无疑是相关研究者付出的巨大努力和辛勤劳动。不过读了很多这样的文章，不免让人觉得这一研究方式容易陷入了某种套路化的窠臼。先展示新发现的材料，然后在呈现相关史实的基础上对材料进行比对、释读，是惯常的写作路数，行文难免显得有些板滞。如何更有效地利用新材料，在提供更为丰富、细腻的历史细节的同时，如何借助新材料推进学术界对作家、作品的认识，提供与以往的学界定论不同的文学史图景，应该成为这类研究的发展方向。

本年度也有不少新整理的现代文学作家文集问世，其中令人印象较深的是华中师范大学文学院王泽龙教授主编的十卷本《朱英诞集》（长江文艺出版社 2018 年版）。作为一位极具才华，且创作成果丰富的诗人、学者、翻译家，朱英诞在生前只出版过一部诗集，这多少是一件令人感到遗憾的事，也限制了诗人的文学史地位。因此，《朱英诞集》的编辑、出版，具有填补学术空白的重要意义，也必将推动相关研究的进展。需要指出的是，这部文集以极为严谨的方式编订而成，搜集到目前能够见到的朱英诞的新诗、旧体诗、散文、评论、研究以及翻译等各类作品，并按照诗人生前自行编订的作品集的顺序予以编排，而朱英诞并未编订、发表的作品则按照时间排序。此外，《朱英诞集》尽可能详细、准确地注明了发表时间和刊物，对同一作品的不同版本，也不厌其烦地予以说明，使得整部作品集具有极强的学术含量。在全国出版社纷纷出版各类现代作家的选集或全集的语境下，《朱英诞集》的编辑出版无疑为业界确立了一个值得参照的标准。

三、鲁迅研究的发展

由于鲁迅在中国现代思想文化史上的崇高地位，有关这位作家的研究历来是中国现代文学研究中的重中之重。尽管早在二十世纪八十年代就有研究者将鲁迅研究比喻为一座“肃穆的‘古堡’”[②]，来暗指其内部的僵化和自成体系，尽管不断有人感慨与鲁迅有关的题目已经做尽了，很难再有新的突破，但每年都会涌现出大量以鲁迅为主题的研究成果，每年也都会有新人参与到鲁迅研究的队伍中来。自然，2018 年度也不例外，更何况本年度还恰好距离鲁迅发表第一篇白话小说《狂人日记》整整一百年，不少地方都举行了大型研讨会予以隆重纪念[③]。笔者在中国知网上以“鲁迅”为主题词，查询 2018 年 1 月 1 日至 2018 年 12 月 31 日的相关论文，竟然有 1576 篇之多，让人惊异于鲁迅在中国现代文学研究界的巨大影响和对研究

① 尧育飞：《〈李长之文集〉失收新诗文献辑论》，《长沙理工大学学报（社会科学版）》2018 年第 1 期。

② 参见汪晖《鲁迅研究的历史批判》，《文学评论》1988 年第 6 期。

③ 例如，2018 年 11 月 4 日，浙江大学中国现当代文学与文化研究所就主办了“纪念鲁迅《狂人日记》发表 100 周年学术研讨会”。

人员持久的吸引力。

有关域外的鲁迅研究，值得一提的研究成果是范劲的论文《鲁迅研究在德国》[①]。这篇论文概述了鲁迅在德国汉学界的研究史，首先指出德国汉学界对中国文化的关注，从最初集中讨论孔子以及这个形象所代表的儒家文化传统，在“二战”后逐渐转移到鲁迅以及他所代表的现代中国文化。接下来，范劲呈现了东西德学者在阐释鲁迅过程中的不同思路，即东德学者更注重将鲁迅塑造为一个革命者的形象，而西德学者则更愿意在鲁迅身上看到诸如彷徨、绝望、多疑以及反讽的因素，力图塑造一个更为复杂的鲁迅形象。最后，作者则分析了“冷战”结束、东西德合并以后，德国学界如何在现代性的意义上重新理解鲁迅。这篇论文不仅为中国读者勾勒出鲁迅在德国汉学界的接受情况，并显影了这样的事实：研究者身处的社会历史背景、问题意识会深刻地影响他们对研究对象的理解与判断。

对鲁迅思想发展历程进行梳理和探究，历来都是鲁迅研究的重点和难点，产生了大量的研究成果。只是在今天的学科发展环境下，仅仅依靠鲁迅自己的文字进行研究，已经很难再有新的发现。因此，很多研究者选择回归历史语境，考察政治、经济、思想、文化等外部背景，试图借助不同的材料和视角，呈现出鲁迅思想发展过程中新的面向。例如，邱焕星的论文《当思想革命遭遇国民革命——中期鲁迅与文学政治传统的创造》，就在借助对国民革命时期独特的社会思想氛围的考察，在鲁迅研究界通常划分的秉持进化论思想的“前期鲁迅”和向马克思主义靠拢的“后期鲁迅”之外，提出了“中期鲁迅”的命题，为理解鲁迅思想变化的历程提供了更为细腻、曲折的面向。此外，钟诚的专著《进化、革命与复仇——“政治鲁迅”的诞生》（北京大学出版社 2018 年版）亦是一部值得关注的研究成果。这位有着政治哲学背景的研究者以充满辩证法味道的方式探讨鲁迅，认为作家早年信奉的“人国”理想与民族国家的现实构成一对矛盾，二者的辩证运动构成了鲁迅政治观中的悖论。最终的结果是，鲁迅既希望深度介入政治，又无法接受政治内部运作的各种“规则”和“潜规则”，陷入两难境地。该书的论述与大多数鲁迅研究著作迥异，对鲁迅形象的塑造也颇有新意。这再次证明，研究者只能看到其知识结构允许他们看到的东西，新的理论和新的视野总能为研究对象增添新的面向。

借助新材料或新史料重新理解鲁迅作品或“还原”鲁迅的本意，廓清学界已有的定见，亦是鲁迅研究中常见的思路。在 2018 年度，这个方向的研究也产生了不少值得关注的研究。除了上文提及的部元宝的《北京鲁迅博物馆藏“周氏兄弟”中文剪报校改考释》，还有汪卫东的《〈狂人日记〉影响材源新考》[②]。汪卫东对鲁迅的著名作品《狂人日记》接受外国文学影响的情况提出了新的见解。与以往学界较多注意鲁迅的《狂人日记》与果戈理的同名作品

---

① 范劲：《鲁迅研究在德国》，《文艺研究》2018 年第 1 期。

② 汪卫东：《〈狂人日记〉影响材源新考》，《文学评论》2018 年第 5 期。

之间的影响关系不同，汪卫东通过对无极的《狂人论》和留日时期鲁迅阅读的各类期刊的分析，有说服力地证明了日本作家二叶亭四迷翻译的高尔基的小说《二狂人》（通译为《错误》）与果戈理的《狂人日记》共同对鲁迅的创作产生了影响。此外，宋声泉的论文《鲁迅〈汉文学史纲要〉命名新解》也很有价值。宋声泉在这篇文章中处理了一个极为细小的话题：《汉文学史纲要》一书曾有数次改动，即“鲁迅在厦门大学编撰讲义之初，原本定名为《中国文学史略》，后随课名的改动而易作《汉文学史纲要》，至中山大学任教时，再加限定，自题为《古代汉文学史纲要》。可见，《古代汉文学史纲要》是鲁迅最为认可的讲义名称”[①]。作者由此进一步思考，鲁迅笔下的“古代”究竟应该怎么理解，将“中国文学”更名为“汉文学”，背后的目的又是什么。通过一系列考证，宋声泉指出，鲁迅受北京大学教学体制的影响，其笔下的“古代”指从上古到汉代这段时间，区别于“中古”和“近代”。而由于对广大少数民族文学的关注，促使鲁迅使用“汉文学”这样的概念。这样的研究乍看上会显得细小、琐碎，但却通过一点一滴的扎实努力，不断为我们还原出一个真实的鲁迅形象。无论是从研究态度来看，还是从对学界的贡献来看，这样的研究方式都值得读者敬佩。

有关鲁迅的小说、散文、杂文等作品的讨论，在中国现代文学研究中早已汗牛充栋，不时能听到有些治鲁迅研究的学者发出“题目做尽了”的感慨。不过，鲁迅毕竟是一位思想内涵深刻、兴趣异常广泛的大师级作家，其思想内部总会为那些做好充分知识准备的研究者留下进一步探究的空间。孙郁的《鲁迅：在金石、考古之趣的背后》[②] 就是这样的研究。一般情况下，现代文学研究者往往由于知识结构的限制，对所谓“回心”时期的鲁迅倾心的金石、考古方面的兴趣无从置喙。而孙郁则独辟蹊径，梳理了鲁迅生命中对金石与考古的兴趣，并特别注重对比鲁迅与同时代历史研究者之间的不同，指出鲁迅对金石、考古的研究并不注重学术性，而是更多地将其对艺术的兴趣灌注其中。而鲁迅在这些方面的知识积累（或者用孙郁的术语“暗功夫”），在某些情况下也会渗透到其学术著作、杂文等的写作中去。

与孙郁的研究方式类似，涂昕同样利用自己独特的生命体验和学术兴趣，展现出鲁迅生命的另一个面向。作为在网络上小有名气的“植物达人”，涂昕在论文《从“相互主体性”观照鲁迅的博物学视野》中带着自己对花花草草、坛坛罐罐的满腔热情，注意到贯穿鲁迅生命始终的博物学视野，并从这个视角出发，分析鲁迅文学写作的特点。例如，她对比了周作人的《乌篷船》与鲁迅的《好的故事》对景物的描写，发现前者观察的特点是整饬、严密，而后者则更注重参差和凌乱，不愿意人为地为自然分类设限，试图“呈现出大自然本身的那种狂野、杂乱，以及从中透露出来的生气”[③]，一下子揭示出鲁迅思维中那些此前不为人注意的特点。

---

① 宋声泉：《鲁迅〈汉文学史纲要〉命名新解》，《首都师范大学学报（社会科学版）》2018 年第 3 期。

② 孙郁：《鲁迅：在金石、考古之趣的背后》，《文学评论》2018 年第 2 期。

③ 涂昕：《从“相互主体性”观照鲁迅的博物学视野》，《文艺研究》2018 年第 3 期。

此外，陈平原的《“思乡的蛊惑”与“生活之艺术”——周氏兄弟与现代中国散文》[①]也是一篇带有浓重个人风格的文章。作者从2013年的一场拍卖会起笔，叙述鲁迅、周作人不同的人生道路与选择，兄弟失和后两人在报刊上的相互呼应，以及以“思乡的蛊惑”与“生活之艺术”为主题的不同散文创作路数。文章以极为潇洒的方式，抓住鲁迅、周作人散文写作的关键性特征，勾勒出中国现代散文发展的不同方向。这样的文章将轻逸与洞见有机结合起来，显示出作者出色的才情与学养。

四、作为亮点的郭沫若研究

郭沫若研究无疑是近年来中国现代文学研究中的一大亮点，因此有必要单独予以讨论。自20世纪80年代以来，郭沫若在文学史上的地位出现了较大幅度的滑坡，不少研究者对这位在文学、历史学、考古学等领域颇有建树的大师提出质疑，以种种或真或假的史料、逸闻将其勾勒为一个在历次政治格局变动中随风使舵的投机分子。在这一思维定势的影响下，郭沫若成了一个个人“品行恶劣”的“小人”，相关研究长期得不到学界的重视，缺乏活力，也无法提供推动中国现代文学研究发展的标志性研究成果。值得注意的是，最近三四年来，一批年轻的郭沫若研究者开始有意识地与学术界长期形成的这一偏见对话，用一系列扎实的史料、逻辑严密的论证，批驳各种以讹传讹的虚假信息，为郭沫若进行辩护，并推动相关研究的发展。在2018年度，最引人瞩目的郭沫若研究成果当属李斌的《建立在伪史料基础上的“晚年郭沫若”研究》[②]《陈明远与层累的“郭沫若现象”》[③]《“妖魔化”郭沫若是拒绝与中国的“短二十世纪”对话》[④] 等论文。这一系列文章均以严肃认真的态度，用扎实的史料和事实说话，对诸如《蒋委员长会见记》的写作背景、黄淳浩编《郭沫若书信集》中所收郭沫若致陈明远的57封信的真伪问题、伪诗《毛主席赛过我亲爷爷》等广为流传的谣言进行辨析，试图还原出一个真实的郭沫若形象，并为净化网络生态、廓清谣言以及抵制历史虚无主义做出了重要贡献。此外，李斌还对形成使这类伪史料能够流传甚广的社会氛围的原因予以分析，并指出其对学术研究的危害。这类辨伪的研究虽然只是抵制了谣言的流行，并没有为学术界提供新的知识，但其意义却无论如何也不能低估。特别是对郭沫若研究来说，由于这个研究对象长期被刻意抹黑，使得相关研究的推进较为困难，也很少有新的研究者加入研究队伍中去。只有驱散围绕在郭沫若身边的种种谣言，才能吸引新的研究者参与到郭沫若研究

---

① 陈平原：《“思乡的蛊惑”与“生活之艺术”——周氏兄弟与现代中国散文》，《中国现代文学研究丛刊》2018年第1期。

② 李斌：《建立在伪史料基础上的“晚年郭沫若”研究》，《当代文坛》2018年第1期。

③ 李斌：《陈明远与层累的“郭沫若现象”》，《首都师范大学学报（社会科学版）》2018年第3期。

④ 李斌：《“妖魔化”郭沫若是拒绝与中国的“短二十世纪”对话》，《东方学刊》2018年冬季号。

的事业中来，为学术研究的正常发展提供健康的社会氛围。

而在有关郭沫若的具体研究中，在2018年度也有颇多亮点。蔡震的论文《郭沫若民族复兴思想形成的文化背景》对郭沫若留日时期的思想背景予以考察，认为“日本近代以来社会转型过程中对待儒家思想文化的姿态和价值评判，直接影响到他面对中国传统思想文化时思考问题的方式以及价值取向”①，因此，郭沫若对待中国传统文化的态度，与“五四”知识分子大多激烈地抨击传统不同，而是希望复兴中华民族优秀的传统文化。李斌的《女神之光——郭沫若传》（作家出版社2018年版）是一部资料极为翔实的传记作品。作者曾参与《郭沫若年谱长编》的编纂工作，并利用在郭沫若纪念馆工作的便利条件，阅读了郭沫若未刊文稿和往来书信，使得这部传记作品的写作建立在极为扎实的文献基础之上。与此前出版的若干部郭沫若传或偏于文学，或偏于历史学，无法为读者提供郭沫若思想全貌的情况不同，这部近50万字的传记尽可能全面地呈现传主的生平和学术思想，堪称近年来最优秀的郭沫若传记作品。刘奎的《有经有权：郭沫若与毛泽东文艺体系的传播与建立》② 从阐释郭沫若提出的“有经有权”这一观点的内涵及相关争论出发，分析了郭沫若为毛泽东文艺思想在国统区的传播与接受所做的工作，将此前研究界仅仅模糊了解的情况梳理得极为清晰。2018年9月，中国郭沫若研究会、《历史研究》编辑部和陕西师范大学文学院联合主办的中国郭沫若研究会第四届青年论坛在西安召开，与会学者就“郭沫若《中国古代社会研究》再解读”“郭沫若的历史人物研究”“侯外庐眼中的郭沫若”“各类‘郭沫若奖’的考察”以及“郭沫若抗战时期的文学活动”等主题展开讨论，产生了很有新意的研究成果。从这次会议的效果来看，青年论坛这一形式可以起到很好的培养研究队伍的作用，值得在中国现代文学研究界推广。此外，美国布兰代斯大学王璞教授的专著《革命的可译性：郭沫若与二十世纪中国文化》（*The Translatability of Revolution: Guo Moruo and Twentieth-Century Chinese Culture*, Cambridge: Harvard University Press, 2018）亦是本年度出版的重要著作，值得关注。

五、左翼文学研究的三种方式

左翼文学研究在经历了二十世纪八十年代的寂寞之后，伴随着“再解读”思潮的兴起，研究者开始不仅仅在“纯文学”的意义上批判左翼文学存在的种种弊病，而是从现代性的视野出发，将其放置在政治、经济、文化等领域组成的社会文化场域中予以理解，发现其蕴含的价值。于是，左翼文学研究逐渐成为近二十年来的现代文学研究中的热点，产生了极为丰富的研究成果。或许可以用2018年度发表的三篇有关延安文学的研究，简要说明这几年左翼

① 蔡震：《郭沫若民族复兴思想形成的文化背景》，《贵州师范大学学报（社会科学版）》2018年第2期。

② 刘奎：《有经有权：郭沫若与毛泽东文艺体系的传播与建立》，《东岳论丛》2018年第1期。

文学研究的三个发展方向。第一篇，是路杨的论文《“表情”以“达意”——论新秧歌运动的形式机制》[①]。这篇文章通过逐一分析《兄妹开荒》《刘二起家》以及《十二把镰刀》等秧歌剧作品，发现左翼文艺工作者逐渐创造了一种“共情”的形式机制，即通过戏剧作品充分调动观众的情感，使他们将剧中人的故事，感同身受为自己的故事，并由此激发出参加革命的热情。虽然她没有详细说明自己的理论方法，但这样研究恰恰暗合国际学术界极为流行“情感转向”，再次说明借助新的视野总能够在旧话题中发现新的问题。当然，这样说并非在指责路杨生硬搬用西方理论，她的论述其实是建立在对文本与史料的细腻分析之上的，颇有说服力。在这里只是以路杨的这篇文章为例，说明一种借鉴新理论发现新问题的研究思路。

第二篇，是秦林芳的论文《解放区“演大戏”现象的演变与意义》[②]。在通行的文学史叙述中，解放区“演大戏”现象出现于“整风运动”前，毛泽东《讲话》发表之后，则成为一种被批判的不良现象，很快就被更能为广大工农兵群众喜闻乐见的民间文艺形式所取代。这样的历史叙述当然没有错，只是显得过于平顺，似乎“熨平”了历史发展过程中所有的曲折和坎坷。秦林芳显然不满足于这样的文学史叙述，通过考察延安当时大量的原始报刊文献，他发现无论是在毛泽东《讲话》发表前还是发表后，延安文艺界对“演大戏”现象的评价始终存在着肯定与否定两种声音，只是后来由上级主管部门定性才结束了争论。这样的研究虽然没有颠覆既往的研究，却利用翔实的史料功夫，为历史提供了无数更为丰富的细节，这也是近年来左翼文学研究中的一个主要研究思路。

第三篇，是熊庆元的论文《歌舞成剧：延安秧歌剧的形式政治——以〈兄妹开荒〉的艺术革新为例》。熊庆元充分发挥自身知识结构的独特优势，从音乐、舞蹈以及戏剧等三个不同的视角，考察秧歌剧《兄妹开荒》在艺术革新上的特点和意义。在音乐层面上，《兄妹开荒》充分吸纳了传统眉户和练嘴子等民间曲艺形式，并加以灵活应用，使得新的艺术形式既能让观众感到亲切，又能匹配“关于劳动、性别、动员等现代革命政治的内容”。在舞蹈层面上，熊庆元在指出《兄妹开荒》的舞形设计借鉴了道教祭祀仪式的同时，指出解放区戏剧运动具有注重综合音乐、舞蹈、戏剧等多种艺术形式的整体性特征。而在戏剧层面上，这位研究者则发现主创人员在讨论《兄妹开荒》的表演时，要么将秧歌剧理解为“以歌舞为基础的新型戏剧”[③]，要么将其视为某种新型话剧。二者之间的矛盾和张力深刻影响了此后中国当代戏剧的发展。

如果说路杨的论文借鉴新的理论视野拓展了研究思路，秦林芳的研究通过对历史细节的发掘丰富了文学史图景，那么熊庆元的文章则以跨学科的方式，在一定程度上消除了传统研

---

① 路杨：《“表情”以“达意”——论新秧歌运动的形式机制》，《文艺研究》2018 年第 11 期。

② 秦林芳：《解放区“演大戏”现象的演变与意义》，《江苏社会科学》2018 年第 4 期。

③ 熊庆元：《歌舞成剧：延安秧歌剧的形式政治——以〈兄妹开荒〉的艺术革新为例》，《文艺研究》2018 年第 11 期。

究思路的盲区，打开了研究者的视野。非常有趣的是，这三篇论文处理研究对象的思路，恰好代表了今天左翼文学研究最经常使用的三种研究方法。甚至可以说，绝大多数相关领域的研究都是沿着这三条路线设置问题、组织材料乃至得出结论的。如何在这些已经非常成熟的研究路径上有所突破，开创新的研究方法，或许是今后左翼文学研究应该着重用力的方向。

六、新诗研究的突破

新诗研究一向是中国现代文学研究中的热门话题。毕竟，这一文体在“五四”时期的成功，本身就是白话文学革命胜利的象征。不过，由于现代新诗在诞生之初，就将其安身立命的基础建立在对传统格律诗歌的反叛之上，使得很多诗人更注重对形式的破坏，相对来说建构新形式的努力并不成功。正如我们在一百年来的现代白话诗歌史上所看到的，诸如新格律诗之类的有关新诗形式建构的种种努力，始终是“空对空”的理论探讨，即便有个别诗人在创作中尝试予以实践，但一方面很难形成风气，另一方面，读者往往只有在阅读了创作谈之类的文字后，回过头来再去读诗，才能领悟诗人在形式建构上所做出的努力。这多少是一个令人感到遗憾的现状。因此，对于已有百年历史的中国现代白话诗来说，诗人与佳作其实一直层出不穷、从无匮乏，但有关诗艺的探讨似乎只是停留在诗人个人的经验之上，难以成为理论积淀并为后世诗人提供可以借鉴的东西。从这个角度来看，现代新诗亟待在理论层面上对诗歌艺术进行提炼和总结。

值得欣慰的是，在2018年度的中国现代文学研究中，涌现出不少在诗歌艺术层面上对中国现代白话诗进行理论总结的佳作。以李章斌的《重审卞之琳诗歌与诗论的节奏问题》为例，在这篇令人印象深刻的论文中，作者认为诸如闻一多、朱湘、孙大雨以及卞之琳等人对新格律诗的讨论，并没有对节奏、格律、韵律等概念进行清晰的界定，而具体的讨论常常落入到对所谓音步、音尺以及顿等问题的窠臼之中。由于音步、音尺以及顿的划分往往混乱、模糊，缺乏统一的标准，使得所谓新格律很难真正落实在实处，最终成了诗人个人的创作尝试，难以积淀为深入人心的固定形式。李章斌的贡献在于，他虽然认为卞之琳的诗论存在着种种问题，但他发现卞之琳的诗歌创作超越了其理论言说，娴熟地运用诸如对称、重复、分行、标点等形式手段，创造出朗朗上口、富有韵律的优秀诗作。由此出发，李章斌认为可以从卞之琳的创作实践出发，重新总结和反思有关格律、节奏、韵律的经验。作者最后指出，卞之琳的诗歌与诗论说明，“节奏并非是‘一个’单一本质的现象，而是‘一群’现象，可以区分为广义节奏、韵律、格律三个层次。只有清晰地区分这些层次，才能够着手去分析自由诗的韵律和（广义的）节奏问题，去解决过去由于概念混乱、认知模糊所带来的种种迷思和歧解，并展望一种新的节奏理念和韵律学体系”[①]。这篇论文一方面勾连着中国新诗的创作实践，另一方面则延伸到对理论问题的深入探讨，堪称新诗形式研究的重要收获，作者能够凭借它获得2018年度唐弢青年文学研究奖，可谓实至名归。

与李章斌的文章类似的，还有王泽龙、高周权的论文《中国现代诗歌分行研究的现状与思考》以及王雪松的论文《现代汉语虚词与中国现代诗歌节奏》[②]。前者从“诗形审美、节奏建构、跨行艺术三个维度检视现代诗歌分行研究的历史与现状”[③]，以颇为细腻的方式呈现了中国现代诗学研究中对分行这一诗歌写作艺术的思考。这篇论文不仅是对新诗艺术的学术性清理，对当代诗歌写作亦有较高的借鉴价值。而后者发现，伴随着白话诗歌的兴起，原本并不入诗的虚词开始成为诗歌写作语言，并由此为中国现代诗歌带来了全新的语感和节奏。例如，各类虚词的使用，就极大地改变了白话新诗的节奏划分、音韵节奏、拟音节奏、语意节奏以及情绪节奏等。

卢桢的《域外行旅与中国新诗的发生》[④] 也是一篇非常精彩的论文。作者认为，域外旅行影响甚至改变了很多诗人认识和感觉世界的方式，激活了他们的想象力和审美情趣，促使其在“他者”的文化视阈中反思本土经验，表达前所未有的新异感受，进而确立与时代文化语境相对应的主体意识和情感理念。同时，域外旅行的经验使得很多诗作在抒情视角、意象谱系、语感节奏等方面发生变化，是建构新的诗歌美学的重要力量之一，更有效地推动了中国新诗的发生，并为新诗的精神实质与方法生成带来了持续性的影响。

此外，曲楠的论文《“谣曲”的发现：西班牙内战诗体与中国新诗的战时转型》[⑤] 也是2018年度新诗研究中值得关注的研究成果。曲楠注意到，以戴望舒、黄药眠、孙用、芳信为代表的一批中国知识分子参与到对西班牙内战时期流行的“谣曲”的介绍和推广事业中去。中国与西班牙共同面对的革命与战争的语境，使得中国诗人与西班牙诗人在“谣曲”这一形式上产生共鸣。这一诗体形式，更促使中国新诗的写作为了读者“看”，转变成为读者“听”，使得新诗的写作策略、传播方式都发生了重要变化，在很大程度上改变了此后的诗歌发展道路。

七、重要作家及文本、现象研究

在中国现代文学研究中，对重要的作家、作品以及文化思潮、文学现象的反复重读、重

① 李章斌：《重审卞之琳诗歌与诗论的节奏问题》，《文艺研究》2018年第5期。

② 王雪松：《现代汉语虚词与中国现代诗歌节奏》，《文艺研究》2018年第5期。

③ 王泽龙、高周权：《中国现代诗歌分行研究的现状与思考》，《华中师范大学学报（人文社会科学版）》2018年第4期。

④ 卢桢：《域外行旅与中国新诗的发生》，《文艺研究》2018年第9期。

⑤ 曲楠：《“谣曲”的发现：西班牙内战诗体与中国新诗的战时转型》，《文学评论》2018年第1期。

释，历来是这个学科的学术增长点。从某种角度来看，这一路数的研究是中国现代文学这个学科的安身立命之本。毕竟，经典作品之所以能够成为经典，就在于其内部存在着极为丰富的阐释空间，能够在反复的重读、重释中呈现出多层次的含义；而文学研究的魅力和价值，也正是从全新的视角出发，在作品的字里行间里解读出新的意义，为经典之作增色，使那些名不见经传的作品焕发出新的光彩。如果说文学史是一个由作家、作品、文化思潮以及文学想象这类“群星”构成的浩瀚天宇，那么文学研究者与经典之间的互动正是不断地调整“群星”之间的位置关系以及明暗对比，为读者呈现出反复变化、不停流转的“星图”。中国现代文学这个已经高度成熟的学科之所以还能够具有活力，不断发展，或许正是由于文学史的宇宙尚未僵化，“群星”还在彼此引力场的相互作用下处在动态关系当中。2018 年度，很多学者都在作家、作品、文学现象做出了全新的阐释，为文学史“星图”的绘制贡献了自己的力量。

毛泽东 1942 年的《在延安文艺座谈会上的讲话》是现代文学史上的经典文献，深刻地影响了此后中国文学的发展方向，并在后来很多研究者的讨论中被指认为中国现代文学与当代文学的分水岭。张旭东《“革命机器”与“普遍的启蒙”——〈在延安文艺座谈会上的讲话〉的历史语境及政治哲学内涵再思考》从二十世纪四十年代中国共产党所面临的历史语境着手，重新阐发《讲话》对于中国革命的意义。张旭东指出，《讲话》的文艺观内在于“革命机器”的政治逻辑和战争逻辑，提供了政治自律性内部对文艺的规定，同时也为日后国家—社会关系中重建文艺的一般关系提供了契机。在具体的论述中，张旭东着重阐发《讲话》文艺观所包含的文化政治内涵，试图在当代语境下对毛泽东“普遍的启蒙”观念做出进一步的阐发，指出文艺文化工作者作为革命机器的一部分，承担着教育者和服务者的双重功能，其先锋性和终极意义取决于他们同历史总体性的关系。虽然看上去，张旭东从事的是某种历史性研究，但其问题意识却带有鲜明的时代性，即通过回到二十世纪四十年代来重新思考当下文艺的处境，这也就是作者在文章中所说的，研究《讲话》是为了“促使我们在今天的环境和历史条件下，面对新的挑战，像历史上的革命者和新文艺的创造者那样去分析和思考，去实践并探索实践的理论化”①。

吴晓东的著作《1930 年代的沪上文学风景》（北京大学出版社 2018 年版）是一部在方法论上极富创新性的研究成果。虽然这部著作与大多数讨论二十世纪三十年代中国现代文学作品的研究一样，主要讨论上海作家的生存语境，对作品的形式展开分析，并呈现思想内涵与价值意义，但吴晓东显然不满足于常规的研究方式。在处理研究对象时，吴晓东没有直接从作家、作品入手进行分析，而是首先以广告或图片为切入口，然后再对研究对象展开讨论。

---

① 张旭东：《“革命机器”与“普遍的启蒙”——〈在延安文艺座谈会上的讲话〉的历史语境及政治哲学内涵再思考》，《中国现代文学研究丛刊》2018 年第 4 期。

例如，在该书《“一·二八”事件与战争文学热》一节中，吴晓东没有直接分析1932年“一·二八”事件后中国作家以空前的热情书写战争的文学史事实，而是首先从《现代》杂志上刊登的《上海抗日血战史》一书的广告入手，在此基础上再分析这一时期左翼作家、自由主义作家以及民族主义作家纷纷书写战争的情况[①]。这样做的好处，是通过插入来自旧报刊中的广告和图片，可以最大限度地容纳来自历史现场的声音。虽然在本质上，文学史的叙述总是研究者带着后见之明向历史深处的眺望，但吴晓东通过引入广告和图片，则尽可能地激活了那些早已逝去的人与事，呈现了当时人们对作家、作品以及文学现象的最初印象。相比于传统的文学史写作方式，这样的研究带有某种古今对话的特征，具有较强的复调性。在文学史写作越来越同质化的今天，这类具有创造力的探索令人印象深刻。

另一项颇有价值的研究，是邱雪松的论文《“启蒙”与“生意”之间——“五四”新文化与出版业关系考论》。这篇文章将陈独秀和群益书社合作出版《新青年》杂志、创造社出版部以及开明书店视为历史的关键点，勾勒出新文化运动如何逐渐获得文化影响力，并成功地这种影响力“变现”，在文化市场上取得成功的过程。最终，正是伴随着新文化运动的强力推动，使得民国出版业形成了“古旧书业、大型综合出版社、中小型新文化出版社三分天下的格局”[②]。这篇论文显然受到美国学者罗伯特·达恩顿《启蒙运动的生意——〈百科全书〉出版史（1775—1800）》（顾杭、叶桐译，生活·读书·新知三联书店2005年版）一书的影响，尝试将崇高的精神启蒙，“还原”为一门追逐利润的生意。由于借助大量出版史方面的材料，邱雪松在这篇论文中呈现了“五四”新文化运动在思想层面之外的另一幅面孔，为学界呈现出一个更加立体、多元的“五四”形象。

沈从文研究也是中国现代文学学科中的热点，每年都有大量研究成果，2018年恰逢沈从文逝世三十周年，各地举办了不少纪念性活动。例如，2018年10月，吉首大学、湖南省文联、湖南省作协就联合主办了“2018年沈从文研究国际学术研讨会”。而本年度引起广泛关注的沈从文研究，当属张新颖的新著《沈从文的前半生（1902—1948）》（上海三联书店2018年版）和他重新修订的著作《沈从文的后半生（1948—1988）》（上海三联书店2018年版）。在这两本书中，张新颖以极为谦卑的姿态书写沈从文的一生，主要使用沈从文本人的文字串联起他的人生经历，并参照以其他人对沈从文的回忆与评论，尽可能地把自己隐藏在众多史料的背后，进入到“忘我”乃至“无我”的状态。初看此书，读者会发现，满眼都非常熟悉的沈从文的文字和相关的各种回忆材料，让人有些把握不住作者的叙述，就好像迷失在一片云雾弥漫的森林，其中的每一棵树走近了都能辨认清楚，却无从寻找前进的方向。不过读过几十页之后，读者发现那些原本枯燥的史料经过作者的一番剪裁，重新焕发出夺目

---

① 参见吴晓东《1930年代的沪上文学风景》，北京：北京大学出版社，2018年，第78—92页。

② 邱雪松：《“启蒙”与“生意”之间——“五四”新文化与出版业关系论》，《文艺研究》2018年第7期。

的光彩，让人不忍释卷。张新颖似乎用微弱的烛火，在那座森林中标示出一条曲曲折折的小径，通过它，读者能够慢慢地走出迷雾，走进沈从文的世界。哪怕暂时抛开学术价值不谈，仅就写作方法来看，张新颖的这两部沈从文传也极富启示意义。

此外，还有一些论文也推动了沈从文研究的发展。以姜涛的论文《“重写湘西”与沈从文40年代的文学困境——以〈云庐纪事〉为中心的讨论》[①]为例，这篇文章以沈从文写于抗战时期的小说《云庐纪事》为切入点，结合作家在战争年代对国家、民族、社会等问题的观察，分析沈从文有关政治的思考如何与其文学写作互动。不过，沈从文在二十世纪四十年代的确“想”了很多，却很少“写”出一部完整的作品，常常陷入刘勰在《文心雕龙·神思》中所说的“方其搦翰，气倍辞前；暨乎篇成，半折心始”的状态。这就使得姜涛对沈从文所“思”的分析，常常游离于作家真正所“写”，这无疑是研究沈从文这一时期写作的难点之一。考虑到很多研究者不断将沈从文的作品塑造为封闭、纯美的世外桃源，姜涛努力将沈从文的文学世界打开，使其敞向广阔的社会生活，显然开启了一个值得跟进的研究方向，相信这一路数的研究会产生极为丰硕的成果。

在丁玲研究领域，2018年度出现了较为密集的讨论，先是在6月，中国丁玲研究会、陕西师范大学文学院、《文艺争鸣》杂志社联合主办了“丁玲文学现代性”国际学术研讨会暨中国丁玲研究会第七届第一次常务理事会；在11月先后有中国社会科学院文学研究所、河北省社会科学院联合主办的“纪念丁玲《太阳照在桑干河上》创作七十周年学术研讨会”和华中师范大学中文系主办的“丁玲与上海”学术研讨会暨第三届丁玲研究青年论坛。这些会议促使研究者围绕丁玲展开思考和探究，自然能够推动相关研究的发展，也产生了一批具有较高学术质量的成果。例如，何吉贤的论文《“流动”的主体和知识分子改造的“典型”——1940—1950年代转变之际的丁玲》，敏锐地捕捉到战争年对于丁玲思想转变的特殊意义，提出丁玲“处在战争和频繁流动的条件和状态下，战争带来的组织化、军事化要求，流动状态下对经验和主体生成的冲击和重组需引起重视”[②]。何吉贤还极为细腻地利用丁玲本人和周边人物的相关材料，分析了丁玲在20世纪40年代转变的具体过程，并触及知识分子在向革命阶级靠拢过程中的激动、困惑、不解以及坚持。对于理解中国革命与中国知识分子的关系，提供了一个极为典型的案例。与何吉贤研究思路类似的，还有孙尧天的论文《浪漫的与现实的：革命语境中的内在冲突——丁玲〈在医院中〉的症候式解读》。孙尧天认为：“晚清有改革者呼唤破除伦常，到五四时期这一思潮愈演愈烈，发展出极端的个人主义，而这种文化和历史真空中的个人极容易产生自怨自伤的浪漫情绪，丁玲早期创作的莎菲即这种典型。20世

① 姜涛：《“重写湘西”与沈从文40年代的文学困境——以〈云庐纪事〉为中心的讨论》，《文学评论》2018年第4期。

② 何吉贤：《“流动”的主体和知识分子改造的“典型”——1940—1950年代转变之际的丁玲》，《中国现代文学研究丛刊》2018年第4期。

纪30年代，“左转”的知识分子努力向革命靠近，但关于自我如何融入革命这一问题始终被搁置，在延安整风期间才得到了重视。中国共产党领导的革命实践为浪漫的自我提供了新的精神归属，要求对个人的情感结构进行彻底改造。《在医院中》的陆萍即是处在这种改造来临之前的时刻。”① 在这里，孙尧天的观点超越了那种将《在医院中》的主人公陆萍的遭遇，解读为个性自由的知识分子无法忍受革命律令的典型的“定见”，而是在知识分子追求自我改造的视域中理解陆萍的困境，打开了文本内部的丰富性，也为理解丁玲本人思想的复杂性提供了切入口。

结 语

综上所述，虽然中国现代文学研究在2018年度并没有大的研究格局的改变，但无论是方法论的探讨，还是新史料的发掘，抑或是作家、作品以及文学现象的重读与重释，都有不少新的发现和推进，涌现出很多值得称道的研究成果。通过本年度的研究著作也可以看出，研究者们正通过尝试借鉴新的理论、采用跨学科式的研究方法，构筑新的问题意识和观察视角，努力突破目前已经高度成熟的研究思路。虽然这项工作暂时还远远没有完成，但所有这些努力其实都是在为中国现代文学研究的发展打下坚实的基础，为这个学科在时机来临之时的新变做着准备工作。在这个意义上，我们或许可以用守成与创新的变奏来形容2018年度的中国现代文学研究。

---

① 孙尧天：《浪漫的与现实的：革命语境中的内在冲突——丁玲〈在医院中〉的症候式解读》，《文艺理论与批评》2018年第1期。

2018年理论评论盘点：向着广阔的未来可能

李　壮

一、坚定文学方向，深挖基本命题

“歌谣文理，与世推移，风动于上，而波震于下……文变染乎世情，兴废系乎时序”。文学的观念、文学的方向，自古与时代历史的发展间存在着深刻的关联。今天，中国特色社会主义进入了新时代，这是我国发展新的历史方位。在这样的新时代面前，文学需要找准自我的定位和发展的方向；而对这种定位的体认、对这条方向的指明，正是文学理论批评极其重大的任务乃至题中应有之义。在2019年第1期《求是》杂志上，中国文联主席、中国作协主席铁凝发表题为《新时代中国文艺的前进方向》的长文，文章指出，“自1840年以来，中华民族从深渊中奋起，经受挫折苦难，浴火重生、不断飞跃。历史和现实告诉我们，中国文艺的方向、命运和勃勃生机与这伟大历史进程息息相关，中国文艺的发展伴随着中华民族的飞跃，中国人民团结奋斗的方向就是中国文艺的方向。”这样的方向，连通着中国新文学的百年初心、深刻地根植于中华民族近现代以来的历史命运；它一再地提醒我们，中国文艺和文学的发展轨迹，从来都是与中华民族的前途命运血肉相连着的：“中国现代文学的诞生，就是为了更新和振奋民族精神，建设伟大的现代化国家，实现中华民族的伟大复兴，这是中国现代文学和现代文艺的‘初心’，是中国文艺的革命传统和社会主义传统的‘初心’。历史没有终结，初心必须牢记……在中国特色社会主义新时代，中国文艺必须坚持以人民为中心，坚持与时代同行，在新时代的广阔天地中迎来群峰耸峙的壮丽前景。”中国作协党组书记钱小芊《在“改革开放与路遥的创作道路”研讨会上的讲话》中，也具体地指明和阐释了当下中国文学需要坚定的方向和继续前行的道路：改革开放40年以来，以路遥为代表的一大批优秀作家，坚持着“紧跟时代、抒写时代的道路”“热爱生活、热爱人民的道路”“呕心沥血、潜心创作的道路”“秉承现实主义文学精神、塑造时代新人的道路”，这样的创作道路、文学道路，对我们今后的文学发展具有重大的启示、引领意义。

对方向和道路的确证，需要找到具体的理论抓手。2018年，中国文学理论批评界继续展开着对马克思主义文论的深入研究阐释。这种研究阐释，一方面是围绕经典意义上的马克思文艺理论展开。董学文《用马克思主义文艺观认清和抵制错误文艺思潮》、赵炎秋《马克思主义文艺思想的文艺基础》、段吉方《从经典形态到当代发展——近年来马克思主义经典文艺思想中国化当代化研究路径》、宋伟《现代性的批判与解构：马克思主义文艺理论的当代性》等，或着力于马克思主义文论基本立场、核心概念的进一步阐发，或聚焦于对马克思主义阐释和言说当下文学问题的能力的激活，将马克思主义文艺理论研究不断引向深入。而另一方面，这种研究阐释，也包含着对马克思主义文论中国化最新成果即习近平总书记关于文艺的重要论述相关学习研究，如范玉刚《论新时代文论话语体系建构的人民性价值取向》、张知干《坚持以习近平总书记重要讲话精神统领新时代文学工作》等。

当代中国文学一系列重大命题和基本概念，也在此过程中获得了深度挖掘和不断确证，如文学与人民的关系话题（施战军《人民立场是新时代中国特色社会主义文学的根本要求》、王列生《文艺“以人民为中心”的本体论建构》、罗岗《“人民文艺”的历史构成与现实境遇》、李明彦、齐秀娟《以民族性重建文学的人民性》等），现实主义话题（何向阳《现实题材文学创作的逻辑起点与最终归宿》、段崇轩《现实主义：少了什么、多了什么？——关于现实主义文学的境遇、发展的思考》、刘琼《现实主义的“实”》等），文学书写与时代生活的相互阐释建构（如黄德海《在虚构中重建生活世界》）等。

二、改革开放40周年与中国文学：回顾与展望

2018年是中国改革开放40周年。改革开放是中国社会历史发展的重要时间节点，对中国当代文学发展来说，这一节点同样具有影响深刻、意义深远的里程碑式意味。《人民日报》文艺版开设了“逐梦40年”栏目，诸多学术性文学期刊也纷纷设立“改革开放四十年”主题的栏目或专辑，刊发了一系列高质量的文学理论评论文章。2018年底，中国作协举办2018年中国文学博鳌论坛，主题正是“回顾与展望：改革开放四十年的中国文学”，其下所设的三项分议题“四十年来的时代巨变与中国文学的现实书写”“四十年来人民精神生活需求的变化与中国文学的创新发展”“以提高质量为文学工作的关键，推动中国文学迈向高峰”，也在相当程度上归纳和包含了文学界纪念改革开放40年的初衷及关注重点，目前论坛相关主题文章已在《文艺报》陆续刊出。

有关40年来中国文学的发展变迁，不同的论者会选取不同的观察角度。论者有时会倾向于阶段史的总体性观照（如李朝全《时代的先声——回眸改革开放40年的中国文学》、何平《改革开放四十年文学：逻辑起点和阶段史建构》），有时会选取具体的现象思潮作为切入点（如孟繁华《这一代人的青春之歌——知青文学四十年》），有时会关注长期萦绕纠缠于文学创作之中的概念关系（如贺绍俊《当代小说从宏大叙述到日常生活叙述》、杨庆祥《重建一

种新的文学——对我国文学当下情况的几点思考》)，有时会借助特定话题范畴管窥总体变迁（如洪治纲《“人”的变迁——新时期文学四十年观察》)，或者以某一文体为着力点、展开演进脉络及成功经验的总体性梳理（如白烨《40年，为奋进时代传神写照——改革开放40年小说创作成就与经验》、《诗刊》推出的“‘新时代诗歌十论’专栏”)，抑或在世界视野与本土坐标的参照互渗过程中摹画历史想象（如陈晓明《无法终结的现代性》一书，很大程度上正是在世界文学语境和现代性论域之内，尝试揭示当代中国文学寻求自身道路的精神状态及创作实绩）等等。这些不同的角度、不同的话题，共同勾勒出改革开放以来中国当代文学发展的总体图景，在梳理历史记忆的过程之中，亦完成了对当下现状的解析关照、对未来空间的想象探索。

对改革开放以来理论评论自身发展的总结梳理，同样引人注目。《文艺报》主办的“回首四十年，放歌新时代”系列研讨会中，专设了文学理论批评场次，一些学术期刊的“改革开放四十年”纪念专辑在具体文学研究内容之外，另有专门的文艺理论主题专辑。相关讨论和文章，梳理了40年来文学理论批评的发展成果，肯定了理论批评对中国当代文学创作巨大的推动、激发、引领作用，同时也分析和指明了理论批评工作在当下面临的处境、需要攻克的难题。40年间，中国文学批评经历了话语资源的爆炸式引进、理论体系的不断整合，到今天，已然进入了建立本土话语、明确主体意识的时代。与此相关的另一话题，便是文学批评在中国当代文学“经典化”过程中发挥的作用，或者说，关乎文学批评的文学史叙述建构功能。《中国现代文学研究丛刊》在过去一年中先后刊发的钱文亮《“史学化”还是“历史化”：也谈中国现当代文学研究的新趋势》、斯炎伟《当代文学史料研究中的“知识化”现象》等文章，其实可看作是对该刊在2017年便抛出过的“中国现当代文学研究史学化趋势”话题的回应与拓展；而王侃《文学批评和文学史论的史料内隙》一文，提到“学院派文学批评与文学史之间形成的表面的自洽关系，构建了另一种文学事实，屏蔽甚至涂改了不能被这种自洽关系所接纳、所消化的文学事实”，其实是在视野的开阔性、话语的开放性、观念更新的敏感性等方面，对志在参与“中国文学经典化”过程的文学理论批评给予了提醒、提出了要求。

此外，对文学理论批评自身的思考，亦呈现在具体的文体或曰写作层面。《文艺争鸣》杂志在“文学批评与文体意识”专辑里推出了十八篇文章，集中探讨了文学批评写作的文体意识、体式风格、内外形式等话题，实际上是围绕近年来被不断重提的“文学批评作为写作”说法展开探讨，具有鲜明的现实意义。

三、面对文学现场，增强批评效力

在“文学批评与文体意识”研讨会上，专家在把脉中指出，当下文学批评的确存在有某种程度上的“千人一面、枯燥烦琐、空洞乏味”乃至于知识堆砌、自产自销等症候，随之产生的风险，便是文学批评会在应对当下文学新变时，产生跟进不及或言说无力等问题。此类问题的解决，需要文学批评不断强化面对文学新现场、新现象的能力，增强文学批评的言说效力和判断说服力。2018 年，中国文学理论批评在这方面做出了卓有成效的努力。

问题意识的觉醒、强化，是文学批评自我更新、言说效力不断增强的重要条件和重要内涵。徐则臣《寻找一种新的结构时代的文学方式》一文（本为 2018 年中国文学博鳌论坛发言，后成文发表于《文艺报》)，从作家兼编辑的角度，提到了对当下文学的某种“倦怠和不满足”（“文学靠着一种惯性在我们的日常生活里继续运行，貌似也可以一直如此运行下去，但我们很清楚，向心力越来越小”），进而发出了对“变”和“新”的呼唤：“我一直在告诫自己，要对这个巨变中的世界敞开自己的所有感觉，寻找那些可能是‘变’和‘新’的蛛丝马迹，然后尽力把感受到的、可能的变与新呈现出来。”如果说面对文学现状，关于“惯性滑行”状态的提醒是问题意识的重要体现之一，那么对于文学批评自身，关注点则在相当程度上集中于“说真话”的勇气、风气和能力。2017 年底，作家出版社推出了“剜烂苹果·锐批评”文丛，“编选宗旨是对文学现象、文学思潮、文学作品进行严肃的、善意的、建设性的批评，同时倡导批评界发扬实事求是、讲真话、在大是大非面前敢于表明立场的精神”。围绕该话题，评论界展开了诸多讨论。张燕玲《文艺批评与剜烂苹果及苹果之关系》一文中的观点颇具代表性：“作为‘剜烂苹果’的文艺批评，既是‘寻美’，又是‘求疵’，是对文艺评论家态度与能力的极大挑战，同时，也是对文艺环境和文艺家胸怀的极大考验”；批评家不可以“对名家名作只敢赞不敢责”，同时要“秉持对文学精神的忠诚与对审美差异性的尊重……在上善若水的语境中，如风如刃与作品与作家展开绵软而有硬度的对话，言为心声”，在过硬的专业能力保障之下，力求做到“赞美而不失度，批评而不失态”。由此，“‘剜烂苹果’真功夫的具备才成为可能，批评的有效性才成为可能。”进而，“建设文学批评审美信任”的愿景便也得以实现（见张莉《文学批评：审美信任最珍贵》）。由此观之，某些具体文本层面的分歧争论、乃至于部分旧共识在新语境面前遭受的挑战（参见傅小平《为何在这些年度新作面前，文学批评的共识难以达成?》一文中，对“《扬子江评论》青年批评家论坛”上青年批评家们针锋相对状况的记叙)，也不妨视作“新的有效性”及“新共识”建立的前提或先声——所谓“问题意识”或“说真话的风气”，很多时候正是在分歧与共识的交错上升过程中才得以真正形成；对当下批评界而言，有价值的分歧和争论或许还值得更多一些。

在对问题意识的强调之外，所谓“面对文学现场、增强批评效力”，还意味着对新语境的不断适应、对新现象的持续关注。2018 年，在对新文本的追踪、解读之外，文学批评还着重关注具体文本背后新的趋势现象——《青年文学》杂志“城市文学排行榜”的高调评选发布、以及评论界对“城市文学”话题的集中跟进，便是其中一例。新的文化和话语空间在不断打开，我们看到，文学批评在此并未失语：邵燕君主编的《破壁书》对二次元文化的关注和解读引发了一系列讨论，一大批以类型文学、电子游戏、网络直播等新兴文学文化现象为研究对象的论文成果也已经涌现出来。面对新媒体勃兴、文学生活泛化的时代新语境，文学评论也在不断更新着自身的存在和呈现方式。非常显著的现象是，文学批评活动正面向公共生活、公共空间进一步打开：文学讲座、文学对谈等，成为文学评论话语、观点和价值输出的重要方式，它们扩大了文学批评的社会影响力（文艺书店内各类新书活动和文学对谈的专业含金量不断提升，进而构成了广大读者想象、判断、介入中国文学现场的重要途径），夯实了中国文学的群众基础（如十月文学院持续举办的“名家讲经典”活动，可以说是在公众接受和专业水准之间寻找着自身“配置最优”的平衡点），并已渐渐地被纳入了传统意义上的学术话语流通体系（举例言之，钱理群、洪子诚《文学阅读的社会空间与当代精神发展的可能性》一文，最初源自“凤凰读书会”主办的一次文学对话活动，现场对话稿经整理后在学术期刊发表并被人大复印资料转载收录）。

在更深远的意义上，新的平台媒介、新的呈现方式，也与新一代文学批评主体的登场、成长息息相关。2018 年初正式上线运行的《人民文学》“圆桌派”栏目，在此显示出非同一般的意义：一方面，这是传统权威期刊打造新媒体发声平台的一次成功尝试（“圆桌派”栏目主要依托《人民文学》微信公号存在），另一方面，也有力地推动了文学批评新人群体的亮相和成长（该栏目由赵依、梁豪两位“90 后”新人主持，供稿者也以“90 后”青年批评家为主）。正如其第一期“主持人语”中所说的那样，这种“系列圆桌式笔谈”，旨在“对历史、时代，以及我们所亲身经历的生活，进行文学向度上的思考和回应”；正是在这种亲历亲言的思考回应之中，我们看到了“同时代人”和“同时代性”的鲜活在场——这里是新的平台、新的群体、新的视角和新的话语方式，于中寄寓着中国文学批评的广阔未来可能。

2018 年中国现当代文学研究论文摘编

王秀涛　辑录

程光炜：《柳青、皇甫村与 20 世纪 80 年代》，《文学评论》2018 年第 2 期。

以 1978 年柳青逝世为重要时间节点和标志性事件，把对他及其《创业史》的考察，放入 20 世纪 80 年代的整体视野中，借以激发有张力的思考，是本文所努力的目标。在这一框架中，柳青在陕西长安皇甫村的生活事迹，他深度介入农村合作化运动的思想活动及其价值，与新时期文学评价所形成的反差，显然是一个未解决的问题。这在一定程度上表明，柳青现象并没有过去，它还会以独特的方式在今天重现。

张均：《论反面人物的叙述机制及其当代承传》，《文学评论》2018 年第 2 期。

中国现代、当代文学在反面人物叙述方面已经摸索、积累了比较丰富的创作经验，先后创造出类型化、喜剧化、典型化、“悲剧化”四种既相联系又相区别的叙述类别。其中，类型化叙述的核心机制在于正面人物的反向投射，喜剧化叙述体现为“在倒错中见真实”的讽刺喜剧和“斗智斗勇”的大众喜剧两重机制，典型化叙述则以如实呈现反面人物自身的生存逻辑为旨，悲剧化叙述重在发掘反面人物“恶的战争”及相关的善的毁灭。从现代文学到当代文学，四种叙述类别都得到了不同程度的传承，有效参与了当前文学创作的多样化发展。

金宏宇：《考证学方法与中国现代文学研究》，《中国社会科学》2018 年第 12 期。

现代文学的考证性研究承续的是中国古典文史研究的考据传统。传统考据学在经历了鼎盛和衰落之后，在二十世纪二三十年代又走向兴盛，实现现代转型，并在受挫中有所发展。现代文学研究的考证工作早有人尝试，在二十世纪八十年代初见成效，但直至二十一世纪才真正得到重视和践行。现代文学的考证性研究为寻求合适的“证据”，通常也需要进行“证据”二分，以大致评判其性质和价值；而如何“证明”则涉及方法论问题，一般有逻辑思维法、调查观察法及其他辅助考证法等。现代文学研究中的考证方法是广涉之术，涵盖文学史料的外部考证和内部考证，涉及文献史料学的各学科分支，同时还要有地理、政治、法学等不同学科的知识“支援”。现代文学的考证方法是较高级的批判方法，但也存在明显的不足与局限，我们应将之定位于“述学”，这既有别于索隐法，也不等于烦琐考证，更不提倡默证和“过限”考证。只有更多运用马克思主义的辩证思维和批判精神，中国现代文学的考证性研究才能更加科学有效。

胡全章、关爱和：《晚清与“五四”：从改良文言到改良白话》，《中国社会科学》2018年第9期。

晚清至“五四”时期发生的中国文学变革，语言范式的转型具有关键的本体性和标志性意义。晚清时期，梁启超通过改良文言和化雅向俗的努力，创造出文白杂糅、中西兼采、富有思想张力、笔锋常带情感的新文体，促成中国文学体系和书面语的近代变革。“五四”时期，胡适、陈独秀推白话文学为正宗，通过改良白话和化俗为雅的努力，创造了适应现代人表情达意需求的新文学和语体文，确立现代白话文学的新文统。晚清言文杂糅的新文体和“五四”言文合一的白话文体，构成了中国文学和书面语现代化演进过程中先河后海的自洽性链接。

赵学勇、王鑫：《域外作家的延安书写（1934—1949）》，《中国社会科学》2018年第4期。

二十世纪三四十年代，汇聚延安的域外作家，为中国的国际形象认知拉开了书写“红色圣地”的序幕。国际视野中的延安形象，是在历史与社会所交织的文化语境中，被域外作家、记者的延安文本“合力”塑造的。革命的个人意识与较高的艺术创造力，使域外作家的延安叙述具有真实的在场感和超越时代的现实意义，也是他们“延安书写”突出的共性特点。对中国民间所孕育的革命力量的“发现”，在“人民性”的追索中呼唤与塑形“大众英雄”，是域外作家延安书写的精神向度，也是其有别于本土作家的个性特点。他们的创作实践与本土作家的创作经验交相辉映，将中外的延安镜像并置，在现实与文学的互文中，推进了延安文学的现代性与世界性。域外作家和本土作家一道参与中国革命历史文化的创造，将个人话语汇入中国新时代的话语，完成了其文化身份的“重述”。延安的世界认同，历经自我历史创构的艰难过程，突破了国际形象的限定，实现了中国现代历史生成的自证之路。

黎杨全：《虚拟体验与文学想象——中国网络文学新论》，《中国社会科学》2018年第1期。

在世界网络文学的大背景下，探讨中国网络文学的新质，是一项重要而急切的工作。这需要从中国网络文学的特殊性，即由印刷媒体向网络媒体转型中，寻求其所处的“中间路径”，揭示它在商业化、大众化外表下折射的网络时代之生存体验与文学想象。中国网络文学从现代人与连线世界的日常互动，网络的界面穿越、“线上”与“线下”世界的时空区分，以及虚拟性与交互性中获得想象灵感，并隐喻性地呈现出现代人与网络的共生与伴随关系、虚拟主体的间性、网络生活的“重置”体验及其精神症候。中国网络文学表现了网络社会来临后的社会、文化与文学走向与变迁，这构成中国网络文学的独特价值，具有一定的世界意义。

张丽华：《通向文化史的现代文本文献学——以鲁迅〈随感录〉〈新青年〉刊本与北新书局〈热风〉本的校读为例》，《文学评论》2018 **年第** 1 **期。**

中国现代文学文本校勘的理念与方法，基本从古典文献学延伸而来，以确立一个最接近作者原本的定本或善本为目标，校勘对象则以文字内容为主。通过对鲁迅《随感录》北新书局《热风》本和《新青年》刊本之间七处异文的校读，以及对《热风》在北新书局出版过程的考订，本文展示了印刷文化如何深刻参与了现代文本的书写，并对现代文本的校勘方法与目标提出了新的看法，主张在排比文字内容之外，将文本呈现为印刷书的物质形态与印刷样式也纳入考察视野。将传统校勘学与印刷的文化史研究相结合，将文本校勘视为文化史研究的一部分，或可为中国现代文本文献学开辟一个广阔的研究领地。

倪伟：《章士钊的“逻辑文”与欧化的古文的限度》，《文学评论》2018 **年第** 1 **期。**

章士钊的“逻辑文”不仅大量采用了新名词、新术语，而且还大胆地将西洋文法移用于古文的写作，从而创造了一些新的表述方式，达到了传统古文未曾企及的复杂而精密的程度。本文从词语、句法以及文体风格等方面来分析章士钊的“逻辑文”，并通过翻译实例的检讨，指出其作为一种革新的古文，仍然存在着自身无法克服的限度。

陈平原：《“思乡的蛊惑”与“生活之艺术”——周氏兄弟与现代中国散文》，《中国现代文学研究丛刊》2018 **年第** 1 **期。**

本文乃周氏兄弟为人为文的对读，从其人生道路选择之异同，进入对其散文以“思乡”“生活的艺术”等主题为中心的写作之异同的关注，凸显现代散文的本质，揭示现代散文两大不同写作路径“杂文”和“小品”的来去缘由。

李震：《文学史视域中的〈山花〉现象与延川作家群》，《中国现代文学研究丛刊》2018 **年第** 2 **期。**

《山花》是“文革”后期的1972年在陕北延川创办的文学小报。它聚拢了一群回乡知青和北京知青，孕育了路遥、曹谷溪、史铁生、梅绍静、陶正等一大批“文革”后的重要作家、诗人。它与同时期河北的白洋淀诗群构成了两个最具代表性的知青文学据点，却出自完全不同的文化血脉和知识谱系，也走上了不同的文学道路。目前各家的中国当代文学史著作，对白洋淀诗群有着大篇幅的论述，而对《山花》及延川作家群却只字未提。本文就此提出质疑，并试图在当代文学史的视域中来分析、认识《山花》现象及延川作家群的文学史意义。

杨辉：《路遥文学的“常”与“变”——从“〈山花〉时期”而来》，《中国现代文学研究丛刊》2018 年第 2 期。

作为路遥写作的“前史”，“《山花》时期”既属开端，亦在多个层面奠定了路遥的文学观和世界观的基本面向。路遥在 1980 年代之后的反思与变革，属此一时段所开启之思想及写作理路的自然延伸而非超克。换言之，诸多文学史家所指陈之新时期与十七年及“文革”文学间“根本性”之“断裂”，在路遥文学中并未发生。“《山花》时期”之写作路向及其在改变个人命运时所发挥的重要作用，很大程度上形塑了路遥文学观念一以贯之的现实考量。在新时期文学转型阶段的反思热潮中，路遥多方权衡后仍坚守现实主义文学传统，并在此一传统所依托之思想资源中展开其对“新时代”的“新人”命运的深度考索。其“变”与“不变”，均蕴含着文学与时代、意识形态和现实、个人命运和共同命运等有待深入探析的重要论题。

孙郁：《鲁迅：在金石、考古之趣的背后》，《文学评论》2018 年第 2 期。

与史学界的疑古派不同，鲁迅除了关注文献考据，更留意的是历史资料深处的人文性。他从金石之趣中提炼出现代艺术的底色，又从域外考古学成果中建立起多维的思维结构，以文学家的特殊视角，纠正了现代学人的认知偏执，多向性思维代替了历史发现过程的惊讶、欣然和满足。这些成为作为文学家的鲁迅“暗功夫”的一部分。

张武军：《文学革命到革命文学的另一种叙述——中国青年党视野下的革命与文学》，《文学评论》2018 年第 2 期。

二十一世纪以来，在民国历史语境下重新思考文学和政治的关系，成为现代文学研究界的一大亮点。不过，中间党派的政治活动与现代文学的关系仍然未被正视，像重要的中间党派中国青年党，以国家主义和全民革命而著称，其“五卅”之后的政治理念、文学活动和革命文学的发生有着密切关系。不论是青年党机关刊物《醒狮》上革命文学的理论建构和创作实践，还是郭沫若、田汉的革命文学转向，国家主义的革命逻辑都是深层动因。中国青年党视野下的革命和文学，带给我们从文学革命到革命文学的另一种叙述，这将有助于破除革命与反革命、文学和政治的二元对立思维，走出纯文学的迷思，回到大文学本身，重现现代文学的丰富性与复杂性。

王兆胜：《路遥小说的超越性境界及其文学史意义》，《文学评论》2018 年第 3 期。

如何看待和评价路遥的小说，成为当前学界的一个焦点和难题。由于长期以来简单地理解现实主义传统，也受制于西方的文学理论和小说理论，致使路遥的小说成就和地位没能得到凸显。实际上，路遥的小说一面奠基于现实主义传统，一面又是非常开放和异常广阔的。

它的天地境界、对婚恋关系的辩证理解，以及“同呼共吸”的心灵叙事，都为包括中国当代文学在内的新文学提供了一个新的维度和价值。其开拓性、创新性和深刻性应该给予充分肯定，值得进一步展开研讨。

赵勇：《在大众阵营与“精英集团”之间——路遥“经典化”的外部考察》，《文学评论》2018 年第 3 期。

近 30 年来，对路遥其人其作的阅读、接受、判断与评估一直处在两极分野之中。在广大读者这里，路遥被看作“伟大的作家”，《平凡的世界》亦被视为“人生圣经”；在专业人士那里，路遥却被慢待冷遇，《平凡的世界》也长期缺席当代文学史重要教材。本文通过梳理近 15 年来的大量材料（如读者评论、图书馆外借数据、文学史教材提及论及情况、名刊“经典化”相关举措等），并主要通过考察“文学经典化”的两个要素（读者与文学史），既呈现大众阵营网民发声、解读路遥的浩大声势，也辨析“精英集团”起初冷遇路遥后来有所改观的演变态势，由此形成如下结论：路遥其人其作一直以“民选经典”的方式走在“民间经典化”之途，它既打破了“精英集团”的经典垄断，也对“学院经典化”构成了微妙的影响和一定的压力。

李冬木：《狂人之诞生——明治时代的“狂人”言说与鲁迅的〈狂人日记〉》，《文学评论》2018 年第 5 期。

本论通过语汇、社会媒体、“尼采”、“无政府主义”、文学创作以及时代精神特征等几个方面的考察，确认了在《狂人日记》诞生之前有“狂人”言说史的存在，并在此背景下，探寻了“狂人”诞生的足迹。本论认为，周树人是带着一个完整的“狂人”雏形回国的，这个“狂人”是他建构自身过程当中的一个生成物，和他记忆中的“真的人”是血脉相连的亲兄弟。“狂人”之诞生，更宣告“真的人”之必将诞生。就本质而言，《狂人日记》是“人”之诞生的宣言。

董炳月：《论鲁迅对〈狂人日记〉的阐释——兼谈〈呐喊〉的互文性》，《文学评论》2018 年第 4 期。

对于《狂人日记》来说，鲁迅不仅是创作者而且是阐释者。1918 年 4 月至 1935 年 3 月，鲁迅首先创作了《狂人日记》，然后多次阐释《狂人日记》，最终完成了“吃人/救人”话语的建构与重构。《狂人日记》的主题转化为鲁迅其他多篇小说与杂文的母题，与这些小说、杂文保持着多方面的互文关系。1933 年鲁迅编选《中国新文学大系 · 小说二集》时，指出了《狂人日记》与进化论的关系，通过将《狂人日记》与《药》并置，克服了《狂人日记》的“空洞”问题，赋予“吃人/救人”话语以现实性与革命性。

黄发有：《当代文学的接续与更新——基于〈中国文学艺术工作者第四次代表大会简报〉的文学史考察》，《文学评论》2018 年第 5 期。

通过对 180 期《中国文学艺术工作者第四次代表大会简报》的深入分析，可以重新审视第四次文代会的文学史定位。第四次文代会推动了新时期文学的制度重建与观念更新，促进了现实主义的回归，加速了文学队伍的重组。对当代文学的历史影响上来看，第四次文代会既接续了“十七年”文学体制，又通过思想解放和政策调整，激活了文学发展的内在活力。第四次文代会不是孤立的历史节点，而是当代文学转型的关键枢纽。

刘跃进：《郑振铎的文学理想与研究实践》，《文学评论》2018 年第 6 期。

作为一个百科全书式的学者，郑振铎有着多方面的贡献。本文选取三个角度展开论述：一是郑振铎的文学理想，评述了他的大众文学与为大众的文学观、整体的文学观、比较的方法论等；二是郑振铎的文学史研究，论及他的文学史研究的基本立场、中国文学分类、文学史研究的新资料、文学史研究的新视野等；三是回顾郑振铎创办文学研究所的历程，以及开创文学研究新局面的特殊贡献。文章最后指出，郑振铎很希望自己做一个纯粹的学者，但是，当国家需要时，他会义无反顾地投身到伟大的事业中，把自己的知识和才华贡献给社会和人民，这是最值得称道的地方。

邱焕星：《再造故乡：鲁迅小说启蒙叙事研究》，《中国现代文学研究丛刊》2018 年第 2 期。

鲁迅小说的故乡书写并非真实再现，而是启蒙主义的叙事再造。这是一种关于故乡的“他者化”建构，通过第一人称、风景丑化、乡民病态、时空展开、文本语言等一系列叙事手段完成的，但是乡民的经济诉求解构了启蒙主体的文化诉求，最终形成了启蒙客体、主体和实践三重“失语”的困境。由此反映了“五四”思想革命的限度，它将“启蒙”转化成了“启蒙叙事”，在揭出病苦时遮蔽了乡村乡民的政治经济革命欲求，陷入了文化内因论和教育救国论，只能局部回应中国现代转型的结构问题，最终导致了启蒙的自我瓦解。而启蒙也只有承认自己的叙事建构性和意识形态性，才能在当代中国复生。

刘大先：《三农问题与“社会分析小说”的得失——公私之间的高晓声》，《中国现代文学研究丛刊》2018 年第 2 期。

高晓声观察并分析了从集体化到改革开放初期经济体制转型对于经济先发地区农民的辐射性影响，留下了学术研究与历史记载所难以触及的细枝末节，尽管其人物形象塑造略显单薄，并且缺乏展望未来的愿望和高度，但对于社会结构、组织方式与现实运行条分缕析的分析足以让他成为在公与私、个人追求与国家关照、社会关怀与审美自足之间颇具特色的存在。考察高晓声的个案，可以清晰地看到从社会主义中国初期以公代私举措对分散、孤立的小农经济的组织、动员和调控，到改革开放时代公私兼顾对于不符合经济实践的计划体制的调适和溢出于僵化制度的生产力的解放，再到市场经济全面到来之际暴露出来的个体化和私己观念对社会结构和人的精神面貌的负面影响。“三农”问题依然是中国当下攸关利害的重大问题，重新反观高晓声及其创作，汲取其成败得失，或许可以为未来文学书写农业、农村和农民辅以镜鉴，为勾勒与想象“新时代”的中国文化形象和价值提供参考。

张旭东：《“革命机器”与“普遍的启蒙”——〈在延安文艺座谈会上的讲话〉的历史语境及政治哲学内涵再思考》，《中国现代文学研究丛刊》2018 年第 4 期。

本文从《讲话》的历史语境和内在论述逻辑着手，探索重读这个“活着的历史文献”的理论可能性。作者指出，《讲话》的文艺观内在于“革命机器”的政治逻辑和战争逻辑，提供了政治自律性内部对文艺的规定，同时也为日后国家-社会关系中重建文艺的一般关系提供了契机。本文进而着重分析了《讲话》文艺观所包含的文化政治内涵，试图在当代语境下对毛泽东“普遍的启蒙”观念做出进一步的阐发，指出作为革命机器一部分的文艺文化工作者，承担教育者和服务者的双重功能，其先锋性和终极意义取决于他们同历史总体性的关系。作者认为，这一观察有助于我们进一步认识中国革命的教化功能和伦理建构性。

何吉贤：《“流动”的主体和知识分子改造的“典型”——1940—1950 年代转变之际的丁玲》，《中国现代文学研究丛刊》2018 年第 4 期。

丁玲在 1940—1950 年代转变之际曾被作为知识分子改造的“典型”受到褒扬。其改造涉及经验、情感、知识甚至身体等诸多方面；在认识层面，也涉及自我、知识分子与工农群众、创作与具体的革命工作、知识与实践等诸多关系的转变。这种改造是在战争、流动的背景下进行的，其间也伴随挫折和个人的磨难。这一改造命题不仅是理解她一生追求的关键，也包含了理解中国革命的一些关键性命题。

邱雪松：《大势与人事：1949 年后的开明书店》，《中国现代文学研究丛刊》2018 年第 4 期。

1949 年后，国家通过各项政策法令逐步加强对出版业的管理。在“一体化”的进程中，除了“政令”之外，“人事”“运动”同样起着不可忽视的加速器作用。开明书店于同行业中率先申请公私合营，出版总署采取“公私合作”的形式。在迈向更为彻底的合营之路上，年长的管理层与以年轻人为主的中下层职员矛盾频发，再经过“三反五反”的冲击，已无一人对出版社有丝毫眷恋。最终出版社于 1953 年被青年出版社兼并，“开明书店”随之成为历史名词。

季剑青：《“声”之探求：鲁迅白话写作的起源》，《文学评论》2018 年第 3 期。

鲁迅早年曾以白话翻译小说《月界旅行》和《地底旅行》，此后十多年间一直用文言从事著译，至 1918 年发表白话短篇小说《狂人日记》，是为新文学的第一篇小说创作。鲁迅决然采用白话写作，固然有配合新文化运动的“听将令”的因素，然亦有其内在的思想和文学脉络可寻。本文拟从清末至 20 世纪 20 年代鲁迅有关“声”的思考和实践入手，分析鲁迅白话写作发生的内在动力，进而探求鲁迅独特的语言观念与其对现代人内在精神世界与主体状态的把握之间的关系。

陈剑晖：《当代文学学科建构与文学史写作》，《文学评论》2018 年第 4 期。

当代文学是一个处于“未完成”状态的年轻学科，也是一个问题比较多的学科。在我国大力倡扬“文化自信”的背景下，直面中国当代文学学科的问题与困惑，并寻求学科发展的新路径新方法，应成为当代文学研究不容回避的议题。中国当代文学学科建设的历史如何，“断代”史与当代文学思潮两种当代文学史写作类型如何书写，当代文学如何经典化，如何评价当代文学以及当代文学史“历史化”过程中的“外源性”与“内源性”等，都是需要思考的重要问题。

罗岗：《“人民文艺”的历史构成与现实境遇》，《文学评论》2018 年第 4 期。

在新形势下重提“人民文艺”与 20 世纪中国文学的历史经验，并非要重构“人的文学”与“人民文艺”的二元对立，也不是简单地为“延安文艺”直至“共和国前三十年文学”争取文学史地位，更关键在于，是否能够在“现代中国”与“革命中国”相互交织的大历史背景下，重新回到文学的“人民性”高度，在“人民文艺”与“人的文学”相互缠绕、彼此涵纳、前后转换、时有冲突的复杂关联中，描绘出一幅完整全面的 20 世纪中国文学图景，既突破“人的文学”的“纯文学”想象，也打开“人民文艺”的艺术空间；既拓展“人民文艺”的“人民”内涵，也避免“人的文学”的“人”的抽象化……从而召唤出“人民文艺”与“人的文学”在更高层次上的辩证统一，“五四文学”与“延安文艺”在历史叙述上的前后贯通，共和国文学“前三十年”与“后三十年”在转折意义上的重新统合。

姜涛：《“重写湘西”与沈从文 40 年代的文学困境——以〈芸庐纪事〉为中心的讨论》，《文学评论》2018 年第 4 期。

抗战爆发后，沈从文曾重返湘西，在沅陵小住了一段时间，对湘西社会的过去与当下，有了更为切近的了解。南下昆明之后，他开始着手一个庞大的“重写湘西”计划，试图在抗战前后特定的情境中，检讨湘西地方的历史困局与可能的出路。为了表现情感与社会之复杂多方，对小说、游记、报告、政论、地方史志等多种文体的综合，也是“重写”过程中的自觉追求。其中，《芸庐纪事》是相当有代表性的一篇，不仅记录了战争初期在张治中“新政”下沅陵地方的社会新风，也集中体现了文体“综合”的困境和张力。扩展来看，“综合而不能”的困境与沈从文在二十世纪四十年代“动”与“思”的位置、状态大有关联，如何在主体内部克服个我与历史的矛盾，也构成了一个不断延宕又颇具症候性的“问题结构”。

洪治纲：《论日常生活诗学的重构》，《文学评论》2018 年第 4 期。

日常生活诗学的核心内涵，是揭示日常生活内部所蕴藏的各种微妙繁复的生命镜像，重构人类身与心、人与物的统一性。从二十世纪八十年代中后期开始，这一诗学逐渐成为中国当代作家的自觉追求，并在创作实践中大致经历了萌芽期、发展期和趋于成熟期等三个阶段。在具体创作中，它体现出辩证而多元的价值观、平等而质朴的生命观、自由而精细的文本形态等主要审美特征，但也暴露出作家对世俗欲望的过度张扬、创作主体审美视野狭窄、一些作品审美意蕴单薄等审美局限。随着日常生活本身的不断丰富和作家们对其自觉地强调，可以看出，日常生活诗学的重构，已反映出当代作家对生命整体性的关注，也预示了中国当代文学发展的某种趋势。

贺桂梅：《丁玲主体辩证法的生成：以瞿秋白、王剑虹书写为线索》，《中国现代文学研究丛刊》2018 年第 5 期。

本文从作家丁玲主体结构的二元性这一问题意识出发，结合其文学创作与革命实践的生命历程，探讨丁玲如何塑造出一种将革命、主体与文学融汇一体的独特辩证法生命哲学。相关讨论以丁玲在不同历史时期关于瞿秋白、王剑虹的文学书写为线索，尝试对丁玲与无政府主义思想的关系、丁玲为何选择文学道路、丁玲向“左”转的具体历史内涵、丁玲革命主体结构的形成及其与创作的关系等关键问题，进行分析性的历史阐释。同时结合《韦护》的初版本分析，对丁玲的《在黑暗中》《韦护》《我所认识的瞿秋白同志》等重要文本做出新的解读。

金理：《失败青年故事的限制与可能——以〈可悲的第一人称〉为例》，《中国现代文学研究丛刊》2018 年第 5 期。

郑小驴的小说《可悲的第一人称》讲述了“北漂”青年小娄一败再败的故事，然而持续的失败感乃至“路之尽头”的绝望体验，都被都市生活与资本世界所允诺的无限可能“顺利”地吸纳、化解，于是失败青年“屡仆屡起”。对于自身的真实处境没有觉悟——这才是青年人一败再败、无法突破失败循环的根源所在。不过，尽管无法扭转小娄命运的已然走向，然而作为文学读者，我们却不妨重新想象潜藏在小说情节脉络中隐而未发的可能性。通过文本细读，本文一方面剖析当下失败青年群体受制于现实秩序的深刻性与现实秩序统驭青年的复杂性；另一方面试图在失败者的自觉背后，摸索一代人在历史中确立主体位置的艰难尝试。

李丹梦：《最后的“史官”——姚雪垠论》，《中国现代文学研究丛刊》2018 年第 6 期。

姚雪垠的《李自成》（五卷本）是一部被文学史严重低估的巨著。尤其是对 1999 年推出的《李自成》第四、五卷，迄今几无正面、具体的论述。这种集体一致的评论沉默、忽略，跟姚雪垠的“极左”名声干系密切。领袖的特别关照以及姚在“新时期”诸多论战中显露的老派“革命”姿态，让人预先失去了对《李自成》的兴趣。本文从一个弱势地方，中原奋斗的角度切入姚雪垠，将《李自成》的构思、书写置于抗战以来特别是二十世纪八十年代中国现代探索转型的大背景中，重新阐释了姚与领袖的关联互动，他四方挑衅论战的心理，《李自成》书写的“源始”驱动，第四卷何以“失踪”，以及如何给予《李自成》一个恰切、公正的历史“位置”等等。姚雪垠有意无意的现代“史官”的主体建构、抱负追求，是招致其人其作成败是非的根源。这是文化记忆的潜在运作与河南作家对自我历史化身份想象的奇妙契合，具有极强的抗战给定色彩，可谓千年一遇的河南现代性的特有表达。由于姚雪垠及《李自成》的存在，中国现代文学史上的“三十年代”以至“新时期”连成了一体。《李自成》第五卷原本是部极具现代品味的杰作，它是“新时期”环境下四面楚歌的史官力图保持、践行历史“公正”的文学“自裁”与英雄绝唱。

董丽敏：《革命、性别与日常生活伦理的变革——对茹志鹃 1950—1960 年代小说的一种考察》，《中国现代文学研究丛刊》2018 年第 6 期。

本文以茹志鹃 1950—1960 年代的小说创作为研究对象，从“革命与妇女”的分析框架入手，着重讨论了茹志鹃作品所呈现的革命前后日常生活伦理的演变过程，指出其形成了两大书写重点：以“阶级认同”为核心的革命伦理在战争年代逐步瓦解了传统人伦体系，成为动员组织底层社会参加革命的重要力量；以“集体”建构为导向的社会主义伦理，很大程度上重构了家庭内部人际关系，同时试图推动公共领域的社会关系和生产关系的变革。茹志鹃的作品以兼具革命与性别的双重自觉，提供了激进时代社会内面变革的多样图景，其意义需要被重新认识。

熊辉：《外国诗歌形式的误译与中国现代新诗形式的建构》，《中国现代文学研究丛刊》2018 年第 6 期。

学界往往从内容的维度去关注翻译过程中的误译现象，而对诗歌翻译而言，形式上的误译同样不容忽视。诗歌形式翻译的难度、时代语境和中国新诗的形式诉求等因素决定了外国诗歌形式误译的发生；而外国诗歌形式的误译与中国新诗形式的建构之间互为因果关系，二者相互之间会产生积极的触动作用，但与此同时，前者对后者也会带来消极影响。如何处理好诗歌翻译过程中的形式问题，不仅关涉译诗的质量和形式艺术，也关涉中国新诗形式的建设与发展。

陈晓明：《“土”与“狠”的美学——论贾平凹叙述历史的方法》，《文学评论》2018 年第 6 期。

贾平凹早期描写西北风土人情的小说打上人性论的印记，散发着情感与文化的意味。《废都》之后的作品以更朴拙的手法回到乡土，他的小说越写越“土”，去除了原来对文化风情与飘逸风格的追求，而倾注笔力于描写乡土生活的原生状态。新世纪以来，贾平凹的叙述手法愈来愈“狠”，以此方式来叙述乡村进入现代经历的酷烈冲突。“土”与“狠”构成了美学的关联，“狠”的手法也寄寓了处理历史的方法。“狠”既体现了小说艺术的干脆利落，也随时把生命置于空无的境地，由此也涵蕴对激进现代性的一种反思。

路杨：《作为生产的文艺与农民主体的创生——以艾青长诗〈吴满有〉为中心》，《文学评论》2018 年第 6 期。

二十世纪四十年代中期，陕甘宁边区发起的劳模运动将“典型政治”的运作模式引入大生产运动，并进一步引发了文艺工作者书写劳动英雄的写作潮流。其中不同文类体裁与艺术门类的创作都表现出一种“泛报告文学”倾向，呈现出文体形式的交叉与文体边界的交融。艾青的长诗《吴满有》以其在不同的文艺体裁、形式传统及个人的创作脉络之间丰富的形式实验，既创生出一种有声音、有行动的农民主体，也内含着对“五四”以来的新文学体制以及文艺生产工具的试验性改造。对于政治实践而言，解放区文艺以形式实践的方式提供了一种反向的生产性与能动性。

吴思敬：《在传统与现代间行进的诗学（1949—1976）》，《中国现代文学研究丛刊》2018 年第 7 期。

《在延安文艺座谈会上的讲话》和毛泽东的新诗主张，总体上确立了 1949—1976 年间新诗创作与新诗理论的大致走向：即要为无产阶级政治服务、为工农兵大众服务，诗人和文艺工作者要加强思想改造，要深入工农兵的生活，与人民群众密切结合。反映在创作上就是应该坚持革命现实主义和革命浪漫主义相结合，走民族化、大众化的道路，新诗要在民歌与古典诗歌的基础上发展。1950—1976 年中国大陆的新诗理论研究，尽管在诸如现代格律诗建设，以及抒情诗、叙事诗理论等方面的研究有相当的成果，但受那个时代政治环境与主流意识形态影响，更多的时候是呈现出单一化、政治化的美学特征。诗人和诗歌理论家身处巨大的政治旋涡中而难以自拔，很多重要的诗学问题被搁置。但是如果我们把眼光投射到大陆以外的台湾诗坛的话，却能发现一片与大陆诗学界全然不同的景观，就整个大中华诗坛而言，这又恰恰构成与大陆新诗理论的互补。

李怡：《作为文学的〈狂人日记〉——纪念〈狂人日记〉诞生一百周年》，《中国现代文学研究丛刊》2018年第7期。

将《狂人日记》当作社会历史文献还是文学作品是两种不同的读法，前者将“吃人”视作对中国传统文化性质的理性概括，而后者则是作家对人生与世界的直觉性的感受，前者在不同的历史时期可能引发褒贬不一的议论，而议论有可能离开作品真实的“文学性质”，后者则是鲁迅对世界的与众不同的观察、感受和文学形态的建构，是现代中国的白话文学在起始之日就直接步入现代主义境界的典范，它昭示着鲁迅感知和表达人生的最独特的思维的经久不衰的价值。

程光炜：《论余华的三部曲——〈在细雨中呼喊〉〈活着〉〈许三观卖血记〉》，《中国现代文学研究丛刊》2018年第7期。

余华创作的成熟表现在1990年代的长篇小说中，《在细雨中呼喊》写作者的“心理自传”，《活着》写福贵生存之艰难，《许三观卖血记》写底层人的耻辱，它们从不同角度达到了当代小说的极致。但这不是说，三部曲就是余华盖棺论定的小说。对他小说的认识还有一个沉淀期，有一个与同时代最佳作家的比较性视野，以及将他前后期创作的相比较，这都需要细心、耐心和眼光。

朱羽：《成长、革命与常态——〈组织部来了个年轻人〉之批评的批评》，《中国现代文学研究丛刊》2018年第7期。

《组织部来了个年轻人》的发表、修订以及引发的相关批评，构成一系列意义丰富的文学史事件，也是理解“前三十年”文学体制性特征的极佳案例。王蒙的这部小说在形态上非常像西方的成长小说（Bildungsroman），其中，“年轻”不仅成为叙事的重要起点，而且也是得到审视的“问题”。但另一方面，它表征着社会主义现代性的独特规定与内在困难——革命激情与官僚制的惰性、青年的“一元性”渴望与成人世界的“二元”分化之间似乎无解的冲突。在这个意义上，王蒙有意或无意选择这样一种“准”成长小说的叙事路径，本身就是一种富有意味的症候。由此带出的关键点，正是“成长小说”所内含的“革命”与“常态”的关系问题。

邵部：《大时代与小角落——重读萧也牧〈我们夫妇之间〉》，《中国现代文学研究丛刊》2018 年第 8 期。

1980 年代以来，通过对作家身份的“再认定”以及对《我们夫妇之间》的“再解读”，萧也牧在当代文学中被“复活”，重新回到经典作家的序列中来。但这种被选择的“复活”也成为解读作品的障碍。对于萧也牧文学创作的理解，应当首先与他的生平经历结合起来，并进而在他个人的创作史中予以考察。《我们夫妇之间》既是萧也牧的探索之作，也是当代文学实验期的重要文本。这篇在极具个人化的情境中写作出来的作品，隐含着作者对私密性的“变心”问题的回应。但一经进入公共领域，即被误读为革命干部的“变质”问题。同时，也经由丁玲的创作实践和批判，牵连到“当代”城市文学的叙述成规的建立。

项静：《中间状态：知青精神空间的流变与文化姿态——以韩少功的〈归去来〉与〈日夜书〉为例》，《中国现代文学研究丛刊》2018 年第 8 期。

本文以韩少功两部知青题材的作品《归去来》和《日夜书》为例，知青一代作为城市和乡村的空间沟通者，穿越了共和国历史的“三十年”和后“三十年”，他们的生活经验和文学上所呈现的精神空间，激发了文学叙事中空间和时间层面上的中间状态。韩少功的知青叙事把知青从表现对象转变成认识中国的方法论，显示了一代人的文化姿态，也留下未完成的空间。

张莉：《孙犁、铁凝的文学传承与当代文学的发展》，《中国现代文学研究丛刊》2018 年第 11 期。

本文致力于在新时期文学四十年的语境里勾勒孙犁与铁凝的文学传承关系。铁凝真正开始创作起步于 1978 年，孙犁与她最初相识于 1979 年，某种意义上，孙犁最初的引领对铁凝创作有着方向性作用。孙犁对铁凝小说的肯定与褒奖，对铁凝一生的创作具有不可替代的重要意义。孙犁、铁凝的写作之于中国当代文学的启示在于：他们共同致力于从优秀中国文学传统中汲取写作资源，吸收并发扬中国抒情传统的精髓；他们各自以深具中国美学的表达方式写下了独具中国特质的文学记忆、文学故事。

邱焕星：《当思想革命遭遇国民革命——中期鲁迅与“文学政治”传统的创造》，《中国现代文学研究丛刊》2018 年第 11 期。

1925 年鲁迅针对“特殊智识阶级”导致的社会倒退，重启《新青年》时期的“思想革命”口号，不过在遭遇国民革命的过程中，知识阶级因文化政治认同问题而左右分裂，鲁迅也从一个小说作家变成了“思想界的权威者”“青年叛徒的领袖”和“时代的战士”，一度占据了国民革命联盟的文化领导权。但是南下广州后，思想革命和国民革命在北京时的同一性被打破，随着“革命”退变为专制压迫的“政治”，鲁迅提出了“革命同路人”和“革命人文学”的“文学政治”存在模式，在“中期鲁迅”阶段创造了一个独特的“鲁迅革命传统”。

邓小燕：《鲁迅中医批判策略的形成与演变》，《中国现代文学研究丛刊》2018 年第 11 期。

1949 年以来，随着中医政治地位的逆转，许广平、周海婴塑造了晚年鲁迅不反中医的形象，以缓解政治压力。鲁迅的转向问题，遂以史料未经鉴别而久悬。本论结合医学史与鲁迅的文本，重新考察这一问题。1929 年“废止旧医案”以前，鲁迅着力将中医与身体联系的荒谬性暴露于公众面前，这种现“身”说法的批判策略，常与身体的实际境遇背离。“废止旧医案”引发中西医论战全面升级后，鲁迅以《“皇汉医学”》介入论战，并在废医派和日本生药学的双重影响下翻译了《药用植物》，鲁迅转向“废医存药”，但鲁迅的转向，只是策略性调整，而非价值判断的逆转。

张箭飞：《驯鹿鄂温克人的植物利用及乡土知识：重读〈额尔古纳河右岸〉》，《中国现代文学研究丛刊》2018 年第 11 期。

近年来，随着生态环境史向乡土植物研究方向偏移，从十九世纪后半期美国人类学家关于西南地区印第安人的民族研究分蘖而来的“民族植物学”再度成为相邻学科借重的学术资源。本文基于民族植物学学科定义，结合人类学、地理探险、林业调查等周边文献，考察《额尔古纳河右岸》中驯鹿鄂温克人“逐苔藓而徙”的游牧区域和植被特征、与其日常生活息息相关的 30 余种乡土植物以及基于植物使用的乡土知识。

李广益：《罗辑的决断：〈三体〉的存在主义意蕴及其文化启示》，《中国现代文学研究丛刊》2018 年第 12 期。

本文提供了对刘慈欣科幻小说《三体》的一种存在主义式解读。小说的主要人物之一罗辑，借由三体人入侵的契机/奇迹，通过自己的决断和担当，摆脱了非本真的状态，成为自觉的存在者和守护人类的英雄，但却引起人类的恐惧乃至敌视。最终，人类文明因对英雄的排斥而灭亡。《三体》反映了刘慈欣在世界和中国的双重语境中重振英雄主义的努力，但也透露出作者在面对英雄与凡人这一思想命题时具有时代症候性的迷茫。

商金林：《名作自有尊严——有关〈荷塘月色〉的若干史料与评析》，《中国现代文学研究丛刊》2018 年第 12 期。

郁达夫在《中国新文学大系·散文二集·导言》中说：“朱自清虽则是一个诗人，可是他的散文仍能够贮满着那一种诗意，文学研究会的散文作家中，除冰心外，文章之美，要算他了。”抒情散文《荷塘月色》是传诵一时的名篇，二十世纪九十年代以来学界有了尖锐的批评。本文梳理《荷塘月色》的若干史料，就相关内容与评论展开探讨。

孙晓忠、廖美琳：《分家立户：小生产的大转型——民国到合作化小说中的“编户”》，《中国现代文学研究丛刊》2018 年第 12 期。

“编户齐民”是秦汉以后中华帝国重要治理政策，本文指出“户”在现代乡村治理中的重要性，并指出小户与现代文学生产的关系，分析民国乡村大户、小户与外来户的不平等关系，农业合作化时代“户”作为生产单位得到改造。通过土改和合作化时期大家庭分家叙事，赵树理写出了合作化时期的分家与传统分家，与西方现代核心家庭的差异，写出了中国小生产者转型为大生产的独特性。通过户的生产与分配和日常消费的矛盾，呈现了合作化进程中的难题。

王彬彬：《〈野草〉的创作缘起》，《文艺研究》2018 年第 1 期。

《野草》是特定时代的产物。1924 年是中国近现代史上具有转折意义的一年，从这一年起，军阀混战进入特别激烈的阶段，中国社会也进入特别黑暗的时代，民众的苦难也变得特别深重。正是在这样的时候，鲁迅写下《野草》的第一篇《秋夜》。这篇作品在很大程度上是 1924 年 9 月 15 日当夜情景的写实，却不完全是写实，而是写实与想象的融合，或者说是外界现实与心理真实的交融。《秋夜》是灵感到来、一时冲动的产物。当写作《秋夜》时，鲁迅并没有创作一部散文诗集的构想。《秋夜》写完后，鲁迅才觉得类似的文章可以写成一个系列，才有《野草》这部散文诗集。《野草》不但蕴含鲁迅对社会现实的感受、认识，更表达出鲁迅对中国社会未来走向的预感。

李永东：《身份焦虑、民族认同与洋装政治——以创造社作家为例》，《文艺研究》2018 年底 3 期。

清末至“五四”时期，中西文化的剧烈碰撞、中外民族的近距离接触和知识分子的跨国、跨文明经历，尤其是殖民入侵和国族观念的纠缠互动，使得知识分子深陷身份认同的焦虑之中。文化认同和身份意识的犹疑、焦虑，在留日的创造社作家身上表现得尤为突出。创造社作家的文化认同与民族身份的一致性被扰乱，二者产生错位。由于创造社作家不被日本社会与上海洋场尊重，他们便乔装、借用洋人身份来规避难堪的境遇。以洋装装饰民族身体既是现代事件，也是殖民事件，身份的表述随之被政治化。身份体验潜藏着革命的动因，知识分子身份的不断重构，推动着中国的社会、文化变革。

沈杏培：《中国现当代文学研究中的“强行关联法”指谬》，《文艺研究》2018 年第 4 期。

关联研究是文学研究中的基础性方法和常见类型，对于探讨文学现象之间的内在关系具有重要意义。在当下的文学研究实践中，由于研究者史料缺失、学力不逮或关联方法使用失当等原因，出现很多“强行关联”式的学术成果。其典型症状有以下几种：一是简单并举式的松散关联，缺少对研究对象之间关联方式和作用程度的深度追问；二是研究对象的关联痕迹和影响事实被悬置，造成对象之间内在逻辑的缺失，形成虚假关联；三是以庸俗实证的方法把中国作家的文学品质归结为外国渊源或某种偶然性因素，形成庸俗关联。强行关联研究的共同点是违背文学现象之间真正的关系，强行建构起虚假逻辑，表现出方法论上的主观主义和学术实践上的霸权形态。这一学术症候理应得到清理和反思。

李章斌：《重审卞之琳诗歌与诗论中的节奏问题》，《文艺研究》2018 年第 5 期。

重新审视卞之琳诗歌节奏的生效机制及其诗论中的节奏理念，可以为整个新诗节奏问题的突破提供一种思路。卞之琳试图在白话诗中恢复格律，但其格律理念并没有在其写作中真正落实。所幸他并不拘泥于格律，不仅大量使用以重复和对称为原则的种种韵律结构，也成功地运用分行、标点等不为传统韵律学所重视的节奏手段。而卞之琳在理论上也有不少洞见，使我们认识到节奏并非“一个”单一本质的现象，而是“一群”现象，包括广义节奏、韵律、格律三个层次。只有清晰地区分这些层次，才能够着手分析自由诗的节奏问题，并展望一种新的韵律学体系。

董炳月：《1933 年：杂文的政治与修辞——论《鲁迅杂感选集》及其周边》，《文艺研究》2018 年第 9 期。

瞿秋白编选的《鲁迅杂感选集》出版于 1933 年 7 月。早期共产党领导人在潜伏生活中编选鲁迅杂文，并进而建构“政治鲁迅”，这是中国现代思想史、文学史上的特殊事件。《鲁迅杂感选集》出版这一年，瞿秋白执笔的十二篇杂文经鲁迅修改、署鲁迅的笔名发表，后来被收入鲁迅的杂文集。这些杂文表达瞿秋白在《鲁迅杂感选集序言》中阐述的思想观念，标志着阶级性、政治性的“非个人作者”的诞生，而鲁迅则通过这些杂文将阶级观念、集体主义精神内化于自我之中。以《鲁迅杂感选集》与十二篇合作杂文为基础，鲁迅与瞿秋白建立起体系化的杂文文体观。

彭春凌：《关于“变化”的观念碰撞和知识生产——全球史视域下的汉译〈斯宾塞尔文集〉》，《中国现代文学研究丛刊》2018 年第 8 期。

汉译《斯宾塞尔文集》关涉着译者章太炎早期整个知识图景的建构。作为跨语际实践的结果，《斯宾塞尔文集》原文与译文的差异，能体现在十九世纪中后期，同时被“进步”的现代经验所裹挟的英、中两国的代表性知识人，跨越四十年的观念碰撞和心态抵牾。而作为全球知识生产的一个环节，《斯宾塞尔文集》位于自马戛尔尼使团访华以来英国认知中国，与鸦片战争后中国通过接触英国来认知世界，这两条接触线的交汇点上。此外，《时务报》“东文报译”的日译新词及其传播的世界知识，也影响《斯宾塞尔文集》的汉译。章太炎1902年东渡日本后，更经受了日译斯宾塞著作或反思斯宾塞浪潮的洗礼。全球史视域——这里具体指从十八世纪末到二十世纪初，英、中、日三地及它们所辐射的三种语言圈交叉和互动的历史，乃是观察《斯宾塞尔文集》及其后续知识效应时必要的方法论视域。

杨辉：《现实主义的广阔道路——论陈彦兼及现实主义赓续的若干问题》，《中国现代文学研究丛刊》2018 年第 10 期。

以《西京故事》《大树西迁》《装台》《主角》为代表的系列作品呈现出陈彦统合柳青以降之革命现实主义传统以及中国古典传统的重要特征。既坚守现实主义内在的质的规定性，在具有复杂寓意的“总体性”的宏阔视域下肯定性地回应时代的精神疑难，亦着力于塑造与“新时代”相应之“新人”形象，以充分发挥文学作为社会实践重要一维的经世功能。而其所依托之思想及审美资源，亦不局限于“五四”以降之现代传统，而有以古典思想为核心、兼容现代传统的会通古今中西的独特用心。因是之故，在古今贯通的大文学史视域中观照陈彦及其创作，且以历史化的方式重新激活现实主义文论话语的理论效力，不惟可以丰富当下文学的历史性叙述，亦可为现实主义传统的赓续提供若干重要的经验。而对“新时期”以降之文学“成规”及其知识谱系和意识形态的先验批判，是有效阐释现实主义重要一脉之当下可能的先决条件。此亦为接续“未完成”的社会主义文学传统的题中应有之义。

敬文东：《从超验语气到与诗无关——西川与新诗的语气问题研究》，《中国现代文学研究丛刊》2018 年第 10 期。

新诗该如何表达复杂的现代经验，这个问题可以从语气角度加以深刻探讨。新诗取代古典诗歌后，虽然在长相、身板和三围方面与后者大异其趣，却宿命性地携带了汉语的世俗性基因，在语气上承续了汉语的古老传统，用感叹的语气表达世俗的、人间的复杂经验。而受宗教—神学思维和《圣经》的影响，西川继承了其中的超验性训诫语气，为新诗输入了此前未曾有过的调式，得以用歌唱的方式表达情感、转换经验，丰富了新诗的表现维度。西川凭借一己之力，让一个空灵、臆想、无中生有的超验境界，在一个绝对世俗化的国度出现，从而有限度地修改了汉语的世俗特征，为汉语诗歌诉说形而上的神性世界，提供了较为坚实的基础。这算得上西川的诗歌新路数为汉语诗歌做出的贡献。但是，西川诗歌中的训诫语气，受制和无所遁形于超验和神性，而没有任何现实内容，处于自为运转的状态，难以处理复杂的现代经验。面对历史的强行进入和独一无二的现实感，西川被迫发生了两次语气转向。西川的第一次语气转向，乃是世俗性的感叹语气和超验语气有比例的相互杂糅，形成了箴言体的混杂语气。这种混杂语气，从泛道德主义的角度批判社会，为西川的诗歌提供了反讽的诗意，也为处理悖论的现实提供了新的武器和方案，丰富了新诗的表达能力。西川的第二次语气转向，是转向为说话体。但是强调浓郁的现实感和滔滔不绝的语势的说话体，并没有恰当的运转，而是有意放纵自己的潜意识，最终沦为毋需再议的、与诗无关的废话。

斯炎伟：《当代文学史料研究中的“知识化”现象》，《中国现代文学研究丛刊》2018 年第 10 期。

当代文学史料研究不时体现有一种“知识”的眼光与意识，它将“问题的探讨”降格为一种“知识的言说”，甚至是某种“常识的复述”。对常规性史料的绝对信任与过度依赖，使研究活动难脱某种特定话语之下的知识窠臼。将一些热门的学术理念视为“公理”并加以“结论”式运用，极大限制了研究活动对问题的个性化发掘。缺乏问题意识的“材料流”结构以及急于将对象“本质化”的话语模式，使研究活动成了知识的陈述或判定，从而阉割了研究主体的思想与历史的复杂。

路杨：《“表情”以“达意”——论新秧歌运动的形式机制》，《文艺研究》2018 年第 10 期。

1943 年在延安兴起的新秧歌运动，经历了从“舞”到“剧”的形式选择，虽增强了秧歌这一民间形式的表意能力，却仍隐含着观念化的形式困境。不同于案头形态的剧本，演出形态的秧歌剧实际上依靠的是动作、神情、舞步、语调、唱腔等表演形式上的“表情达意”，与乡土世界之间建立起一种“共情机制”，在怡情与移情的双重作用下将政治教化蕴蓄其中。作为一种可以共享的乡村集体娱乐，秧歌剧能够打破文字的垄断，为农民观众提供一个具有互动性和参与性的舆论空间，以“娱乐改进”的方式实现对乡村基层社会的教化式动员。以新秧歌为代表，解放区文艺的形式机制中的微观情感运作模式，将为中国革命的情感史视野打开新的问题空间。

刘岩：《双雪涛的小说与当代中国老工业区的悬疑叙事——以〈平原上的摩西〉为中心》，《文艺研究》2018 年第 12 期。

在跨媒介批评的视野中，双雪涛的小说个性化地凝聚着具有普遍意义的再现方式问题：悬疑叙事为何成为近年讲述当代中国老工业区的主要叙事形式？以《平原上的摩西》为中心，参照相关工业城市空间，细读双雪涛的小说文本可以发现，在新语境下对老工业区历史记忆的对话性重建是悬疑的直接起源。在当代文艺介入老工业区“锈带”化历史过程的最初时刻，工业废墟的直接呈现便是本雅明意义上的历史寓言书写。随着老工业区被纳入消费社会的空间生产，废墟表象被资本逻辑的霸权叙事重重编码，悬疑这一悬置霸权符码的表意实践，成为使历史重新寓言化的关键。

文学出版与阅读概况

文学报刊名录

汪静茹 辑录

报刊代号	报刊名称	刊期
1-102	文艺报	一周三报
1-115	中国文化报	日报
1-190	作家文摘	一周两报
1-220	中国艺术报	一周三报
2-3	中国戏剧	月刊
2-4	人民文学	月刊
2-25	文艺研究	月刊
2-26	文学评论	双月刊
2-35	民间文学	月刊
2-84	北京纪事	月刊
2-85	北京文学	月刊
2-102	东方少年	月刊
2-156	儿童文学（经典版）	月刊
2-161	当代	双月刊
2-163	十月	双月刊
2-203	人物	月刊
2-206	民族文学	月刊
2-209	剧本	月刊
2-210	小说选刊	月刊
2-244	《新华文摘》大字版	半月刊
2-274	诗刊	半月刊
2-275	读书	月刊
2-301	青年文摘	半月刊
2-314	作品与争鸣	月刊
2-454	戏剧—中央戏剧学院学报	双月刊
2-457	戏曲艺术	季刊
2-468	神剑	双月刊
2-545	中国作家・文学	月刊
2-653	中国作家・影视	月刊
2-667	中国现代文学研究丛刊	月刊
2-686	文学研究文摘	季刊

续表

报刊代号	报刊名称	刊期
2-760	当代电影	月刊
2-761	新剧本	双月刊
2-868	博览群书	月刊
2-869	啄木鸟	月刊
2-899	青年文学	月刊
3-22	文学报	周报
4-4	萌芽	月刊
4-7	收获	双月刊
4-119	上海戏剧	月刊
4-196	少年文艺	月刊
4-219	上海文学	月刊
4-225	故事会	半月刊
4-306	艺术世界	月刊
4-323	文艺理论研究	双月刊
4-399	故事大王	月刊
4-411	现代中文学刊	双月刊
4-425	上海故事	月刊
4-436	小说界	双月刊
4-452	上海滩	月刊
4-486	上海采风	月刊
4-516	书城	月刊
4-546	东方剑	月刊
4-560	中国比较文学	季刊
4-785	上海文化（文化批评）	双月刊
4-888	上海文化（文化研究）	双月刊
4-900	故事会（文摘版）	月刊
4-931	思南文学选刊	双月刊
6-2	天津文学	月刊
6-38	小说月报	月刊
6-39	散文	月刊
6-97	蓝盾	月刊
6-104	微型小说月报	月刊
6-107	散文·海外版	双月刊
6-111	文学自由谈	双月刊
6-139	小说月报·中篇小说增刊	季刊
6-224	微型小说月报（原创版）	月刊
6-260	快乐青春（绝妙小小说）	月刊
8-7	鸭绿江（上半月版）	月刊
8-12	海燕	月刊
8-16	芒种	月刊
8-17	诗潮	月刊

续表

报刊代号	报刊名称	刊期
8-46	中国图书评论	月刊
8-77	奇闻怪事	月刊
8 121	辽河	月刊
8-144	满族文学	双月刊
8-183	当代作家评论	双月刊
8-200	民间故事	月刊
8-221	新世纪剧坛	双月刊
8-246	中华读者	月刊
8-341	意文（散文诗世界）	月刊
8-339	博览（青年版）	月刊
8-346	晚报精华	半月刊
8-363	往事与旧闻	半月刊
8-378	精品文摘	月刊
12-1	作家	月刊
12-3	电影世界	月刊
12-8	电影文学	半月刊
12-13	延边文学（朝）	月刊
12-14	天池小小说	月刊
12-17	短篇小说	月刊
12-51	戏剧文学	月刊
12-78	参花（上）	月刊
12-99	文艺争鸣	月刊
12-115	小说月刊	月刊
12-130	杂文选刊	月刊
12-156	长白山（朝）	双月刊
12-305	长白山诗词	双月刊
12-367	参花（下）	月刊
12-501	文化时代（朝）	双月刊
12-518	文存阅刊	双月刊
12-536	参花（青春文学）	月刊
14-7	小说林	双月刊
14-16	剧作家	双月刊
14-26	青年文学家	月刊
14-49	诗林	双月刊
14-92	雪花	双月刊
14-117	文艺评论	月刊
14-124	章回小说·上旬刊·文学版	月刊
14-157	北极光	双月刊
14-171	岁月·上半月（原创版）	月刊
14-218	岁月·醒狮国学	月刊
14-291	北大荒文化	月刊

续表

报刊代号	报刊名称	刊期
14-353	石油文学	双月刊
16-7	草原（汉）	月刊
16-8	花的原野（蒙）	月刊
16-13	金钥匙（蒙）	双月刊
16-20	鸿嘎鲁（蒙）	月刊
16-43	哲里木文艺（蒙）	月刊
16-57	锡林郭勒（蒙）	双月刊
16-59	西拉沐沦（蒙）	双月刊
16-65	阿拉腾甘德尔（蒙）	双月刊
16-83	陶茹格萨茹娜（蒙）	双月刊
16-84	鄂尔多斯	月刊
16-93	潮洛蒙（蒙）	季刊
16-125	百柳	双月刊
16-150	鹿鸣（汉）	月刊
16-288	意林	半月刊
16-390	意林环球儿童文学	月刊
16-392	意林小文学	月刊
16-914	读者欣赏精华本	半年刊
16-926	读者原创版珍藏本	双月刊
18-5	青少年文学	半月刊
18-8	大舞台	月刊
18-28	民间故事选刊	半月刊
18-39	当代人	月刊
18-45	大众文艺	半月刊
18-66	长城	双月刊
18-85	散文百家	月刊
18-87	诗选刊	月刊
18-162	新文学史料	季刊
18-189	小小说月刊	半月刊
18-275	杂文月刊	半月刊
22-2	山西文学	月刊
22-18	黄河	双月刊
22-54	名作欣赏·上旬刊	月刊
22-59	民间传奇故事·上旬	半月刊
22-61	火花	月刊
22-88	对联·民间对联故事	月刊
22-89	童话大王	月刊
22-152	名作欣赏·学术刊	月刊
22-155	《小品文选刊》精华版	月刊
22-160	都市	月刊
22-167	名作欣赏·评论刊	月刊

续表

报刊代号	报刊名称	刊期
22-201	名家名作	双月刊
22-228	民间传奇故事（下旬）	月刊
22-432	娘子关	双月刊
24-3	山东文学	月刊
24-21	青岛文学	月刊
24-29	当代小说	月刊
24-84	时代文学	双月刊
24-123	百家评论	双月刊
26-30	清明	双月刊
26-76	传奇传记·文学选刊	月刊
26-98	江淮·文摘	月刊
26-176	诗歌月刊	月刊
26-177	安徽文学	月刊
28-3	钟山	双月刊
28-11	青春	月刊
28-29	雨花	月刊
28-86	翠苑	双月刊
28-161	金山	月刊
28-167	太湖	双月刊
28-222	读者·读点经典	月刊
28-261	世界华文文学论坛	季刊
28-270	扬子江诗刊	双月刊
28-271	扬子江评论	双月刊
28-310	钟山（长篇小说）	半年刊
28-479	阅读（书香天地）	月刊
32-26	西湖	月刊
32-79	江南	双月刊
32-97	野草	双月刊
32-98	山海经·故事	月刊
32-226	少年作家	半月刊
34-13	福建文学	月刊
34-23	中篇小说选刊	双月刊
34-38	台港文学选刊	双月刊
34-39	故事林	半月刊
34-73	泉州文学	月刊
34-130	厦门文学	月刊
36-5	南腔北调	月刊
36-11	故事家·第一周刊	月刊
36-14	牡丹	月刊
36-20	大观·东京文学	月刊
36-29	百花园	半月刊

续表

报刊代号	报刊名称	刊期
36-48	莽原	双月刊
36-70	散文选刊（原创版）	月刊
36-80	名人传记	月刊
36-81	时代报告	月刊
36-82	小小说选刊	半月刊
36-114	时代报告·中国报告文学	月刊
36-148	武侠故事	周刊
36-209	传奇故事·百家讲坛（红版二周刊）	月刊
36-231	故事家·第二周刊	月刊
36-319	传奇故事·百家讲坛（蓝版三周刊）	月刊
36-303	时代报告·奔流	月刊
36-630	故事家·第三周刊	月刊
38-6	长江文艺	月刊
38-33	芳草（潮版）	双月刊
38-62	中华传奇·传统版（合订本）	双月刊
38-63	写作	双月刊
38-127	知音漫客	周刊
38-134	中国故事（上）	月刊
38-159	中国故事（下）	月刊
38-197	文苑	月刊
38-222	读书文摘·经典	月刊
38-232	芳草	双月刊
38-266	中华传奇·人物	月刊
38-306	三峡文学	月刊
38-318	今古传奇·传统版（合订本）	季刊
38-319	今古传奇·纪实版（合订本）	季刊
38-323	今古传奇·故事版（合订本）	月刊
38-326	今古传奇·武侠版（合订本）	月刊
38-338	新传奇（合订本）	双月刊
38-368	读书文摘	月刊
38-415	今古传奇·人物	月刊
38-423	文学教育	半月刊
38-427	文苑·经典美文	月刊
38-429	青年博览·经典阅读（合订本）	月刊
38-438	心潮诗词	双月刊
38-441	长江文艺·选刊版·好小说	月刊
38-460	长江文艺评论	双月刊
38-452	心潮诗词·评论版	双月刊
38-513	民间故事·新故事会（珍藏本）	月刊
38-531	长江丛刊	月刊
38-548	青年博览·读者经典（珍藏本）	月刊

续表

报刊代号	报刊名称	刊期
38-559	戏剧之家	半月刊
38-563	书报文摘（合订本）	月刊
38-569	中华传奇·珍藏本（上中下）	月刊
38-822	中华传奇·人物解密（合订本）	双月刊
38-825	中华传奇·最悬疑（大字本）	月刊
38-826	中华传奇·中国大案（大字本）	月刊
42-26	芙蓉	双月刊
42-31	创作与评论	半月刊
42-40	小溪流·故事作文	月刊
42-116	散文诗（上半月）	月刊
42-150	书屋	月刊
42-154	中国文学研究	季刊
42-207	散文诗·下半月（青年版）	月刊
42-214	文学天地	半月刊
42-238	小溪流·成长校园	月刊
42-255	艺海·剧本创作	双月刊
42-309	华生文萃	月刊
42-320	湖南文学	月刊
44-3	微型小说选刊·金故事	月刊
44-11	百花洲	双月刊
44-13	星火	双月刊
44-22	微型小说选刊	半月刊
46-37	作品	月刊
46-54	广州文艺	月刊
46-90	随笔	双月刊
46-92	花城	双月刊
46-100	特区文学	双月刊
46-214	粤海风	双月刊
46-215	华文文学	双月刊
46-256	读者欣赏	月刊
46-328	佛山文艺	月刊
48-5	广西文学	月刊
48-23	红豆	月刊
48-42	三月三（故事）	月刊
48-62	南方文学	双月刊
48-75	金田	月刊
48-87	南方文坛	双月刊
52-6	延河	月刊
52-25	当代戏剧	双月刊
52-91	延安文学	双月刊
52-108	小说评论	双月刊

续表

报刊代号	报刊名称	刊期
52-110	童话世界-故事 box	月刊
52-115	美文（上半月）	月刊
52-227	美文（下半月）	月刊
54-5	飞天	月刊
54-36	北方作家	双月刊
56-1	章恰尔（藏）	季刊
56-2	青海湖	月刊
56-4	雨露风	月刊
56-22	雪莲	双月刊
56-36	意林文汇	半月刊
58-3	柯尔克孜文学（柯）	双月刊
58-6	新疆艺术（汉）	双月刊
58-39	绿风诗刊（汉）	双月刊
58-40	吐鲁番文艺（维）	季刊
58-43	绿洲（汉）	双月刊
58-47	阿克苏文艺（维）	季刊
58-57	塔尔巴哈台（哈）	季刊
58-59	哈密文学（维）	双月刊
58-61	吐鲁番（汉）	季刊
58-62	喀什噶尔（维）	双月刊
58-65	西部	双月刊
58-66	塔里木（维）	月刊
58-67	曙光（哈）	月刊
58-69	启明星（蒙）	双月刊
58-74	伊犁河（汉）	双月刊
58-77	阿勒泰春光（哈）	季刊
58-78	回族文学（汉）	双月刊
58-105	地平线（哈）	季刊
58-124	西部蒙古论坛（蒙）	季刊
58-162	哈密文学（哈）	季刊
62-1	四川文学	月刊
62-16	龙门阵	月刊
62-97	星星诗刊·诗歌原创	月刊
62-102	看电影	半月刊
62-112	四川戏剧	月刊
62-123	剑南文学	双月刊
62-130	青年作家	月刊
62-157	星星·诗歌理论	月刊
62-173	当代文坛	双月刊
62-202	星星·散文诗	月刊
62-250	散文诗世界	月刊

续表

报刊代号	报刊名称	刊期
64-2	边疆文学	月刊
64-9	滇池	月刊
64-33	金沙江文艺（汉）	双月刊
64-61	大家	双月刊
66-1	山花	月刊
66-15	南风	月刊
68-6	西藏文艺（藏）	双月刊
68-24	西藏文学（汉）	双月刊
74-2	朔方	月刊
74-27	黄河文学	月刊
74-31	六盘山文学	双月刊
78-2	红岩	双月刊
80-140	艺术评论	月刊
80-194	当代・长篇小说选刊	双月刊
80-236	读者精华版	双月刊
80-268	十月・长篇小说	双月刊
80-355	长篇小说选刊	双月刊
80-400	儿童文学（选粹版）	月刊
80-438	文学遗产	双月刊
80-526	中国作家・纪实	月刊
80-589	戏剧与影视评论	双月刊
80-664	读友	半月刊
82-106	北京文学中篇小说月报	月刊
82-168	橄榄绿	双月刊
82-205	文艺理论与批评	双月刊
82-334	民族文学研究	双月刊
82-370	传记文学	月刊
82-373	中国校园文学（青春号）	月刊
82-492	书摘	月刊
82-497	中华文学选刊	月刊
82-549	地火（汉文版）	季刊
82-772	军事故事会	月刊
82-930	当代文萃	月刊
84-5	南海学刊	季刊
84-9	椰城	月刊
84-12	天涯	双月刊

主要文学网站

汪静茹　辑录

中国文学网	http://www.literature.org.cn/
中国散文网	http://www.chinasanwen.com/
中国报告文学网	http://www.zgbgwx.com/
中诗网	http://www.yzs.com/index.html
中国作家网	http://www.chinawriter.com.cn/
中国西部散文网	http://www.cnxbsww.com/
中国少年作家班	http://www.snzjb.org/
21 世纪少年作家网	http://china.sharpwriter.net/
中国青少年文学网	http://www.zgqsnjz.com/
中国校园文学	http://www.xywx.org/
中华原创儿童文学	http://www.zh61wx.com/
中国作家杂志社网站	http://www.zgzjzzs.com/
作家网	http://www.zuojiawang.com/
作家在线	http://www.haozuojia.com/
中华诗词学会	http://www.zhscxh.com/
中篇小说选刊杂志社	http://www.zpxsxk.com/portal.php
北京文学杂志社	http://bjwx.qikan.com/
江西散文网	http://www.jxsww.com.cn/
浙江网络作家网	http://www.zjwlzx.org/
浙江小作家网	http://www.zjxzj.com/
人民文学杂志社网	http://www.rmwxzz.com/
民族文学网	http://www.mzwxzz.com/
起点女生网	http://www.qdmm.com/
火种文学网	http://www.huozwx.com/

浩阅文学网	http://www.haoread.com/
澳华文学网	http://www.aucnln.com/
守望原创文学网	http://www.sw020.com/
热点文学	http://www.lboyue.com/
西藏文学	http://xiza.qikan.com/
彝良文学	http://ylwx.qikan.com/
猫扑文学	http://www.mopwx.com/
天涯文学	https://book.tianya.cn/
白鹿书院	http://www.cnblsy.com/
潇湘书院	http://www.xxsy.net/
云雀书院	http://www.yqread.com/
蔷薇书院	http://www.qwsy.com/
南山书殿	http://www.n3sd.com/
凤鸣轩	http://www.fmx.cn/
雨枫轩	http://www.rain8.com/
长江中文网	http://www.cjzww.com/
纵横中文网	http://www.zongheng.com/
起点中文网	http://www.qidian.com/Default.aspx
创世中文网	http://chuangshi.qq.com/
天地中文网	http://www.tiandizw.com/
红薯中文网	http://www.hongshu.com/
磨铁中文网	http://www.motie.com/
大唐中文网	http://www.datangzww.com/
繁星中文网	https://www.fanxingzw.com/
恒言中文网	http://www.hengyan.com/
时代中文网	http://www.shidaizw.com/
国风中文网	http://yc.163.com/
灵阅文学网	http://www.lingyuewx.com/
飞扬文学网	https://www.fywenxue.cn/
悦读坊文学网	http://www.yuedufang.com/
半壁江文学网	http://read.banbijiang.com/
东方文学网	http://www.chinadfwx.com/
90 后文学网	http://www.90wenxue.com/

江山文学网	http://www.vsread.com/
若夏文学网	http://www.ruoxia.com/
梧桐细雨文学网	http://www.wtxy.net/
17k 小说网	http://www.17k.com/
话本小说网	http://www.ihuaben.com/
锦文小说网	http://jw.motie.com/
飞卢小说网	http://b.faloo.com/
博看小说网	http://www.bokon.net/
书海小说网	http://www.shuhai.com/
柒月书城小说网	http://www.7ysc.com.cn/
八月居小说网	http://www.bayueju.com/
九域文学网	http://www.jiuyuu.com/
时阅文学网	http://www.timeread.com/
阅路小说网	http://www.yueloo.com/
书海小说网	http://chuangshi.qq.com/
明月阁小说网	http://www.mingyuege.com/
塔读小说	http://www.tadu.com/
珊瑚文学	http://www.shanhuu.com/
九库文学	https://www.9kus.com/
酷匠网	http://www.kujiang.com/
若年网	http://www.ruonian.com/
看书网	http://www.kanshu.com/
文化读书——凤凰网	http://book.ifeng.com/
故事中国	http://www.storychina.cn/
红袖添香	http://www.hongxiu.com/
幻剑书盟	http://hjsm.tom.com/
江南杂志社	http://www.jiangnan.org.cn/
晋江文学城	http://www.jjwxc.net/
铁血读书	http://book.tiexue.net/
搜狐读书	http://book.sohu.com/
腾讯读书	http://book.qq.com/
新浪文化读书	http://book.sina.com.cn/
文章阅读网	http://www.duwenzhang.com/

逐浪网	http://www.zhulang.com/
扫花网	http://www.saohua.com/
云文学	http://www.yunwenxue.com/
萌芽	http://www.mengya.com/
青藤文学	http://www.7cd.cn/
榕树下	http://www.rongshuxia.com/
散文吧	http://www.sanwen8.cn/
散文在线	http://sanwenzx.com/
诗生活	http://www.poemlife.com/

文学活动纪事

2018年中国文学大事记

姚　明　李立云　张寅秋　辑录

1月

1月3日

60位作家驻店助书店“闪存”60天　1月3日17时30分，上海“思南书局·概念店”完美落幕。这家仅有30平方米的小书店由上海作家协会策划主办，于2017年11月5日开张，在思南广场“闪存”了60天。

“思南书局·概念店”精选1046个书籍品种、3000余册书、100多个文创品种和30余张20世纪70年代的经典唱片。从李欧梵、莫言、朱天心、陈子善、梁鸿、陈丹燕……到闭幕日的孙颙，60位作家每天16时至20时到此担任驻店店长，与读者面对面交流、为读者荐读，带来书房小物与读者分享。

“思南书局·概念店”打破了人们对书店的一贯固有印象，实现了许多人心中关于书店的梦想，既有符合“街道生活”的建筑创造性与开放性，又有体现“阅读之美”的设计陈设。书局的最大亮点“作家驻店”，为读者提供了一种比作家见面会、作家讲座等传统形式更为亲切的互动交流，形成了互相的激发，产生“化学反应”。据悉，以“思南书局·概念店”为基础，一家正式的思南书局将于4月23日世界读书日开张，将为更多爱书之人提供“理想的阅读空间”。

1月4日

“致敬海南——全国知名诗人海南行”座谈会在海口举行　中国作协副主席白庚胜，海南省作协名誉主席韩少功，海南广播电视总台台长孔德明，中共海口市委常委、宣传部部长王忠云出席座谈会并讲话。孔见、梁平、杨克、李琦、刘福春、叶明等作家诗人50余人参加了座谈会。座谈会由《诗刊》副主编李少君主持。

由《诗刊》社、海南广播电视总台、三沙卫视主办的“致敬海南——全国知名诗人海南行”采访活动是“致敬海南——海南建省办经济特区30周年诗歌征集活动”的主体活动之一。此次活动中，来自全国各地的作家诗人深入海口、琼海、陵水、三亚等市县，以亲身体验的所见所闻所感，触摸海南开放发展的脉络，探寻海南的文化内核，挖掘海南建省办经济特区30年来的自然之美、人文之美、发展之美。与会诗人表示，他们将利用此次采风活动，讲好海南故事，写好海南诗篇，宣传和反映海南特区的历史文化、社会发展、建设成就、风土人情、地理风光等，讴歌海南建省办经济特区30年来发生的巨大变化和取得的光辉成就，推介宣传海南，为海南留下一笔优质的精神财富，让诗歌成为海南的又一张文化名片，为美好新海南增添一份诗意，更好地为海南发展建设聚集向上的能量。

12卷《史铁生全集》问世 2018年1月4日，是史铁生67岁诞辰日。北京出版集团推出《史铁生全集》，以七年的精心编纂，为他献上的生者的纪念。

《史铁生全集》为2016年审核批准的国家出版基金项目，囊括已故著名作家史铁生撰著的全部作品。其中，既有广为人知的《务虚笔记》《我的遥远的清平湾》《我与地坛》等各类小说、散文随笔，也有从未发表过的诗歌、书信、读书笔记与早期创作，还有《昼信基督夜信佛》等未竟稿以及颇具情趣的传神画作。史铁生珍藏多年的读书卡片、页边笔记、手机短信、打油诗，乃至偶一为之的各类画作也首次公开。

1月5日

2017年度青海散文随笔网络平台作品排行榜揭晓 1月5日，由青海省散文报告文学学会和青海在线文化传媒共同举办的“2017年度青海散文随笔网络平台作品排行榜”1月4日揭晓，13篇作品上榜。

本次评选活动本着面向中青年、鼓励新秀的初衷，由青海省著名作家学者及文学网站编辑组成评委会，从青海日报、青海读书、昆仑文学等网络数字平台推介的初选作品中，经认真筛选、综合考量、按程序投票，刘志强的《远去的村庄》、朱嘉华的《出学，门源特有的一种习俗》、张诚的《父亲的牛家湾》、李皓的《在神山下听王的唱咏》等13篇作品上榜。

2017年度新浪好书榜揭晓 由新浪读书编辑部、专家评委与广大网友共同参与、综合评选的“新浪好书榜·2017年度十大好书”正式揭晓。任晓雯的《好人宋没用》、张翎的《劳燕》、默音的《甲马》、蕾拉·斯利玛尼（法）的《温柔之歌》、周晓枫的《有如候鸟》、赵珩的《逝者如斯：六十年知见学人侧记》、西蒙·蒙蒂菲奥里（英）的《青年斯大林》、贺雪峰的《最后一公里村庄》、袁凌的《青苔不会消失》、柳宗民和三品隆司（日）的《杂草记》等10部作品榜上有名。此外，经网友投票，严歌苓的《芳华》和李修文的《山河袈裟》获本届好书榜“人气奖”。

1月7日

中国小说学会2017年度中国小说排行榜揭晓 1月7日，由中国小说学会主办、江苏省兴化市委宣传部承办的2017年度中国小说排行榜在江苏兴化揭晓。25部上榜作品综合体现了本年度中国小说创作的精神风貌和艺术水准。

来自全国各地的21位评委，在公平、公正、准确的原则指导下，经过严肃认真、细致深入的遴选和讨论，遵循严格的投票程序，最终评出25部上榜作品。其中，刘庆的《唇典》、鲁敏的《奔月》、张翎的《劳燕》、石一枫的《心灵外史》、范迁的《锦瑟》5部作品入选长篇小说榜；王安忆的《向西，向西，向南》、陈仓的《摩擦取火》、孙频的《松林夜宴图》等10部作品入选中篇小说榜；叶兆言的《滞留于屋檐的雨滴》、毕飞宇的《两瓶酒》、钟求是的《街上的耳朵》等10部作品入选短篇小说榜。

徐兆寿小说新作《鸠摩罗什》新书分享会在京举行 由作家出版社主办的“古典传统与现代书写”《鸠摩罗什》新书分享会在北京单向空间书店举行。中国作家协会党组成员、书记处书记吴义勤，鲁迅文学院常务副院长邱华栋，北京师范大学文学院教授张柠，与《鸠摩罗什》的作者、西北师大传媒学院院长徐兆寿进行对谈，并与读者作了面对面的交流。

鲁迅文学院第三十三届中青年作家高级研讨班结业 鲁迅文学院第三十三届中青年作家高级研讨班结业典礼在京举行。来自全国各地的学员们圆满完成为期4个月的学习研修任务，顺利结业。中国作协副主席、鲁迅文学院院长吉狄马加，中国作协副主席阎晶明，中国作协书记处书记吴义勤出席结业典礼，并为学员们颁发结业证书。

吉狄马加在本届高研班总结讲话中说，本届高研班期间适逢中国共产党第十九次全国代表大会胜利召开。改革开放40年来，中国人民为之不懈奋斗和日夜企盼的全面小康即将实现，中华民族伟大复兴不再是遥不可及的梦想，这是鼓舞和振奋全国各族人民的极大喜讯，必将极大激发全国人民的凝聚力、向心力和创造力。习近平总书记在十九大报告中深刻阐释了文化和文化自信之于中华民族伟大复兴的重要意义。文艺和文学事业是中国特色社会主义文化事业的重要组成部分，作家也要从这样的高度上去理解和看待文学，将创作当成自己的中心任务，将作品作为自己的立身之本，静下心来、精益求精，把最好的精神食粮奉献给人民。吉狄马加希望学员们继续全面深入学习领会党的十九大精神和习近平新时代中国特色社会主义思想，进一步增强文化自信，坚守文学理想，始终坚持以人民为中心的创作导向，不断创造出精品力作，不断提高自身文化修养，涵养精神品格，在文学道路上砥砺前行，为满足人民日益增长的美好生活需要贡献自己的力量。

1月8日

第六届《中国作家》剑门关文学奖颁奖仪式在四川举行 1月8日至10日，第二届中国剑门蜀道诗歌节在四川剑阁开幕，举行了“千年蜀道、雄奇剑门”诗歌朗诵暨颁奖晚会、第二届中国剑门蜀道诗歌节诗歌论坛、中国蜀道文化大讲堂作家讲座及赴剑门关、翠云廊等地实地采风等系列活动。在“千年蜀道、雄奇剑门”诗歌朗诵暨颁奖晚会上，举行了《中国作家》“第六届《中国作家》剑门关文学奖”颁奖仪式，剑阁县被授予“中国作家剑门关创作基地”。

中国作协党组成员、副主席阎晶明，《中国作家》主编王山，广元市委常委、宣传部部长、市总工会主席周键，《中国作家》副主编程绍武，广元市人大常委会副主任、剑阁县委书记向永东向获奖者颁发了获奖证书。获得第六届剑门关文学奖大奖的作品是作家王姝英的长篇小说《得城记》；作家唐天马的电视文学剧本《横断山》、梅驿的中篇小说《结算》、作家张鲁镭的短篇小说《暗香》、张奇的中篇小说《马不停蹄》、凡一平的电影剧本《沉香山》获得优秀奖。“剑门关文学奖”由《中国作家》杂志社与广元市委、市人民政府联合举办，2011年度开始设立，每年评选一次，奖励由上年9月至次年10月在《中国作家》首发的作家第一部长篇小说和中篇小说。与此同时，专设电影文学剧本奖，以提升我国影视作品质量。

1月9日

作家金宇澄获台北书展小说类大奖 “2018台北国际书展大奖”得奖名单1月9日公布，上海作家金宇澄以三册一辑的《金宇澄作品选辑：轻寒·方岛·碗》获得小说类首奖。

此次大奖分为小说类、非小说类、编辑奖三项，金宇澄与台湾作家黄崇凯、周芬伶共享了小说类首奖。金宇澄本人并未来台参加发布仪式，他通过书籍出版方——台湾东美出版社总编辑李静宜表达了感谢。评审团指出，金宇澄写的是大时代的小人物故事，苍凉中见人性温暖。金宇澄获奖的作品选辑，收录作品的创作时间横跨30余年。1952年初出生的金宇澄，曾于2015年凭借《繁花》一书获得第九届茅盾文学奖。

1月10日

河北省公安文联作家专业委员会（协会）第三次理事会集中学习十九大精神 河北省公安文联作家专业委员会（协会）第三次理事会继续召开，集中学习了十九大精神。会议由河北省公安作家专业委员会（协会）副主席徐国志主持，河北省公安作家专业委员会（协会）副主席郭强带领大家学习习近平总书记在十九大报告中关于文化自信的重要论述，党的十九大代表、沧州市公安局刑警支队政治处主任、省公安文联作家专业委员会（协会）理事王红心同志为与会者作了关于十九大精神的辅导报告，河北省公安文联副主席兼秘书长、河北省公安文联作家专业委员会（协会）主席梁桐纲同各位理事就公安文化为警服务进行了座谈。大会增补李海明同志为河北省公安作家专业委员会（协会）副秘书长。会议期间，与会理事和特邀代表畅所欲言，共商公安文学为警服务的举措和规划。

江苏省作协八届四次理事会在南京召开 江苏省作协八届八次主席团会和八届四次理事会在南京召开。省作协主席范小青，省作协党组书记、书记处第一书记、副主席韩松林，党组成员、书记处书记王朔，党组成员、书记处书记、副主席汪政，党组成员、书记处书记、《钟山》主编贾梦玮，副巡视员李风宇，副主席苏童、叶兆言、周梅森、储福金、丁帆、张文宝、鲁敏、王尧、祁智、叶弥以及理事会成员出席了会议。

作家出版社新书推介会在京举行 由作家出版社主办的2018新书推介会在北京举行。中国作协党组成员、书记处书记吴义勤，作家出版社总编辑黄宾堂、副社长扈文建，作家余华，以及来自全国各地的经销商代表共计二百余人参加了本次活动。

推介会上，余华凭借《活着》获得了由作家出版社颁发的“超级畅销纪念奖”。自2008年5月起，余华将《活着》等13部作品授权作家出版社出版，累计销售总量达866.8万册。其中，《活着》的销量达到了586.9万册。

吴义勤在致辞中谈到，余华是新时期先锋文学的开创者之一，他在面对当下现实和特殊历史经验时独一无二的切入方式和强悍的叙事手法使得其作品获得了不同凡响的艺术力量和感染力量。余华也是最早“走出去”的中国当代作家之一，他的作品被翻译成四十多种语言，在美、英、澳、法、德等几十个国家出版，获得多个国际文学奖项。祝愿余华文学创作取得更大的丰收。此次活动中，作家出版社公布了2018年重点出版作品，包括贾平凹新作《山本》、《余秋雨文学十卷》、陈彦新作《主角》、谢有顺主编《精典名家小说文库》（第一辑）（第二辑），以及营造讲真话、讲道理的文学批评氛围的《烂苹果·锐批评文丛》等。

刘绪源逝世 1月10日中午，儿童文学理论家、学者刘绪源因病在上海去世，享年67岁。刘绪源曾任《文汇月刊》编辑、《文汇读书周报》副主编、《文汇报》“笔会”副刊主编。1970年开始发表作品。著有中长篇小说《“阿戆”出海》《过去的好时光》，长篇随笔《逃出“怪圈”》《人生的滋味》《体面的人生》《苦茶与红烛》，散文随笔集《隐秘的快乐》《冬夜小札》《桥畔杂记》《见山是山见水是水》，学术理论著作《解读周作人》《儿童文学的三大母题》《文心雕虎》《今文渊源》《美与幼童》等。

1月11日

梁晓声的最新长篇小说《人世间》在京首发 著名作家梁晓声的最新长篇小说《人世间》在京首发。全书逾百万字，从二十世纪七十年代写至改革开放后的2016年，堪称一部五十年中国百姓生活史，被出版界视为“一代人的时代阅历，改革开放四十年的人民总结”

《赵德发文集》在京首发 由安徽文艺出版社主办的《赵德发文集》首发式在北京图书订货会安徽馆区举行。中国作协副主席李敬泽，中国作协副主席、山东省作协主席张炜，山东省作协副主席刘海栖、李掖平，安徽文艺出版社社长朱寒冬，山东省作协副主席、本书作者赵德发参加并与读者就这套文集进行交流。安徽省新闻出版广电局党组书记、局长陈烨，安徽出版集团党委书记、董事长王民，安徽省新闻出版广电局副局长朱训义，山东作协创作室主任傅勇，安徽文艺出版社总编辑段晓静等参加活动。

1月12日

“带一本书在路上——《旅伴文库》首发分享会”在京举行 由广西出版传媒集团主办，漓江出版社承办的“带一本书在路上——《旅伴文库》首发分享会”在北京图书订货会上举行。《旅伴文库》总主编聂震宁，《旅伴文库·散文精品城际阅读》主编王剑冰参加，活动由漓江出版社总编辑张谦主持。《旅伴文库·散文精品城际阅读》一年精选七位作家的文章，配以名家或作者本人所绘插图，书籍精致小巧，极大地满足读者旅行途中易于携带的需求。扑面而来的高铁时代，令“行万里路，读万卷书”成为现实可能，是《旅伴文库》的出发点与旨归。《旅伴文库·散文精品城际阅读》将在2018年推出的作品有：刘亮程《半路上的库车》、王剑冰《水墨周庄》、朱秀海《一个人的车站》、陈彤《玻璃栈道》、董谦《种稻记》、徐则臣《去额尔古纳的几种方式》、阿德《北行记》。

《太阳深处的火焰》新书发布会在京举行 由北京十月文艺出版社主办的《太阳深处的火焰》新书发布会在中国国际展览中心举行，红柯与文学评论家贺绍俊、白烨同读者分享了他们对作品的理解与体会，活动由作家付秀莹主持。

《太阳深处的火焰》共25万字，采用复调式的结构。一条线书写的是当代知识分子坐困书城的精神困境，另一条线讲述渭北大学教授和新疆姑娘年轻时的浪漫爱情故事。谈及创作历程，红柯说，“一部长篇小说的生长期至少也该有十年二十年。生活积累如此，艺术积累亦如此。《太阳深处的火焰》最初是1988年在新疆时读到的哈萨克生命树创世神话，带学生实习穿越沙漠戈壁无数次碰到大漠红柳，2000年考察黄河中上游各民族民间艺术，剪纸与皮影艺术点燃了生命树神话和大漠红柳，直到2015年完成了长篇《太阳深处的火焰》。”

张炜新作《艾约堡秘史》在京首发 茅盾文学奖得主、中国作家协会副主席张炜“十年磨一剑”的最新作品《艾约堡秘史》首次亮相，用文学的方式，深度透视改革开放四十年来的社会变迁。

这部近30万字的长篇小说由湖南文艺出版社出版发行。小说通过一个私营企业巨头吞并风光旖旎的海滨沙岸的典型事件，聚焦当今中国经济发展与生态保护之间既高度依赖又相互纠结的尖锐现实。从二十世纪的《古船》《九月寓言》，到“中外文学史上最长的纯文学作品”茅盾文学奖巨著《你在高原》，张炜是中国当代最多产、最具影响力的作家之一，作品屡获国内外大奖。他坚持文学作品的纯度和严肃，沉入生活的“深水区”，用文学的方式审思时代大变革。

评论家认为，这一次张炜将笔触对准了改革开放以来文学创作较少涉足的题材领域，直面经济发展与自然保护、资本膨胀与人性迷失等焦点话题，以朴素明快的文学语言，给人以激荡灵魂的叩问。

毕淑敏新书《温暖的荆棘》发布会在京举办 作家毕淑敏和翻译家朱虹携首部中英双语版新书《温暖的荆棘》亮相2018年北京图书订货会，与现场读者分享了创作故事以及人生经验和感悟。本书已由天地出版社出版。书中，毕淑敏以细腻温柔而不失力度的笔触，讲述人生的孤独与困惑、迷惘与思考、痛楚与撕裂、沉沦与挣扎、无边的阴郁与微弱的光明……帮助读者积攒积极的能量，温暖心底冰冷的地方。书中的文字，全部都是她秉持着当年执手术刀时的责任感、以治病救人为无上光荣的医生之德郑重写下的，并希望它们传达出深深爱意和浓浓暖意。

首届“小十月文学奖”发布 由北京出版集团旗下《十月少年文学》杂志发起设立的“小十月文学奖”正式发布，并举行了发布仪式。《十月少年文学》主编、儿童文学作家曹文轩将担任该奖项评委会主任。曹文轩表示，希望“小十月文学奖”能推动华语儿童文学作品的创作，掀起一个个儿童文学创作高潮，激励更多的作者创作出有温度、有力度的儿童文学作品，为促进我国当代儿童文学创作发挥积极作用。“小十月文学奖”将面向全球范围征稿，征稿时间自2018年1月1日开始，至2018年3月15日结束，作品须为个人原创的未曾发表、出版过的，符合征稿条件的中文文稿。“小十月文学奖”每年评选一次，按小说、童话、散文、诗歌四种体裁进行分类评选，每个类别均设“金奖”1名和“佳作奖”3名。“金奖”奖金为3万元，“佳作奖”奖金为1万元。

1月14日

陕西省作协第六届理事会第六次会议在西安召开 陕西省作协第六届理事会第六次会议在西安召开。会议传达学习了全国宣传部部长会议精神和陕西省委宣传思想工作领导小组会议精神，通报了全省文学作品获奖、出版及发表情况，回顾总结了2017年度工作，对今年全省文学工作进行了安排部署。大会表决通过了钱远刚同志任陕西省作家协会常务副主席。中国作协副主席、陕西省作协主席贾平凹主持会议，陕西省作协党组书记、常务副主席钱远刚代表主席团作工作报告。陕西省委宣传部文艺处副处长郑宁莉出席会议。陕西省作协第六届主席团顾问、理事和各市及行业作协负责人、陕西省作协机关全体干部参加了会议。

张新颖《在词语中间》新书分享会在京举行 由作家出版社、当当阅读会、单向空间联合主办的“词语的暖意——张新颖《在词语中间》新书分享会”在京举行。中国作协副主席、书记处书记李敬泽，《人民文学》主编施战军，以及作家林白、潘采夫、文珍，连同作者张新颖参加活动，与现场近百名读者分享阅读感受，朗诵书中的诗歌。活动由本书责编、作家李宏伟主持。《在词语中间》收录了作者近30年来创作的诗歌作品，由作家出版社近日出版。张新颖以学者、批评家为人所知，内里却是一位诗人，写下了属于自己的诗歌。

“新时代：文学批评何为”研讨会暨“剜烂苹果·锐批评”文丛首发式在北京举行 会议由中国作家出版集团主办，旨在贯彻落实习近平总书记关于文艺工作的重要讲话精神，探讨文学批评的现状与发展，积极引导批评界增强社会责任感和担当精神，推动新时代文学创作与评论的健康发展。中国作协党组成员、书记处书记吴义勤出席会议并致辞。《文艺报》总编辑梁鸿鹰、作家出版社总编辑黄宾堂、中国作协创作研究部主任何向阳，以及来自全国各地的20余位评论家参加会议。会议由中国作家出版集团管委会副主任徐忠志主持。

吴义勤谈到，“剜烂苹果·锐批评”文丛是中国作协学习贯彻习近平总书记关于文艺工作重要讲话精神的重要举措，也是中国作协改进文艺批评工作的具体举措。习总书记对文艺批评提出了非常高的要求，为此，我们希望通过这套书的编辑出版对文学批评界的力量重新进行一次梳理和解释，把文学批评界敢于批评、勇于批评、敢讲真话、敢于亮剑的传统和力量组织起来，展示出来，让全社会对文学批评有一个更全面的了解、更全面的认识，对文学批评生态建设有所助益。良药苦口利于病，忠言逆耳利于行，只有真正敢于批评、褒优贬劣、激浊扬清，文艺创作才能越来越好，就像鲁迅所说的那样，要做“剜烂苹果”的工作，烂的剜掉，好的留下。

1月15日

中国作协举办省级作协行业作协负责人专题研修班 强调坚定自觉地用党的十九大精神指导文学事业和作协工作创新发展 1月15日至16日，中国作协在京举办省级作协和行业作协主要负责人深入学习贯彻党的十九大精神专题研修班。此次研修班是中国作协党组学习贯彻党的十九大精神和习近平新时代中国特色社会主义思想的一项重要安排。研修班围绕深入学习贯彻党的十九大精神和习近平总书记关于文艺工作的一系列重要论述，研究推动文学事业和作协工作的创新发展。中国作协党组书记、副主席钱小芊主持并讲话。中国作协党组成员、副主席吉狄马加作研修班小结，中国作协党组成员、副主席李敬泽介绍了2018年重要文学活动安排。中国作协党组成员、副主席阎晶明，党组成员、书记处书记吴义勤，各省区市和新疆生产建设兵团作协、延边作协党组主要负责同志，各行业作协主要负责同志，中国作协各单位各部门主要负责人等参加研修班。研修班安排了分组讨论和大会交流。

林夕散文集《你必有一样是出色的》研讨会在京召开 大连籍作家林夕散文集《你必有一样是出色的》研讨会在京召开。茅盾文学获得者、八一电影制片厂副厂长柳建伟，制片人、导演、编剧张军安，北京沧浪文化公司董事长胡足青，作家赵大河、汪玥含、谷禾、冰峰、何南等嘉宾到会并做了精彩发言。会议由本书责编陈红主持。陈红向大家介绍，林夕这本散文集是人民日报出版社2017年推出的名家文丛中的一本，这套丛书共收录了孙犁、李鸣生、毕淑敏、艾青、顾城、海子等十多位著名作家、诗人的作品，主要针对青少年读者。林夕的散文观点新锐、语言清新、文风独特，在广大读者特别是青年读者中很有影响，因此入选了这套名家文丛。

1月16日

中国作协"到人民中去"红色文学轻骑兵走进江西 由中国作协主办，江西省作协、南昌市文联、南昌市作协协办的"到人民中去"红色文学轻骑兵江西行活动在昌举行，网络作家阿菩受邀进行了题为"网络小说消费特性下的文体变化"的文学公益讲座。60余名来自社会各界的南昌市文学爱好者现场聆听了讲座。活动由江西省作协驻会副主席曾清生主持。曾清生介绍了中国作协"到人民中去"红色文学轻骑兵活动的整体情况，并现场解答了关于江西网络文学发展的现状的提问。现场听众普遍认为，中国作协、江西省作协、南昌市文联、南昌市作协能组织这样的高质量、权威性的文学公益讲座，让普通的文学爱好者分享到十分丰盛的文化大餐，是一件服务社会服务人民的有效举措。青年网络文学作者张炉表示，十几个网络作者有幸参加这一活动，在聆听阿菩老师对网络作者生存现状的分析后，非常有感触，也非常感动于中国作协、江西省作协为网络作者所给予的帮助和扶持，希望以后能多参加这样的公益活动。

1月17日

中共中国作协机关党员代表大会举行 选举产生新一届中共中国作协机关委员会和机关纪律检查委员会 1月17日，中国共产党中国作家协会机关党员代表大会在京举行。中国作协主席铁凝，中国作协党组书记、副主席钱小芊出席。中央直属机关工委委员、组织部部长付咏中，中国作协党组成员、副主席阎晶明，中国作协副主席何建明，中国作协党组成员、书记处书记吴义勤出席会议。中国作协党组成员、副主席、机关党委书记吉狄马加主持会议。

会议审议通过了机关党委工作报告和机关纪委工作报告，选举产生了新一届中共中国作家协会机关委员会和机关纪律检查委员会。石一宁、吉狄马加、李梅、李霄明、吴义勤、邱华栋、陈德龙、梁海春、梁鸿鹰当选为第八届机关党委委员，吉狄马加为书记，李霄明为常务副书记，李梅为副书记。李朝全、李锦琦、张亚丽、陈德龙、徐忠志当选为第五届机关纪委委员，陈德龙为书记。

“新世纪中国当代作家、作品海外传播数据库”项目启动仪式暨“首届文化自信与文学传播”论坛在京举行 二十一世纪以来，随着中国综合国力的日益增强、文化软实力的大幅提升，中国文学正前所未有地与世界发生着越来越深的关联。加快“走出去”步伐成为中国文学的必然诉求。为了推动中国作家作品在海内外的广泛传播，推广明确的中国作家群体概念以及层次分明的中国作品图谱，1月17日，“新世纪中国当代作家、作品海外传播数据库”项目启动仪式暨“首届文化自信与文学传播”论坛在北京举行。中国作协副主席阎晶明、北京语言大学校长刘利、中国文化对外传播研究中心主任黄卓越、中国外文局对外传播研究中心副主任于运全、《小说选刊》副主编王干出席启动仪式并致辞。活动由中国文化译研网负责人徐宝锋主持。

哈尔滨文学创作所2017—2021年度签约驻地作家大会在哈尔滨召开 会议由哈尔滨市文联副主席、作协主席唐飙主持。市作协副秘书长朱珊珊宣读了签约方案，哈尔滨文学创作所副所长王若楠与合同制作家进行了签约。段久颖、廉世广、刘淑芝（刘镝）、孙彦良（香客）、孙艳萍（梵可）、吴志超（吴半仙）、徐凤宁、仉立国（老长）、赵琦（大可）、张晓光、张育新11位作家进行了现场签约。会上，各位签约作家畅谈了自己的创作想法和规划。

“浙水千秋·水之梦”原创主题文学大赛在杭州举行颁奖典礼 由浙江省作家协会、浙江日报报业集团、中国农业银行浙江省分行联合主办的“浙水千秋·水之梦”原创主题文学大赛在杭州举行颁奖典礼。高鹏程的《致一条河流》、潘孝平的《蒲潭，百里鳌江上的一枚翠玉》、方刚的《诗意骑游在松阴溪绿道》和陈浩天的《绿水，旧曾谙》、赵越的《青蛙家的好日子》、游珑菲的《小水滴找家》等6篇作品分别获得大赛成人组、学生组一等奖，另有30余篇作品获其他奖项。

1月18日

江苏省作协“红色文艺轻骑兵”惠民小分队走进镇江 为贯彻落实党的十九大精神，进一步丰富城乡群众文化生活，推动广大文学工作者走进人民、拥抱生活、扎根基层、服务群众，创作出人民群众喜闻乐见的文学作品，为广大基层群众送去欢乐和关怀，1月18日至19日，江苏省作协组织开展了“我们的中国梦”文化进万家——文学惠民下乡活动。江苏省作协、镇江市文联、镇江市作协、镇江新区宣传部有关领导，以及来自江苏省作协的作家、评论家等二十多人组成的新时代“红色文艺轻骑兵”惠民小分队，走进镇江的学校、图书馆、残疾人托养中心以及农村书屋，为当地群众带去丰富的精神食粮。

中国作协“到人民中去”红色文学轻骑兵活动走进恩施 中国作协“到人民中去”红色文学轻骑兵活动走进恩施，与恩施本土作家、文学爱好者就新时代下的诗歌创作进行双向交流。开展此次活动旨在学习贯彻习近平总书记重要指示精神，引导广大文艺工作者争做新时代“红色文学轻骑兵”，深入生活，扎根人民，创作更多接地气、传得开、留得下的优秀作品。活动中，《诗刊》杂志社负责人李少君发表了题为《百年新诗与新时代诗歌建设》的演讲。李少君谈到，文学创作首先应加强文化自信建设，从我国优秀的传统文化中汲取养分。文学需要人民，人民也需要文学，要走进基层，走进人民，在文学创作中践行群众路线。演讲结束后，大家展开交流。不少诗人即兴朗诵了自己创作的诗歌，以诗会友、以诗达情、以诗连心，现场气氛十分热烈。

中国作协举办“到人民中去”红色文学轻骑兵走进河北 在平山县举办的中国作协“到人民中去”红色文学轻骑兵河北行活动上，河北省作协副主席李延青为平山县第二中学师生及当地文学爱好者进行文学讲座。河北省作协副主席李延青以“河北现实主义文学传统和新时代的题材优势”为主题，为平山县第二中学的部分师生及当地文学爱好者进行了一场生动的文学讲座。李延青回顾了河北文学深厚的现实主义传统，追忆了孙犁、梁斌、田间、贾大山等老一辈文学家坚持以人民为中心的创作导向的文学自觉和精神风范，号召广大文学爱好者把握新时代，抢抓新机遇，在深入生活、扎根人民中进行无愧于时代的文艺创造。此次活动为中国作协“到人民中去”红色文学轻骑兵活动的重要组成部分。春节前夕，中国作协还将组织多支文学小分队深入乡镇、社区、工矿、校园、军营等基层单位及老少边穷地区，开展文学公益讲座、文学作品鉴赏和互动交流活动，服务社会，服务人民。

1月19日

作协老同志联谊迎新春 1月19日，“2018年中国作协老同志新春联谊会”在京举行。中国作协的老领导、离退休老同志等百余人欢聚一堂，共同庆贺过去一年我国文学事业取得的成就，迎接新时代文学的美好未来。中国作协党组成员、副主席吉狄马加出席联谊会。他在致辞中代表铁凝主席、钱小苄书记和作协党组书记处向大家致以诚挚的新春祝福，对大家长期以来对作协工作的关心和支持表示感谢。联谊会上，老同志们畅谈文学，共叙情谊，还自编自演了丰富的文艺节目。诗朗诵、京歌、舞蹈和歌曲独唱、合唱等精彩节目生动展现了老一辈文学工作者们的风采，而年轻的作协青年代表也奉献了精彩的诗朗诵。大家在交流中互相祝愿身体健康、家庭幸福，也祝愿作协工作开拓新局面、文学事业进一步繁荣兴盛。

中国作协“到人民中去”红色文学轻骑兵活动走进国网四川电力系统 中国作家协会“到人民中去”红色文学轻骑兵四川电力行活动在四川成都天府新区供电公司举行。

中国作协《长篇小说选刊》主编、作家付秀莹深入国网四川省电力公司天府新区供电公司，做了以《文学如何表达生活》为题的文学讲座。上午9点，活动正式开始，付秀莹结合自己的亲身写作经历、经验作讲座，就作家如何认识生活、理解生活、表达生活做了生动详细的讲述，与在场的电力作协会员和文学爱好者们进行互动交流。中国电力作协四川分会会员及电力系统文学爱好者100余人听取讲座，参加创作座谈。

1月20日

湖南省首届生态自然文学创作研讨会举行 由湖南省作家协会、湖南省林业厅共同主办的湖南省首届生态自然文学创作研讨会在湖南省林业种苗中心举行。来自全省的生态自然文学作家及专家学者等30多人，共同探讨新时代湖南生态自然文学的现状与未来。

首届中国工业文学作品大赛获奖作品揭晓 首届中国工业文学作品大赛颁奖典礼在北京隆重举行。全国政协常委、经济委员会副主任、工业和信息化部原部长、中国工业经济联合会会长李毅中，工业和信息化部原党组成员、中央纪委驻部纪检组原组长金书波，中国作协名誉副主席、全国政协委员廖奔等出席并为获奖作者颁发荣誉证书，工业和信息化部总经济师王新哲出席并致辞。

第三届单向街·书店文学奖颁奖礼在京举办 由单向空间、单读、单向街公益基金会联合主办的第三届单向街·书店文学节，在历经一个多月的演讲、沙龙、工作坊、派对、展映等活动后，于1月20日在北京迎来闭幕典礼暨第三届单向街·书店文学奖颁奖礼。西川、陈冠中、止庵、许知远、阿乙、梁鸿、李静睿、双雪涛、赵松、范晔等多位作家、批评家出席颁奖。在颁奖礼中，作家、单向空间创始人许知远在开场作了主题演讲，他提到，单向街·书店文学奖的创立，就是为了鼓励新一代的作者在巨变中重新获得穿透时代的思想和写作能力。本次年度青年作家由双雪涛获得，颁奖词中提到，他在新作《飞行家》中表现出“愈发精巧、成熟的驾驭能力”“为中国当代小说展示出新的可能性”。致力于鼓励新兴创作团体的“年度新声”奖颁给了皮村文学小组，这群热爱文字的劳动者，在当代文学谱系以外写出了更宽阔的世界，写出了真正的文学。

1月22日

中国作协党组传达学习党的十九届二中全会精神 1月22日，中国作协党组书记钱小芊主持召开中国作协党组会议，传达学习习近平总书记在党的十九届二中全会上的重要讲话和全会精神，中国作协党组成员吉狄马加、李敬泽、阎晶明、吴义勤参加会议。

会议指出，党中央对宪法修改工作的高度重视，充分表明了我们党全面依法治国的坚定决心，体现了坚持党的领导、人民当家作主、依法治国的有机统一。宪法修改的内容，充分反映了我们党理论创新、实践创新和制度创新的成果，使我国宪法能够更好地表达人民意志，更好地发挥中国特色社会主义制度的优势，为新时代坚持和发展中国特色社会主义和国家长治久安提供了有力的宪法保障。中国作协党组完全赞成和坚决拥护党中央的重大决策部署。

中国作协“到人民中去”红色文学轻骑兵活动走进西藏山南 1月22日，由中国作协主办，西藏作协协办的“到人民中去”红色文学轻骑兵山南行活动在西藏自治区山南市举行，由西藏文联巡视员、作协常务副主席吉米平阶、《西藏文学》主编次仁罗布、《西藏文艺》编辑拉央罗布组成的作家和文学刊物编辑小分队就文学创作与基层文学爱好者进行辅导和交流。山南市和周边地区写作者、文学爱好者共计70余人参加了此次活动。

鲁院第三十期少数民族文学创作培训班结业 1月22日，鲁迅文学院第三十期少数民族文学创作培训班结业典礼在京举行。中国作协副主席、鲁迅文学院院长吉狄马加出席结业典礼，并为学员们颁发结业证书。吉狄马加围绕深入学习贯彻党的十九大精神和习近平文艺思想为学员们作了专题讲座，并作本期培训班总结讲话。他说，如今我们正处在决胜全面建成小康社会、夺取新时代中国特色社会主义伟大胜利的关键时期，更需要全国各民族同胞共同努力，尤其是在时代蓬勃发展的今天，走中国道路、弘扬中国精神、凝聚中国力量，是每一位文学工作者的神圣使命。唯有如此，才能铸就中华民族强大的民族凝聚力与文化创造力。吉狄马加希望学员们继续深入学习党的十九大精神，认真领会习近平新时代中国特色社会主义思想，坚持为人民写作，不断提高自身的写作水平，更好地传承各民族的文化传统，勇于进一步开拓创新，为我国文学事业的繁荣发展作出贡献。

1月23日

国家新闻出版广电总局与中国作协共同推介24部网络小说 1月23日，国家新闻出版广电总局和中国作家协会在北京联合发布2017年优秀网络文学原创作品推介名单，《复兴之路》《岐黄》《草根石布衣》《全职妈妈向前冲》《诡局》《恩将求抱》《别怕我真心》《如果深海忘记了》《糖婚》《秋江梦忆》《心照日月》《交换吧，运气!》《夜旅人》《武林大爆炸》《完美世界》《雪鹰领主》《择天记》《原始战记》《君九龄》《万古仙穹》《华簪录》《朱颜·镜》《天域苍穹》《太玄战记》等24部作品入选。

中国作协“到人民中去”红色文学轻骑兵走进黑龙江省漠河县 1月23日，由中国作协主办，黑龙江省作协、大兴安岭地委宣传部协办的“到人民中去”红色文学轻骑兵黑龙江漠河行文学公益讲座活动在漠河举行。本次活动由中国作协创研部原副主任、著名作家蒋巍，奔赴祖国北疆边陲漠河县进行文学讲座、文学作品鉴赏和互动交流。

王蒙新编“太阳鸟十年精选” 由王蒙担任主编的“太阳鸟文学年选十年精选”系列图书与读者见面。“太阳鸟文学年选”是辽宁人民出版社于1998年开始创建的文学品牌，由著名学者王蒙出任丛书主编。本套丛书包括中篇小说、短篇小说、散文、随笔、杂文、诗歌六大分卷，编委及各分卷主编皆为文学领域卓有建树的专家学者。至2017年，这套文学年选已经连续出版了20辑，已累积成一个多达119本、涵盖几千部文学作品的三千多万字的中型文库。这套书包括杨绛、史铁生、余光中、陈忠实、贾平凹、铁凝、张承志、余华、韩少功、王安忆、苏童、周大新、格非、迟子建、麦家等知名作家的作品。

1月24日

中国作协“到人民中去”红色文艺轻骑兵走进巧家 1月24日，中国作协“到人民中去”红色文艺轻骑兵走进巧家。中国作家协会副主席、中国报告文学学会会长何建明与巧家县各界文艺爱好者进行座谈。中国报告文学学会理事王鸿鹏，昭通市作协主席夏天敏，市文联主席吕亚平冯义刚，巧家文化名人邹长铭等参加座谈。

1月25日

2017年10位作家入选长江传媒湖北草根作家培养计划 1月25日，湖北草根作家培养计划“长江杯”征文比赛2017颁奖典礼暨2018启动仪式在湖北武汉举行，此次会议，回顾了过去一年草根作家培养计划取得的阶段性成果，为获奖作家颁发了获奖证书，启动了2018年“长江杯”征文比赛。湖北省作家协会副主席陈应松，湖北省作家协会创研部主任钱道波，《长江文艺评论》副主编蔡家园，湖北草根作家培养计划导师阿彩及作者代表等嘉宾出席。

1月26日

纪念《哥德巴赫猜想》发表四十周年暨新时代科技题材创作座谈会在京举行 为纪念《哥德巴赫猜想》发表40周年，弘扬文学参与时代与社会生活的精神，由《人民文学》杂志社主办的“纪念《哥德巴赫猜想》发表四十周年暨新时代科技题材创作座谈会”1月26日在京举行。中国作协副主席李敬泽，《人民文学》前副主编周明，中国少数民族作家学会常务副会长叶梅，《人民文学》副主编徐坤，《中国科学报》社长总编辑陈鹏，中科院科学传播局科普与出版处处长徐雁龙以及赵瑜、徐剑、彭程、宁肯、李朝全、刘琼、赵雁、王国平等与会研讨。座谈会由《人民文学》主编施战军主持。

1月27日

重庆新诗学会召开2018年年会 1月27日，重庆新诗学会2018年年会暨“银河之星”颁奖会在重庆市作协召开。重庆市作家协会党组书记、副主席辛华，重庆市作家协会副主席蒋登科，重庆市文联荣誉主席陆棨，重庆市作协荣誉副主席王明凯、李钢、梁上泉、张继楼，重庆新诗学会会长傅天琳，重庆新诗学会会员及诗歌爱好者共100余人参加会议。

中国作协“到人民中去”红色文学轻骑兵活动走进贵州毕节 1月27日至28日，中国作协副主席高洪波一行3人组成的中国作协“到人民中去”红色文学轻骑兵小分队走进毕节，开展文学公益讲座、创作座谈会和相关主题实践活动。活动由贵州省作协党组书记、副主席张绪晃主持。毕节市文联主席刘群峰、毕节市作协主席杨春明等出席有关活动，毕节市、赫章县、毕节国税文联、作协及周边区县文学爱好者百余人参加活动。

中国作协“到人民中去”红色文学轻骑兵走进内蒙古苏尼特右旗 1月27日上午，由中国作家协会主办，内蒙古作家协会、锡林郭勒盟文联承办，锡林郭勒盟作家协会、苏尼特右旗文联协办的“到人民中去”红色文艺轻骑兵苏尼特右旗行活动在西苏旗举办。鲁迅文学院常务副院长邱华栋，内蒙古作家协会主席满全，内蒙古作家协会副秘书长赵富荣，锡林郭勒盟文联副主席、作家协会主席阿拉塔，西苏旗旗委常委、宣传部部长聪美等领导出席活动。西苏旗作家协会会员、文学爱好者近50余人参加了会议。

1月28日

“新时代·新征程·新福州”文艺创作系列活动之《诗想长安》分享会在福州举行 1月28日上午，福建师范大学南方诗社诗集《诗想长安》分享会在福州文艺家之家举行。福建师范大学教授、博士生导师孙绍振领衔，福建省学者、诗人等50余人共同参与活动，探索青年诗人成长与福州诗歌发展的关系。

1月29日

“北大培文杯·新概念青春联盟论坛”在北京大学举行 1月29日，“北大培文杯×新概念青春联盟论坛”在北京大学举行。此次论坛是继上海“以文学之名，共赋青春——大赛作品集联合发布”活动之后，北大培文杯全国青少年创意写作大赛与全国新概念作文大赛联合举办的又一重要活动。

1月30日

中国作协召开2018年全面从严治党工作会议 1月30日，中国作协召开2018年全面从严治党工作会议，总结2017年工作，对2018年全面从严治党和党风廉政建设工作进行部署。中国作协主席铁凝出席会议。中国作协党组书记钱小芊、中央纪委驻中央宣传部纪检组组长贾育林出席并讲话。中国作协党组书记处吉狄马加、李敬泽、阎晶明、吴义勤，中央纪委驻中央宣传部纪检组罗明成等出席会议。

钱小芊在讲话中说，一年来，中国作协党组及基层各级党组织认真学习贯彻习近平新时代中国特色社会主义思想和党的十九大精神，自觉承担起团结引领广大作家和文学工作者听党话、跟党走的政治责任。坚持党要管党，狠抓全面从严治党两个责任，落实意识形态工作责任制和党建工作责任制，以巡视整改工作为着力点，压实全面从严治党的主体责任。以作风建设为着力点，锲而不舍落实中央八项规定精神。以深化作协改革为着力点，不断增强作协工作的政治性先进性群众性。坚持把纪律和规矩挺在前面，扎紧制度笼子和筑牢纪律防线，不断推进中国作协全面从严治党工作，为中国作协各项工作提供了坚实的思想保证、政治保证和组织保证。

中国作协“到人民中去”红色文学轻骑兵活动走进新疆麦盖提 1月30日至2月1日，新疆作协常务副主席、中国作协诗歌委员会委员沈苇一行3人组成的中国作协“到人民中去”红色文学轻骑兵小分队走进喀什地区麦盖提开展文学讲座、创作座谈会和相关主题实践活动。以“旷野诗经——致敬刀郎木卡姆”为主题的文学公益活动在麦盖提县巴扎结米乡阔什艾肯村举行。活动采取了讲座与座谈相结合的形式。沈苇结合自己的田野调查、刀郎木卡姆歌词研究和诗歌创作实践，进行了精彩的主讲。

中国作协“到人民中去”红色文学轻骑兵活动走进火箭军基层部队 1月30日，中国作协“到人民中去”红色文学轻骑兵军营行活动在火箭军北京某基层部队举行。八一电影制片厂副厂长、中国作家协会主席团委员柳建伟以《让人生与时代同频共振》为题进行文学公益讲座，并与现场官兵进行互动交流。火箭军某部150余名官兵参加活动，中央军委政治工作部宣传局干事丁小炜出席活动。

广东省金融文学艺术界联合会成立 东省金融文学艺术界联合会及下属书协、美协、摄协三个专业协会成立会议在广州举行。中国金融文联、广东省总工会、广东金融工会、广东省金融办、广东省文联等有关部门以及50多个会员单位的代表出席了会议。

1月31日

湖南文学研究中心揭牌仪式在长沙举行 1月31日上午，湖南文学研究中心揭牌仪式在湖南省社会科学院举行。湖南省社会科学院党组书记、院长刘建武，省作协党组书记兼常务副主席龚爱林，省社会科学院党组成员、副院长贺培育等领导出席。省社会科学院、省作协等50余位专家、学者参加会议。揭牌仪式由贺培育主持。

2月

2月2日

2018年中国作家协会迎春茶话会在京举行 戊戌新春即将到来之际，2月2日下午，2018年中国作家协会迎春茶话会在北京举行。中国作协主席铁凝出席茶话会并致辞。中国作协党组书记、副主席钱小芊主持茶话会。吉狄马加、阎晶明、吴义勤等中国作协党组书记处同志，同翟泰丰、高洪波、束沛德、金坚范等在京的400余位老作家老同志欢聚一堂，畅叙友情，共话新春。

铁凝在致辞时说，刚刚过去的2017年，是我们党和国家发展进程中具有里程碑意义的一年，党的十九大胜利召开，文学界高举旗帜、砥砺前行。这一年，是中国作协九代会召开后的第一年，是文学事业取得新成就、开辟新局面、进入新阶段的一年。以习近平同志为核心的党中央对文学事业高度重视，对文学界和作协给予巨大信任、关怀、期待和鼓舞，这是中国文学界的共同荣光。过去的一年，中国作家协会深入学习宣传贯彻党的十九大精神和习近平新时代中国特色社会主义思想，对习近平文艺思想的学习、研讨，构成了整个文学界过去一年的重要主题。我们深入贯彻落实党的群团工作会议精神，扎实开展巡视整改工作，突出抓好意识形态工作，党的建设得到进一步加强。过去的一年，中国作家协会开展了一系列主题鲜明、内容丰富、形式多样、组织周密的文学活动，许多活动受到文学界和社会舆论的关注与好评。

中国文学丛书在古巴实现版权输出 新世界出版社和古巴艺术与文学出版社就“中国文学”丛书古巴地区西文版在第27届哈瓦那国际书展现场举行版权签约仪式。新世界出版社总编辑张海鸥表示，新世界出版社2018年将把走出去的重点放在中国现当代经典文学版权输出上，将推动王蒙的经典作品《这边风景》的土耳其文版、阿拉伯文版、韩文版在海外落地。

中国作协“到人民中去”红色文学轻骑兵陕西延安行活动在延川举行 2月2日，中国作协“到人民中去”红色文学轻骑兵陕西延安行活动在延川举行。《人民文学》主编、中国作协主席团委员施战军作了“伟大传统与新时代文学”为主题的文学讲座，并与在场的文学爱好者进行了互动交流。延川县委常委、宣传部部长党晓明，陕西作协副秘书长、创联部主任王晓渭，县文联、作协及部分文学爱好者100余人参加活动。讲座由陕西省作协副主席、延安大学文学院院长梁向阳主持。

2月3日

中国作协“到人民中去”红色文学轻骑兵公益活动正在福建省龙岩市举行 2月3日下午，福建省龙岩市人民会堂新闻发布厅里座无虚席，一场别开生面、精彩纷呈的中国作协“到人民中去”红色文学轻骑兵公益活动正在这里举行。作家、评论家、福建省文联主席南帆为龙岩的作家和文学爱好者送来了一场文学讲座《小说与时代生活》，深受作家和文学爱好者的欢迎。

2月4日

肖亦农长篇小说《穹庐》改稿会在呼和浩特召开 2月4日，长篇小说《穹庐》改稿会在呼和浩特召开。内蒙古文联主席特·官布扎布，作家出版社总编辑黄宾堂，内蒙古作协主席满全，作家出版社编辑部主任兴安，《穹庐》作者、内蒙古作协名誉主席肖亦农，作家布仁巴雅尔，评论家包斯钦，内蒙古作协副主席额尔敦哈达等参加会议。

第四届中国诗歌春晚在京举办　2018第四届中国诗歌春晚4日在北京举行。晚会特意设置了致敬著名诗人余光中的环节，现场观众合诵《乡愁》。晚会按照历史的脉络，分为《序·总把新桃换旧符》《诗经楚辞源流长》《魏晋风骨桃花源》《唐诗宋词共芬芳》《文化自信铸脊梁》《诗履印处梦飞扬》《爱与乡愁同苍茫》《尾声·万紫千红总是春》8个部分。著名朗诵家瞿弦和、张筠英联袂朗诵艾青名作《我爱这土地》，著名朗诵家虹云、刘纪宏带领青年朗诵家们一同演绎了《中国梦·沈阳颂》节选《国徽昭示的光荣梦想》。作为一项公益性文化活动，中国诗歌春晚特别关注弱势群体，特意邀请由盲人组成的北京光明之声朗诵团合诵索青的诗歌《我是你的眼》。中国诗歌春晚顾问、著名诗人余光中曾三次为中国诗歌春晚题词。当台上的诗人领诵余光中的代表作《乡愁》，台下全体观众千人深情合诵，感人肺腑，成为晚会的“泪点”。压轴节目是数十人集体朗诵百行长诗《中国，我们重扬你自信的诗帆》。

2月6日

海南省文学院举办新春首场专题研讨会　2月6日下午，海南省文学院在该院举办“海南‘文化皖军’文学”专题研讨会，来自海南大学、海南师范大学的文学与评论名家以及我省著名作家、诗人，对南方出版社出版此前发行的《海南：文化皖军第一季（文学卷）》一书及其六位作者进行了评点，对地方商会支持生产文化产品助力海南文学事业发展的新现象进行了深入探讨。

山东省作协召开第七次代表大会　2月6日至8日，山东省作家协会第七次代表大会在济南召开。中国作协党组书记、副主席钱小芊出席开幕式并致辞。山东省委书记、省人大常委会主任刘家义出席开幕式并讲话。

钱小芊在致辞中代表中国作协向大会表示热烈祝贺，对山东文学艺术繁荣发展取得的成就给予高度评价。大会深入学习贯彻习近平新时代中国特色社会主义思想和党的十九大精神，回顾总结了山东第六次作代会以来全省文学事业所取得的丰硕成果和宝贵经验，研究部署今后五年工作。大会审议通过了姬德君代表山东省作协六届委员会所作的工作报告和修改后的《山东省作家协会章程》。黄发有当选为山东省作协主席，姬德君、李军、葛长伟、陈文东、刘玉栋、王方晨、李发成（铁流）、孙书文当选为副主席，张继、戚慧贞（东紫）、王秀梅、张晓楠当选为主席团委员。

《2017湖南报告文学年选》首发　2月6日，由湖南省报告文学学会选编、湘潭大学出版社出版的《2017湖南报告文学年选》在长沙首发。编辑出版年选，是湖南省报告文学学会为繁荣发展文学事业设立的一项重点工程，旨在集中展示作家创作成果，促进文学精品创作，为广大读者和文学评论工作者研究湖南报告文学和报告文学作家作品提供系统、翔实的资料。据介绍，《2017湖南报告文学年选》集中梳理和归纳了2017年度湖南报告文学作家创作成果。该年选的作品从全国数十种文学期刊和公开出版的湖南报告文学作家的作品中几经遴选，收录了余艳、纪红建、刘晓平、甘建华、张雄文、胡勇平、韩生学、彭晓玲、王丽君、何宇红、高汉武等作家的作品，共计20余万字。所选作品选题集中在红色历史、社会热点、民生、军事科技等题材领域。

2月20日

驻马店籍在外青年作家座谈会召开 2月20日上午，驻马店籍在外青年作家座谈会在驻马店市委宣传部会议室召开。会上，韩祖和首先代表市文联致辞，对各位驻马店籍在外青年作家莅临本次座谈会表示欢迎，对驻马店籍在外青年作家为驻马店增光添彩表示感谢。他说，市文联将紧紧围绕四大功能，全力以赴做好各项服务工作。胡红一以《拜文学所赐》为主题进行发言。他从自己的经历谈起，娓娓道来，真切感人，最后建议各位青年作家向茅盾文学奖和鲁迅文学奖发起“集体冲锋”。

2月22日

《射雕英雄传》英译本问世 中国知名武侠小说《射雕英雄传》英译本第一卷2月22日由英国麦克莱霍斯出版社面向全球发行出版。这是该书首次被译成英文出版。这本400多页的译作封面正中画有一只展开的黑色翅膀，上方印着第一卷的英文译名《英雄诞生》，旁边配以中文书写的“金庸”。

2月24日

《扬子江评论》2017年度文学排行榜发布 2月24日，由《扬子江评论》主办的2017年度文学排行榜新鲜出炉。这是国内首次由文学评论刊物推出的年度文学排行榜，旨在通过评论家的共识视野去发现大时代里具有大格局、大气象的作品，推动当代文学健康繁荣发展。

据悉，《扬子江评论》2017年度文学排行榜的出炉经过初评、终评两个阶段。初评阶段的提名评委由38位中青年批评家和6位一流文学期刊主编组成，共有89家期刊和出版社的562部作品被提名。根据提名票数，最终入围终评的有长篇小说10篇，中篇小说、短篇小说、诗歌、散文随笔各20篇（首）。终评评委由15位全国知名的、权威的批评家、学者、权威评论刊物主编组成，根据初评阶段提交的入围名单，经过严肃、认真的讨论、投票，最终形成此次《扬子江评论》2017年度文学排行榜。

《扬子江评论》2017 年度文学排行榜

长篇小说（5 部）

1. 石一枫《心灵外史》，《收获》2017 年第 3 期
2. 赵本夫《天漏邑》，人民文学出版社 2017 年 1 月
3. 刘庆《唇典》，《收获》2017 年长篇专号（春卷）
4. 杨铁平《世界的光》，《锺山》2017 长篇小说 B 卷
5. 李宏伟《国王与抒情诗》，中信出版社 2017 年 5 月

中篇小说（10 篇）

1. 方方《时于此间》，《长江文艺》2017 年第 11 期
2. 王安忆《向西，向西，向南》，《鍾山》2017 年第 1 期
3. 田耳《一天》，《鍾山》2017 年第 5 期
4. 孙频《松林夜宴图》，《收获》2017 年第 4 期
5. 胡性能《生死课》，《十月》2017 年第 5 期
6. 张悦然《大乔小乔》，《收获》2017 年第 2 期
7. 文珍《暗红色的云藏在黑暗里》，《十月》2017 年第 5 期
8. 计文君《化城》，《人民文学》2017 年第 10 期
9. 徐贵祥《鲜花岭上鲜花开》，《人民文学》2017 年第 8 期
10. 陈仓《摩擦取火》，《芒种》2017 年第 9 期

短篇小说（10 篇）

1. 苏童《玛多娜生意》，《作家》2017 年第 1 期
2. 毕飞宇《两瓶酒》，《人民文学》2017 年第 11 期
3. 万玛才旦《气球》，《花城》2017 年第 1 期
4. 双雪涛《北方化为乌有》，《作家》2017 年第 2 期
5. 朱辉《七层宝塔》，《鍾山》2017 年第 4 期
6. 钟求是《街上的耳朵》，《收获》2017 年第 3 期
7. 叶兆言《滞留于屋檐的雨滴》，《江南》2017 年第 3 期
8. 弋舟《会游泳的溺水者》，《作家》2017 年第 11 期
9. 张楚《人人都应该有一口漂亮的牙齿》，《江南》2017 年第 3 期
10. 南飞雁《皮婚》，《人民文学》2017 年第 4 期

散文（10 篇）

1. 周晓枫《离歌》，《十月》2017 年第 3 期

2. 林贤治《通往母亲的路》，《花城》2017 年第 1 期
3. 李修文《三过榆林》，《人民文学》2017 年第 5 期
4. 冯骥才《激流中》，《收获》2017 年第 5 期
5. 于坚《建水笔记》，《人民文学》2017 年第 1 期
6. 李敬泽《风中之信》，《当代》2017 年第 1 期
7. 张炜《松浦居随笔》，《十月》2017 年第 5 期
8. 南帆《一个人的地图》，《美文》2017 年 11 期（上半月）
9. 余华《爸爸出差时》，《十月》2017 年第 5 期
10. 韩少功《渡口以及波西米亚》，《鍾山》2017 年第 3 期

诗歌（10 首/组）

1. 柏桦《纪念张枣》，《花城》2017 年第 5 期
2. 刘立杆《刘立杆的诗》，《鍾山》2017 年第 1 期
3. 朱朱《朱朱的诗》，《鍾山》2017 年第 6 期
4. 臧棣《写给儿子的哀歌》，《鍾山》2017 年第 6 期
5. 胡弦《如果灵魂要说话》，《星星诗刊》2017 年第 8 期（上旬刊）
6. 陈东东《虹（外六首）》，《山花》2017 年第 11 期
7. 张执浩《被词语找到的人（8 首）》，《长江文艺》2017 年第 6 期
8. 蓝蓝《蓝蓝的诗》，《扬子江诗刊》2017 年第 1 期
9. 雷平阳《天空里喝酒》，《长江文艺》2017 年 11 月
10. 朵渔《奇迹（组诗）》，《诗刊》2017 年第 4 期

《扬子江评论》2017 年度文学排行榜评委名单

（按姓氏笔画排序）

终评评委（14 人）

丁　帆　南京大学教授
王　尧　苏州大学教授
王双龙　《文艺争鸣》主编
王彬彬　南京大学教授
李国平　《小说评论》主编
李建军　《文学评论》副主编
杨　青　《当代文坛》执行副主编

吴　俊　南京大学教授

张清华　北京师范大学教授

张燕玲　《南方文坛》主编

孟繁华　沈阳师范大学教授

郜元宝　复旦大学教授

贾梦玮　《鍾山》主编

韩春燕　《当代作家评论》主编

提名评委（44 人）

青年评论家（38 人）

马兵、王东东、王秀涛、王晴飞、木叶、方岩、申霞艳、刘大先、刘志权、李一、李振、李伟长、李松睿、李章斌、李德南、杨辉、杨庆祥、杨晓帆、何同彬、沈杏培、宋嵩、张涛、张光昕、张德强、岳雯、金理、金赫楠、周明全、房伟、项静、赵普光、徐刚、黄平、黄德海、韩松刚、傅元峰、颜炼军、霍俊明

文学期刊主编（6 人）

孔令燕《当代》主编

朱燕玲《花城》主编

陈东捷《十月》主编

施战军《人民文学》主编

贾梦玮《鍾山》主编

程永新《收获》主编

红柯逝世　陕西作家红柯的逝世惊动了北京文化界，众多与红柯生前合作过的出版机构及评论家，纷纷表达对这位陕西文学骑手的哀悼之情。中国当代文学研究会及人民文学出版社向红柯及其生前的单位发去唁电，表达对一位英年早逝作家的强烈惋惜之情。

2 月 27 日

金京勋同志逝世　中国作家协会会员，延边作家协会兼职副主席金京勋同志，因病医治无效，于 2018 年 2 月 27 日逝世，享年 57 岁。

何建明新作《山神》研讨会在京举行　2 月 28 日，何建明新作《山神》研讨会在京举行。中国作协副主席何建明，中国报告文学学会常务副会长李炳银、《中国作家》杂志社主编王山，作家评论家白烨、汪守德、张陵、李朝全、高伟、白海宁、田军、李汀、赵学华、刘笑伟等 30 余人与会研讨。会议由中国报告文学学会青年创作委员会主任丁晓平主持。本次研讨会由《中国作家》杂志社、中国报告文学学会青年创作委员会、百锦城影业投资有限公

司、华山论剑传媒有限公司共同主办。

3月

3月1日

河北省青年作家队伍建设调研座谈会（石家庄站）举办 2018年3月1日，由河北省作家协会主办、石家庄市作家协会承办的“全省青年作家队伍建设调研座谈会（石家庄站）”在石举办，来自石家庄的十余位青年作家代表参加。河北省作协党组书记王凤，河北省作协副主席王力平，河北省作协副主席、创联部主任刘建东，河北省作协创联部副主任金赫楠，石家庄市文联主席、作协主席周喜俊，石家庄市作协副主席康志刚，石家庄学院文传学院院长杨红莉等出席了会议。会议由河北省作协副主席王力平主持。

3月2日

《文艺报》《作家文摘》入选“百强报纸” 3月2日，国家新闻出版广电总局官网在线公布第三届全国“百强报刊”推荐结果。

2017年年底，国家新闻出版广电总局开展了第三届全国“百强报刊”推荐工作。各省（区、市）新闻出版广电局、中央报刊主管单位共报送了726种报刊参评。经评审，总局确定了《人民日报》等100种报纸、《求是》等100种社科期刊、《细胞研究（英文）》等100种科技期刊入选第三届全国“百强报刊”推荐名单。其中，《文艺报》《作家文摘》入选“百强报纸”名单。

2017《民族文学》年度奖颁奖典礼在重庆江津举行 3月2日，2017《民族文学》年度奖颁奖典礼在重庆江津举行。活动由《民族文学》杂志社、重庆市作家协会和重庆市江津区人民政府共同举办。旨在挖掘与培养优秀文学力量，提升民族文学原创力，组织作家深入生活、扎根人民的同时，繁荣少数民族文学创作，用开阔而多彩的民族视野讲好中国故事。

中国作协名誉副主席丹增出席活动并致辞。阿扎提·苏里坦、王华、第代着冬、阿慧、苏兰朵、都仁吉日嘎拉、热宛·波拉提、完么措、塞力克·胡鲁加汗、金革等部分获奖作家到场领奖。作家们表示，《民族文学》杂志在培养优秀少数民族作家、建立民族文学精神园地、促进民族团结进步方面发挥了重要作用。在以后的文学道路上将再接再厉，继续以生活为源泉，以人民为中心，深刻认识新时代，精心刻画艺术形象。用真诚的文字记录，以虔诚的姿态书写，奉献更多具有民族特色、为时代呐喊、为人民发声的优秀作品。

2018年第三届华语诗歌春晚在北京大学举行 2018年3月2日晚，时值元宵佳节，以

"我们的家园"为主题的2018年第三届华语诗歌春晚，在北京大学百年纪念讲堂举行。任洪渊、赵振江、吴思敬、张柠、张清华、柳袁照、高兴、树才、谭五昌、黄亚洲、陆健、杨克、周庆荣、祁人、吕约、杨四平、章燕、高秀芹、潇潇、崔志刚、杜杜、杨志学、金石开、王霆章、王舒漫、梅尔、陈进、柴金龙、冰峰、周占林、唐成茂、杨廷成、花语、张春华、陈泰灸、陈红、阎雨、杨海蒂、曹谁、褚红玲、乔汉民、任公伟、王一雄、查曙明、杨子钰、王威、王爱红、王吉勇、陈相国、白心、袁翔、胡勇、温慧明、一米阳光、金笛、段春梅、阿B、若离、刘雅阁、王博生、王霁、王慧、马文秀、曹铁、阿琪阿钰、夏露、若水、大可、冯朝军、冯章、邹宴、张脉峰、戴三星、康桥、王永江、李想、秦士红、魏志峰、徐萌芽、舒喆、李贵成、吴迪、邓剑英、路人甲、吴红斌、许长发、石慧珍、常江、娜仁朵兰、牟爱松、诗心、肖荼仙、香菲子、胡建文等来自北京及外省的百余位诗人、评论家，以及来自北京大学、北京师范大学、清华大学、中国人民大学等首都高校师生代表与社会各界代表2000余名观众到场观看了诗歌晚会。

3月3日

长诗《诗记雷锋》朗诵会在京举行 为纪念毛泽东等老一辈革命家号召"向雷锋同志学习"55周年，深入贯彻习近平总书记关于传承和弘扬雷锋精神的系列重要论述，中国萧军研究会大众诗社和北京市石景山区作家协会3月3日在京联合举办长诗《诗记雷锋》朗诵会。李金明、杨东彪、周占林、康桥、蔡诗华、尹小华等诗人出席并激情朗诵。

3月4日

福建省第31届优秀作品榜暨第13届陈明玉文学榜揭榜典礼在泉州举行 2018年3月4日，福建省第31届优秀作品榜暨第13届陈明玉文学榜揭榜典礼在泉州晋江举行。福建省文联党组成员、书记处书记、副主席陈毅达，福建省文联副主席、福建省作家协会主席杨少衡，旅菲侨领陈祖昌，晋江市领导林惠玲、黄少伟为上榜作家颁发荣誉证书；福建省作家协会副主席黄文山、菲律宾菲中友好协会副理事长王勇、福建省文学院院长张应辉为提名作家颁发荣誉证书。

《呼和浩特现当代文学史》出版发行 《呼和浩特现当代文学史》由呼和浩特文联、呼和浩特作家协会组织呼和浩特地区的30多位知名学者、作家，历经5年整理、编撰完成，全书100万字。《呼和浩特现当代文学史》梳理了呼和浩特地区文学脉络，记录了呼和浩特地区的文学发展历程，收录了现当代呼和浩特地区作家的创作成果。《呼和浩特现当代文学史》的编辑出版，填补了呼和浩特文学史的空白，对呼和浩特文化事业发展具有现实指导意义。

第七届唐弢青年文学研究奖在京颁奖 3月4日，第七届唐弢青年文学研究奖在京颁奖。

中国作协副主席李敬泽出席活动并介绍了本届评奖的相关情况。丁帆、孟繁华、陈晓明、王鸿生、陈汉萍、张志忠、范智红、刘勇、解志熙、高远东、傅光明等专家学者参加活动并为获奖者颁奖。部分中国现代文学馆特邀研究员及往届唐弢青年文学研究奖获奖作者代表与会。颁奖活动由中国现代文学馆研究部主任李洱主持。唐弢学术论坛同时举行。

3 月 5 日

第五届汪曾祺文学奖揭晓 第五届汪曾祺文学奖在汪曾祺故里江苏高邮揭晓并举行颁奖典礼。本届汪曾祺文学奖共有 8 名作家获奖，他们的获奖作品是：苏童的《万用表》、艾伟的《小满》、范小青的《碎片》、黄蓓佳的《万家亲友团》、晓苏的《三个乞丐》、付秀莹的《找小瑞》、黄咏梅的《病鱼》、朱辉的《绝对星等》。

3 月 6 日

邵丽《挂职笔记》新书分享会在郑州举办 3 月 6 日，由郑州松社书店、北京十月文艺出版社联合主办的“作家邵丽《挂职笔记》新书分享会”于郑州松社书店举行。作家张楚及本书作者邵丽出席活动，与各界读者一道分享了《挂职笔记》的创作体会及各自对于用女性视角书写乡土文学的看法。

作家谢璞逝世 3 月 6 日，湖南省文联原执行主席、当代著名作家谢璞先生在长沙与世长辞，享年 87 岁。

3 月 8 日

“上海报告”系列短篇报告文学项目启动 “上海报告”项目是上海作协今年的重点创作任务，也是上海市纪念改革开放 40 周年的重点内容。该项目从“开发开放浦东”“建设自由贸易区”“国有大中型企业改革”“C919 大飞机试飞”“司法改革”等 40 个选题出发，全方面、多角度回首上海改革开放 40 年取得的辉煌成就。“上海报告”创作队伍由三十余位具有创作热情和能力的中青年作家、资深媒体人构成，青年作家作为创作队伍的主力军，为以新的角度、新的方式阐释历史提供了丰富的可能性。启动仪式由上海作协副秘书长、创联室主任薛舒主持，程小莹、朱大建、马尚龙、朱蕊、默音、李西闽、杨绣丽、徐畅、路明、甫跃辉、沈轶伦、赵激等三十余位参与“上海报告”系列短篇报告文学创作的作家参加了会议。

3 月 11 日

“绿水青山就是金山银山——诗集《大地的回声》出版座谈会”在京举行 由浙江出版联合集团、中国科学报社、人民文学杂志社共同主办的“绿水青山就是金山银山——诗集

《大地的回声》出版座谈会”在京举行。中国作协副主席吉狄马加为该书作序。中国作协副主席徐贵祥、中国作协网络文学委员会主任陈崎嵘、浙江出版联合集团党委书记童健、中国科学报社社长兼总编辑陈鹏，以及该诗集作者叶舟、王久辛、曹宇翔、姜念光、汪剑钊、洪烛、陈勇等参加活动。座谈会由《人民文学》主编施战军主持。

3月13日

鲁迅文学院第三十一期少数民族文学创作高级研修班开班 3月13日，鲁迅文学院第三十一期少数民族文学创作高级研修班（诗歌班）开学典礼在京举行。中国作协副主席、鲁迅文学院院长吉狄马加出席开学典礼，并与学员们合影留念。

吉狄马加在讲话中说，伟大的时代为我国社会主义文学的发展提供了肥沃的土壤，在党的十九大精神鼓舞下，我国的文学事业不断取得新成就、开辟新局面。在这一伟大进程中，鲁迅文学院同样正在以饱满热情的姿态参与到祖国新时代的文学事业中。鲁迅文学院常务副院长邱华栋、副院长王璇等出席开学典礼。开学典礼由鲁迅文学院副院长邢春主持。

3月14日

四川省作协“红色文学轻骑兵”启动仪式在四川省广安市武胜县举行 为深入学习贯彻习近平总书记做新时代“红色文艺轻骑兵”重要指示精神，进一步扎实推进“深入生活、扎根人民”主题实践活动，把文学扶贫“万千百十”活动抓实、抓好、抓出彩，3月14日，四川省作协“红色文学轻骑兵”启动仪式在四川省广安市武胜县举行。四川省作协党组书记、常务副主席侯志明、四川省广安市人大常委会党组书记、主任余仪出席活动。

3月15日

2018年“大白鲸”原创幻想儿童文学年度盛典在大连举行 3月15日，2018“大白鲸”原创幻想儿童文学年度盛典在大连举行。本次盛典也是大连出版社建社三十周年的社庆。中国出版协会常务副理事长邬书林，中国作家协会副主席高洪波，中国编辑学会会长郝振省，中国书刊发行业协会理事长艾立民，中国少年儿童发展服务中心副主任周雄，辽宁省委宣传部常务副部长张玉珠，大连市委宣传部部长李鹏宇，辽宁省新闻出版广电局局长刘向阳，大连出版社社长兼总编辑刘明辉，评论家王泉根、刘颋、崔昕平、陈香、李利芬、乔世华，全球华语科幻星云奖创始人董仁威，以及作家朱奎、苏梅、廖小琴、周静、王林柏等400余名嘉宾参与本次活动。活动由大连出版社携手北京师范大学中国儿童文学研究中心、大白鲸世界文化发展（大连）股份有限公司、大连圣亚旅游控股股份有限公司共同举办。

3 月 16 日

第十一届“澳大利亚文学周”在京举行 2018 年 3 月 16 日，第十一届“澳大利亚文学周”以“全球多元文化背景下的澳大利亚文学”为主题，在北京大学外国语学院举行。本次活动由北京大学澳大利亚研究中心与清华大学澳大利亚研究中心联合举办，澳大利亚驻华大使馆协办。布克奖得主理查德·弗兰纳根（Richard Flanagan）和迈尔斯·富兰克林奖得主亚历克西斯·赖特（Alexis Wright）两位著名的澳大利亚小说家应邀出席，前者的代表作是《幽径适北》（The Narrow Road to the Deep North），后者的力作是《卡彭塔利亚湾》（Carpentaria）。北京大学澳大利亚研究中心主任刘树森谈到，在过去的十年，北京大学澳大利亚研究中心与澳大利亚驻华大使馆通力合作，坚持举办文学周活动，使得包括《辛德勒名单》的作者托马斯·肯尼利在内的数十位著名澳大利亚文学家前来北京大学访问，与师生进行交流和沟通，促进北京大学澳大利亚研究的发展。另外，他强调，举办文学周的主要原因是相信这种文化交流可以让中国与澳大利亚以及两国人民能够更好地理解对方，文化交流不仅仅是民间外交的一种形式，也是中澳双边关系的一块重要基石。2018 年正值北京大学 120 周年校庆，“澳大利亚文学周”也成为校庆的一个组成部分。

叶辛文学馆纪念成立两周年 3 月 16 日，“书院镇文明修身教育基地揭牌暨叶辛文学馆创馆二周年纪念庆典”在书院镇新港中学举办。叶辛文学馆于 2016 年落户浦东，创馆之初，作家叶辛就表示，文学馆并非他个人的文学展示，是他对乡愁文化的守护和独特表达，更是反映当代中国文学创作发展的一个缩影，又是中国知青文学的一个标志。

安徽作家网正式上线 3 月 16 日上午，安徽作家网（www. ahwriter. com）正式开通上线，安徽省文联党组书记、书记处第一书记、副主席何颖，安徽省文联党组成员、书记处书记、副主席林勇，安徽新媒体集团副总经理周林立、安徽省作协主席许辉共同启动上线水晶球，安徽省作协主席团成员、各市作协负责人，安徽省文联所属文学期刊负责人等出席上线仪式。

3 月 17 日

中国作协“深扎”作品——江子长篇散文《青花帝国》现场座谈会在景德镇举行 3 月 17 日，由中国作协创联部、江西省作家协会、中共景德镇市委宣传部、广西师大出版社联合主办的中国作协“深扎”作品——江子长篇散文《青花帝国》现场座谈会在千年瓷都景德镇举行。中国作协党组成员、副主席阎晶明出席会议并讲话。江西省文联主席叶青、景德镇市委宣传部副部长郑鹏等参加会议。会议由中国作协创联部副主任冯秋子主持。

3月18日

李敖逝世 台湾著名作家、评论家、历史学家李敖于18日上午10时59分在台北“荣总”医院去世，享年83岁。对李敖先生的逝世，中国作家协会负责人表示哀悼。李敖先生1935年4月25日生于哈尔滨，吉林省扶余县（今吉林省扶余市）人，1937年迁到北京，1949年随父母到台湾，曾先后在台湾大学历史系、历史研究所就读。李敖曾因发表抨击当政者言论等于1971年3月被捕，判刑10年，于1976年11月出狱，总计入狱5年零8个月。李敖除研究、写作、教学外，还积极从事公开演讲、时事评论等，并曾当选台湾民意代表。李敖反对“台独”，支持两岸统一，其主要著作包括《李敖大全集》《李敖回忆录》《北京法源寺》等。

3月19日

诗人洛夫逝世 知名台湾诗人洛夫19日在台湾溘然长逝，享年91岁。消息传来，大陆诗歌界表达痛悼之情。

3月20日

2017年度“中国作家出版集团奖”颁奖会在京举行 2017年度“中国作家出版集团奖”颁奖会3月20日在京举行。中国作家协会党组成员、书记处书记、中国作家出版集团管委会主任吴义勤等出席颁奖会，并与评委鲍坚、梁鸿鹰、施战军、石一宁、黄宾堂、程绍武、李晓东等共同为获奖者颁奖。中国作家出版集团所属各报刊社网负责人和干部职工200余人与会。

2017年度“中国作家出版集团奖”共评选出优秀作家贡献奖5名，优秀编辑（记者）奖8名，优秀组织管理奖2名，特别贡献奖1个。余秋雨、宗璞、刘绪源、伊明·艾合买提、辛铭荣获优秀作家贡献奖；刘秀娟、行超、刘汀、赵志方、陈冲、阎瑜、尚书、兴安荣获优秀编辑（记者）奖；周正、张晓瑄荣获优秀组织管理奖；作家文摘报社获得特别贡献奖。

黑龙江省作协召开六届七次全委会 3月20日，黑龙江省作家协会六届七次全委会在哈尔滨召开。会议传达了中国作协深入学习贯彻党的十九大精神专题研修班会议精神、黑龙江省委书记张庆伟到省作协调研时对文学工作提出的具体要求以及全省宣传部部长会议精神，总结2017年工作，部署2018年工作，表彰2017年度先进团体会员。全委会委员、团体会员负责人共60余人出席了会议。

3月22日

江苏文学院在南京大学挂牌成立 由江苏省作协和南京大学合作共建的江苏文学院在南

大仙林校区挂牌成立，著名作家毕飞宇担任首任院长。

3 月 23 日

海南省文学院研讨《老马的五和梦》 “《老马的五和梦》（修订再版）新书研讨会”23日下午在省文学院举行，海南省作家、诗人、文艺评论家等参加研讨。

中国校园文学高峰论坛暨“首届中国校园文学奖”启动仪式在京举行 由中国校园文学杂志社和中国人民大学附属中学联合主办的中国校园文学高峰论坛暨“首届中国校园文学奖”启动仪式在京举行。中国作协副主席、儿童文学委员会主任高洪波，以及李军、郝振省、雷振海、吴重生、李曜升等来自文学界、教育界的专家学者、校长、教师等 70 余人与会交流研讨。

《诗刊》2017 年度陈子昂诗歌奖颁奖会在四川遂宁举行 由中国作家协会《诗刊》社、中共遂宁市委、遂宁市人民政府主办，中共遂宁市委宣传部、遂宁市文化广电新闻出版局、遂宁市文学艺术界联合会承办的《诗刊》2017 年度陈子昂诗歌奖颁奖会在遂宁国际会展中心隆重举行。来自国内外的著名诗人、批评家、翻译家齐聚观音故里。

3 月 24 日

“全季·人文大赏——红楼梦与我们的‘文艺复兴’”主题活动在上海举办 3 月 24 日至 25 日，“全季·人文大赏——红楼梦与我们的‘文艺复兴’”主题活动在上海举办。著名作家白先勇携手多位学者、作家品红楼听游园。白先勇以名为《从〈牡丹亭〉〈红楼梦〉到中华“文艺复兴”》的演讲拉开活动序幕，并在其中介绍了《青春版·牡丹亭》的缘起及十余年间的故事，并提出了复兴中国传统文化的概念。

“当代诗歌与先锋性论坛”暨《新世纪先锋诗人三十三家》分享会在京举办 3 月 24 日，“当代诗歌与先锋性论坛”暨《新世纪先锋诗人三十三家》分享会在北京大学中国诗歌研究院举办。此次论坛由百花洲文艺出版社和北京大学中国诗歌研究院联合主办。吴思敬、钱静、李之平、冯雷、杨碧薇、臧棣、沈浩波、周瑟瑟、冯晏、李轻松、安琪、张维等诗人、评论家参加论坛。

革命文学作家蒋光慈全集出版座谈会召开 《蒋光慈全集》出版座谈会暨蒋光慈学术研讨会在肥召开。活动由合肥工业大学出版社和安徽大学文学院联合举办，省内外多位专家、学者参与研讨。

3 月 26 日

第四届两岸中国文学研究研讨会在台北举行 来自两岸高校、学术机构的学者从文艺学、现当代文学、古典文学、戏剧戏曲、修辞诗学等方面展开对话，分享研究成果，畅谈两岸加强文教交流、共同传承发展中华文化。

3月27日

“儿童文学的边界与无限——曹文轩作品国际研讨会”在博洛尼亚国际会展中心举办 博洛尼亚时间3月27日下午，由中国图书进出口（集团）总公司承办的“儿童文学的边界与无限——曹文轩作品国际研讨会”在博洛尼亚国际会展中心举办。出版曹文轩作品的国内主要出版社代表、曹文轩作品国际插画师、曹文轩作品国际译者等齐聚一堂，围绕“作品”“插画”“翻译”3个主题进行座谈。

第五届“人民文学·紫金之星”颁奖典礼在南京举行 3月27日，第五届“人民文学·紫金之星”颁奖典礼在南京晓庄学院图书馆举行。中国作协党组成员、副主席李敬泽，《人民文学》杂志社主编施战军，江苏省委宣传部副部长徐宁，江苏省作协主席范小青，江苏省作协党组书记、副主席韩松林，副主席汪政、鲁敏，南京晓庄学院党委书记陈华等出席颁奖典礼并为获奖作家颁奖。中国当代文学研究会会长白烨、省内各大媒体记者以及南京晓庄学院师生等300余人参加了颁奖活动。

3月28日

《中国诗歌年度报告》发布 3月28日，由中国诗歌学会、北京大学中国诗歌研究院联合编撰的《中国诗歌年度报告》2017年卷在浙江浦江“中国诗人小镇”正式发布。《中国诗歌年度报告》是由我国诗歌专业机构以中、英、法、俄、日等语种面向全球发布的中国诗歌白皮书。2017年3月，该报告2016年卷在北京大学首次发布，对年度内的诗歌活动、诗歌现象、诗歌出版、诗歌创作、诗歌理论研究和诗歌翻译等作了微观记述与总结。

中国作协信息工作会议在京举行 3月28日至29日，中国作协信息工作会议在京举行。中国作协办公厅主任李一鸣、副主任毛广程、副巡视员孔繁洪，以及各团体会员单位、中国作协机关各部门及直属单位相关同志共近60人与会。中宣部舆情局分析处调研员朱正楷、中央网信办应急处处长杨栋在会议上报告授课。

2017河北报告文学排行榜揭晓 3月28日，由河北省作协主办、河北省作协报告文学艺委会承办的2017年度河北报告文学排行榜揭晓，共有7篇（部）作品榜上有名。此次评选按照评委评选不记名、作者参评不记名的“双不记名”方式，进行公开投票，产生最终入选名单。上榜作品包括：李春雷《初心》，李延青、康志刚、黄军峰《常山有个贾大山》，周喜俊《大爱筑长城》，程雪莉《白求恩和平山团的故事》，刘世芬《绿色摇滚》，朱阅平《“村民”姚俊》，刘锋、张梅英、霍书平《福星——李双星扶贫纪实》（长篇）。

3月29日

“中国网络文学20年20部优秀作品”公布结果 3月29日，由中国作协网络文学委员会、上海市新闻出版局、上海市作家协会、阅文集团联合推选的“中国网络文学20年20部优秀作品”公布结果，《第一次的亲密接触》《鬼吹灯》《明朝那些事儿》《诛仙》《繁花》等作品位列其中。

3月31日

纪念韦君宜诞辰100周年座谈会在京举行 3月31日，在中国现代文学馆举行的纪念著名编辑家、出版家、作家韦君宜诞辰一百周年座谈会上，作家王蒙回忆韦君宜对自己无微不至的关心，如此感慨。他说，韦君宜的有生之年从来没有减少过对自己的关心，第一是怎样正确处理好《组织部来了年轻人》的讨论；第二是想办法出版《青春万岁》；第三是在各种复杂的情况下帮助自己维持健康的政治态度、人生态度、文学态度。

雷达同志逝世 中国共产党优秀党员，中国作家协会全国委员会名誉委员，中国作家协会创作研究部原主任，中国小说学会会长，当代著名文学评论家、散文家雷达同志因病医治无效，于2018年3月31日15时48分在北京逝世，享年75岁。雷达，原名雷达学，1943年3月23日出生，甘肃天水人。1965年兰州大学中文系毕业。先后在《中国摄影》杂志社、《文艺报》《中国作家》、中国作家协会创作研究部工作。曾兼任中国当代文学研究会副会长，兰州大学文学院博士生导师。是享受国务院政府特殊津贴专家。1962年开始发表作品。1980年加入中国作家协会。

雷达同志的代表作有论文集《小说艺术探胜》《蜕变与新潮》《民族灵魂的重铸》《思潮与文体》《当前文学创作症候分析》《雷达观潮》、散文集《雷达散文》《皋兰夜语》《黄河远上》等。评论《当前文学创作症候分析》获第四届鲁迅文学奖，《文学的青春》《民族灵魂的重铸》等获中国当代文学研究会优秀科研成果奖，论著和论文《灵性激活历史》《为什么需要和需要什么》《思潮与文体》等获中国文联文艺评论奖，论文《植根于湘西大地》获首届芙蓉文学奖，《徐怀中风格论》获解放军文艺奖，《灵性激活历史》获《上海文学》奖，《历史的灵魂与灵魂的历史》获《昆仑》文学奖，《写在四部小说的边上》获《钟山》文学奖等。散文《依奇克里克》《蔓丝藕拾》《王府井大街64号》等分获全国报纸副刊银奖、中华铁人文学奖、《中华文学选刊》奖，《梦回祁连》获首届孙犁散文奖。2012年获得中国作家出版集团奖。

作为新时期以来最具代表性的著名文学评论家之一，作为中国当代文学发展重要的见证者、参与者和推动者，雷达同志将自己的批评实践融入当代文学发展的大潮，为中国文学的繁荣做出了不可磨灭的贡献。

韦君宜百年诞辰纪念座谈会在京举行 3月31日，韦君宜百年诞辰纪念座谈会在京举行。座谈会由中国作家协会、中国出版集团公司主办，中国现代文学馆、人民文学出版社承办。中国作协主席铁凝出席并致辞。中国作协党组书记、副主席钱小芊主持会议。中国出版集团公司总裁谭跃、中国作协名誉副主席王蒙、中国作协副主席李敬泽、中国出版工作者协会副会长邬书林等文学界、出版界的专家学者，以及韦君宜亲属、故交好友代表参加会议。

4月

4月1日

第五届郁达夫小说奖启动 第五届郁达夫小说奖4月1日正式启动参评作品征集活动。本届评奖仍放眼全球华语写作，通过审读委成员、国内主要文学刊物、主要文学团体、国内高校及海外文学组织五种推荐渠道，以及网络自荐，共六大途径广泛征集参评作品。

北京市海淀区作协举行"春天的呼唤——2018新春跨界联谊会" 4月1日下午，北京市海淀区作家协会主办的"春天的呼唤——2018新春跨界联谊会"在海淀文化馆小剧场举行。这是海淀作协以创新的形式举办年会，目的是总结过去、凝聚共识、面向未来。同时，作家们展示才艺，相互鼓励，使其感受到家的温暖。

第九届四川文学奖评奖启动 第九届四川文学奖评奖于4月1日正式启动。本届文学奖共设置长篇小说奖等8个奖项，获奖作品总数为16件。值得一提的是，本届文学奖首次设立了四川文学特别奖，以此激励四川作家创作优秀文学作品，推动四川文学事业大发展、大繁荣。四川文学奖是代表省内最高荣誉的文学奖，由四川省作家协会主办。奖项设置包括长篇小说奖2部，中短篇小说奖（含小小说）3篇（部），诗歌奖（含旧体诗词、散文诗）3部，散文杂文奖3部，报告文学奖（含纪实文学、传记文学）2部（篇），儿童文学奖1部，文学理论评论奖1部（篇），文学翻译奖1部。

贾平凹最新长篇小说《山本》出版 4月1日，《山本》单行本由作家出版社正式推出。这是年逾花甲的贾平凹创作的第16部长篇小说。这部共42万字的最新力作，最初书名为《秦岭志》，贾平凹感觉与其之前作品《秦腔》有点重复，最终改名为《山本》。作品中，作家依旧把聚焦点投在身边的秦岭山，他生命中的秦岭，讲述陕西故事。

4月2日

"穿越的语辞——帕蒂古丽、陶丽群、雍措研讨会"在京举行 4月2日下午，由鲁迅文学院主办的“穿越的语辞——帕蒂古丽、陶丽群、雍措研讨会”在京举行。鲁迅文学院常务副院长邱华栋，以及贺绍俊、孟繁华、冯秋子、宁肯、周晓枫、徐则臣、张莉、丛治辰、傅逸尘、肖贵平等作家评论家，鲁迅文学院第34届高研班的全体学员，共六十余人参加了本次研讨。会议由鲁迅文学院教研部主任郭艳主持。

李乔亚创作的长篇小说《最后的58天》正式面市 由重庆市红岩革命历史博物馆委托作家李乔亚创作的长篇小说《最后的58天》正式面市。该作品以渣滓洞监狱两牢房为轴心，刻画了渣滓洞集中营大屠杀惨案前58天的生活。其中，“狱中八条”的诞生过程被艺术化地融于作品中。

4月3日

叶梅散文集《根河之恋》作品研讨会在重庆酉阳土家族苗族自治县举行 4月3日，由中国作家杂志社、江苏凤凰文艺出版社、重庆作协共同主办的叶梅散文集《根河之恋》作品研讨会在重庆酉阳土家族苗族自治县举行。中国作协副主席白庚胜及石一宁、辛华、陈川、王干、徐坤、程绍武、高伟、冉冉、汪修荣等专家学者与会研讨。研讨会由《中国作家》主编王山主持。

长篇小说《上海霓虹》《魔都》研讨会在沪举行 《上海霓虹》《魔都》是上海作家徐策创作的“上海霓虹三部曲”中的第一、二部，以“亚洲第一公寓”河滨大楼为中心舞台，以多卷式长篇小说来展现普通移民的上海生活。4月3日下午，长篇小说《上海霓虹》《魔都》研讨会在上海市静安区图书馆举行。

4月7日

作家任晓雯《好人宋没用》分享会在南京举办 由上海市新闻出版局、上海市作家协会、中共上海市黄浦区委宣传部主办，思南公馆、北京十月文艺出版社承办的“在弄堂深处遇见我们的母亲——作家任晓雯《好人宋没用》读书分享会”于上海思南公馆举行，《好人宋没用》刚刚获得第十四届“十月文学奖”长篇小说奖。评论家吴亮、张闳、木叶及本书作者任晓雯出席活动，与各界读者一道分享了对弄堂深处普通平凡之母亲形象的思考。

傅雷诞辰110周年纪念活动在上海举办，《傅雷著译全书》首发 纪念傅雷先生诞辰110周年系列活动由上海市浦东新区周浦镇人民政府、上海远东出版社、上海浦东图书馆、法国巴黎巴尔扎克故居博物馆等主办。作为纪念活动的重头戏之一，《傅雷著译全书》首版发行式今天下午在上海浦东新区周浦剧场首发。据悉，该书由上海远东出版社与傅雷次子傅敏、上海浦东傅雷基金会合作，历时近6年打磨，共26卷，推出收录傅雷现存全部著译作品的新版本，以此纪念2018年傅雷110周年诞辰。

4月8日

李发锁纪实文学作品《围困长春》读者分享会在京举行 4月8日，由人民日报出版社主办的李发锁纪实文学作品《围困长春》读者分享会在北京涵芬楼书店举行。人民日报出版社社长董伟、中国当代文学研究会会长白烨、中国报告文学学会副会长李鸣生、北京大学教授李成言《中国报告文学》副主编魏建军，以及读者、媒体记者等80余人参加了发布会。活动由中国作家出版集团管委会副主任徐忠志主持。

王宁散文集《眉豆爬墙》作品研讨会在京举办 4月8日，王宁散文集《眉豆爬墙》作品研讨会在中国现代文学馆举行。周明、王宗仁、石英、王彬、冯秋子、周振华、红孩、马力、张立华、杜京等作家、评论家参加研讨。

4月9日

中国文艺评论进校园首场活动“网络文艺评论与发展”论坛在京举行 由中国文联文艺评论中心、中国文艺评论家协会、中国传媒大学艺术学部主办的中国文艺评论进校园首场活动“网络文艺评论与发展”论坛4月9日在中国传媒大学举行。十多位文艺理论评论专家围绕“随手拍如何进阶为摄影艺术”“网络影视热点透析”“学界业界对谈网络文学的引渡”“直播时代的文艺志愿服务”等话题，展开对谈讨论，并与现场120位青年学子进行了互动。

张炜新作散文集《海边兔子有所思》首发 张炜最新散文集《海边兔子有所思》于4月9日首发。《海边兔子有所思》收录了张炜近年来在海边居住时产生的对人生、事物、写作、文学的观察和思索。首发式现场，张炜与中国作协名誉主席王蒙、鲁迅文学院常务副院长邱华栋围绕“向一个时代表达伟大的善意”话题，畅聊各自对文学的看法和创作经验。对张炜的写作，王蒙点评道，张炜死磕文学，他有深情，有骄傲，有绝不撒手的坚持。而张炜在盘点创作时说，自己的散文写作量比虚构作品数量还要多，48卷的文集，超过一半都是散文。那些写作的瞬间刻骨铭心，“我在医院不能下地走动，很孤单，心里有很多话要说，就在托板上写，用两个月时间在医院写了一本散文集《融入野地》。”他更从此得出经验，写东西要慢，要每个字都有价值，有不可替代性。自己过去有的文字写得很粗俗，不能原谅自己。

4月10日

云南省报告文学学会召开首届理事会 4月10日，云南省报告文学学会首届理事会第四次会议暨2018年年会在泸西县举行。来自全省各地的报告文学学会领导、理事、会员，及省内知名作家欢聚一堂，共享此次盛会。

山东省作协举办第一期专题培训班 4月10日至12日，山东省作协举办全省文学界深入学习贯彻党的十九大精神第一期专题培训班，以深入学习贯彻党的十九大精神，用习近平新时代中国特色社会主义思想武装头脑、指导文学工作实践，推动全省文学事业繁荣兴盛。山东省作协党组书记姬德君出席开班式并讲话。《文艺报》总编辑梁鸿鹰、山东省委讲师团团长孔繁柯、山东省社科联党组副书记周忠高、山东省委党校副校长孙黎海、山东省作协副主席葛长伟分别在培训班上作专题辅导报告。山东省作协主席团成员和全体党员干部职工，山东各级文联、作协的相关负责人，各团体会员单位文学骨干等参加培训。

鲁迅艺术学院成立 80 周年纪念大会在延安举行 4 月 10 日，以“永远的鲁艺”为主题的纪念鲁迅艺术学院成立 80 周年的活动在陕西省延安市桥儿沟革命旧址广场举行。傅庚辰、田华等文艺家和来自全国各地的鲁艺校友、传承院校负责人、各界人士 1200 余人参加活动。本次活动由陕西省委宣传部，延安市委、市政府，中国延安鲁艺校友会，中国文联艺术研修院共同主办。

4 月 11 日

鲁迅文学院 2018 国际写作计划启动：为推动中外文学交流搭建彩虹之桥 4 月 11 日，“鲁迅文学院 2018 国际写作计划”正式启动。中国作协主席铁凝出席开幕式并致辞。中国作协副主席、鲁迅文学院院长吉狄马加致欢迎辞。鲁迅文学院第三十四届高研班全体学员参加启动仪式。

“吾爱王小波：纪念王小波逝世 21 周年”活动在京举行 2018 年 4 月 11 日是作家王小波逝世 21 周年忌日，“吾爱王小波：纪念王小波逝世 21 周年”活动在单向空间爱琴海店举行，知名作家徐则臣、蔡骏、韩松落、张天翼、绿妖等，追溯那些和王小波有关的私人记忆，追忆他穿透时光的文字魅力与思想乐趣。

4 月 12 日

“中外作家交流营暨中外作家中国故事创作研讨会”在东莞举行 4 月 12 日，由中国文化对外翻译与传播研究中心、中国少数民族作家学会、“一带一路”中国文化教育与国际交流基金、广东观音山国家森林公园联合主办的“中外作家交流营暨中外作家中国故事创作研讨会”在广东省东莞市观音山国家森林公园举行。中国文联名誉副主席丹增，中国少数民族作家学会秘书长赵晏彪、美国作家夏云峰、白俄罗斯作家达莎、韩国作家薛熹祯等中外 15 位作家参加此次活动。

第 14 届“十月文学奖”颁奖仪式暨中国李庄第二届十月文学周活动于在四川宜宾的古镇李庄举行 第 14 届“十月文学奖”颁奖仪式暨中国李庄第二届十月文学周活动于 4 月 12 日至 15 日在四川宜宾的古镇李庄举行，全国 40 多名作家参加此次活动。余华、严歌苓、迟子建、任晓雯、胡弦、宁肯、刘庆邦、叶舟、马原、红柯等作家作品分别获得中篇、长篇、短篇小说奖、散文奖、诗歌奖等奖项。作为拥有两千多年历史和抗战文化中心之一的小镇李庄，再一次受到全国文学界的密切关注。

本届文学奖获奖名单如下：

新人奖：文珍《暗红色的云藏在黑暗里》；

特别奖：宁肯《中关村笔记》；

诗歌奖：胡弦《蝴蝶与北风》、树才《叹息》；

散文奖：刘庆邦《陪护母亲日记》、余华《爸爸出差时》；

短篇小说奖：迟子建《最短的白日》、叶舟《兄弟我》；

中篇小说奖：马原《谷神屋的贝玛》、严歌苓《你触碰了我》、胡性能《生死课》；

长篇小说奖：任晓雯《好人宋没用》、红柯《太阳深处的火焰》；

4 月 13 日

“21 世纪年度最佳外国小说 · 2017 暨邹韬奋年度外国小说奖”颁奖典礼在京召开　4 月 13 日，“21 世纪年度最佳外国小说 · 2017 暨邹韬奋年度外国小说奖”颁奖典礼在京召开，四位作家的作品获得 2017 年“21 世纪年度最佳外国小说奖”。它们分别是德国作家博多 · 基尔希霍夫的《遇见》、意大利作家达契亚 · 玛拉依妮的《小女孩与幻梦者》、法国作家玛丽 · 恩迪亚耶的《女大厨》、阿根廷作家爱德华多 · 萨切里的《电厂之夜》。其中，《遇见》荣获第四届“邹韬奋年度外国小说奖”。

4 月 14 日

《中国民间文学大系——民间说唱卷》在呼伦贝尔市启动编纂　4 月 14 日至 17 日，《中国民间文学大系》出版工程“民间说唱”专家组成立大会在内蒙古自治区呼伦贝尔市鄂温克旗举行。会上，专家就民间说唱涉及的概念界定、体量及范围、分类方法、资料搜集渠道、判断标准、保障机制、工作程序、编录重点和难点等问题进行了研讨，并正式启动《中国民间文学大系——民间说唱卷》编纂工作。内蒙古、湖北、江苏、山东、辽宁、安徽等省份民间说唱卷被列为《中国民间文学大系》民间说唱类第一批省级示范卷。

山西文学院举办高平作家培训班　本着“发现和培养优秀基层作家，提高基层骨干作家创作能力”的原则，山西文学院高平作家培训班于 4 月 14 日上午在高平市成功举办。受邀参加该活动的省内外知名诗人、作家、编辑、评论家、山西文学院签约作家、晋城市和高平市本土作家 60 多人出席开班仪式。

第十四届十月文学奖颁奖仪式在宜宾李庄古镇举行　4 月 14 日，中国李庄杯第十四届十月文学奖颁奖暨中国李庄第二届十月文学周活动在宜宾李庄古镇举行。中国文联副主席胡占凡、中国作协副主席李敬泽出席。《十月》主编陈东捷、四川省作协主席阿来等来自全国各地的40余位作家、诗人参加活动。

“方舟文库·新科幻”新书发布会在京举行 东方出版社与豆瓣阅读联手策划出版的“方舟文库·新科幻”系列，包含国外作品和国内作品两部分。“新科幻”系列收录的国外作品有：南希·克雷斯的《盖娅的惩罚》、罗伯特·查尔斯·尔森的《未来的最后一年》和托马斯·奥尔德·赫维尔特的《雷沙格村的读墨人》等，这些当代著名的科幻作家有的是星云奖和雨果奖得主，在国际上享有盛名。国内作品有：双翅目的《公鸡王子》、翼走的《追逐太阳的男人》，两位作者分别是第三届、第四届豆瓣阅读征文大赛科幻组首奖得主。

4月15日

“时代楷模”报告文学创作征集活动正式启动 4月15日，由中宣部宣教局、中国作协创研部主办的“时代楷模”报告文学创作征集活动正式启动。

《赵德发文集》学术研讨会在济南举行 4月15日，由山东师范大学文学院主办的《赵德发文集》学术研讨会在济南举行。山东省作协主席黄发有、党组书记姬德君，山东师范大学副校长邢光，以及杨存昌、李掖平、魏建、李宗刚、张丽军等50余位作家、学者与会研讨。

胡小远长篇小说《玻璃塔》新书分享会在杭州举行 4月15日，胡小远长篇小说《玻璃塔》新书分享会在杭州举行。评论家程德培、章德宁、岳建一、程绍国、钟求是、黄德海、张定浩等参加活动。诗人安峰在书吧现场朗诵了《玻璃塔》选段，安峰说：“这部小说的语言充满动感，雄浑壮阔，极具音乐性。”

2018首届海棠诗会亮相宋庆龄故居 4月15日，由宋庆龄故居管理中心、北京市西城区文化委、什刹海街道办事处共同主办，西城区第一图书馆承办的2018首届海棠诗会在宋庆龄故居举办。

“原型与虚构：严歌苓的小说创作”主题讲座 4月15日，“原型与虚构：严歌苓的小说创作”主题讲座在中国人民大学举办，作家严歌苓与《读库》主编、人大校友张立宪就严歌苓小说创作中的“原型与虚构”问题展开对谈。

王妹英长篇小说《得城记》作品研讨会在京举行 4月15日，由中国作家出版集团、中国作家杂志社、陕西省作家协会联合主办的“王妹英长篇小说《得城记》作品研讨会”在中国现代文学馆举行。中国作协书记处书记吴义勤、《中国作家》主编王山、陕西省作协副秘书长王晓渭出席研讨会并讲话。会议由中国作家出版集团管委会副主任徐忠志主持。参加研讨会的有白烨、何向阳、范咏戈、汪守德、张陵、孟繁华、汪政、张志忠、牛玉秋、刘琼、杨新岚、郭艳、刘大先、刘艳、饶翔、傅逸尘、王秀涛等专家学者。

4 月 16 日

多民族作家赴通道县采访创作 4 月 16 日至 19 日，“纪念改革开放 40 周年——中国多民族作家看通道”文学实践活动在湖南省通道侗族自治县举行。赵晏彪、哈闻、黄松柏、光盘、曹有云、潘年英等 20 多位少数民族作家、评论家参加活动。

“文学的地域——历史、记忆与现实”研讨会在京举办 4 月 16 日，数十位中外作家以“文学的地域——历史、记忆与现实”为主题，探讨在当今时代，如何处理民族的、地域的历史与人类共同历史经验，如何认识历史与文学、与现实、与个体的复杂关系。本次研讨会由鲁迅文学院与中国社科院外文所共同主办，参加“鲁迅文学院 2018 国际写作计划”的国外作家与部分中国作家、翻译家与会。

“如莲盛开 传统与现代——魏微、乔叶、朱文颖、鲁敏、黄咏梅研讨会”在京举行 4 月 16 日下午，由鲁迅文学院主办、《文学报》合办的“如莲盛开 传统与现代——魏微、乔叶、朱文颖、鲁敏、黄咏梅研讨会”在京举行，与会专家、学者围绕 70 后女性书写的代际、日常性及创作瓶颈等问题深度交流了看法。鲁迅文学院常务副院长邱华栋、《文学报》副总编辑陆梅出席研讨会。鲁迅文学院教学部主任郭艳主持研讨。

“庆祝改革开放 40 周年 中国多民族作家看通道”文学实践活动举行 4 月 16 日至 19 日，“庆祝改革开放 40 周年 中国多民族作家看通道”文学实践活动在湖南省通道侗族自治县举行。赵晏彪、哈闻、黄松柏、光盘、曹有云、杨玉梅、吕金华、陶永喜、曹国军、蓝振林、连亭、谭杰、睢金山、高玉昆、赵韵芳、黄斌、易清华、汪月卫、唐树清、张雄文等作家及业内人士参加了此次活动。

4 月 17 日

陕西省脱贫攻坚一线中青年作家培训班在安康开班 4 月 17 日，陕西省作家协会主办的全省脱贫攻坚一线中青年作家培训班在安康举行开班仪式。陕西省作协党组书记、常务副主席钱远刚，安康市委常委、宣传部部长罗雪剑，陕西省作协党组成员、副主席、《延河》杂志执行主编阎安，安康市委副秘书长刘义林，陕西省作协文学院院长王维亚，安康市委宣传部副部长、安康市文联党组书记、常务副主席李康林，省作协副主席、安康市作协主席张虹等出席开班仪式。会议由阎安同志主持，罗雪剑同志致辞，两名作家代表发言，钱远刚同志讲话。全省 56 名脱贫攻坚一线县区的中青年作家参加培训。

北京海淀区作家协会第三届理事会第四次大会召开 4 月 17 日，海淀区作家协会第三届理事会第四次大会在海淀文联召开。海淀作协主席石钟山、海淀作协的副主席、监事长、作协党支部书记、秘书长、副秘书长、理事等参加了此次会议。海淀作协秘书长王威向作协理事汇报了2017年海淀作协的各项工作，讨论了2018年作协工作的重点和战略布局。会议表决通过了2018年6月、10月分两次落实首届海淀作家改稿会的内容；通过了在密云和房山建立海淀作家基地的意向；通过了资金捐助承接方式及项目资金申请使用办法；通过了新增理事和新增副秘书长的提议。

贺享雍长篇报告文学《大国扶贫》研讨会在京举办 4月17日，贺享雍长篇报告文学《大国扶贫》研讨会暨巴中市重点文艺项目推介会在京举行。中国作协副主席何建明、四川省作协党组书记侯志明、四川人民出版社总编辑刘周远等近30位专家学者参加活动。巴中市委常委、宣传部部长涂虹向大家介绍了四川巴中地区的有关情况并推介了当地重点文艺项目。本次活动由《中国作家》杂志社主编王山主持。

“中外作家交流营暨中外作家中国故事创作研讨会” 在广东省东莞市举行 由中国文化对外翻译与传播研究中心、中国少数民族作家学会、“一带一路”中国文化教育与国际交流基金、广东观音山国家森林公园联合主办的“中外作家交流营暨中外作家中国故事创作研讨会”在广东省东莞市举行。来自中、美、韩、白罗斯等国家的15位作家参与了研讨。

4月18日

何建明《时代大决战——贵州毕节精准扶贫纪实》新书发布会在京举行 4月18日上午，中国作协副主席何建明撰写、人民出版社出版的《时代大决战——贵州毕节精准扶贫纪实》新书发布会在京举行。发布会由人民出版社常务副社长任超主持，人民出版社总编辑辛广伟代表出版方致辞。

4月19日

上海市作家协会第九届理事会第六次会议召开 4月19日，上海市作家协会第九届理事会第六次会议在奉贤召开。王伟、马文运、孙甘露、汪澜、杨扬、陈村等主席团委员和其他理事出席了会议。会议上，上海作协党组书记、副主席王伟作了上海作协九届理事会第六次会议工作报告。上海作协副书记、秘书长马文运还向理事们报告了上海作协2017年财务专项业务经费使用情况及2018年经费预算安排。

4月20日

“2018华语散文定海论坛”在浙江舟山举行 4月20日，由中国作协机关党委、浙江省作协、舟山市定海区委宣传部主办，舟山市作协、舟山市定海区文联承办的“2018华语散文定海论坛”在浙江舟山举行。中国作协机关党委常务副书记李霄明、浙江省作协党组书记臧军、舟山市作协主席来其等50余位作家评论家编辑参加活动。

中国国土经济学会组织作家、学者到邱县采风 4月20日至21日，第三届河北邱县文冠果花节举办之际，中国国土经济学会组织作家、诗人，与河北省的艺术家一起，深入林间地头参观、采访，与当地干部、企业家、林业专家座谈，深入了解当地工、农、林业发展情况，创作反映新农村建设成就的时代佳作，为当地文化、环境和经济建设建言献策。

4月21日

叶兆言获华语文学传媒盛典“年度杰出作家” 21日在广东佛山顺德北滘文化中心举行，知名作家叶兆言凭借长篇小说《刻骨铭心》、散文集《乡关何处》、《站在金字塔尖上的人物》等作品折桂“2017年度杰出作家”。

80后女作家孙频作品研讨会在南京举行 4月21日下午，孙频作品研讨会在南京举行。孙频是江苏省作协从山西“挖”到江苏来的80后作家，也是去年江苏省作协推出的“文学苏军新方阵”十人中最年轻的一位。江苏省作协党组书记、书记处第一书记、副主席韩松林在研讨会上致辞。韩书记表示，孙频的到来使江苏文学有了更新鲜的血液，“孙频这两年一如既往地勤奋创作，没有辜负我们江苏作家的厚爱，也没有辜负江苏作家协会的期望。”

徐刚同志逝世 中国共产党优秀党员，中国作家协会鲁迅文学院原副院长，著名作家、文学教育家徐刚同志，因病医治无效，于2018年4月21日在北京逝世，享年94岁。

赵丽宏诗集《疼痛》外语译本朗读会暨手稿捐赠仪式在上海举办 4月21日，赵丽宏诗集《疼痛》外语译本朗读会暨手稿捐赠仪式在上海市静安区图书馆举办，在这个由上海市静安区文化局主办，静安区图书馆、上海领声文化传媒有限公司、上海戏剧学院国际交流中心承办的活动中，中外白领用中文、英文、法文、西班牙文、保加利亚文、塞尔维亚文等多种语言，朗诵了诗集《疼痛》中的部分作品，在第23届世界读书日到来之际，为诗歌爱好者和读者送上美好的精神食粮。静安区人民政府区长陆晓栋，副区长鲍英菁，上海市慈善基金会副理事长、秘书长张华和来自文学界、出版界的作家、诗人，以及和中外白领近百人出席活动。

“都市女子图鉴——文学与生活中的女性现实”的阅读分享会在沪举行 4月21日下午，一场主题为“都市女子图鉴——文学与生活中的女性现实”的阅读分享会在上海言几又万象城店举行。三位青年女作家黄昱宁、章缘和许佳与读者见面，从各自的生活与创作出发，深入交流了当代都市女性的爱情与亲情、幸福与不安、焦虑与困惑；同时，她们的讨论也延伸至文学作品之中，探讨了中外作家对女性现实的观察与思考。

王若冰诗集《我的隔壁是灵魂》分享会在西安举行 4月21日下午，由“中国天水·李杜诗歌节”组委会甘肃省作家协会、陕西省作家协会、西安市雁塔区委宣传部主办，西安万邦书城、西北旅游文化研究院、天水日报社、王若冰文化工作室承办的“中国天水·李杜诗歌节”走进大唐都城长安暨王若冰诗集《我的隔壁是灵魂》分享会，在西安市万邦书城关中大书房举行。

兰州市作协协办的“诗歌给予我们的馈赠”在兰州举办 4月21日，由中共兰州市委宣传部主办，兰州市文明办和市文联承办，兰州市作协协办的“金城文学时间”首场活动“诗歌给予我们的馈赠”在兰州思诚教育培训学校举办。《星星》诗刊主编、诗人龚学敏与甘肃诗人阳飏、人邻、高凯、叶舟、牛庆国、古马以诗对谈。本地诗人、评论家及其文学爱好者、普通市民百余人参与活动，在对话中感受了一场不一样的诗歌盛宴。

十月文学院策划主办的大型系列文学讲座活动“名家讲经典”第九场讲座在十月文学院（佑圣寺）举办 4月21日，由十月文学院策划主办的大型系列文学讲座活动“名家讲经典”第九场讲座在十月文学院（佑圣寺）举办。学者、著名文学评论家、北京师范大学教授张柠老师，为广大文学爱好者讲解了俄国文学巨擘陀思妥耶夫斯基的盖棺之作《卡拉马佐夫兄弟》。讲座由十月文学院副院长吕约主持。北京出版集团总经理、十月文学院院长曲仲出席讲座活动。

第六届复旦大学读书节暨拉开帷幕 4月21日下午，在第23个世界读书日来临之际，第六届复旦大学读书节暨拉开帷幕，同时复旦大学图书馆百年馆庆也正式启动。作为启动仪式主讲嘉宾，作家贾平凹分享了自己阅读经验以及对当下阅读状况提出了看法。

4月22日

贾平凹第16部长篇小说《山本》媒体见面会在北京举行 贾平凹第16部长篇小说《山本》近日出版，这也是其酝酿多年立意为秦岭做传、为近代中国勾勒记忆的“史诗性”作品。他在《山本》的题记里这样写道：“这个山就是秦岭，是中国最伟大的山，《山本》的故事正是我的一本秦岭志。”4月22日，由人民文学出版社主办的《山本》媒体见面会在北京中关村图书大厦举行，会上，贾平凹与人民文学出版社社长潘凯雄、翻译家罗鹏、责任编辑孔令燕以及媒体记者一同畅谈创作心得。

第三届“伯鸿书香奖”在京颁奖 致力于弘扬中华优秀传统文化的社会公益文化活动——第三届“伯鸿书香奖”颁奖仪式在中华书局伯鸿讲堂举行。第三届“伯鸿书香奖”评委会主任杨牧之、原国家新闻出版广电总局出版管理司副巡视员袁越伦、中国出版传媒股份有限公司副总经理李岩等出席颁奖仪式。

12本尼文版和英文版中国图书在尼泊尔发布 尼泊尔当代出版社于22日正式对外发布12本尼文版和英文版中国图书。据尼泊尔当代出版社总裁高塔姆介绍，上述12本中国图书分别来自中国少年儿童出版社、黄山书社、五洲传播出版社、明天出版社、外语教学与研究出版社。其中，既有曹文轩的《萌萌鸟》，也有介绍中国西藏的《西藏艺术》《西藏历史》等。在12本书中，有3本为英文版、8本为尼泊尔文版、1本为尼英双语版。

《鍾山》举办青年作家笔会 4月22日，《鍾山》第五届全国青年作家笔会在江苏南京举行，三三、王莫之、文珍、朱雀、刘汀、刘国欣、杨怡、张天翼、张怡微、林遥、周恺、周朝军、草白、南飞雁、徐衎、曹潇、惠潮等17位青年作家受邀参会。作家们紧扣主题，结合文学热点现象，畅谈了个人文学创作经验与理想，并阐发了对“好的文学”的理解与期许。作为《鍾山》杂志的品牌活动，该笔会每年邀请青年作家围绕“文学：我们的主张”展开交流。从第四届起，笔会主题微调为“文学：我的主张”。

4月23日

重庆市作协举办的“巴渝魂”诵读盛典 4月23日是世界读书日，为全面贯彻重庆市委五届四次全会精神，发掘和再现巴渝文化魅力，传承推广优秀巴渝文化，在重庆市作协、重庆日报报业集团指导下，“巴渝魂”诵读盛典在重庆图书馆举行。

第二届京东文学奖五大奖项前十入围作品在北京举行发布会 4月23日是第23个世界读书日。当天，京东集团在北京举行发布会，正式公布了第二届京东文学奖五大奖项前十入围作品名单，包括《芳华》《飞行家》《红豆生南国》《儿童法案》《管家》在内的50本国内外文学著作，为全民阅读奉上了一道文化饕餮盛宴。同时，莫言、王蒙领衔的30人专家评委团也正式亮相。

北京大学中文系教授洪子诚携两部作品《我的阅读史》与《读作品记》亮相北大博雅讲坛 北大博雅讲坛第127期在北京举行。学者、北京大学中文系教授洪子诚携两部作品《我的阅读史》《读作品记》来到现场，与学者解志熙展开对谈。洪子诚认为，阅读行为其实跟个人的生活经历、修养及性格有密切的关系。

第二届“山花·虎溪诗会”在四川美院举行 4月23日，正值“世界读书日”。上午九时，由四川美术学院和《山花》杂志社共同主办、四川美术学院图书馆承办、四川英盟文化传播有限公司赞助的第二届“山花·虎溪诗会”拉开帷幕。四川美院图书书馆馆长傅舟主持了开幕仪式，四川美术学院张杰副院长、侯宝川副院长、彭林权副院长，重庆高校图工委秘书长、博导彭晓东，四川美院教授、评论家王林，《山花》社长、主编李寂荡，四川英盟文化传播有限公司周海夫董事长分别致辞，对“山花·虎溪诗会”的合作模式寄予厚望。随后，川美与《山花》签订了长期合作协议。诗会向著名诗人于坚颁发了“（英盟）山花·虎溪诗会诗人奖”，并向五位川美师生颁发了“（英盟）山花·虎溪诗会诗歌作品奖”。艺术家应天齐、诗人李海洲、艺术评论家杨卫等也出席了仪式。

“听书与阅读——世界图书和版权日京版集团第16届讲坛”在京举行 从纸质阅读到电

子阅读、有声阅读，读者的阅读方式日趋灵活多样。“听书”这种伴随式阅读无疑在人们快节奏的工作生活与读书需求之间找到了平衡点。4 月 23 日，由北京出版集团与国家图书馆联合主办的“听书与阅读——世界图书和版权日京版集团第 16 届讲坛”在国家典籍博物馆举行。国家图书馆副馆长陈樱，北京出版集团原董事长乔玢、总经理曲仲、纪委书记张景斋及与会嘉宾分享解读了各自对“听书”与“阅读”的体会。

2017 年度“中国好书”颁奖盛典在京举行　23 日晚，备受瞩目的 2017 年度“中国好书”颁奖盛典在央视一套、十套黄金时间播出。经过一整年的“博观约取”，《习近平谈治国理政》第二卷、《习近平讲故事》《华为创新》《读懂中国经济》《诗的八堂课》《阿莲》《三磅宇宙与神奇心智》等 29 种图书在书海中脱颖而出，入选 2017 年度“中国好书”。

4 月 24 日

首届“梁羽生文学奖”启动，网络文学出版物也可以参选　4 月 24 日，“梁羽生文学奖”正式启动评选，“梁羽生文学奖”已得到梁羽生后人的授权和支持，该奖是国内首个以题材内容划分的文学奖，既注重作品的文学性与独创性，也注重作品的可读性与传播性，以出版图书为主，同时考虑纸书化、影视化、IP 化的原创网络文学作品。

《问天之路——中国航天发展纪实》首发仪式在上海举行　2018 年 4 月 24 日是第三个中国航天日。4 月 24 日下午，由上海交通大学出版社与钱学森图书馆共同举办的庆祝第三届“中国航天日”暨《问天之路——中国航天发展纪实》（以下简称《问天》）一书首发仪式在上海交通大学钱学森图书馆举行。《问天》由原《解放军报》副总编辑李选清少将与《解放军报》军事工作宣传部副主任柳刚合著。在书中，李选清分享了自己三十多年来深入航天第一线采访到的航天故事，回顾了改革开放四十年来，特别是党的十八大以来，中国航天科技的发展和成就。

《红星照耀中国》中文版出版 80 周年座谈会在京举行　作为记录中国革命的经典著作，美国记者埃德加·斯诺所著《红星照耀中国》英文版 1937 年在英国面世，首个中文全译本 1938 年在我国上海出版。今年 4 月 24 日，由中国出版集团、人民文学出版社、全国中语会联合主办的“红星耀中国 经典长流传——纪念《红星照耀中国》中文版出版 80 周年座谈会”在北京举行。学界、教育界约 20 位专家学者出席活动。

第一位中国“冬妮娅”、翻译家高莽夫人孙杰逝世　中国第一个在话剧舞台扮演“冬妮娅”的哈尔滨人孙杰女士于 2018 年 4 月 24 日 12 时在北京逝世 终年 92 岁，她是中国话剧舞台上第一位在苏联话剧《保尔·柯察金》中扮演冬妮娅的演员，她生前为文化部外联局离休干部。她的另一个身份是话剧《保尔·柯察金》的首译者高莽夫人。

作家姚鄂梅《贴地飞行》新书分享会在京举行　4 月 24 日晚，世界读书日的第二天，由北京外研书店、北京十月文艺出版社主办的“作家姚鄂梅《贴地飞行》新书分享会”于北京外研书店举行。评论家徐则臣、谢尚发及本书作者姚鄂梅出席活动，与各界读者一道分享了在城市与乡土之间书写小人物的思考。

4月25日

贾平凹长篇小说《极花》荣获首届“北京大学王默人–周安仪世界华文文学奖”评委会大奖 4月25日，为迎接北京大学建校120周年校庆，首届“北京大学王默人–周安仪世界华文文学奖”颁奖典礼在北京大学英杰交流中心举行。该奖项由美国华裔王默人和周安仪向北京大学捐资设立，由北京大学中文系主办。中国作协副主席贾平凹长篇小说《极花》、马来西亚作家黄锦树短篇小说集《雨》荣获评委会大奖，贾平凹文化艺术研究院应邀参加活动。

中国作家协会“文学照亮生活”全民公益大讲堂在浙江省余姚市梁弄镇举办 4月25日，中国作家协会“文学照亮生活”全民公益大讲堂在浙江省余姚市梁弄镇举办。中国作协副主席刘恒为余姚市300多名基层作者、文学爱好者和老区群众代表带来了题为“文学的动机与使命”的精彩讲座。这也是中国作协自2016年创办该项文学公益活动以来的第11场讲座，至今已有铁凝、王蒙等多位文学大家走上讲坛。

“鲁迅与但丁：跨时空对话”中意文化交流论坛在浙江绍兴举行 一位是现代中国的“民族魂”、五四新文化运动的重要参与者、中国现代文学的奠基人，一位是十三世纪末意大利诗人、现代意大利语奠基者、欧洲文艺复兴时代的开拓人物之一。穿越600余年的时空，跨越千万里山水。4月25日，“鲁迅与但丁：跨时空对话”中意文化交流论坛在浙江绍兴举行，鲁迅、但丁后裔及相关学者齐聚，绘制东西方文化碰撞交融画卷，厚植文化交流沃土。

中国诗人“诗歌轻骑兵”走进渠县 达州渠县，是中国诗歌之乡。春天的渠县，万木逢春，生机勃发。4月25日，为人民诵读——中国诗人“诗歌轻骑兵”暨四川省作家协会“红色文学轻骑兵”走进渠县活动完美落幕。

2018上海文学影视创投峰会活动（春季场）举行 2018上海文学影视创投峰会活动（春季场）25日亮相上海市作家协会。顺利召开。本次峰会由上海市文化广播影视管理局、上海市作家协会、SMG影视剧中心、阅文集团主办，上海文学创作中心、上海市电影发行放映行业协会承办，上海作家俱乐部有限公司协办。

4月26日

《人民文学》2018年第5期发表莫言新剧本《高粱酒》 莫言将在该期杂志中发表戏曲文学剧本《高粱酒》以及《〈高粱酒〉改编后记》。此次的新剧本《高粱酒》与莫言《红高粱家族》中的故事密切相关，大体以此为基础进行改编。杂志卷首明确指出，该剧本是在“红高粱家族”之上的一次新的创作，“并非旧瓶装新酒”。

4 月 27 日

吉林省作家协会第二届签约作家 2018 年工作会议召开 4 月 27 日，吉林省作家协会第二届签约作家 2018 年工作会议召开。省委宣传部、省作协、省文学院有关领导参加会议。省委宣传部副部长张志伟对习近平新时代文艺思想作了深入浅出的解读。15 位第二届签约作家汇报了一年来的创作成果，畅谈了创作心得和感悟，梳理了创作思路，也给彼此带来了有益的交流和启迪。

“志愿文学”网络作家基层行启动仪式暨座谈会在上海举行 眼下，越来越多网络文学作品，将目光投向鲜活的时代万象，开拓了现实主义书写的深度与广度。为了让更多网文作者汲取现实沃土养分，“志愿文学”网络作家基层行启动仪式暨座谈会 27 日下午在上海举行。

鲁迅文学院第三十一期少数民族文学创作高级研修班结业 4 月 27 日，鲁迅文学院第三十一期少数民族文学创作高级研修班（诗歌班）结业典礼在京举行。中国作协副主席、鲁迅文学院院长吉狄马加出席结业典礼，并为学员们颁发结业证书。吉狄马加在总结讲话中说，本期少数民族文学创作高级研修班是中国作协、鲁迅文学院认真贯彻落实中央民族政策、进一步加强少数民族文学人才培养的重要举措，是适应新形势新任务、积极探索作家培养渠道、提高少数民族作家综合素养和创作水平的一次成功实践，对少数民族作家更好地把握时代脉搏、坚持正确的创作导向、开阔眼界、增长见识、夯实基础有着重要意义和作用。希望学员们继续深入学习贯彻习近平新时代中国特色社会主义思想和党的十九大精神，在今后的文学旅途上踏实前行，以火热的激情为人民创作出更多灿烂优美的传世华章，不辜负各族人民对少数民族文学的新期待。孙显平（满族）、韦荣兵（壮族）、田文凤（土家族）、妥清德（裕固族）等学员代表先后发言，畅谈了各自的学习心得和收获，表达了对鲁院的感激和留恋之情。

4 月 28 日

韩少功做客龙岗文学名家讲坛 以“文化的代际差异与地缘差异”为主题开讲，并与龙岗文学爱好者进行深入交流 4 月 28 日，龙岗文学名家讲坛 2018 年第三场活动走进龙岗文化中心。原海南省文联主席、海南省作协主席、著名作家韩少功以“文化的代际差异与地缘差异”为主题开讲，与龙岗文学爱好者进行深层次的文学交流。龙岗区委常委、宣传部部长胡庚祥参加活动。

长篇纪实文学《激战倒春寒》在京首发 由南京出版社出版的、记录反对日本名古屋市长河村隆之否认南京大屠杀史斗争全过程的长篇纪实文学——《激战倒春寒》新书，4月28日在北京的中国人民抗日战争纪念馆举行首发式。中国人民抗日战争纪念馆、常州大学、环球网、南京出版社、维护南京大屠杀历史真相律师联盟、世界和平与人权教育基金理事会作为此次活动主办单位并派人参加了首发式。91岁高龄的南京大屠杀幸存者常志强老人在其女儿常小梅的陪伴下，应邀专程从南京赴京出席了会议。

4月29日

第十六届“雨花奖”全国中小学生作文大赛暨第八届“雨花杯”十佳文学少年颁奖典礼在南京举行 4月29日，在南京举行的第十六届“雨花奖”全国中小学生作文大赛暨第八届“雨花杯”十佳文学少年颁奖典礼上，江苏省作协副主席、著名作家周梅森作为颁奖嘉宾，寄语“小作家”们，“希望孩子们以梦为马，运用自己的创作天赋描绘所生活的时代。”

据介绍，“雨花奖”全国中小学生作文大赛和“雨花杯”十佳文学少年评选由江苏凤凰教育出版社《全国优秀作文选》编辑部主办，自1985年创办至今，已有30多年的历史。今年，共有来自全国25个省、自治区、直辖市的2000多所学校，6万余名中小学生参加，最终评出600余名“雨花奖”全国中小学生作文大赛一、二、三等奖获得者，以及10名“雨花杯”全国十佳文学少年。

5月

5月2日

纪实文学《梁家河》一书首发仪式在西安举行 纪实文学《梁家河》一书首发仪式2日在陕西西安举行。该书近日由陕西人民出版社出版，即日起在全国新华书店发行。纪实文学《梁家河》全书10余万字，40幅图片，共分为四个部分。第一部分记录了习近平总书记两次回梁家河的生动场景及40多年来对梁家河乡亲们的绵绵深情和关心牵挂；第二部分讲述了他带领村民打坝造田、修沼气池、建铁业社等发展生产的为民情怀以及刻苦学习、不忘修身的励志故事，让读者深刻认识到青年习近平是如何在逆境中成长，在窑洞里读书求知、汲取精神力量，在实干中逐步树立“要为人民做实事”的坚定理想信念；第三部分讲述了当年与习近平交往中的小伙伴们获得了哪些人生大学问，进而提升了他们的人生境界，影响了他们的人生道路；第四部分通过梁家河40多年来，特别是党的十八大以来乡亲们的幸福生活，为读者展现了梁家河村翻天覆地的巨大变化。

5月3日

北京老舍文学院首届中青年作家高级研讨班开学典礼 5月3日，由北京老舍文学院举办的首届中青年作家高级研讨班开学典礼在北京怀柔举行，20名由北京各区选送的作家学员开始为期15天的学习之旅。北京文联党组书记、常务副主席沈强，北京市文联党组副书记、北京作协分党组书记程惠民，北京作家协会主席、北京老舍文学院院长刘恒等出席开学典礼。典礼由北京作协驻会副主席、北京老舍文学院常务副院长王升山主持。刘恒、刘庆邦、白烨、贺绍俊、白延庆、李林荣、徐则臣等作家评论家，将为首届学员授课，并担任导师，与北京作协一起，共同帮助中青年作家实现创作上的更大进步。

5月5日

刘国强长篇报告文学《罗布泊新歌》作品研讨会 5月5日，由《中国作家》杂志社、辽宁省作协联合主办的刘国强长篇报告文学《罗布泊新歌》作品研讨会在京举行。中国作协书记处书记吴义勤，辽宁省作协党组书记、主席滕贞甫，同胡平、白烨、施战军、何向阳、李炳银、李朝全、汪守德、高伟、孔令燕、王国平等与会研讨。会议由《中国作家》主编王山主持。《罗布泊新歌》是作家刘国强继《日本遗孤》《浪子的春天》之后新创作的长篇报告文学作品，讲述了中国钾肥事业从无到有、不断发展壮大的曲折历程。与会专家学者认为，《罗布泊新歌》是当下现实主义题材创作的重要收获，作品接地气、有温度，而且有时代感，是有使命意识的作家对时代精神的书写和阐释，尤其是作品中所贯穿的奋斗精神、理想精神和创业精神值得肯定。

5月6日

刘兴诗科普创作研讨会在京召开 5月6日上午，“刘兴诗科普创作研讨会”在北京召开，会议由中国科普作家协会主办，长江少年儿童出版社（集团）有限公司承办。参加会议的有，老一辈科普作家陶世龙、汤寿根、周国兴、宗介华、余俊雄；中国科普研究所所长、中国科普作家协会党委书记、副理事长王康友，中国科普作家协会秘书长陈玲，中国科普研究所助理研究员、《科普创作》执行编辑姚利芬；长江少年儿童出版社（集团）总经理李旭东，副总经理柯尊文以及相关编辑；中国国家图书馆社会教育部、中国记忆项目中心主任汤更生及其团队；《人民日报》《光明日报》《中国出版商报》、新华网等10余家新闻媒体代表出席。会议由《科普时报》总编辑、中国科普作家协会常务副秘书长尹传红主持。

第五届冯牧文学奖在京颁奖 5月6日，第五届冯牧文学奖在京颁奖。中国作协副主席陈建功、高洪波、李敬泽、阎晶明等出席颁奖活动。束沛德、周明、张守仁、崔道怡、缪俊杰、杨匡满、孟繁华、陈晓明、何向阳、徐剑等作家、评论家、编辑家参加活动。颁奖活动由中国作协书记处书记吴义勤主持。经过严格评选，评委会将本届冯牧文学奖授予石一枫、鲁敏、李云雷三人，以奖掖他们近年来在文学创作和文学理论批评领域的突出成绩。

5月8日

“世界文学的共性和多元”思南读书会 5月8日晚，由上海市新闻出版局、上海市作家协会、中共上海市黄浦区委宣传部主办，鲁迅文学院、思南公馆承办的“世界文学的共性和多元”思南读书会在上海思南文学之家举行。来自鲁迅文学院“2018国际写作计划”的9位外国作家与上海的文学爱好者们进行交流。读书会围绕诗意、叙事、多元等主题单元，分三组展开对谈，翻译家、作家、出版人黄昱宁主持了本场读书会。

专家研讨陈彦长篇新作《主角》 5月8日，由中国作协创研部和作家出版社联合主办的“庆祝改革开放40周年现实题材作品系列研讨”之陈彦长篇小说《主角》研讨会在京举行。中国作协名誉副主席王蒙、中国作协副主席李敬泽出席并讲话。作家出版社总编辑黄宾堂及十余位专家学者与会研讨。研讨会由中国作协创研部主任何向阳主持。《主角》是作家、戏剧家陈彦的长篇小说新作，首刊于《人民文学》，后被多家刊物转载，并入选多个年度推荐榜单。作者以扎实细腻的笔触，尽态极妍地叙述了秦腔名伶忆秦娥近半个世纪人生的兴衰际遇和起废沉浮，及其与秦腔和大历史起起落落之间的复杂关联。据悉，《主角》也是“庆祝改革开放40周年现实主义题材作品系列研讨”的第一部作品。

《星星》诗刊奖掖2017年度佳作 5月8日，由四川作协、《星星》诗刊社、成都文理学院共同主办的“2017·星星年度诗歌奖”颁奖典礼在成都举行。四川作协党组书记侯志明、副书记张颖，《星星》诗刊主编龚学敏，成都文理学院校长唐小林、党委书记高华锦等参加活动并为获奖者颁奖。

5月9日

《中国民间文学大系》“民间文学理论”专家组在京成立 5月9日，《中国民间文学大系》出版工程“民间文学理论”专家组成立大会、新时代民间文学理论建设学术研讨会在京举办。大系出版工程负责人、专家组成员和中国文联出版社代表与会，围绕“民间文学理论卷”出版规划及2018年示范卷编纂任务进行深入交流。大会宣读了《中国民间文学大系》出版工程“民间文学理论”专家组成员名单及专家组职责。中国民协分党组书记、驻会副主席、中国民间文学大系出版工程领导小组办公室常务副主任邱运华为“民间文学理论”专家组组长、副组长颁发聘书。北京大学社会学系主任高丙中、华东师范大学社会发展学院副院长田兆元担任《中国民间文学大系》出版工程“民间文学理论”专家组组长，并与中国民协代表签订任务书。

5月10日

第十六届“诗探索.华文青年诗人奖”颁奖典礼在浙江文成举行 2018年5月10—12日，第十六届“诗探索·人天·华文青年诗人奖”颁奖典礼暨诗歌研讨会在刘伯温故里——浙江文成县举行。首都师范大学教授、《诗探索·理论卷》主编吴思敬，《诗探索·作品卷》主编林莽，《诗探索》杂志社社长、人天书店集团董事长、诗人邹进，《诗探索》办公室主任徐丽松，第四届华文奖获得者、本届评委、甘肃省作协副主席牛庆国，本届获奖诗人吴乙一、徐晓、祝立根，历届获奖者黑枣、徐俊国、慕白、陈亮、谈雅丽以及诗人马叙、小路、陈星光、卢建平、王孝稽、泥人、卢山、壬阁等诗人和评论家以及人天书店驻浙江办事处敬小芹、曹汉等几十人出席了会议。此次活动由《诗探索》杂志社主办、文成县文联承办。

中国当代文学创作工程规划会在京举行 5月10日，中国当代文学创作工程规划会在京举行。中国作协党组成员、副主席李敬泽出席会议并讲话。上海作协党组书记王伟、河北作协党组书记王凤、陕西作协党组书记钱远刚、广东作协创研部主任谢石南、宁夏作协副主席李进祥等在会上先后发言。中国作协相关部门单位主要负责人、部分省区市作协负责同志40余人参加会议。会议由中国作协创研部主任何向阳主持。根据中宣部印发的《中国当代文学艺术创作工程规划（2017—2021年）》，中国作协制订了《〈中国当代文学创作工程规划（2017—2021年）〉实施方案（征求意见稿）》。为加强对该工程的统筹指导，中国作协成立了工程领导小组，组长为李敬泽，副组长为阎晶明、吴义勤，小组成员由相关部门单位主要负责人组成。工程办公室设在中国作协创研部。

中国少数民族作家学会三届二次代表大会在京召开 5月10日，中国少数民族作家学会三届二次代表大会在京召开。中国少数民族作家学会名誉会长玛拉沁夫，中国作协副主席、中国少数民族作家学会会长吉狄马加，中国作协副主席白庚胜、阎晶明，国家民委文宣司副司长钟廷雄等出席大会。与会者深入学习习近平新时代中国特色社会主义思想，贯彻落实党的路线方针政策，围绕学会改革发展进行了探讨，对学会今后的工作充满信心。大会由中国少数民族作家学会常务副会长叶梅主持。出席大会的还有中国少数民族作家学会副会长阿扎提·苏里坦、李霄明、石一宁、尹汉胤、景宜等。来自全国各地的学会会员代表及特邀代表等80余人与会。

5月11日

鲁迅文学院当代现实题材创作作家高级研修班开班 5月11日，鲁迅文学院当代现实题材创作作家高级研修班开学典礼在京举行。中国作协主席铁凝，中国作协党组书记、副主席钱小芊，中国作协副主席、鲁迅文学院院长吉狄马加，中国作协副主席阎晶明，中国作协书记处书记吴义勤出席开学典礼，向学员们表示欢迎和祝贺。开学典礼由鲁迅文学院常务副院长邱华栋主持。出席开学典礼的还有中国作协办公厅副主任毛广程，鲁迅文学院副院长邢春、王璇等。学员代表王昆、王妹英在开学典礼上发言，分享了各自在现实题材创作过程中的体会和感悟，表达了对参加此次高级研修班学习的喜悦和感激之情。

江苏网络文学发展工作座谈会 5 月 11 日，由江苏省作协主办的江苏网络文学发展工作座谈会在南京召开。江苏省作协党组书记韩松林，江苏省委宣传部文化产业处处长王明珠，江苏省网络作协主席陈彬（跳舞）以及数十位网络作家代表参加座谈会。座谈会由江苏作协书记处书记王朔主持。会上，江苏省网络作协与江宁区政府签订了《成立中国网络文化产业园暨网络文学主题街区合作备忘录》，并发布首届泛华文网络文学“金键盘”奖评奖公告。江苏省网络作家协会发布公告，将举办首届泛华文网络文学“金键盘”奖。“金键盘”奖每两年评选一次，奖项分为 2 个评奖类别（创作题材优秀作品奖和 IP 改编及项目类别优秀作品奖），19 个具体奖项，27 个奖励名额。

“十月作家居住地·武夷山”首场名家讲堂开讲 5 月 11 日，“十月作家居住地·武夷山”首场名家讲堂开讲。评论家陈晓明、张柠围绕“文学与当代生活”话题进行了一场深度对话与交流，并与现场文学爱好者共论文学思潮。围绕“文学与当代生活”的关系，陈晓明和张柠着重讨论了当代生活区别于传统生活的主要特征、当代生活经验与文学审美经验的关系，以及文学如何表达时代生活与时代精神等话题。两位学者结合他们各自对当代生活和文学的理解，为文学爱好者更好地理解中国当代文学提出了建议。来自武夷山当地的大中院校学生、青年作家及文学爱好者百余人参加活动。活动由北京出版集团旗下十月文学院、北京师范大学中国当代文学与文化研究中心等举办。

第三届新媒体原创文学大赛颁奖典礼在京举行 5 月 11 日，由中国出版集团公司主办的第三届海峡两岸新媒体原创文学大赛颁奖典礼在北京举行，一批关注现实的网络文学新作受到奖掖。本届大赛于 2017 年 4 月启动，征稿半年内共收到来自中国大陆、港澳台地区及其他部分国家的有效参赛作品 1426 部，主题突出、内容丰富。经过初评和复评，9 位终评委从 100 部进入终评的作品中最终评出 15 部获奖作品：《风雪将至》获大佳金奖，《静静的运河》《王致和》获大佳银奖，《白纸阳光》《自燃树》《天堂钥匙》获大佳铜奖，《垒影子的人》《一个士兵的哨所》《柠檬绿的夏天》《当葡萄爱上狐狸》《裂焰-村官的 2015》《身份告急》《别人的故事》《瘗佛》获大佳优秀奖，《岐黄》获最佳故事奖。其中，《自燃树》和《柠檬绿的夏天》来自台湾地区。会上，新世界出版社和中版集团数字传媒有限公司签署了纸质书出版合同，《岐黄》和前两届大赛的 7 部作品将由该社进行纸质书出版。

南京筹备申报“文学之都” 11 日，记者从南京市政府获悉，首届“一带一路”国际文学暨青年创意与遗产论坛将于本月在南京举行，届时将有来自“一带一路”沿线的 19 位知名汉学家和45国优秀青年代表齐聚，围绕文学、文化和城市遗产等主题进行深入研讨。据了解，“一带一路”国际文学论坛计划将永久落户南京市，为南京市申报大陆首个“文学之都”助力。据介绍，首届“一带一路”国际文学暨青年创意与遗产论坛由联合国教科文组织、中国联合国教科文组织全国委员会和2018南京历史文化名城博览会组委会、中国文化对外翻译与传播研究中心主办。受邀出席本次论坛的汉学家包括：中华图书特殊贡献奖获得者、印度著名汉学家墨普德，翻译土耳其语《孙子兵法》的青年汉学家吉来，美国联合国教科文组织全国委员会专家、作家克里斯托福·麦林等；国内方面则有毕飞宇、叶兆言、薛冰等。

5月12日

“百川汇海·作家大讲堂”第九期在京开讲 2018年5月12日，“百川汇海·作家大讲堂”系列讲座第九期在京开讲。在两个多小时的讲座中，作家、中国人民大学文学院教授梁鸿从自身的文学创作经历出发，以“虚构与非虚构写作——以梁庄为中心”为主题，深刻阐述“中国故事”的非虚构表达形态。在京多名作家，以及鲁迅文学院部分学员、中关村海归文学社团、海淀小作家协会、海淀高校文学社团联盟和社会文学爱好者300余人现场聆听。讲座现场，梁鸿通过讲述自己的创作经历，生动呈现了“中国故事”非虚构表达的多维度和复杂性。

北京师范大学国际写作中心成立五周年纪念仪式 5月12日，由北京师范大学国际写作中心主办的“北京师范大学国际写作中心成立五周年纪念仪式暨世界视野、人文传统与当代中国的文学教育主题论坛”在京举行。中国作协主席铁凝出席活动并致辞。中国作协副主席李敬泽、北京师范大学副校长周作宇、北京师范大学文学院院长过常宝，以及作家、批评家、学者数十人参加活动。活动由中国作协副主席、北京师范大学国际写作中心主任莫言主持。铁凝代表中国作协对国际写作中心五年来所取得的成绩表示祝贺。在“世界视野、人文传统与当代中国的文学教育主题论坛”上，大家发言踊跃。曹文轩、毕飞宇、何伟全、苏童、余华、格非、迟子建、欧阳江河、邱华栋、李洱、何锡章、孟繁华、张燕玲、王尧、季进、唐晓渡、刘福春、王家新、罗振亚、韩春燕、梁鸿、何言宏、敬文东、孙晓娅等作家、学者与会并发言。

“陕西当代作家创作与新世纪陕西文学发展”国际学术研讨会 5月12日，由陕西省作协与西安工业大学联合主办的“陕西当代作家创作与新世纪陕西文学发展”国际学术研讨会在西安举行。陕西省作协党组书记钱远刚、西安工业大学党委书记刘卫国出席会议并致辞。会议开幕式由陕西省作协副主席李国平主持。来自全国各地的30余位专家学者参加会议。研讨会上，大家围绕“延安文艺传统与陕西当代文学关系研究”“地域文化与陕西当代作家创作关系研究”“陕西当代文学发展中‘现实主义’问题研究”“新世纪陕西文学发展态势研究”“地域文学研究的新视角与新方法”等议题做了不同主题的发言，对21世纪以来陕西文学发展中的成果和不足给予肯定并提出建议。

5月13日

莫言新作研讨会在京举行 5月13日下午，由北京师范大学国际写作中心主办的“高密东北乡的归去来辞：莫言新作研讨会”在京举行，与会的众多学者、作家围绕莫言近期发表的新作展开热烈讨论。中国作家协会副主席、书记处书记李敬泽出席会议。北京师范大学特聘教授、作家苏童、北京师范大学文学院副院长张清华主持研讨。参加研讨会的作家、学者还有欧阳江河、李洱、王干、宁肯、程光炜、季进、王侃、韩春燕、张晓琴、刘艳、曹霞、饶翔、王小王、张同道、张莉、熊修雨、刘江凯、孙海燕、姜肖等。

《航鹰文集》出版作品研讨会在京举行 5月13日，由天津市作家协会、中国现代文学馆、中国作家出版集团、文艺报社、文汇出版社联合主办的“《航鹰文集》出版作品研讨会”在北京举行。中国作协副主席何建明，中国作协书记处书记吴义勤，天津作协主席赵玫，天津作协党组副书记、专职副主席李彬，《文艺报》总编辑梁鸿鹰，文汇出版社社长桂国强，天津市委宣传部文艺处处长杨君毅等出席研讨会并讲话。会议由中国作家出版集团管委会副主任徐忠志主持。参加讨论会的还有张春生、李师东、黄桂元、刘颋、闫立飞、刘卫东、马津海、付小悦、虞金星、李玉林、杨月春等作家、评论家，以及天津作家代表二十余人。

《航鹰文集》新近由文汇出版社出版，共九卷，收入了她的大部分文学作品，包括小说卷五册《东方女性》《幽默小说选》《宝匣》《倾斜的阁楼》《普爱山庄》；散文卷两册《误攀穹顶》《绿魂》；传记《商旅》；电视剧本《火凤凰》。小说卷囊括了《明姑娘》《金鹿儿》《东方女性》《枫林晚》《前妻》《老喜丧》《宝匣》等深受广大读者喜爱的名篇。

5月14日

中国作协机关举办青年文学讲座——王蒙作《永远的文学》报告 5月14日上午，中国作协机关在中国现代文学馆举办青年文学讲座，邀请著名作家王蒙作《永远的文学》报告。中国作协党组书记处钱小芊、阎晶明、吴义勤，中国作协各单位各部门领导班子成员和机关、直属单位青年同志参加讲座。王蒙在报告中从文学与精神、文学与想象、文学的生活化与极致化三个方面，对文学的当代价值进行了深入浅出的解读。这次青年文学讲座是中国作协机关党委组织的，中国作协党组成员、机关党委书记吉狄马加主持讲座。吉狄马加在主持讲座时说，王蒙的文学课内容丰富、视野开阔，充满了真知灼见和文学智慧，对我们理解文学的现实作用、提高文学素养和业务能力具有启发和促进的作用。

5月15日

中国现代文学馆聘任第七届客座研究员 5月15日，中国现代文学馆第六届客座研究员离馆暨第七届客座研究员聘任仪式在京举行。中国作协主席铁凝，中国作协党组书记、副主席钱小芊出席仪式。中国作协党组成员、副主席李敬泽出席并讲话。经过中国现代文学馆学术委员会的严格评审，第七届客座研究员的名单确定，黄灯、申霞艳、木叶、刘江凯、李音、沈杏培、李广益、刘芳坤、李松睿、张光昕共10位青年批评家成为这支队伍的新成员。这也意味着第六届客座研究员徐勇、王士强、李丹、李伟长、金春平、白惠元届满离馆，他们被聘为中国现代文学馆特邀研究员，以新的形式参与文学馆的研究活动。活动仪式上，铁凝、钱小芊为第六届客座研究员颁发了“特邀研究员聘书”，为第七届客座研究员颁发了“客座研究员聘书”。中国作协办公厅主任李一鸣、中国现代文学馆馆长助理梁飞参加仪式。仪式由中国现代文学馆研究部主任李洱主持。

“纪念《狂人日记》发表一百周年”学术研讨会在京召开 为纪念鲁迅第一篇白话小说《狂人日记》发表一百周年，由北京鲁迅博物馆（北京新文化运动纪念馆）和中国鲁迅研究会主办的“纪念《狂人日记》发表一百周年”学术研讨会于2018年5月15日在北京召开。来自全国各高校与科研院所的专家学者30余人与会发表论文，围绕鲁迅的诞生与中国现代白话小说的发端、《狂人日记》文本细读、《狂人日记》的比较与影响研究、《狂人日记》研究史等议题展开了充分的交流和研讨。据悉，卢英敏大使是鲁迅文学院实施国际写作计划以来第一位登上鲁院讲台的外国驻华大使。

韩国驻华大使卢英敏访问鲁迅文学院 5月15日，韩国驻华大使卢英敏到中国作家协会所属鲁迅文学院访问讲学。中国作家协会副主席阎晶明会见卢英敏大使，对大使重视加强与中国作家协会的交流合作表示感谢，并对进一步推动中韩两国文学交流深入交换了意见。据悉，卢英敏大使是鲁迅文学院实施国际写作计划以来第一位登上鲁院讲台的外国驻华大使。

5月16日

“弘扬柳青精神·打造柳青家园”座谈会在西安召开 5月16日，为贯彻习近平文艺思想，弘扬柳青精神，推动文学陕军再进军，陕西省作协、省社科联等单位在西北饭店召开了“中国文学第一村·柳青家园项目座谈会”。中国作协副主席阎晶明出席会议并作主旨讲话，陕西省作协党组书记、常务副主席钱远刚主持了座谈会。中国作协副主席、陕西省作协主席贾平凹，柳青同志的女儿刘可风同志为会议召开发来致辞。中国当代文学研究会会长白烨等八位专家学者发言。中国当代文学馆前馆长周明打来电话对会议召开表示祝贺。

中国作协“文学照亮生活”全民公益大讲堂走进宁夏 5月16日，宁夏回族自治区党委书记、人大常委会主任李建华，自治区主席刘慧在银川会见了中国作家协会主席铁凝。李建华、刘慧代表自治区党委、政府对铁凝一行来宁考察表示欢迎，向中国作协长期以来给予宁夏文学事业发展的支持表示感谢。李建华说，这次铁凝主席将中国作协“文学照亮生活”全民公益大讲堂的首站放在宁夏西吉，并深入贫困地区授课讲座，与基层作家交流座谈，既符合党中央对文艺创作“三贴近”的要求，也体现了中国作协对西部地区、民族地区文学事业发展的关心，必将对作家群体起到巨大的鼓舞和示范作用。铁凝说，这次到宁夏考察、在西吉授课，是一趟“补钙吸氧”、洗涤心灵之旅。宁夏是一片文艺创作的热土，对广大文学创作者具有独特的感召力和吸引力。宁夏作家队伍扎根基层，深入群众，创作了许多反映生活、鼓舞人心的好作品，使我们感受到了向上向善的正能量。中国作协将在本土创作、基层作家人才培训等方面给予宁夏更大支持，助推宁夏文学发展取得新进步。

5月17日

第六届中国童话节启动 第六届中国童话节17日在北京启动。童话节以“看童话、画童话、写童话、读童话、讲童话、演童话、创童话”为主线，通过童话主题活动及赛事，用童话开启和点亮孩子们一生爱的旅程。童话节包括“画童话”童话世界少儿书画大赛、“写童话”童话故事创作大赛、“童话之声”少儿歌曲演唱大赛、“童话之舞”舞蹈大赛、“童话之星”朗诵大赛暨小主持人选拔大赛、校园中英文短剧大赛、“创童话”科技创客童话意境大赛等多项活动。中国儿童文学研究会会长、中国童话节筹备组委员会主任庄正华表示，希望把童话节办成孩子们喜欢的节日，真正让孩子参与其中，从中受益。

北京老舍文学院首届中青年作家高级研讨班结业 5月17日，历时15天的北京老舍文学院首届中青年作家高级研讨班在北京怀柔举行了结业仪式。20名北京中青年作家参加了本届高研班的学习。北京市文联党组副书记、北京作协分党组书记程惠民在结业式上为学员颁发结业证书，北京作家协会驻会副主席、秘书长、北京老舍文学院常务副院长王升山为本届培训做了总结讲话。

首届中国网络文学周在杭州举行 5月17日，首届中国网络文学周在浙江杭州举行。中国作协主席铁凝，浙江省政协主席、省委宣传部部长葛慧君出席开幕式并致辞。中国作协网络文学委员会主任陈崎嵘，杭州市委副书记、市长徐立毅等出席开幕式。开幕式由中国作协副主席李敬泽主持。开幕式上，中国作协首次发布《中国网络文学蓝皮书（2017）》，并揭晓“2017中国网络小说排行榜”，全面回顾和总结2017年中国网络文学发展概貌，以优秀作品引领创作风向。铁凝、李敬泽等还参观、考察了中国网络作家村，了解网络文学创作业态。

2017年中国网络小说排行榜发布会 5月17日，2017年中国网络小说排行榜发布会在浙江杭州举行，2017年中国网络小说排行榜下半年榜揭晓，并为全年上榜作者颁发证书。

此次评选由中国作协网络文学中心、中国作协网络文学委员会共同主办，中国作家网承办。30余位上榜作者代表，以及来自全国各地的网络文学组织工作者、评论家、网络作家、文学网站负责人400余人参加发布会。会议由中国作协网络文学委员会主任陈崎嵘主持。经过初评与终评程序，评委对所有作品进行了严格审读和充分讨论。最终，陈崎嵘、欧阳友权、叶梅、胡殷红、鲍坚、徐可、安亚斌、肖惊鸿、陈定家、王祥、李林荣、何平、夏烈、桫椤、周志雄、庄庸、刘颋、许苗苗、邵燕君、马季等20位终评委实名投票确定全年共40部上榜作品。

2017年中国网络小说排行榜下半年榜（已完结作品）

（以得票多少为序，得票相同者以首发时间先后为序）

序号	作品名称	作者	推荐网站	时间
1	《孺子帝》	冰临神下	起点中文网	2016年3月20日
2	《朱颜·镜》	沧月	咪咕阅读	2015年1月1日
3	《不二掌门》	善水	不可能的世界	2016年12月1日
4	《燃魂传》	管平潮	咪咕阅读	2017年12月17日
5	《我是你的眼》	舞清影	小说阅读网	2014年6月3日
6	《乌云遇皎月》	丁墨	云起书院	2017年9月1日
7	《宝鉴》	打眼	起点中文网	2013年6月19日
8	《请叫我总监》	红九	晋江文学城	2017年8月6日
9	《西出玉门》	尾鱼	晋江文学城	2016年12月26日
10	《一路上有你》	吉祥夜	红袖添香	2014年5月1日

2017年中国网络小说排行榜下半年榜（未完结作品）

（以得票多少为序，得票相同者以首发时间先后为序）

序号	作品名称	作者	推荐网站	时间
1	《未亡日》	藤萍	火星小说	2016年5月16日
2	《牧神记》	宅猪	起点中文网	2017年6月20日
3	《平天策》	无罪	纵横文学	2017年7月21日
4	《大汉光武》	酒徒	网易文学	2017年8月24日
5	《古蜀国密码》	月斜影清	火星小说	2016年10月1日
6	《大国重工》	齐橙	起点中文网	2016年10月17日
7	《侯沧海商路笔记》	小桥老树	网易文学	2017年3月13日
8	《剑来》	烽火戏诸侯	纵横文学	2017年6月1日
9	《一念永恒》	耳根	起点中文网	2016年4月28日
10	《罪恶调查局》	骁骑校	网易文学	2017年7月18日

5月18日

天津文学馆建成揭幕 5月18日，天津市作家协会举行天津文学馆建成揭幕典礼。文学馆坐落于西青区侯台，规划占地面积61.82亩，建筑面积7283.76平方米，是集行政办公、工作生活、学习培训、参观展览、公益服务等多种功能为一体的综合性文化场馆。文学馆将着力打造为天津市文学创作中心、作家人才培训基地、文学交流学习平台和公益性文化服务活动的重要场所，使之成为文学群体的艺术殿堂、天津人民的精神家园和天津文化的重要标识。

纪念鲁迅艺术学院成立80周年研讨会在京举行 5月17日上午，纪念鲁迅艺术学院成立80周年研讨会在中国现代文学馆举行。研讨会由中国延安鲁艺校友会、中国延安精神研究会主办，延安市委宣传部、延安市革命纪念地管理局、延安鲁艺文化园区协办。中央有关部门、主办、协办单位负责同志，专家学者、部分原鲁艺学员及老同志120余人参加研讨会。

5月19日

首届中国科幻读者选择奖（引力奖）在北京揭晓 5月19日，首届中国科幻读者选择奖（暨“引力奖”）的获奖名单在北京中国科学技术馆报告厅举行的颁奖典礼上公布。最佳长篇小说奖由韩松的《驱魔》摘得。最佳中篇小说奖颁给陈楸帆的《怪物同学会》，最佳短篇小说奖则有两位获奖者，分别是韩松的《十环，或二零三八年，北京四十二分钟》和昼温的《沉默的音节》。引力奖是参照科幻最高奖雨果奖的评选机制而设立的华语科幻文学奖，旨在以平等开放的机制，奖励评选每年度优秀中文科幻文学创作。首届引力奖的提名作品和获奖作品均由首届亚太科幻大会付费会员投票决出。

任晓雯长篇小说《好人宋没用》研讨会 5月19日，由上海市作协、上海师范大学当代上海文学研究中心共同主办的任晓雯小说《好人宋没用》研讨会在上海举行。上海市作协党组书记、副主席王伟，张江高新区管委会政策处处长唐戈云，上海市作协创联室副主任李伟长，作家任晓雯，以及来自上海、浙江等地的学者近三十人参加研讨。研讨会由当代上海文学研究中心主任杨剑龙教授主持。任晓雯是近年来颇有影响的上海青年作家，曾获第17届百花文学奖开放叙事奖、第2届茅盾文学新人奖，作品被翻译为瑞典文、英文、意大利文、法文、德文、俄文等多国文字出版。新作《好人宋没用》发表于《十月·长篇小说》2017年第2期，被《长篇小说选刊》转载，获第14届十月文学奖长篇小说奖和《南方周末》文化原创榜年度好书奖。

5 月 20 日

首届汪曾祺华语小说奖在大连颁奖 5 月 20 日，由《小说选刊》杂志社、辽宁省作家协会、大连汉风国际文化发展有限公司、江苏省高邮市人民政府联合举办的“首届汪曾祺华语小说奖”在大连颁奖。中国作家协会党组成员、副主席阎晶明，辽宁省副省长孟庆海，汪曾祺先生之子汪朗，《文艺报》总编梁鸿鹰，鲁迅文学院常务副院长邱华栋，辽宁省委宣传部副部长孙成杰，辽宁省作家协会主席、党组书记滕贞甫，山西省作家协会主席杜学文，大连市副市长温雪琼，大连城市建设集团董事长董学林，《小说选刊》杂志社负责人王干，《小说选刊》副主编李晓东，江苏省高邮市委常委、宣传部部长潘建奇，以及《收获》《芒种》《山花》《青岛文学》等文学刊物负责人、责任编辑出席颁奖典礼。长篇小说奖得主赵本夫，获奖作品《天漏邑》；中篇小说奖得主王安忆、张悦然，获奖作品分别是《向西，向西，向南》和《大乔小乔》；短篇小说奖得主莫言、樊健军、双雪涛，获奖作品分别是《天下太平》《穿白衬衫的抹香鲸》《北方化为乌有》；微小说作家奖得主是蔡中锋。

5 月 22 日

全国大学生第六届“野草文学奖”邀请赛颁奖典礼举行 5 月 22 日，由云南省作家协会、昭通学院主办的全国大学生第六届“野草文学奖”邀请赛颁奖典礼在昭通学院举行。来自国内外的知名作家学者共同见证了校园文学新星的诞生。本次大赛共评出特等奖 1 名，一等奖 6 名，二等奖 9 名，三等奖 12 名，优秀奖 60 名。

5 月 23 日

第二届昌耀诗歌奖揭晓 5 月 23 日，经过燎原、唐晓渡、谭五昌、耿占春、李少君、龚学敏、胡弦、杨廷成、刘晓林九位终评委认真评审，第二届昌耀诗歌奖评选结揭晓。吴思敬获得特别荣誉奖，张清华获得理论批评奖，宋琳诗集《口信》、阿信诗集《那些年，在桑多河边》、陆健诗集《一位美轮美奂的小诗人之歌》获得诗歌创作奖。昌耀诗歌奖 2016 年设立，由青海省作家协会、国际汉语诗歌协会主办。

当代现实题材创作作家高级研修班结业 5 月 23 日，鲁迅文学院当代现实题材创作作家高级研修班结业典礼在京举行。来自全国各地的 40 名学员圆满完成各项学习研修任务，顺利结业。中国作协副主席、鲁迅文学院院长吉狄马加出席结业典礼，并为学员们颁发结业证书。出席结业典礼的还有鲁迅文学院常务副院长邱华栋、副院长王璇等。结业典礼由鲁迅文学院副院长邢春主持。

5月24日

广东青年作家创作培训班开班 5月24日，广东青年作家创作培训班在广州开班。来自全省各地的青年作家及前来交流的内蒙古、浙江作家代表70人将开展为期5天的集中学习。广东省作协党组书记、专职副主席张知干出席开班仪式并作动员讲话，《中国作家》杂志主编王山、《收获》杂志副主编钟红明、《西湖》杂志主编吴玄等出席开班仪式。广东作协秘书长、文学院院长熊育群主持开班仪式。

5月25日

第二届中国当代诗歌理论临港研讨会 5月25日，第二届中国当代诗歌理论临港研讨会在上海临港当代美术馆举行。本次大会的主题为“都市文化语境中的诗性书写”。王家新、罗振亚、严力、黄礼孩、古冈、安琪、张烨、杨剑龙、包慧怡、铁舞、蒋登科等诗人、评论家出席会议，围绕着现代诗歌在精神内涵和艺术形式上与都市的关系、现代诗歌诗意重建的方案、现代诗人以“异乡人”的身份在都市的生存和创作三大议题展开讨论。会议由诗人、诗歌活动策展人瑞箫策划主持。

第二届昌耀诗歌奖评选结果揭晓 5月25日，第二届昌耀诗歌奖评选结果揭晓。吴思敬获得特别荣誉奖，张清华获得理论批评奖，宋琳诗集《口信》、阿信诗集《那些年，在桑多河边》、陆健诗集《一位美轮美奂的小诗人之歌》获得诗歌创作奖。昌耀诗歌奖2016年设立，由青海省作家协会、国际汉语诗歌协会主办。

十月青年论坛研讨李宏伟小说创作 5月25日，十月青年论坛第八期在京举行，研讨青年作家李宏伟的小说创作。本次论坛以“此时此刻 新现实与旧情感——从李宏伟《现实顾问》谈起”为主题，从中篇小说《现实顾问》进而探讨新科技时代文学的现实书写与情感表达等话题。中国作协副主席李敬泽、北京大学中文系主任陈晓明、《十月》杂志主编陈东捷、微软小冰首席科学家宋睿华等参加论坛。此次活动为《十月》创刊40周年系列活动之一。《现实顾问》刊发于《十月》2018年第三期，在一个看起来充满科幻色彩的故事中表达了作者对现实、真实、存在等许多命题的思考。论坛上，石一枫、岳雯、徐刚、饶翔、丛治辰、李蔚超、刘汀等近20位青年作家、诗人、评论家、编辑共同探讨了当下如何在文学中表现科技与时代、科幻与现实、人文关怀与科学理性等话题。

5月26日

第二届贾平凹与中国当代文学研讨会 5月26日至27日，第二届贾平凹与中国当代文学全国学术研讨会在陕西省商洛市举办。研讨会由西北大学贾平凹研究中心、小说评论杂志社、商洛学院、丹凤县人民政府联合主办。中国作协副主席、陕西省作协主席贾平凹出席。孟繁华、谢有顺、李智军、武文罡、龙治刚、范新会、李震、韩鲁华、段建军等200余人与会研讨。

“文学之乡”授牌仪式在江苏举行 5月26日，“文学之乡”授牌仪式在江苏苏州举行，中华文学基金会正式向苏州市吴中区授予“文学之乡”称号。这也是继宁夏西吉、浙江桐乡、山东栖霞之后，全国第四个获此称号的地区。中国作协副主席何建明、叶辛，江苏省作协主席范小青，中华文学基金会秘书长李小慧等出席授牌仪式，并与张陵、叶兆言、王尧、程永新等作家评论家围绕江南文脉与中国现当代文学、吴地文学的发展更新等话题展开交流研讨。授牌仪式上，中华文学基金会还携手吴中区签订了合作协议，双方将共同主办“东吴文学奖”，该奖项由大奖、作品奖、新人奖三部分组成，每三年一届，首届“东吴文学奖”计划明年开评。

5月27日

中外作家交流营·中外作家写望城活动 5月27日至30日，“中外作家交流营·中外作家写望城活动”在湖南省长沙市望城区举行。此次活动由中国文化对外翻译与传播研究中心、北京语言大学“一带一路”中国文化教育与国际交流基金、长沙市作协、长沙市望城区委宣传部联合主办。中国作协副主席白庚胜出席活动。陈世旭、肖克凡、赵晏彪、王彬、孙春平等作家评论家和达莎、沈薇利、西蒙等汉学家参加活动。

第二届艾青诗歌节在金华举行 5月27日至28日，以“诗路华章，美好生活”为主题的第二届中国（金华）艾青诗歌节在诗人艾青的家乡浙江省金华市金东区举行。此次活动由中国诗歌学会、北京大学中国诗歌研究院、金华市委宣传部、金东区人民政府、金义都市新区管委会联合主办。中国作协副主席白庚胜出席活动。谢冕、黄怒波、林丹军、程天云、陈峰齐等主办方相关负责人，以及来自全国各地的近百位诗人、评论家参加有关活动。诗歌节期间，举办了艾青诗学研讨会、主题演讲、诗歌沙龙、音乐晚会、文旅产业论坛等一系列活动。

5月28日

第三届华语青年作家奖颁奖 5月28日，第三届华语青年作家奖在四川成都颁奖。中国作协副主席李敬泽，中共成都市委常委、宣传部部长田蓉，四川省作协副主席、成都市文联主席梁平等出席颁奖活动。“华语青年作家奖”由《青年作家》杂志社、华西都市报社、封面新闻共同主办。“华语青年作家奖”每年评选一次，旨在对过去一年内卓有成绩的青年作家作品进行发掘和推介。本届奖项类别有所调整，分为中篇小说、短篇小说和非虚构类三个奖项，每个奖项设主奖一名，提名奖两名。经过近四个月的评选，结合专家评委意见和读者网络投票，最终田耳凭借《一天》获得中篇小说类主奖，郝景芳的《长生塔》、西元的《黑镜子》获得中篇小说类提名奖；张楚以《水仙》获得短篇小说类主奖，任晓雯的《别亦难》、董夏青青的《雪山倚空》获得短篇小说类提名奖；王龙以《壮丽的荒芜事业》获非虚构类主奖，朱朝敏的《大水天上来》、周芳的《重症病房里的生与死》获得非虚构类提名奖。

第二届全国诗歌刊物主编恳谈会召开 5月28日，由中国诗歌网、《星星》诗刊杂志社主办，中共雅安市名山区委宣传部协办的第二届全国诗歌刊物主编恳谈会在四川雅安召开。中国作协副主席吉狄马加出席并讲话。李少君、龚学敏、冯明德、胡弦、李寂荡、李云、谢克强、李皓、金石开等20多家诗歌刊物、综合性文学刊物的主编、诗歌编辑与会，畅谈新时代语境下的诗歌建设，探讨新时代文学刊物的历史担当。

“作家评论家雷达故里行”活动举行 5月28日，由中国作协创研部、《小说选刊》杂志社、第三届“中国天水·李杜诗歌节”组委会共同主办的“作家评论家雷达故里行”活动，在已故著名文学评论家雷达的故乡甘肃天水举行。胡平、黄亚洲、叶广芩、李少君、赵海虹、李晓东、秦岭、马步升、高凯及来自北京、天津、山西、陕西、甘肃等地的作家评论家80余人参加此次活动。活动期间，大家来到雷达先生的出生地天水市麦积区新阳镇王家庄村故居院内凭吊，并和雷达亲属与村民交流。在雷达追思会上，作家评论家们围绕雷达的生平、思想、文学评论风格、散文创作成就、教书育人和对家乡的感情等方面进行了广泛深入的交流，深切缅怀这位为中国文学事业作出卓越贡献的老人、优秀的文学评论家和具有高度事业心与责任感的文学工作者。

《民族文学》天峨创作基地授牌仪式 5月28日至29日，由《民族文学》杂志社、广西作协和天峨县委县政府联合主办的“全国多民族著名作家天峨行”文化自信研讨会暨《民族文学》天峨创作基地授牌仪式在广西天峨县举行。《民族文学》主编石一宁，广西文联副主席、作协主席东西，以及凡一平、潘红日、李约热、黄佩华、张柱林等作家、评论家相聚美丽的红水河畔，围绕文化自信的主题，共议少数民族文化创新发展。

5月29日

《中国校园文学》校园行举办六一专场 5月29日，“让伤口长出翅膀——《中国校园文学》校园行六一专场”活动在清华附小举办。叙利亚驻华大使伊马德·穆斯塔法、《中国校园文学》主编张亚丽、斐扬教育科技有限公司总经理俞骁明等参加活动。中国校园文学杂志社举办此次活动，旨在呼吁各方面力量，启动对叙利亚儿童的公益援助。《中国校园文学》希望立足于自身的文学平台优势，发动更多的中小学生关注叙利亚儿童的不幸，通过书写诗歌、散文、小说，或者通过绘画、音乐、朗诵等形式，为苦难中的叙利亚儿童传递美好、希望和力量。

专家研讨颜家文新作《我见到的沈从文》 5月29日，纪念沈从文逝世三十周年暨《我见到的沈从文》出版座谈会在京举行。施战军、徐可、白烨、贺绍俊、解玺璋等专家学者，及沈从文之子龙朱等参加活动。座谈会由作家出版社总编辑黄宾堂主持。本次活动由中国当代文学研究会与作家出版社联合主办。为纪念作家、文物史家沈从文先生逝世30周年，作家出版社近日出版了由作家颜家文撰写的《我见到的沈从文》。全书17万字，以丰富的史料从多个角度，记录和描述了一个立体的、有喜怒哀乐的、鲜活的沈从文。

5月30日

首届"草堂诗歌奖"在成都揭晓 5月30日，首届"草堂诗歌奖"颁奖典礼在四川成都杜甫草堂举行。中国作协副主席吉狄马加，四川省作协主席阿来，中共成都市委常委、宣传部部长田蓉，四川省作协副主席、成都市文联主席梁平等出席颁奖典礼并致辞。叶延滨、商震、张清华等为获奖诗人颁奖。

"中国微小说校园行"走进江苏太仓 5月30日，由世界华文微型小说研究会、《微型小说月报》杂志社、教育部"微文学与新读写"课题组、江苏省微型小说研究会、江苏省太仓市第一中学共同主办的"中国微小说校园行——太仓一中站"系列活动在太仓举行。中国作协副主席叶辛出席活动。薛启亮、王尧、凌鼎年、郑允钦等专家学者、教育界人士和太仓市有关领导参加。

《民族文学》组织作家深入广西天峨大化 5月30日至6月1日，大化县委县政府联合《民族文学》杂志社、广西作协邀请来自全国各地的作家、诗词楹联家走进大化采访创作，体验当地民风民俗的魅力，见证当地翻天覆地的变化。作家们从红水河大化水电站上游开始参观，体会当地辉煌的水电工业风采，还到大化县易地扶贫搬迁生态民族新城，全面了解大化县在城乡建设和精准脱贫攻坚工作中所取得的成就。采访期间，作家们对独具特色的瑶族民居建筑、民族服饰和传统手工技艺惊叹不已，大化县对瑶族传统文化的传承保护工作，也给大家留下了深刻的印象。作家们纷纷表示，通过走进生活深处，深切感受到改革开放以来民族地区所发生的巨大变化。希望用手中的笔，让更多的人了解这一方美丽水土，促进大化经济、文化和生态文明等各方面建设的更快发展。

5月31日

鲁迅文学院第三十二期少数民族文学创作培训班开班 5月31日，鲁迅文学院第三十二期少数民族文学创作培训班（编辑班）开学典礼在京举行。中国作协副主席、鲁迅文学院院长吉狄马加出席开学典礼，并与学员们合影留念。程健、左安军、王晖、李方等学员代表在开学典礼上先后发言，表示将珍惜此次难得的研修机会，抓紧时间学习充电，力争在各方面有所收获和进步。本期培训班为期40余天，共有来自全国9个省区、汉族及11个少数民族的38名学员参加。鲁迅文学院常务副院长邱华栋、副院长王璇等出席开学典礼。开学典礼由鲁迅文学院副院长邢春主持。

中国作协“文学照亮生活”全民公益大讲堂走进四川 5月31日，中国作协“文学照亮生活”全民公益大讲堂暨优秀文学作品诵读会在四川省阿坝藏族羌族自治州马尔康市举行。作家马丽华以《走过，看过，写过》为题，为阿坝州400多名基层作家、文学爱好者和中学生作了两个多小时的讲座。中国作协创联部副主任冯秋子，阿坝州党委常委、宣传部部长杨星，阿坝州文联主席巴桑等参加活动。讲座由四川省作协秘书长张渌波主持。

刘麟同志逝世 中国作家协会会员，中国现代文学馆原副馆长刘麟同志，因病医治无效，于2018年5月31日在北京逝世，享年90岁。刘麟，笔名刘季星，1928年11月出生，中共党员，浙江黄岩人，1949年7月参加革命。长期从事文学研究工作。历任北京《俄文教学》杂志编辑，武汉大学外文系办公室主任、系副主任，中国大百科全书出版社编辑，中国现代文学馆副馆长、研究馆员。1990年12月离休。1983年加入中国作家协会。著有诗词集《温泉集》，编辑《巴金书信集》《茅盾书信集》等，译著有《在蒲雅诺夫卡》《天涯芳草》《陀思妥耶夫斯基散文选》《果戈理散文选》《托尔斯泰散文选》等。曾获中国翻译协会授予的“资深翻译家”、中国作家协会颁发的“从事文学创作六十周年”荣誉证书。

高艳国同志逝世 中国作家协会会员，山东省文学院副院长、山东文学社副社长高艳国同志，因病医治无效，于2018年5月31日在德州逝世，享年50岁。高艳国，中共党员。2011年加入中国作家协会。著有诗歌《无人的夏夜》，散文诗《今夜无眠》，散文集《昨夜的灯光》等。

5月其他

《习近平用典》第二辑出版发行 人民日报社组织编写的《习近平用典》第二辑，由人民日报出版社出版，面向全国公开发行。习近平新时代中国特色社会主义思想，是推动党和国家事业发展的强大思想武器和行动指南。党的十八大以来，习近平总书记发表的一系列重要讲话（文章）回答了新时代党和国家事业发展的重大理论和现实问题，体现了习近平总书记在治党治国、内政外交上的深刻思考。这些讲话（文章）中，精妙的典故信手拈来，广博的引用贯通古今。从这些用典中，既可以追溯习近平新时代中国特色社会主义思想的源头活水，又能在古为今用的创造性转化中感受中华优秀传统文化的博大精深。阐述习近平总书记引用典故现实意义的《习近平用典》，自2015年2月出版发行以来，被译成英、法、俄、日、葡萄牙等14种版本，累计发行近200万册。《习近平用典》第二辑沿用《习近平用典》第一辑体例，收入习近平总书记近年来引用的，最能体现习近平新时代中国特色社会主义思想的典故148则，对其现实意义和背景义理进行解读、阐释，是一部学习领会习近平新时代中国特色社会主义思想的重要读本。

《中国文情报告（2017—2018）》在京出版 由白烨主编的“文学蓝皮书”《中国文情报告（2017—2018）》在京出版并发布。这份报告自2003年立项以来，已坚持运作了15年，每年对文学的发展状况进行详细考察。

6月

6月2日

“名家讲经典”第十场讲座在十月文学院举办 6月2日，由十月文学院策划主办的大型系列文学讲座活动“名家讲经典”第十场讲座在十月文学院举办。诗人、翻译家、北京师范大学特聘教授西川，为广大文学爱好者讲解了中国古代伟大诗人杜甫的诗歌。北京出版集团总经理、十月文学院院长曲仲出席讲座活动。讲座由十月文学院副院长吕约主持。

中国诗人“诗歌轻骑兵”走进安徽 6月2日至4日，由安徽省委宣传部、《诗刊》社、安徽文联主办的中国诗人“诗歌轻骑兵”暨“全国知名诗人看安徽”活动举行。中国作协副主席吉狄马加，安徽省委常委、宣传部部长虞爱华，安徽省文联党组书记何颖出席活动。李少君、李云、金石开、陈先发、辛铭等诗人走进合肥、宣城、绩溪等地，感受改革开放以来安徽的新发展。本次活动既有调研采访，又有座谈、公益讲座及诗歌进课堂等多种形式。

6月3日

高深文学创作回顾研讨会在京举行 6月3日，由民族文学杂志社主办的高深文学创作回顾研讨会在京举行。中国作协副主席白庚胜出席并讲话。中国作协副主席高洪波书面致辞。来自北京、天津和锦州等地的20多位作家、评论家、编辑与会，对高深先生的离去表达深切的缅怀和追思，并就其文学创作进行回顾和研讨。研讨会由《民族文学》主编石一宁主持。陈亚军、哈闻、林金荣、丁立标，以及高深先生的家属高勇、高小立等参加了此次研讨会。

6月4日

“新时代歌咏”主题诗歌大赛颁奖会 6月4日，由中国诗歌网主办的“新时代歌咏”主题诗歌大赛颁奖会在安徽泾县桃花潭文化艺术中心万村书院举行。中国作协副主席吉狄马加、安徽省文联党组书记何颖、《诗刊》副主编李少君、安徽宣城市委副书记严琛、《诗歌月刊》

主编李云、中国诗歌网总编辑金石开等参加。

2018年桃花潭国际诗歌周系列活动举行 6月4日至8日，2018年桃花潭国际诗歌周系列活动在安徽省泾县举行。中国作协副主席吉狄马加、白庚胜，以及来自国内外的近百位诗人、评论家参加活动。诗歌周期间，举办了主题论坛、诗歌讲座、诗歌朗诵会等一系列活动，诗人们围绕“新时代诗歌建设与走向”的主题进行探讨。

6月5日

超克图纳仁同志逝世 中国作家协会会员，内蒙古戏剧家协会原副主席、秘书长超克图纳仁同志，因病医治无效，于2018年6月5日在呼和浩特逝世，享年93岁。超克图纳仁，蒙古族。中共党员。1950年开始发表作品。1956年加入中国作家协会。著有长篇小说《天骄轶事》（合作）、剧本集《超克图纳仁剧作选》等。作品曾获内蒙古自治区索龙嘎奖、金驼奖等。

6月6日

首届“接力杯”金波幼儿文学奖、曹文轩儿童小说奖揭晓 6月6日，由广西出版传媒集团主办、接力出版社承办的首届“接力杯”金波幼儿文学奖、首届“接力杯”曹文轩儿童小说奖颁奖典礼在北京中国现代文学馆举行。中国作协副主席、书记处书记李敬泽，中国作协副主席、“接力杯”双奖评委会主任高洪波，评论家束沛德，著名诗人、儿童文学作家金波，著名作家、国际安徒生奖获得者曹文轩，原国家新闻出版广电总局副局长、中国出版协会常务副理事长邬书林，中国出版协会少读工委主任、国际儿童读物联盟中国分会（CBBY）主席李学谦，中国新闻出版传媒集团董事长马国仓等出席颁奖典礼。

在首届“接力杯金波幼儿文学奖”评选中，郑春华的儿童故事《米斗的大计划》荣获金奖；陈琪敬的童话《听说青蛙在洗碗》、吕丽娜的童话《全世界的小家伙都爱月亮》荣获银奖；刘丙钧的童话《山坡上有棵爷爷树》、刘航宇的图画书《好想好想吃草莓》、陈梦敏的童话《我有一件重要的事情》、陶天真的童诗《想心事的小字母》以及黄木华的图画书《藏鞋记》荣获铜奖。在首届“接力杯曹文轩儿童小说奖”评选中，王璐琪的中篇小说《给我一个太阳》荣获金奖；许廷旺的中篇小说《黄羊角》、马三枣的中篇小说《良夜灯火》荣获银奖；庞婕蕾的短篇小说《今天要问的问题》、梁贻明的中篇小说《羊儿在云朵里跑》、付小方的短篇小说《安和小美》、梁燕的短篇小说《红围脖》、廖小琴的中篇小说《黑勺》荣获铜奖。

6月8日

香港著名作家 刘以鬯先生逝世 香港著名作家、编辑家刘以鬯于6月8日下午2点25分在香港逝世，享年99岁。6月9日，中国作协主席铁凝，中国作协党组书记、副主席钱小芊，致电香港作家联合会会长潘耀明，通过他向刘以鬯先生逝世表示哀悼，并转达对刘以鬯先生亲属的问候。

刘以鬯，原名刘同绎，1918年12月7日生于上海，祖籍浙江宁波镇海，1948年底定居香港。刘以鬯自二十世纪三十年代起投身严肃文学创作，创作涵盖小说、散文、诗歌、评论等门类。代表作有小说《酒徒》《对倒》《寺内》《打错了》《岛与半岛》《他有一把锋利的小刀》《模型·邮票·陶瓷》，评论《端木蕻良论》《看树看林》等。《刘以鬯中篇小说选》和《对倒》分别获第四届和第六届香港中文文学双年奖小说组推荐奖。作品入选多种选本、鉴赏辞典和大学教材，被译为英、法、意、荷、日、韩等多种语言，为中国现当代文学尤其是香港文学繁荣发展做出了贡献。他在创作中完好继承了五四新文学传统，率先引介西方现代主义文学思潮，坚持严肃文学创作，为香港文坛哺育了一大批作家，被称为"香港现代主义文学之父"。刘以鬯曾主编《国民公报》《香港时报》《星岛周报》《西点》等报刊；2011年获特区政府颁授铜紫荆星章，2012年获香港"杰出艺术贡献奖"，2014年获香港艺术发展终身成就奖。

"诗颂强军新时代"诗歌创作笔会在湖南举行 6月8日至12日，由《解放军文艺》编辑部和国防科技大学政治工作处联合主办的"诗颂强军新时代"诗歌创作笔会在湖南长沙举行。中国作协副主席吉狄马加，中国作协副主席、军事文学委员会主任徐贵祥，国防科技大学政委刘念光出席并讲话。国防科技大学副政委史衍良、湖南作协主席王跃文、《解放军文艺》主编姜念光，20多位军旅诗人代表，以及其他来自北京、湖南、深圳的10余位诗人、评论家参加笔会。

"鲁三十四"研讨青年诗人作品 6月8日，"上升的一切必将汇合——鲁三十四青年诗人沙龙暨作品研讨会"在鲁迅文学院举行。鲁迅文学院常务副院长邱华栋、《诗刊》副主编李少君，以及郭艳、谷禾、雁西等十余位诗人、评论家参加研讨。会议围绕方石英、老四、年微漾、李文强、李浩、段若兮、侯珏、董喜阳、漆宇勤等9位鲁迅文学院第三十四届高研班学员的诗作展开。与会专家结合每个诗人的创作特色分别进行了点评。大家认为，这9位诗人来自全国9个不同的省份，他们的作品从不同层次展示了当下青年写作尤其是"80后"诗歌创作的面貌。但与此同时，过于成熟的语言与修辞、趋同的诗歌题材选择等成为这几位诗人，也是当下青年写作急需面对的问题。

第三届中国青年报告文学作家创作会在河北举行 6月8日至10日，由中国报告文学学会和河北省作协主办的第三届中国青年报告文学作家创作会在河北正定举行。中国作协副主席、中国报告文学学会会长何建明，中共河北省委宣传部副部长史建伟，河北省作协党组书记王凤、主席关仁山，以及来自全国各地的50余位专家学者和青年报告文学作家、评论家、编辑、记者等齐聚一堂，认真学习贯彻习近平新时代中国特色社会主义思想和党的十九大精神，围绕“放歌新时代，担当大未来”这一主题展开深入交流研讨。

6月9日

孙频《松林夜宴图》新书分享会 作为“书香中国·北京阅读季”系列活动之一，作家孙频《松林夜宴图》新书分享会6月9日在京举行。作家梁鸿、张楚，评论家杨庆祥及本书作者孙频出席活动，与各界读者一道分享了关于《松林夜宴图》的阅读感悟。《松林夜宴图》由《松林夜宴图》《光辉岁月》《万兽之夜》三个中篇小说构成。

山东理工大学开启驻校作家学术活动 6月9日，由山东理工大学、中共淄博市委宣传部、淄博市文联主办的“当代文学经典化暨驻校作家创作研讨会”在山东淄博举办。山东省作协主席黄发有、山东理工大学党委书记吕传毅以及王祥夫、李国平、韩春燕、赵德发、徐则臣、胡学文、刘玉栋、刘艳、张艳梅、孙书文等来自全国各地的作家、批评家与会研讨。山东理工大学驻校作家计划自2014年10月正式启动，张炜、赵德发、徐则臣、李浩和雷平阳、胡学文、海飞、刘玉栋先后受聘成为第一、二批驻校作家。此次启动的驻校作家系列学术活动还包括小小说作家宋以柱创作研讨会、蒋新《黑与红》研讨会以及数场驻校作家与师生交流活动。

6月10日

第四届“中国当代文学·扬子江论坛”在南京举行 6月10日，由江苏省作协和南京大学共同主办的第四届“中国当代文学·扬子江论坛”在南京举行。中国作协书记处书记吴义勤，江苏省委宣传部副部长徐宁，江苏省作协主席范小青、党组书记韩松林，南京大学党委常务副书记杨忠，以及丁帆、王朔、汪政、贾梦玮、叶兆言、苏童、毕飞宇、黄发有、黄蓓佳、张王飞、储福金、程光炜、王彬彬、郜元宝、李国平等来自全国各地的数十位作家批评家参加论坛，围绕“中国当代文学新路向”的主题展开讨论。

6月12日

“海棠杯”全国散文大赛颁奖仪式在京举行 6月12日，纪念周恩来总理诞辰120周年“海棠杯”全国散文大赛颁奖仪式在北京第二外国语学院举行。本次活动由中国散文学会、江苏省淮安市周恩来纪念地管理局主办，周明、红孩、周毅、孙晓燕、计金标及周恩来同志亲属、工作人员等近500人与会。此次大赛不设奖金，尧山壁、王洁、吴光辉、朱群英等70余位作者分别获得佳作奖和优秀作品奖。颁奖仪式上，表演艺术家殷之光、黄薇、李勇君分别朗诵和演唱了诗歌《周总理办公室的灯光》《海棠花祭》和歌曲《你是这样的人》。当天还举行了《海棠花开——纪念周恩来总理诞辰120周年“海棠杯”全国散文大赛作品选》赠书仪式。

6月13日

杜书瀛《文学是什么》首发 6月13日，由中国社会科学院文学研究所和中国社会科学出版社联合主办的杜书瀛《文学是什么》新书发布会在京举行。来自学术界及高校的数十位专家学者参加了此次会议。《文学是什么》一书由美学家、文艺理论家杜书瀛耗时5年撰写而成。

专家研讨李迪新作《黑案》 6月13日，由《中国作家》杂志社主办的"《黑案》作品研讨会"在京举行。中国作协副主席何建明、高洪波，中国作协书记处书记吴义勤等30余位专家学者与会研讨。大家围绕这部作品的文学特质、艺术探索等展开讨论。研讨会由《中国作家》主编王山主持。《黑案》刊发于《中国作家》纪实版2018年第6期，是作家李迪历时两年，以公安干部李国和的故事为蓝本，在深入采访当事人、查阅大量资料基础上创作完成的一部非虚构作品。作品艺术地再现了一起黑恶势力因利益受阻，与"保护伞"沆瀣一气，将公安局局长与相关民警构陷入狱的冤假错案。

6月14日

加强现实题材创作 讴歌新时代劳模 6月14日，学习贯彻"习近平总书记给劳模本科班学员回信"精神、加强现实题材创作、讴歌新时代劳模座谈会在北戴河矿工疗养院举行。座谈会由中国作协创作研究部、中国能源化学地质工会主办，京能集团协办。举办此次会议，旨在深入学习贯彻习近平总书记给劳模本科班学员回信重要精神，让作家、评论家们与劳动模范们面对面座谈，让文学创作者与劳动者们增进了解、交流思想，促使作家们更多地以新时代劳模为写作对象，为正在全国兴起的现实题材创作热潮开辟更为广阔的新天地。中国作协副主席白庚胜出席并讲话。中国能源化学地质工会主席张波主持会议。中国作协创作研究部主任何向阳、中国能源化学地质工会副主席周洪成、中国劳动关系学院党委副书记成国一、北京市总工会工业（国防）工会主席周玉忠、京能集团党委副书记李迅、京煤集团党委书记周建裕，关仁山、黄宾堂、贺绍俊、王久辛、徐剑、赵晏彪、刘琼、刘迪生、李云雷、王国平等作家、评论家，以及全国劳动模范代表共40余人参加会议。

清远诗歌节关注生态主题 端午前夕，第五届清远诗歌节分别在主会场广东清远地标江心岛和分会场清远生态诗意地标九州驿站举行。本届诗歌节以生态诗歌的创作和研究为重点，以"生态梦想"为依归，邀请熊育群、臧棣、聂权、大卫、北塔、杨庆祥、敕勒川、蒋浩、李见心、陈桥生、世宾、梅真等30余位诗人、作家、评论家齐聚一堂展开交流。活动由市委宣传部指导，市文明办、市文联、清远日报社主办，市作协承办，江心岛一默书房、九州驿站、英德市文联协办，整个活动从6月14日持续至6月17日。

6月15日

“王彬叙事理论”研讨会在京举行 6月15日，由鲁迅文学院、人民出版社主办的“王彬叙事理论”研讨会在京举行。中国作协党组成员、书记处书记、副主席阎晶明，中国作协党组成员、书记处书记吴义勤，人民出版社副总编辑陈鹏鸣出席会议。研讨会由鲁迅文学院常务副院长邱华栋主持。梁鸿鹰、施战军、胡平、邢春、杨晓升、孙兴民、李美皆、郭艳、谭旭东、王冰等参加研讨。自九十年代以来，王彬先后出版了《水浒的酒店》《红楼梦叙事》《无边的风月》《从文本到叙事》4部叙事学专著，其中有3部由人民出版社出版。

鲁迅文学院和山西省作协联合举办文学座谈会 15日上午，由鲁迅文学院、山西省作家协会主办，山西文学院承办的“新时代现实主义文学传统的继承与发扬”座谈会在太原举办。鲁迅文学院第34届高研班全体学员和山西省省众多作家、评论家出席了本次座谈会。本次座谈会是鲁迅文学院第34届高研班在山西进行社会实践的一项重要活动。大家就围绕落实十九大会议精神，落实习近平总书记文艺思想，推进现实主义文学创作进行了深入研讨。作家赵瑜、李骏虎、段崇轩、傅书华、王春林、黄风以及鲁院学员代表徐衎、张晓光、祁媛、惠潮等结合自己的创作、阅读经验，与大家分享了他们的文学思考和创作理念。

第二届中华诗词有奖征集活动启动 中华诗词是中华文明的瑰宝，彰显着中华优秀传统文化的独特魅力。6月15日，由诗刊社、中国民族博览杂志社、中国诗书画网、北京东方中国诗书画院联合主办的第二届“中华诗词有奖征集”活动在京举行新闻发布会，就此次活动的举办背景、宗旨目的、筹备情况、奖项设置、评奖原则等进行了介绍。郑伯农、李栋恒、周笃文、代雨东、商震、苏玉东、刘迅甫、陈泽峰等参加发布会。

6月16日

第三届贵州诗歌节举办 6月16日至18日，由贵州省作协主办的全国著名诗人看贵州写贵州采风暨第三届贵州诗歌节系列活动在毕节百里杜鹃管理区举行。中国作协副主席吉狄马加、贵州省文联主席欧阳黔森、贵州省作协党组书记张绪晃和来自全国各地的近百位诗人参加活动。吉狄马加在开幕式上致辞。在论坛上，诗人们围绕“百年新诗再出发”的主题，对新诗百年的历史进行了回顾，就中国新诗再出发的方向、可能性等问题进行探讨。

6月17日

第八届漳浦诗人节举行 6月17日至18日，第八届漳浦诗人节在福建漳浦县举行。此次活动由福建省作协、漳州市作协、漳浦县旧镇镇政府联合主办。陈毅达、刘登翰、杨克、曾镇南、胡弦、道辉、林秀美、陈子铭、阳子、伊甸、石华鹏等近百位诗人、作家、评论家参加。活动期间，举办了“诗意紧挨着心灵——道辉诗集《亡杖》研讨会”。其间还举行了“行进的节奏·在漳浦大地上”诗歌朗诵会。

6 月 19 日

十月作家居住地落户丽江 6 月 19 日至 20 日，由北京出版集团十月文学院和世界文化遗产丽江古城保护管理局共同主办的“十月作家居住地·丽江古城”挂牌暨系列文学活动在云南丽江举行。中国作协副主席李敬泽书面致辞。曲仲、吕约、何玉兰、木崇根等主办方相关负责人，阿来、叶广芩、马原、范稳、张柠、宁肯、刘琼、梁鸿、石一枫等作家评论家参加活动。

6 月 20 日

海南作协举办文化 下乡及创作采访活动 6 月 20 至 23 日，为深入生活一线，引导广大作家近距离认识和感受海南西部昌化江流域神奇秀美的山水和当地黎苗同胞的生活，海南省作协结合文化下乡活动，组织了作家深入基层的采访活动。海南省作协主席孔见以及作家张浩文、王雁翎、艾子、王姹等十余位作家深入海南省西部地区，进行采访和开展田野调查活动。为期 4 天的送文化及采访活动，行程紧凑，内容丰富，作家们与黎族苗族同胞交谈、互动，切身体验当地百姓的真实生活，收获颇丰。作家们还走进校园，给师生带去了生动精彩的报告，并进行了赠书活动。活动期间，作家们还面向当地文学爱好者举行了创作座谈会，针对各自的创作成果、当下状态和未来突破等方面进行了有效交流和深入讨论。

6 月 21 日

鲁迅文学院举办首届煤矿作家高研班 6 月 21 日，鲁迅文学院与煤矿文联合作举办的首届煤矿作家高级研修班在北戴河开班。鲁迅文学院常务副院长邱华栋、中国煤矿文联副主席张强、刘俊、徐迅等，与来自全国煤炭行业的百余名煤矿作家、文化艺术工作者参加开班仪式。开班仪式之后，邱华栋与中国煤矿作协主席刘庆邦分别作文学讲座，并与学员进行了现场文学对话与创作交流。李少君、赵瑜、叶舒宪、贺绍俊、孔令燕、汪惠仁等在高研班期间将与学员深入研讨与交流小说、散文、诗歌、纪实文学的创作与发展问题，为学员提出切实的意见和建议。

“首届中国·阿拉伯国家”文学论坛在埃及举行 6 月 21 日，由中国作家协会、阿拉伯作家联盟和埃及作家协会共同主办的“首届中国·阿拉伯国家”文学论坛在埃及开罗举行。中国文联主席、中国作协主席铁凝率中国作家代表团参加论坛。埃及作协主席阿莱·阿卜杜拉·哈迪主持开幕式。本次论坛以“文学新丝路”为主题，着眼密切中阿文学交流，增进中阿民间友好，继承古代丝绸之路传统，助力“一带一路”建设，让古老的丝绸之路在中国和阿拉伯各国作家的笔下，展现出新的奇迹和成就。埃及前总理伊萨姆·沙拉夫出席开幕式。刘震云、麦家、余华、杨红樱等中国作家和来自11个阿拉伯国家的作家、学者60余人参加论坛。

庆祝改革开放40周年诗歌征集展览展演活动启动　6月21日，庆祝改革开放40周年诗歌征集展览展演活动在广东省中山市南朗镇启动。活动期间还举行了《中国梦 大交响——献给中国改革开放40周年》座谈会，以及中国诗歌万里行走进伟人故里，开展“同一首诗吟唱南朗”活动。本次活动由中山市政协办公室、中山市国资委、中山市三乡镇人民政府、广东省作协诗歌创作委员会、广东省朗诵学会、中山市文联等联合主办。

6月22日

第11届全国报告文学学术年会在金华举行　6月22日至25日，第十一届全国报告文学学术年会在浙江金华举行。本次活动由全国报告文学理论研究会、金华山旅游经济区管委会、金华市作协共同举办，以“从新时期到新时代——报告文学再出发”为主题。中国报告文学学会常务副会长李炳银，金华市委常委、宣传部部长林丹军，以及张立国、徐锦庚、李春雷、李青松、朱晓军、龚举善、曹一勤、楼冰、李英等与会。本次学术年会包括主题报告、学术交流和文化考察，与会者就新时期报告文学的回望与总结，新时代报告文学的位置与目标、理论视点与聚焦等方面进行了广泛的交流和研讨。

6月23日

作家马原发布新书《姑娘寨》　6月23号上午，一场别开生面的新书发布会在格朗和乡南糯山姑娘寨举行。先锋小说作家马原、苏童、洪峰、残雪时隔二十年再相聚，共同见证九路马书院揭幕与作家马原的新书《姑娘寨》的发布。《姑娘寨》可以说是马原的一部精神自传体小说。作者讲述了主人公“我”在姑娘寨隐居时的奇异故事，讲述了在普洱茶厂、乡村小学和原始山林中的各种见闻，其中交织着哈尼族人的英雄故事与历史传说——六百年前的英雄帕亚马，为狮子举行送葬大典的祭司尊盘风，救了哈尼族人的金勺子……作者以其一贯的先锋派小说笔法娓娓道来，超越现实的场景构筑，无视时间的事件叙述，并杂以浓郁的哈尼族风情，为我们展现了一个奇异、混沌而壮丽的边地世界。

青年学者研讨新世纪文学的流变　6月23日，由中国现代文学馆、北京大学国际批评理论中心联合主办的“摹仿”与新世纪文学及文化学术研讨会在京举行。中国作协副主席李敬泽出席。张旭东、李洱、梁飞、邵燕君以及20余位中国现代文学馆客座研究员和来自多所高校的青年学者参加研讨。在研讨会上，围绕“摹仿”这一关键词，与会者聚焦“新世纪先锋作家的转向”“现实主义在新世纪的复兴”“非虚构写作”和“科幻、网络、电视、动漫”4个具体议题，讨论“摹仿”的多样形态。

《何建明文集》出版暨文学创作40周年座谈会 6月23日，《何建明文集》出版暨文学创作40周年座谈会在北京中国现代文学馆举办，百余位嘉宾与会，大庆油田、江苏华西村、浙江余村的代表在会上宣读贺信，中国作协原党组书记李冰、新世界出版社总编辑张海鸥、作者何建明为《何建明文集》揭幕。此次最新结集出版的《何建明文集》三十卷本，收录了何建明近40年创作的报告文学精品，伴随着改革开放雄壮步伐，成为十分重要的共和国文学书写的“史志”内容，代表了当代中国纪实文学、非虚构创作的高峰水平，是为纪念中国改革开放40周年献上的一份厚礼。

第八届冰心散文奖在东坡故里揭晓 6月23日，第八届冰心散文奖颁奖典礼暨中国散文高峰论坛在四川眉山举行。活动由中国散文学会、眉山市委宣传部联合主办，眉山市文学艺术界联合会承办。冰心女儿、北京外国语大学教授吴青，作家蒋子龙、李舫、葛水平、穆涛、陆梅、陆春祥、周闻道，中国散文学会名誉会长周明、常务副会长红孩、副会长叶梅，四川作协副主席伍立扬，以及获奖作者等300余人参加了颁奖活动和散文高峰论坛。本次活动评选出肖云儒《丝路云谭》、胡烟《哭泣的半岛》等作品获得散文集奖，杜京《幸福花开那柯里》、王洁《永远挺拔的白杨树》等作品获得散文单篇奖，滕永文《中国当代散文批评艺术的历史观照》、章学锋《副刊散文的百年演进与创新可能》等作品获得散文理论奖，陈丹玲《村庄旁边的补白》等作品获得散文优秀奖。

晓航新书《游戏是不能忘记的》出版 6月23日，“城市瞭望与游戏精神——晓航《游戏是不能忘记的》新书发布会”在京举行。晓航是一个理科生，他曾在中国科学院从事过超导研究，在电台做过主持人，后来一直从事国际贸易工作至今。从1996年开始业余创作，2012年起开始长篇创作。为完成《游戏是不能忘记的》，从2015年2月份到2017年7月，晓航一共写了6稿，精心打磨。这是一个环保、游戏、科幻互相混搭的奇幻故事。

“在时代的现场”当代文艺评论苏州论坛举行 6月23日，由中国文艺评论家协会、江苏省文联、中共苏州市委宣传部、苏州大学主办的“在时代的现场”当代文艺评论苏州论坛在苏州举行。来自全国各地的60余名专家学者以“文艺批评的批评”作为切入点，研讨当下文艺评论发展的热点话题及文艺评论本体规律，为构建新时期“文艺批评学”的理论框架建言献策。

江西研讨林珊诗歌创作 6月23日，由江西省作协、赣州市文联、全南县委宣传部联合主办的《人民文学》“新浪潮”诗人林珊诗歌创作研讨会在全南举行。叶青、商震、曾清生、李雷、温扬汉、谷禾、刘汀、聂权等与会研讨。出生于全南的“80后”诗人林珊2015年入选了《人民文学》“新浪潮”诗会，曾出版诗集《小悲欢》，是全南县首位中国作协会员。与会者围绕林珊的创作历程和诗歌特点进行了中肯而深入的剖析，认为她的诗作哀而不伤，地域特征明显，女性意识较为突出，充满田园和山林气息，从小悲欢中呈现人间烟火和天地万物。同时，大家希望她在今后的创作中丰富结构类型，进一步提高炼字造句水平，在诗歌之路上走得更远。

“朝鲜族六〇后作家作品研讨会”在京举行 6月23日，由中央民族大学朝鲜语言文学系、延边作家协会主办的“朝鲜族六〇后作家作品研讨会”在中国现代文学馆举行。中国作协副主席吉狄马加，中央民族大学副校长石亚洲，《民族文学》杂志社主编石一宁，中国少数民族作家学会秘书长赵晏彪，延边作协主席崔国哲、常务副主席郑风淑等出席研讨会开幕式。张春植、金龙云、金贤哲、李光一、崔鹤松、金英玉、禹尚烈、金海鹰、金革、朴长吉、赵光明、吴相顺等作家、学者参加了此次研讨。

6月24日

十八卷《马识途文集》出版 《马识途文集》首发暨赠书仪式6月24日在成都举行，该文集共18卷、700余万字，是我国文坛著名作家马识途一生创作的集中展示。本文集由四川文艺出版社出版，收录了马识途的《清江壮歌》《夜谭十记》等代表作，以长篇小说为主，兼及中短篇小说及散文、随笔、回忆录等，是近百年来中国风云变幻和革命斗争历史的生动记录。

作家社推出“青·科幻”丛书 24日，由作家出版社等单位主办的“时间之网，未来之门——‘青·科幻’丛书分享会”在京举行。丛书主编杨庆祥、责任编辑李宏伟，诗人戴潍娜与丛书作者参加此次活动，共同探讨科幻文学的价值与当前科幻文学创作。作家出版社近期推出的“青·科幻”丛书收录了6位青年科幻作家的代表作，包括飞氘的《四部半》、张冉的《炸弹女孩》、宝树的《时间外史》、夏笳的《倾城一笑》、陈楸帆的《后人类时代》、江波的《宇宙尽头的书店》。

6月25日

深圳中青年文艺评论家赴京交流 6月25日，由中国艺术报社、中国文艺评论家协会青年工作委员会和深圳市文联共同主办的深圳中青年文艺评论家北京交流会举行。深圳与北京两地中青年文艺评论家就文艺评论工作经验和心得展开交流。庞井君、康伟、张忠亮、朱虹子等参加活动。

习近平总书记给新近入党的电影表演艺术家牛犇写信， 勉励他发挥好党员先锋模范作用，继续在从艺做人上为广大文艺工作者作表率。习近平总书记的勉励和老艺术家入党的庄严时刻让许多人为之动容，连日来，广大作家和文学工作者对此高度关注，他们纷纷表示，要认真学习、领会习近平总书记信中的精神，向德艺双馨的老艺术家学习，坚定不移跟党走，坚持以人民为中心的创作导向，深入生活，扎根人民，做有信仰、有情怀、有担当的人，为繁荣发展社会主义文艺贡献力量。

黑龙江作协举办学习贯彻党的十九大精神培训班 6月25日至29日，黑龙江作协在哈尔滨举办了“拥抱新时代、讴歌新征程——学习贯彻党的十九大精神”培训班。培训班采取集中授课与分组讨论、自学与交流、学习与实践观摩相结合的方式，有关专家学者对来自黑龙江各地的70余名省作协会员、基层作者及文学工作者进行了专题培训，并组织作家赴萧红故居、萧红纪念馆等地开展实践观摩活动。黑龙江作协希望全省广大会员和文学工作者在创作、实践中以习近平新时代中国特色社会主义思想为指导，认真学习贯彻党的文艺工作路线方针政策，围绕中国梦主题，聚焦现实题材，创作出更多讴歌党、讴歌祖国、讴歌人民、讴歌英雄、讴歌龙江，触动灵魂、震撼人心、有温度的好作品。广大会员纷纷表示，要以党的十九大精神为指导，紧密结合黑龙江实际，努力创作出更多优秀作品，为黑龙江文学事业的繁荣发展做出贡献。

6月26日

《小说选刊》组织作家走进上海浦东 为纪念改革开放40周年，反映改革开放以来特别是党的十八大以来经济社会文化科技等方面的空前变化和巨大成就，上海市浦东新区党委宣传部、《小说选刊》杂志社共同举办“让小说走进人民”——中国作家浦东行采访活动。中国作协副主席叶辛担任采访团团长，叶梅、叶延滨、赵本夫、黄济人、肖克凡、林那北、吴克敬、王干、张未民、王久辛、吴玄、丁亚平、田瑛、素素、温远辉、彭瑞高、桂兴华、李晓东、张克军等参加活动。作家们考察了浦东开发纪念馆、上海自贸区、世博园区、张闻天故居、花木社区文化中心、前滩企业天地、吴昌硕纪念馆、陆家嘴金融贸易区、洋山深水港、南汇新城、航头古镇、大飞机项目等，并参加了座谈交流会。叶辛、赵本夫、黄济人、肖克凡、吴克敬、丁亚平、李晓东等还分别为市民做了文化文学讲座。

《柳青在皇甫》在京首发 近日，由陕西省柳青文学研究会组织编撰的《柳青在皇甫》一书由人民出版社出版。6月26日，由中国作家协会和人民出版社主办的“纪念柳青逝世四十周年座谈会暨《柳青在皇甫》新书发布会”在京举行。中国作协副主席阎晶明出席此次活动。人民出版社总编辑辛广伟、中国当代文学研究会会长白烨、柳青子女以及来自中国作协、陕西省委宣传部、中国当代文学研究会、陕西省柳青文学研究会的50余位专家、作家与会。

《民族文学》组织作家深入广西合山环江 6月26日至28日，由《民族文学》杂志社、广西合山市委市政府联合主办的“多民族文学名家合山行采风活动暨《民族文学》合山创作基地授牌仪式”在广西合山市举行。《民族文学》主编石一宁、副主编哈闻，广西文联副主席石才夫，以及冯秋子、凡一平、谷运龙、黄佩华、潘红日、冉冉、鲁若迪基、杨海蒂等作家、评论家走进合山进行采访创作。

6月27日

辽宁省作协举行“辽宁文学发布”媒体见面会 6月27日上午，辽宁省作协在辽宁文学馆“文学现场”举行2018年上半年“辽宁文学发布”媒体见面会。特邀评论家阎丽杰、刘恩波、张立群以及新闻媒体记者共20余人参加了本次活动。辽宁省作协党组成员、副主席金方出席并作了讲话。创研部主任、《当代作家评论》杂志主编韩春燕主持发布会。

现实题材与青年作家座谈会在京举行 6月27日，由鲁迅文学院、文艺报社共同主办的“现实题材与青年作家座谈会”在京举行。中国作协副主席、鲁迅文学院院长吉狄马加出席会议并讲话。作家、批评家梁鸿鹰、邱华栋、徐可、胡军、郭艳、刘颋、李云雷、张楚、东紫、西园、张晓琴、李振、李伟长、方岩等，以及鲁迅文学院第三十四届高研班学员参加座谈会。

《中国南海的冰与火》与《楼兰啊，楼兰》作品研讨会 6月27日，中国报告文学学会在泰安举办系列活动，为泰安创作基地揭牌，并举办《中国南海的冰与火》与《楼兰啊，楼兰》作品研讨会，探讨报告文学在社会生活重大题材与国家民族历史文化两个方向的创作得失，倡导作家以更加宏阔的眼光、真挚的表达、独特的思考书写中华民族的历史与现实。研讨会由中国报告文学学会常务副会长李炳银主持，黄传会、范咏戈、白烨、张陵、李青松、彭程、徐剑、丁晓原、李春雷、王国平、付如初等作家、评论家参加研讨。

新时代与九〇后诗歌研讨会在京举行 作为对“90后”诗歌的阶段性总结，由《诗刊》社编选的诗集《我听见了时间：崛起的中国90后诗人》近期由中国青年出版社推出，集中收录了120位“90后”诗人的诗作。6月27日，由《诗刊》社主办的“新时代与90后诗歌研讨会”在京举行。中国作协副主席吉狄马加及谢冕、吴思敬、唐晓渡、张清华、汪剑钊、臧棣、西渡、谢建平、霍俊明等20余位诗人、评论家、学者与会，以该诗集为研讨文本，围绕“90后”诗歌现象畅所欲言、各抒己见。研讨会由《诗刊》副主编李少君主持。20余位入选诗集的“90后”诗人代表参加研讨会。

中国作协“文学照亮生活”公益大讲堂走进福建 6月27日，中国作协2018年第四讲“文学照亮生活”全民公益大讲堂暨文学作品朗诵会在福建厦门集美大学举行，中国作协副主席何建明以“文学在时代中闪烁光芒——从《哥德巴赫猜想》到《那山那水》”为题，为厦门的基层作家、文学爱好者和集美大学的300多名师生做讲座。集美大学党委副书记洪文建，福建省作协副主席、厦门市作协主席林丹娅，福建省作协秘书长林秀美等参加活动。讲座由福建省文联党组成员、书记处书记、副主席陈毅达主持。

6月28日

中央广播电视总台隆重推出广播纪实文学《梁家河》 为庆祝建党97周年，中央广播电视总台从6月28日起推出12集大型广播纪实文学《梁家河》，以极富有感染力的声音、极为专业的音频制作向海内外受众奉献精彩的“有声版”《梁家河》。广播纪实文学《梁家河》，是在陕西人民出版社出版的纪实文学《梁家河》和中央广播电视总台有关纪录片和音视频资料的基础上改编录制而成。作品讲述习近平总书记在梁家河的知青生活，记录梁家河几十年翻天覆地的巨大变化。

人民文学出版社召开“巴金作品维权通报会” 6月28日，人民文学出版社召开了“巴金作品《家》《春》《秋》维权通报会”，公开了涉嫌侵权的出版社及作品版本，并启动维权说明。人民文学出版社经巴金家属授权，享有“激流三部曲”《家》《春》《秋》的独家版权。人民文学出版社副总编辑应红称，近年来，市场上不断出现各种以不同面貌打造的非人文社版的《家》《春》《秋》，涉嫌侵权的出版社多达11家，侵权图书多达30种。人文社认为，此行为严重侵犯了巴金先生的著作权，也严重侵犯了人文社的独家出版权。应红说，人文社曾以各种方式表示过不满，并曾告知部分出版单位停止此类侵权。然而收效甚微，各种形式的侵权行为愈演愈烈，已经到了巴金先生家属和人文社无法容忍的地步。对于其中的四家出版社，人文社已委托律师取证完毕，向法院提交了起诉材料。其他后续的侵权作品也正在逐步确认，并会依情况履行相关法律程序。

南京市“青春文学人才计划”结项考核会举行 6月28日下午，南京市"青春文学人才计划"结项考核会顺利举行。江苏省作协作为第三方评审机构，邀请范小青、汪政、叶兆言、黄蓓佳、储福金、吴俊、何平等作家评论家组成考核小组，对该项目实施情况进行了审核和评议。经过表决，南京市“青春文学人才计划”11位签约人才的10个项目均顺利通过结项审核。

6月29日

6月29日，中国文联在京召开“认真学习贯彻习近平总书记重要指示精神 做有信仰、有情怀、有担当的新时代文艺工作者”座谈会。中国文联主席、中国作协主席铁凝出席并主持会议。中国文联党组书记、副主席李屹出席会议并讲话。多位艺术家代表在会上交流了感想。

专家研讨“丁玲文学现代性” 6月29日至7月2日，由陕西师范大学文学院与中国丁玲研究会、《文艺争鸣》杂志社联合主办的“丁玲文学现代性”国际学术研讨会暨中国丁玲研究会2018年常务理事会在陕西师范大学举行。来自国内外高校、科研机构的知名专家学者代表共计70余人参加了本次会议。陕西师大副校长党怀兴、文学院院长张新科，清华大学中文系主任、中国丁玲研究会会长王中忱，日本菲莉斯大学教授江上幸子以及《文艺争鸣》杂志社编辑部主任张涛在开幕式上致辞。开幕式由陕西师范大学文学院副院长苏仲乐主持。

中国作协党组织开展多种形式党课教育活动 为庆祝中国共产党成立97周年，“七一”前夕，中国作协各级党组织以多种形式开展党课教育活动。6月29日，中国作协机关党委举办专题党课，中国作协党组书记、副主席钱小芊以《从改革开放40年的伟大历程伟大成就谈进一步坚定“四个自信”增强“四个意识”》为题，给中国作协机关各部门和创研部、网络文学中心青年党员与入党积极分子讲党课，机关各部门负责同志一起参加了党课活动。

第二届“金熊猫”网络文学奖评选结果公布 为深入贯彻习近平新时代中国特色社会主义思想，在网络空间传承巴蜀文明、发展天府文化，繁荣网络文学创作，在四川省互联网信息办公室、成都市互联网信息办公室指导下，成都市互联网文化协会于2017年9月面向全国启动了第二届“金熊猫”网络文学奖评选活动。经组织初评、复评，5部长篇获奖作品、5部中短篇获奖作品已产生。6月29日，以四川省作协主席、中国作家协会第九届全国委员会委员、当代作家，阿来为主席的评审团召开复评评审会议，经评委评审、价值观评定、重点推荐、评委会讨论后，产生了第二届“金熊猫”网络文学奖获奖作品如下：

长篇作品	
金奖	《傩神》（作者：阮德胜，河南籍）
银奖	《蜀帝》（作者：刘彩云，四川籍）
铜奖	《枕边敌人》（作者：陈杰，四川籍）
最具改编价值奖	《官场沉浮》（作者：张军，山西籍）
最具天府文化魅力奖	《锦绣河图》（作者：温秀利，四川籍）
最具创意价值奖	（经评委会决定 空缺）
中短篇作品	
金奖	《梦境归来》（作者：刘浩暄，四川籍）
银奖	《律师晏天衡》（作者：刘明恒，湖北籍） 《秘境惊魂》（作者：左文萍，北京籍）
铜奖	《雷庄的庙》（作者：王德新，山东籍） 《青枫渡》（作者：陈融，山东籍） （经评委会决定铜奖空缺一名）

6月30日

“名家讲经典”第11讲在京举行 6月30日，由十月文学院策划主办的大型系列文学讲座活动“名家讲经典”第11讲在京举行，诗人、翻译家树才为到场的文学爱好者讲解了现代诗的开山名作——波德莱尔的《恶之花》。讲座由十月文学院常务副院长吕约主持。

徐小斌推出首部绘本《海百合》 作为“书香中国·北京阅读季”系列活动之一，6月

30日，“瑰丽画面下的真爱与美——作家徐小斌《海百合》新书分享会”在北京单向空间举行。中国作协副主席李敬泽，评论家陈晓明、杨庆祥与作者共聚一堂，同现场读者分享了关于这部新作的阅读感悟。

内蒙古举办学院作家作品研讨会　6月30日，由内蒙古师范大学蒙古学学院和内蒙古新文学学会主办，内蒙古作协、内蒙古文艺评论家协会、《花的原野》杂志社、《金钥匙》杂志编辑部协办的“对话与阐释：学院作家作品研讨会”在呼和浩特举行。本次研讨会旨在系统总结“内蒙古师范大学蒙语系作家群”对少数民族文学事业的贡献，进一步探索文学创作与文学教育相互促进的发展模式。研讨会上，专家学者就内蒙古师范大学蒙古学学院蒙古语言文学系在职的满全、那·乌力吉德力格尔、策·朝鲁门、宝荣、席·哈斯巴特尔等5位作家的创作进行交流，探讨了他们在创作中所体现的现代眼光与浪漫情怀，并就新时代蒙古族学院作家的文学创作与批评进行了讨论。

甘肃电力职工文学创作基地揭牌　6月30日，中国电力作协甘肃电力职工文学创作基地、甘肃电力职工文学艺术创作基地在甘肃刘家峡水电厂揭牌。据介绍，该创作基地由甘肃省电力公司和中国电力作协联合打造，面向全国电力系统以及全省的职工作家、文学爱好者开放资源，提供良好的创作、交流平台。这一举措将在繁荣和发展中国电力文学创作事业、培育文学创作新生力量、打造电力文学精品等方面起到积极作用。

浙江青海作协结对交流活动取得新成果　6月30日至7月7日，浙江省作协党组书记、副主席臧军为团长的浙江作家代表团一行10人，在青海省文联党组成员、省作协主席梅卓，青海省作协秘书长邢永贵陪同下，分赴海东市、西宁市和海西州开展文学结对交流活动，就两省文学交流在新时代进一步推向深入，在交流活动和采风创作上取得新成果进行了规划，促成三对基层文联（作协）结对，走访基层农牧民群众，与我省相关市州各民族作家开展多种形式的文学交流，把两省作协持续近十年的交流活动推向了新阶段。

6月其他大事：

《北京文学》评出2017年度优秀作品　日前，北京文学月刊社评选出2017年度优秀作品，共有中篇小说、短篇小说、报告文学、散文、诗歌、新人新作、转载作品等7个门类的40部作品入选。这些获奖作品题材广泛、风格多样、意蕴丰富，获奖作家中名家与新锐交相辉映。其中，中篇小说《花满月》、短篇小说《合租者》、散文《意大利读画记》、报告文学《中国创新之问》、诗歌《于坚的诗》等均榜上有名。

人民日报70年作品精选出版　在《人民日报》创刊70周年之际，“人民日报70年作品精选”近日由人民日报出版社出版。本套丛书由人民日报社新闻协调部、地方部、国际部、文艺部、评论部、理论部、研究部等部门编选。丛书本着“精选、精华、精编、精藏”的原则，以“贡献与发展”为基调，从《人民日报》创刊以来的无数优秀作品中遴选出历史上产生重大影响，对今天仍有启发的经典代表作，汇集而成。全套共10册，包括《人民日报70年消息选》《人民日报70年通讯选》《人民日报70年要论选》《人民日报任仲平100篇》《人民日报70年理论文选》《人民日报70年国际评论选》《人民日报70年散文选》《人民日报70年报告文学选》《人民日报70年文艺评论选》《人民日报70年新闻论文选》。本套丛书从评论到理论，从通讯到消息，从散文到报告文学，汇集的是有思想、有温度、有品质的作品，既是《人民日报》创刊70年的成果集纳，也是共和国成立69年的历史记录。

第二届“中山古镇灯都杯·中国作家报告文学奖”揭晓 日前，第二届“中山古镇灯都杯·中国作家报告文学奖”在中山古镇镇隆重揭晓并颁奖。张子影的中篇报告文学《极限飞行》、戴时昌的长篇报告文学《晴隆山上“羊司令”——记贵州省晴隆县原县委书记姜仕坤》、梅洁的短篇报告文学《走过东线》荣获第二届“中山古镇灯都杯·中国作家报告文学奖”优秀奖。中山市作协主席、报告文学作家郑万里获“灯都古镇之星”年度作家奖。第二届“中山古镇灯都杯·中国作家报告文学奖”颁奖仪式在中山古镇镇年度灯饰博览会开幕式上隆重举行。中山市政协主席丘树宏，古镇镇委书记刘建辉、镇长匡志，评委专家梁晓声、李炳银、王宏甲，《中国作家》主编王山、副主编高伟以及获奖作家参加了颁奖活动。

7月

7月2日

学习习近平总书记给牛犇同志的信 7月2日，鲁迅文学院召开“认真学习贯彻习近平总书记给牛犇同志的信，做有信仰有情怀有担当的文学工作者”学习座谈会。中国作协党组书记、副主席钱小芊出席座谈会并讲话。正在鲁迅文学院学习的第三十四届中青年作家高级研讨班（青年作家班）、第三十二期少数民族文学创作培训班（编辑班）的全体学员参加了座谈会，6位学员代表交流了学习体会。学习座谈会由鲁迅文学院常务副院长邱华栋主持。中国作协办公厅主任李一鸣，《文艺报》总编辑梁鸿鹰，鲁迅文学院副院长邢春、王璇等出席座谈会。

陈早春同志逝世 中国作家协会会员、名誉委员，人民文学出版社原社长、党委书记、总编辑陈早春同志，因病医治无效，于2018年7月2日在京逝世，享年83岁。陈早春，笔名史索，中共党员。1964年开始发表作品。1988年加入中国作家协会。著有论文集《绠短集》，长篇传记文学《冯雪峰》，散文集《蔓草缀珠》等。

7月3日

上海革命遗址系列故事创作项目启动 7月3日，“红色足迹——党的诞生地·上海革命遗址系列故事创作项目”在上海作协启动。该项目由叶辛、叶永烈、孙颙、赵丽宏等领衔，上海中青年作家共同参与，将以中共一大会址、《新青年》编辑部旧址、茂名路毛泽东旧居等沪上革命遗址名录为采集对象，创作出生动感人、新意迭出的“红色故事”，以此发掘中国共产党的文化基因、精神灵魂和历史根脉，凸显上海城市的红色文化、革命文化、先进文化的特质。

“新时代诗歌北京论坛”在京举行 7月3日，由诗刊社、中国诗歌网主办的“新时代诗歌北京论坛”在京举行。中国作协副主席吉狄马加出席并讲话。来自全国各地的30余位诗人、评论家、诗歌编辑参加，共同回顾百年新诗的发展轨迹，交流各省诗人队伍建设和诗歌创作情况，畅谈新时代背景下诗歌创作的精神走向。论坛由《诗刊》副主编李少君主持。

内蒙古培训青年网络作家 7月3日至6日，由内蒙古自治区团委、文联主办，内蒙古作协等单位承办的首届“网筑梦想”全区青年网络作家培训班暨第一期青社学堂在呼和浩特举办。全区青年网络作家、优秀网络写作青年、各盟市团委相关工作人员80余人参加了培训。此次培训聘请知名作家、文学评论家、大学教授等授课。

7月4日

中国石化作协“红色文艺轻骑兵”走进雪域高原 7月4日，中国石化作协副主席施长春一行赴西藏石油分公司，与当地的文学爱好者进行交流，30余名基层写作者参加活动。这是中国石化作协第二次组织举办“红色文艺轻骑兵”志愿者文学活动。活动中，中国石化作协向西藏石油分公司赠送了《第四届“中华铁人文学奖”获奖作品选》《油魂》《盛开的芦苇荡》《中国梦 石化情》等书籍，并鼓励当地文学爱好者立足“世界屋脊”“地球第三极”，主动挖掘并创作具有雪域特色的文学作品。

7月5日

河北作协文学服务基层小分队走进赵县 7月5日，河北作协组织由《长城》杂志社编辑组成的文学服务基层小分队，赴石家庄赵县开展文学创作辅导交流活动。《长城》杂志社的编辑们对赵县部分作者的作品进行了分析和评议，对作品的修改可能及今后创作的努力方向提出了意见，解答了当地作者关心的创作问题。活动现场互动积极，气氛热烈。

7月6日

湖南省发布2017年度文学发展报告 7月6日，《2017年度湖南文学发展报告》在《湖南日报》发布。该报告立足本土，对2017年度湖南的作家、作品及文学现象、现状进行了系统的分析和点评，集中检阅了2017年湖南文学发展成果。《湖南文学年度发展报告》由湖南作家研究中心发布，自2014年以来，每年发布一份报告，对上一年度的湖南文学发展状况进行认真盘点，对湖南文学创作进行了较为全面的梳理。

7月7日

“90后：正在成长的文学力量”研讨与座谈活动举办 7月7日，中国作家网和《作品》杂志社联合在京举办“90后：正在成长的文学力量”研讨与座谈活动。中国作协书记处书记、中国作家出版集团管委会主任吴义勤出席并讲话。广东省作协党组书记张知干、中国作家出版集团管委会副主任鲍坚、广东文学院院长熊育群，以及30多位作家评论家参加活动。

蒙古族诗人白涛新诗创作研讨会举行 7月7日，“草原诗歌40年：蒙古族诗人白涛新诗创作研讨会”在内蒙古包头市举行。研讨会由内蒙古文联主办，内蒙古作协、内蒙古文艺评论家协会、包头文联、《草原》杂志社承办。满全、梁粱、敕勒川、刘广燕、温古、斯日古楞、张伟、赵富荣、张无为、谈雅丽等来自全国多地的60多位诗人、评论家与会研讨。白涛是蒙古族诗人、作家，现任内蒙古作协副主席，包头市文联副主席、市作协主席。在近40年的创作时间里，他先后出版了《此山彼海》《苍狼泪》《心上的故乡》《长调与短歌》《追寻神马》等9部诗集。2002年，他以诗集《从一只鹰开始》获得第七届全国少数民族文学创作“骏马奖”。

7月8日

第九届青春回眸诗会聚焦生态诗歌 7月8日至10日，由诗刊社主办的第九届青春回眸诗会暨绿水青山与当代生态诗歌研讨会在河北承德举行。《诗刊》副主编李少君、中共承德市委宣传部副部长刘俐宏、承德市文联党组书记王冰玉等参加活动。曹宇翔、姜念光、余笑忠、杨梓、李云、郭金牛、梁积林、王若冰、东篱、琳子、卢文丽、李浔、韩闽山、姚江平、第广龙等15位诗人参加本届诗会。

7月11日

鲁院第三十二期少数民族文学创作培训班结业 7月11日，鲁迅文学院第三十二期少数民族文学创作培训班（编辑班）结业典礼在京举行。中国作协副主席、鲁迅文学院院长吉狄马加出席结业典礼，并为学员们颁发结业证书。出席结业典礼的还有鲁迅文学院常务副院长邱华栋、副院长王璇等。结业典礼由鲁迅文学院副院长邢春主持。

7 月 12 日

鲁迅文学院第三十四届中青年作家高级研讨班结业 7 月 12 日，鲁迅文学院第三十四届中青年作家高级研讨班（青年作家班）结业典礼在京举行。来自全国各地的青年学员们圆满完成为期 4 个月的学习研修任务，顺利结业。中国作协党组书记、副主席钱小芊，中国作协副主席、鲁迅文学院院长吉狄马加，中国作协书记处书记吴义勤出席结业典礼，并为学员们颁发结业证书。本届高研班首次评选了优秀学员。结业典礼上，林遥等 11 名优秀学员获颁荣誉证书。出席结业典礼的还有中国作协办公厅主任李一鸣，鲁迅文学院常务副院长邱华栋、副院长邢春等。结业典礼由鲁迅文学院副院长王璇主持。

北京阅读季推介《守望初心》 为营造浓郁的京城书香氛围，更好地发挥北京阅读季评书荐书平台的独特作用，7 月 12 日，由“书香中国 · 北京阅读季”领导小组办公室、中国出版集团、中国出版传媒股份有限公司联合主办的“《守望初心》专题访谈——北京阅读季优质图书宣推活动”在京举行，对湖南作家余艳的这部报告文学新作进行宣传推荐。

中国作家网信息联络工作会议举行 7 月 12 日，由中国作家网主办的“搭建交流平台，推动文学传播——中国作家网信息联络工作会议”在京举行。中国作家出版集团管委会副主任鲍坚出席会议并讲话。来自北京、河北、山西、陕西、辽宁、吉林、江苏、湖南、四川、浙江、山东、河南、广东、重庆、贵州等 16 个省市作协和中国科普作协的网站负责人、信息工作负责人参加此次会议。

朱德发同志逝世 中国作家协会会员，中国现代文学研究会原副会长、山东师范大学文学院教授朱德发同志，因病医治无效，于 2018 年 7 月 12 日在山东逝世，享年 85 岁。朱德发，笔名亦凡，中共党员。1979 年开始发表作品，1990 年加入中国作家协会。著有《五四文学新论》《中国新文学六十年》《评判与建构：现代中国文学史学》《世界化视野中的现代中国文学》等。

7 月 13 日

第十二届内蒙古自治区文学创作“索龙嘎”奖揭晓 7 月 13 至 15 日，第十二届内蒙古自治区文学创作“索龙嘎”奖终评工作顺利结束，经内蒙古自治区党委宣传部审核和媒体公示，最终共有 30 篇（部）作品获奖。其中，蒙古文获奖作品 14 篇（部），汉文获奖作品 16 篇（部）。“索龙嘎”奖作为内蒙古自治区文学创作最高奖，每三年举办一次，旨在表彰坚持“二为”方向和“双百”方针，思想性、艺术性强，有温度、有深度，能代表内蒙古自治区文学创作成就的文学作品。

第八届江苏书展在苏州举行 近日，第八届江苏书展在苏州举行。主展场内举办了书香中国大讲堂、“新华书房”读书论坛、2018 中文分级阅读长三角论坛等推广活动。范小青、孙晓云、黄蓓佳、毕飞宇、蒙曼、徐则臣等参加活动。活动现场还发布了“2017 苏版好书”获奖出版单位、“2018 江苏最美书店”名单，以及 2017 年度江苏省全民阅读状况调查主要结果。

宁夏文学现象——塞上散文诗专题研讨会举行 7 月 13 日，由宁夏作协、宁夏评论家协会、《朔方》编辑部联合举办的“宁夏文学现象——塞上散文诗专题研讨会”在银川市举行。

伊蕾同志逝世 中国作家协会会员，天津文学杂志社原编辑伊蕾同志，因突发疾病，于 2018 年 7 月 13 日在冰岛逝世，享年 66 岁。伊蕾，原名孙桂珍，中共党员。1974 年开始发表作品。1985 年加入中国作家协会。著有诗集《爱的火焰》《爱的方式》《女性年龄》《独身女人的卧室》《伊蕾爱情诗》《叛逆的手》等。作品曾获庄重文文学奖等。

7 月 15 日

《何建明报告文学论》出版 7 月 15 日，由天地出版社和中国报告文学学会共同主办的《何建明报告文学论》首发式在京举行。中国作协副主席、中国报告文学学会会长何建明，天地出版社副社长张万文，该书责任编辑杨永龙等与会并为新书揭幕。天地出版社近期出版的《何建明报告文学论》共 73 万余字，是报告文学作家何建明的创作专论集，也是一部汇集了其 40 年来报告文学创作实践与理论思考的专著。全书分为“创作谈”“访谈”“评说论道”“作品评论”4 个部分。

刘玉栋文学创作研讨会在山东举行 7 月 15 日，由山东师范大学中国现当代文学重点学科、山东师范大学文学与创意写作研究中心及哈尔滨工业大学（威海）语言文学学院联合主办的刘玉栋文学创作研讨会在山东威海举行。中国作协副主席张炜，山东省作协党组书记、副主席姬德君，北京大学中文系主任陈晓明，哈工大副校长徐晓飞等出席研讨会并致辞。何平、吕周聚、顾广梅、刘大先、马兵、叶诚生、丛新强、张艳梅、丛治辰、刘新锁等与会研讨。

第八届全国高校征文活动在京颁奖 7 月 15 日，第八届“包商银行杯”全国高校文学作品征集、评奖、出版活动颁奖仪式在京举行。中国作协副主席白庚胜、高洪波，以及来自全国各高校的获奖作者、评委及文学艺术界人士近 200 人参加仪式。本届活动共评出 117 篇（首）获奖作品。其中，吴冕的诗作《计算题》、孙玉琪的散文《圆明园的水》、胥得意的小说《弹道有痕》获得一等奖，贾假假的诗作《偶得》等 9 篇作品获得二等奖，吴雨伦的诗作《一首神奇的爱尔兰歌曲》等 15 篇作品获得三等奖。

作家叶炜新书《狼王》发布会 7月15日，作家叶炜新书《狼王》发布会在淮海书展暨江苏书展分会场举行。叶炜借《狼王》构建出一个独特的人性“新世界”，通过动物的眼睛来观照人类自身的行为，借助它们的视角进行深刻的人生思考。

7月16日

翌平长篇儿童小说《野天鹅》研讨会举行 7月16日，由鲁迅文学院与作家出版社共同主办的“向光飞行：少年文学的成长与建构——翌平长篇儿童小说《野天鹅》研讨会”在京举行。鲁迅文学院常务副院长邱华栋、作家出版社副总编辑刘方，以及曹文轩、徐德霞、王林、刘琼、崔昕平等作家评论家与会研讨。研讨会由鲁迅文学院教学研究部主任郭艳主持。翌平长篇儿童小说《野天鹅》近期由作家出版社出版。作品以上世纪六七十年代中央音乐学院大院少年的生活经历为基础，以6位少男少女的命运为主线，讲述少年们以音乐艺术为伴，排演安徒生童话剧《野天鹅》，用对艺术的热爱与追求凌越风雪、向光飞行的动人故事。

中国作协庆祝改革开放40周年主题采访活动在京正式启动 今年是改革开放40周年。为回顾和总结改革开放40年来的光辉历程和取得的伟大成就，以文学的力量凝聚人心、鼓舞士气，7月16日，中国作协庆祝改革开放40周年主题采访活动在京正式启动。中国作协主席铁凝出席启动仪式并宣布活动启动。中国作协党组书记、副主席钱小芊出席启动仪式并讲话。中国作协党组书记处同志吉狄马加、李敬泽、阎晶明、吴义勤、鲁敏，人民日报文艺部主任梁永琳等出席启动仪式。启动仪式由阎晶明主持。启动仪式上，铁凝向采访团第一团授旗，采访团第一团副团长阿来接旗。铁凝、钱小芊等与参加启动仪式的采访团第一团部分作家合影留念，并分别在采访团团旗上签名。

7月17日

第七届“红楼梦奖”揭晓 由香港浸会大学文学院主办的第七届“红楼梦奖：世界华文长篇小说奖”17日下午在香港浸会大学揭晓，作家刘庆以小说《唇典》夺得首奖。颁奖礼将于今年9月举行。红楼梦奖又名“世界华文长篇小说奖”，由香港浸会大学文学院于2005年创立，旨在奖励世界各地出版成书的杰出华文长篇小说作品，借以提升华文长篇小说创作水平。该奖两年评选一次。

中国作协庆祝改革开放40周年主题采访活动第一团赴广东采访 7月17日至20日，中国作协庆祝改革开放40周年主题采访活动第一团前往地处我国南部沿海的广东省，深入广州、东莞、深圳等地采访。该团由中国作协副主席吉狄马加任团长，四川省作协主席阿来、中国作协创联部副主任包宏烈任副团长，团员包括杨黎光、南帆、李春雷、阎雪君、王剑冰、韩进勇、林雪、须一瓜、吴玄、旷胡兰、朱东锷、周瑄璞、东紫、许震、魏微、江子、阿菩、丰杰等，涵盖了不同年龄、地域、民族、行业和文体的作家代表。大家一路边走边看边思，实地重温改革开放伟大历程，用心感受南粤大地沧桑巨变，感慨良多，收获颇丰。

7 月 18 日

鲁迅文学院临潭县中小学语文教师文学培训班开班　位于甘肃甘南藏族自治州的临潭1998 年被确定为中国作协对口扶贫单位，作为对口扶贫项目的重要组成部分，7 月 18 日，鲁迅文学院临潭县中小学语文教师文学培训班在北京开班。中国作协副主席阎晶明出席开学典礼并讲话。50 名从临潭远道而来的中小学教师，将在北京开始为期 11 天的学习生活。鲁迅文学院常务副院长邱华栋、副院长王璇、培训部主任王冰，中国作协赴临潭挂职干部朱钢等出席开学典礼。开学典礼由鲁迅文学院副院长邢春主持。

凌力同志逝世　中国作家协会会员，中国人民大学清史研究所研究员、教授凌力同志，因病医治无效，于 2018 年 7 月 18 日在京逝世，享年 76 岁。凌力，原名曾黎力，中共党员。1980 年开始发表作品，1982 年加入中国作家协会。著有长篇历史小说《少年天子》《暮鼓晨钟》《倾城倾国》《梦断关河》《北方佳人》等。作品曾获第三届茅盾文学奖。

7 月 19 日

何建明《山神》新书发布会在深圳举行　有一位普通中国农民，他带领村民开凿出一条近 10 公里的人工“天渠”，从此碧水长流，干旱贫瘠的山区面貌彻底改变。他就是被中宣部授予“时代楷模”荣誉称号、被人们尊称为“山神”的黄大发。中国作协副主席、报告文学作家何建明深入采访了这位“当代愚公”，并满怀激情和敬畏创作了一部展现其事迹的报告文学《山神》，单行本近期由天地出版社出版。7 月 19 日，由四川省新闻出版广电局、四川新华发行集团主办的《山神》新书发布会在深圳书博会举行。邬书林、刘燕霞、肖世军、何志勇等专家学者、主办方代表和作者参加发布会。

中国作协举办加强现实题材创作座谈会　为深入学习贯彻落实习近平新时代中国特色社会主义思想和党的十九大精神，按照中宣部《中国当代文艺创作工程规划（2017—2021）》的要求，进一步繁荣现实题材文学创作，7 月 19 日至 20 日，中国作协在北戴河举办“加强现实题材创作座谈会”。中国作协副主席李敬泽出席并讲话。部分省区市作协负责同志以及评论家、出版家代表 30 余人参加会议。会议由中国作协创研部主任何向阳主持。其间还举办了“青年文学创作调研座谈会”。中国作协网络文学中心主任何弘，中国作协创研部副主任李朝全，青年评论家饶翔、胡妍妍，中国作协创研部的干部职工等参加会议。

视频讲解版《曾国藩》首发　7 月 19 日，湖南省作协名誉主席唐浩明携新书《曾国藩（唐浩明讲解版）》亮相广东深圳，在第 28 届全国书博会现场与读者交流分享了自己多年来从事曾国藩研究的心得。中共湖南省委宣传部副部长周湘等出席此次新书分享会。此次首发的《曾国藩（唐浩明讲解版）》由唐浩明进行了全面修订，在原小说版本基础上精编精校，致力于呈现一个更加鲜活完整的曾国藩。该版本还收录了作者历时一年录制完成的长达1000分钟的讲解视频，读者可通过扫描书中的二维码获取。

第八届十月诗会举行　7月19日至21日，由《十月》杂志社和沁源县文联联合主办的“绿色沁源·第八届十月诗会”在山西沁源举行。《十月》主编陈东捷、山西作协副主席张锐锋、沁源县委书记金所军，以及丘树宏、郭新民、胡丘陵、大解、龚学敏、臧棣、荣荣、李元胜、雷霆、谷禾等来自全国各地的30余位诗人、评论家参加活动。

全国多民族作家走进延边　7月19日至23日，由民族文学杂志社、延边朝鲜族自治州作协联合主办的“全国多民族作家走进延边暨2018《民族文学》朝鲜文版作家翻译家培训班”在吉林延吉举行。《民族文学》主编石一宁，延边朝鲜族自治州副州长曹於今，中国民族语文翻译局副局长金英镐及刘庆邦、辛华、张绪晃、石才夫、郑风淑、陈亚军等作家和专家学者参加。

7月20日

首届“河长湖长故事”全国征文大赛总结会举行　7月20日，首届“河长湖长故事”全国征文大赛总结会在京举行。中国作协副主席阎晶明、水利部总工程师刘伟平出席并为大赛获奖作者颁奖。中国作协创联部主任彭学明、水利部办公厅巡视员李训喜、中国水利报社社长董自刚、中国水利作协副主席陈功奎，以及获奖作者、全国水利系统作家、文学爱好者等100余人与会。会议由中国水利报社总编辑李先明主持。本次征文大赛由中国水利报社、中国作协创联部、中国水利作协等联合举办。大赛共收到稿件641篇，经过初评、终评、公示等环节，共评出虚构类、非虚构类两类作品一等奖2篇、二等奖4篇、三等奖6篇、优秀奖30篇。福建省作协等14家单位获得优秀组织奖。

湖北省第十次文代会第七次作代会召开　7月20日至21日，湖北省文学艺术界联合会第十次代表大会、湖北省作家协会第七次代表大会在武汉召开。湖北省委书记、省人大常委会主任蒋超良出席开幕式并讲话。中国文联党组书记、副主席李屹，中国作协副主席吉狄马加出席开幕式并致辞。湖北省领导王晓东、徐立全、马国强、王艳玲、梁伟年、陈安丽等出席开幕式，王艳玲主持开幕式。

7月21日

雷达纪念文集《挥别大师》首发　为表达对已故著名文学评论家雷达的怀念之情，7月21日，由甘肃省文学院等编辑出版的《挥别大师——当代中国文学视野中的雷达》一书首发暨赠书仪式在雷达的故乡甘肃天水举行。中国作协副主席阎晶明，甘肃省文联主席、党组书记李燕青，甘肃省作协主席马步升，甘肃省作协常务副主席马青山，甘肃省作协副主席、《挥别大师》主编高凯，中共天水市委常委、宣传部部长张建杰等出席。本次活动由甘肃省文联、中共天水市委宣传部、重庆出版集团、“中国天水·李杜诗歌节”组委会共同主办。

7月22日

清华大学举办青年作家工作坊圆桌会议 《收获》杂志于今年第4期特别推出青年作家小说专辑，推介青年作家的优秀作品，并联合清华大学文学创作与研究中心举办了“2018清华大学青年作家工作坊”。7月22日，该工作坊在京举行圆桌会议。清华大学文学创作与研究中心主任格非及部分作家、批评家、学者与会，围绕7位青年作家的作品分享见解，并就中国当代文学的现状和未来展开讨论。会议由《收获》主编程永新主持。

长篇报告文学《使命：时代楷模赵志全》研讨会举行 7月22日，由中国报告文学学会和山东省作协共同主办的杨文学长篇报告文学《使命：时代楷模赵志全》研讨会在京举行。中国报告文学学会常务副会长李炳银、黄传会，山东省作协副主席葛长伟及十余位专家学者与会研讨。《使命》由中共山东省委宣传部和山东省作协重点策划、扶持、打造，《时代文学》首发，单行本近期由泰山出版社推出，以报告文学形式再现了赵志全同志的感人事迹。

7月23日

河北组织作家走进阜平涞源采访创作 为庆祝改革开放40周年，聚焦乡村振兴、脱贫攻坚等重大战略部署，加强现实题材创作，7月23日至25日，河北省作协联合保定市文联、作协共同举办“庆祝改革开放40周年”专题采风创作活动（第三站）。河北省作协主席关仁山、副主席王力平，保定市文联党组书记王淑彦、副主席张劲鹰，以及阿宁、张楚、程雪莉、青小衣、李磊、桫椤、石英杰、袁军、尚未、翟英琴、吴媛、闫透迤等作家评论家走进阜平县和涞源县进行采访。

第三届《朔方》文学奖揭晓 2018年7月23日，第三届《朔方》文学奖揭晓。本届文学奖参评范围是2016—2017年《朔方》原发作品，严格按照由评委会讨论制定的评奖条例进行，坚持导向性、原创性、公正性和少而精、宁缺毋滥的原则，力求作品思想性和艺术性相统一。受邀担任终评委的区内外著名评论家、编辑家和作家经过认真审读和评选，从入围参评的36篇（组）作品中，最终产生本届11篇（组）获奖作品。薛喜君的《迎着太阳走》获中篇小说奖，李进祥的《婚纱照》、康志刚的《归去来兮》、王族的《颤抖的手指》获短篇小说奖，曹乃谦的《散文三题》、雍措的《凹村的风》、薛青峰的《末代农民》获散文奖，单永珍的《一石二鸟》、刘年的《天边的北斗七星：是永远拉不直的问号》获诗歌奖，马慧娟的散文《农闲笔记》、田鑫的散文《隐喻的麦子》获新人奖，肖川获本届特别贡献奖。

7月24日

《星星》诗刊举办第十一届 大学生诗歌夏令营 7月24日，第十一届星星大学生诗歌夏令营在四川眉山三苏祠开营。四川省作协党组成员张渌波、《星星》诗刊主编龚学敏、中共眉山市委宣传部副部长邓敏、眉山市文联主席王莉茹，以及来自全国各地和海外高校的24位大学生诗人参加夏令营。

彭荆风同志逝世 中国作家协会会员、名誉委员，原成都军区政治部创作室主任彭荆风同志，因病医治无效，于2018年7月24日在云南逝世，享年89岁。彭荆风，中共党员。1946年开始发表作品，1956年加入中国作家协会。著有短篇小说集《当芦笙吹响的时候》《边寨亲人》《佧佤部落的火把》《驿路梨花》，中篇小说集《雾茫茫》《云里雾里》，长篇小说《鹿衔草》《绿月亮》《孤城日落》，长篇纪实文学《滇缅铁路祭》《挥戈落日》《解放大西南》《旌旗万里》等。作品曾获第五届鲁迅文学奖、第十二届全军文艺优秀作品奖文学类特别奖等。

7月25日

《中国民间文学大系》出版工程学术委员会第一次会议举行 7月25日，由中国民间文学大系出版工程领导小组、中国民协联合主办的《中国民间文学大系》出版工程学术委员会第一次会议在京举行。大会公布了大系出版工程学术顾问和学术委员名单。中国文联党组书记、副主席、大系出版工程领导小组组长李屹为出版工程学术委员会主任冯骥才、常务副主任潘鲁生以及学术顾问们颁发了聘书。

7月26日

“文学照亮生活”全民公益大讲堂走进大连 7月26日，中国作协“文学照亮生活”全民公益大讲堂在辽宁省大连市金普新区举行。中国作协创联部主任、作家彭学明为当地的作家、文学爱好者近400人作了讲座。大连市委常委、宣传部部长李鹏宇，辽宁省作协副主席周建新，大连市委宣传部副部长吴作江，大连市作协主席素素等参加活动。讲座由辽宁省作协副主席金方主持。

“探寻成长的冰点、泪点与燃点”赏鉴会 辽宁作家薛涛的儿童小说新作《孤单的少校》自今年5月与读者见面以来，已入选多个新书推荐榜单，受到读者好评。7月26日，接力出版社在京为该书举办了主题为“探寻成长的冰点、泪点与燃点”的赏鉴会。中国作协副主席高洪波及张之路、陈晖、李东华、白冰等作家和专家学者与会，从不同层面对作品展开探讨。

《孤单的少校》讲述了受互联网影响的一代少年儿童如何走出虚拟的网络世界、回归现实生活、努力完成自我认知与身心成长的故事。

剧作家沙叶新逝世 中国作家协会会员、上海人民艺术剧院原院长沙叶新因病医治无效，于2018年7月26日在上海逝世，享年79岁。沙叶新，回族。1956年开始发表作品。1985年加入中国作家协会。著有《沙叶新剧作选》《陈毅市长》《宋庆龄》《寻找男子汉》《尊严》等。作品曾获文化部优秀剧目奖等。

7月27日

临潭县中小学语文教师文学培训班结业典礼在京举行 7月27日，鲁迅文学院临潭县中小学语文教师文学培训班结业典礼在京举行。来自中国作协对口扶贫单位——甘肃省临潭县的50名教师圆满完成为期11天的学习培训，顺利结业。中国作协党组书记、副主席钱小芊，中国作协副主席、鲁迅文学院院长吉狄马加，中国作协书记处书记鲁敏出席结业典礼，为学员们颁发结业证书，并与大家合影留念。吉狄马加作培训班总结讲话。出席结业典礼的还有中国作协办公厅主任李一鸣，鲁迅文学院常务副院长邱华栋、副院长王璇，临潭县委常委、副县长朱钢等。结业典礼由鲁迅文学院副院长邢春主持。

重庆研讨加强现实题材文学创作 7月27日，重庆市作协举办加强现实题材文学创作研讨会。会议认真传达学习了中国作协重大题材创作规划工作会、加强现实题材创作座谈会和重庆市当代文学艺术创作工程推进会的会议精神，总结了重庆现实题材创作的基本情况，介绍了全国部分省市近年来推动现实题材创作的举措，就下一步加强现实题材创作推进文学发展繁荣提出要求。重庆市作协党组书记、副主席辛华，重庆市作协主席陈川及评论家、作家代表20余人与会研讨。

南昌市网络作家协会成立 7月27日，南昌市网络作家协会成立大会在江西南昌召开。大会审议通过了《南昌市网络作家协会章程》，选举产生了第一届理事会。徐彩霞（阿彩）当选为南昌市网络作家协会主席，任振华（夏言冰）、李涛（犁天）、吴书剑（浪漫烟灰）、黄芳（安以陌）、淦清（圣者晨雷）当选为副主席。

北乔诗集《临潭的潭》首发式暨分享会 7月27日，“在高原的苍茫里对视——北乔诗集《临潭的潭》首发式暨分享会”在京举行。中国作协副主席李敬泽、鲁迅文学院常务副院长邱华栋、《诗刊》副主编李少君、中国现代文学馆研究部主任李洱、评论家霍俊明等参加活动。2016年，北乔前往中国作协对口扶贫点甘肃临潭挂职县委常委、副县长，在紧张的工作之余他一边行走一边创作，在20个月后推出了自己的第一部诗集《临潭的潭》。该诗集由中国青年出版社出版，分为《上部——高原诗经》和《下部——隐喻或辽阔》两部分，共收录了200余首诗歌作品。

7 月 28 日

庞余亮小说《有的人》首发　作家庞余亮的小说新作《有的人》近期由作家出版社出版。7 月 28 日，“我们如何做父亲，又该如何做儿子——《有的人》新书分享会”在京举行。中国作协书记处书记吴义勤和毕飞宇、王干、庞余亮、刘颋、刘大先等作家评论家与会，围绕这部小说的思想艺术特点展开对谈。在小说《有的人》中，庞余亮讲述了诗人彭三郎、白若君和陈皮的中年际遇。喜欢诗歌的他们经历了激烈的青春岁月之后，走入平缓的中年。这个时候，他们终于能够更好地审视“父亲”这两个字的复杂意味。小说涉及“中年人的妥协”“一个父亲的心灵成长”“诗歌与生活的关系”等主题。

《作品》杂志举办评刊活动　7 月 28 日，来自全国各地的数十名《作品》评刊团成员齐聚广东作协“岭南文学空间”，参加《作品》评刊团线下活动（第一季）。活动中，评刊员们品读了广东青年作家王哲珠、马晓康、叶清河、李衔夏、周齐林 5 位青年作家新近发表在《作品》杂志上的小说、散文作品，并举行了评刊团分享会、优秀评刊员评选和诗歌朗诵会。据介绍，参加这次活动的评刊员，不是专业作家、评论家，而是来自五湖四海、各行各业的热爱写作且具有较强阅读品鉴能力的《作品》杂志普通读者。

《中国诗界》在京发布　7 月 28 日，《中国诗界》北京发布会暨中国诗文金点诗集发布研讨会在京举行。中国作协副主席吉狄马加出席并讲话。晓雪、吴传玖、峭岩、杨匡满、朱先树、寇宗鄂、丘树宏、萧鸣、曹宇翔、康桥、张庆和、马淑琴等近百位诗人、评论家与会。《关雎爱情诗》杂志于 2013 年开始推出，从今年起更名为《中国诗界》。《中国诗界》由西南大学中国新诗研究所、中国萧军研究会文学传媒中心主办。青年诗人胡勇的诗集《潇湘夜雨》同期首发。

第七届鲁迅文学奖各评奖委员会第一次全体会议在京举行。　中国作协主席铁凝出席会议。中国作协党组书记、副主席钱小芊出席会议并讲话。中国作协副主席吉狄马加主持会议。中国作协副主席李敬泽就《鲁迅文学奖评奖条例》和《第七届鲁迅文学奖评奖细则》做讲解说明。中国作协副主席阎晶明、名誉副主席廖奔等出席会议。

莫笑愚诗集《穿过那片发光的海》发布会举行　2018 年 7 月 28 日，“人被物驱使下的当代诗歌”论坛暨莫笑愚诗集《穿过那片发光的海》发布会在京举行，此次活动由百花洲文艺出版社、北京一号地国际艺术区联合主办。叶延滨、欧阳江河、臧棣、安琪、洪烛、周瑟瑟、顾晓阳、宋毅、张文宝等参加活动。诗人、批评家周瑟瑟主持活动。论坛探讨了文明与危机语境下的当代诗歌写作、人被物驱使下的当代诗歌等话题，并对莫笑愚的首部个人诗集《穿过那片发光的海》进行研讨。

7 月 29 日

钱小惠同志逝世 中国作家协会会员，北京作协原专职作家钱小惠同志，因病医治无效，于2018年7月29日在北京逝世，享年90岁。钱小惠，中共党员。1948年开始发表作品，1979年加入中国作家协会。著有小说《突破》，散文集《死车的复活》《生活之路》，长篇纪实文学《山花烂漫》《岁月如歌》等。

专家研讨王国梁作品《沧海英雄》 7月29日，“弘扬八·六海战精神，再现钢铁战士风采——《沧海英雄：八·六海战钢铁战士麦贤得人生纪实》作品研讨会”在京举行。海军原副司令、八·六海战前线指挥孔照年，中国作协副主席何建明，中国作协书记处书记吴义勤等出席研讨会。30余位专家学者与会研讨。会议由中国报告文学学会常务副会长李炳银主持。此次会议由中国报告文学学会、广东省作协、广东人民出版社主办，由广东省饶平县委县政府、饶平苏区红色文化公益促进会承办。来自麦贤得家乡的饶平县委、汫州镇、汫北村代表以及当年参战的老军人等参加会议。此次会议由中国报告文学学会、广东省作协、广东人民出版社主办，由广东省饶平县委县政府、饶平苏区红色文化公益促进会承办。来自麦贤得家乡的饶平县委、汫州镇、汫北村代表以及当年参战的老军人等参加会议。

7 月 30 日

江苏打造“网络文学谷” 月30日，“江苏网络文学谷”授牌仪式暨江苏首届网络文学高端峰会在南京举行。江苏省委宣传部副部长徐宁、江苏省作协党组书记韩松林，以及来自全国各地的网络作家、专家学者等100余人参加活动。在活动中，苍天白鹤、跳舞、天使奥斯卡、雨魔、骠骑、姞文、巧嫣然、八异、霉干菜烧饼、一起成功、麦苏、朽木可雕等12名网络作家成为首批入驻江苏网络文学谷的作家。以“网络文学IP与城市未来”为主题的网络文学峰会同期举行。

7 月份其他大事

西藏首部当代文学史主体编纂工作完成 历时五年、总字数达80万字的《西藏当代文学史》主体编纂工作日前完成。这是西藏第一部系统、全面的当代文学史资料，计划明年正式出版。据了解，《西藏当代文学史》编纂工作从2013年启动，由西藏自治区文联、西藏民族大学、西藏自治区社科院、西藏大学等机构的20余位专家学者参与。整套书籍共三卷，时间跨度从1951年到2016年，收录了160余位作家的上千部作品，内容涵盖小说、诗歌、散文、戏剧影视文学等，并附有相关作品的鉴赏。

山东启动纪念改革开放40周年主题征文活动 为纪念改革开放40周年，由中共山东省委宣传部、山东省作协共同主办的“纪念改革开放40周年”主题文学征文活动正式启动。本次征文活动以习近平新时代中国特色社会主义思想为引领，全面贯彻落实党的十九大精神，围绕纪念改革开放40周年主题，突出改革开放40年来山东省在经济建设、政治建设、文化建设、社会建设、生态文明建设以及全面从严治党等方面发生的历史性变化，展示齐鲁儿女在改革开放过程中敢于拼搏、奋发有为的精神风貌。

辽宁开展弘扬“新时代辽宁精神”主题诗歌征集活动 为大力弘扬宣传新时代辽宁精神，提振信心、凝聚力量，辽宁作协近日开展弘扬“新时代辽宁精神”主题诗歌征集活动。此次活动紧紧围绕“新时代辽宁精神”的十六字表述语，紧扣新时代脉搏，积极立足辽宁新时代振兴发展，决胜全面建设小康社会伟大实践，旨在通过回顾辽宁人民在革命、建设、改革时期的光辉奋斗历程，突出展示辽宁人民在积极投身老工业基地振兴的实践以及辽宁人民决胜全面建成小康社会进程中的良好精神风貌和高尚的价值追求，为辽宁振兴发展凝聚强大精神力量。征集作品要求为原创作品且未公开发表的诗歌作品，优秀作品将发布在辽宁作家网上并结集成册。

8月

8月1日

2018长春书展举行 8月1日至5日，“2018长春书展”在长春国际会展中心举行。书展由长春市文广新局主办，以“促进文化消费、建设书香长春”为主题，共设展位204个，吸引了全国500多家出版社近20万种图书和音像电子出版物入市参展。

国网陕西电力文学创作基地举办培训班 为了繁荣电力文学，激发电力职工的创作热情，8月1日至3日，国网陕西电力文学创作基地举办首期培训班，来自系统40余名文学爱好者参加了培训。中国电力作协副主席潘飞、电力作家杜文娟、段捷智以及安康本土作家李焕龙先后讲授了报告文学、小说、诗歌的写作方法和特点以及汉水文化的发展和历史渊源，介绍了电力作协的现状、国家电网报刊杂志的栏目和需求内容，为文学爱好者指明了方向。本次培训班为陕西电力作家与年轻的文学爱好者之间搭建了一座沟通的桥梁，通过听讲、答疑解惑、交流沟通等环节，增进了彼此之间的友谊，激发了电力新人的创作热情。

8月3日

《中国现代文学史1915—2016》（第三版）新书发布会 由朱栋霖、吴义勤、朱晓进主编，北京大学出版社出版的《中国现代文学史 1915—2016》（第三版）新书发布会 8 月 3 日在京举行。中国作协书记处书记吴义勤以及朱栋霖、王中忱、宋宝珍、汪卫东等专家学者出席发布会。与会专家表示，“新版教材实现了将传统教学方式与前沿学术思想及互联网技术的良好‘嫁接’，为教与学提供了新颖而广阔的路径。”《中国现代文学史》自 2007 年由北大出版社首次出版以来，至今已累计销售近 70 万册，每年都被数十所高校选用。此次新版教材在《中国现代文学史 1917—2012》基础上修订而成，以新的文学观、文学史观重新阐释中国现代以来文学的发展。

8 月 4 日

朱大可《古事记》系列新书分享会 8 月 4 日，朱大可《古事记》系列新书分享会在京举行。中国作协副主席李敬泽、北京大学中文系主任陈晓明、人民文学出版社副总编辑应红等围绕该书的艺术特色，与作者展开了深入交流和对话。

第十届《中国作家》鄂尔多斯文学奖评奖揭晓 第十届《中国作家》“鄂尔多斯文学奖”评奖结果日前在京揭晓，关仁山的长篇小说《金谷银山》、何建明的长篇纪实文学《死亡征战》获得大奖。《中国作家》“鄂尔多斯文学奖”由中国作家协会《中国作家》杂志社和内蒙古自治区鄂尔多斯市人民政府联合设立，旨在繁荣当前文学创作，提高城市综合实力特别是文化软实力，鼓励作家多出无愧于时代和人民的精品力作。该奖今年已走过第十个年头。本届获奖作品从《中国作家》2016—2017 两年所发作品中产生，题材广泛，门类齐全，涵盖长篇小说、中篇小说、短篇小说、散文、长篇纪实文学、中篇纪实文学、电影文学剧本、电视文学剧本、音乐剧本等多种体裁，呈现出内容和形式的丰富性与多样性。

获奖名单

大奖

《金谷银山》（长篇小说） 作者 | 关仁山

《死亡征战》（长篇纪实文学） 作者 | 何建明

优秀奖

《珞珈路》（短篇小说） 作者 | 黄蓓佳

《经七路 34 号》（长篇纪实文学） 作者 | 南丁

《西藏之路——林拉高等级公路拉萨段追踪》（中篇纪实文学） 作者 | 陈启文

《妮妮下乡——定西“精准扶贫”纪事》（中篇纪实文学） 作者 | 李春雷

《生死七日》（电影文学剧本） 作者 | 柳建伟

《课题》（中篇小说） 作者 | 晓风

《海雀、海雀》（长篇纪实文学） 作者丨王华
《南越王》（音乐剧） 作者丨丘树宏
《邹衍展示的理论智慧》（外一篇）（散文） 作者丨傅剑仁
《大地的孩子》（电影文学剧本） 作者丨宋方金
《大瓦山》（长篇小说） 作者丨税清净
《人类世》（长篇小说） 作者丨赵德发
《山盟》（中篇小说） 作者丨李明春

新人奖

《白雪皑皑》（短篇小说） 作者丨唐诗云
《大悲咒》（短篇小说） 作者丨杨中华
《蟹子蛛》（电影文学剧本） 作者丨慕容料
《双字诀》（散文） 作者丨张金凤

特别奖

《成吉思汗和他的两匹骏马》（长篇小说） 作者丨乌雅泰
《大河人家》（长篇小说） 作者丨郝泽军
《民风中的鄂尔多斯》（散文） 作者丨刘志成
《鄂尔多斯儿女》（电视文学剧本） 作者丨魏金梅

第二届“山花文学双年奖”颁奖 8月4日，由《山花》杂志社和贵阳市文联共同主办的第二届“阳明杯·山花文学双年奖”颁奖典礼在贵阳举行。贵州省文联主席、作协主席欧阳黔森，贵州省作协党组书记、副主席张绪晃等出席。贵州省作协副主席、《山花》杂志主编李寂荡介绍了评选的有关情况。颁奖典礼由贵阳市作协主席肖江虹主持。

“山西文学新趋势对话会”在太原举行 8月4日，由山西文学院主办的“龙城论剑：山西文学新趋势对话会”在太原举行。山西省作协党组书记、主席杜学文，党组副书记罗向东，山西省委宣传部文艺处副处长郭建丽，山西文学院院长张卫平等出席会议。刘大先、王士强、白惠元、徐勇、李丹、韩松刚、宋嵩、李松睿、金春平、刘芳坤、何亦聪等11位来自全国各地的青年评论家与山西的25位青年作家展开了深入对话。

8月5日

《大海截句集》首发 8月5日，由广西师范大学出版社主办的“诗人与大海——邀你来赴一场大海与诗的约会”主题文化沙龙在京举行。何向阳、蒋一谈、伊沙、车前子、周瑟瑟、崔曼莉、安琪、杨庆祥、戴潍娜、严彬、唐朝晖、冬子等20余位诗人参加，围绕诗选

《大海截句集》展开讨论，并朗诵其中的诗作。《大海截句集》由蒋一谈主编，近期由广西师范大学出版社出版，选录了50位诗人描写大海的50首截句。书中的每一首截句都配有诗人的手写稿。诗人们将大海作为抒情对象，在短小篇幅中抒发了对大海的独特情感以及对生命的复杂感悟。

少数民族青年作家深入学习贯彻习近平新时代中国特色社会主义思想专题培训班在京举行　为将学习贯彻习近平新时代中国特色社会主义思想和党的十九大精神不断引向深入，中国作协将于2018年至2019年开展全国文学业务骨干培训工作，分期分批对中青年作家、网络作家、自由撰稿人和基层作协负责人等约1490人开展培训，培训对象以中国作协会员为主。作为此次培训的第一期，8月5日至9日，全国少数民族青年作家深入学习贯彻习近平新时代中国特色社会主义思想专题培训班在京举行。中国作协副主席吉狄马加出席开班仪式并讲话。来自全国20多个少数民族的66位青年作家参加本期培训班，年龄最小的仅19岁。开班仪式由中国作协创联部主任彭学明主持。来自宁夏的回族青年作家马占祥代表学员发言。

8月6日

中国作协庆祝改革开放40周年主题采访活动第二团赴黑龙江采访　8月6日至13日，中国作协庆祝改革开放40周年主题采访活动第二团前往黑龙江进行采访。中国作协书记处书记吴义勤担任采访团团长，黑龙江作协主席迟子建、党组书记李红和中国作协创联部副主任包宏烈担任副团长。黑龙江省委宣传部副部长刘维宽以及来自全国各地的近30位作家参加采访活动。作家们通过实地参观、采访，用心感受这片波澜壮阔黑土地在改革开放40年来所取得的巨大成就。

8月7日

第七届鲁迅文学奖题名作品产生　第七届鲁迅文学奖各评奖委员会经过认真阅读讨论，于2018年8月7日分别投票表决产生了提名作品。

8月9日

河北省作协第八期“送文学下基层”公益文学讲座在高碑店市举办　8月9日，河北省作协第八期“送文学下基层”公益文学讲座暨保定市作协文友会、高碑店市第五期作家课堂在高碑店市举办，特邀鲁迅文学奖获得者、省作协创作室专业作家张楚做了《细节之美》主题讲座。保定市文联党组书记王淑彦、副主席张劲鹰，高碑店市委常委、宣传部部长、农工委书记王文锋，省作协基层服务部李磊，高碑店市文联主席姜建新、作协主席高博艺等有关领导出席了活动，来自保定市各县（市、区）的百余名文友参加了讲座。

8月10日

首届“中国校园文学奖”颁奖典礼在京举行 8月10日，首届“中国校园文学奖”颁奖典礼在中国现代文学馆举行。中国作协副主席、儿童文学委员会主任高洪波，中国作协副主席张抗抗，人民日报原副总编辑梁衡，原国家新闻出版广电总局报刊司司长李军，北京大学中文系主任陈晓明，《人民文学》副主编徐坤，《小说选刊》副主编李晓东，《民族文学》副主编陈亚军，中国现代文学馆副馆长梁飞，北师大附属实验中学原校长袁爱俊，北师大附属实验中学党委副书记滕淑玲，作家社副总编辑、《中国校园文学》主编张亚丽，以及来自全国各地的中小学师生、获奖代表等400余人参加了颁奖典礼。

中国文学名家进泗阳看九园写生态系列活动 8月10日至11日，“中国文学名家进泗阳看九园写生态系列活动”在泗阳举行。付秀莹、李延青、王祥夫、韩敬群、黄咏梅、朱辉等十余名文学专家、主编相聚泗阳看“九园”、写生态。泗阳县委常委、宣传部部长封其兵在活动中谈到，希望各位文学名家能够更好地认识、了解泗阳，继续关注泗阳和支持泗阳的发展，用生花妙笔将泗阳人文之美、生态之美、精神之美传诸后世。

10日，中国文学名家进泗阳看九园写生态活动见面会在开元举行。来自全国各地以及泗阳本土文学爱好者和各位文学专家相聚一堂，共同探讨文学问题，同时专家结合自身的作品以及创作经历为众多文学爱好者答疑解惑。

8月11日

“荣浩”杯第三届全国短小说大赛颁奖典礼 11日上午，“荣浩”杯第三届全国短小说大赛颁奖典礼在荣浩集团一楼大厅隆重举行，付秀莹、李延青、王祥夫、韩敬群、黄咏梅、朱辉等十余名文学大家、知名主编，荣浩集团董事长、《林中凤凰》编委余义伟以及近百位文学爱好者参加活动。颁奖典礼后，长篇小说选刊主编、著名作家付秀莹为大家做《文学与人生》讲座。

第七届鲁迅文学奖揭晓 8月11日，第七届鲁迅文学奖各评奖委员会在国家公证机构的公证下进行最后一轮投票，庄重、严肃的计票环节结束之后，中国作协副主席李敬泽宣读了投票结果。同日，经中国作协党组书记处审核批准，7个奖项共34篇（部）作品获得第七届鲁迅文学奖（获奖名单另发）。这是对34名作者、译者辛勤劳动的肯定，更是对走进新时代的中国文学满怀信心的回顾与展望。

第七届（2014—2017）鲁迅文学奖获奖作品名单

（以发表或出版时间先后为序）

中篇小说奖

《世间已无陈金芳》	石一枫	《十月》2014 年第 5 期
《蘑菇圈》	阿　来	《收获》2015 年第 3 期
《李海叔叔》	尹学芸	《收获》2016 年第 1 期
《封锁》	小　白	《上海文学》2016 年第 8 期
《傩面》	肖江虹	《人民文学》2016 年第 9 期

短篇小说奖

《父亲的后视镜》	黄咏梅	《钟山》2014 年第 1 期
《1987 年的浆水和酸菜》	马金莲	《长江文艺》2014 年第 8 期
《俗世奇人》（足本）	冯骥才	人民文学出版社 2016 年 1 月
《出警》	弋　舟	《人民文学》2016 年第 7 期
《七层宝塔》	朱　辉	《钟山》2017 年第 4 期

报告文学奖

《朋友：习近平与贾大山交往纪事》	李春雷	中国言实出版社 2014 年 5 月
《西长城》	丰　收	人民文学出版社 2014 年 9 月
《第四极：中国“蛟龙”号挑战深海》	许　晨	《中国作家》纪实版 2015 年第 11 期 作家出版社、青岛出版社 2016 年 4 月
《大森林》	徐　刚	北京十月文艺出版社 2017 年 5 月
《乡村国是》	纪红建	《中国作家》纪实版 2017 年第 9 期 湖南人民出版社 2017 年 9 月

诗歌奖

《去人间》	汤养宗	中国青年出版社 2015 年 8 月
《落日与朝霞》	杜　涯	北岳文艺出版社 2016 年 1 月
《沙漏》	胡　弦	长江文艺出版社 2016 年 8 月
《九章》	陈　先	发安徽教育出版社 2017 年 10 月
《高原上的野花》	张执浩	江苏凤凰文艺出版社 2017 年 12 月

散文杂文奖

《山河袈裟》	李修文	湖南文艺出版社 2017 年 1 月

《北京：城与年》	宁　肯	北京十月文艺出版社 2017 年 7 月
《遥远的向日葵地》	李　娟	花城出版社 2017 年 11 月
《流水似的走马》	鲍尔吉·原野	湖南文艺出版社 2017 年 12 月
《时间的压力》	夏立君	译林出版社 2017 年 12 月

文学理论评论奖

《中国当代文学传媒研究》	黄发有	人民文学出版社 2014 年 10 月
《有关 20 世纪中国文学史研究的几个问题》	陈思和	《文学评论》2016 年第 6 期
《必须保卫历史》	刘大先	《文艺报》2017 年 4 月 5 日
《重读汪曾祺兼论当代文学相关问题》	王　尧	《文艺争鸣》2017 年第 12 期
《文坛新观察》	白　烨	作家出版社 2017 年 12 月

文学翻译奖

《火的记忆 I：创世纪》	爱德华多·加莱亚诺（乌拉圭） 西译汉路燕萍作家出版社 2014 年 11 月
《潜》	克里斯托夫·奥诺-迪-比奥（法国） 法译汉余中先人民文学出版社 2014 年 12 月
《贺拉斯诗全集》	贺拉斯（古罗马） 古拉丁译汉李永毅 中国青年出版社 2017 年 12 月
《疯狂的罗兰》	卢多维科·阿里奥斯托（意大利） 意译汉　王　军　浙江大学出版社 2017 年 12 月

马原携新作《姑娘寨》亮相 2018 南国书香节　中国先锋文学的开拓者之一、作家马原 8 月 11 日携新作《姑娘寨》亮相 2018 南国书香节，与读者一起分享别居云南秘境的生活。小说《姑娘寨》可以说是马原的一部精神自传体小说。作者讲述了主人公“我”在姑娘寨隐居时的奇异故事，讲述了在普洱茶厂、乡村小学和原始山林中的各种见闻，其中交织着哈尼族人的英雄故事与历史传说。该书出版方花城出版社称，《姑娘寨》不仅给读者提供了一个先锋文学的经典文本，亦是马原实践其先锋性的厚积薄发之作。

河北网络作家、评论家共议网络文学发展　8 月 11 日，河北网络作家寇广平（梦入洪荒）、张伟（录事参军）、裴云（希行）及网络文学评论家桫椤做客河北文学馆读书荟，和近百位文学爱好者一起交流探讨“网络文学的改变和挑战”。本期读书荟以讲座加对谈的形式，从现实、历史、玄幻等题材创作以及网络文学评论等多个维度，回顾了中国网络文学的发展历史，展望了新时代河北网络文学的发展前景。读书荟现场，桫椤与三位网络作家还就文本题材、创作技巧、作品改编、文学价值观等读者感兴趣的话题进行了座谈，与会文学爱好者参与了交流互动。

8月12日

茅盾文学院在浙江成立 茅盾文学院12日在茅盾故乡浙江省桐乡市成立，中国作协副主席何建明被聘为首任院长。茅盾文学院由中国作协所属中华文学基金会与浙江省桐乡市人民政府共同创建，旨在发扬茅盾关注时代、关注社会的现实主义创作精神。文学院将集合中国作家协会的优势资源，邀请知名作家担任导师，采取定期培训和师生结对子等形式开展教学活动。

夏烈新书《大神们》分享会 8月12日，由花城出版社主办的“网络文学‘经典化’与IP打造——‘网络文学百晓生’夏烈新书《大神们》分享会”，在2018南国书香节上举行。文学评论家、作家夏烈，畅销书作者、情感专家陆琪，阅文集团白金作家、湖北省作家协会会员、中国作家协会会员吱吱，就夏烈的新书《大神们——我和网络作家这十年星火时代》与读者分享网络文学“经典化”和现今大热门的IP打造。

8月13日

《中国女诗人诗选》新书发布会在石家庄举行 8月13日，《中国女诗人诗选》新书发布暨朗诵会在河北石家庄举行。十余位诗人、评论家朗诵诗作，并围绕《中国女诗人诗选》对当前女诗人的诗歌创作处境和创作特点进行探讨。

8月14日

第五次汉学家文学翻译国际研讨会在贵州开幕 8月14日，以“与中国文学携手同行”为永久主题的第五次汉学家文学翻译国际研讨会在贵州贵阳开幕。来自奥地利、保加利亚、加拿大、捷克、丹麦、埃及、芬兰、法国、德国、荷兰、匈牙利、印度、伊朗、意大利、日本、韩国、墨西哥、蒙古、俄罗斯、瑞典、土耳其、乌克兰、英国和美国等24个国家的38位翻译家，以及50余位中国作家参加研讨会。中国作协主席、中国文联主席铁凝，贵州省委常委、宣传部部长慕德贵，荷兰翻译家林恪以及贵州省文联主席、作协主席欧阳黔森先后在开幕式上致辞。中国作协副主席李敬泽主持开幕式。中国作协副主席阎晶明、中国作协书记处书记鲁敏出席。

第十五届上海书展暨“书香中国”上海国际文学周举行 2018第十五届上海书展暨“书香中国”上海国际文学周于8月14日至21日在沪举行。在为期一周的时间里，主办方上海市新闻出版局、上海市作协、虹口区宣传部举行了数十场主论坛、诗歌之夜、文学对话、主题讲座等活动。在同期举行的上海书展上，来自全国各地的500多家出版社带来了首发新书500余种、举办首发活动200余场，来自海内外的数十位作家、批评家参与了此次盛会。

安徽文学原创工作推进会在合肥召开 8月14日，安徽文学原创工作推进会在合肥召开。会议传达学习省委负责同志批示，总结安徽推进文学原创阶段性成效，部署下阶段重点任务。安徽省委常委、宣传部部长虞爱华出席并讲话。安徽省委宣传部副部长洪永平主持会议。

8月15日

专家研讨夏烈纪实作品 8月15日，由中国作协网络文学研究院、浙江作协、杭州文联、花城出版社共同主办的“夏烈纪实文学《大神们——我与网络作家这十年》研讨会”在杭州举行。中国作协网络文学委员会主任陈崎嵘，浙江文联副主席应雪林，浙江作协党组书记臧军、党组副书记曹启文，杭州作协主席艾伟，花城出版社总编辑程士庆，以及欧阳友权、邵燕君、何平、庄庸、许苗苗等作家、批评家与会。

“湘天华杯”诗歌赛开始征稿 8月15日，由安徽师范大学中国诗学研究中心、国际汉语诗歌协会、湘天华现代诗社等单位联合举办的首届“湘天华杯”华语诗歌大赛新闻发布会在京举行。吴思敬、谭五昌、杨四平、汪良忠、张月宇、胡建文等评论家和主办单位代表参加。

8月16日

临潭举办作家培训班助力脱贫攻坚 8月16日至20日，甘肃临潭县在冶力关镇举办助力脱贫攻坚作家培训班，来自临潭各行业的40余位作家、诗人等参加了培训。此次培训班得到了中国作协的大力支持。中国作协自1998年与临潭县结为对口帮扶单位以来，十分关注临潭的整体建设和发展，尤其在文化润心、文学助力方面做了大量卓有成效的工作。近年来，中国作协贯彻中央的决策部署，十分重视做好对口扶贫工作，将其列入每年工作安排进行重点研究，积极推进。此次临潭县助力脱贫攻坚作家培训班的举办，就是中国作协贯彻落实党中央关于文化扶贫工作的重要举措之一。为让学员们有所收获、学有所成，本次培训班邀请了《民族文学》《延河》《飞天》等杂志的编辑，从文学作品的创作方法、投稿技巧和文学杂志选稿标准等方面进行了授课。

黑鹤新作《我的原始森林笔记》亮相上海书展 8月16日，由人民文学出版社、天天出版社举办的“探访最后的驯鹿部落——黑鹤新作《我的原始森林笔记》读者见面会”在上海展览中心召开，儿童文学作家格日勒其木格·黑鹤携新作《我的原始森林笔记》与现场读者们进行了亲密互动。

8月17日

苏州市青年创作交流与对话活动举行 为推动苏州文学创作的可持续发展，加快苏州青年创作人才队伍的建设，8月17日，苏州大学“范小青研究中心”、苏州市作协联合举办的青年创作交流与对话活动，在苏州市会议中心举行。活动中，江苏省作协主席范小青，江苏省作协副主席、苏州市文联主席王尧，苏州市作协副主席小海及部分来自全国各地的青年批评家、编辑家，与20余位苏州青年作家共同探讨了青年创作的相关话题，并围绕苏州青年作家的作品进行了深入解读，提出了具体的修改意见和建议。

陈仓文集四部在沪首发 8月17日，由作家出版社、上海市作协和游读会共同主办的陈仓文集四部首发式在上海举行。中国作协副主席阎晶明，上海市作协党组书记王伟、副主席赵丽宏，游读会董事长赵春善等与会。此次首发的四部作品共计100万字，包括长篇小说《后土寺》、长篇非虚构作品《预言家》、长诗《醒神》和扎根系列作品《地下三尺》。作者以四种文学形式反映大移民时代的人们如何安家扎根、寻求灵魂的安妥，提醒人们尊重土地、热爱土地上生长的万物，以善良宽容的生活和传统道德文明的回归，再造灵魂与肉体彼此融合的新故乡。

首届“爱在丽江·七夕情诗会”启动 8月17日，由丽江市委宣传部和《十月》杂志社共同主办的“爱在丽江·中国七夕情诗会”爱情诗接力赛系列文化活动在丽江古城拉开序幕。马迎春、金振辉、张文银、陈东捷等主办单位负责人，方方、于坚、金振辉、李元胜、娜夜、梅依然等作家、诗人参加。

8月18日

叶辛推出新作《上海·恋》 8月18日，由安徽文艺出版社与上海书城共同主办的叶辛新作《上海·恋》首发式暨签售会在上海书城举行。中国作协副主席、本书作者叶辛与安徽文艺出版社副总编辑岑杰分享了作品创作和编辑背后的故事。安徽文艺出版社社长朱寒冬代表出版方致辞。

大童话家朱奎工作室挂牌成立 8月18日，“大童话家朱奎工作室”在大连出版社挂牌成立，大连出版社社长兼总编辑刘明辉代表主办方与童话家朱奎正式签约，意味着两者的合作进入了新的阶段。据介绍，自2016年以来，大连出版社出版了朱奎所著《非常了不起的吹吹》《马里奇昆虫国历险记》《勇敢号历险记》《琳达系列绘本》等作品，获得了广大小读者的认可。工作室成立之后，大连出版社将为朱奎先生配备最优质的编辑、营销资源，全力做好朱奎作品的编辑出版、IP运营工作，做好大童话家朱奎的品牌推广。希望双方共同携手，为孩子们提供更多天马行空的原创作品，助力孩子展开想象力的翅膀，在成长之路上走得更好、更远。

8 月 19 日

专家研讨李陀《无名指》 由中国社会科学院《民族文学研究》主办的“‘新时期’到‘新时代’——从李陀看改革开放以来中国文学学术研讨会”在京举行。来自海内外的 30 余位专家学者，围绕李陀以及改革开放以来当代文学的发展态势、作家创作等展开了深入探讨。

8 月 20 日

2018 年中外文学出版翻译合作研修班在京开班 8 月 20 日，由文化和旅游部外联局主办的“2018 年中外文学出版翻译合作研修班”在中国现代文学馆开班。来自全球 35 个国家的 41 名出版翻译界代表和汉学家齐聚北京，参加为期一周的研修活动。文化和旅游部外联局副局长朱琦、原国家新闻出版广电总局进口管理司副司长赵海云、中宣部文艺局副巡视员彭云、浙江省作协主席麦家、中国翻译协会常务副会长黄友义、人民文学出版社副总编肖丽媛等出席了开班仪式。

8 月 21 日

刘心武新作《恕》在沪首发 8 月 21 日，作家刘心武最新作品集《恕》在上海首发。作者刘心武与赵丽宏、罗岗、郑纳新等专家学者参加新书发布会。东方出版中心推出的《恕》收录了刘心武近两年创作的散文和小说、《红楼梦》和《金瓶梅》研究文章、访谈录和演讲录等。作者笔触敏锐温润，不仅关注生活、文学、文化，还关注人们的精神生态和文明生态，展示了作为“文学写作的马拉松长跑者”的文字功底和魅力。

首届义乌“骆宾王”国际儿童诗歌大赛落幕 8 月 21 日至 23 日，由中国作协儿童文学委员会、浙江省作协和义乌市人民政府共同主办的首届义乌“骆宾王”国际儿童诗歌大赛现场决赛和颁奖晚会在浙江义乌举行。中国作协副主席、儿童文学委员会主任高洪波，浙江省作协党组书记臧军，《中国校园文学》主编张亚丽及方卫平、孙建江、薛卫民、萧萍、王立春等专家学者、作家参加。义乌“骆宾王”国际儿童诗歌大赛是一项面向全球爱好儿童诗歌作者征稿的文学赛事，每两年举办一届，分青少年组和成人组进行评比。本届大赛于今年初启动，最终评出一、二、三等奖和入围奖，来自江苏的 8 岁学生赵慕尘、澳门的 9 岁学生虞子昂获青少年组一等奖。来自广东的丁勤政创作的《外星系老师说的话》获成人组大奖。颁奖晚会后，第二届义乌“骆宾王”国际儿童诗歌大赛也正式启动。

“庆祝改革开放 40 周年”专题采访创作活动 为庆祝改革开放 40 周年，引导广大作家深入生活、扎根人民，真实反映和生动刻画 40 年来城乡社会生活和人民群众精神风貌的巨大变化，8月21日至23日，由河北省作协与中共邱县县委宣传部、邱县文化广电新闻出版局共同主办的“庆祝改革开放40周年”专题采访创作活动第四站在河北邱县举行。河北省作协副主席王力平及李浩、金赫楠、杪椤、孟醒石等20多位作家、批评家参加。

8月22日

民族文学周暨《民族文学》藏文版作家翻译家培训班举行 8月22日至26日，由《民族文学》杂志社、广西桂学研究会主办，广西罗城县委县政府、广西河池市文联和贺州市文联承办的“民族文学周（罗城）暨2018《民族文学》藏文版作家翻译家培训班”在广西罗城举行。中国作协名誉副主席丹增，广西桂学研究会会长潘琦，《民族文学》主编石一宁，中国民族语文翻译局党委书记兰智奇，以及黄宾堂、石才夫、东西、邢春、高伟等出席活动的启动仪式。启动仪式由《民族文学》副主编陈亚军主持。参加此次培训班的藏族作家翻译家来自西藏、青海、四川、甘肃等地，是当下藏族文学创作和翻译的中坚力量，其中不乏正走向创作成熟期的文学新人。

专家研讨改革开放四十年西藏文学 8月22日，改革开放40年西藏文学研讨会在京举行。中国作协书记处书记吴义勤，西藏自治区政协副主席、西藏作协主席扎西达娃出席会议。研讨会由中国作协创研部副主任李朝全主持。来自北京的作家、评论家吴秉杰、施战军、李少君、哈闻、王国平、杨学光、黄国辉，以及来自西藏的作家、学者刘萱、敖超、次仁罗布、尼玛潘多、白玛娜珍、胡沛萍、德伦·次仁央宗、普布昌居、当周才让、张祖文、罗布次仁、史映红等与会。

第二届工业文学作品“光耀杯”大赛启动 8月22日，第二届中国工业文学作品“光耀杯”大赛在京启动。工业和信息化部原党组成员金书波、中国作协名誉副主席廖奔等出席启动仪式并致辞。尹援平、包宏烈、罗民、林任贤、王剑、崔斌峰等参加活动。

“中国作家馆”开馆仪式在图博会现场举行 8月22日，第二十五届北京国际图书博览会在中国国际展览中心新馆开幕。作为北京图博会的重要组成部分，由中国作家协会主办、中国作家出版集团承办的“中国作家馆”以全新面貌再度亮相。22日上午，“中国作家馆”开馆仪式在图博会现场举行。中国作协副主席阎晶明，中国作协书记处书记、中国作家出版集团管委会主任吴义勤出席开馆仪式并为“中国作家馆”揭幕。西藏自治区政协副主席、文联主席、作协主席扎西达娃，西藏自治区文联副主席、作协常务副主席吉米平阶，西藏自治区政府副秘书长刘萱等西藏作家、学者参加。开馆仪式由中国作家出版集团管委会副主任鲍坚主持。

8月23日

辽宁省网络作家座谈会在大连召开 为加强辽宁省作家协会与网络作家的交流，更好地服务、管理、指导辽宁省网络作家，推动辽宁省网络文学事业发展，2018年8月23日，辽宁省网络作家座谈会在大连市金普新区召开。辽宁省作协党组成员、副主席孙伦熙，大连市金普新区党工委宣传部副部长翁铭峰以及月关、骠骑、徐公子胜治等23位知名网络作家参加座谈。

《百年百部中国儿童文学经典书系》及《曹文轩画本·草房子》版权输出签约仪式在京举行 8月23日，长江少年儿童出版社《百年百部中国儿童文学经典书系》第一批版权输出俄罗斯等国暨《曹文轩画本·草房子》版权输出南非签约仪式在第25届北京图博会上举行。长江少年儿童出版社分别与俄罗斯尚斯国际出版集团和南非开普亚洲文化艺术传播有限公司就《百年百部中国儿童文学经典书系》和《曹文轩画本·草房子》版权输出进行签约。

《百年百部中国儿童文学经典书系》精选20世纪初至今百余年间的120多位中国儿童文学作家的120多部优秀儿童文学原创作品，是有史以来中国原创儿童文学作品“集大成”式的出版工程。此次签约活动中，《曹文轩画本·草房子》英文版版权输出至南非。活动现场还进行了《曹文轩画本·草房子》的斯瓦希里语版的首发，这是中国第一本被翻译成斯瓦希里语的儿童文学图书。斯瓦希里语是非洲语言当中使用人口最多的一种语言，这意味着中国优秀儿童文学走进非洲又迈进了一步。

宿州获“文学之乡”称号 8月23日，由中华文学基金会主办，中共宿州市委、宿州市人民政府、安徽文联、安徽作协承办的“文学之乡”授牌仪式在宿城举行。中国作协副主席、中华文学基金会理事长何建明出席并讲话。宿州市委书记史翔、安徽文联党组书记何颖参加活动。

中国作协“文学照亮生活”全民公益大讲堂走进广西北海 8月23日，中国作协“文学照亮生活”全民公益大讲堂2018年第六讲活动在广西北海市举行。中国作协副主席陈建功为当地500多位作家和文学爱好者作题为《改革开放40年文学的基本脉络》的讲座。中国作协创联部主任彭学明主持讲座。广西文联党组书记白志繁，北海市委常委、宣传部部长、副市长黄江，北海文联主席韦晓红等参加活动。

8月24日

第七届“文学与地域”研讨会举行 8月24日至26日，由广西柳州市文联、三江侗族自治县人民政府联合主办，三江侗族自治县文联承办的桂、湘、黔侗族地区第七届“文学与地域”研讨会暨《风雨桥》创刊40周年座谈会系列活动在广西三江侗族自治县举行。来自桂、湘、黔三省（区）的150余名侗族作家及学者与会，共同探讨侗族文学的文化根基和发展新可能。在活动开幕式上，三江县县长吴乐致欢迎辞。中国少数民族文学学会侗族文学分会副会长石佳能，广西柳州市文联副主席吴桂贞，三江县委宣传部部长、副县长唐利林等在发言中对《风雨桥》创刊40周年所取得的成就表示祝贺，对侗族文学的发展提出建设性意见。三江县文联主席杨顺丰主持会议。

2018年中国文艺理论前沿峰会　8月24日，由中国作协创研部、四川省作协、中国人民大学书报资料中心联合主办，《当代文坛》编辑部承办，眉山市文联协办的2018年中国文艺理论前沿峰会在成都举行。中国文艺理论前沿峰会迄今已连续举办了13届。中国作协副主席李敬泽，四川省作协党组书记、常务副主席侯志明，中国作协创研部副主任李朝全，中国人民大学书报资料中心党委书记、主任武宝瑞，以及来自20余所高校、科研单位和10余家期刊的70余位专家学者参加会议。

8月25日

柏杨捐赠陈列展暨《柏杨手稿卷》推介会在京举行　8月25日，由中国作协主办的“重回大陆真好”——柏杨捐赠陈列展在中国现代文学馆举行，《中国现代文学馆馆藏精品——柏杨手稿卷》推介会同时举行。中国作协主席铁凝出席活动并致辞。中国作协副主席阎晶明主持活动。展览展出了柏杨先生的字画、手稿、书信、实物、书籍等许多珍贵藏品。《柏杨手稿卷》由西苑出版社出版，该书不仅是一部珍贵的文献资料集成，也是柏杨至情至性的文人品格的鲜活例证。它不仅以各种随笔、信札、笔记的方式展现出其原始的文献品质，更是通过这些不加修饰的文字，直接呈现柏杨读书的广博性、文化的批判性、现实的针对性以及思考的深刻性。

《於可训文集》新书分享会　8月25日，由长江文艺出版社、长江读书会、中国新文学学会等单位共同主办的《於可训文集》新书分享会在武汉举行。刘醒龙、李修文、朱训集、张玉能、高晓晖、江清和、李建华、张钧、叶立文、李遇春、蔡家园等参加会议。

8月25日至8月29日，**全国网络作家深入学习习近平新时代中国特色社会主义思想专题培训班在内蒙古自治区鄂尔多斯市乌审旗举办。**　此次培训为中国作协开展全国文学业务骨干系列培训的第二期，来自全国的50位网络作家参加培训，其中有33位中国作协会员。中国作协网络文学中心主任何弘，内蒙古文联党组成员、副主席包银山，乌审旗旗委书记额登毕力格等出席开班仪式。开班仪式由内蒙古作协副秘书长赵富荣主持。

“传统作家与网络作家对话”活动第二场在佑圣寺十月文学院举行　25日，第二届中国“网络文学+”大会的重要活动之一，“传统作家与网络作家对话”活动第二场在佑圣寺十月文学院举行。由于83岁的著名作家王蒙到场，这场关于网络文学的对谈显得格外有趣味。此次对话代表传统文学的是王蒙、邱华栋、大头马，代表网络文学的是管平潮、乱世狂刀、疯丢子。他们的年龄跨度从“30后”到“90后”，由于年龄的差异，他们对网络文学的参与和体会各不相同，因此在对谈开始时，主持人便让几位作家都讲一讲，自己是什么时候接触网络文学的。王蒙、邱华栋及网络作家管平潮等分别发表了对网络文学的看法。

8月26日

柏杨先生创作与人生学术研讨会 “柏杨先生创作与人生学术研讨会”26日在中国现代文学馆举行，十余名两岸学者参加会议并发言。

全国青年作家深入学习贯彻习近平新时代中国特色社会主义思想专题培训 8月26日至30日，全国青年作家深入学习贯彻习近平新时代中国特色社会主义思想专题培训班在山西太原举行。此次培训为中国作协2018—2019年全国文学业务骨干系列培训的第三期。中国作协副主席阎晶明出席开班仪式并授课。来自天津、河北、山东等9个省市的90余名青年作家参加了本期培训班。

8月28日

中华文学基金会影视文学委员会成立 8月28日，中华文学基金会影视文学委员会成立仪式在京举行。中国作协副主席、中华文学基金会理事长何建明出席并讲话，来自文学界、影视界的众多专家学者参加活动。活动由中华文学基金会主办，中国文采声像出版公司、北京世界观著文化传媒有限公司承办。据悉，中华文学基金会影视文学委员会由何建明任主任，专家委员包括梁鸿鹰、邱华栋、肖克凡、龙一、张陵、白烨、胡殷红、颜慧、全勇先、陶泰忠、范党辉、王欢、孙忠怀、姜伟、刘智、李舒燃等。

8月29日

报告文学作家赴湖州采访创作 为庆祝改革开放40周年，书写和宣传浙江湖州经济社会发展取得的成就，8月29日至9月2日，中国报告文学学会、浙江省作协、中共湖州市委宣传部、湖州市文联共同举办了“向新时代文学高峰迈进——中国报告文学作家湖州采风行”活动。中国作协副主席、中国报告文学学会会长何建明，浙江省作协党组书记臧军、党组副书记曹启文，湖州市委常委、宣传部部长范庆瑜，湖州市委宣传部副部长龚贵庭，湖州市文联党组书记、主席沈宝山等出席活动启动仪式。

2018《民族文学》蒙古文版作家翻译家培训班开班 8月29日，由《民族文学》杂志社、中国少数民族作家学会主办的2018《民族文学》蒙古文版作家翻译家培训班暨多民族作家走进鄂尔多斯文学实践活动举行。中国少数民族作家学会常务副会长叶梅，《民族文学》主编石一宁，《人民日报》社原副总编辑梁衡，中国民族语文翻译局副局长金英镐，内蒙古作协主席满全，中国少数民族作家学会副秘书长布仁巴雅尔等70位作家、翻译家参加活动。活动期间举行了中国作协《民族文学》鄂尔多斯创作基地挂牌仪式。

8月30日

专家学者研讨长篇纪实文学《拂晓大地》 8月30日，由作家出版社、人民日报社《人民周刊》、陕西省作协共同主办的邢小俊长篇纪实文学《拂晓大地》研讨会在京举行。中国作协书记处书记、作家出版社社长吴义勤主持研讨会。中国作协副主席、陕西省作协主席贾平凹，陕西省作协党组书记钱远刚致信祝贺。30余位专家学者与会研讨。

专家研讨叶兆言新作《刻骨铭心》 8月30日，由江苏省作协和人民文学出版社、上海九久读书人主办的叶兆言《刻骨铭心》研讨会在京举行。中国作协副主席阎晶明，中国作协书记处书记吴义勤、鲁敏，中国出版集团总裁谭跃、副总裁潘凯雄，江苏省作协主席范小青、党组书记韩松林以及何向阳、白烨、陈晓明、贺绍俊、王干、黄发有、王彬彬、谢有顺等参加研讨会，并围绕该作的艺术手法及价值意义进行了深入研讨。研讨会由江苏作协副主席汪政主持。

"我的乡愁"微电影节新闻发布会 8月30日，贵州梵净山"我的乡愁"微电影节新闻发布会在京举行，宣布此次微电影节将于9月22日在贵州铜仁万山朱砂古镇（万山乡愁微电影小镇）举办，目前各项筹备工作进展顺利。

8月31日

江西举办名家写信丰散文笔会 8月31日至9月3日，江西省作协与信丰县委县政府共同在信丰县举办了"走进橙乡 讴歌时代"名家写信丰散文笔会。杨少衡、王雁翎、詹谷丰、李浩、王十月、庞余亮、王国平、郑骁锋、范晓波、陈蔚文、傅菲、樊健军、朱强等20余人参加活动。

8月其他大事：

《小说选刊》举办改革开放与现实题材创作座谈会 近日，由《小说选刊》杂志社主办的改革开放与现实题材创作座谈会在河北丰宁举行。河北省作协主席关仁山、批评家李洁非、三联书店总经理路英勇等参加座谈。座谈会由《小说选刊》杂志社副主编王干主持。

九月

"中拉文学之夜"活动在拉脱维亚举行

"中拉文学之夜"活动9月1日在新近落成的拉脱维亚中国文化中心举行，来访的中国作协代表团成员、拉脱维亚文学界人士以及中国文化爱好者等近百人出席。

拉脱维亚中国文化中心主任张丽丽在致辞中说，中拉人文交流近年来不断发展，中国文化中心的设立顺应了这一需求，将为促进两国文化交流的深入发展注入活力。她希望以此次文学交流为开端，进一步加强两国作家和翻译界人士的交流与合作，使文学真正成为增进两国人民友谊与相互了解的桥梁。

中国作协副主席钱小芊介绍了作协代表团成员和作协情况。多年来致力于汉学研究的拉脱维亚大学教授鲍葛薇女士介绍了拉脱维亚的中国文学翻译情况，梳理了中国文化在拉脱维亚的百年传播历史以及四代汉学家的译作。

拉脱维亚著名汉学家贝德高教授向钱小芊赠送了他编撰的《精选汉拉拉汉词典》。

活动中，拉脱维亚大学汉学专业研究生高碧娜分别用汉语和拉脱维亚语朗诵了中国著名诗人舒婷的代表作《致橡树》，来自拉脱维亚大学孔子学院的当地汉语教师马达拉·斯马尔卡朗诵了拉脱维亚诗人玛拉·扎利特的诗作《无题》。

“向新时代文学高峰迈进——中国报告文学作家湖州采风行”在湖州启动

9月1日，由中国报告文学学会、浙江省作家协会、湖州市委宣传部、湖州市文联主办，湖州文学院承办的“向新时代文学高峰迈进——中国报告文学作家湖州采风行”在湖州启动。此次活动是庆祝改革开放40周年的报告文学系列活动之一。中国作协副主席、中国报告文学学会会长何建明，浙江省作协党组书记臧军，湖州市委常委、宣传部部长范庆瑜出席启动仪式并发表讲话和致辞，市文联党组书记沈宝山介绍采风安排情况。启动仪式由湖州市委宣传部副部长龚贵庭主持。

来自全国各地和本地的30位作家参加了此次采风活动。作家们将被分成10个采风小组，每组由1位中国报告文学学会邀请的作家、1位省作协邀请的作家和1位湖州本地作家组成。湖州市本级，包括吴兴、南浔两区，安排4个采风小组，德清、长兴、安吉三县各安排2个采风小组。各采风小组于启动仪式结束后即分赴各县区采风。

中国作协庆祝改革开放40周年主题采访暨“全国知名作家看安徽”活动在皖举办

9月3日下午，安徽省委书记李锦斌在合肥会见了中国文联主席、中国作协主席铁凝一行。中国作协副主席、书记处书记阎晶明，安徽省委常委、省委秘书长陶明伦，安徽省委常委、宣传部部长虞爱华参加会见。

李锦斌对作家们来安徽采访创作表示欢迎。他说，近年来，在习近平总书记关于文艺工作的重要论述的指引下，安徽省文艺工作者围绕大局，把握时代大势，围绕“四个讴歌”创作出了一批精品力作，推动了文艺事业的繁荣发展。当前，安徽波澜壮阔的改革开放进程，为文艺创作提供了广阔的空间和舞台。希望各位作家慧眼观江淮，妙笔书华章，创作出更多有筋骨、有道德、有温度的时代精品。

铁凝表示，看改革开放40年中国社会的巨大变化，中国人的精神面貌的变化，安徽是一个一定要来的地方，这里是文化富矿、文学富矿、创作富矿，值得作家艺术家一来再来。此次中国作协庆祝改革开放40周年主题采访团走进安徽，这对大家来说是一次难得的机会，采访团的成员有知名作家、编辑、记者，相信大家会充分珍惜这次机会，利用有限的时间，从这里汲取实践营养，得到精神滋养，激发创作灵感，以更多优秀的作品回馈这块美丽富饶、人杰地灵的土地。

9月4日，采访团一行前往岳西县石关村小垅中心村采访考察当地扶贫攻坚的有关情况。岳西是安徽省第一个脱贫的国家级贫困县，作家们在村子里考察扶贫茭白产业，走访贫困户。在农户家中，大家仔细询问贫困户过去和如今生活的巨大变化，了解当地精准扶贫落地落实落细的过程。采访结束后，采访团一行举行座谈会，听取当地有关负责同志介绍相关情况。

9月5日上午，采访团驱车前往岳西县黄尾镇黄尾村采访当地通过发展乡村旅游带领村民脱贫的有关情况。

彭学明、刘醒龙、陈世旭、彭见明、邵丽、王跃文、腾贞甫、许辉、许若齐、吴琪捷、凡一平、陈东捷、钟红明、司敬雪、董宏君、闫宏伟、孔海蓉、魏远峰、陆梅、黄咏梅、向娟、李虎、单小花、范党辉、王选选等参加活动。

据介绍，此次主题采访活动，中国作协共组织30余位全国知名作家赴安徽，围绕农村改革开放、精准扶贫和乡村振兴战略等主题，深入基层一线开展采访创作。

第三届李杜诗歌奖颁奖

9月3日晚，由中共天水市委宣传部、诗刊社、读者出版集团主办，天水日报社、中国诗歌网承办的第三届“中国天水·李杜诗歌奖”颁奖典礼在甘肃天水举行。中国作协副主席吉狄马加、北京大学教授谢冕、《诗刊》副主编李少君，以及王家新、鲁博安等来自国内外的近百位诗人、学者出席活动。

第三届“中国天水·李杜诗歌奖”自5月26日发布征稿启事，至7月31日截稿，共收到国内以及美国、澳大利亚等国家和地区的122位海内外华人诗人的参评作品128部，评委会最终评选出5个奖项、10位获奖者。

其中，王家新获金奖；古马诗集《古马的诗》、高鹏程诗集《江南：时光考古学》获银奖；臧海英诗集《战栗》、李瑾诗集《人间帖》、彭志强诗集《秋风破》、赵亚锋诗集《内心如纸》获新锐奖；丁欣诗集《紫烟青霭作浮生》获秦风雅韵古诗词奖；86岁高龄的谢冕获贡献奖。此外，罗马尼亚诗人卡西安·玛利亚·斯皮里东获得此次新增设的国际诗歌奖。

吉狄马加在颁奖典礼上向获奖诗人表示热烈祝贺，向来自世界各地的诗人表示热烈欢迎。天水市副市长、市政协副主席逯克宗在致辞中说，一年一届的“中国天水·李杜诗歌节”自2016年举办以来，得到海内外华人文学界广泛认可，品牌效应日趋显现。希望通过这项活动，大力弘扬中国诗歌传统，续写天水与大唐诗仙李白、大唐诗圣杜甫的历史情缘。

主题为“李杜光芒、诗意天水”的颁奖晚会分《李杜光芒》《缤纷丝路》《秦风雅颂》三个篇章。获奖作者卡西安、臧海英、彭志强等朗诵了自己的诗作；来自大凉山的太阳部落彝人组合和蒙古族马头琴表演艺术家巴依格勒独具民族特色的表演。

“2018 上海写作计划”欢迎仪式在上海举行。

由上海市作家协会主办的“2018 上海写作计划”4 日在沪举行欢迎仪式。来自澳大利亚、德国、新西兰、印度、匈牙利等 9 个国家的 13 位驻市作家，将在两个月内体验上海的日常生活，感受这座城市的“众声喧哗”。

上海市作家协会主席王安忆表示，在这城市里，处处都在发声。汽车的发动机，轮胎和地面摩擦；空调的外机，风扇交换冷热气流激烈旋转……所有声音又从建筑物上反射过来，又反射过去，现代城市就是层层回音壁。“我们，这些文字的写作者，虚构的制造者，发出的声音实在太微弱，太纤细，一根针落地似的。但就是这针落地的一声轻响，屏气去听，大约可听见一丝清冷的余音，穿透而来，安抚蒙塞之下的感官，在众声喧哗中辟出静谧世界。”

澳大利亚作家米兰迪·里沃对此次上海之行十分期待。“我的家族里有中国血统，我非常喜欢自己身上留有的中国文化传承的部分。现在我正在写一部时间背景在 1870 年的小说，讲述的是两个中国人到澳大利亚一个小镇上淘金的故事。我会在上海创作这部小说。”

自 2008 年起，“上海写作计划”每年都会邀请优秀海外作家来沪生活两个月，10 年来已有 78 位来自美国、澳大利亚、英国、加拿大、法国、墨西哥、印度等 30 多个国家的作家应邀驻市。这些驻市作家们逛弄堂、挤地铁、吃生煎、品小笼，走进上海普通人的生活，体会“百变魔都”。

中国新诗首部季度选本《诗收获》创办

9 月 4 日，由长江文艺出版社长江诗歌出版中心与中国诗歌网联合主办的“中国新诗首部季度选本《诗收获》创办座谈会”在鲁迅文学院举行。中国作协书记处书记、副主席吉狄马加出席座谈会并讲话。座谈会由《诗刊》副主编、《诗收获》主编李少君主持。

据李少君介绍，《诗收获》由长江文艺出版社诗歌出版中心与中国诗歌网共同创办于 2018 年，一年分春、夏、秋、冬四卷推出，本年度已出版春、夏两卷。《诗收获》以“当代气象、多元风格、纯粹品质”为追求，以当下众多优秀的诗歌刊物、读本、诗集为对象，精中选精，在中国新诗第二个百年开端之际，力求提振诗歌风貌，树立诗歌标高，展现汉语新诗的崭新收获。

与会专家认为，《诗收获》选本的创办既要对成名诗人的创作进行总结，也要不断发掘新锐诗人，在扫描诗歌现场的同时广泛地观察和展现未来汉语新诗写作的可能性，独立性的追求正在成为不可或缺的品质。

程光炜、邱华栋、沉河、尹志勇、雷平阳、霍俊明、高兴、周庆荣、臧棣、敬文东、谷禾、刘汀等诗人、学者参与了此次座谈。

山东省报告文学学会在济南成立

9月6日，山东省报告文学学会成立大会暨第一次会员代表大会在济南隆重举行。来自全省各地的80多名代表参加会议。中国作家协会副主席、中国报告文学学会会长何建明，山东省作家协会党组书记、副主席姬德君，山东省作家协会党组成员、副主席李军、葛长伟，山东省作家协会副主席陈文东、刘玉栋，山东省民政社会组织管理局副局长邢洪锐等领导和来自全省各地的报告文学作家代表出席了大会。

大会在雄壮的国歌声中拉开序幕，经过严格的选举程序，产生了山东省报告文学学会第一届领导机构，山东省作协副主席铁流当选为会长，高洪雷、周洪成、逄春阶、王鸿鹏、杨文学、谭践、朵拉图当选为副会长，杨文学兼任秘书长。

学会聘任山东省作家协会原副主席、党组成员王兆山为名誉会长，苗长水、赵德发、许晨、朱建信、张立国、王筱喻为顾问。

开幕式上，还宣读了中国作协报告文学创作委员会、中国报告文学学会，江苏省、河北省、湖南省报告文学学会及省内兄弟学会和李炳银、李春雷等报告文学作家的贺信、贺电、贺词。

第三届诗歌刊物主编恳谈会在江苏开山岛举行

9月7日—8日，由江苏省作家协会和连云港市委宣传部联合主办，《扬子江》诗刊社、中国诗歌网等联合承办的第三届全国诗歌刊物主编恳谈会在连云港举行。会议期间，诗人赴开山岛采访，学习坚守海岛32年的王继才、王仕花夫妇的先进事迹。

本届主编恳谈会的主题是“在柔媚的湛蓝中——面朝大海的中国新诗”。中国新诗在继承传统和吸收外来精华的融合中走过了百年历程，启程走向第二个百年的新起点上，全国30余家诗歌刊物的主编们共同探讨了新时代中国新诗的走向，以及诗歌刊物的责任担当。

会议结束后，诗人们乘船前往黄海前哨开山岛采访。开山岛是一座环境恶劣，位置偏远的孤岛，但战略地位十分重要。王继才、王仕花夫妇以岛为家，坚守祖国海防线32年，成为时代的楷模和守岛英雄。诗人们在海浪的颠簸中登岛采访，参观了“两个人的五星红旗——王继才、王仕花先进事迹展”，并与王继才的遗孀王仕花亲切交谈。32年的坚守，荒岛的岩缝间已生出片片绿意，五星红旗在蓝天大海间飘扬，诗人们感慨、感动之余，更表示要用手中的笔书写新时代的英雄，用新诗讴歌英雄的爱国情怀和无私的奉献精神。

中国作协庆祝改革开放40周年主题采访活动第三团走进浙江

为回顾和总结改革开放40年来的光辉历程和取得的伟大成就，以文学的力量凝聚人心、鼓舞士气，9月7日至10日，中国作协庆祝改革开放40周年主题采访活动第三团走进浙江，前往淳安县下姜村、桐庐县富春江沿线以及安吉县鲁家村、余村等地深入采访考察，来自全国各地的30余位作家、编辑、记者参加活动。

采访团在浙江期间，主要围绕浙江推进乡村振兴战略等主题，组织作家、编辑、记者深入社会生活第一线、改革开放最前沿采访采风，创作一批反映时代精神、展现人民奋斗、振奋民族精神的优秀文学作品。采访团成员之一，河南省文联主席、作协主席邵丽认为，浙江改革开放进程中所体现的时代精神，正是当代文学创作中必须铸造的灵魂，自己将通过这一活动，从浙江大地汲取营养，激发创作灵感，以更多优秀作品回馈这块美丽富饶、充满故事的土地。

“当代作家走进峨边·文化扶贫系列活动”在四川举行

9月9日，“当代作家走进峨边·文化扶贫系列活动”新闻发布会在四川省峨边县举行。活动由民族文学杂志社与中共峨边彝族自治县委、县人民政府共同主办。中国作协党组成员、副主席吉狄马加，中国作协副主席白庚胜出席发布会。《民族文学》主编石一宁，峨边县委书记谭焰、县长栗那针尔，冯艺、徐剑、郭晓烨、吉米平阶、徐可、陈亚军、哈闻、何炬学等来自全国各地多个民族的30余位作家，以及峨边当地有关部门干部职工参加了发布会。发布会由峨边县委常委、常务副县长孙廷鹏主持。

发布会上，系列活动的首场活动“当代作家峨边行”正式启动。在4天的时间里，作家们深入五渡镇胡坝村了解文旅融合助推移民扶贫，到先锋村天缘牡丹基地参观采访，到羊竹坝、背峰山等在建公园项目施工地了解情况，深入底底古村、古井村感受彝寨新变化，多方面、多角度了解峨边的历史与现状，了解峨边脱贫攻坚取得的成就、未来的规划和现实的困难，思考峨边发展，积累创作素材。

全国第二期青年网络作家井冈山高级培训班开班

9月9日，全国第二期青年网络作家井冈山高级培训班开班仪式在江西井冈山举办。此次培训由团中央社会联络部、中国作协网络文学中心与中央网信办网络社会工作局共同主办。天蚕土豆、小桥老树、猪三不、乱世狂刀、梦入洪荒等来自全国各地的青年网络作家与重点文学网站从业者共计100人参加此次培训。

全国青少年井冈山革命传统教育基地副主任黄鹤对青年网络作家们的到来表示了欢迎，他表示井冈山拥有丰富独特的革命传统教育资源，将帮助作家们深入了解井冈山革命斗争的光荣历史、感悟井冈山精神，在文学创作中更好地传承党的优良传统和作风。

开班仪式上，天蚕土豆作为学员代表发言。他谈到，中国网络文学发展二十年，从最初的无人问津，到现在拥有数亿规模的读者群体，离不开国家对网络文学的高度重视和大力支持。对于网络作者而言，这是一个最好的时代。但是，“网络文学受众广，创作门槛低，难免因博人眼球、骗取点击催生出一些低劣之作，在座的网络作者应该从自身做起，坚持正能量，抵制庸俗、低俗、媚俗。只有积极向上的正能量作品，最终才能够真正获得成功与认可。”

本次培训班以“网著新梦想，建功新时代”为主题，为期一周，将以理论学习、多种形式的革命文化教育、创新型的直播活动和网络文学IP沙龙等引导青年网络作家学习宣传贯彻习近平新时代中国特色社会主义思想和党的十九大精神，帮助他们走向同时代、人民相结合的广阔道路，为社会主义文艺事业繁荣发展贡献出网络文学的一分力量。

中国作协庆祝改革开放40周年 主题采访活动第三团走进湖南湘西

中国作协庆祝改革开放40周年主题采访活动第三团走进湖南湘西土家族苗族自治州进行采访。王跃文、滕贞甫、彭学明、黄咏梅、王手、魏远锋、许辉、钟红明、沈念等20余位作家、编辑参加活动。

9月11日，采访团乘车前往花垣县双龙镇十八洞村采访并与当地村民进行座谈交流。前来参加座谈的村民发自肺腑地感谢脱贫政策给他们生活带来的变化。在凤凰县菖蒲塘村，采访团考察了猕猴桃基地和柚子基地。菖蒲塘村曾经是全县最贫困的村庄，村党支部和村委会带领广大村民大力引进水果产业和乡村旅游，已经实现全面脱贫，成为省级新农村建设示范村。

在泸溪县浦市镇马王溪村，采访团走访了村办企业陶瓷厂和农业生态观光园及民宿。宽敞的陶瓷车间里，村民们正生产酒瓶。农业观光果园里，葡萄、梨子正成片挂果，果园附近十几栋民宿正拔地而起。在这里，村民们不用外出打工，就能有事做、有钱赚。湘西农村的发展，让作家们看到了改革开放40年来，中国农村大地上重新焕发出勃勃生机。生态文明、特色乡镇、美丽乡村、乡村振兴，是农村发展的必然进程。作家们通过对泸溪县浦市镇和吉首市矮寨镇坪朗村以及永顺县司城村的采访，切实感受到了湘西美丽乡村和特色乡镇建设日新月异的变化，也感受到了湘西厚重的文化历史和纯朴的民风民情。

中国作家出版集团馆亮相武汉期刊博览会

9月14日至16日，中国作家出版集团携《文艺报》《人民文学》《诗刊》《民族文学》《中国作家》《小说选刊》《作家文摘》《长篇小说选刊》《中国校园文学》《中华辞赋》等所属报刊参加了“2018中国（武汉）期刊交易博览会”。本次“中国作家出版集团馆”侧重展示了改革开放四十年来中国优秀文学期刊的办刊成果。

中国作家出版集团管委会副主任鲍坚介绍道，改革开放四十年是一个重要的时间节点，新时期以来中国文学的飞跃与文学期刊的建设相互补益，成为一道靓丽的文学风景。在新时代，中国作家出版集团及其所属期刊将不忘初心、继续前进，坚持以人民为中心的文艺创作导向，持续传播深入生活、扎根人民的文学作品，保持中国作家出版集团所属期刊在文学期刊中的引领和示范作用。

14 日下午，《中国校园文学》杂志社在中国作家出版集团馆内举办了“文学陪伴成长”主题对谈。茅盾文学奖获得者、湖北省文联主席刘醒龙，作家出版社副总编辑、《中国校园文学》主编张亚丽与读者进行了深入交流。

刊博会期间还举办了 2018 年度“中国最美期刊”遴选结果发布式，其中《人民文学》《诗刊》《花城》《北京文学》《收获》等文学期刊入选年度最美期刊榜单。

本届刊博会以“新时代、新理念、新发展”为主题，展销面积共 3 万平方米，分为各省区市期刊展区、中直报刊展区、海外及港澳出版物展区、新媒体展区、中国邮政展区等功能展区，并设立组委会活动区、新闻发布区等配套展区，并首次推出湖北地方风采展区。在本次期刊博览会中，举办各类活动百余场，包括年度“期刊数字影响力 100 强”发布会、中国报刊发行高峰论坛、华中国际版权高峰论坛、数字出版高峰论坛等多场行业论坛活动。

中国作协机关党委组织专题讲座，提高青年党员干部业务素养

2018 年 9 月 17 日，由中国作协机关党委组织的、面向作协青年党员干部的文学系列主题讲座第一期在鲁迅文学院启动。本次邀请中国社科院文学所教授叶舒宪做了题为《文学人类学在中国》的讲座。

叶舒宪在讲座中梳理了中国文学人类学 40 年从无到有的发展历程，并结合发展过程中的标志性事件与研究成果，在学术历史及多重语境中对文学人类学进行定位考察。他谈到，文学人类学的学术宗旨是“植根本土”“崇尚原创”“回避跟风”，并重点阐释了中国文化“大传统”与“小传统”之间的区分和作为文学人类学基本理念和主要方法的“四重证据法”。此外，叶舒宪还以大量传世文献为引线，结合鲜活丰富的文化现象，依据“红山文化”“三星堆”等考古发现，周密地论证了中华文明中的“熊图腾”和“玉文化”。他还从“符号经济”的角度阐述了文学人类学与当下文学文化研究之间的关系。

中国作协机关党委今后将不定期组织文学讲座。讲座内容主要选自鲁迅文学院课程，以此充分利用鲁迅文学院教学资源，为中国作协青年党员干部提供更多学习的机会和平台，进一步提高广大青年干部的业务素质和文学素养。

第二届中国—中东欧国家文学论坛在浙江宁波举行

由中国作家协会、宁波市人民政府联合主办，中国作协外联部、宁波市文化广电新闻出版局、宁波市对外文化交流协会联合承办的第二届中国—中东欧国家文学论坛，于9月17日在浙江宁波天一阁博物馆开幕。中国作协副主席、书记处书记阎晶明出席论坛并致辞。

本届论坛的主题是“文学交流——架起新时代中国—中东欧国家民心相通的金桥”。来自阿尔巴尼亚、波黑、保加利亚、克罗地亚、捷克、爱沙尼亚、匈牙利、拉脱维亚、立陶宛、马其顿、波兰、罗马尼亚、塞尔维亚、斯洛伐克、斯洛文尼亚等15个国家的25位中东欧作家和20多位中国作家应邀出席本届文学论坛。

阎晶明在致辞中回顾了中东欧国家文学对中国近现代作家的影响，真诚希望文学论坛能为巩固和发展中国与中东欧国家之间的文明互赏互鉴、民心相连相通、友谊历久弥新发挥积极推动作用。他总结了改革开放以来中国文学界的繁荣发展局面，介绍了中国作协开展对外文学交流的新成果，希望中外作家的沟通交流能够增进友谊、加深理解。

论坛期间，与会各国作家围绕“文化传统与文学创作”这一议题进行了分组讨论，交流创作经验和体会，并通过了《第二届中国—中东欧国家文学论坛宁波倡议》，建议各方共同努力，持续巩固和加强文化和文学交流，并在条件成熟时将论坛打造成为“中国—中东欧国家文学节”。

论坛还安排与会国外作家代表在宁波市区及周边地区进行文学采风，感受“海上丝绸之路”这条友谊之路的新面貌，体验中国的民俗风情，汲取新的创作灵感。

全国青年作家创作会议在京召开

9月20日，由中国作家协会和共青团中央共同举办的全国青年作家创作会议在北京召开。来自全国各地的316名青年作家和青年文学工作者代表参加会议。会议开幕前，全体与会代表同出席推进文艺创作研修班的学员一起，听了中共中央政治局委员、中宣部部长黄坤明的重要讲话。

本次青创会的主题是：深入学习贯彻习近平新时代中国特色社会主义思想和党的十九大精神，团结动员广大青年作家，深入生活、潜心创作，塑造时代新人，攀登文学高峰，为新时代中国特色社会主义文学大发展大繁荣作出更大的贡献。

开幕式上，中国作协主席铁凝致开幕辞。共青团中央书记处常务书记汪鸿雁代表团中央致辞。中国作协党组书记、副主席钱小芊作题为《塑造时代新人　攀登文学高峰》的报告。

开幕式由中国作协副主席吉狄马加主持。中国作协副主席叶辛代表老作家向与会青年作家寄语。中国少数民族作家学会名誉会长玛拉沁夫，中国作协名誉副主席李存葆，中国作协副主席李敬泽、何建明、张炜、张抗抗、徐贵祥、阎晶明，中国作协书记处书记吴义勤、鲁敏等出席会议。

全国青年作家创作会议于1956年首次召开，此前已召开过七次，是在中国当代文学发展中具有重大影响和重要作用的会议。每一次青创会都是对我国文学队伍的培养，对青年作家的成长进步发挥了积极的推动作用。

第七届鲁迅文学奖颁奖典礼举行

9 月 20 日晚，第七届鲁迅文学奖颁奖典礼在中国现代文学馆隆重举行。中国作协主席铁凝，中国作协党组书记、副主席钱小芊，中国作协名誉副主席翟泰丰、金炳华、李冰，中国作协副主席吉狄马加、阎晶明，中国作协书记处书记吴义勤、鲁敏，中宣部文艺局局长汤恒、出版局局长郭义强等出席颁奖典礼，并为获奖者颁发奖牌和证书。铁凝、钱小芊分别在颁奖典礼上致辞。颁奖典礼由中国作协副主席李敬泽主持。

鲁迅文学奖是体现国家荣誉的重要文学奖之一，旨在奖励优秀的中篇小说、短篇小说、报告文学、诗歌、散文杂文、文学理论评论，奖励优秀文学作品翻译，推动我国文学事业的繁荣发展。本届鲁迅文学奖获奖作品较好地反映了过去四年来我国文学创作、文学理论评论和文学翻译所取得的成绩，符合中国文学繁荣发展的态势，体现了中国社会主义文学在新时代的生机和活力，成为中国文学在习近平总书记关于文艺的重要思想论述指引下不断由“高原”迈向“高峰”的重要见证。

这些作品深入表现人民群众主体地位和新时代生活，弘扬社会主义核心价值观，显示出鲜明的中国特色、中国风格、中国气派。这些作品题材内容多样，形式手段丰富，勇于探索创新，对脱贫攻坚战、生态文明建设、人与自然关系、人民群众丰富情感世界、城乡人群生存状态等多种层次的命题，都进行了深入的思考和表达。同时，本届获奖作家结构合理，既有久负盛名的前辈作家，也不乏“70 后”“80 后”青年作家，既有创作成果丰硕的知名作家，也有来自基层、新近涌现的优秀写作者，显示出当下文学队伍不断壮大、作协服务联系手臂不断延伸的良好态势。

中国作协各部门各单位负责人、部分省级作协负责同志、第七届鲁迅文学奖各评委会负责人和部分评委、全国青年作家创作会议全体代表、鲁迅文学院高研班和网络文学作家培训班全体学员等参加了颁奖典礼，共同见证中国当代文学的这一盛事，分享获奖者的喜悦与荣耀。

“意义的转换与生成：跨文化的文学沟通”中外作家、学者研讨会在京举行

9 月 25 日下午，中国社会科学院外文所的会议室里，不同的语言交织出热烈的气氛。由鲁迅文学院与中国社会科学院外文所共同主办的“意义的转换与生成：跨文化的文学沟通”交流研讨会在这里举行。参加鲁迅文学院第三届国际写作计划的外国作家与中国社会科学院外文所所长陈众议，中国社会科学院外文所学者乔修峰、李征，北京外国语大学教授薛庆国等，围绕跨文化文学沟通中的身份意识、文学翻译以及文学与其他艺术形式的联系和互动等话题进行了深入交流。研讨会由中国社会科学院外文所副所长程巍主持。

文学作品无法回避身份命题，在跨文化语境中尤其如此。这种身份可能涉及性别、种族、民族、文化、国家、区域等各个方面，作家的创作往往是对身份的追寻、表达和建构。在日益频繁的世界文学交流碰撞中，在不同身份视角的文本与现实之间，意义如何转换与生成，并达成沟通与理解，是各国作家、学者不断深思的问题。

与会作家和学者对各国文学作品的互译表达出很高的热情和期待。来自秘鲁的卡雅·阿达维、意大利小说家加布里埃·迪·弗朗左等都纷纷表示，在本国很难看到中国当代作家作品的译本。意大利小说家杰妮娅·兰碧堤说，大家都需要接触更多来自不同文化的文学，未来需要提高中意双向翻译的数量和质量。对此她充满信心，认为这个提高速度可能比预想的要快。

首届中国-丹麦文学论坛：续写中丹文学交流新篇章

9月26日，首届中国—丹麦文学论坛在中国现代文学馆开幕。中国作家协会主席铁凝、丹麦文化协会高级联络官马勒妮·赫尔姆出席开幕式并致辞。开幕式由中国作协外联部主任张涛主持。

铁凝代表中国作协向丹麦作家代表团的到来表示欢迎。铁凝谈到，中国40年的改革开放为中国文学的蓬勃发展提供了不尽的创作源泉，中国的广大作家和读者也期待着与世界分享喜悦和自信。在这样的时代背景下，近年来中国作协举办了中外文学论坛、汉学家文学翻译国际研讨会、翻译家工作坊、国际写作计划等多种形式的中外文学交流活动，今后，中国作协将继续丰富和完善中外文学交流的形式和内容，推动不同民族、不同语言、不同地域之间的文学交流。

马勒妮·赫尔姆介绍了参加此次论坛的5位丹麦作家。她在致辞中表示，文学将我们带入想象的世界，双眼的观察经过心灵的映射，使我们能够用文学的精神拥抱自我、拥抱世界。每个人都拥有梦想，渴望寻求美好的事物，在了解彼此的过程中，我们同时感知了自我。中丹文学论坛恰好提供了这样的心灵交流平台。

论坛上，来自丹麦的作家安妮·索菲·汉默、索伦·耶森、索格·延森，诗人辛迪·林恩·布朗、因歌·玛丽安·拉森与来自中国的作家李洱、翌平、周晓枫、李东华，评论家陈晓明、张清华等就文学中的后现代主义、文学对启迪儿童探索世界的作用等话题进行了交流与分享。

中国作协“文学照亮生活”全民公益大讲堂走进吉林通化

9月27日，中国作协“文学照亮生活”全民公益大讲堂2018年第七讲在吉林省通化市群众艺术馆举行。中国作协名誉副主席、戏剧与文化学者廖奔为通化市150多位基层作家和文学爱好者作题为《文学的月亮》的讲座。通化市委常委、市委宣传部部长经希军出席活动并致辞，通化市委常委、副市长严寒主持活动。

中国自古以来便尊崇文学，上下五千年的中华文明把中国浸染成了文学的国度。“人之所以不是动物，就在于他有文学”，廖奔认为现代社会生产力的大发展、科技的迅猛发展，人类战胜自然、驾驭自然的限度，已经对生存构成了挑战。而哲学、文学、艺术则帮助人类思考和体验，将人类拉回到正确轨道，帮助人们产生悲悯、同情等情绪，从而回到对人性的思考、对人类整体命运的终极关怀上。

廖奔在谈到当下文艺创作的弊病时指出，很多剧作家从“我要写”变成了“要我写”，为了完成任务的写作不可能出现精品，唯有表达作家自己的真情实感，才能写出好作品。他认为，“如果触及了人生意识和宇宙意识，就会产生名作和大家”，廖奔以朗诵唐代诗人张若虚“孤篇压倒全唐”的《春江花月夜》作结，既呼应了《文学的月亮》之题，又将现场气氛推向了高潮。

在随后的提问环节中，许多听众表示讲座内容丰富、深入浅出，给人以启迪。廖奔寄语现场的长白山大学中文系学子们，“你们是幸运的，爱好文学又能从事文学，一定要珍惜学习的机会。”讲座后，优秀文学作品诵读会在现场举行。通化市的作家、文学爱好者朗诵了自己诗歌与散文作品，廖奔也朗诵了自己的诗歌作品，现场观众深受感染。

“文学：中国声音与世界表达”中外作家交流研讨会在京举行

9月29日，参加鲁迅文学院“2018国际写作计划”的外国作家来到中国作家出版集团，参加由鲁迅文学院和人民文学杂志社共同主办的“文学：中国声音与世界表达”中外作家交流研讨会。《人民文学》杂志主编施战军主持研讨会，《人民文学》杂志副主编徐坤，青年作家石一枫、陈楸帆等参加研讨。

研讨会上，意大利小说家加布里埃·迪·弗朗左讲述了庄子画螃蟹的故事，以此类比作家对写作的推敲，并以卡尔维诺、纳博科夫、菲利普·罗斯等作家为例，说明了正是作家们严谨、真诚的文学态度，才能使得世界文学交响之乐震撼演奏。美国畅销书作家杰夫·惠勒认为，在中国声音传达到世界的同时，中国也为外国作家提供了很好的平台和机会，中外作家通过文学这一共通的语言得以交流和沟通。

克罗地亚小说家马瑞科·可塞克表达了对全球化的忧虑，他强调，独特的个体文学，包含国家的、民族的文学，不能在世界文学语境中被同一化。哥伦比亚诗人塔卢拉·弗洛雷斯·普列托对此表示认同，“如果被完全同一化，独特的民族文化、价值观将会消亡。”意大利小说家杰妮娅·兰碧堤，以美国文化对中国的影响为例表达了同样的忧虑。中外作家就此达成共识，认为在世界文学交流中要时刻记得世界是多元的，因为不同的个体、不同的文化才得以组成丰富的人类共同体。施战军也提到，《人民文学》杂志9个语种的外文版的编辑、翻译团队全部由外国专家组成，这种运营模式，正是为了尊重不同国家的文化差异，促进更为积极、包容、多元的国际文学交流，也由此向世界展示真实、全面、立体的中国及中国当代文学。

10月

贾平凹作品专题研讨会暨首届中国文学国际传播论坛举行

10月6日至7日，贾平凹作品专题研讨会暨首届中国文学国际传播论坛在上海交通大学举办，贾平凹亲临现场，讲述他的文学创作历程，吸引了600余名观众现场聆听。

一身深色衣服的贾平凹用标志性陕西方言说，作家要有饥饿感。作家的价值，不仅是要写出自己的饥饿感，还要写出大家的饥饿感。“人必须常有机警之心，写作必须要有饥饿之心”。贾平凹坦言当下的中国文学并没有影响其他国家，需要包括他在内的中国作家增强自己的能量，致力扩大中国文学的世界影响力。

德国著名汉学家、作家、德国波恩大学终身教授顾彬，中国社科院外国文学研究所所长、中国外国文学学会会长陈众议，中国鲁迅研究会副会长部元宝教授，上海交通大学外国语学院副院长、多元文化与比较文学研究中心主任彭青龙等做客让世界认识贾平凹对话会，畅谈中国文学国际传播的观点和方法。来自清华大学、复旦大学、上海外国语大学、南京大学、澳门大学、陕西师范大学等的国内外教授学者，齐聚上海交大论坛，共同探讨贾平凹小说的丰富内涵及国际传播价值。

近年来，中国当代文学取得了举世瞩目的成就，但在世界范围内传播得还不够充分，在中国走向世界舞台之际，与会学者认为，这就需要包括外语界学者和中文界学者在内的人文学者共同努力推动中国文化、中国文学的国际传播与接受。翻译中国文学，并在国际杂志上发表有关中国文学的学术论文，是促进中外文化交流的有效形式，对于推动中国文化“走出去”具有重要价值。

“庆祝改革开放40周年——第三届北京十月文学月”在京启动

10月8日，“庆祝改革开放40周年——第三届北京十月文学月”启动活动在十月文学院本部佑圣寺举行。

“北京十月文学月”是由北京市委宣传部、市新闻出版广电局、市网信办、市文联共同主办，以文学界、出版界为主体，社会各界广泛参与的全市性文学主题活动。自2016年成功举办首届活动，现已形成一个集出版成果展示、文化活动、全民阅读、交流服务等于一体的文学活动品牌，深受广大市民欢迎，切实提升了城市的文学亮度和文化温度。

中国文联主席、中国作协主席铁凝，中国作协副主席、书记处书记李敬泽，北京市委常委、宣传部部长杜飞进，中宣部出版局局长郭义强，中国作家协会副主席、北京市文联副主席、北京作协主席刘恒等有关领导，以及舒婷、叶广芩、周大新、孟繁华等作家、评论家齐聚一堂，以文学的形式庆祝改革开放40周年，同贺首都大型文学期刊《十月》杂志创刊40周年。

第三届“北京十月文学月”围绕“文学与时代同行”主题，汇聚北京与全国优质文学资源，呈现六大板块、整合近百场丰富多彩的文化活动。其中，北京出版集团以“十月”文学品牌为核心，打造20场核心活动及重点活动。

中国作家协会副主席、党组成员、书记处书记李敬泽代表中国作家协会、铁凝主席，向第三届“北京十月文学月”活动启动以及《十月》创刊40周年表示热烈祝贺。

中国作家“重庆文学周”开幕

10月9日，由中国作家协会社会联络部主办、重庆市作家协会协办的中国作家“重庆文学周”在重庆拉开帷幕。

此次中国作家“重庆文学周”活动是中国作协社会联络部成立以后的第一次大型公共文学服务活动，作家们将走进书店、校园、乡村、工厂等生活生产一线，开展多场“文学公开课”公益讲座，向社会大众提供公共文学服务。

中国作协书记处书记鲁敏，重庆市委宣传部副部长、市文化委员会主任张洪斌，重庆市作协党组书记、副主席辛华，重庆市作协党组成员、主席陈川等出席启动仪式。中国作协社会联络部主任李霄明主持活动。

启动仪式后，参加活动的文学名家与重庆作家、文学工作者进行座谈，就现实主义题材在当下文学创作中的地位与作用、虚构与非虚构、如何把故事写到人心里去、网络文学既要做到百万畅销又要兼顾社会效益、文学社团如何发挥作用、作家权益保护的需求及怎样维权等话题展开了交流与讨论。座谈会由中国作协社会联络部副主任冯秋子主持。

参加活动的还有何炬学、张者、蒋登科、丰玉波、李军杰、赵兴红、马玉霞、小桥老树、冉冉、邓毅、董昭勇、杨晓林、欧阳斌、静夜寄思、吴佳骏、戚万凯等相关部门负责人、基层文学工作者、作家代表、维权工作者代表等。

“文学陕军再进军与基层文学创作”研讨会在陕西富平举办

10月9日，由陕西省社科院、陕西省作协和市委宣传部联合举办的“新时代新创作新发展——文学陕军再进军与基层文学创作”学术研讨会在陕西省富平县举办。陕西省委宣传部副巡视员贺晋东出席并讲话，渭南市委常委、宣传部部长王玉娥致辞。

近年来，富平籍作家群文学创作十分活跃、成果喜人，成为文学陕军中的一支重要力量。据不完全统计，先后出版40多部长篇小说及多部短篇小说、散文、诗歌和文学评论作品。其中，党益民创作的长篇小说《雪祭》获得国家“五个一工程”奖，巴漠（王保卫）创作的长篇小说《黑石村往事》被改编成电影，在陕西乃至全国文学界都产生了积极影响。

研讨会上，以富平籍作家的文学作品为典型，文化学者、中国小说学会副会长肖云儒，白鹿书院院长邢小利，西北大学文学教授杨乐生，贾平凹研究中心主任韩鲁华，陈忠实研究中心主任冯希哲，文艺评论家仵埂，西安市委党校秦文化研究专家王琪玖，陕西省社科院文学研究所所长张艳茜等知名专家学者发表精彩观点，为文学陕军的成长进步和文学事业的发展给予中肯评价，提出意见建议。

陕西省社科院、陕西省作协、富平县有关领导分别致辞，陕西省内文学界、出版界及富平籍作家代表80余人参加研讨会。

马识途书法展暨《马识途文集》发布会在京举行

10月10日，由中国作家协会主办的“马识途书法展暨《马识途文集》发布会”在中国现代文学馆举行。全国人大常委会原副委员长王汉斌、彭珮云出席活动。中国作协主席铁凝出席活动并致辞。中国作协党组书记、副主席钱小芊，中国作协名誉副主席王蒙、翟泰丰、金炳华、李冰，中国作协副主席陈建功、吉狄马加，国家林业局和草原局原副局长赵学敏，中国文联书记处书记陈建文，中国作协名誉副主席张炯等来自社会各界的百余位嘉宾出席活动。活动由中国作协副主席、中国现代文学馆馆长李敬泽主持。铁凝在致辞中对马识途先生的革命精神和艺术创造表示崇高的敬意，对他能亲自参加本次活动表示热情的欢迎和衷心的祝福。

已经104岁的马识途先生亲临活动现场，实现了他4年前的心愿。2014年5月24日，“马识途百岁书法展”在中国现代文学馆开幕，百岁马老曾在开幕式上说：“我还要来北京参加下一次的展览！”4年之后，精神矍铄的马老果真来到书法展的现场，和新朋老友共同分享艺术创造的喜悦。活动现场，已经104岁的马识途先生用他别有风味的四川方言侃侃而谈。他说，自己目前身体健康且生活得很有规律，每天坚持写字、创作，乐在其中。展览共展出马识途先生近年创作的160幅书法作品，此次亮相的所有书法作品从未公开发表，内容有名人诗词、成语、对联和原创诗词等。此次展览的书法作品将进行义卖，所筹资金捐赠给“马识途文学奖”。

新版《马识途文集》发布会同时举行。活动现场，马识途先生向中国现代文学馆捐赠了书法作品及《马识途文集》。由四川文艺出版社出版的18卷本《马识途文集》收录了他的《清江壮歌》《夜谭十记》《盛世微言》《马识途讽刺小说集》《百岁拾忆》《焚余残稿》《马识途诗词抄》等25部作品，其中多篇作品为马老百岁后的新作。

中国作家“重庆文学周”走进西南大学

由中国作协社会联络部主办、重庆市作家协会协办的中国作家“重庆文学周”主题活动开幕以来，引起广泛关注。10月10日上午，中国作家“重庆文学周”走进西南大学，与该校师生畅谈青春与文学。中国作协社会联络部主任李霄明、副主任冯秋子，西南大学校长张卫国，重庆市作协党组成员、作协主席陈川，重庆市作协副主席、秘书长冉冉出席活动。活动由西南大学党委副书记安春元主持。

张卫国对作家们的到来表示欢迎。张卫国表示，此次活动的举行是中国作家协会、重庆市作家协会对西南大学教育事业的大力支持，希望同学们能和作家们深入交流，有所收获。

李霄明在致辞中介绍了中国作协社联部成立的意义以及此次文学周活动的实施情况。他谈到，百年大计，教育为本。教育是民族振兴、社会进步的基石，是提高国民素质、促进人的全面发展的根本途径。学校是中国作协社会联络部开展工作的重点之一。为此，本次文学周系列活动中安排了两次进校园活动，和学子们进行交流互动。文学周期间陆续举办读者见面会、作品朗诵会、文学公开课等丰富多样的文学活动，让文学真正走进社会，让作家和群众真正做到零距离接触，让群众真切地感受到文学的魅力，让文学真正为社会和人民服务。

在交流环节中，作家东西、刘亮程、李浩、马金莲、阿菩分别就“我的青春 我的文学”话题和同学们分享了自己的写作体悟，并向西南大学图书馆捐赠了自己的作品。

中国科幻文学 40 年高峰研讨会在山西阳泉举行

10 月 10 日上午，由中国作家协会创作研究部、山西省作家协会、中共阳泉市委宣传部主办，阳泉经济技术开发区管理委员会、阳泉市文联承办的中国科幻文学 40 年高峰研讨会在山西省阳泉市经济技术开发区举办。

中国作协名誉副主席廖奔，中国作协创研部副主任李朝全，《科幻世界》杂志总编辑姚海军，科幻作家王晋康、赵华，《中国禁毒报》副总编辑李建永，全国公安文联组联部主任戴东英，山西省作家协会党组书记、主席杜学文，山西省作家、评论家段崇轩、傅书华、吴言、刘芳坤、李金山、阎珊珊、孔令剑，阳泉市委书记关建勋，市委副书记、市委秘书长巩成，市委常委、宣传部部长王铁梅，市人大副主任张永忠，市政协副主席、市文化局局长张立君，市政协副主席，阳泉经济技术开发区党工委书记、管委会主任杨全生，市政协副主席史友松，著名科幻作家刘慈欣等出席研讨会。

与会专家学者对中国科幻文学 40 年的发展历程进行了回顾，对科幻与现实相生相伴的关系进行了深入的探讨，一致认为中国科幻的兴盛正是中华民族伟大复兴中国梦的映射。刘慈欣《三体》获世界科幻最高奖“雨果奖”激发了科幻作家的创作热情。创新型国家建设和科技事业跨越式发展及文化自信的确立，为科幻创作提供了丰富的土壤，中国科幻将在提升民族创造力和想象力、促进深化改革创新中发挥更大作用。

2000 余种中国出版物亮相法兰克福书展

10 月 10 日，第 70 届法兰克福国际书展开幕，本届书展主宾国为格鲁吉亚。为期 5 天的书展预计将吸引超过3.5万人前来参观参展。

《中国新闻出版广电报》记者从环球新闻出版发展有限公司了解到，此次中国展团有来自北京、山东、广东等12个省（区、市）的60余家单位参展。本届法兰克福书展中国展台共计540平方米，共展出版物2476种3559册，外文图书占比67%。书展期间，16场重大活动将在中国展台举办，包括中央电视总台《朗读者》图书多语种版签约暨朗读亭启动仪式，中国地图出版集团“中国国家人文地理”丛书海外发布会暨中国城市海外系列推广活动，以及电子工业出版社《世界互联网发展报告2017》《中国互联网发展报告2017》英文版图书发布会等。

天津作协举办知青文学主题讲座暨《耕耘岁月》一书首发式

10月12日上午，知青文学主题讲座暨《耕耘岁月》一书首发式在天津文学馆举办。天津师范大学教授、博士生导师杜鸿林、中老年时报总编、社长吕新、天津市作家协会秘书长王岚、《耕耘岁月》一书主编孙加祺、编委陈祥其、张韵秋、黄守信及本书部分作者共一百多人参加了活动。

活动中，由出版过多部反映知青生活文学作品及研究论文的老知青杜鸿林以《知青文学中的政治与艺术》为题发表了主旨讲座。讲座中，杜鸿林以自己的亲身感受及创作过程，深入浅出地分析了知青文学的发展历程、创作规律、理论创新等，引起了广大听众的共鸣。

新近由百花文艺出版社出版发行的天津知青文集《耕耘岁月》一书，成书于改革开放40周年、知青大规模上山下乡50周年之际，具有划时代的意义。本书由天津老知青共同编辑，共收录了包括天津作者在内的来自全国各地的126位作者的134篇文章，全书36万字。

本书序作者、一级作家王爱英，特约作者本书、时报知青版责编吕金才、插队山西天津知青、市作协会员李润涛先后登台，畅谈新书首发感受。三位爱好书法的本书作者展示各自书法作品，为首发式献上翰墨飘香的特殊礼物。

《耕耘岁月》编委会代表全体作者向作协文学馆捐赠新书，并把首发式签到簿赠予作协文学馆永久存念。

第五届郁达夫小说奖揭晓

10月13日，由浙江省作协《江南》杂志社主办、杭州市富阳区人民政府协办的第五届郁达夫小说奖在浙江杭州举行终评委会议。经过数轮投票，王安忆《向西，向西，向南》、白先勇《Silent Night》分获中篇小说奖和短篇小说奖，计文君《化城》、王手《第三把手》、孙频《松林夜宴图》获得中篇小说提名奖，蔡东《朋霍费尔从五楼纵身一跃》、邱华栋《云柜》、哲贵《柯巴芽上山放羊去了》获得短篇小说提名奖。

郁达夫小说奖每两年举办一届，是针对海内外华语中短篇小说创作的文学奖项。自设立以来，始终注重作品的文学品位，获奖作品不仅具有较高的艺术水准，也较为契合郁达夫的文学和审美特质。

本届郁达夫小说奖于今年 4 月启动，秉持“实名投票、评语公开”的透明评奖方式，通过审读委成员、国内主要文学刊物、专业文学团体、文学组织以及网络自荐等途径的推荐，征集大量参评作品。8 月，经审读委实名投票，选出 15 篇中篇小说和 13 篇短篇小说作为终评备选作品。

本届终评委主任为陈建功，八名成员为马原、李敬泽、苏炜、阿来、张抗抗、施战军、袁敏、程永新（以姓氏笔画为序）。经过两个月的审读，终评委于 10 月 13 日讨论通过了《第五届郁达夫小说奖获奖作品投票产生办法》，并就终评备选的作品发表意见，实名投票。

2018 年闽派文艺家理论家批评家学术活动周在福州举行

10 月 13 日，2018 年闽派文艺家理论家批评家学术活动周在福州举行，来自全国各地文艺理论家、批评家、作家和文学编辑齐聚榕城，共论“改革开放 40 周年与中国经验表达”。全国政协社会与法制委员会副主任、福建省文联主席、福建社科院院长张帆、中国文联理论研究室主任、中国文联文艺评论中心主任庞井君，中国作家协会创研部副主任李朝全，北京大学中文系主任陈晓明等领导专家出席此次活动，福建省文联党组成员、书记处书记、副主席陈毅达主持开幕式，庞井君、李朝全、张帆先后致辞。

闽派文艺理论家批评家学术活动周源于 2014 年始办的同名高峰论坛，是一个以闽籍和在闽工作的文艺理论家批评家为主体、同时吸纳全国优秀文艺理论批评专家参与对话的高层次学术交流平台。主办方称，今年将高峰论坛改为学术活动周，目的是进一步延展活动形式，丰富活动内容，推动这一活动平台的内涵式发展。与往年高峰论坛相比，今年的学术活动周包含了主旨发言、主题研讨、圆桌论坛、文学讲座、文学对话等多种形式和环节，同时加强与各大高校文学院系和其它公共文化场所的联动，推动“闽派批评”走进校园，走向公众，实现“闽派批评”文化共享。

本次活动由中国作协创研部、福建省文学艺术界联合会、福建省作家协会主办，福建省文学院、福建省文联文艺理论研究和文艺传播中心、福建社会科学院文学研究所、福建省文艺评论家协会承办，在榕各大高校文学院系协办。

第四届韩中日东亚文学论坛在首尔开幕

10 月 17 日，第四届韩中日东亚文学论坛在韩国首尔开幕。以中国作协主席铁凝为团长的中国作家代表团将在为期 3 天的论坛中，与韩国、日本的作家一起，围绕“21 世纪东亚文学，心灵的纽带：传统、差异、未来及读者”这一主题展开深入交流。张炜、苏童、邱华栋、徐坤、雷平阳、曹有云、王威廉、甫跃辉等参加论坛。

自2008年韩国主办首次文学论坛以来，中日韩东亚文学论坛已经持续举办了十年，2010年，日本北九州主办了第二届文学论坛；2015年，第三届文学论坛在中国北京和青岛举行。此次文学论坛可以看做是十年后第二轮论坛的开端。在17日上午的开幕式上，韩中日三国作家代表团团长崔元植、铁凝、平野启一郎分别作了大会主旨发言，表达了自己对于东亚文学论坛以及文学创作与现实关系的思考。

铁凝用“十年树木”来概括东亚文学论坛走过的十年时光。她说，文学也可以说是一种时间艺术，是一种有能力把历史、现在和未来连接起来的艺术，是创造的艺术。作家应当有耐心在独属自己的崭新时间里，为读者和未来创造更加宽阔的精神领域。当未来社会的诸多不确定形态让我们困惑时，不同代际的作家也应相信，那同时到来的一定还有蓬勃的更有意义的可能。

17日下午，中国作家苏童，韩国作家全成太、金爱烂，日本作家阿部公彦、若松英辅围绕“传统”这一话题发表了各自的看法；中国作家张炜、曹有云，韩国作家陈恩英、张康明以及日本作家岛田雅彦、小山田浩子等就则“差异”展开交流。

中国作家协会2018年度“中国少数民族文学之星”丛书改稿会在京举行

10月19日，中国作家协会2018年度“中国少数民族文学之星”丛书改稿会在京举行。中国作协创联部主任彭学明主持会议。

“中国少数民族文学之星”丛书，是中国作家协会从2018年起新设的少数民族文学发展工程出版扶持项目。该项目旨在借助“21世纪文学之星”丛书之光，创立培育少数民族文学新生力量和文学精英的人才工程，培养扶持少数民族青年作家、推出文学精品。8月29日至31日，2018年度“中国少数民族文学之星”丛书评审会在京举行，评委们经过严肃、认真的审阅和充分的协商讨论，投票评选出于晓威、红娘子、李进祥、吕翼、刘少一、杨犁民、阿卓务林、绿窗、严英秀、乌兰其木格等10位作家的作品入选本年度丛书。作者当中既有荣获全国少数民族文学创作“骏马”奖的文学骨干，也有在乡镇基层工作的青年诗人，既有坚持文学创作20多年的守望者，也有近几年才开始创作的文学新人，还有优秀的网络文学作家，体现了当前少数民族青年作家创作的新成就。

包明德、李一鸣、黄宾堂、汪守德、张陵、孟繁华、贺绍俊、冯德华、马步升、李建军、哈闻、王冰、顾建平、李云雷等专家学者就入选丛书的作品展开了深入、细致的解读，提出真切中肯的批评修改意见。丛书入选作家均到会聆听专家的分析指导。大家表示改稿会的召开非常有必要，不但可以避免作品出版后出现的缺憾，以便打造文学精品，对作家今后的文学创作也具有启迪和开拓意义。

第五期网络文学（现实题材创作）高级研修班在上海举行

10月21日至10月29日，由中国作协网络文学中心和上海市作家协会共同主办的第五期网络文学（现实题材创作）高级研修班在上海举办，来自全国的72位网络作家参加培训。

研修班以深入学习习近平总书记关于文艺工作的重要论述，探讨现实题材网络文学创作的艺术价值和社会意义为主旨，邀请了中国作协副主席何建明、中国作协网络文学委员会主任陈崎嵘、中国作协网络文学中心主任何弘、中国作协网络文学中心副主任安亚斌等专家学者，围绕“习近平关于文艺工作的重要论述与网络文学创作”“新时代的中国网络文学创作”“现实主义题材网络创作需要注意的问题”“关于上海改革开放的历程”“文学如何认识上海、书写上海”“网文创作技巧”等主题为学员授课，与学员们共同开展一系列活动。

何建明谈到，自己一直致力于报告文学的书写，关注如何从现实取材，讲好中国故事、传播中国声音。而对网络作家而言，强调现实题材创作并不是要求每一个人都像报告文学作家那样真实地记录社会发展过程中的重大事件，更重要的是对现实的关注，在作品中融入与每个人息息相关的生活，抵达了生活，文字就会更有力量。

在交流与讨论中，学员们普遍谈到，新时代给网络作家提供了新生活、新故事、新任务、新题材、新语言，有很多精彩的中国故事可以书写，有很多感人肺腑的生活点滴可以讲述，现实题材大有可为。

10月25日和10月26日，培训班专门举办了两场全国网络作家庆祝改革开放40周年主题采访活动。学员们参加了以“改革开放40周年成就”和“党的诞生地上海红色遗迹”为主题的现场教学和采访活动。在中国商飞、上海自贸区、洋山深水港等地，大家近距离感受上海在航运和科技发展等方面取得的成就。安亚斌在现场表示，以洋山深水港为例，从茫茫沧海、萋萋荒岛到填海成陆、架梁成桥，这座神奇的现代化深水港充分体现了上海改革开放40周年的伟大成就，这样的采访活动有助于加深学员们对改革开放历程中网络文学的发展脉络和创作趋势的思索，打造出更多精品力作。在中共一大、二大会址、四大纪念馆、毛泽东旧居、左联纪念馆等革命遗迹，大家更真切地体会历史的分量，感受红色精神。学员冰山说：“回望历史、缅怀伟人，是一场伟大的心灵洗礼，这更坚定了我们网络作者书写优秀作品，向社会传递正能量的决心。”

培训期间，学员们参加了首届上海网络文学周系列活动，见证了中国网络文学20年20部优秀作品颁证仪式与首届天马文学奖启动，参与了纪念改革开放40周年网络文学座谈会上的探讨。

学员们纷纷表示，中国网络文学是在改革开放的大背景下发展起来的，没有改革开放，就没有市场经济和网络科技的发展，就无法丰富国人的想象空间，就不会有今天中国网络文学的空前繁荣。网络作者必须把握时代机遇，创作出更多好作品，和传统文学一起繁荣中国文学。

上海网络文学周在上海虹口区开幕

10月22日，由中国作协网络文学中心、上海市作家协会、上海市新闻出版局、中共虹口区委宣传部和阅文集团主办，华语文学网、上海市虹口区文化局、上海童石网络科技股份有限公司承办的上海网络文学周在上海虹口区开幕。中国作协网络文学委员会主任陈崎嵘，中国作协网络文学中心主任何弘，上海市作家协会党组书记、副主席王伟，虹口区区委常委、宣传部部长吴强，以及上海市有关单位负责人，来自全国的网络作家和专家学者出席开幕活动。开幕式由上海作协党组副书记、秘书长马文运主持。

中国网络文学20年20部优秀作品颁证仪式、纪念改革开放40周年网络文学座谈会和天马文学奖启动仪式也于开幕当天举行。

陈崎嵘在讲话中指出，中国网络文学跟中国改革开放40周年密切相关，改革开放为中国网络文学的发展提供了良好的政治、经济、社会、文化条件。本次上海网络文学周的举办，就是要通过研究分析、总结回顾网络文学走过的道路，进一步坚定中国网络文学界的制度自信、道路自信、理论自信和文化自信。

在中国网络文学20年20部优秀作品颁证仪式上，猫腻代表入选作者发言。在回望写作初心的同时，他期望网络文学创作者树立创造价值的意识，注重作品题材和审美追求，承担起新时代网络作家的责任与使命。

在纪念改革开放40周年网络文学座谈会上，10余位评论家和110余位网络作家参与讨论。大家一致认为，作为一种新的文学表达方式，网络文学应运而生，必须把握时代机遇，和传统文学一起繁荣中国文学，更好地从高原走向高峰，从中国走向世界。

第一期全国中青年作家深入学习贯彻习近平新时代中国特色社会主义思想和党的十九大精神专题培训班举行

10月23日至25日，由中国作协主办、中国作协创研部承办、四川作协和绵阳文联协办的第一期全国中青年作家深入学习贯彻习近平新时代中国特色社会主义思想和党的十九大精神专题培训班在四川绵阳举行。本期为第一期，21个省市作协推荐的90位作家参加培训。中国作协副主席李敬泽，四川作协党组书记侯志明，中共绵阳市委常委、宣传部部长张学民等出席开班式。

本期培训班在有“中国科技城”之称的绵阳市举行，专门安排作家们参观了原中国工程物理研究院院部旧址“两弹城”。作家们走进两弹历程馆，聆听老一辈科学家们的奋斗事迹，观看原子弹投放的纪实影像；走进三防教育馆，体验防空洞；走进邓稼先旧居，体会科学家们的日常生活。大家表示，这是一堂震撼而深刻的现场教学课，更直观、更深入地了解了两弹对我们国家的重要性，开拓了视野，对于深入了解当今社会非常有帮助。

参加本次培训的作家们是作协近年来关注的新文学群体的代表。他们之中，很多都是没有固定工作的自由职业者，出于对文学的热爱而长期坚持写作。他们有的写诗歌，有的写散文，有的写小说，有的写报告文学，还有的是编剧。他们之中，有的已经在其工作的具体领域取得了很好的成绩，甚至成为佼佼者，但对于文学界来说，还是陌生的名字。

在分组讨论环节，作家们认为，参加这样的培训班非常有帮助，也是必要的，为自己的创作打开了思路。有作家表示，过去处于一种自由写作状态，缺乏社会的担当和责任，并未对写作有过深刻的思考。通过学习，寻找文化定位，通过对自己、对作家的社会身份的定位重新有了思考，并对将来的创作提出更高的要求和标准。要从过去关注自我的狭小的写作范围提升到关注社会、关注现实的高度，要将新时代文学工作者的担当融入到自己的创作中去，把家乡人民对于美好生活的追求反映在作品中。

大家表示，此次培训在每一位参与者心中留下了深深的痕迹。这次学习为接下来继续深入学习领会习近平新时代中国特色社会主义思想和党的十九大精神指明了方向，提供了思路，对作家综合素养的提升带来了帮助。作家们要继续深入生活、扎根人民，关注现实变化，为读者创作出更多具有中国精神、中国风格、中国气派的优秀文学作品。

全国基层作协负责人培训班开班

10 月 23 日至 25 日，全国基层作协负责人及文学业务骨干深入学习贯彻习近平新时代中国特色社会主义思想专题培训班在辽宁省葫芦岛市举行。此次培训班由中国作协社会联络部主办。中国作协书记处书记鲁敏、中国作协社会联络部主任李霄明、辽宁省省委宣传部文艺处处长王一民、辽宁省作协主席滕贞甫、葫芦岛市政协主席石文光等出席开班仪式。

开班仪式后，鲁敏以《文化自信是更基本、更深沉、更持久的力量》为题为学员授课。她从昆曲艺术的发展讲起，谈到观摩与思考这一传统文化的焕新与传播，对理解文化自信尤其是中华优秀传统文化自信，具有典型案例的启示意义。她谈到，全球化阅读语境的形成，对中国经验、中国故事和反映中国人民新时代生活的文学有着极高的期待与阅读兴趣。文化自信这一项“形于中”而“发于外”的战略任务，不仅有强大的内部抒发推进力，也有同样热切的外部需求期待。这些推进力与需求期待，对全球化阅读语境下的中国文学写作者而言，意义尤其重大。本次培训主要是政治思想学习，以集中培训为主要形式，统一教材，运用课堂教学、现场教学、研讨交流等多种方式，紧密结合文艺创作工作实际，充分发挥思想政治培训的作用，进一步增强针对性和实效性。

“到人民中去”职业道德教育与文学社会服务实践活动在井冈山举行

10 月 26 日上午，中国作协“到人民中去”职业道德教育与文学社会服务实践活动（第一期）开班式在井冈山举行

10 月 26 日上午，由中国作家协会主办，江西省作协、江西干部学院协办的中国作协“到人民中去”职业道德教育与文学社会服务实践活动（第一期）在江西省井冈山举行开班式。中国作协党组成员、副主席阎晶明作开班动员讲话。江西省文联党组成员、主席叶青，

江西干部学院院长郭评生致辞。中国作协文学工作者职业道德委员会秘书长、创联部主任彭学明主持开班式。

阎晶明表示，加强对广大作家和文学工作者的职业道德教育，是深入学习贯彻落实习近平新时代中国特色社会主义思想的具体行动，是落实党的文艺政策、加强文学界行业管理和行业自律的重要举措。

郭评生在致辞中简要介绍了江西干部学院的课程设置以及近些年来的办学情况。他说，江西干部学院正在全面推进一流红色培训学院建设，坚持“特殊的师资、特色的教学、特有的保障、特别的影响”四个维度的教学特色，在课程设置、师资力量培养等方面不断优化。

彭学明在开班仪式上介绍了开展文学工作者职业道德教育和文学社会服务实践活动的目的和要求。他谈到，到人民中去，是为了感受人民的火热生活和巨大的劳动创造，吸取丰富的创作源泉，为人民创作出更多更好的作品，以文学的形式向人民学习，向人民致敬。

开班式上还举行了授旗仪式。阎晶明、叶青、郭评生为作家代表冯艺、刘华授旗。

“文学照亮生活”全民公益大讲堂暨优秀文学作品诵读会在井冈山大学举行

29日下午，由中国作协主办，江西作协、井冈山大学、吉安市文联协办的中国作协“文学照亮生活”全民公益大讲堂暨优秀文学作品诵读会在井冈山大学举行。中国社科院研究员、中国当代文学研究会会长白烨以《经典是怎样炼成的》为题作讲座。井冈山大学校党委书记彭涉晗致辞，培训班学员、井冈山大学师生、部分江西省作家、吉安市文学爱好者等参加活动。

白烨从尽心尽力书写精品力作、用心感受现实主义的生命力、理论批评和文学创作的相互鉴定、作家之间要良性竞争四个方面对《平凡的世界》进行解读。他谈到，一直以来，《平凡的世界》在各个阶层和年龄段的读者中间热度不减，然而在文学评论、文学研究、文学教学等方面却未受到较大关注。白烨谈到，这些研究更多的是关注艺术形式的创新，或者思想内容和艺术形式的结合，很难引起普通读者的兴趣。而小说本身所表达的逆风向上的精神带给很多奋斗者希望，这也是其经久不衰的重要原因之一。《平凡的世界》通过描写村庄的历史变迁，展现那个时代所遇到的各种问题，恰恰是对改革开放进程中，中国社会现实的准确反映，这种气魄可以用“惊心动魄”来形容。路遥坚持用现实主义手法展现他的小说世界，主人公孙少平和孙少安都在不断地选择和承担后果，这种以人本主义精神为根本的表现手法引起很多人的共鸣。

讲座结束后，还举行了井冈山大学校级科研平台“江西文学评论与创研中心”揭碑仪式和优秀文学作品诵读会。

第二届墨西哥文学研讨会在京开幕

10月31日，由鲁迅文学院、墨西哥国立自治大学、北京大学和墨西哥国立自治大学驻华墨西哥研究中心共同主办的第二届墨西哥文学研讨会在京开幕。中国作协副主席、鲁迅文学院院长吉狄马加出席开幕式并致辞。鲁迅文学院常务副院长邱华栋、北京大学西葡语系主任范晔、墨西哥国立自治大学驻华墨西哥研究中心主任吉列尔莫·普利多等专家、学者以及鲁迅文学院第35届高研班学员参加会议。

吉狄马加代表中国作家协会和鲁迅文学院向墨西哥作家、学者的到来表示欢迎。他说到，尽管在地理距离上比较遥远，墨西哥在文化上、文学上是非常多元的一个国家，有着深厚的文化传统和文化底蕴，有着灿烂的古代文化。彪炳史册的太阳历法就在墨西哥诞生，对人类文明史产生了重大的影响。在不同历史阶段，墨西哥都有很重要的思想家、诗人出现，比如胡安·鲁尔福、奥克塔维奥·帕斯等。墨西哥的文学创作与思想，对世界文学来说是一个很重要的、可参照的坐标系。

“目前的世界是一个需要沟通的世界，全球性问题不断出现，通过文学来加强不同国家和民族之间的交流、沟通日益重要。”吉狄马加表示，文学应该成为一种燃烧的媒介，联结起世界范围内边远的、中心的、所有地带的文学空间，碰撞出更多思想的火花。

吉列尔莫·普利多在致辞中表达了对中国作家协会和鲁迅文学院的感谢。他谈到，鲁迅的很多作品都被翻译成了西班牙语。在他看来，鲁迅之所以能够成为20世纪最重要的作家，是因为他的作品有很多解读方式，在全世界范围内都可以被理解。墨西哥国立自治大学一直致力于推动太平洋两岸作家交流，同样期待中墨两国能在文学翻译、出版上加强合作，没有比解读作品、增进交流更美妙的事情了。

11月

《赵小兰传奇》新书发布会在京举行

11月1日，由作家出版社出版的美国内阁首位亚裔女性、首位华裔内阁成员、美国现任交通部长赵小兰及其家族传记作品——《赵小兰传奇：美国华裔两代人的奋斗历程》新书发布会在中国现代文学馆举行。中国作家协会副主席陈建功主持发布会。中国作家协会党组成员、书记处书记吴义勤，作家出版社总编辑黄宾堂，中华文学基金会秘书长李小慧，中国作家出版集团管委会副主任鲍坚，文学评论家张陵、贺绍俊，福茂集团董事长、赵小兰父亲赵锡成，本书作者晓晓、中国船舶工业集团公司原董事长陈小津等出席活动。

参加活动的嘉宾表示，《赵小兰传奇》确实不只是赵小兰个人的传记，同时也是一部家族史。该书记述了“赵家这样一个非同寻常的家庭”三代六十多年的生命际遇，从中可以看到相濡以沫的家庭、相爱以真的夫妻、相嘘以暖的手足，看到人生应有的坚韧与努力，自信与胆识，看到中华传统文化的魅力与美式拓荒精神的活力。

本书作者晓晓女士是一名长期居住在美国的华人作家，与赵家有着深厚的情谊，亲眼所见这个家庭背后不为人知的故事。在发布会上，晓晓女士说，写一部饶有趣味的纪实文学著作，是我创作的初衷，愿此书能成为一部色彩斑斓的人生画卷，一部发人深省的启示录，一部近代华人移民史的见证。希望赵小兰的成长经历，给我们的年轻读者带来启发和思考，希望这样一部作品，传递更多的正能量。

香港特首林郑月娥会见铁凝

11 月 3 日下午，香港特别行政区行政长官林郑月娥在礼宾府会见了正在香港出席香港作家联会成立 30 周年系列庆祝活动的中国作协主席、中国文联主席铁凝。

林郑月娥欢迎铁凝率中国作协代表团访问香港，感谢内地文学艺术界长期以来对香港文学艺术事业发展的支持，介绍了特区政府发展香港文化事业的多项举措，同时特区政府通过倡导全民阅读，促进粤港澳大湾区文化互通互补，推动香港文学艺术进一步发展。

铁凝感谢林郑月娥特首的会见，表示香港文化具有多元包容的特点，是中华文化宝贵的组成部分，中国作协、中国文联愿进一步加强内地与香港文学艺术界的交流与合作。

香港特区政府民政事务局局长刘江华、香港作家联会会长潘耀明、中国作协港澳台办公室主任张涛、中央人民政府驻香港特别行政区联络办公室宣传文体部副部长罗江等会见时在座。

第九届全球华语科幻星云奖在重庆颁奖

第九届全球华语科幻星云奖 3 日在重庆举行颁奖典礼，江波的《机器之门》获得长篇科幻小说金奖，中篇科幻小说金奖由陈楸帆的《怪物同学会》夺得，宝树的《成都往事》获短篇科幻小说金奖。

全球华语科幻星云奖由世界华人科幻协会颁发，获奖作品经过专业机构提名、业内人士推举、专家评委会评选产生。

本届星云奖共设 10 个奖项。其中，最佳少儿科幻中长篇小说金奖由马传思的《奇迹之夏》夺得，最佳非虚构作品金奖由侯大伟、杨枫主编的《追梦人：四川科幻口述史》夺得，布兔的《看见鲸鱼座的人》封面获最佳美术作品金奖，刘思含和韩阳共同翻译的美国科幻作家尼尔·斯蒂芬森的《编码宝典》获得最佳翻译作品金奖。

世界华人科幻协会和全球华语科幻星云奖发起人之一、科普科幻作家董仁威说，希望中国的科幻作家能在诞生于西方的科幻文学中融入中国文化，创造出具有中国特色的新科幻，让世界上更多的人了解中国科幻。

全球华语科幻星云奖始于 2010 年，此前已成功地在北京、成都、太原举办了八届。这一奖项不仅已成为检阅华语科幻创作的标杆，还是观察华人想象力和创造力的窗口，对促进中国科幻事业的发展、推出中国新锐科幻作家具有重要意义。

首届粤港澳大湾区文学研讨会在暨南大学举行

11月4日，由广州文学艺术创作研究院、广州市作家协会、广州市文艺评论家协会、暨南大学中国文学评论基地、暨南大学华文文学与华语传媒研究中心联合主办的首届粤港澳大湾区文学研讨会在暨南大学举行。

“粤港澳大湾区文学工作坊”于此次粤港澳文学盛会成立，花城出版社策划的《粤港澳大湾区文学地理从属暨手绘文学地图集》项目也在本次研讨会上启动。

广东省作家协会主席蒋述卓、中国出版集团副总裁潘凯雄、广州市作家协会主席张欣、澳门大学中文系主任朱寿桐、广东文学院院长与大湾区代表性青年作家葛亮等文学名家共同启动了“粤港澳大湾区文学工作坊”。文学工作坊邀请作家葛亮、蒲荔子、阿菩首批入驻。

广东文学院院长熊育群认为，粤港澳大湾区的文学是中国文学里面从没有出现过的一个现象，这个工作坊的成立将能够为中国文学的发展助一臂之力。澳门文艺评论家协会主席朱寿桐表示，粤港澳大湾区文学工作坊将会成为粤港澳文学创作、文学研究和文学学术发展的一个新的生长点。中国出版集团副总裁、文学评论家潘凯雄认为，湾区文学将为人们提供新的中国经验、新的体验方式、观察视角和思考模式。

此次活动中，作为大湾区代表性青年作家，香港浸会大学葛亮副教授葛亮获颁广州市人才绿卡。

长篇小说《哀牢深处》作品研讨会在京举行

11月5日，由《中国作家》杂志社主办的唐天马长篇小说《哀牢深处》作品研讨会在中国现代文学馆举行。中国作协党组成员、书记处书记、副主席阎晶明，《文艺报》总编辑梁鸿鹰，人民日报海外版原总编辑、文艺评论家丁振海，中国电影家协会秘书长、中国电影评论学会会长饶曙光，西藏军区副政委、作家吴传玖，以及白烨、胡平、胡性能、程绍武、刘艳、刘秀娟、舒晋瑜等作家、批评家围绕该作的艺术特色及其思想价值展开了深入讨论。研讨会由《中国作家》杂志主编王山主持。

阎晶明认为，云南是一个非常了不起的地方，深厚的历史文化底蕴、多民族聚居的现状，让这里成为文学的沃土。小说《哀牢深处》以云南地区近百年的发展历史为背景，显示了作者广阔的视野和艺术探索的勇气。

《哀牢深处》首发于《中国作家》杂志，云南出版集团2018年出版后，引起了文学界广泛关注及热议。作品以唐家三代人的成长经历和人物命运为主线，以云南边地哀牢山百年来波澜壮阔的历史为背景，描绘了百年风云在中国南疆大地的投影。与会专家认为，长篇小说《哀牢深处》融历史叙事、家族叙事、英雄叙事于一体，塑造了众多个性鲜明的人物形象，通过唐家一个家族的起伏变迁，折射出滇南近代史的变迁，显示出作家的家国情怀。

著名作家张胜友病逝

中国共产党优秀党员，当代著名报告文学作家、出版家，中国作家协会全国委员会名誉委员，中国作家协会原党组成员、书记处书记，中央文史研究馆馆员，中国报告文学学会副会长张胜友同志因病医治无效，于2018年11月6日0时10分在北京逝世，享年71岁。

张胜友，福建永定人，1972年开始发表作品，1984年加入中国作家协会。著有《闽西石榴红》《破冰之旅》《穿越历史隧道的中国》《世纪回声》《张胜友语文教材作品集》《张胜友影像作品文存》（3卷本）等散文、报告文学集20部。撰写《十年潮》《历史的抉择——小平南巡》《海南：中国大特区》《让浦东告诉世界》《风从大海来》《风帆起珠江》《闽商》《百年潮·中国梦》等电影、电视政论片40多部。荣获（1985~1986）全国优秀报告文学奖、徐迟报告文学奖等20多项国家级大奖。被授予“新中国60年百名优秀出版人物”称号。多篇作品入选大、中学语文教材并被翻译成多种外文版本。

王忆诗歌作品研讨会在京举行

11月7日上午，由中国作家协会创研部、中国残联宣文部共同主办的“王忆诗歌作品研讨会”在京举行。中国作协党组成员、副主席吉狄马加，中国作协党组成员、书记处书记吴义勤，中国残联宣文部主任郭利群等出席会议，20余位专家、评论家参加研讨。会议由中国作协创研部主任何向阳主持。

王忆是一位失去行走能力、双手变形，甚至说话都非常吃力的残障青年。她借由一台联网的电脑将纷繁热闹的世界拉近身边，用右手一根并不灵活的手指在键盘上一个字一个字地艰难敲击，进行文学创作，至今已出版了小说、诗歌、散文等6部文学作品。

吉狄马加认为，王忆能克服身体上的残疾和常人意想不到的困难，不断创作出新的作品，是非常不容易的。她的作品中呈现出的精神是完美的、健康的、向上的。她写出了对人生、对生命价值的一种独特思考。

吴义勤表示，王忆创作的诗歌作品使她人生有限的世界向着一个无限的领域拓展，也证明了文学对于个体生命的拯救与升华的意义。

王忆这样描述自己的写作：“起初这只是我的一项爱好，一种记录，后来变成一种钻研，现在它会是我一生的事业。”王忆将写作视为“生命里唯一的出路，同时它更是精神支柱”，她想通过诗歌的表达来诠释爱在自己生命中的意义，也让更多人来发现爱。

与会专家梳理总结了王忆诗歌作品中涵盖的对爱情、亲情、友情乃至整个世界的感悟，分析探讨了其诗歌创作的独特风格。王忆在诗歌作品中传达出的对生命的珍视与对自我的尊重给人以鼓励和温暖。大家认为，此次研讨会不仅是对王忆写作的一次总结，更在于为社会贡献一份精神食粮，王忆用自己与命运博弈的生动故事，向人们传递着“永不言弃”

的正能量，并把残障群体与命运抗争，不畏艰难，顽强拼搏的精神力量传递给更多的读者。

刘慈欣获克拉克基金会“想象力服务社会”奖

中国科幻作家刘慈欣8日在美国首都华盛顿获得阿瑟·克拉克基金会颁发的“想象力服务社会”奖。

阿瑟·克拉克基金会是以已故英国著名科幻小说家、《2001：太空漫游》作者阿瑟·克拉克的名义建立的基金会。该基金会为表彰富有创造力的思想家、科学家、作家、技术专家、商业领袖及创新者，设立了若干奖项，包括终身成就奖、创新者奖、想象力服务社会奖。

刘慈欣在颁奖典礼上说，未来的人工智能可能比我们还要聪明，想象力将是我们的唯一优势。

谈到想象力对社会的作用，他对新华社记者说，人类最大的风险是开拓精神被技术发展消磨掉了。他说：“人们的目光从星空收回，更多地想象人类在网络乌托邦或反乌托邦中的生活，更多地关注现实中所遇到的各种问题，科幻的想象力由克拉克的广阔和深远变成赛博朋克的狭窄和内向。”

刘慈欣在谈到科幻小说时说：“未来像盛夏的大雨，在我们还不及撑开伞时就扑面而来。同时我也沮丧地发现，当科幻变为现实时，没人会感到神奇。”他说，作为科幻作家的工作是“在事情变得平淡之前把它们写出来”。他认为，虽然科幻小说不能预测未来，只能展示未来的多种可能性，但没有“星际旅行”的未来是阴暗的。他鼓励人们运用无穷的想象力，推动宇宙探索和星际殖民。

河南文学评论家丛书签约座谈会在郑州举办

11月8日，河南文学评论家丛书签约座谈会在郑州举行。该丛书由河南省作协、河南省文艺评论家协会、河南省文学院共同谋划，组织编纂，首批签约15位评论家。河南省文联主席、省作协主席邵丽，中国作协网络文学中心主任何弘，河南大学出版社总编辑杨国安等领导出席会议。会议由河南省作协副主席、秘书长乔叶主持。

河南省文联主席、省作协主席邵丽在座谈会上说，编纂河南文学评论家丛书，主要是为了深入贯彻落实习近平总书记关于文艺工作的系列重要讲话精神，加强河南省文学理论研究工作，充分发挥文学评论在引导创作、多出精品、提高审美、引领风尚等方面的重要作用，宣传推介我省优秀文学作品和创作人才，培养和造就一支思想水平高、专业能力强的文学评论家队伍。

作为2018年河南省文学精品创作项目，河南文学评论家丛书计划分两批出版，共计24本。出版这套丛书，既关照河南省创作成果突出的文学评论中坚力量，也吸纳研究势头较好的评论新锐，是打造展现河南新一代批评家形象的一个重要举措。

入选丛书的首批评论家分别是何弘、张云鹏、吴圣刚、耿占春、孙先科、鲁枢元、武新军、单占生、杨晓敏、吕东亮、刘宏志、刘军、孔会侠、魏华莹、周艳丽。

付秀莹长篇小说《陌上》研讨会在京举行

11 月 14 日，由中国作家出版集团主办，作家出版社承办的付秀莹长篇小说《陌上》研讨会在京举行。中国作协党组成员、书记处书记吴义勤以及何向阳、梁鸿鹰、施战军、胡平、李国平、韩敬群、李朝全、王干、宗永平、程光炜、张清华、刘琼、张志忠、郭宝亮、王春林等专家学者围绕该作品的艺术特色及思想和审美价值展开讨论。研讨会由中国作家出版集团管委会副主任赵海虹主持。

与会专家谈到，《陌上》的思想之源、艺术之源、文化之源可以延伸到《红楼梦》。作者为乡土现实题材创作，寻找到了新的出路和新的风格，站在新时代的乡村土地上，描绘从温暖到雄奇到狂野的过程，语言的精雕细琢，以及无线延展的结构，使作品呈现出清明上河图般的精美，好像没有开始，没有结尾，只有一个美妙的过程，是一部兼具叙事与抒情的长卷，代表了乡土文学创作的新突破。

付秀莹表示，继《陌上》出版两年后，大家再一次来研讨它，重新审视它，仍然使自己受益匪浅，也能更好地认识到不足之处。“乡土题材与文学审美，有一种天然的本质联系，作为从乡村走出来的作家，我的精神永远属于乡土，回归田园牧歌的文学世界。”

全国网络作家深入学习习近平新时代中国特色社会主义思想专题培训班在南京举行

11 月 14 日至 18 日，由中国作协网络文学中心和江苏省作协联合举办的全国网络作家深入学习习近平新时代中国特色社会主义思想专题培训班在江苏南京举行。全国各省市作协和主要网络文学网站推荐的网络文学作家共 50 人参加培训。中国作协网络文学中心主任何弘，江苏省作协党组成员、书记处书记王朔出席开班式。何弘在开班式上作专题学习报告。月斜影清、善水、王鹏骄代表本期培训班学员发言。

学习期间，江苏行政学院教授冯治、南京师范大学教师刘齐、评论家胡平为学员举行了专题讲座。通过几天的学习与研讨，网络作家们对习近平总书记关于文艺工作的重要论述理解更深入，对作家的责任与使命感有了更自觉的担当。

培训班期间，学员们还走进南京秦淮文化带、江苏最美乡村、镇江网络作家村等地，实地感受改革开放四十年来江苏翻天覆地的变化。大家表示，通过此次采风活动，切身感受江苏改革开放四十年的变化，为今后创作积累了丰富素材，在未来的写作之路上，要创作出更多讴歌改革开放、反映新时代新风貌的作品。

“庆祝改革开放40周年——中国现代文学馆系列展览”在京开幕

为庆祝改革开放40周年，全面贯彻落实习近平新时代中国特色社会主义思想和党的十九大精神，中国作协开展了一系列庆祝活动。作为该系列活动的重要组成部分，11月16日，“庆祝改革开放40周年——中国现代文学馆系列展览”在京开幕。中国作协主席铁凝，中国作协党组书记、副主席钱小芊，中国作协副主席吉狄马加、阎晶明出席展览开幕仪式，并共同启动展览。

钱小芊在致辞中代表中国作协党组书记处对展览的开幕表示热烈祝贺。他说，40年来，中国共产党领导中国人民在波澜壮阔的改革开放历程中形成了解放思想、实事求是、与时俱进、改革创新、求真务实等一系列具有时代特征的精神品质和社会风尚。

此次开幕的“庆祝改革开放40周年——中国现代文学馆系列展览”包括《迈进新时代的中国文学》展览、修缮后重新开放的《中国现当代文学展》以及《回望手写时代——中国现代文学馆馆藏80年代手稿展》。

《迈进新时代的中国文学》着重展示了党的十八大以来，在新的历史起点上，在以习近平同志为核心的党中央的高度重视和关怀下，中国特色社会主义文学事业进入了一个新的发展阶段。这一时期，中国广大作家和文学工作者齐心协力、砥砺奋进，迎来了中国特色社会主义文学事业繁荣发展的新局面。

在修缮后重新开放的《中国现当代文学展》中，观众可以看到，随着改革开放的深入，大量文学思潮和流派纷纷涌现，文学创作的品质得到巨大提升，文学叙事水平和汉语审美能力达到较高程度。文学成为思想解放和社会进步的风向标。

《回望手写时代——馆藏80年代手稿展》则是向开创了一个时代的风气、引领了一个时代文学潮流的作家和作品致敬。手稿中的一行行字迹凝结着作家百转的情思，一笔一划流转着作家指间的温度，一篇篇作品燃烧成八十年代文学的热度，奏响了改革开放以来中国当代文学一曲浓墨重彩的华章。

阿来作品国际研讨会在京举行

11月17日，由中国作家协会主办，中国作家协会创作研究部、四川省作家协会、北京师范大学国际写作中心承办的“边地书、博物志与史诗——阿来作品国际研讨会”在京举行。中国作协主席铁凝出席开幕式并致辞，中国作协党组成员、副主席吉狄马加主持开幕式。中国作协副主席、北师大国际写作中心主任莫言，四川省作协党组书记、常务副主席侯志明，瑞典汉学家、翻译家陈安娜等出席活动。

“民族、自然、文化等等这些都是我们进入阿来文学世界的路标，但是，我以为，阿来的意义绝不限于此。”铁凝在致辞中说，阿来的作品，真正的落脚点，仍然是中国，以及生活在中国大地上的普普通通的人。我们从中看到了一个中国作家穿越纷繁复杂的信息与各式各样的观点的洪流，以文学的方式建立与中国的血肉联系、创造史诗的努力。吉狄马加认为阿来是一位在精神层面上和文本形式上都具有创造性的开拓者，一位给我们提供了精神建构的作家，一位跨文化的卓越写作者。

在研讨会最后，作为主角的阿来作了答谢发言，真诚地感谢大家的研讨。阿来坦言，他的文学书写就是进入空白的没有经验的地方，藏族人虽然有藏文，可是藏文过去主要是在寺院使用，普通老百姓并不掌握这种语言，对于文学来讲它就是完全没有经验的地带。

阿来由衷地表达了自己在写作中对世界和事实的尊重之意，“就像非虚构写作所代表的一种更缜密的、对基本世界跟事实保持的庄重态度，我特别喜欢‘庄重’这个词，这种书写是我们应该提倡的。”

肖亦农长篇小说《穹庐》研讨会在京举行

11 月 17 日，肖亦农长篇小说《穹庐》研讨会在京召开。会议由中国作协创作研究部、内蒙古自治区党委宣传部主办，内蒙古文联、作家出版社、《十月》杂志社和内蒙古作协承办。中国作协副主席、书记处书记阎晶明，内蒙古自治区党委常委、宣传部部长白玉刚，内蒙古自治区党委宣传部副部长王晓平，内蒙古自治区党委宣传部副部长、电影局局长乌恩奇，内蒙古文联党组书记、副主席张宇，作家出版社总编辑黄宾堂，《十月》杂志社主编陈东捷等出席会议。会议由中国作协创研部主任何向阳主持。

《穹庐》全景式展示了 1920 年前后布里亚特草原的峥嵘岁月和布里亚特人一路八千里征战回归祖国的史诗性征程，描绘出一幅宏远的历史画卷。作家肖亦农在内蒙古草原生活 50 多年，这片广袤的土地上涌动着的英雄主义情怀始终感召着他，他一直想用一部厚重的作品回报这片土地和土地上深情的人们。《穹庐》历时 12 年完成，达成了作者的心愿。

研讨会上，大家谈到，小说围绕捍卫、生存和回归主题，在大写的历史下写人，写出了个人命运、部族命运与历史迷雾间的冲突，写人在复杂时代环境中的迷茫和宿命，写出了人的喜怒哀乐、挣扎与反抗，表达那个时代的人们对人性、人格、尊严的追求，以及他们对社会、生活和对未来的希冀与期盼。《穹庐》的出版对于人们认识蒙古民族的布里亚特部落，更完整、深刻地认识蒙古民族，尤其是对继承民族文化具有重要意义。

“十月”文学走进武夷山

11 月 17 日，“十月”文学走进福建系列之“生活之美与文学之美”名家对谈活动在武夷山举办。

对谈会上，作家林白、诗人巫昂以及十月文学院常务副院长吕约围绕“美与丑”“生活之美如何转化为文学之美”“文学之美对生活和人生的影响”等问题，展开了深度的对话和交流，并与现场的文学爱好者共同探讨生活与文学的关系，找寻生活之美与文学之美。

“十月”文学品牌归属北京出版集团，由十月文学院、《十月》杂志、北京十月文艺出版社、《十月少年文学》杂志共同构成，旨在以文学创作出版为中心，凝聚文学力量，促进作家创作和文学交流传播。“名家对谈”是十月文学院精品文学活动。本场活动是“十月”文学走进武夷山的第二场名家对谈，是福建省“五个一百”宣传武夷山活动的文学活动之一，由十月文学院、南平市文联、武夷山市委宣传部、悦武夷茶生活美学酒店共同主办。

中国作协举办省级作协行业作协负责人专题研修班

11月21日至23日，中国作协在浙江绍兴举办省级作协行业作协主要负责人专题研修班。此次专题研修班的主题是，以习近平新时代中国特色社会主义思想为指导，深入学习贯彻全国宣传思想工作会议精神，研究进一步加强和改进作协工作。中国作协党组书记、副主席钱小芊出席并讲话。中国作协党组成员、副主席阎晶明作研修班小结。中国作协书记处书记鲁敏，各省区市作协和新疆生产建设兵团作协、延边作协党组主要负责同志，各行业作协主要负责同志，中国作协有关单位和部门负责人参加研修班。

大家认为，党的十八大以来，在以习近平同志为核心的党中央坚强领导下，我们着力坚持以习近平新时代中国特色社会主义思想和习近平总书记关于文艺的重要论述为根本指导，着力维护和发展文学界昂扬向上、团结和谐、风清气正的氛围，着力推动现实题材创作和努力实现文学创作从“高原”迈向“高峰”，着力增强政治性先进性群众性，积极扩大工作覆盖，增强工作活力，着力谋划和推动中国当代文学走出去，构建对外文学交流新格局，扩大中国文学在世界文学格局中的活跃度和影响力，着力加强党的领导和党的建设，把方向，抓导向，推动队伍建设和作风建设。六年来，我国文学界出现了一系列新变化新气象新面貌。

研修班组织了分组讨论。浙江作协党组书记臧军、河北作协党组书记王凤、河南作协主席邵丽、湖北作协党组书记朱训集、广东作协党组书记张知干、西藏作协常务副主席吉米平阶、陕西作协党组书记钱远刚、中国国土资源作协主席陈国栋在研修班上做了大会交流发言。

铁凝会见意大利作家代表团

11月22日，中国作协主席、中国文联主席铁凝在中国作协会见了由纳塔莱·罗西主席率领的意大利作家联合会代表团。双方互相介绍了各自组织的基本情况和主要工作，就未来两个组织间深入开展文学交流交换了意见，并签署了《中国作家协会与意大利作家联合会友好交流与合作谅解备忘录》，双方将在两国文学交流领域建立相应机制，推动中意作家互访和作品互译，把友好交流和合作推上一个新的台阶。

中国作协书记处书记鲁敏、中国作协外联部主任张涛、意大利驻华大使馆文化参赞孟斐璇等参加了会见交流活动。

当天上午，意大利作联代表团一行7人还参加了由中国作协、意大利作联和北师大国际写作中心联合举办的第三届中国—意大利文学论坛。鲁敏、苏童、欧阳江河、西川、邱华栋、李洱等中国作家与意大利作家围绕“生活、自然与文学”主题进行了交流。

《中国当代文学研究》在京创刊

11月22日,《中国当代文学研究》创刊座谈会在中国作家出版集团举办，座谈会由吴义勤主持，白烨、孟繁华、王兆胜、施战军、王山、陈汉萍、张洁宇、李玲、王秀涛、李松睿等专家参加座谈。

会上，吴义勤介绍了《中国当代文学研究》创办过程和意义。吴义勤强调说，刊物创办有利于作协履行职责，加大对优秀评论家特别是青年人才的发现、培养，改变文学理论批评领域青年人才不足的现状有着重要意义；对于引导评论家树立良好的职业道德，重塑批评精神和品格，加强现实题材创作研究，积极推介记录新时代、描摹新变化、塑造新形象、表现新风尚的优秀作品，切实担负起对文学生态的培育和引领责任有着重要意义。

与会专家对刊物的创办表示祝贺，认为刊物的创办对当代文学批评研究的发展意义重大。大家谈到，当下的文学研究是一个“批评完成了理论化”的时代,《中国当代文学研究》杂志应该在文学争鸣、文学前沿、作家作品论方面多下功夫。既要定期就有共鸣性的文学话题组织讨论，也要将文学史中被忽略的问题重新分析。与会专家期待《中国当代文学研究》将新锐性与学理性统一，具备大刊气象，就重大文学问题发声，及时介入文学第一现场，对年轻作家给予关注，为年轻评论家提供施展才华的舞台。同时，与会专家就杂志的栏目设计、组稿、印刷、刊行等方面提供了许多有建设性的意见建议。

鲁迅文学院第十四期网络文学作家培训班开班

11月23日，鲁迅文学院第十四期网络文学作家培训班开学典礼在京举行。中国作协副主席、鲁迅文学院院长吉狄马加出席开学典礼。

吉狄马加在讲话中说，近年来，中国作协党组从推进中国文学全面繁荣发展的高度，不断加强网络文学工作，出台了一系列促进网络文学发展的举措，取得了积极成果。吉狄马加希望学员们以良好的身体状态和饱满的精神状态迅速投入到学习中，不断加大现实题材创作力度，为创作出更多优秀的网络文学作品打牢基础，为网络文学繁荣发展贡献自己的力量。

起点中文网推荐的张戬（萧鼎）、阿里文学推荐的蒙虎（酒徒）、晋江文学城推荐的史鑫阳（沐清雨）等学员代表先后发言，表示将珍惜此次难得的研修机会，努力学习，充实自我，力求取得更多收获。

本期培训班为期一个多月，共有来自全国23家文学网站和单位选拔推荐的42名学员参加。学员平均年龄34岁，最小的25岁，其中不少已是具有较大影响力和读者号召力的网络文学作家。结合网络文学的特点，鲁院进行了精心筹备。在课程设置上，将邀请国情时政、文学艺术、创作技巧、权益保障等方面的国内知名学者进行授课，并将邀请对网络文学创作情况熟悉的知名作者、研究专家等与学员们进行文学交流对话。此外，培训班还将组织教学观摩、社会实践等活动，力求通过多种教学形式，使培训班达到最佳学习效果。

鲁迅文学院常务副院长邱华栋、中国作协网络文学中心副主任安亚斌等出席开学典礼。开学典礼由鲁迅文学院副院长邢春主持。

海南省委书记刘赐贵会见中国作协主席铁凝

11 月 26 日下午，海南省委书记刘赐贵在海口会见了来琼出席“2018 年中国文学博鳌论坛”的中国文联主席、中国作协主席铁凝一行，双方就共同推动海南文化繁荣发展进行了深入探讨，一致同意加强全面合作，带动更多文艺工作者深入海南全面深化改革开放实践的基层一线，创作更丰富更有力度的文艺作品，激励和鼓舞更多人积极投身到海南自由贸易试验区和中国特色自由贸易港建设中来。省委常委胡光辉、肖莺子，中国作协副主席李敬泽参加会见。

第三届中国文学博鳌论坛在海南开幕

11 月 27 日，以“回顾与展望：改革开放四十年的中国文学”为主题的第三届中国文学博鳌论坛在海南琼海开幕。中国文联主席、中国作协主席铁凝，海南省委常委、宣传部部长肖莺子出席论坛开幕式并致辞。中国作协党组成员、副主席李敬泽主持开幕式并就会议议题作说明。

第三届中国文学博鳌论坛由中国作协主办，中国作协创研部承办，海南省作协协办。中国作协办公厅主任李一鸣，中国作协机关党委（人事部）常务副书记（主任）李梅，中国作协创研部主任何向阳，中国作协网络文学中心主任何弘，海南省文联作协党组书记、文联主席孙苏，海南作协主席孔见，和来自全国各地的 70 余位作家、评论家出席论坛开幕式。

中国作协庆祝改革开放 40 周年主题采访活动第四团赴海南采访

11 月 30 日，作为中国作协庆祝改革开放 40 周年主题采访活动的最后一个采访团，第四团的 30 余名团员齐聚海南省海口市，开始为期 7 天的采访活动。采访团的足迹将至海口、文昌、三沙、昌江等城乡各地，聚焦海南丰富的山海文化和生态环保、民俗风情、百姓生活等，收集第一手创作素材。

活动启动当天，采访团在海口举办座谈会，拉开了活动序幕。中国作协书记处书记鲁敏，中国作协全委会委员李西岳、郑彦英、王力平，中国作协创联部副主任包宏烈，天津作协副主席王松，海南作协专职副主席梅国云等采访团成员在会上发言；张浩文代表参加座谈的 10 位海南作家发言。海南作协主席孔见主持座谈并代表海南作协对采访团的到来表示欢迎。

座谈会上，与会作家们围绕改革开放40周年来的文学发展状况，文学创作该如何深入生活，怎样用文学的方式书写海南的独特魅力等话题展开发言。在各种思潮涌动中，大家明显感受到中国文学与世界文学正在发生越来越紧密的联系，同时中国文学也仍旧保持了关注现实的优秀传统。大家表示，优秀的文学作品离不开生活土壤的滋润，采访团的目的就是到人民中间、到现实中间，让文学创作与当代中国的发展结合起来。

贵州省纪念改革开放40周年当代作家作品出版座谈会在京举行

11月30日，记录大变革·书写新时代——贵州省纪念改革开放40周年当代作家作品出版座谈会在京举行。中国作协主席铁凝出席会议。贵州省委常委、宣传部部长慕德贵出席并致辞。中国作协副主席吉狄马加、叶辛、白庚胜、高洪波，中国文艺评论家协会主席仲呈祥，贵州省作协原主席何士光等出席活动。

座谈会上，铁凝、慕德贵以及贵州出版集团党委书记黄定承、贵州省作协主席欧阳黔森共同为新出版的七卷本《何士光文集》揭幕。中国作协名誉副主席王蒙、蒋子龙向文集出版致贺信。

吉狄马加表示，改革开放40年来，文学与时代同行，与人民同行，为中国社会的巨变留下了许多优秀的作品。贵州作为一个多民族聚居之地，各民族人民在这片土地上勤劳奋进，创造出多彩绚烂的民族历史文化。希望大家深入学习习近平总书记关于文艺的重要论述，深入生活，扎根人民，创作出真正反映这个时代的作品。

与会专家学者回顾了贵州文学创作和出版的发展历程，对贵州文学多年来取得的成绩给予高度肯定。多年来，贵州文学持续演进，不断发展，贵州作家关注现实，关注人文命运，有极强的现实主义精神。此次贵州出版集团同12位作家签约，以文学的方式庆祝改革开放40周年，可谓影响深远。希望有更多优秀作家走进这片土地，讲好贵州故事，推动贵州文学创作和文学事业的繁荣发展。

12月

全国青年作家深入学习贯彻习近平新时代中国特色社会主义思想专题培训班在杭州举行

12月2日至6日，全国青年作家深入学习贯彻习近平新时代中国特色社会主义思想专题培训班第三期在浙江杭州举行。此次培训为中国作协2018—2019年全国文学业务骨干系列培训的第十三期。中国作协副主席、书记处书记吉狄马加出席开班仪式并授课。来自各省、市、区的180余名青年作家参加本期培训班。开班仪式由中国作协创联部主任彭学明主持。

培训期间，浙江作协党组书记、副主席臧军，云南作协主席范稳，山东师范大学教授李掖平也分别为学员们进行授课，从新时代文学工作者的责任与使命、如何成为新时代文学振兴的主力军、写作题材的多样性和独特性、文学的价值与意义等话题出发作了深刻而生动的教学。

培训期间，学员们进行了积极踊跃的分组交流。大家谈到，写作不仅是个人的美好追求，也是记录时代的必需。在新的时代节点，文学面临的是新命题。在时代经验尤为复杂的今天，文学创作必须反映现实生活，着眼于当下，不断进行审视与反思，加强现实主义题材创作，用现实主义精神和浪漫主义情怀观照现实生活，用文学的光芒照亮精神世界。

在结业仪式上，徐勇、张诗群、周齐林、王侃瑜、侯建军、杨莎妮、罗张琴、李迎春 8 位学员交流了学习感悟。他们谈到，作为一个有责任、有担当的写作者，应该敏锐地感知时代的脉搏，了解人民的意愿，才能创作出有温度的作品，才能真实地反映这个时代在历史长河中的特殊地位和重要意义。

中国作协儿童文学委员会年会暨原创幼儿文学发展论坛在京举行

12 月 4 日，在中国作协儿童文学委员会年会暨原创幼儿文学发展论坛上，中国作协党组成员、副主席李敬泽提出“新时代新任务”，希望儿童文学界要认真学习贯彻习近平总书记在全国思想宣传工作会议上的重要讲话，努力培育新时代的社会主义新人，这是新时代儿童文学的重要使命。

中国作协副主席、儿童文学委员会主任高洪波主持年会并介绍了中国作协儿委会过去一年的工作成绩。中国作协儿委会副主任曹文轩、王泉根、方卫平，委员秦文君、白冰、刘海栖、李利芳、沈石溪、徐鲁、徐德霞、董宏猷、薛涛、薛卫民、张晓楠、纳杨等参加年会及论坛。儿童文学作家、评论家金波、刘颋、王蕾、王志宏、杜传坤等也应邀参加原创幼儿文学发展论坛。

与会儿委会委员介绍了一年来各自工作的开展情况，并就儿童文学现实主义书写、儿童文学理论建设、幼儿文学的现状等话题展开讨论。

“2018《诗刊》新时代诗歌座谈会”在京举行

12 月 6 日，由诗刊社主办的“2018《诗刊》新时代诗歌座谈会”在京举行。张清华、汪剑钊、敬文东、周所同、曹宇翔、刘笑伟、师力斌、孙晓娅、霍俊明、王士强等十余位诗人、评论家与会。座谈会由《诗刊》副主编李少君主持。

与会者认为，中国新诗诞生百年来，始终与不同时代的核心命题相呼应，在探索现代汉语书写边界的同时，极大地拓展了现代中国的文化经验。新时代诗歌既呈现出多元发展的格局，同时也逐渐显示出整体性的现代美学典范。诗人的文化自信与国际视野，诗歌的新媒体平台和虚拟语境，无不赋予新时代诗歌更加丰富的可能性。新时代诗歌应不断发掘表现重大主题、反映日常生活的新渠道，深入参与到塑造时代之“新”的过程中，更好地弘扬新时代精神。应从传统和历史的角度看待新时代与诗歌的内在关联，进一步增强对新时代诗歌创作规律的探索和创新，努力实现新时代诗歌整体性经验的提升和美学贡献的创造，推动新时代诗歌不断焕发新生机、展现新气象。

第六届宁波文学周举办

12月6日至11日，由宁波文联主办、《文学港》杂志社和宁波作协承办的第六届宁波文学周举办。中国作协副主席阎晶明，中国作协网络文学委员会主任陈崎嵘，中国作协书记处书记鲁敏，浙江作协主席艾伟，中共宁波市委常委、宣传部部长万亚伟，宁波文联党组书记王晓勇，以及来自全国各地的近百名作家评论家参加活动。

本届文学周举办了两场文学论坛，第一场论坛围绕“改革开放40周年中国文学的现状和发展前景”进行研讨，第二场论坛聚焦“科幻小说的现实意义”。

三个文学奖项在文学周期间颁发。储吉旺文学奖是《文学港》杂志社的年度佳作奖，以当年刊登在该杂志上的所有单篇（组）作品为参评对象。在今年的评选中，诗人张洪波、小说家文珍分别以组诗《它们从一颗心走过来》和中篇小说《河水漫过铁轨》获得储吉旺文学奖2018年度大奖，哨兵、曹寇、包倬、赖赛飞、旧海棠等5位作家获得优秀奖。以宁波籍旅美作家於梨华名字命名的於梨华青年文学奖设立于2014年，主要是奖掖宁波优秀青年作家，今年是第三届评选。钱利娜获得第三届於梨华青年文学奖大奖，赵挺、吴新星获得优秀奖。在由宁波文联、宁波科协主办的首届“华语新声”科幻小说征文大赛中，樊中泳的中篇小说《重复》获得金奖，另有19名作家的作品获得银奖、铜奖和优秀奖。

“改革开放与路遥的创作道路”研讨会在京召开

中国作协、中共陕西省委宣传部于12月7日在京联合召开“改革开放与路遥的创作道路”研讨会。中国作协党组书记、副主席钱小芊，陕西省委常委、宣传部部长牛一兵出席会议并讲话。会议由中国作协党组成员、副主席李敬泽主持。

与会专家从不同角度做了专题发言，围绕路遥的创作与改革开放、文学与时代的关系展开深入研讨。贾平凹说，路遥是一个夸父，是一个英雄，是一个志向高远的人，一旦走进了文坛，他就要在文学上建功立业，对自己有一种狠劲，百折不挠。路遥是一个特别坚强、特别真诚的人，苦难、奋斗，这是一代作家的命运，路遥是时代的一个缩影，是这代作家的一个典范。

陕西省作协党组书记、常务副主席钱远刚代表陕西省作协致答谢词。他表示，陕西文学界将以这次研讨会为契机，借鉴路遥的文学创作成功经验，扎实推进文学陕军再进军，推动文学创作由“高原”向“高峰”迈进。

第五届郁达夫小说奖颁奖仪式在杭州举行

12月7日，由浙江省作协《江南》杂志社、杭州市富阳区人民政府联合主办的第五届郁达夫小说奖颁奖仪式在郁达夫故乡富阳举行。短篇小说奖得主白先勇和提名奖获得者计文君、王手、孙频、蔡东、邱华栋、哲贵，与陈建功、马原等专家评委及众多嘉宾一起聚集共同参加本次颁奖。中国作协副主席陈建功，浙江省委宣传部副部长葛学斌，浙江省作协党组书记、副主席臧军，浙江省作协主席艾伟，杭州市文联主席应雪林等省市有关部门领导出席颁奖。

颁奖环节，获奖作家各自发表了精彩的获奖感言，白先勇在典礼上对文学创作和中华文化传播进行了独到阐述。

《第五届郁达夫小说奖获奖作品集》将同期面世，全程展示本届评奖过程。首度披露的审读委及终评委会议投票过程及评语，将解答有关本届获奖作品何以诞生的全部谜题。

2018年全国报告文学创作会在贵州举行

12月8日至9日，由中国报告文学学会、中国作协报告文学委员会和习水县委、县政府共同主办的2018年全国报告文学创作会在贵州习水举行。中国作协副主席、中国报告文学学会会长何建明，贵州文联主席、作协主席欧阳黔森，中国报告文学学会常务副会长李炳银、黄传会，遵义文联党组书记肖勤，习水县委书记向承强以及来自全国各地的近200位报告文学作家与会。

会议期间，何建明代表中国报告文学学会向习水“中国报告文学创作基地”授牌，并以“金山银山无处不在，美丽习水‘习’地而起”为主题开启了“习”地而起大讲堂的首讲，结合自己的报告文学作品《那山，那水》，深入浅出地阐释了“绿水青山就是金山银山”的重要思想理念。

“改革开放40年·中国作家看习水”创作采风活动同期举行。与会作家前往四渡赤水纪念馆和一渡渡口、青杠坡红军烈士陵园、土城古镇、航运博物馆、十八帮文化体验馆等地参观，观看《长征组歌》音乐会，满怀敬意地重温习水的红色革命记忆。

第二届“罗峰奖”全国非虚构散文大赛颁奖典礼举行

12月13日下午，第二届“罗峰奖”全国非虚构散文大赛颁奖典礼在龙湾中学报告厅举行。浙江省文联副主席、温州市文联主席邹跃飞，龙湾区委常委、宣传部部长陈林彬，浙江省作协副主席、浙江省散文学会会长陆春祥，浙江省散文学会常务副会长、浙江省作协散文杂文创委会主任马叙，浙江省散文学会常务副会长、浙江省作协创研部主任苏沧桑，温州市文联党组成员、秘书长曹凌云，温州市龙湾区文联主席张明春等领导，第二届“罗峰奖”获奖者代表，区作协部分会员，文学爱好者，龙湾中学师生500余人参加。

在颁奖典礼上为37篇获奖作品分别予以表彰及颁奖，还穿插了由《麻风病日》《獐子路过瓜田》《谁说心灵可以救赎》等部分获奖作品改编创作的舞台表演节目，通过朗读、对白等形式在舞台上向观众展示，最后，在歌伴舞《美丽龙湾》节目中，共同感受着龙湾的风光和人文。

颁奖典礼后，特邀浙江省作协副主席、浙江省散文学会会长陆春祥主讲题为《建立适合自己的阅读坐标》的文学讲座。讲座从古和今的传承、中和外的吸收、博和专的选择、表和里的观察等角度，探索了高效的阅读方式，与听众共同寻找属于自己独特的阅读坐标。

清远首届国际诗歌笔会举行

12 月 13 日晚，清远首届国际诗歌笔会在丁香花园酒店正式开幕。笔会由清远诗社主办，以“绿色的城 绿色的诗”为主题，包括诗歌朗诵、诗歌采风、诗歌研讨会等环节，。中国作协诗歌委员会主任叶延滨，中国报纸副刊研究会会长、中国诗歌学会驻会副会长曾凡华，国际诗人笔会副主席、“长诗之王”峭岩等参加笔会，并有韩国、西班牙、马来西亚、阿根廷的诗人来到现场。

开幕式后还举行了诗歌朗诵活动。清远诗友和海内外诗人用诗歌对话，朗诵了历届清远诗歌节中各地诗人创作的清远题材的诗作，受到观众点赞。阿根廷诗人吉列尔莫·布拉沃用母语朗诵，掀起全场气氛的小高潮。

“人性温暖与底层自尊——尹学芸《菜根谣》新书发布会”在京举行

12 月 14 日晚，“人性温暖与底层自尊——尹学芸《菜根谣》新书发布会”在京举行，《北京文学》主编杨晓升和山西大学文学院教授王春林在现场与读者分享《菜根谣》的阅读心得，并就文学与生活、写作的意义等话题展开交流。

作品讲述“我”不顾家人、朋友的反对执着寻找幼时玩伴的故事。这是一部慰藉心灵的作品，也是反映女性友爱的温暖之作，作者细腻描绘出即便生活艰难、世情险恶，人与人之间总会有温情与暖意存在。

谈到这部小说的写作缘起，尹学芸说，创作的灵感来源于朋友的真实经历，这个朋友一直在寻找他的另一个朋友，最终发现他的朋友被丢到山阴底死了两三个月的事实。尹学芸心中始终有一个结，就是要将这个故事写出来。

全国诗人主编石峁采风活动举行

12 月 14 日至 16 日，由《延河》杂志社、陕西省青年文学协会、神木市石峁遗址管理处联合主办的“踏访石峁古城 见证华夏文明”全国诗人主编石峁采风顺利举行。

《中国作家》主编王山、《诗刊》副主编李少君、《延河》执行主编阎安、《诗潮》主编刘川、《绿风》执行主编彭惊宇、《朔方》副主编梦也、《莽原》副主编晓雪、香港《华声晨报》社副总编辑何佳霖、《延河》下半月刊执行主编马慧聪，省内外诗人林雪、李瑾、南书堂、柳必成、李晓峰、吴成峰、王琪，神木市有关领导及相关部门负责人孙彬、张凌云、项世荣、范林虎、李建军、白志强、赵益、刘海利，以及梦野、破破、党长青、青柳、惟岗、十指为林等当地作家代表累计五十余人参加。

采风团一行，先后参观考察了石峁遗址、高家堡古镇、千佛洞、万佛洞、龙泉寺等历史人文景点。

在随后召开的座谈会上，神木市人民政府副市长孙彬致辞，神木市石峁遗址管理处处长、高家堡镇党委书记张凌云等领导介绍了石峁遗址及高家堡古镇的人文历史。座谈会由陕西省作协副主席、《延河》执行主编阎安主持。

2018 年度中国散文年会在京举行

12 月 14 日至 16 日，由《海外文摘》杂志社、《散文选刊·下半月》杂志社主办的 2018 年度中国散文年会在京举行。中国作协副主席高洪波及百余位散文作家与会。会上揭晓了 2018 年度 4 个奖项的评选结果并进行了颁奖，共有 110 余篇散文作品获奖。

一年一度的中国散文年会为繁荣中国当代散文创作、发现和推介散文佳作起到了积极推动作用。在 2018 年度的评选中，谭仲池的《泥土芬芳》、韩静霆的《一路辉煌》、梁晓声的《孩子、驴子和水》、李国文的《风马牛不相及》、王宗仁的《十八岁哥哥告诉小英莲》等作品获得单篇散文类、散文集类一等奖。宁新路的《太阳土》等作品获得“年度十佳散文奖”。郭安廷的《红梅深处》、王文山的《多想再吃一碗你做的猫耳面》、陈通的《古隆中的山水密码》等作品分获二、三等奖。何金海凭《我家的金华火腿》获得年度“精锐奖”。

会上，《海外文摘》执行主编蒋建伟回顾总结了 2018 年度中国散文创作情况。名家讲座、中国散文朗诵会、何金海散文研讨会等系列活动同期举行。

第二届黄河口报告文学创作高端论坛在山东东营市举行

12 月 15 日上午，由中国报告文学学会、山东省作协、东营市委宣传部共同主办的“第二届黄河口报告文学创作高端论坛”在山东东营市河口区举行。东营市委宣传部副部长徐福生，中共河口区委副书记赵明印，中国报告文学学会常务副会长、中国作协报告文学委员会副主任李炳银出席并讲话，张陵、张健、丁临一、李忠效、长江、李青松、徐锦庚、任林举等来自全国各地的 40 多位作家、评论家及东营当地的 30 余位文学爱好者参加论坛。活动由东营市文联党组成员崔树海主持。

与会者紧紧围绕“与时代同行、与人民同心——报告文学与中国四十年改革开放的互动总结”这一论坛主题，谈创作体会、话时代变迁、看发展变化，总结交流报告文学创作的收获与经验，探讨未来发展方向。大家表示，报告文学的新时代已经到来。在以非虚构的文学讲述书写中国故事方面，报告文学的独特价值和作用不可忽视，是对外宣传介绍中国现实社会的很好的载体和渠道。

中共河口区委书记苟增杰，河口区委常委、宣传部部长张作霞，东营市作家协会主席陈谨之，河口区文联主席姜瑞祯，孤岛镇党委书记王峰等当地领导同志出席活动。

中国作协社联工作会暨作家权益保护经验交流会在天津召开

12月17日至20日，中国作协社联工作会暨作家权益保护经验交流会在天津举行。中国作协书记处书记鲁敏出席会议并讲话，天津市作协党组副书记、专职副主席李彬出席会议并致辞。会议由中国作协社会联络部主任李霄明主持，来自各省市区及行业作协负责社联工作、作家权益保护工作的50余人参会。

与会代表就社联工作及作家权益保护工作进行了深入的交流。河北省作协李延青、四川省作协张颖、天津市作协王忠琪、北京市作协李小灵、自然资源作协徐峙、浙江省作协孙明龙、内蒙古作协赵富荣、广东省作协郑毅在大会上发言。大家谈到，要不断创新公共文学服务模式，提升文学活动社会效益，继续把延长手臂、服务大众作为作协的重点工作。今后将深耕基层文学土壤，推进文学公益活动，扎实做好权益保护工作，探索权保工作新路径。

在分组讨论中，与会代表围绕如何延伸服务手臂、深化新形势下的服务与管理工作，促进作家维权工作交流，提高各地作协维权工作水平等议题展开讨论。大家介绍了自身的工作优势和面临的困难，并在互相讨论中得到有益的启发。

社会联络部还邀请中国作协作家权益保障委员会的专家邓江华作维权工作专题讲座。

中国作协与部分省市自治区作协（文联）“一带一路”工作座谈会召开

12月18日至21日，由中国作家协会外联部和福建省文学艺术界联合会主办，福建省作家协会和泉州市文学艺术界联合会共同承办的中国作协与部分省市自治区作协（文联）“一带一路”工作座谈会在福建泉州召开。

中国作协党组成员、副主席阎晶明，福建省委宣传部副部长刘志坚，中国作协外联部主任张涛，副主任李锦琦、郑磊，中联部中国社会组织国际交流协调管理办公室副主任刘凯阳，以及来自16个省市自治区文联作协的有关领导同志参加了座谈会。会议由中国作协外联部主任张涛主持。

在座谈会上，中国作协副主席、书记处书记、党组成员阎晶明，福建省委宣传部副部长刘志坚先后发表讲话。中联部中国社会组织国际交流协调管理办公室副主任刘凯阳介绍“一带一路”发展情况。广东、陕西、福建等地作协代表分别介绍过去五年来各省文学界围绕“一带一路”所开展的文学活动的经验做法。会议期间，福建省委常委、秘书长、宣传部部长梁建勇专程莅会，同与会代表进行了座谈交流。

“2018 年中国当代少数民族文学论坛”在京举行

12 月 19 日，由中国作家协会主办的“2018 年中国当代少数民族文学论坛”在北京举行。中国作协副主席、书记处书记吉狄马加出席论坛并讲话。来自北京、辽宁、云南、甘肃、宁夏、湖南、新疆、贵州、山东等地的 30 余位作家、评论家、学者与会。会议由中国作协创联部副主任包宏烈主持。

“中国当代少数民族文学论坛”是“中国少数民族文学发展工程”的重要组成部分，自 2013 年实施以来已分别在北京、银川、兰州、库尔勒、呼伦贝尔等地成功举办了五届，对于加强少数民族文学理论批评建设、增强少数民族文学理论批评力量、促进少数民族文学创作的创新发展起到积极推进作用。

与会作家、评论家围绕“改革开放 40 年来的中国少数民族文学”展开深入研讨，回顾 40 年来少数民族文学取得的辉煌成绩，探讨少数民族文学创作的民族性追求和多样性发展、少数民族文学发展的机遇与挑战、少数民族文学理论批评现状与发展对策、少数民族走出去的策略、母语文学创作与翻译问题、少数民族女性文学与人口较少民族文学创作等。

首次全国文学内刊工作座谈会在京举办

12 月 23 日，由中国作家出版集团主办、中国作家网承办的全国文学内刊工作座谈会在京举行。中国作协党组成员、书记处书记、出版集团管委会主任吴义勤出席会议并讲话。《人民文学》主编施战军、《诗刊》副主编李少君、《北京文学》社长兼执行主编杨晓升、《当代》社长兼主编孔令燕、《中华文学选刊》执行主编徐晨亮、《青年文学》主编张菁等文学名刊负责人，以及来自全国各地的 37 家文学内刊主编、编辑参加座谈。座谈会由中国作家出版集团管委会副主任鲍坚主持。

座谈会上，《人民文学》《诗刊》《北京文学》《当代》《中华文学选刊》《青年文学》等文学名刊主编，充分肯定文学内刊的重要作用。参加本次座谈的既有历史悠久、成绩斐然的文学内刊，也有近几年刚刚创办的新刊，既有省级作协刊物，也有市县级文联、作协、文化馆主办的刊物，具有广泛的代表性。各内刊负责人围绕文学内刊在当代文学发展中的作用、如何利用新媒体做好当前内刊工作、如何与中国作家网联手共创新的文学平台等话题展开探讨。大家表示，这次座谈会非常及时，让人备受鼓舞。

主办方表示，这是首次举办全国范围内的文学内刊工作座谈会，将以此次会议为契机，发挥中国作家网的平台阵地作用和技术优势、资源优势，形成文学内刊工作的长效联动机制，广泛团结作家，激发文学创作活力。

首都文学界庆祝改革开放 40 周年座谈会在京举行

12 月 24 日，中国作家协会在京隆重召开首都文学界庆祝改革开放 40 周年座谈会，学习习近平总书记在庆祝改革开放40周年大会上的重要讲话，回顾改革开放40年来中国文学的发展历程，展望新时代中国文学的美好前景。中国作协主席铁凝主持座谈会。中国作协党组书记、副主席钱小芊出席会议并讲话。

铁凝在主持会议时指出，1978年12月18日，中国共产党召开十一届三中全会，实现了新中国成立以来党的历史上具有深远意义的伟大转折，开启了改革开放和社会主义现代化的伟大征程。改革开放40年来，广大作家和文学工作者朝气蓬勃、团结一心、潜心创作、锐意创新，推出一大批深受人民群众喜爱的优秀作品，推动中国社会主义文学事业不断迈向新天地、抵达新高度。

曹文轩、叶梅、孟繁华、崔道怡、朱向前、黄传会、叶延滨、付秀莹在会上发言。他们结合亲身经历和创作实践、工作实践，回顾四十年，展望新时代。40年来，广大作家和文学工作者与时代同行，与人民同心，以饱满的热情投入小说、诗歌、散文、戏剧、报告文学等各门类的创作，创作出一批为人民喜闻乐见的优秀作品，中国文学也在改革开放的大潮中汲取了丰富的营养，拥抱新的世界，踏上更广阔的国际舞台，获得了蓬勃旺盛的生命活力。

“报告文学与教育文化学术年度研讨会”在北京召开

12月28日下午，由中国国际报告文学研究会主办的“报告文学与教育文化学术年度研讨会”在人民大会堂河南厅召开。中国作协副主席、中国报告文学学会会长何建明，中国国际报告文学研究会会长王晓滨，中国国际报告文学研究会副会长张帆，中国国际报告文学研究会理事孙东宁，以及各地代表200余人参加了本次会议。

何建明在致辞中，通过自己创作报告文学的心路历程，阐明了报告文学这一文体在当今社会、以及当前文学创作中的重要作用，将报告文学与教育文化的关联，报告文学如何书写当前教育，教育与文学的关系，进行了深入的探究与阐述，他认为教育文化需要报告文学，报告文学是教育文化的最重要的组成部分。

与会专家、学者在研讨中认为，中国的文字、文学、文化、文明是人类为这个星球乃至宇宙的独特贡献，也是指引我们前进方向的火把和明灯。报告文学是运用文学艺术，真实、及时地反映社会生活事件和人物活动的一种文学体裁。它叙写现实生活中确实存在的先进人物，反映人民积极美好的生活，揭露社会上的假丑恶，写好、写实报告文学，对人民群众、对下一代、对祖国的未来，都有不可替代的教育作用。

“科普与文学”专题学术研讨会在上海举行

28日，由上海市科普作家协会、上海市楼宇科技研究会共同举办的“科普与文学”专题学术研讨会在上海科学会堂举行。

会议由上海市科普作家协会常务副理事长兼秘书长江世亮主持。上海市楼宇科技研究会副理事长兼秘书长钱平雷作了题为《让“科普文学”先在上海正名问世》的主旨发言。

钱平雷指出，谈起科普，长期以来，在人们的心目中所谓科普作品就是科技知识浅说文章的代名词。随着广大受众的文化和科学素养水平的与时俱进，读者已经不满足于那种科普说教的传播方式了。科普作家对此已经充满危机感，寻找新的作品形式，使其成为广大老百姓喜闻乐见、雅俗共赏的科普作品，成了他们追求的目标。

与会的科普作家和文学作家从自己专业的视角，对“科普文学”进行了热烈的讨论。大家议论到：上海是我国科普创作的重镇，更是我国文学创作的重镇。上海具有“海纳百川”的文化传统，中央又要求上海成为除了经济、金融、贸易、航运中心外，还是创新中心、文化中心。“科普与文学”相结合作品的创作方法，不仅是上海科普界的一项创新，也应该是上海文学界的一项创新。同样，本次研讨会的主题是科普文学能否首先在上海正名“问世”，那是上海的科普作家和文学作家，为促使科普文学如同军事文学、影视文学一般，作为文学的一个分支，丰富文学宝库而作出贡献的一次尝试。

长篇报告文学《桥——“枫桥经验”55周年风雨历程》作品研讨会举行

12月28日下午，作家衣向东长篇报告文学《桥——“枫桥经验”55周年风雨历程》作品研讨会在中国人民公安出版社举行，这部系统、真实、完整描述“枫桥经验”的著作，引起了与会专家的热议。

本次研讨会由全国公安文联、中国人民公安出版社主办，啄木鸟杂志社承办。中国作协党组成员、书记处书记吴义勤出席并讲话。公安部治安局副局长李剑涛，全国公安文联副主席武和平、张策，中国人民公安出版社党委书记、社长闫继忠，《文艺报》总编辑梁鸿鹰，中央政法委宣教局吴春平处长，中国作协创研部副主任李朝全，北京市公安局朝阳分局建外派出所所长李祖全，著名导演康宁等参加研讨会。会议由中国人民公安出版社副总编辑李国强主持。

全国公安文联副主席武和平总结了《桥》的三个显著特点：书名好、内容实、价值高。它准确回答了“枫桥经验”从哪里来，为什么会在枫桥诞生，深刻总结了“枫桥经验”的内涵，生动阐释了“枫桥经验”在今天的新发展，并说明了这种发展的时代走向、内在价值和长远战略意义。

专家学者从作家如何深入生活，作品如何反映时代，如何达到思想性、艺术性和可读性的统一等多个角度，对作者衣向东在创作中的责任与担当，对这部作品的时代意义、历史价值、艺术价值给予了高度评价。

2018 年中国作家协会公报

赵伯仁　辑录

中国作家协会 2018 年新会员名单

中国作家协会公报
（2018 年第 1 号）

经中国作家协会书记处会议审议批准，2018 年发展中国作家协会会员 524 人。入会日期为 2018 年 6 月 26 日。

现予公布。

中国作家协会
2018 年 6 月 26 日

中国作家协会 2018 年新会员名单
（524 人）

北京 13 人

卜令楠（洛城东）、马茂洋、王晓頔（九夜茴，女）、王蕾（女）、左雯姬（女）、许劲草（女）、牟鹏、李灵（女）、宋艳红（红九，女）、张威（sky 威天下）、金少凡、高丽敏（女）、程赤兵（老猫）

天津 5 人

王士强、王玉慧（西子情，女，满族）、尹学芸（女）、李子胜、杨仲凯

河北 17 人

马长岭（北野，满族）、王凤（女）、王伟（幽燕，女）、王金保、刘长明、刘世芬（女）、刘艳（纳兰若夕，女）、孙逗（女）、孙梦成、苏友狼、李永生、宋志宏、张冰（女）、苗笑阳、郭文岭（女）、黄军峰、韩修龙

山西 13 人

孔令贤、白占全、杜斌、张立新、张暄、周广学（女）、孟超（陈风笑）、皇甫琪、高海平、郭子林、崔昕平（女）、续小强、燕霄飞

内蒙古 12 人

王桩子（伊·青格尔，蒙古族）、乌兰图雅（女，蒙古族）、巴达拉胡（蒙古族）、巴雅尔（蒙古族）、吕斌、李明、林青彪、赵娜（女）、哈斯巴根（巴·哈斯巴根，蒙古族）、莎日娜（女，蒙古族）、贾翠霞（女）、嘎·额尔敦毕力格（蒙古族）

辽宁 14 人

王梅芳（女）、叶星、李伶伶（女，满族）、杨家强（满族）、张忠诚、张胜朋（雾外江山，满族）、陈睿（辰机唐红豆）、林宏（肖锚）、庞艳（女）、姚宏越、袁东瑛（女）、原昌、董俊杰（骠骑）、薛宝民

吉林 15 人

王位、王超（流浪的蛤蟆）、许庆禄、李荣茂、李奎福、张凤霞（芷涵，女）、陈琛、金秀芝（女）、金昌国（朝鲜族）、周云戈、祝大安（肖达，女）、袁桔（女）、董喜阳、鲍盛华、窦静（女）

黑龙江 14 人

韦健玮、田洪波、朱成玉、朱明东、乔立波、孙代君、李红（女）、杨艾琳（杨知寒，女，回族）、张志军、张君艳（女）、陈术照、高艳（女）、梁志成（梁不凡）、梁潇霏（女）

上海 7 人

王孝平、王崇党（南鲁）、邓鄂闽（ZENK）、厉震林、陈晨（女）、赵卫国、胡廷楣

江苏 32 人

王忆（女）、王彦（刷刷，女）、尹平、叶子（柴妞，女）、朱广海、朱红梅（女）、朱益辉、朱群英、刘旭东、祁洪生、孙丽萍（女）、李丹、李作华、李强、肖德林、吴祖丽（女）、沈成嵩、张永祎、张铠（雨魔）、陈必信、陈军、周新天、荆和平、胡美凤（女）、徐向林、徐穹（翟之悦，女）、曹敬辉、龚璇、韩松刚、嵇元、谢青桐、戴中明

浙江 28 人

干亚群（女）、王振春、王勤伟（女）、朱平兆、祁媛（女）、吴伟剑、沈荣（夜摩）、陆晓宁（苍天白鹤）、陈珍珠（女）、金春妙（女）、周介眉、赵宇、赵青云、赵霞（女）、

胡毅萍（女）、俞妍（女）、袁晓君（女）、徐衎、徐勇、徐湧浩、黄锡云、梁英（女）、蒋伟文、傅晨舟、舒云亮、鲁晓敏、谢卫民、薛年勤

安徽 16 人

王建平、王晖、方勇、朱斌峰、张秀云（女）、张琳、武稚（女）、胡竹峰、查一路、洪哲燮、秦明（法医秦明）、陶立群、黄玲君（女）、葛雷（七品）、舒寒冰、詹成林

福建 20 人

王松柏、王晓岳、叶淑平（女）、刘少辉（闻小泾）、刘建军、苏天才、李正洪、李迎春、李翔（翔尘）、吴可彦、张戬（萧鼎）、陈子铭、陈则周、陈晶（女）、姚雅丽（女）、徐小泓（女）、郭鹰（女）、黄水成、雷智华（女，畲族）、廖伏树

江西 12 人

邓健（上山打老虎额）、史俊、刘兰生、李涛（净无痕）、李海球、旷胡兰（女）、何立文、陈玉龙、陈怀琦、陈南辉、范建民、罗张琴（女）

山东 34 人

于琇荣（女）、于潇湉（女）、王凤国、王玉宝、王占筠（女）、王晓喻、史怀宝、冯为举、巩本勇、朱建霞（女）、乔洪涛、刘方计、刘致福、孙光新、牟海静（女）、李宗刚、李清河、汪林、迟云、张岚（女）、张杰、张堑（青狐妖）、陈谨之、周玉生（步征）、周惠业（女）、修新羽（女）、徐妍（女）、郭立泉、彭雁华、葛文峰、董玮、臧海英（女）、谭登坤、魏思孝

河南 14 人

王中明、王国钦、王河涛、王艳萍（女）、刘少乡（女）、刘永飞、闫俊玲（女）、杨艳（舞清影 521，女）、张晓雪（女）、袁爱华（女）、郭栋超、郭靖（女）、韩向阳、潘新日

湖北 19 人

丁东亚、万雁（女）、王体文、朱华、刘正权、齐家银、李兴艳（女）、杨彬（女，土家族）、杨章池、陈本豪、陈振林、罗爱玉（女）、周凌云、郑彦平、袁磊、郭代萍（九九，女）、覃太祥（土家族）、程应峰、蔡琼芳（女）

湖南 25 人

王芳（女）、王杏芬（女）、王菊苹（女，土家族）、江冬、李万军、李冈、李春龙、李莹（吉祥夜，女，苗族）、李颖（女）、杨罗先、吴中心、陈文双、陈放民、陈睿（二目）、欧阳志刚、欧娟（女）、周静（女）、黄青松（土家族）、曹建华（女）、蒋蒲英（女）、曾散、游宇明、谢长华、管弦（女）、戴小雨（苗族）

广东 35 人

王敏（冰可人，女）、卢少英（阿微木依萝，女，彝族）、叶清河、百定安、刘丹（女）、刘春潮（白族）、孙雄、李宁宁（李写意，女）、李瑶音（女）、杨丽萍（女）、杨凌艳（晏

凌羊，女)、吴玉凤（凌眉，女)、吴向东、吴锦雄、邱喜桂、张军、陈雁（女)、林馥娜（女)、欧阳富（了了一生)、罗德远、周齐林、周朝军、於中甫、赵金钟、胡永红（女)、钟润生（钟二毛，瑶族)、侯平章、袁林（魏岳)、袁选（甲鱼不是龟)、莫华杰、徐南铁、盛祥兰（女)、舒丹丹（女)、谢海衡、赖长义（天堂羽)

广西 9 人

韦荣兵（壮族)、冯昱（瑶族)、朱东、伍维平、李仰智、李明媚（女，壮族)、杨斌凯、莫俊荣（侗族)、蓝海洋（壮族)

海南 2 人

张毅静（女，蒙古族)、陈波

重庆 9 人

李燕燕（女)、杨南（8 难)、何真宗、周祥先、周鹏程、赵域舒（女)、钟天珑（土家族)、秦定波（土家族)、韩路荣（寒露，女)

四川 16 人

马培松、王志国（洛桑尼玛，藏族)、王戡、兰晓梅（桑眉，女)、刘红立、李云（女)、李世许、张琳韬（林海听涛)、张颖、阿苏越尔（彝族)、罗大佺、郑伟（天子)、袁野（爱潜水的乌贼)、袁瑛（衣璇玑，女)、夏昌文（雨阳，苗族)、徐靖杰（陨落星辰)

贵州 10 人

付强（司马玉琴)、朱双艺（墨绿青苔，苗族)、杨村（苗族)、张绪晃（侗族)、陈丹玲（女，土家族)、罗福强（苗族)、姜东霞（女)、黄冰（女)、蒙泽敏（布依族)、戴时昌（彝族)

云南 13 人

尹朝勇（尹马)、只廉清（彝族)、包倬（彝族)、李茂尊、李夏（女)、李维（彝族)、杨恩智、杨淑美（女)、沈涛（女，彝族)、张丽萍（女)、胡正刚、祝立根、曾庆芳（女)

西藏 3 人

王元红、陈琳（女)、普琼（藏族)

陕西 25 人

王红哲、王洁（女)、左右、申大鹏（风圣大鹏)、李广汉、李宇飞、李尚洁（女)、李国瑞（乱世狂刀)、李勇剑、杨常军、吴文莉（女)、张新艳（横行胭脂，女)、范增利、季风、周子湘（女，满族)、赵伟、贾林芳（女)、贾晓（清扬婉兮，女)、贾琼（贝西西，女)、唐云岗、韩霁虹（女)、舒敏（女)、温洁（女)、解婷（女)、魏锋

甘肃 14 人

马燕山、王卫东（阿垅)、王选选、王晓燕（女)、刘彦林、闫海军、许万杰（猪三不)、希多才让（藏族)、张佳羽（女)、武强华（女)、周才、赵凌宏（藏族)、高晨茗（志鸟

村)、潘菊艳（段若兮，女）

青海6人

尼玛松保（藏族)、李卓玛（女，土族)、杨汉亮（横扫天涯)、柳小霞（女)、班玛南杰（藏族)、索南才让（蒙古族）

宁夏3人

乌兰其木格（女，蒙古族)、张嵩、陈莉莉（女）

新疆10人

申广志、白福成、毕亮、毕然（女)、苏忠明（阿苏，锡伯族)、李成林（西遇尘)、努尔波拉提·阿布都卡德尔（哈萨克族)、凯赛尔·柯尤木（维吾尔族)、哈德别克·哈汉（哈萨克族)、鞠利

兵团1人

程煜（女）

延边3人

刘德远、靳煜（女)、蔡云山（朝鲜族）

解放军5人

弓艳（女)、丰杰、刘稀元（西元)、李庆文、徐艺嘉（女）

铁路2人

马维驹、斯多林

煤矿2人

史修永、秦海霞（秦湄毳，女）

国土2人

冯连伟、郭宝平

电力2人

王树民、邱东晓（冬箫）

冶金1人

齐冬平

水利1人

朱白丹

石化1人

张学芹（璎宁，女）

化工1人

刘鹏凯

公安9人

朱建平、李尚晁、李俊峰、张春、胡杰、夏晓露（女）、董瑞光、颜永江（苗族）、戴东英（女）

金融 5 人

朱晔、李毓玲（女）、吴群英（吴文茹，女）、胡飞扬（土家族）、韩芝萍（女）

科普 2 人

李建臣、余蕾（凌晨，女）

中直、国直 19 人

王丹彦（女）、冯雪松（回族）、李梅（女）、李蔚超（女）、杨一枫（蒙古族）、宋定国、张亚丽（女）、张涛、张菁（女）、阿地里·居玛吐尔地（柯尔克孜族）、赵志方（赵四，女）、逄鸿星（满族）、洪鸿、夏堃堡、郭晓光、梁彬（女）、鲍坚、漱玉（女）、戴潍娜（女）

澳门 1 人

黄文辉

台湾 2 人

郭枫、詹澈

中国作家协会公报［2018 年第 2 号］

中国作家协会少数民族文学发展工程办公室收到 2018 年度少数民族文学重点作品扶持项目推荐选题 173 项。经过专家论证和中国作家协会书记处审核，确定扶持选题 60 项。其中，民族语文选题 12 项，汉语文选题 48 项（包括小说 21 项、散文 9 项、诗歌 9 项、报告文学 3 项、理论评论 3 项、儿童文学 3 项）。

现予公布。

中国作家协会

2018 年 9 月 26 日

中国作协 2018 年度少数民族文学重点作品扶持篇目

（排名不分先后）

民族语文作品

申报人	民族	作品拟题	创作语种
布和	蒙古族	现代牧民生活	蒙古语

续表

申报人	民族	作品拟题	创作语种
丁玉龙	蒙古族	新世纪：蒙古族文学走向研究	蒙古语
加洛才让	藏族	藏族当代文学的回顾与前瞻	藏语
扎西东主	藏族	月亮女神	藏语
于苏甫江·克义木	维吾尔族	通向天安门的路	维吾尔语
黑扎提·卡德力汗	哈萨克族	不言而喻	哈萨克语
古来夏·也拉合买提	哈萨克族	孩子	哈萨克语
崔国哲	朝鲜族	东海之路	朝鲜语
金学圣	朝鲜族	爱的芳香	朝鲜语
金革	朝鲜族	中国的“毕加索”韩乐然	朝鲜语
陆世初	壮族	熄花	壮语
阿克日布	彝族	雪之语	彝语

小　说

申报人	民族	作品拟题
者永平	回族	秀水晨曦
雷耀常	土家族	村官
刘少一	土家族	治安中队
盘鹃	瑶族	鼓舞
韦驰	壮族	海边农场
陈永胜	土家族	梅江河在这里拐了个弯
孟学祥	毛南族	风过远山
李士学	彝族	槽子河
袁秀雁	藏族	岭·格萨尔王传奇（第一卷·降世）
马强	回族	四十八马站
杨宏	满族	温暖的村庄
潘年英	侗族	青山谣
韦晓明	苗族	群山回响
杨文升	苗族	苗山花
赵艳萍	蒙古族	养息牧河传
爱民	鄂伦春族	鄂伦春人
侯志锋	壮族	背起所有的乡野
吴建国	苗族	没有偏旁的生活
雍措	藏族	凹村故事集
班丹	藏族	飘落的袈裟
齐秀鹏	蒙古族	归来的骑手

散　文

申报人	民族	作品拟题
杜梅	鄂温克族	开满鲜花的山岗
钟红英	畲族	榕城之上
王雄	土家族	在沙洋
唐鸿南	黎族	一个黎人的心经
吉布鹰升	彝族	自然课
刘照进	土家族	乌江水远
田晓慧	回族	36个
阿依努尔·吐马尔别克	哈萨克族	呼苏木奇
方思人	傣族	勐焕城

诗　歌

申报人	民族	作品拟题
席奎芳	蒙古族	岁月的经幡
韦廷信	壮族	土方法
钟秀华	畲族	大地上的梦想
黄俊军	侗族	潕水谣
安然	满族	北京时间的背针
费丽	苗族	尉犁
李慧	彝族	命运
萨印	满族	草木之纹
马生智	回族	第五种语言

报告文学

申报人	民族	作品拟题
王多圣	满族	制械人的先辈
姚元和	土家族	脱贫攻坚手记
李延源	拉祜族	见鹿

理论评论

申报人	民族	作品拟题
金春平	汉族	游牧文化与中国当代西部少数民族小说研究
王迅	汉族	广西人口较少民族文学研究
牛学智	汉族	文化现代性与宁夏少数民族地域文学

儿童文学

申报人	民族	作品拟题
许廷旺	蒙古族	赌狗三部曲
宋庆莲	土家族	天空开来一列火车
吕翼	彝族	岭上的阳光

中国作家协会公报［2018 年第 3 号］

中国作家协会少数民族文学发展工程办公室收到 2018 年度《中国少数民族文学之星》丛书项目推荐作品 77 部。经过专家论证和中国作家协会书记处审核，确定入选 10 部。其中，长篇小说 2 部、中短篇小说集 3 部、诗集 2 部、散文集 2 部、理论评论集 1 部。

现予公布。

中国作家协会

2018 年 9 月 26 日

中国作协 2018 年度《中国少数民族文学之星》丛书入选名单

（排名不分先后）

申报人	作品名	民族	体裁
于晓威	我在你身边	满族	长篇小说
姚笛（红娘子）	相爱不畏伤	苗族	长篇小说
刘少一	别说我父亲的坏话	土家族	中短篇小说
吕翼	马嘶	彝族	中短篇小说
李进祥	生生不息	回族	中短篇小说
杨犁民	大雨如瀑	苗族	诗歌
罗斌（阿卓务林）	天堂的粮票	彝族	诗歌
宋利萍	击壤书	满族	散文
严英秀	就连河流都不能带她回家	藏族	散文
乌兰其木格	喧哗中的谛听	蒙古族	理论评论

2018 年中国作家协会公告

赵伯仁　辑录

中国作家协会关于 2018 年度定点深入生活项目申报的通知

为深入学习贯彻党的十九大精神，引导广大作家和文学工作者坚持以人民为中心的创作导向，在深入生活、扎根人民中进行无愧于时代的文学创作，2018 年中国作家协会将进一步推进“深入生活、扎根人民”主题实践活动常态化、长效化，继续组织实施定点深入生活项目，坚持思想精深、艺术精湛、制作精良相统一，加强现实题材创作，不断推出更多讴歌党、讴歌祖国、讴歌人民、讴歌英雄的精品力作，推动中国特色社会主义文艺事业繁荣发展。现将有关事项通知如下：

一、本年度定点深入生活申报工作从即日开始，3 月 31 日截止。

二、凡符合《中国作家协会定点深入生活工作条例》所列条件的作者，无论是否为中国作家协会会员均可申报。申报表格从中国作家网（http://www.chinawriter.com.cn/）下载。

三、中国作家协会团体会员为推荐单位。有意申报者向所在地、行业的团体会员提出申报。各团体会员对申报者进行遴选、论证后填写推荐意见，报送中国作家协会定点深入生活办公室（以下简称“定点深入生活办公室”）。各团体会员推荐人数不得超过 10 人。中直、国直系统作家，直接向定点深入生活办公室申报。

四、定点深入生活办公室同时向鲁迅文学院、部分文学期刊、出版单位、文学社团及持有互联网出版许可证的重点文学网站，定向征集有关定点深入生活选题。上述单位推荐人数不得超过 5 人。

五、深入生活的地点应为改革开放第一线、经济建设最前沿和社会生活最基层，时间为 4 至 6 个月。

六、2018 年为加强重大现实题材创作，特设以下五个专题，旨在引导创作更多反映改革开放的巨大成就，反映中国特色社会主义发展伟大进程，反映决胜全面建成小康社会，为实现中华民族伟大复兴的中国梦不懈奋斗的文学作品：

1. 纪念改革开放40周年专题

2. 精准扶贫、乡村振兴、全面建成小康社会专题

3. 生态文明建设专题

4. “一带一路”专题

5. 时代英雄专题

定点深入生活项目选题也可自行确定。

七、申报者须具备以下条件：

1. 身体健康，年龄在65周岁以下；

2. 具有成熟创作计划，具备相应创作实力；

3. 有充实基层生活经验的迫切需要。

八、申报者不得同时申报本年度中国作家协会其他扶持项目。

九、申报选题经专家委员会论证、中国作家协会书记处审批后，入选名单在《文艺报》和中国作家网公布。定点深入生活办公室与入选者签订立项合同。

地址：北京市朝阳区东土城路25号中国作家协会定点深入生活办公室

邮编：100013

电话：010-64489869 64489871

邮箱：64489874@ 163. com

联系人：范党辉 孟英杰

中国作家协会定点深入生活办公室

2018年1月12日

中国作家协会关于2018年度少数民族文学重点作品扶持项目申报的通知

一、2018年度中国作家协会少数民族文学重点作品扶持项目，申报时间自本通知发布之日起，至3月31日截止。

二、凡符合《中国作家协会少数民族文学重点作品扶持工作条例》所列条件的作者，无论是否中国作家协会会员均可申报。

三、少数民族文学重点作品扶持项目推荐单位为中国作家协会团体会员。申报者向所在地、所在行业中国作家协会团体会员申报；解放军（含武警部队）作者向中央军委政治工作

部宣传局申报；中直、国直系统作者可向中国作家协会少数民族文学发展工程办公室申报。少数民族文学发展工程办公室同时向部分出版单位、文学期刊定向征集申报，相关推荐单位须征得作者同意。申报者可向上述推荐单位索取申报表格，也可从中国作家网（http：//www. chinawriter. com. cn）下载。推荐单位对申报选题进行论证、遴选后，填写推荐意见，报送少数民族文学发展工程办公室，并将申报表电子版发至 zgzx64489862@ 126. com。

四、内蒙古、广西、西藏、宁夏、新疆、云南、贵州、四川、甘肃、青海、湖南、湖北、延边州等团体会员及中央军委政治工作部宣传局报送选题各不超过 10 部；其他团体会员报送选题各不超过 5 部。

五、2018 年度少数民族文学重点作品扶持项目，分文学原创作品和理论评论两部分。

（一）文学原创作品部分：本年度重点作品扶持长期坚持深入生活、扎根人民的现实题材创作选题，分汉语文原创作品和少数民族语文原创作品，申报选题参考方向如下：

1. 纪念改革开放 40 周年，歌颂各族人民坚持改革开放、建设美好家园的伟大壮举，展示少数民族地区改革开放以来社会主义现代化建设丰硕成果；

2. 表现“一带一路”沿线社会历史变革，呈现丝绸之路沿线相关民族的悠久历史文化与社会发展进步；

3. 反映各民族人民在精准扶贫、脱贫攻坚、全面建成小康社会的过程中涌现出的先进人物、模范事迹；

4. 弘扬爱国主义精神，体现民族团结，展现民族风貌，凝聚民族人心。

（二）理论评论部分：科学总结新中国成立以来、特别是改革开放以来少数民族文学繁荣发展的历程与经验，关注少数民族优秀作家及其创作，深入探讨当下少数民族文学热点话题、突出现象及理论评论建设问题。

申报者可选择上述选题，也可自行拟定选题申报。

六、申报者须按要求认真填写申报表格，注明创作计划，提交详细创作大纲和不少于 1 万字的作品文本。

七、凡申报本项目者，不得同时申报本年度中国作家协会其他扶持项目。

八、曾入选本项目或中国作家协会其他扶持项目但尚未结项者，不得申报。

九、征集截止日期前已出版的作品，不得申报。

十、凡不符合上述三项（六、七、八）者，一经查实，取消参评资格。

十、中国作家协会少数民族文学重点作品扶持项目论证委员会将对申报选题的价值和申报者完成选题的可行性进行综合评估。论证委员会遴选出的重点作品扶持项目拟入选者，经中国作家协会书记处审批后，在《文艺报》和中国作家网予以公布。

地　址：北京市朝阳区东土城路 25 号中国作家协会

少数民族文学发展工程办公室

邮　编：100013
电　话：010-64489876　64489862
联系人：陈涛　郑函

中国作家协会
少数民族文学发展工程办公室
2018 年 1 月 15 日

中国作协 2018 年度民译汉作品翻译出版扶持项目申报通知

中国作家协会关于 2018 年度少数民族文学发展工程
民译汉作品翻译出版扶持项目申报的通知

一、中国作家协会 2018 年度少数民族文学发展工程民译汉作品翻译出版扶持项目，申报时间自本通知发布之日起，至 2018 年 3 月 31 日截止。

二、内蒙古、广西、西藏、宁夏、新疆、云南、贵州、四川、重庆、甘肃、青海、吉林、延边州作家协会以及民族文学杂志社、民族出版社等为推荐单位。

三、申报范围

1. 使用少数民族语文创作、已在我国大陆地区公开出版，并获得过地州市级（含）以上文学奖项的文学出版物。

2. 体裁：小说、诗歌（含散文诗）、散文、报告文学（含纪实文学、传记文学）、理论评论专著。

3. 作品内容健康，符合党和国家民族宗教政策。

4. 作品不存在版权、著作权纠纷。

5. 原作者须为少数民族，译者族别不限。

四、申报办法

1. 申报者须向推荐单位申报，不接受个人申报。中直、国直系统申报者可向中国作家协会少数民族文学发展工程办公室申报。申报表格从中国作家网（http：//www. chinawriter. com. cn）下载。

2. 申报者须按要求用汉语填写申报表格，说明翻译计划，并提供 1 万字左右的汉译作品文本。

3. 各推荐单位推荐作品不得超过 5 部。推荐单位对申报作品进行论证、遴选后填写推荐意见，报送中国作家协会少数民族文学发展工程办公室。

4. 曾入选少数民族重点作品扶持项目或中国作家协会其他扶持项目但尚未结项者，不得申报。

5. 曾入选本扶持项目但尚未结项者，不得申报。

6. 同一申报者一次仅限申报一部作品。

7. 征集截止日期前已翻译出版的作品，不得申报。

五、论证、审批和管理

1. 中国作家协会民译汉作品翻译出版扶持项目论证委员会对申报作品的价值和译者完成翻译的能力进行综合评估。论证委员会遴选出的少数民族文学民译汉作品翻译出版扶持项目拟入选作品，经中国作家协会书记处审批后，在《文艺报》和中国作家网予以公布。

2. 少数民族文学发展工程办公室、推荐单位、入选该扶持项目的译者三方签订合同。少数民族文学发展工程办公室和推荐单位对扶持专项进行跟踪管理，定期了解作品翻译的进展情况。

3. 作品完成翻译后，少数民族文学发展工程办公室聘请相关民族语文翻译专家进行终审。

六、工作纪律

严格论证与审批程序。参与推荐、论证和审批的人员，不得有任何可能影响论证和审批结果的不正当行为，如有违反，有关人员的工作资格和有关作品的申报资格均予取消。民译汉作品翻译出版扶持项目论证委员会成员和少数民族文学发展工程办公室工作人员如有作品申报，或系申报作品的作者和译者的亲属，应实行回避。

中国作家协会

少数民族文学发展工程办公室

2018 年 1 月 15 日

中国作家协会 2018 年考试录用机关工作人员面试公告

根据公务员录用工作有关规定，现就 2018 年中国作家协会录用机关工作人员面试及专业考试有关事宜通知如下：

一、面试分数线及进入面试人员名单

详见《中国作家协会 2018 年考试录用机关工作人员面试名单》

二、面试确认

请进入面试的考生于 2018 年 2 月 9 日 12 时前确认是否参加面试，确认方式为电子邮件

和传真。要求如下：

1. 发送电子邮件至 zuoxierenshibu@ 126. com，并同时传真到 010-64221705。

2. 标题统一按“×××确认参加中国作协××部××处主任科员及以下职位面试”。

3. 电子邮件正文请注明：姓名、身份证号、准考证号、公共科目笔试总成绩。

4. 网上报名时填报的通讯地址、联系方式等信息如有变化，请在电子邮件正文中注明。

5. 放弃面试及专业考试者请填写《放弃面试及专业考试资格声明》（详见附件 1），经本人签名，于 2 月 9 日 12 时前传真至 010-64221705 或发送扫描件至 zuoxierenshibu@ 126. com。不在规定时间内填写放弃声明，又因个人原因放弃面试的，将上报中央公务员主管部门记入不诚信记录。

逾期未确认的，视为自动放弃，不再进入面试程序。

三、资格复审

请考生于 2 月 9 日前（以寄出邮戳为准）通过邮政特快专递将以下材料复印件邮寄到我单位接受资格复审（一般不接待本人或快递公司送达）：

1. 本人身份证、学生证或工作证复印件。

2. 公共科目笔试准考证复印件。

3. 考试报名登记表（贴好照片，如实、详细填写个人学习、工作经历，时间必须连续，并注明各学习阶段是否在职学习，取得何种学历和学位）。

4. 本（专）科、研究生各阶段学历、学位证书复印件，所报职位要求的外语等级证书、职业资格证书复印件等材料。

5. 报考职位所要求的基层工作经历有关证明材料。在党政机关、事业单位、国有企业工作过的考生，需提供单位人事部门出具的基层工作经历证明，并注明起止时间和工作地点；在其他经济组织、社会组织等单位工作过的考生，需提供相应劳动合同或缴纳社保证明的复印件。

6. 除上述材料外，考生需按照身份类别，提供以下材料：

应届毕业生提供所在学校加盖公章的报名推荐表（须注明培养方式）复印件。

社会在职人员提供所在单位人事部门出具的同意报考证明复印件（详见附件 2），证明中需注明考生政治面貌，工作单位详细名称、地址，单位人事部门联系人和办公电话。现工作单位与报名时填写单位不一致的，还需提供离职证明复印件。

留学回国人员提供我驻外使领馆出具的留学回国证明和教育部留学服务中心认证的国外学历学位认证书复印件。

待业人员提供所在街道或存档人才中心出具的待业证明复印件（详见附件 3），需注明考生政治面貌和出具证明单位联系人和办公电话。

“大学生村官”项目人员提供由县级及以上组织人事部门出具的服务期满、考核合格的证明复印件。

7. 邮寄地址：北京市朝阳区东土城路25号，中国作家协会人事部，邮编100013。请在信封上注明“公务员面试确认材料”。材料不退还，如无通知，说明邮件已收到。

考生应对所提供材料的真实性负责，材料不全或主要信息不实，影响资格审查结果的，将取消面试资格。此外，面试前还将进行现场资格复审，届时请考生备齐以上材料原件。

四、面试安排

（一）面试时间

面试分别于2018年3月8日和3月9日上午进行。

1. 3月8日

上午：报考100110001012（办公厅秘书处）职位的考生进行面试。

下午：报考100110001013（办公厅计财处）职位的考生进行面试。

2. 3月9日上午

报考100110003003（外联部综合处）职位的考生进行面试。

3. 面试于当日上午9：00、下午1：30分别开始，请上午面试的考生于当日上午8：30、下午面试的考生于当日下午1：00前到面试地点报到。面试开始前30分钟没有进入候考室的考生，取消考试资格。

（二）面试报到地点

北京市朝阳区东土城路25号中国作家协会七楼会议室。乘车路线：乘123或130路公交车，东土城路南口站下车；或乘地铁13号线柳芳站下车向南300米即到。

五、专业科目考试

外联部综合处职位专业考试时间为2018年3月8日全天。

六、体检和考察

（一）体检和考察人选的确定

参加面试人数达到3人及以上，面试后按综合成绩从高到低的顺序前两名参加体检，随后进行等额考察；低于3人的，考生面试成绩应达到70分的面试合格分数线，方可进入体检和考察。

（二）体检

体检于3月12日进行，请于当天上午7点50在中国作家协会七楼701房间集合，届时统一前往，请考生合理安排好行程，注意安全。体检费用由我会承担。

（三）综合成绩计算方式

办公厅职位综合成绩=（笔试总成绩÷2）×50% + 面试成绩×50%

外联部职位综合成绩=（笔试总成绩÷2）×50% + 面试成绩×35%+专业科目考试成绩×15%

七、注意事项

考生应对个人提供资料的真实性负责。

联系方式：010-64221705（电话/传真）

欢迎各位考生对我们的工作进行监督。

中国作家协会人事部

2018 年 2 月 6 日

中国作家协会 2018 年度考试录用机关工作人员递补面试人选公告

因部分考生自愿放弃面试资格，根据公务员招考有关规定，拟在公共科目笔试合格的考生中，按照笔试成绩从高到低的顺序递补面试人员。具体情况如下：

职位名称及代码	放弃面试人员		递补进面试人员		递补后分数线	备注
	姓名	准考证号	姓名	准考证号		
办公厅计划财务处主任科员及以下（100110001013）	马会英	045113032504	阚菲菲	045137291910	120.5	

请递补考生于 2018 年 2 月 12 日 17：00 前按照《中国作家协会 2018 年考试录用机关工作人员面试公告》要求进行面试确认。逾期未确认视为自动放弃面试，不再进入面试程序。

联系方式：010-64221705（电话/传真）

邮箱：zuoxierenshibu@ 126. com

中国作家协会人事部

2018 年 2 月 9 日

中国作家协会重点作品扶持工作条例

（2018年3月2日修订）

为推动中国社会主义文学的繁荣发展，促进多出精品、多出人才，中国作家协会设立专项资金，开展重点作品扶持工作。

一、指导思想

重点作品扶持工作以马克思列宁主义、毛泽东思想、邓小平理论、“三个代表”重要思想、科学发展观、习近平新时代中国特色社会主义思想为指导，全面贯彻落实党的十九大精神，坚持以人民为中心的创作导向，坚持二为方向和双百方针，弘扬社会主义核心价值观，鼓励深入生活、扎根人民，倡导反映新时代的现实题材和重大题材创作，尊重文学创作规律和作家艺术个性。

二、组织机构

中国作家协会创作研究部设立重点作品扶持办公室，负责组织实施有关工作。中国作家协会书记处聘请专家组成重点作品扶持项目论证委员会，对申报的选题和计划进行论证。

三、工作原则

重点作品扶持的对象主要为作者提出的创作选题及有关单位提出的写作或出版计划。

注重支持反映现实生活，描绘新时代新气象，书写中华民族伟大复兴中国梦，弘扬中国精神的选题。

注重支持优秀作家的重要选题。

注重支持基层作者、青年作者和边远地区作者的选题。

重点作品扶持办公室可提出各年度重点支持的特定专项。

四、支持方式

重点作品扶持工作视具体情况采取以下支持方式：

1. 对创作所需的基本费用提供补贴。
2. 根据作者意愿，在作品初稿完成后聘请专家审读并提出修改意见。
3. 对确有价值但出版面临困难的作品，提供出版资助。
4. 对优秀作品组织研讨推介活动。

5. 对出版社、报刊社等有关单位符合重点作品扶持工作原则的写作或出版计划提供经费支持。

五、申报条件

1. 申报重点作品扶持的作者应具有一定的创作实力、严谨的创作态度和较高的思想艺术追求。

2. 各体裁、门类的文学创作选题和文学理论评论选题均可申报。

3. 作者可依据重点作品扶持办公室发布的专项提出申报，亦可另行提出选题。

六、申报程序

1. 重点作品扶持工作按年度进行，由重点作品扶持办公室发布征集通知。

2. 中国作家协会各团体会员单位和中央军委政治工作部宣传局为重点作品扶持推荐单位。凡符合条件的作者，无论是否中国作家协会会员，均可向所在地或所在行业的中国作家协会团体会员单位申报；解放军（含武警部队）作者向中央军委政治工作部宣传局申报；中直、国直系统作者直接向重点作品扶持办公室申报。

3. 各推荐单位在对申报选题做出论证、筛选后，向重点作品扶持办公室推荐。

4. 重点作品扶持办公室向部分出版社、文学期刊、重点文学网站和其他有关单位定向征集选题及写作或出版计划。

5. 作者须按照征集通知要求提供创作计划、构思大纲和作品部分文本，重点作品扶持办公室和推荐单位对此负有保密责任。

七、论证、审批和管理

1. 重点作品扶持项目论证委员会对选题和计划的价值及申报者的完成能力进行评估。

2. 重点作品扶持项目论证委员会投票选出重点作品扶持项目。入选项目须获委员人数三分之二以上的赞成票，经中国作家协会书记处审批后公布。

3. 重点作品扶持项目公布后，重点作品扶持办公室、推荐单位、申报者三方签订合同，确定各方的权利和责任。

4. 重点作品扶持办公室和推荐单位对项目进行跟踪管理。作者须及时向重点作品扶持办公室告知作品的完成和出版情况，并提供样书。作品尚未发表或出版的，一般不得再次提出申报。

八、工作纪律

严格论证与审批程序，防止不正之风。参与重点作品扶持工作的人员，不得有任何可能影响论证和审批结果的不正当行为，如有违反，有关人员的工作资格和有关申报均予取消。重点作品扶持项目论证委员会和重点作品扶持办公室成员，如有选题申报，或系申报者的亲属，应实行回避。

九、附则

本条例由中国作家协会书记处负责修订、解释。

2018年度中国作家协会重点作品扶持征集通知

一、2018年度中国作家协会重点作品扶持工作，自本通知发布之日起，至4月30日接受申报。

二、凡符合《中国作家协会重点作品扶持工作条例》（2018年3月2日修订）所列条件，无论作者是否为中国作家协会会员，均可申报。

三、中国作家协会团体会员单位为重点作品扶持推荐单位。作者可向所在地、所在行业中国作家协会团体会员单位申报，解放军（含武警部队）作者向中央军委政治工作部宣传局申报，中直、国直系统作者，直接向中国作家协会重点作品扶持办公室申报。申报表格请从中国作家网（http：//www. chinawriter. com. cn）下载。

四、推荐单位接受申报后，进行论证和筛选，填写推荐意见，报送重点作品扶持办公室。每单位报送的选题，不超过5部。以长篇作品、专著及其他围绕特定主题的作品为主。除定向资助计划外，不接受一般的个人作品合集。

五、重点作品扶持办公室同时向部分出版社、文学期刊、重点文学网站和其他有关单位定向征集选题和写作、出版计划。上述单位在征得作者同意后推荐选题。

六、2018年重点作品扶持工作设立以下专项：

1. 讴歌新时代、纪念改革开放40周年、庆祝中华人民共和国成立70周年主题专项

反映中华人民共和国成立70年来，特别是改革开放40年来取得的伟大成就和发生的深刻变革，围绕新时代中国特色社会主义伟大实践，着力表现党领导中国人民开启新征程、迈向美好生活的伟大成就，着力表现建设富强民主文明和谐美丽的社会主义现代化强国的壮阔历程，反映经济社会发展新成就、全面深化改革新征程、城乡建设新变化、决胜全面小康新故事、人民群众新风貌。

2. 中国梦主题专项

讲述实现国家富强、民族复兴、人民幸福中国梦历程中多姿多彩的中国故事，弘扬中国精神，深刻反映时代变化，生动表现人民群众创造美好生活的精神风貌。

以上专项鼓励现实题材的创作，鼓励艺术手法和风格的多样性，力求思想精深、艺术精湛。

七、作者可依据上述专项申报，也可另行提出选题。

八、申报者须认真填写申报表格，说明创作计划，提供详细的构思大纲和作品部分文本。

九、曾获重点作品扶持的选题，如尚未发表或出版，其作者不能申报本年度选题。

十、征集截止日前已出版的作品，不能申报本年度选题。

十一、中国作家协会书记处将聘请专家组成重点作品扶持项目论证委员会，对选题价值和申报者的完成能力进行综合评估。委员会以投票方式决定重点作品扶持项目，报中国作家协会书记处审批。最终确定的重点作品扶持项目将在《文艺报》和中国作家网公布。

地　　址：北京市朝阳区东土城路25号
　　　　　中国作家协会重点作品扶持办公室

邮政编码：100013

联 系 人：赵宁、胡健玲

电　　话：010-64489989　　64489895

中国作家协会重点作品扶持办公室
2018年3月2日

中国作家协会少数民族作家重点作品扶持工作条例

（2018年1月15日修订）

为推动中国少数民族文学的繁荣发展，促进多出精品、多出人才，中国作家协会决定实施少数民族文学发展工程，设立专项资金，开展少数民族作家重点作品扶持工作，特制订本条例。

一、指导思想

少数民族作家重点作品扶持工作以马克思列宁主义、毛泽东思想、邓小平理论、“三个代表”重要思想、科学发展观、习近平新时代中国特色社会主义思想为指导，坚持为人民服务、为社会主义服务的方向，坚持百花齐放、百家争鸣的方针，坚持贴近实际、贴近生活、贴近群众的原则，增强创作活力，鼓励多出精品、多出人才，繁荣发展少数民族文学事业，促进国家统一、民族团结。

二、组织机构

中国作家协会设立少数民族文学发展工程办公室（简称办公室），负责组织实施有关工作。办公室设在中国作家协会创作联络部。中国作家协会书记处聘请有关专家组成少数民族作家重点作品扶持项目论证委员会，对申报的选题进行评估、论证。

三、工作原则

少数民族作家重点作品扶持工作遵循“分类管理、重点突出”的原则。

注重扶持反映现实生活，体现时代精神、民族精神，促进国家统一、民族团结的选题。

注重扶持弘扬民族优秀传统文化，表现民族特点、民族生活的题材、体裁作品的创作。

注重扶持人口较少民族作者、边远地区作者、基层作者和青年作者。

注重扶持民族语文创作和优秀作家创作。

办公室依据各年度创作状况，提出当年特定专项选题。

四、扶持方式

少数民族作家重点作品扶持工作采取以下扶持方式：

1. 选题通过立项后予以一定的经费补贴。
2. 对完成创作的作品，可聘请专家审读并提出修改意见。
3. 对部分已完成的优秀作品进行宣传推介。
4. 适宜改编为影视、戏剧剧本的作品，经作者授权后推荐给有关制作单位。

五、申报条件

1. 申报者应为少数民族作者（“理论评论专项”不限）。
2. 申报者应具有一定的创作实力、严谨的创作态度和较高的思想艺术追求。
3. 主题健康，有较充分的生活和艺术准备，尊重少数民族风俗习惯，不违反民族宗教政策。

作者可依据办公室拟定的专项选题申报，亦可另行提出选题。

六、申报程序

1. 少数民族作家重点作品扶持选题按年度进行申报。申报开始前，办公室发布征集通知和专项选题。

2. 中国作家协会团体会员均为重点作品扶持选题推荐单位。凡符合申报条件者，无论是否为中国作家协会会员，均可向所在地中国作家协会团体会员单位申报；解放军（含武警部队）作者向中央军委政治工作部宣传局申报；中直、国直系统作者，直接向办公室申报。各推荐单位在对申报选题做出筛选后，报送办公室。

3. 办公室同时向部分出版单位、文学期刊定向征集，上述单位在征得作者同意后推荐申报。

4. 申报者须依照征集通知要求提供创作计划、构思大纲和作品部分文本，办公室和推荐单位对此负有保密责任。

5. 本项目与中国作家协会重点作品扶持项目不重复申报。

七、论证、审批和管理

1. 少数民族作家重点作品扶持项目论证委员会对选题价值和作者完成选题的能力进行评估、论证。

2. 少数民族作家重点作品扶持项目论证委员会投票选出重点作品扶持项目。入选选题须获委员人数 2/3 以上赞成票，经中国作家协会书记处审批后公布。

3. 少数民族作家重点作品扶持项目公布后，办公室、推荐单位、申报者三方签订合同，确定各方权利和责任。

4. 办公室和推荐单位对项目进行跟踪管理，定期了解作品的创作情况。推荐单位每年应向办公室通报项目执行情况。

5. 合同到期后，推荐单位和作者须及时向办公室通报项目完成情况，并提供样书或已完成文本。作品尚未完成的，不得再次申报本扶持项目。

八、工作纪律

严格论证与审批程序，防止不正之风。参与推荐、论证和审批的人员，不得有任何可能影响论证和审批结果的不正当行为。如有违反，有关人员的工作资格和有关选题的申报资格均予取消。少数民族作家重点作品扶持项目论证委员会成员和办公室工作人员，如有选题申报，或系申报选题作者的亲属，应实行回避。

九、本条例由中国作家协会书记处负责修订、解释。

鲁迅文学奖评奖条例

（2018年3月6日修订）

鲁迅文学奖是中国具有最高荣誉的文学奖之一，旨在奖励优秀中篇小说、短篇小说、报告文学、诗歌、散文杂文、文学理论评论的创作，奖励中外文学作品的翻译，推动中国文学事业的繁荣发展。

鲁迅文学奖由中国作家协会主办。

一、指导思想

以马克思列宁主义、毛泽东思想、邓小平理论、“三个代表”重要思想、科学发展观、习近平新时代中国特色社会主义思想为指导，坚持以人民为中心的创作导向，贯彻二为方向和双百方针，弘扬社会主义核心价值观，坚持公开、公平、公正的原则，推出体现民族精神和时代精神的优秀作品。

二、奖项设置

1. 鲁迅文学奖每四年评选一次。

2. 鲁迅文学奖设置如下奖项：中篇小说奖、短篇小说奖、报告文学奖、诗歌奖、散文杂文奖、文学理论评论奖、文学翻译奖。各奖项获奖作品不超过五篇（部）。

三、评选范围

1. 鲁迅文学奖评选体裁和门类包括：中篇小说、短篇小说（含小小说）、报告文学（含纪实文学、传记文学）、诗歌（含旧体诗词、散文诗）、散文杂文、文学理论评论、文学翻译。

2. 参加鲁迅文学奖评选的作品，须于评选年限内由中国大陆地区经国家批准的报纸、期刊、出版社、网站首次发表或出版，符合评选体裁、门类要求。

3. 中篇小说、短篇小说，以单篇形式参评；小小说、诗歌、散文杂文、文学翻译，以成书形式参评；报告文学、文学理论评论，以成书或单篇形式参评。结集作品，出版年月前四年内创作的内容须占全书字数三分之一以上。不接受多人合集、个人多体裁合集、合译与重译作品参评。

4. 用少数民族文字创作的作品，以汉语译本参评。

四、评选标准

坚持思想性与艺术性统一的原则，获奖作品应有利于倡导爱国主义、集体主义、社会主义，有利于树立正确的历史观、民族观、国家观、文化观，满足人民对美好生活的新期待。对反映人民群众主体地位和新时代现实生活，塑造时代新人形象，表现中华民族伟大复兴中国梦的优秀作品，予以重点关注。兼顾题材、主题、风格的多样化。注重作品的艺术品质。推动文学创新，鼓励具有中国特色、中国风格、中国气派，富有艺术感染力的作品。

鼓励关注中国当代文学的理论评论作品。鼓励追求信、达、雅的翻译作品。

五、评选机构

1. 鲁迅文学奖评奖工作在中国作家协会书记处领导下进行，按奖项分别设立评奖委员会。

2. 中国作家协会书记处聘请作家、理论评论家、编辑家、翻译家和文学组织工作者担任鲁迅文学奖各奖项评奖委员会委员。委员年龄一般不超过七十岁。

3. 鲁迅文学奖各奖项评奖委员会设主任、副主任，由中国作家协会书记处决定。

4. 设立鲁迅文学奖评奖办公室，负责评奖的事务性工作。

六、评选程序

1. 鲁迅文学奖评奖办公室制订评奖工作细则，经中国作家协会书记处批准后实行。

2. 鲁迅文学奖评奖办公室发布公告，向中国作家协会各团体会员单位、中央军委政治工作部宣传局及有关报刊社、出版社、网站征集参评作品。

3. 申报参评的作品，经评奖办公室审核后公示。如发现不符合参评条件的，取消其参评资格。

4. 各评奖委员会委员阅读本奖项的参评作品。

5. 各评奖委员会分别举行会议。在认真讨论的基础上，经逐轮投票，产生不超过十篇（部）提名作品。

6. 提名作品公示，广泛听取社会意见。

7. 各评奖委员会经充分讨论，投票以不少于三分之二票数产生获奖作品。

8. 各评奖委员会实行实名投票。产生提名作品和获奖作品的投票由国家法定公证处公证。

9. 评选结果经中国作家协会书记处审定后统一发布，举行颁奖活动，宣布授奖词，向获奖者颁发证书、奖牌和奖金。向获奖作品的责任编辑颁发证书。

七、评奖纪律

1. 杜绝行贿受贿等违法违纪行为和人情请托等不正之风。评奖委员会及评奖办公室成员，不得有任何可能影响评选结果的不正当行为。如发现此种行为，有关人员的工作资格和有关作品的参评资格均予取消。

2. 参评者及其亲属、参评作品的责任编辑及其亲属等直接关系人，不得担任各评奖委员会委员和评奖办公室工作人员；参评作品发表和出版单位的负责人、参评作品的特约编辑、参评作品所在丛书的主编，不得担任该作品参评奖项的评奖委员会委员。

3. 设立纪律监察组，监督评奖工作。

八、附则

本条例由中国作家协会书记处制订、解释。

第七届鲁迅文学奖参评作品征集公告

现将第七届鲁迅文学奖参评作品征集事宜公告如下：

一、评奖年限和奖项设置

1. 第七届鲁迅文学奖评奖年限为2014年1月1日至2017年12月31日。

2. 鲁迅文学奖设置如下奖项：中篇小说奖、短篇小说奖、报告文学奖、诗歌奖、散文杂文奖、文学理论评论奖、文学翻译奖。每个奖项获奖作品不超过五篇（部）。

二、评选标准

鲁迅文学奖坚持思想性与艺术性统一的原则，获奖作品应有利于倡导爱国主义、集体主义、社会主义，有利于树立正确的历史观、民族观、国家观、文化观，满足人民对美好生活的新期待。对反映人民群众主体地位和新时代现实生活，塑造时代新人形象，表现中华民族伟大复兴中国梦的优秀作品，予以重点关注。兼顾题材、主题、风格的多样化。注重作品的艺术品质。推动文学创新，鼓励具有中国特色、中国风格、中国气派，富有艺术感染力的作品。

鼓励关注中国当代文学的理论评论作品。鼓励追求信、达、雅的翻译作品。

三、征集办法

1. 鲁迅文学奖参评作品由中国作协团体会员单位、中央军委政治工作部宣传局，及有关报刊社、出版社和网站推荐。

2. 中国作协团体会员单位、中央军委政治工作部宣传局推荐本地区本系统作家的作品，报刊社、出版社推荐本社发表和出版的作品，网站推荐本网站发表的作品。

网站推荐的作品须已完成，推荐时须声明本网站拥有作品的独家版权。

3. 各单位推荐的作品，每个奖项不得超过五篇（部）。

4. 有关推荐须经作者明示同意并获得相关授权。

5. 符合参评条件的作者可向上述单位提出推荐参评要求。不接受个人申报。

四、征集范围

1. 鲁迅文学奖评选体裁和门类包括：中篇小说、短篇小说（含小小说）、报告文学（含纪实文学、传记文学）、诗歌（含旧体诗词、散文诗）、散文杂文、文学理论评论、文学翻译。

2. 参加鲁迅文学奖评选的作品，须于评选年限内由中国大陆地区经国家批准的报纸、期刊、出版社和网站首次发表或出版，符合评选体裁、门类要求。单篇作品以首次发表的时间为准，书籍以版权页标明的第一次出版时间为准。

3. 中篇小说、短篇小说，以单篇形式参评；小小说、诗歌、散文杂文，以成书形式参评；报告文学、文学理论评论，以成书或单篇形式参评；翻译作品以成书形式参评。

结集作品，出版年月前四年内创作的内容须占全书字数三分之一以上，推荐时须另附列表，注明每篇作品写作或首次发表的日期并由推荐单位证明属实，加盖公章。

不接受多人合集、个人多体裁合集、合译与重译作品参评。

4. 中篇小说指版面字数在2.5万字以上、13万字以下的小说；短篇小说指版面字数在2.5万字以下的小说；小小说指版面字数在2千字以下的小说。推荐时须注明字数。

5. 用少数民族文字创作的作品，以汉语译本参评。

五、征集程序及时间

1. 各推荐单位到指定网址下载并按要求填写《第七届鲁迅文学奖参评作品推荐名单》和《第七届鲁迅文学奖参评作品推荐表》（包括800字左右作品内容简介和200字以内作者简介），并加盖公章。参评文学翻译奖的作品填写《第七届鲁迅文学奖文学翻译奖参评作品推荐表》并加盖公章。

下载网址：中国作家网 http：//www. chinawriter. com. cn。

推荐名单和推荐表须同时填写纸质版和电子版。

2. 以单篇形式参评的作品，推荐单位须提供作品原刊（报）2 份及复印件 10 份；以成书形式参评的作品，各推荐单位须提供样书 12 本。翻译作品除提供 12 本译本样书外另须附原文样书 2 本。

所有推荐作品均须同时提供完整的 Word 格式电子文本。

3. 纸质版推荐名单、推荐表和作品样刊、样报、样书及复印件等以快递方式寄送中国作家协会鲁迅文学奖评奖办公室。请在快件外部标明参评作品的类别，如“中篇小说”、“短篇小说”等。勿用包裹方式邮寄。

电子版推荐名单、推荐表和作品电子文本，按体裁门类分别发送至指定的电子邮箱。

4. 参评作品推荐截止时间为 2018 年 4 月 30 日，以快递寄出时间为准。

六、评奖办公室联系方式

通讯地址：北京市朝阳区东土城路 25 号
中国作家协会鲁迅文学奖评奖办公室
邮政编码：100013
电　　话：010-64489989、64489895、64489729
传　　真：010-64221879
联 系 人：赵 宁、胡健玲、纳 杨
电子邮箱：评奖办公室：luxunj7@ zx. cnwriter. com. cn
中篇小说：luxunj7zp@ zx. cnwriter. com. cn
短篇小说：luxunj7dp@ zx. cnwriter. com. cn
报告文学：luxunj7bg@ zx. cnwriter. com. cn
诗　　歌：luxunj7sg@ zx. cnwriter. com. cn
散文杂文：luxunj7sz@ zx. cnwriter. com. cn
文学理论评论：luxunj7lp@ zx. cnwriter. com. cn
文学翻译：luxunj7fy@ zx. cnwriter. com. cn

对各推荐单位和作者的协作支持，谨致衷心感谢！

中国作家协会鲁迅文学奖评奖办公室

2018 年 3 月 15 日

2018年度中国作家协会网络文学理论评论支持计划征集公告

中国作家协会网络文学理论评论支持计划对网络文学理论评论选题项目提供资助。相关规定参见《中国作家协会网络文学理论评论支持计划暂行办法》。

2018年度中国作家协会网络文学理论评论支持计划，自本公告发布之日起，至5月30日接受申报。

一、申报条件

本计划支持网络文学创作、生产和传播等相关理论评论专著、论文集。申报者为该选题项目的作者，应具有较高的学术水平、严谨的研究态度和详细工作计划，一般应已完成选题项目的一半以上，并与出版社达成出版意向。

申报者负责申报材料的准备和报送，需提交：

1.《中国作家协会网络文学理论评论支持计划申报表》，申报表格请从中国作家网（http：//www. chinawriter. com. cn）下载。

2. 选题项目的一半以上内容。

征集截止日前已出版的作品，不能申报本支持计划。

二、申报程序

凡符合条件的作者，均可向中国作家协会网络文学理论评论支持计划办公室提出申报。

联系方式

通讯地址：北京朝阳区东土城路25号中国作家协会网络文学中心网络文学理论评论支持计划办公室

邮政编码：100013

联 系 人：肖惊鸿 唐伟

电　　话：010-64489984 64489707

E-mail：wlwxzcjh@163. com

中国作家协会网络文学中心 网络文学理论评论支持计划办公室

2018年4月9日

中国作家协会网络文学理论评论支持计划暂行办法

为加强网络文学理论评论建设，建构网络文学评价体系，促进多出成果、多出人才，推动网络文学繁荣发展，中国作家协会设立专项资金，开展网络文学理论评论支持计划。

一、指导思想

网络文学理论评论支持计划以习近平新时代中国特色社会主义思想为指导，坚持为人民服务、为社会主义服务的方向，坚持百花齐放、百家争鸣的方针，坚定文化自信，弘扬社会主义核心价值观，鼓励理论创新，倡导“说真话、讲道理”的文学批评。

二、支持范围

1. 对网络文学创作规律、生产和传播机制及周边文化现象进行研究分析和理论探讨的专著、论文集。
2. 网络文学创作现象、作家和作品的评论专著和论文集。
3. 网络文学创作及产业状况调查研究及网络文学学术资料整理、编纂的专著和文集。

三、支持方式

网络文学理论评论支持计划视具体情况采取以下支持方式：
1. 对有关项目提供出版支持及稿费补贴。
2. 项目完成出版后，组织对优秀项目的研讨推介活动。

四、申报条件

1. 申报项目作者应具有较高的学术水平、严谨的研究态度。
2. 申报项目应有详细工作计划，完成并提交一半以上内容。

五、组织机构

中国作家协会网络文学中心设立网络文学理论评论支持计划办公室，负责组织实施有关工作。中国作家协会书记处聘请专家组成网络文学理论评论支持计划评审委员会，对申报的项目进行评估、论证。

六、申报程序

1. 网络文学理论评论支持计划按年度进行。由中国作家协会网络文学理论评论支持计划办公室于每年3月发布征集通知。

2. 凡符合条件的作者，均可向中国作家协会网络文学理论评论支持计划办公室提出申报。

七、论证审批

1. 网络文学理论评论支持计划评审委员会对申报项目的价值及申报者的完成能力进行评估。

2. 网络文学理论评论支持计划评审委员会投票选出支持项目。入选项目须获三分之二以上的赞成票，经中国作家协会书记处审批后公布。

3. 网络文学理论评论支持计划入选项目公布后，中国作家协会网络文学中心与申报者、出版社三方签订合同，确定各方的权利和责任。

4. 中国作家协会网络文学理论评论支持计划办公室对项目进行跟踪管理。项目尚未完成的，不得再次提出申报。

八、工作纪律

严格论证和审批程序，防止不正之风。参与网络文学理论评论支持计划的相关人员，不得有任何影响论证公正性的行为；评审委员会成员，如有选题申报，或系申报者的亲属，应实行回避。

中国作家协会2018年部门预算

目　录

第一部分　中国作家协会概况

一、主要职能

中国作家协会是中国共产党领导的、中国各民族作家自愿结合的专业性人民团体，是党和政府联系广大作家、文学工作者的桥梁和纽带，是繁荣文学事业、加强社会主义精神文明建设的重要社会力量。

主要职责为：

（一）组织作家学习马克思列宁主义、毛泽东思想、邓小平理论、“三个代表”重要思想、科学发展观和习近平新时代中国特色社会主义思想，学习党的方针政策，培育和践行社会主义核心价值观，增强文化自信、文化自觉和文化担当，不断提高文学队伍的思想道德修养、科学文化素养、文学艺术学养。

（二）坚持文学创作的正确方向，尊重和遵循文学创作规律，树立精品意识，实施精品战略。提倡题材、体裁、形式的多样化，推动多种艺术风格、流派的充分发展。传承和弘扬中华优秀传统文化，学习和借鉴世界各国优秀文化成果，鼓励探索和创新，不断提高作品的思想水平和艺术水平。加强文学公共服务，开展文学普及工作，把最好的精神食粮贡献给人民。

（三）坚持以人民为中心的创作导向，引导广大作家深入生活、扎根人民，努力反映以爱国主义为核心的民族精神和以改革创新为核心的时代精神，反映人民群众建设新生活的伟大实践，弘扬中国精神、传播中国价值、凝聚中国力量。

（四）加强文学理论建设和文学评论工作，提倡和鼓励不同学术观点和学派的自由讨论，树立和发扬与人为善、实事求是的文学批评风气，切实加强对创作思想的引导。

（五）发现和培养文学创作、评论、编辑、翻译等新生力量，关心青年文学人才成长，广泛团结联系新的文学群体，发展和壮大社会主义文学队伍。

（六）大力培养少数民族作家，尊重少数民族文学传统和特色，尊重少数民族作家使用本民族语言文字进行创作与翻译，加强各民族之间的文学交流，促进少数民族文学繁荣与发展。

（七）努力办好本会所属报纸、期刊、出版社和网站等文学传媒。坚持正确导向，不断提高质量，努力实现思想性和艺术性的统一，社会效益与经济效益的统一。

（八）高举爱国主义旗帜，维护祖国统一，增进同香港特别行政区、澳门特别行政区和台湾地区作家以及海外华文作家的联系、交流。

（九）推进中外文学交流，积极参加国际文学活动，增进同各国作家的友谊，维护世界和平，促进人类进步事业。

（十）依据宪法和法律的规定，加强协会管理，倡导会员自律，反映会员的意见和要求，维护会员的合法权益，保障会员从事正当文学活动的自由。

（十一）组织全国性文学评奖活动，对优秀创作成果和文学人才给予表彰和奖励。

（十二）加强与社会各界的联系，与党和政府有关部门密切合作，为会员从事创作、评论和其他文学活动创造良好的环境和氛围，提供必要的条件和服务；积极帮助解决会员的生活、工作、学习等方面困难。

（十三）做好所主管文学社团的业务指导和管理工作。

二、预算编报范围

按照预算管理的有关规定和综合预算的编报原则，2018 年纳入中国作家协会预算编报范围的收支包括：

（一）行政单位的全部收入和支出。行政单位包括中国作家协会本级。

（二）事业单位的全部收入和支出。事业单位包括鲁迅文学院、中国现代文学馆、中国作家协会创作研究部、中国作家出版集团本级、《文艺报》社、《诗刊》社、《人民文学》杂志社、《民族文学》杂志社、《中国作家》杂志社、中国作家协会机关服务中心、中国作家协会作家活动中心等 11 家事业单位。

第二部分　中国作家协会 2018 年度部门算报表

2018 年中国作家协会部门预算报表如下：

一、财政拨款收支总表

二、一般公共预算支出表

三、一般公共预算基本支出表

四、一般公共预算“三公”经费支出表

五、政府性基金预算支出表

六、部门收支总表

七、部门收入总表

八、部门支出总表

具体报表数据详见附表 1-8。

部门公开表 1　财政拨款收支总表

单位：万元

收　入		支　出	
项　目	预算数	项　目	预算数
一、本年收入	21124.90	一、本年支出	26572.90
（一）一般公共预算拨款	21124.90	（一）文化体育与传媒支出	24597.73
（二）政府性基金预算拨款		（二）社会保障和就业支出	1177.17
		（三）住房保障支出	798.00
二、上年结转	5448.00		
（一）一般公共预算拨款	5448.00		
（二）政府性基金预算拨款			
		二、结转下年	
收　入　总　计	26572.90	支　出　总　计	26572.90

表 2　一般公共预算支出表

单位：万元

功能分类科目		2016 年执行数		2017 年预算数				2017 年预算数比2016 年执行数		2017 年预算数比2016 年执行数（扣除发改委基建）	
科目编码	科目名称	执行数	扣除发改委基建后执行数	年初预算数			扣除发改委基建后预算数	增减额	增减%	增减额	增减%
				小计	基本支出	项目支出					
	中国作家协会	21413.24	20410.71	21124.90	7040.30	14084.60	21124.90	−288.34	−1.35%	714.19	3.50%
207	文化体育与传媒支出	19172.19	18169.66	19227.73	5143.13	14084.60	19227.73	55.54	0.29%	1058.07	5.82%
20701	文化	15242.12	14239.59	15387.83	4188.23	11199.60	15387.83	145.71	0.96%	1148.24	8.06%
2070101	行政运行	2363.88	2363.88	2167.20	2167.20	0.00	2167.20	−196.68	−8.32%	−196.68	−8.32%
2070102	一般行政管理事务	2341.86	1339.33	3142.20	0.00	3142.20	3142.20	800.34	34.18%	1802.87	134.61%
2070103	机关服务	68.11	68.11	68.11	68.11	0.00	68.11	0.00	0.00%	0.00	0.00%
2070105	文化展示及纪念机构	2711.94	2711.94	2243.18	843.18	1400.00	2243.18	−468.76	−17.29%	−468.76	−17.29%
2070110	文化交流与合作	552.10	552.10	1000.00	0.00	1000.00	1000.00	447.90	81.13%	447.90	81.13%
2070111	文化创作与保护	7204.23	7204.23	6767.14	1109.74	5657.40	6767.14	−437.09	−6.07%	−437.09	−6.07%
20704	新闻出版广播影视	3655.57	3655.57	3534.90	954.90	2580.00	3534.90	−120.67	−3.30%	−120.67	−3.30%
2070408	出版发行	3655.57	3655.57	3534.90	954.90	2580.00	3534.90	−120.67	−3.30%	−120.67	−3.30%
20799	其他文化体育与传媒支出	274.50	274.50	305.00	0.00	305.00	305.00	30.50	11.11%	30.50	11.11%
2079902	宣传文化发展专项支出	274.50	274.50	305.00	0.00	305.00	305.00	30.50	11.11%	30.50	11.11%
208	社会保障和就业支出	1532.00	1532.00	1177.17	1177.17	0.00	1177.17	−354.83	−23.16%	−354.83	−23.16%
20805	行政事业单位离退休	1532.00	1532.00	1177.17	1177.17	0.00	1177.17	−354.83	−23.16%	−354.83	−23.16%
2080501	归口管理的行政单位离退休	1355.06	1355.06	1026.63	1026.63	0.00	1026.63	−328.43	−24.24%	−328.43	−24.24%

续表

功能分类科目		2016 年执行数		2017 年预算数				2017 年预算数比2016 年执行数		2017 年预算数比2016 年执行数（扣除发改委基建）	
科目编码	科目名称	执行数	扣除发改委基建后执行数	年初预算数			扣除发改委基建后预算数	增减额	增减%	增减额	增减%
				小计	基本支出	项目支出					
2080503	离退休人员管理机构	176.94	176.94	150.54	150.54	0.00	150.54	-26.40	-14.92%	-26.40	-14.92%
221	住房保障支出	709.05	709.05	720.00	720.00	0.00	720.00	10.95	1.54%	10.95	1.54%
22102	住房改革支出	709.05	709.05	720.00	720.00	0.00	720.00	10.95	1.54%	10.95	1.54%
2210201	住房公积金	350.91	350.91	435.00	435.00	0.00	435.00	84.09	23.96%	84.09	23.96%
2210202	提租补贴	69.61	69.61	75.00	75.00	0.00	75.00	5.39	7.74%	5.39	7.74%
2210203	购房补贴	288.53	288.53	210.00	210.00	0.00	210.00	-78.53	-27.22%	-78.53	-27.22%
	合　计	21413.24	20410.71	21124.90	7040.30	14084.60	21124.90	-288.34	-1.35%	714.19	3.50%

表 3　一般公共预算基本支出表

单位：万元

经济分类科目		2018 年基本支出		
科目编码	科目名称	合计	人员经费	公用经费
	中国作家协会	7040.30	5443.26	1597.04
301	工资福利支出	2992.86	2992.86	
30101	基本工资	1162.32	1162.32	
30102	津贴补贴	1303.11	1303.11	
30103	奖金	20.91	20.91	
30106	伙食补助费	19.94	19.94	
30107	绩效工资	5.00	5.00	
30112	其他社会保障缴费	7.58	7.58	
30113	住房公积金	435.00	435.00	
30114	医疗费	1.00	1.00	
30199	其他工资福利支出	38.00	38.00	
302	商品和服务支出	1564.04		1564.04
30201	办公费	150.00		150.00
30202	印刷费	64.00		64.00
30203	咨询费	2.00		2.00
30204	手续费	6.00		6.00
30205	水费	42.00		42.00
30206	电费	74.00		74.00
30207	邮电费	141.00		141.00
30208	取暖费	83.00		83.00

续表

经济分类科目		2018 年基本支出		
科目编码	科目名称	合计	人员经费	公用经费
30209	物业管理费	246.88		246.88
30211	差旅费	69.00		69.00
30213	维修（护）费	68.00		68.00
30214	租赁费	5.00		5.00
30215	会议费	75.00		75.00
30216	培训费	7.89		7.89
30217	公务接待费	3.00		3.00
30218	专用材料费	14.00		14.00
30226	劳务费	64.00		64.00
30227	委托业务费	51.00		51.00
30228	工会经费	57.00		57.00
30229	福利费	33.00		33.00
30231	公务用车运行维护费	135.14		135.14
30239	其他交通费用	135.67		135.67
30299	其他商品和服务支出	37.46		37.46
303	对个人和家庭的补助	2450.40	2450.40	
30301	离休费	467.19	467.19	
30302	退休费	1853.21	1853.21	
30304	抚恤金	3.00	3.00	
30305	生活补助	5.00	5.00	
30307	医疗费补助	86.00	86.00	
30309	奖励金	1.00	1.00	
30399	其他对个人和家庭的补助	35.00	35.00	
310	资本性支出	33.00		33.00
31002	办公设备购置	26.00		26.00
31007	信息网络及软件购置更新	5.00		5.00
31099	其他资本性支出	2.00		2.00
	合　计	7040.30	5443.26	1597.04

表4　一般公共预算“三公”经费支出表

单位：万元

2017年预算数					
合计	因公出国（境）费	公务用车购置及运行费			公务接待费
		小计	公务用车购置费	公务用车运行费	
596.23	330.39	164.14		164.14	101.70

2017年预算执行数					
合计	因公出国（境）费	公务用车购置及运行费			公务接待费
		小计	公务用车购置费	公务用车运行费	
565.82	330.39	137.20		137.20	98.23

2018年预算数					
合计	因公出国（境）费	公务用车购置及运行费			公务接待费
		小计	公务用车购置费	公务用车运行费	
716.98	430.39	200.14	36.00	164.14	86.45

表5　政府性基金预算支出表

单位：万元

科目编码	科目名称	本年政府性基金预算支出		
		合计	基本支出	项目支出
	合计			

注：中国作家协会2018年无政府性基金预算支出。

表6　部门收支总表

单位：万元

收　　入		支　　出	
项目	预算数	项目	预算数
一、一般公共预算拨款收入	21124.90	一、文化体育与传媒支出	32260.59
二、政府性基金预算拨款收入		二、社会保障和就业支出	1177.17
三、事业收入	5088.94	三、住房保障支出	986.86

续表

收入		支出	
项目	预算数	项目	预算数
四、事业单位经营收入			
五、其他收入	2762.78		
本年收入合计	28976.62	本年支出合计	34424.62
用事业基金弥补收支差额		结转下年	
上年结转	5448.00		
收　入　总　计	34424.62	支　出　总　计	34424.62

表 7　部门收入总表

科目		合计	上年结转	一般公共预算拨款收入	政府性基金预算拨款收入	事业收入		事业单位经营收入	上级补助收入	下级单位上缴收入	其他收入	用事业基金弥补收支差额
科目编码	科目名称					金额	其中：教育收费					
	中国作家协会	34424.62	5448.00	21124.90		5088.94					2762.78	
207	文化体育与传媒支出	32260.59	5370.00	19227.73		4977.26					2685.60	
20701	文化	24625.02	5370.00	15387.83		1233.59					2633.60	
2070101	行政运行	2487.20		2167.20							320.00	
2070102	一般行政管理事务	4260.20	1118.00	3142.20								
2070103	机关服务	1045.60		68.11		967.49					10.00	
2070105	文化展示及纪念机构	2893.18	550.00	2243.18							100.00	
2070110	文化交流与合作	1099.00	99.00	1000.00								
2070111	文化创作与保护	11777.14	3603.00	6767.14							1407.00	
2070199	其他文化支出	1062.70				266.10					796.60	
20704	新闻出版广播影视	7330.57		3534.90		3743.67					52.00	
2070408	出版发行	7330.57		3534.90		3743.67					52.00	
20799	其他文化体育与传媒支出	305.00		305.00								
2079902	宣传文化发展专项支出	305.00		305.00								
208	社会保障和就业支出	1177.17		1177.17								
20805	行政事业单位离退休	1177.17		1177.17								
2080501	归口管理的行政单位离退休	1026.63		1026.63								
2080503	离退休人员管理机构	150.54		150.54								
221	住房保障支出	986.86	78.00	720.00		111.68					77.18	
22102	住房改革支出	986.86	78.00	720.00		111.68					77.18	
2210201	住房公积金	605.00		435.00		108.00					62.00	
2210202	提租补贴	87.18	5.00	75.00		3.68					3.50	
2210203	购房补贴	294.68	73.00	210.00							11.68	
	合　计	34424.62	5448.00	21124.90		5088.94					2762.78	

表8　部门支出总表

科目编码	科目名称	合　计	基本支出	项目支出	上缴上级支出	事业单位经营支出	对下级单位补助支出
	中国作家协会	34424.62	12625.02	21799.60			
207	文化体育与传媒支出	32260.59	10460.99	21799.60			
20701	文化	24625.02	6935.42	17689.60			
2070101	行政运行	2487.20	2487.20				
2070102	一般行政管理事务	4260.20		4260.20			
2070103	机关服务	1045.60	1045.60				
2070105	文化展示及纪念机构	2893.18	943.18	1950.00			
2070110	文化交流与合作	1099.00		1099.00			
2070111	文化创作与保护	11777.14	1396.74	10380.40			
2070199	其他文化支出	1062.70	1062.70				
20704	新闻出版广播影视	7330.57	3525.57	3805.00			
2070408	出版发行	7330.57	3525.57	3805.00			
20799	其他文化体育与传媒支出	305.00		305.00			
2079902	宣传文化发展专项支出	305.00		305.00			
208	社会保障和就业支出	1177.17	1177.17				
20805	行政事业单位离退休	1177.17	1177.17				
2080501	归口管理的行政单位离退休	1026.63	1026.63				
2080502	离退休人员管理机构	150.54	150.54				
221	住房保障支出	986.86	986.86				
22102	住房改革支出	986.86	986.86				
2210201	住房公积金	605.00	605.00				
2210202	提租补贴	87.18	87.18				
2210203	购房补贴	294.68	294.68				
	合　　计	34424.62	12625.02	21799.60			

第三部分　中国作家协会2018年度部门预算情况说明

一、2018年财政拨款收支预算情况的总体说明

中国作家协会2018年财政拨款收支总预算26572.90万元。收入全部为一般公共预算拨款，无政府性基金预算拨款，包括：一般公共预算拨款21124.90万元，上年结转5448万元。支出包括：文化体育与传媒支出24597.73万元，社会保障和就业支出1177.17万元，住房保障支出798万元。

二、2018年一般公共预算当年拨款情况说明

（一）一般公共预算当年拨款规模变化情况。

中国作家协会 2018 年一般公共预算当年拨款 21124.90 万元，比 2017 年执行数减少 288.34 万元，主要是文化展示及纪念机构支出中的文学馆业务经费和运行经费支出减少、文化创作与保护支出中的少数民族文学发展工程支出减少。

（二）一般公共预算当年拨款结构情况。

文化体育与传媒支出（类）支出 19227.73 万元，占比 91.02%；社会保障和就业支出（类）支出 1177.17 万元，占比 5.57%；住房保障支出（类）支出 720 万元，占比 3.41%。

（三）一般公共预算当年拨款具体使用情况。

1. 文化体育与传媒支出（类）文化（款）行政运行（项）2018 年年初预算数 2167.2 万元，比 2017 年执行数减少 196.68 万元，降幅 8.32%。

2. 文化体育与传媒支出（类）文化（款）一般行政管理事务（项）2018 年年初预算数 3142.2 万元，比 2017 年执行数增加 800.34 万元，增幅 34.18%。主要原因是：作家深入生活与活动经费、全国青年作家创作会议、中国当代文学网络信息库建设经费支出增加。

3. 文化体育与传媒支出（类）文化（款）机关服务（项）2018 年年初预算数 68.11 万元，与 2017 年执行数一致。

4. 文化体育与传媒支出（类）文化（款）文化展示及纪念机构（项）2018 年年初预算数 2243.18 万元，比 2017 年执行数减少 468.76 万元，降幅 17.29%。主要原因是：文学馆业务经费和运行经费支出减少。

5. 文化体育与传媒支出（类）文化（款）文化交流与合作（项）2018 年年初预算数 1000 万元，比 2017 年执行数增加 447.9 万元，增幅 81.13%。主要原因是：2018 年需开展的对外文学交流活动大幅增加，文化交流与合作（项）支出相应增加。

6. 文化体育与传媒支出（类）文化（款）文化创作与保护（项）2018 年年初预算数 6767.14 万元，比 2017 年执行数减少 437.09 万元，降幅 6.07%。主要原因是：少数民族文学发展工程支出减少。

7. 文化体育与传媒支出（类）新闻出版广播影视（款）出版发行（项）2018 年年初预算数 3534.9 万元，比 2017 年执行数减少 120.67 万元，降幅 3.3%。

8. 文化体育与传媒支出（类）其他文化体育与传媒支出（款）宣传文化发展专项支出（项）2018 年年初预算数 305 万元，比 2017 年执行数增加 30.5 万元，增幅 11.11%。主要是出版文学精品扶持经费支出增加。

9. 社会保障和就业支出（类）行政事业单位离退休（款）归口管理的行政单位离退休（项）2018 年年初预算数 1026.63 万元，比 2017 年执行数减少 328.43 万元，降幅 24.24%。主要原因为：2017 年按照国家统一规定标准一次性补发了离退休人员补贴。

10. 社会保障和就业支出（类）行政事业单位离退休（款）离退休人员管理机构（项）2018 年年初预算数 150.54 万元，比 2017 年执行数减少 26.4 万元，降幅 14.92%。主要原因为：2017 年按照国家统一规定标准一次性补发了离退休机构在职人员津贴补贴。

11. 住房保障支出（类）住房改革支出（款）住房公积金（项）2018 年年初预算数 435 万元，比 2017 年执行数增加 84. 09 万元，增幅 23. 96%。主要原因为：2018 年住房公积金核定基数提高。

12. 住房保障支出（类）住房改革支出（款）提租补贴（项）2018 年年初预算数 75 万元，比 2017 年执行数增加 5. 39 万元，增幅 7. 74%。

13. 住房保障支出（类）住房改革支出（款）购房补贴（项）2018 年年初预算数 210 万元，比 2017 年执行数减少 78. 53 万元，降幅 27. 22%。主要原因为：2018 年按规定发放的职工一次性购房补贴减少。

三、2018 年一般公共预算基本支出情况说明

中国作家协会 2018 年一般公共预算基本支出 7040. 30 万元，其中：

人员经费 5443. 26 万元，主要包括：基本工资、津贴补贴、奖金、社会保障缴费、伙食补助费、绩效工资、机关事业单位基本养老保险缴费、职业年金缴费、其他工资福利支出、离休费、退休费、抚恤金、生活补助、医疗费、奖励金、住房公积金、提租补贴、购房补贴、采暖补贴、物业服务补贴、其他对个人和家庭的补助支出；

日常公用经费 1597. 04 万元，主要包括：办公费、印刷费、咨询费、手续费、水费、电费、邮电费、取暖费、物业管理费、差旅费、维修（护）费、租赁费、会议费、培训费、公务接待费、专用材料费、劳务费、委托业务费、工会经费、福利费、公务用车运行维护费、其他交通费、其他商品和服务支出、办公设备购置、信息网络及软件购置更新。

四、2018 年一般公共预算“三公”经费支出情况说明

2018 年“三公”经费预算数为 716. 98 万元，其中：因公出国（境）费 430. 39 万元，用于开展国际文学交流，推进中华文化走出去；公务用车购置及运行费 200. 14 万元；公务接待费 86. 45 万元，主要用于接待国外来访作家。2018 年“三公”经费预算比 2017 年增加 120. 75 万元，主要原因：一是因公出国任务增加；二是下属单位 2018 年增加购置两辆公务用车；三是进一步压减公务接待费支出。

五、2018 年政府性基金预算支出情况说明

中国作家协会 2018 年没有政府性基金预算支出。

六、2018 年部门收支预算情况的总体说明

按照综合预算的原则，中国作家协会所有收入和支出均纳入部门预算管理。收入包括：一般公共预算拨款收入，事业收入，事业单位经营收入，其他收入，上年结转。支出包括：文化体育与传媒支出，社会保障和就业支出，住房保障支出，结转下年。中国作家协会 2018 年收支总预算 34424. 62 万元。

七、关于 2018 年部门收入情况说明

中国作家协会 2017 年收入预算 34424.62 万元，其中：上年结转 5448 万元，占比 15.83%；一般公共预算拨款收入 21124.9 万元，占比 61.37%；事业收入 5088.94 万元，占比 14.78%；其他收入 2762.78 万元，占比 8.03%。

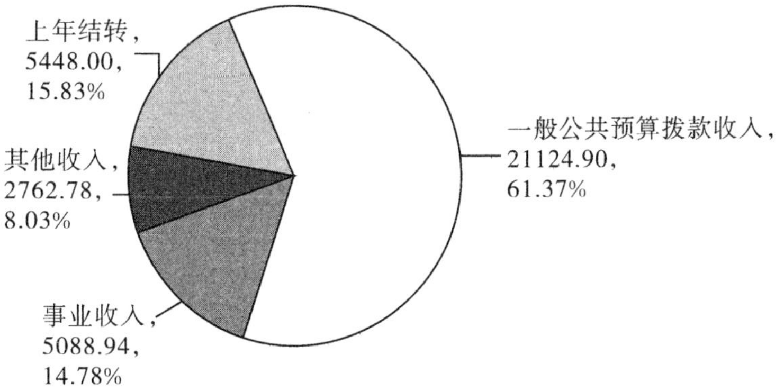

2018 年收入预算结构图（单位：万元）

八、关于 2018 年部门支出情况说明

中国作家协会 2018 年支出预算 34424.62 万元，其中：基本支出 12625.02 万元，占比 36.67%；项目支出 21799.6 万元，占比 63.33%。

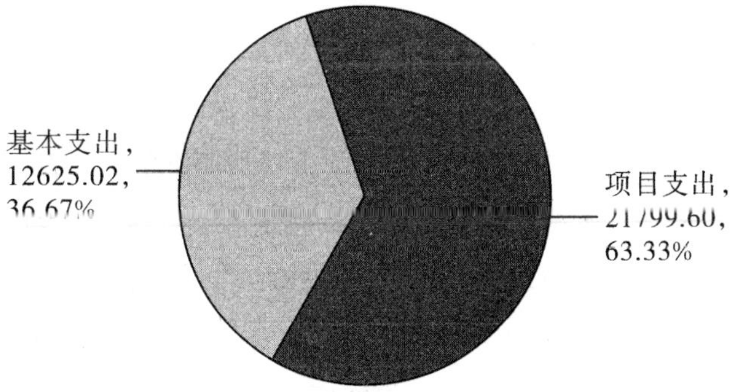

2018 年部门总支出预算结构图（单位：万元）

九、关于 2017 年预算其他重要事项的说明

（一）机关运行经费情况说明

中国作家协会本级 2017 年机关运行经费财政拨款预算 1107.03 万元，较 2016 年预算增加 319.68 万元，增长 40.60%。主要原因是：调整预算内部结构，按照统一规定增加基本支出、减少项目支出。

（二）政府采购情况说明

中国作家协会2017年财政拨款政府采购预算总额1777万元，其中：政府采购货物预算810万元、政府采购工程预算221万元、政府采购服务预算746万元。

（三）国有资产占有使用情况说明

截至2017年12月31日，中国作家协会共有车辆47辆，其中，部级领导干部用车13辆、一般公务用车34辆；单位价值50万元以上通用设备10套，无单位价值100万元以上专用设备。

2018年一般公共预算安排购置车辆2辆，未安排单位价值50万元以上通用设备购置预算和单位价值100万元以上专用设备购置预算。

（四）关于2018年预算绩效情况说明

2017年中国作家协会项目绩效目标全覆盖，涉及一般公共预算拨款14380.96万元；纳入以部门为主体的重点绩效评价试点的项目涉及一般公共预算拨款3843万元。2018年中国作家协会项目绩效目标全覆盖，涉及一般公共预算拨款14086.60万元；纳入以部门为主体的重点绩效评价试点的项目涉及一般公共预算拨款3877.40万元。

第四部分　名词解释

一、财政拨款收入：中央财政当年拨付的资金。

二、事业收入：事业单位开展专项业务活动及辅助活动所取得的收入。

三、经营收入：指事业单位在专业业务活动及其辅助活动之外开展非独立核算经营活动取得的收入。

四、其他收入：除“财政拨款收入”“事业收入”“事业单位经营收入”等以外的收入，主要是指利息收入、其他部门拨款、按规定动用的售房款收入等。

五、用事业基金弥补收支差额：指事业单位在当年的“财政拨款收入”“财政拨款结转和结余资金”“事业收入”“经营收入”“其他收入”不足以安排当年支出的情况下，使用以前年度积累的事业基金（事业单位当年收支相抵后按国家规定提取、用于弥补以后年度收支差额的基金）弥补本年度收支缺口的资金。

六、上年结转：指以前年度尚未完成、结转到本年仍按原规定用途继续使用的资金。

七、文化体育与传媒（类）文化（款）行政运行（项）：指中国作协本级用于保障机构正常运行、开展日常工作的基本支出。

八、文化体育与传媒（类）文化（款）一般行政管理事务（项）：指中国作协本级组织作家深入生活等文学活动所需的项目支出。

九、文化体育与传媒（类）文化（款）机关服务（项）：指中国作协机关服务中心人员支出。

十、文化体育与传媒（类）文化（款）文化展示及纪念机构（项）：指中国现代文学馆基本支出、业务及运行所需的各项支出。

十一、文化体育与传媒（类）文化（款）文化交流与合作（项）：指中国作协本级组织作家对外文学交流所需的项目支出。

十二、文化体育与传媒（类）文化（款）文化创作与保护（项）：指中国作协本级及所属单位开展扶持文学创作活动和鲁迅文学院开展教学活动所需的各项支出。

十三、文化体育与传媒（类）新闻出版（款）出版发行（项）：主要指中国作协所属报刊社网出版传播的项目支出。

十四、文化体育与传媒（类）其他文化体育与传媒支出（款）宣传文化发展专项支出（项）：主要指中国作家出版集团扶持文学精品出版的项目支出。

十五、社会保障和就业（类）行政事业单位离退休（款）归口管理的行政单位离退休（项）：主要用于中国作协本级离退休人员基本支出。

十六、社会保障和就业（类）行政事业单位离退休（款）离退休人员管理机构（项）：指用于中国作协离退休人员管理机构人员基本支出。

十七、住房保障支出（类）住房改革支出（款）住房公积金（项）：指按照《住房公积金管理条例》和其他相关规定，由单位及其在职职工以职工工资为缴存基数，分别按照一定比例缴存的长期住房储金。行政单位缴存基数包括国家统一规定的公务员职务工资、级别工资、机关工人岗位工资和技术等级（职务）工资、年终一次性奖金、特殊岗位津贴、规范后发放的工作性津贴和生活性补贴等；事业单位缴存基数包括国家统一规定的岗位工资、薪级工资、绩效工资、特殊岗位津贴等。单位和职工住房公积金缴存比例均不得低于5%，不得高于12%。

十八、住房保障支出（类）住房改革支出（款）提租补贴（项）：指按照国家有关政策规定，自2000年开始，针对在京中央单位职工因公有住房租金标准提高发放的补贴，中央在京单位按照在编职工人数和离退休人数以及相应职级的补贴标准确定，人均月补贴90元。

十九、住房保障支出（类）住房改革支出（款）购房补贴（项）：是根据《国务院关于进一步深化城镇住房制度改革加快住房建设的通知》（国发［1998］23号）的规定，从1998年下半年停止实物分房后，房价收入比超过4倍以上地区对无房和住房未达标职工发放的住房货币化改革补贴资金。中央行政事业单位从2000年开始发放购房补贴资金，地方行政事业单位从1999年陆续开始发放购房补贴资金，企业根据本单位情况自行确定。在京中央单位按照《中共中央办公厅国务院办公厅转发建设部等单位〈关于完善在京中央和国家机关住房制度的若干意见〉的通知》（厅字［2005］8号）规定的标准执行，京外中央单位按照所在地人民政府住房分配货币化改革的政策规定和标准执行。

二十、结余分配：指事业单位按规定提取的职工福利基金、事业基金和缴纳的所得税，以及建设单位按规定应交回的基本建设竣工项目结余资金。

二十一、年末结转和结余：指以前年度预算安排，由于客观原因发生变化无法按原计划实施，需延迟到以后年度按原规定用途继续使用的资金。

二十二、基本支出：为保证机构正常运转，完成日常工作任务而发生的人员支出和公用支出。

二十三、项目支出：指在基本支出之外，为完成特定行政任务和发展目标所发生的支出。

二十四、“三公”经费：纳入中央财政预预算管理的“三公经费”，是指中央部门用财政拨款安排的因公出国（境）费、公务用车购置及运行费和公务接待费。其中，因公出国（境）费反映单位公务出国（境）的住宿费、旅费、伙食补助费、杂费、培训费等支出；公务用车购置及运行费反映单位公务用车购置费及租用费、燃料费、维修费、过路过桥费、保险费、安全奖励费用等支出；公务接待费反映单位按规定开支的各类公务接待（含外宾接待）支出。

二十五、机关运行经费：为保障行政单位（含参照公务员法管理的事业单位）运行用于购买货物和服务的各项资金，包括办公及印刷费、邮电费、差旅费、会议费、福利费、日常维修费、专用材料及一般设备购置费、办公用房水电费、办公用房取暖费、办公用房物业管理费、公务用车运行维护费以及其他费用。

中国作家协会2018年拟录用人员公示公告

根据2018年度中央机关及其直属机构考试录用公务员工作有关要求，经过笔试、面试、体检和考察等程序，确定冯文娟等3名同志为我会拟录用人员，现予以公示。公示期间如有问题，请向中国作家协会人事部反映。

公示时间：2018年4月27日-5月4日

监督电话：010-64221705

联系地址：北京市朝阳区东土城路25号

邮政编码：100013

中国作家协会人事部

2018年4月26日

附件：

中国作家协会 2018 年拟录用人员名单

拟录用职位	姓名	性别	准考证号	学历	工作单位（毕业院校）	备注
办公厅秘书处主任科员及以下职位	冯文娟	女	045132032509	大学	江苏省扬中市公路管理处	
办公厅计划财务处主任科员及以下	段媚婕	女	045111842214	研究生（硕士）	中国作家协会创作研究部	
对外联络部综合处主任各同及以下职位	苏悦	女	045131180819	研究生（硕士）	上海交通大学	

2018 年中国作家协会所属单位工作人员招聘公告

为加强中国作家协会所属单位管理人员及专业技术人员队伍建设，根据《事业单位公开招聘人员暂行规定》的要求，现将 2018 年中国作家协会所属单位招聘计划公告如下：

一、招聘岗位及条件

（一）基本条件

1. 具有中华人民共和国国籍；

2. 政治合格、遵纪守法、品行端正，热爱文学事业，具有良好的协作精神和服务意识；

3. 符合岗位规定的学历和专业要求，以应聘者全日制学历及所学专业作为认定标准，同时须取得相应的学历、学位；

4. 具备履行岗位职责所需的专业技能、身体条件和心理素质；

5. 符合所报岗位要求的其他资格条件。曾因犯罪受过刑事处罚的人员和曾被开除公职的人员，以及法律规定不得聘用的其他情形人员，不得报考。

（二）具体岗位及条件

详见《中国作家协会所属单位 2018 年招聘工作人员计划表》（附件 1）

二、招聘程序和办法

（一）报名及资格审查

1. 报名时间：2018 年 5 月 7 日至 2018 年 5 月 18 日。

2. 报名方式：报名人员通过电子邮件报名，邮件及附件标题按以下格式注明：报考单位

+岗位+姓名+学历+学校+专业，邮箱地址：zuoxierenshibu@ 126. com。

3. 报名材料

报名人员下载、填写《中国作家协会所属单位 2018 年公开招聘报名登记表》（附件 2），连同居民身份证、工作证（学生证）、学历学位证书、就业推荐表、执（职、从）业资格证书以及岗位资格条件所需其他证明材料的扫描件及近期 1 寸证件电子照片，压缩打包后发送至报名邮箱。

我们将根据工作需要和报名人员综合情况，在资格审查的基础上确定考试人选名单，于 2018 年 5 月下旬在中国作家网上公告并电话通知本人，未通过资格审查的报名人员不再另行通知。

（二）组织考试

考试采用笔试、面试相结合的方式。具体考试时间、地点和要求另行通知。

1. 资格复审

参加考试的应聘人员，于考试当天现场提交有关材料进行资格复审，资格复审所需材料如下：

（1）《中国作家协会所属单位 2018 年公开招聘报名登记表》（贴近期一寸免冠彩色照片）。

（2）身份证和工作证（学生证）的原件及复印件。

（3）报考岗位要求的学历学位证书原件及复印件。

（4）报考岗位要求的执（职、从）业资格证书的原件及复印件。

（5）应聘人员为应届毕业生的，需提供就业推荐表原件及复印件。

（6）京内生源和非应届的应聘人员，需提供居民户口簿原件及复印件。

（7）应聘人员为社会工作人员的，需提供加盖现单位公章的应聘人员基本情况和同意报考证明（内容包括：姓名、性别、出生日期、政治面貌、现职务级别、专业技术职称、学历学位和简历情况），并有人事部门同意报考意见。

2. 笔试

笔试主要考察文学基础知识和招聘岗位所需的专业知识、综合能力等。

笔试总分 100 分，面试人选按招聘人数与面试人数 1：5 比例从高到低确定。凡岗位应聘人员少于（不含）3 人的，取消该岗位招聘计划。进入面试环节的应聘人员，我们将于笔试结束当天电话通知本人。

3. 面试

面试总分 100 分。面试主要测评应聘人员的综合素质以及岗位匹配度等。

（三）体检、考察

根据考试综合成绩（总分 100 分，其中：笔试成绩占 50%，面试成绩占 50%）由高到低，按招聘人数与体检人数 1：2 的比例确定体检人选，按招聘人数与考察人数 1：1 的比例确定考察人选，按照国家有关体检程序、标准执行。

（四）公示、聘用

根据考试、体检、考察结果，确定拟聘用人选，并在中国作家网进行公示，公示期为5个工作日。公示无异议后，按相关规定办理聘用手续。聘用人员实行试用期制度（试用期1年），试用期不合格的，解除聘用关系。

三、有关事项

（一）应聘人员应按照规定的时限及要求，配合完成各项工作。未能按照规定时限及要求完成的取消应聘资格。

（二）资格审查贯穿招聘工作全程，在任何环节发现应聘者违反招聘规定，存在提供信息不实、证件造假、作弊等行为的，一经查实严肃处理，取消报名、考试及聘用资格并按规定通知应聘人员所在单位（学校）。

（三）报名人员要在报名表中注明常用手机号码，且在招聘进行期间确保畅通，因电话通讯不畅造成无法联系到本人的，责任自负。

（四）在参加招聘过程中，如果确定退出或被其他单位录用的，要及时与我会沟通，以免影响招聘工作正常进行。

（五）经考试，考生达不到岗位要求的，取消聘用计划。

四、联系方式

咨询电话：010-64221705

地址：北京市朝阳区东土城路25号

中国作家协会人事部

2018年5月7日

中国作家协会关于首届“中国少数民族文学之星”申报的通知

中国作家协会少数民族文学发展工程新设“中国少数民族文学之星”专项，旨在发现培养少数民族优秀中青年作家，推出少数民族文学精品力作，推动少数民族文学事业繁荣发展。该项目每两年评选一次。首届“中国少数民族文学之星”，申报时间自本通知发布之日起，至7月15日截止。

一、推荐单位

1.“中国少数民族文学之星”推荐单位为中国作家协会团体会员。申报者向所在地、所在行业中国作家协会团体会员单位申报；解放军作者向中央军委政治工作部宣传局申报；中直、国直系统作者向中国作家协会少数民族文学发展工程办公室申报。少数民族文学发展工程办公室同时向部分文学期刊定向征集申报，相关推荐单位须征得作者同意。申报者可向推荐单位领取申报表格，也可从中国作家网（http：//www. chinawriter. com. cn）下载。推荐单位对申报作品进行论证、遴选后，填写推荐意见并加盖公章，报送中国作家协会少数民族文学发展工程办公室。

2. 内蒙古、广西、西藏、宁夏、新疆、云南、贵州、四川、甘肃、青海、湖南、湖北、延边州等上述团体会员单位报送作品各不超过 4 部，其他团体会员单位报送作品各不超过 2 部。

二、申报范围

1. 申报者须为少数民族，年龄在 50 周岁（含）以下，本届申报者为 1968 年 1 月 1 日（含）以后出生。每人仅限申报一部作品，无论是否为中国作家协会会员均可申报。申报时须附本人身份证复印件。

2. 申报作品体裁，包括长篇小说、中短篇小说、诗歌、散文、报告文学、文学理论评论。每部作品字数一般不超过 18 万字（诗集一般不超过 1500 行）。不接受多体裁作品集及多人作品合集申报。

3. 申报作品应为汉语和用少数民族母语创作的汉语译本作品，其中在报刊正式发表过的须占全部书稿篇幅三分之一以上（长篇文学作品或整部理论著作除外），发表过的作品标明报刊名称、刊发日期。单一体裁的个人作品合集中，近五年创作的作品应不少于三分之一。

三、申报者须按要求认真填写申报表，并提供完整的作品文本。

四、曾入选中国作家协会其他扶持项目、且逾期尚未结项者，不得申报。

五、征集截止日期前已出版的作品，不得申报。

六、凡不符合上述四项（二、三、四、五）中任意一项者，不得申报，评审委员会将严格审核申报资格。

七、中国作家协会“中国少数民族文学之星”评审委员会将对申报作品进行综合评估。评审委员会遴选出的拟入选者，经中国作家协会书记处审批后，在《文艺报》和中国作家网予以公布。

八、“中国少数民族文学之星”入选作品由中国作家协会少数民族文学发展工程办公室统一组织出版。

地 址：北京市朝阳区东土城路 25 号中国作家协会少数民族文学发展工程办公室

邮 编：100013

电 话：010-64489876 64489862

联系人：陈涛 郑函

中国作家协会

少数民族文学发展工程办公室

2018 年 5 月 15 日

中国作家协会 2018 年度公开选拔领导干部公告

为进一步深化中国作家协会干部人事制度改革，拓宽选人用人视野，改善和优化领导班子结构，根据有关规定，结合作家出版社（中国作家协会所属国有企业）领导班子建设实际，现面向社会公开选拔。现将有关事项公告如下：

一、选拔职位

作家出版社副总编辑

二、选拔条件

（一）基本条件

符合《党政领导干部选拔任用工作条例》规定的基本条件。

（二）资格条件

1. 全日制大学本科以上学历；年龄一般不超过 50 周岁，具有正常履行职责的身体条件；有五年以上相关管理和业务工作经历；北京户口。

2. 有较丰富的文学编辑、出版及相关工作经验，熟悉文学发展趋势和作家创作情况，有较强的组织协调能力。

3. 现任副局级（或相当于副局级）或任正处级（或相当于正处级）领导职务满三年，且具有文学或出版相关高级职称；现担任相关正高级专业技术职务或任副高级专业技术职务五年以上，且有一定管理工作经历。

4. 全国宣传文化系统文化名家暨“四个一批”人才、享受国务院政府特殊津贴人员、“新世纪百千万人才工程”国家级人选、全国新闻出版行业领军人才、长江学者、国家级文学奖获得者、省部级表彰的德艺双馨人才等特别优秀者，年龄和任职资格条件可适当放宽。

以上年龄及任职时间计算均截至 2018 年 5 月 31 日。

三、选拔程序

（一）公开报名及资格审查

报名人员可通过组织推荐或者个人自荐等方式报名，并填写报名表。

中国作协人事部按照公布的报名条件和资格进行资格审查，审查合格者准予参加笔试。

有下列情形之一者不受理报名：

（1）正在接受司法机关立案侦查或纪检监察机关立案审查的；

（2）正在党纪、政纪处分所规定的提任使用限制期内的；

（3）受过司法机关刑事处罚的；

（4）近三年年度考核有基本称职、不称职情况的，以及其他在规定期限内不能提任的。

资格审查贯穿公开选拔工作全过程。对提供虚假材料和伪造有关证件、材料、信息，骗取考试资格，以及笔试、面试和体检中作弊，考察中进行非组织活动的，取消其报考资格。

（二）考试与基本条件评价

应试者的总成绩中考试综合成绩占70%（笔试40%，面试30%），基本条件评价占30%权重。

1. 基本条件评价

基本条件评价由考评小组对应试者的领导岗位工作经历和业绩、近三年年度考核和奖惩情况等进行综合评分。

2. 考试

考试分为笔试、面试。

（1）笔试

笔试主要测试应试者胜任选拔职位工作所必备的基本素质，特别是运用理论、知识和方法分析解决领导工作中实际问题的能力。

根据笔试成绩，从高分到低分确定面试入围人员。

（2）面试

面试主要测试应试者在领导能力素质、个性特征等方面对选拔职位的适应程度。

面试由考评小组负责考试和评分。考评小组由有关领导、专家、组织人事干部等组成。

（三）体检与考察

1. 体检

体检不合格者自然淘汰。

2. 确定考察对象

根据考试综合成绩和基本条件评价得分，从高分至低分确定考察对象。

3. 组织考察

实行考察预告制。将考察对象的简要情况、考察时间、考察联系方式等，向考察对象所在工作单位进行预告。在现单位工作不满两年的，需到其原所在单位进行延伸考察。

经考察发现有影响任用问题的，按考试综合成绩和基本条件得分在体检合格者中依次递补考察。

（四）讨论决定任用

中国作协人事部汇总考试综合成绩、基本条件评价得分和考察情况，报中国作协党组集体讨论作出任用决定。

讨论决定前，涉及需要事先报告的情况，根据干部管理权限履行报告手续。

如认为无合适人选，该职位选拔可以空缺。

（五）办理任职手续

对决定任用的干部进行公示。公示后，未发现影响任用问题的，办理任职手续，并向社会公布选拔结果。

对公开选拔任用的干部实行一年试用期。试用期满后，经考核胜任的，正式任职；不胜任的，免去试任职务，按试用期前原职级作适当安排。

四、报名时间及方式

报名者从中国作家网（http：//www. chinawriter. com. cn）下载《中国作家协会公开选拔领导干部报名表》，如实填写后，于2018年6月30日24：00前将身份证、户口本、工作证、学历（学位）证书、专业技术职务证书及能够说明工作业绩、文学创作研究成果等相关材料复印件快递至中国作家协会人事部，同时将《中国作家协会公开选拔领导干部报名表》电子版与简历一起发到中国作家协会人事部邮箱。笔试报到时请将《中国作家协会公开选拔领导干部报名表》和相关证书原件带到现场复核，并带1张2寸近期免冠彩色正面照片。

报考者食宿、交通费自理。

邮箱地址：zxrsbgbc@ 163. com

联系人：

周长超 010-64489860

李梦宇 010-64489854

传 真：010-64489804

地 址：北京市朝阳区东土城路25号中国作家协会人事部

邮 编：100013

中国作家协会人事部

2018年5月14日

第七届鲁迅文学奖评奖办公室公告［2018年］第1号

第七届鲁迅文学奖参评作品征集工作于2018年3月15日开始，2018年4月30日截止。评奖办公室对所有申报作品进行了审核，初步认定共有1373篇（部）作品符合评奖条例规定的参评条件，其中，中篇小说265篇、短篇小说271篇（部）、报告文学233篇（部）、诗歌219部、散文杂文210部、文学理论评论143篇（部）、文学翻译32部。

现将参评作品目录在《文艺报》和中国作家网公示。其中若有不符合参评条件的作品，欢迎向评奖办公室反映。评奖办公室在核查后，将相关问题提交评奖委员会。

公示时间为2018年5月16日至5月30日。

评奖办公室电话：010-64489989、64489895，电子邮箱：luxunj7@ zx. cnwriter. com. cn。

特此公告

第七届鲁迅文学奖评奖办公室

2018年5月16日

2018年中国作家协会所属单位招聘考试公告

中国作家协会定于2018年5月30日—6月1日进行2018年度所属单位工作人员招聘考试。

一、参加考试的考生名单（见附表）

二、考试工作安排

1. 报到时间

2018年5月30日14：00

2. 报到地点

北京市朝阳区东土城路25号中国作家协会十楼会议室。

3. 乘车路线

乘123、130路公交车，东土城路南口站下车；或乘地铁13号线柳芳站往南300米。

4. 考生需提供材料

参加考试的应聘人员，于报到当天现场提交有关材料进行资格复审，资格复审所需材料如下：

（1）《中国作家协会所属单位2018年公开招聘报名登记表》（贴近期一寸免冠彩色照片）。

（2）身份证和工作证（学生证）的原件及复印件。

（3）报考岗位要求的学历学位证书原件及复印件。

（4）报考岗位要求的执（职、从）业资格证书的原件及复印件。

（5）应聘人员为应届毕业生的，需提供就业推荐表原件及复印件。

（6）京内生源和非应届的应聘人员，需提供居民户口簿原件及复印件。

（7）应聘人员为社会工作人员的，需提供加盖现单位公章的应聘人员基本情况和同意报考证明（内容包括：姓名、性别、出生日期、政治面貌、现职务级别、专业技术职称、学历学位和简历情况），并有人事部门同意报考意见。

（8）一寸彩色近照两张（背面注明姓名）。

三、联系电话：010-64221705

中国作家协会人事部

2018 年 5 月 25 日

2018 年度定点深入生活项目公告

中国作家协会 2018 年度定点深入生活项目办公室共收到申报选题 275 项，经专家评审论证，并报中国作家协会书记处审核批准，确定 96 项选题入选。

现予公布。

中国作家协会定点深入生活项目办公室

2018 年 6 月 1 日

中国作协 2018 年度定点深入生活项目名单

序号	推荐单位	姓名	深入生活地点
1	天津市作协	陈丽伟（滹沱）	天津市滨海新区翠亨社区
2	河北省作协	关仁山	河北省雄安新区安新县
3	河北省作协	李春雷	广东省广州市
4	河北省作协	郭永跃（水土）	河北省沽源县小河子乡小红石砬村
5	山西省作协	鲁顺民	山西省岢岚县宋家沟等乡村
6	内蒙古作协	田福（田夫）	内蒙古赤峰市喀喇沁旗农村
7	内蒙古作协	赵广贤（淞蓝）	内蒙古赤峰市巴林左旗花加拉嘎乡
8	辽宁省作协	于永铎	辽宁省大连市金普新区马桥社区
9	辽宁省作协	于香菊	辽宁省朝阳市朝阳县黑牛营子乡章吉营子村
10	辽宁省作协	张连波（津子围）	辽宁省大连市旅顺口区北海镇
11	辽宁省作协	张艳荣	辽宁省盘锦市盘山县得胜镇得胜村
12	吉林省作协	王怀宇	内蒙古乌拉盖、郭尔罗斯、呼伦贝尔等草原牧场

续表

序号	推荐单位	姓名	深入生活地点
13	吉林省作协	朱日亮	吉林省梅河口市红梅镇梅河煤矿
14	吉林省作协	任林举	吉林省汪清县东北虎自然保护区
15	吉林省作协	邱苏滨	黑龙江省宝清县八五二农场
16	吉林省作协	葛晓强（葛筱强）	吉林省通榆县兴隆山镇莲花泡村
17	吉林省作协	谢华良	吉林省农安县万顺乡中学、青山口乡初中等
18	黑龙江省作协	王洪达（王鸿达）	黑龙江省大庆市肇源县
19	黑龙江省作协	赵亚东	黑龙江省农垦总局绥化管理局肇源农场
20	黑龙江省作协	唐飚（也涵）	黑龙江省哈尔滨市金山实业集团、松江木业公司等
21	黑龙江省作协	薛喜君	黑龙江省东宁市三岔口镇河南村
22	江苏省作协	王学芯	江苏省无锡市堰桥街道
23	江苏省作协	刘业伟（叶炜）	江苏省徐州市贾汪区马庄村
24	浙江省作协	毛芳美（毛芦芦）	浙江省衢州中专
25	浙江省作协	沈珈如（天涯）	浙江省宁波市多处特色民营书店
26	浙江省作协	张巧慧（张木木）	浙江省慈溪市获国家科技进步奖的优秀企业
27	浙江省作协	曹凌云	浙江省温州市洞头列岛等群岛
28	安徽省作协	沈俊峰	安徽省金寨县麻埠镇桂花村等
29	安徽省作协	潘小平、余同友	安徽省阜阳市王家坝镇、河南省淮滨县等
30	福建省作协	刘少雄（南河）	福建省长汀县河田镇露湖村、策武镇南坑村等
31	福建省作协	杨秋明（杨笔）	福建省龙岩市长汀县社会福利厂、第四中学
32	江西省作协	刘华	江西省新建县石岗镇、鄱阳湖区莲湖乡等
33	江西省作协	杨剑敏（杨玄）	江西省景德镇市珠山区
34	江西省作协	凌翼	江西省井冈山市乡村
35	山东省作协	王韵	山东省莱州市三山岛街道、永安街道等
36	山东省作协	李林芳（山妹）	山东省临沂市沂南县马牧池乡
37	山东省作协	张锐强	河南省信阳市明港镇新集村小学
38	山东省作协	赵月斌	山东省滕州市张汪镇大苏庄村等
39	山东省作协	柏祥伟	山东省曲阜市三孔、微山县仲浅村等
40	河南省作协	孔会侠	河南省淮阳县冯塘乡、青海省都兰县宗加镇诺木洪农场
41	河南省作协	司玉亮（安庆）	河南省新乡市凤泉区潞王坟乡李士屯村
42	河南省作协	张运涛	河南省正阳县陡沟村
43	河南省作协	范美侠（欧阳华）	河南省民权林场
44	湖北省作协	朱寒霜（南丛）	湖北省鄂州市鄂城区泽林镇涂桥村等
45	湖北省作协	韩玉洪（三峡红叶）	湖北省兴山县昭君镇滩坪村等
46	湖南省作协	田爱民（努力嘎巴）	湖南省湘西州凤凰县腊尔山镇夯卡村
47	湖南省作协	欧阳伟（毛二）	湖南省长沙市岳麓区望城坡街道长华社区
48	广东省作协	袁瑰秋（桂子）	广东省江门市鹤山县尧西村、惠州市博罗县石坝村等

续表

序号	推荐单位	姓名	深入生活地点
49	广东省作协	熊育群	广东省开平市赤坎镇
50	广西作协	杨仕芳（里络）	广西柳州市柳工、柳钢、柳汽等企业
51	广西作协	罗海	广西柳州市鱼峰区桃园社区
52	海南省作协	土海雪	海南省海口市琼山区龙塘镇文彩村
53	重庆市作协	冉冉	重庆市市属医院、渝中区大坪街道等
54	重庆市作协	刘阳	重庆市綦江区永新镇古剑山
55	重庆市作协	李燕燕（燕子）	重庆市精神卫生中心
56	四川省作协	伍立杨	四川省凉山州昭觉县
57	四川省作协	杨献平	四川省阿坝州、甘孜州、攀枝花市等
58	四川省作协	罗伟章	四川省达州市宣汉县、渠县等
59	四川省作协	赵天秀	四川省广元市青川县
60	贵州省作协	杨秀刚（斑马线）	贵州省黔东南州天柱县坪地镇阳寨村
61	云南省作协	丰茂军（摩鲁）	云南省怒江州贡山县独龙江乡等
62	云南省作协	陶玉明（沧江石）	云南省临沧市双江县沙河乡景亢村
63	西藏作协	唐大山（大山）	西藏山南市隆子县玉麦乡
64	陕西省作协	王卫民	陕西省商洛市商州区腰市镇江山村
65	陕西省作协	王妹英	陕西省西安市未央区
66	陕西省作协	李春平	陕西省安康市镇坪县、重庆市巫溪县等
67	陕西省作协	钟法权	甘肃省武威市各区县
68	陕西省作协	蒋典军（一庐）	陕西省安康市汉滨区大同镇鲁家村
69	甘肃省作协	李满强	甘肃省平凉市华亭县安口镇
70	甘肃省作协	邹弋舟（弋舟）	珠三角（广东省东莞市长安镇等）、长三角（江苏省宜兴市等）
71	甘肃省作协	黄璨（一宁）	甘肃省金昌市金川区双湾镇、宁远堡镇等
72	青海省作协	马云龙	青海省西宁市大通县良教乡下治泉村
73	青海省作协	祁建青（同前）	青海省海北州门源县青稞种植基地等
74	青海省作协	求夏（秋加才仁）	青海省玉树州称多县三江源国家公园
75	青海省作协	曹建川（非我）	甘肃省河西走廊、敦煌沙洲、敦煌西湖自然保护区等
76	宁夏作协	陈莉莉（清灵）	宁夏中卫市海原县三河镇三河中学
77	宁夏作协	胡静（冰静）	宁夏固原市张易镇、吴忠市红寺堡镇
78	宁夏作协	郭玛（珐图麦）	宁夏固原市原州区彭堡镇、西吉县吉强镇等
79	宁夏作协	唐荣尧（水尘）	青海省玉树州囊谦县觉拉乡、玉树市结古镇等
80	新疆作协	王亚楠（亚楠）	新疆伊犁州新源县那拉提镇、特克斯县琼库斯台村
81	新疆作协	狄力木拉提・泰来提	新疆喀什地区麦盖提县巴扎结米乡阔什艾肯村
82	新疆作协	周智慧（阿瑟穆・小七）	新疆阿勒泰市阿苇滩镇库布东牧业村
83	新疆作协	郭文涟（远逝的牧歌）	新疆伊犁州新源县则克台镇、兵团第四师 71 团等

续表

序号	推荐单位	姓名	深入生活地点
84	延边作协	金豪（酕冬筆）	北京望京、青岛城阳区、上海龙柏等全国朝鲜族生活区
85	石油作协	毛爱萍（毛竹）	新疆克拉玛依油田采油一厂等
86	铁路作协	李志强（李木马）	中铁六局新建京张高铁二标项目部、中铁大桥局五标项目部
87	煤矿作协	王铭婵（凤格）	山东省烟台市龙口市梁家煤矿
88	国土作协	陈华文（河东）	中国地质大学武汉校区
89	国土作协	陈国栋	南海可燃冰试采现场、青岛市相关科研部门
90	水利作协	罗张琴（七八子）	江西省鄱阳湖水域南昌市、九江市、上饶市所属乡村
91	公安作协	初曰春	北京市、天津市、山东省等地县级消防机构
92	科普作协	韩开春	江苏省淮安市盱眙县天泉湖镇
93	中直	李云雷	山东省聊城市冠县清泉街道东三里社区
94	中直	汪玥含	江苏省宿迁市沭阳县、泗阳县相关公益组织、精神病院
95	国直	商泽军	山东省聊城市莘县、陆军陆航学院基地等
96	《民族文学》	巴音博罗	辽宁省鞍山市岫岩县、凤城县、桓仁县等地水文站

2018年度中国作家协会重点作品扶持办公室公告［第1号］

2018年度重点作品扶持工作收到申报选题427项。经重点作品扶持项目论证委员会论证和中国作家协会书记处审核，确定69项选题入选：长篇小说30项，报告文学、纪实文学21项，诗歌2项，散文3项，儿童文学2项，网络文学8项，理论评论3项。其中“讴歌新时代、庆祝改革开放40周年、庆祝中华人民共和国成立70周年主题专项”19项，“中国梦主题专项”13项。

现予公布。

中国作家协会重点作品扶持办公室

2018年6月22日

2018 年中国作家协会重点作品扶持选题名单

（排序不分先后）

讴歌新时代、庆祝改革开放 40 周年、庆祝中华人民共和国成立 70 周年主题专项

长篇小说

《风眼》	孙　颙
《乌兰牧骑》	路　远
《芥之微》	寒　郁
《一厘米国境线》	侯　珏
《海边春秋》	陈毅达
《东方神曲》（三卷）	忽培元
《深圳故事》	丁　力
《他乡》	付秀莹

报告文学、纪实文学

《枫桥和静》	袁亚平
《项背：一位省委书记的来来去去》	钟兆云
《东方之路》	李延国、许晨
《中国海军也门撤侨》	黄传会
《大国转折》	丁晓平
《天开海岳——走近港珠澳大桥》	长　江
《大国之眼：北斗导航系统建设纪实》	龚盛辉
《方向——12000 户农民的命运》	蒋　巍
《发射倒计时》	王秋燕

诗　　歌

《运河书》	谷　禾

网络文学

《浩荡》	何常在

中国梦主题专项

长篇小说

《参与者》 李 铁
《大圣前传》 韩静霆
《太阳升起》 彭荆风

报告文学、纪实文学

《大湄公河》 黄 风
《红色足迹——玛奈乌兰牧骑》 牛海坤
《大河初心》 高建国
《丝绸之路——从蓬莱到罗马》 高洪雷
《中国雷锋出租车队传奇》 陆有军
《共享单车：向美好生活出发》 郭 超
《萌生翅膀》 蒋 萌

散 文

《草原正芳菲》 艾 平

儿童文学

《寻找中国未来地图上的你》 徐 鲁

网络文学

《大漠航天人》 戈壁绿影

长篇小说

《最后的告别》 刘剑波
《一天》 戴 来
《历经》 赵德发
《迎风山上的告别》 章 泥
《红二十五军》 田 君
《扶贫记》 南豫见
《湖边》 程 青
《苔藓》 肖江虹

《亲爱的生活》 阿　袁
《心灵外史》 石一枫
《疼痛的琴弦》 刘庆邦
《北上》 徐则臣
《灭籍记》 范小青
《穹庐》 肖亦农
《念头》 储福金
《息壤》 盛可以
《菜根谣》 尹学芸
《忧郁的星期天》 老　藤
《温柔的旗语》 王秀云

报告文学、纪实文学

《水土——中国水土生态报告》 哲　夫
《黄河传》 张中海
《山河在上》 罗胸怀
《天佑》 彭名燕
《危城再造——对现代化进程中的“城市病”治理的思考》 杨黎光

诗　　歌

《第34届青春诗会诗丛》 诗刊社

散　　文

《多小是小》 赵培光
《那样的时代，那样的人》 马识途

儿童文学

《绿色山峦》 史　雷

网络文学

《圣墟》 辰　东
《汉乡》 孑与2
《大道朝天》 猫　腻
《黑白禁区》 东岳不苦

《海上升明月》 巧嫣然
《太行血》 骠 骑

理论评论

《新现实主义小说论》 杨立元
《茅盾书信研究》 北 塔
《作家口述资料研究：整理、编目与利用》 尹培丽、姚明

2018年度中国作家协会重点作品扶持办公室公告［第2号］

“时代楷模”报告文学创作征集活动收到有效申报选题88项。经专家论证和中国作家协会书记处审核，确定第一批26项选题入选。

现予公布。

中国作家协会重点作品扶持办公室

2018年6月22日

“时代楷模”报告文学创作征集活动第一批选题名单

（排序不分先后）

《特殊的勋章》 苗秀侠
《祖国至上》 刘国强
《富民为乐》 高保国
《奔腾的独龙江：一位老县长的生命之歌》 何永飞
《你们是我的亲人》 陆 原
《天上菊美》 刘裕国
《“死亡之海”里的奇迹》 李春雷
《春风，春风》 曹永胜
《红色经典巨擘——阎肃》 仇秀莉
《朱彦夫的故事》 彭雁华
《潜艇三七二》 林 平
《信仰的力量》 郑旺盛
《“B超神探”炼成记》 李琭璐
《崔根良的故事》 许晨、臧思佳
《让青春，更青春》 欧阳伟

《中国天眼——南仁东传》	王宏甲
《点亮万家灯火的“黎明”》	秦　岭
《莲花心》	王　如
《知心法官——正义的化身》	朱谷忠
《追赶太阳的人》	卢　戎
《家国良医》	李　英
《车长王锐》	魏远峰
《万米高空上的“礼节”——国航金凤乘务组的故事》	王国平
《警察好声音》	胥得意
《东风第一枝》	徐　剑
《雪域高原播种者：钟扬》	陈芳、陈聪

全国网络文学重点园地工作联席会议办公室公告

全国网络文学重点园地工作联席会议办公室重点作品扶持工作共收到2018年度申报选题159项。经重点作品扶持项目论证委员会论证和中国作家协会书记处审批，确定30项选题入选。现予公布。

全国网络文学重点园地工作联席会议办公室

2018年6月21日

全国网络文学重点园地工作联席会议2018年度重点作品扶持选题名单

《交锋》	可大可小
《牧神记》	宅猪
《长乐歌》	三戒大师
《全职法师》	乱
《神藏》	打眼
《大帝姬》	希行
《我们的，时代》	江南木木
《风是叶的涟漪》	常山赵龙
《凤门嫡女》	意千重
《旧曾谙》	吉祥夜

《你好消防员》	舞清影
《温柔只给意中人》	姜知临
《沈家规矩多》	君琳琅
《撩表心意》	红九
《徐徐恋长空》	板栗子
《一寸山河》	作家李珂
《河庄梦情》	笑波客
《商途》	笔龙胆
《宁家女儿》	繁朵
《维和战队》	蓝盔之恋
《至爱功勋》	刘广雄
《重生之出人头地》	闹闹不爱闹
《神工》	任怨
《秋江梦忆》	丁也林
《老妈有喜》	蒋离子
《方外：消失的八门》	徐公子胜治
《大山里的青春》	罗晓
《足球纪元》	郭怒
《芳菲乡的振兴》	上官诗经
《安河桥北》	常青

中国作家协会网络文学理论评论支持计划办公室公告

中国作家协会网络文学理论评论支持计划办公室共收到2018年度申报项目14个，经网络文学理论评论支持计划评审委员会论证和中国作家协会书记处审批，确定6个项目入选。

现予公布。

中国作家协会网络文学理论评论支持计划办公室

2018年6月21日

中国作家协会网络文学理论评论支持计划2018年度入选项目

中国网络文学年鉴（2018）	中国作家协会网络文学委员会中南大学研究基地
中国网络文学史料丛书（第一、二卷）	邵燕君
文化视域中的网络文学研究	周志雄
中国网络文学发展新时代：从“现实题材”到“大文创生态”	庄 庸
中国网络文学20年	欧阳友权
网络小说的生产机制研究	林俊敏（阿菩）

中国作家协会2017年部门决算

中国作家协会2017年部门决算目录

第一部分 中国作协概况

一、主要职能

中国作家协会是中国共产党领导的、中国各民族作家自愿结合的专业性人民团体，是党和政府联系广大作家、文学工作者的桥梁和纽带，是繁荣文学事业、加强社会主义精神文明建设的重要社会力量。

主要职责：

（一）组织作家学习马克思列宁主义、毛泽东思想、邓小平理论、“三个代表”重要思想、科学发展观和习近平新时代中国特色社会主义思想为指导，学习党的方针政策，培育和践行社会主义核心价值观，增强文化自信、文化自觉和文化担当，不断提高文学队伍的思想道德修养、科学文化素养、文学艺术学养。

（二）坚持文学创作的正确方向，尊重和遵循文学创作规律，树立精品意识，实施精品战略。提倡题材、体裁、形式的多样化，推动多种艺术风格、流派的充分发展。传承和弘扬中华优秀传统文化，学习和借鉴世界各国优秀文化成果，鼓励探索和创新，不断提高作品的思想水平和艺术水平。加强文学公共服务，开展文学普及工作，把最好的精神食粮贡献给人民。

（三）坚持以人民为中心的创作导向，引导广大作家深入生活、扎根人民，努力反映以爱国主义为核心的民族精神和以改革创新为核心的时代精神，反映人民群众建设新生活的伟大实践，弘扬中国精神、传播中国价值、凝聚中国力量。

（四）加强文学理论建设和文学评论工作，提倡和鼓励不同学术观点和学派的自由讨论，树立和发扬与人为善、实事求是的文学批评风气，切实加强对创作思想的引导。

（五）发现和培养文学创作、评论、编辑、翻译等新生力量，关心青年文学人才成长，广泛团结联系新的文学群体，发展和壮大社会主义文学队伍。

（六）大力培养少数民族作家，尊重少数民族文学传统和特色，尊重少数民族作家使用本民族语言文字进行创作与翻译，加强各民族之间的文学交流，促进少数民族文学繁荣与发展。

（七）努力办好本会所属报纸、期刊、出版社和网站等文学传媒。坚持正确导向，不断提高质量，努力实现思想性和艺术性的统一，社会效益与经济效益的统一。

（八）高举爱国主义旗帜，维护祖国统一，增进同香港特别行政区、澳门特别行政区和台湾地区作家以及海外华文作家的联系、交流。

（九）推进中外文学交流，积极参加国际文学活动，增进同各国作家的友谊，维护世界和平，促进人类进步事业。

（十）依据宪法和法律的规定，加强协会管理，倡导会员自律，反映会员的意见和要求，维护会员的合法权益，保障会员从事正当文学活动的自由。

（十一）组织全国性文学评奖活动，对优秀创作成果和文学人才给予表彰和奖励。

（十二）加强与社会各界的联系，与党和政府有关部门密切合作，为会员从事创作、评论和其他文学活动创造良好的环境和氛围，提供必要的条件和服务；积极帮助解决会员的生活、工作、学习等方面困难。

（十三）做好所主管文学社团的业务指导和管理工作。

二、部门决算单位构成

中国作家协会 2017 年部门决算包括中国作协本级决算及所属 11 个事业单位决算，同比不变。纳入 2017 年部门决算编制范围的单位详见下表：

序号	单位代码	单位名称
1	212001	中国作家协会本级
2	212116	鲁迅文学院
3	212117	中国现代文学馆
4	212118	中国作家协会创作研究部
5	212119001	中国作家协会出版集团本级
6	212119111	《文艺报》社
7	212119112	《诗刊》社
8	212119113	《人民文学》杂志社
9	212119114	《民族文学》杂志社
10	212119115	《中国作家》杂志社
11	212120	中国作家协会机关服务中心
12	212121	中国作家协会作家活动中心

三、2017 年文学事业成就

1. 深入学习宣传贯彻党的十九大精神和习近平新时代中国特色社会主义思想。我们把迎接党的十九大、学习宣传贯彻党的十九大精神作为全年工作主线，组织举办了党的十八大以来中国文学成就展、迎接党的十九大作品系列研讨会等一系列主题文学活动，安排各报刊社网设立专版专栏，推出主题专辑和作品，全面报道和系统回顾党的十八大以来我国文学事业新气象新成就，营造了良好氛围。

2. 扎实推进巡视整改和深化改革工作。我们把巡视整改作为重大政治任务来抓。认真履行整改主体责任，认真对照巡视反馈意见，坚持高标准严要求，逐项逐条抓好整改落实。积极推进作协深化改革工作。制定下发了《贯彻落实〈中国作协深化改革方案〉任务分工方案》，进一步明确改革的时间表、路线图，将任务细化分解，逐一落实到具体单位和部门，改革的举措和成效得到了文学界和社会的普遍认可与肯定。

3. 突出抓好意识形态工作。抓好习近平总书记重要讲话和中央重要文件的学习；修订完善了相关制度，明确了中国作协各级党组织、领导班子、领导干部的意识形态工作责任；健全完善了文学思潮和文学舆情分析、研判、通报制度；加大严管阵地、严抓队伍的工作力度，多次召开中国作协所属各报刊社网主要负责人会议，就加强文学阵地管理进行专题部署，加强内容管理，严格工作程序，不断强化意识形态风险管控。

4. 持续开展“深入生活、扎根人民”主题实践活动。围绕重大主题和重要时间节点，不断为作家“深扎”活动搭平台、挖深井，组织开展“迎接党的十九大”主题实践采访活动，组织作家赴河北省塞罕坝机械林场开展了生态文明建设的主题实践采访活动；实施定点深入生活扶持项目，把关注现实题材的选题作为重点扶持对象；建立了“深入生活、扎根人民”经验交流和工作联系制度，促进“深扎”活动的开展。

5. 加强文学创作评论和评奖等组织工作。深入开展“文学照亮生活”全民公益大讲堂，举办了第二届中国文学博鳌论坛；认真抓好重点作品项目扶持工作，共资助76个重点项目；召开全国重大文学题材创作规划暨创研工作会，与中宣部出版局合作举办现实题材、历史题材作品创作出版培训班；精心组织第十届全国优秀儿童文学奖评奖工作，从464部参评作品中评出18部获奖作品，体现了儿童文学繁荣发展的良好态势。

6. 着力加强少数民族文学工作。持续推进“中国作协少数民族文学发展工程”，确定2017年度少数民族文学重点作品扶持项目90项；认真组织实施中国当代少数民族文学作品对外翻译工程的申报和评审相关工作，产生了21个获得翻译资助的项目；举办了3期少数民族文学培训班，150多名少数民族作家参训；举办“中国少数民族网络文学会议——2017·中国少数民族当代文学论坛”，促进了少数民族文学事业发展。

7. 认真做好作家培训和会员工作。以“学习贯彻习近平文艺思想、牢固树立马克思主义文艺观”为主题，如期全面完成对中国作协全体会员的专题培训；完成中青年作家高研班、民族作家班、网络文学班、省市级联合班的各项培训任务；加强会员发展工作，2017年新发展会员507人；邀请法律服务团专家授课并座谈，通过多种渠道开展普法宣传，会员服务、维权工作得到进一步加强。

8. 加强对新的文学群体的团结引导。吸纳44名网络作家加入中国作协；与团中央联合实施全国青年网络作家培训服务计划，举办全国青年网络作家井冈山高级培训班；联合国家新闻出版广电总局组织开展优秀网络文学原创作品推介活动，重点扶持网络文学作品40部；成立中国作协网络文学研究院，设立首个“中国网络作家村”，举办“第三届中国网络文学论坛”；组建中国作家协会网络文学中心，提升网络文学工作系统化、组织化水平；指导各地作协做好网络文学服务组织工作，全国共成立18家省级网络文学机构，扩大工作覆盖，延伸服务手臂。

9. 加强对外文学交流和对港澳台文学交流。夯实与欧美主流文学界的交流平台，成功举办了第4届中国—澳大利亚文学论坛、第3届中国—西班牙文学论坛、首届中国—葡萄牙文学论坛和首届中国—瑞典文学论坛。突出“文学新丝路”特色，倡导并主办了首届“中国—湄公河国家文学论坛”和首届“中国—南亚国家文学论坛”，与周边国家的文学交流机制化建设成效显著；深入开展与港澳台文学交流，与香港作家共同庆祝香港回归祖国20周年，与澳门作家共同深入社区采风，举办了台海两岸“70后”作家作品研讨会等；与海外华人作家的联系和交流也得到加强。

10. 大力加强作协党的建设。全面加强党对文学工作的领导，牢固树立“四个意识”，维护党中央权威和集中统一领导，在政治上思想上行动上同以习近平同志为核心的党中央保持高度一致。制定了《中国作家协会党组坚决维护党中央集中统一领导的若干规定》，召开了中国作协全面从严治党工作会议，强化作协各级党组织管党治党政治责任，深化作协机关作风建设和反腐倡廉建设。机关党委进行换届改选，组织了7个基层党组织换届、改选和组织调整工作，党的建设得到全面加强。

第二部分　中国作协2017年度部门决算报表

2017年中国作协部门决算报表如下：

一、收入支出决算总表

二、收入决算表

三、支出决算表

四、财政拨款收入支出决算总表

五、一般公共预算财政拨款支出决算表

六、一般公共预算财政拨款基本支出决算表

七、一般公共预算财政拨款“三公”经费支出决算表

八、政府性基金预算财政拨款收入支出决算表

具体报表数据详见附表。

点击表格看详情

收入支出决算总表

公开01表

部门：中国作家协会　　　　单位：万元

收入			支出		
项　目	行次	决算数	项　目	行次	决算数
栏　次		1	栏　次		2
一、财政拨款收入	1	21995.64	一、一般公共服务支出	15	0.00
其中：政府性基金预算财政拨款	2		二、外交支出	16	0.00
二、上级补助收入	3		三、国防支出	17	0.00
三、事业收入	4	3871.35	四、公共安全支出	18	0.00
四、经营收入	5		五、教育支出	19	0.00
五、附属单位上缴收入	6		六、科学技术支出	20	0.00
六、其他收入	7	2528.05	七、文化体育与传媒支出	21	26678.01
	8		八、社会保障和就业支出	22	1532.00
	9		九、住房保障支出	23	863.28
本年收入合计	10	28395.03	本年支出合计	24	29073.29
用事业基金弥补收支差额	11	859.96	结余分配	25	64.64
年初结转和结余	12	11684.14	年末结转和结余	26	11801.20
	13			27	
合计	14	40939.13	合计	28	40939.13

注：本表反映部门本年度的总收支和年末结转结余情况。

收入决算表

公开02表

部门:中国作家协会

单位:万元

项目		本年收入合计	财政拨款收入	上级补助收入	事业收入	经营收入	附属单位上缴收入	其他收入
功能分类科目编码	科目名称							
栏次		1	2	3	4	5	6	7
合计		28395.03	21995.64	0.00	3871.35	0.00	0.00	2528.05
207	文化体育与传媒支出	25,942.63	19,728.64	0.00	3,783.21	0.00	0.00	2,430.78
20701	文化	19,052.37	15,766.86	0.00	873.14	0.00	0.00	2,412.37
2070101	行政运行	2,489.21	2,363.86	0.00	0.00	0.00	0.00	125.35
2070102	一般行政管理事务	3,075.69	3,056.50	0.00	0.00	0.00	0.00	19.19
2070103	机关服务	835.61	68.11	0.00	715.66	0.00	0.00	51.83
2070105	文化展示及纪念机构	2,586.47	2,418.82	0.00	0.00	0.00	0.00	167.65
2070110	文化交流与合作	644.00	644.00	0.00	0.00	0.00	0.00	0.00
2070111	文化创作与保护	9,081.36	7,215.57	0.00	0.00	0.00	0.00	1,865.79
2070199	其他文化支出	340.03	0.00	0.00	157.48	0.00	0.00	182.55
20704	新闻出版广播影视	6,615.76	3,687.28	0.00	2,910.06	0.00	0.00	18.42
2070408	出版发行	6,615.76	3,687.28	0.00	2,910.06	0.00	0.00	18.42
20799	其他文化体育与传媒支出	274.50	274.50	0.00	0.00	0.00	0.00	0.00
2079902	宣传文化发展专项支出	274.50	274.50	0.00	0.00	0.00	0.00	0.00
208	社会保障和就业支出	1,532.00	1,532.00	0.00	0.00	0.00	0.00	0.00
20805	行政事业单位离退休	1,532.00	1,532.00	0.00	0.00	0.00	0.00	0.00
2080501	归口管理的行政单位离退休	1,355.06	1,355.06	0.00	0.00	0.00	0.00	0.00
2080503	离退休人员管理机构	176.94	176.94	0.00	0.00	0.00	0.00	0.00
221	住房保障支出	920.40	735.00	0.00	88.14	0.00	0.00	97.26
22102	住房改革支出	920.40	735.00	0.00	88.14	0.00	0.00	97.26
2210201	住房公积金	487.13	350.00	0.00	85.75	0.00	0.00	51.38
2210202	提租补贴	79.28	75.00	0.00	2.39	0.00	0.00	1.89
2210203	购房补贴	354.00	310.00	0.00	0.00	0.00	0.00	44.00

注：本表反映部门本年度取得的各项收入情况。

支出决算表

公开03表

部门：中国作家协会 单位：万元

项目		本年支出合计	基本支出	项目支出	上缴上级支出	经营支出	对附属单位补助支出
功能分类科目编码	科目名称						
栏次		1	2	3	4	5	6
合计		29073.29	12618.03	16455.26	0.00	0.00	0.00
207	文化体育与传媒支出	26678.01	10222.75	16455.26	0.00	0.00	0.00
20701	文化	19694.06	6772.24	12921.83	0.00	0.00	0.00
2070101	行政运行	2441.03	2441.03	0.00	0.00	0.00	0.00
2070102	一般行政管理事务	2341.86	0.00	2341.86	0.00	0.00	0.00
2070103	机关服务	842.09	842.09	0.00	0.00	0.00	0.00
2070105	文化展示及纪念机构	2879.60	1186.47	1693.12	0.00	0.00	0.00
2070110	文化交流与合作	552.10	0.00	552.10	0.00	0.00	0.00
2070111	文化创作与保护	9632.28	1297.54	8334.74	0.00	0.00	0.00
2070199	其他文化支出	1005.10	1005.10	0.00	0.00	0.00	0.00
20704	新闻出版广播影视	6552.32	3450.51	3101.80	0.00	0.00	0.00
2070408	出版发行	6552.32	3450.51	3101.80	0.00	0.00	0.00
20799	其他文化体育与传媒支出	431.63	0.00	431.63	0.00	0.00	0.00
2079902	宣传文化发展专项支出	431.63	0.00	431.63	0.00	0.00	0.00
208	社会保障和就业支出	1532.00	1532.00	0.00	0.00	0.00	0.00
20805	行政事业单位离退休	1532.00	1532.00	0.00	0.00	0.00	0.00
2080501	归口管理的行政单位离退休	1355.06	1355.06	0.00	0.00	0.00	0.00
2080503	离退休人员管理机构	176.94	176.94	0.00	0.00	0.00	0.00
221	住房保障支出	863.28	863.28	0.00	0.00	0.00	0.00
22102	住房改革支出	863.28	863.28	0.00	0.00	0.00	0.00
2210201	住房公积金	488.04	488.04	0.00	0.00	0.00	0.00
2210202	提租补贴	73.89	73.89	0.00	0.00	0.00	0.00
2210203	购房补贴	301.35	301.35	0.00	0.00	0.00	0.00

注：本表反映部门本年度各项收入情况。

财政拨款收入支出决算总表

公开04表

部门：中国作家协会　　　　单位：万元

收入			支出				
项　目	行次	金额	项　目	行次	合计	一般公共预算财政拨款	政府性基金预算财政拨款
栏　次		1	栏　次		2	3	4
一、一般公共预算财政拨款	1	21995.64	一、一般公共服务支出	16			
二、政府性基金预算财政拨款	2	0.00	二、外交支出	17			
	3		三、国防支出	18			
	4		四、公共安全支出	19			
	5		五、教育支出	20			
	6		六、科学技术支出	21			
	7		七、文化体育与传媒支出	22	19172.18	19172.18	
	8		八、社会保障和就业支出	23	1532.00	1532.00	
	9		九、住房保障支出	24	709.05	709.05	
本年收入合计	10	21995.64	本年支出合计	25	21413.24	21413.24	
年初财政拨款结转和结余	11	5107.22	年末结转和结余	26	5689.62	5689.62	
一般公共预算财政拨款	12	5107.22		27			
政府性基金预算财政拨款	13	0.00		28			
	14			29			
合计	15	27102.86	合计	30	27102.86	27102.86	

注：本表反映部门本年度一般公共预算财政拨款和政府性基金预算财政拨款的总收支和年末结转结余情况。

一般公共预算财政拨款支出决算表

公开 05 表

部门：中国作家协会 单位：万元

项目		本年支出合计	基本支出	项目支出
功能分类科目编码	科目名称			
栏次		1	2	3
合计		21413.24	8212.46	13200.78
207	文化体育与传媒支出	19172.18	5971.40	13200.78
20701	文化	15242.11	4721.83	10520.28
2070101	行政运行	2363.86	2363.86	0.00
2070102	一般行政管理事务	2341.86	0.00	2341.86
2070103	机关服务	68.11	68.11	0.00
2070105	文化展示及纪念机构	2711.94	1018.82	1693.12
2070110	文化交流与合作	552.10	0.00	552.10
2070111	文化创作与保护	7204.23	1271.04	5933.19
20704	新闻出版广播影视	3655.57	1249.57	2406.00
2070408	出版发行	3655.57	1249.57	2406.00
20799	其他文化体育与传媒支出	274.50	0.00	274.50
2079902	宣传文化发展专项支出	274.50	0.00	274.50
208	社会保障和就业支出	1532.00	1532.00	0.00
20805	行政事业单位离退休	1532.00	1532.00	0.00
2080501	归口管理的行政单位离退休	1355.06	1355.06	0.00
2080503	离退休人员管理机构	176.94	176.94	0.00
221	住房保障支出	709.05	709.05	0.00
22102	住房改革支出	709.05	709.05	0.00
2210201	住房公积金	350.91	350.91	0.00
2210202	提租补贴	69.61	69.61	0.00
2210203	购房补贴	288.53	288.53	0.00

注：本表反映部门本年度一般公共预算财政拨款实际支出情况。

一般公共预算财政拨款基本支出决算表

公开06表

部门：中国作家协会　　　　单位：万元

人员经费			公用经费		
经济分类科目编码	科目名称	金额	经济分类科目编码	科目名称	金额
301	工资福利支出	2,553.25	302	商品和服务支出	973.70
30101	基本工资	1,161.26	30201	办公费	129.04
30102	津贴补贴	1,210.37	30202	印刷费	10.69
30103	奖金	60.99	30203	咨询费	0.00
30104	其他社会保障缴费	22.81	30204	手续费	0.63
30106	伙食补助费	36.54	30205	水费	14.91
30107	绩效工资	0.00	30206	电费	171.05
30108	机关事业单位基本养老保险缴费	0.00	30207	邮费费	106.55
30109	职业年金缴费	0.00	30208	取暖费	49.64
30199	其他工资福利支出	61.28	30209	物业管理费	20.02
303	对个人和家庭的补助	4,671.19	30211	差旅费	18.63
30301	离休费	535.10	30212	因公出国(境)费用	0.00
30302	退休费	2,793.84	30213	维修(护)费	5.71
30303	退职(役)费	0.00	30214	租赁费	1.92
30304	抚恤金	10.99	30215	会议费	48.68
30305	生活补助	7.14	30216	培训费	1.79
30306	救济费	0.00	30217	公务接待费	0.15
30307	医疗费	376.53	30218	专用材料费	4.05
30308	助学金	0.00	30224	被装购置费	0.00
30309	奖励金	2.23	30225	专用燃料费	0.00
30310	生产补贴	0.00	30226	劳务费	8.45
30311	住房公积金	350.91	30227	委托业务费	9.64
30312	提租补贴	69.61	30228	工会经费	47.90
30313	购房补贴	288.53	30229	福利费	21.17
30314	采暖补贴	105.41	30231	公务用车运行维护费	113.28
30315	物业服务补贴	102.66	30239	其他交通费用	150.40
30399	其他对个人和家庭的补助支出	28.23	30240	税金及附加费用	0.00
			30299	其他商品和服务支出	39.40
			310	其他资本性支出	14.32
			31002	办公设备购置	14.21
			31007	信息网络及软件购置更新	0.11
人员经费合计		7,224.44	公用经费合计		988.02

注：本表反映部门本年度一般公共预算财政拨款基本支出情况。

一般公共预算财政拨款“三公”经费支出决算表

公开 07 表

部门：中国作家协会　　　　单位：万元

2017 年度预算数					
合计	因公出国（境）费	公务用车购置及运行费			公务接待费
		小计	公务用车购置费	公务用车运行费	
1	2	3	4	5	6
596.23	330.39	164.14	0.00	164.14	101.70

2017 年度决算数					
合计	因公出国（境）费	公务用车购置及运行费			公务接待费
		小计	公务用车购置费	公务用车运行费	
7	8	9	10	11	12
565.82	330.39	137.20	0.00	137.20	98.23

注：本表反映部门本年度“三公”经费支出预决算情况。2016 年度预算数为“三公”经费年初预算数，决算数是包括当年一般公共预算财政拨款和以前年度结转资金安排的实际支出。

政府性基金预算财政拨款收入支出决算表

公开 08 表

部门：中国作家协会　　　　单位：万元

项　目		年初结转和结余	本年收入	本年支出			年末结转和结余
功能分类科目编码	科目名称			小计	基本支出	项目支出	
栏次		1	2	3	4	5	6
合计							

注：本表反映部门本年度政府性基金预算财政拨款收入支出及结转和结余情况。
说明：中国作家协会没有财政性基金收入，也没有使用财政性基金安排的支出，故本表无数据。

第三部分　中国作协 2017 年度部门决算情况说明

一、关于中国作协 2017 年度收入支出总体情况说明

中国作协 2017 年度收入总计 40939.13 万元，支出总计 40939.13 万元。与 2016 年相比，收、支总计各增加 3983.56 万元，同比增长 10.78%。

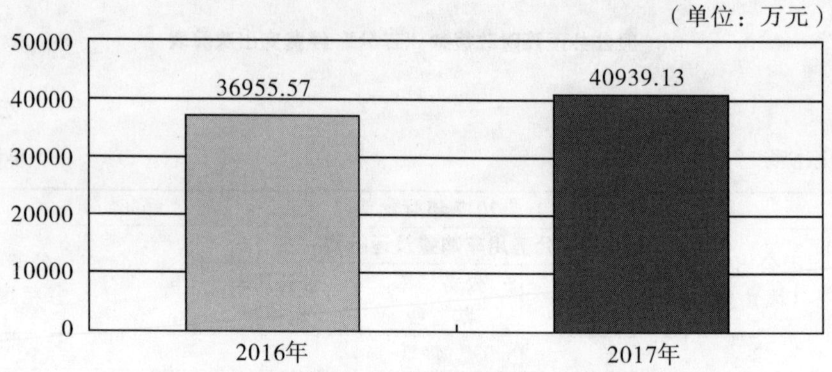

图 1 收入、支出决算总计变动情况

二、关于中国作协 2017 年度收入决算情况说明

本年收入合计 28395. 03 万元，其中：财政拨款收入 21995. 64 万元，占 77. 46%；事业收入 3871. 35 万元，占 13. 63%；其他收入 2528. 05 万元，占 8. 91%。

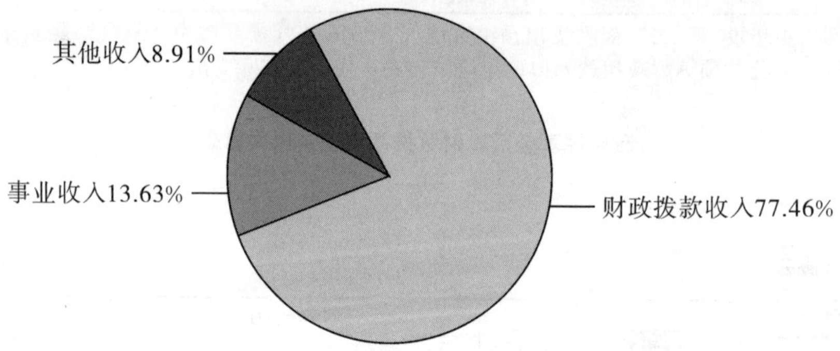

图 2 收入决算

三、关于中国作协 2017 年度支出决算情况说明

本年支出合计 29073. 29 万元，其中：基本支出 12618. 03 万元，占 43. 40%；项目支出 16455. 26 万元，占 56. 60%。

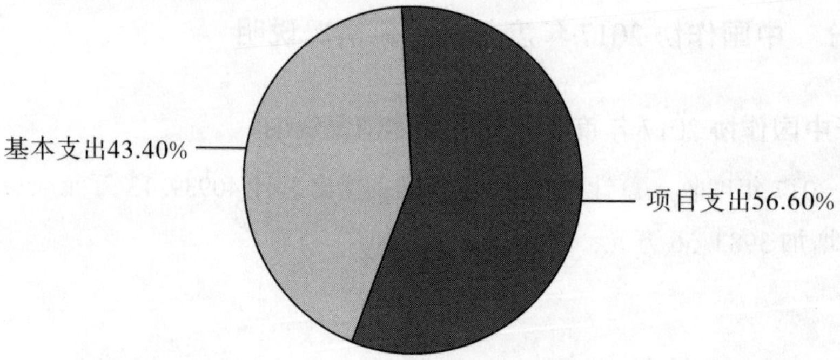

图 3 支出决算

四、关于中国作协 2017 年度财政拨款收入支出总体情况说明

中国作协 2017 年度财政拨款收支总决算 27102. 86 万元。与 2016 年相比，财政拨款收、支总计各增加 2765. 16 万元，增幅 11. 36%。

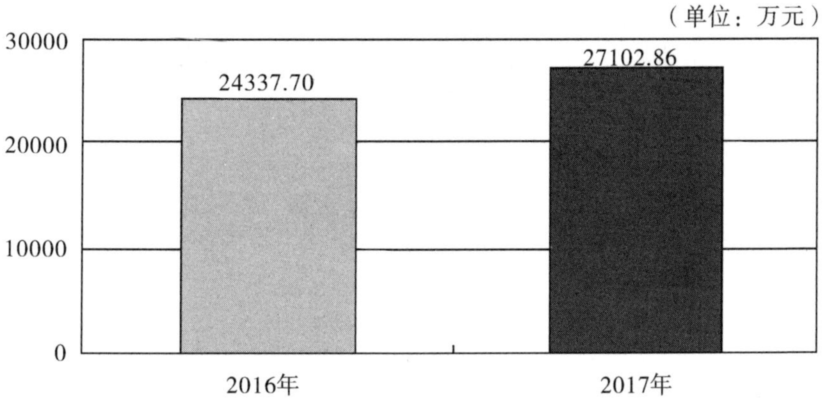

图 4　财政拨款收、支决算总计变动情况

五、关于中国作协 2017 年度一般公共预算财政拨款支出决算情况说明

（一）财政拨款支出决算总体情况

中国作协 2017 年度财政拨款支出 21413. 24 万元，占本年支出合计的 79. 01%。与 2016 年相比，财政拨款支出增加 2070. 01 万元，增幅 10. 70%。

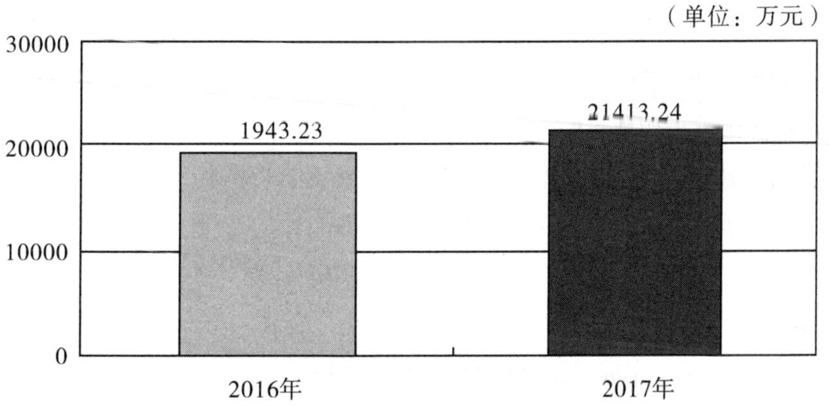

图 5　财政拨款支出决算变动情况

（二）财政拨款支出决算结构情况

中国作协 2017 年度财政拨款支出 21413. 24 万元，主要用于以下方面：文化体育与传媒支出 19172. 18 万元，占财政拨款支出的 89. 53%；社会保障和就业支出 1532. 00 万元，占财

政拨款支出的 7. 16%；住房保障支出 709. 05 万元，占财政拨款支出的 3. 31%。

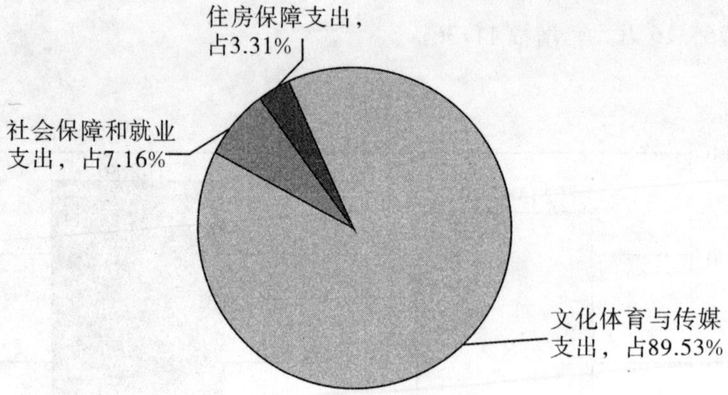

图 6 财政拨款支出结构

（三）财政拨款支出决算具体情况

中国作协 2017 年度财政拨款支出年初预算为 25570. 11 万元，支出决算为 21413. 24 万元，完成年初预算的 83. 74%。决算数小于预算数的主要原因是部分项目支出减少。其中：

1. 文化体育与传媒（类）文化（款）行政运行（项）年初预算为 1758. 58 万元，支出决算为 2363. 86 万元，完成年初预算的 134. 42%。决算数大于预算数的主要原因是 2017 年工资、津贴补贴标准调整，基本支出相应增加。

2. 文化体育与传媒（类）文化（款）一般行政管理事务（项）年初预算为 3493. 59 万元，支出决算为 2341. 86 万元，完成年初预算的 67. 03%。决算数小于预算数的主要原因是部分项目文学活动减少，支出相应减少。

3. 文化体育与传媒（类）文化（款）机关服务（项）年初预算为 68. 11 万元，支出决算为 68. 11 万元，完成年初预算的 100%。

4. 文化体育与传媒（类）文化（款）文化展示及纪念机构（项）年初预算为 3259. 06 万元，支出决算为 2711. 94 万元，完成年初预算的 83. 21%。决算数小于预算数的主要原因是中国现代文学馆 2017 年部分文学研究和展示项目未按原计划开展。

5. 文化体育与传媒（类）文化（款）文化交流与合作（项）年初预算为 734. 23 万元，支出决算为 552. 10 万元，完成年初预算的 75. 19%。决算数小于预算数的主要原因是 2017 年中国作协对外文学交流活动未按原计划开展。

6. 文化体育与传媒（类）文化（款）文化创作与保护（项）年初预算为 10813. 75 万元，支出决算为 7204. 23 万元，完成年初预算的 66. 62%。决算数小于预算数的主要原因是 2017 年部分文学研究和创作项目未按原计划开展。

7. 文化体育与传媒（类）新闻出版（款）出版发行（项）年初预算为 3373. 82 万元，

支出决算为3655.57万元，完成年初预算的108.35%。决算数大于预算数的主要原因是2017年事业单位离、退休费标准调整，基本支出相应增加。

8. 文化体育与传媒（类）其他文化体育与传媒支出（款）宣传文化发展专项支出（项）年初预算为274.50万元，支出决算为274.50万元，完成年初预算的100%。

9. 社会保障和就业（类）行政事业单位离退休（款）归口管理的行政单位离退休（项）年初预算为896.79万元，支出决算为1355.06万元，完成年初预算的151.10%。决算数大于预算数的主要原因是2017年离退休费标准调整，支出相应增加。

10. 社会保障和就业（类）行政事业单位离退休（款）离退休人员管理机构（项）年初预算为137.34万元，支出决算为176.94万元，完成年初预算的128.83%。决算数大于预算数的主要原因是2017年基本工资标准调整，支出相应增加。

11. 住房保障支出（类）住房改革支出（款）住房公积金（项）年初预算为350万元，支出决算为350.91万元，完成年初预算的100.26%。决算数大于预算数的主要原因是2017年使用部分2016年结转资金。

12. 住房保障支出（类）住房改革支出（款）提租补贴（项）年初预算为76.78万元，支出决算为69.61万元，完成年初预算的90.66%。决算数小于预算数的主要原因是2017年因为人员变动，提租补贴支出减少。

13. 住房保障支出（类）住房改革支出（款）购房补贴（项）年初预算为333.56万元，支出决算为288.53万元，完成年初预算的86.50%。决算数小于预算数的主要原因是2017年部分单位使用本单位自有资金发放部分购房补贴，使用财政拨款支出减少。

六、关于中国作协2017年度一般公共预算财政拨款基本支出决算情况说明

中国作协2017年度财政拨款基本支出8212.46万元，其中：

人员经费7224.44万元，主要包括：基本工资、津贴补贴、奖金、伙食补助费、绩效工资、机关事业单位基本养老保险缴费、职业年金缴费、其他社会保障缴费、其他工资福利支出、离休费、退休费、抚恤金、生活补助、医疗费、奖励金、住房公积金、提租补贴、购房补贴、采暖补贴、物业服务补贴、其他对个人和家庭的补助支出；

公用经费988.02万元，主要包括：办公费、印刷费、咨询费、手续费、水费、电费、邮电费、取暖费、物业管理费、差旅费、因公出国（境）费、维修（护）费、租赁费、会议费、培训费、公务接待费、专用材料费、劳务费、委托业务费、工会经费、福利费、公务用车运行维护费、其他交通费用、税金及附加费用、其他商品和服务支出、办公设备购置、专用设备购置、信息网络及软件购置更新、其他资本性支出。

七、关于中国作协2017年度一般公共预算财政拨款“三公”经费支出决算情况说明

中国作协“三公”经费财政拨款支出是指中国作协本级及所属的11家事业单位用财政

拨款开支的因公出国（境）费、公务用车购置及运行费、公务接待费。

（一）“三公”经费财政拨款支出预算执行情况

中国作协 2017 年财政拨款“三公”经费支出预算为 596.23 万元，其中：因公出国（境）费 330.39 万元，公务用车运行费 164.14 万元，公务接待费 101.70 万元。

2017 年财政拨款“三公”经费实际支出 565.82 万元，低于年初预算 30.41 万元。其中：因公出国（境）费 330.39 万元，与年初预算一致；公务用车运行费 137.20 万元，低于年初预算 26.94 万元；公务接待费 98.23 万元，低于年初预算 3.47 万元。

（二）2017 年度“三公”经费财政拨款支出决算具体情况

1. 因公出国（境）费支出主要用于组织作家代表出访，举办文学活动，以加强与外国文学组织的联系，促进对外文学交流，使其他国家进一步了解中国文学，让中国文学走向世界。费用支出主要包括出国（境）的国际旅费、国外城市间交通费、住宿费、伙食费、培训费、公杂费等支出。2017 年中国作协出访团组 17 个，出访人次 99 人次，出访人员主要是全国各地的作家。2017 年中国作协因公出国（境）费支出 330.39 万元，因为 2017 年出国任务增加，较 2016 年增加 11.61 万元。

2. 公务用车购置及运行费主要用于单位公务用车车辆购置支出（含车辆购置税）及租用费、燃料费、维修费、过路过桥费、保险费、安全奖励费用等支出。截止 2017 年年末中国作协本级及 11 个所属事业单位财政拨款开支的公务用车保有量为 41 辆。2017 年中国作协公务用车购置及运行费支出 137.20 万元，其中：公务用车购置支出为 0，公务用车运行支出 137.20 万元。因为燃油费单价上涨，导致比 2016 年增加 3.14 万元。

3. 公务接待费支出主要用于单位按规定开支的各类公务接待（含外宾接待）支出。根据接待外宾费用管理办法，中国作协接待费主要是用于接待应邀来我国访问、参观和参加各项文学交流、研讨活动的外国作家代表团。2017 年中国作协共接待国（境）外来访团组 9 个、来访外宾 141 人次（不包括陪同人员）。国内公务接待支出用于中国作协本级及所属事业单位接待外地来京作家开展文学交流、研讨而发生的公务接待支出。2017 年公务接待费支出 98.23 万元，因接待人次增加，较 2016 年增加 4.15 万元。

八、关于中国作协 2017 年度政府性基金预算财政拨款收支情况

中国作协 2017 年无政府性基金预算财政拨款收支。

九、关于中国作协 2017 年度 预算绩效情况说明

（一）绩效管理工作开展情况

根据财政预算管理要求，中国作协组织对 2017 年度一般公共预算项目支出全面开展绩效自评。其中，一级项目 9 个，二级项目 34 个，共涉及预算资金 20630.23 万元，自评覆盖率达到 100%。

我会2017年对三个项目开展了重点绩效评价，其中一个一级项目“文学出版与传播”，两个二级项目“组织文学评奖”和“文学创作扶持经费”，共涉及预算资金5175.89万元。

（二）部分决算中项目绩效自评结果

我会2017年在中央部门决算中反映“文学创作与研究”和“文学出版与传播”两项目绩效评价结果。

根据年初设定的绩效目标，“文学创作与研究”项目自评得分为93.84分。产出效益：组织了多批作家深入生活、儿童文学奖评奖、文学作品扶持、发展了少数民族文学创作，进行文学评论的创新与研究。发现的主要问题及原因：一是年初设置的个别指标不合理；二是部分二级项目执行进度较慢。下一步改进措施：增强指标设置的科学性，加快预算执行进度，提升文学工作的开拓性与创新性。

“文学出版与传播”项目自评得分为92.45分。产出效益：巩固了文学刊物地位；扩大了对外影响，向其他国家传播了中国文学；以多种形式加强了文艺宣传工作。发现的主要问题及原因：一是部分绩效指标设置预期偏高，预算执行过程中完成难度较大；二是文学刊物的质量需要进一步提高。下一步改进措施：结合实际情况，合理设置绩效目标，着力提升文学刊物的创新性。

（三）以中央部门为主体开展的重点绩效评价结果

我会2017年重点绩效评价项目“组织文学评奖”项目预算522.14万元。

该项目主要工作为开展全国优秀儿童文学奖评奖活动，评选出全国优秀儿童文学奖小说、诗歌、童话、寓言、散文、报告文学、科幻文学、幼儿文学、青年作者短篇佳作不超过25部获奖作品；并通过全国优秀儿童文学奖评奖活动，鼓励优秀儿童文学创作，推动儿童文学的繁荣发展。

2017年“组织文学评奖”项目完成情况：

1. 项目预算完成情况：2017年项目一般公共预算财政资金全部拨付到位，全年预算执行数316.70万元，执行率60.65%。

2. 绩效指标完成情况：最终评奖数量18部，获奖作品数量与参评作品数量的比率为3.89%，评奖活动当年促进文学作品发行量增加的比例为83.33%，社会公众或参评作者对评奖工作的满意度为100%。

经我单位自评，“组织文学评奖”项目绩效得分为89.07分。

项目支出绩效自评表（2017年度）

项目名称	组织文学评奖活动经费						
实施单位	中国作家协会						
项目资金（万元）		预算数（A）	全年执行数（B）	分值（10分）	执行率（B/A）	得分	得分计算方法
	年度资金总额：	522.14	316.70	10	60.65%	6.07	执行率＊该指标分值，最高不得超过分值上限。
	其中：本年一般公共预算拨款	500.00	294.56	–	58.91%	–	
	其他资金	22.14	22.14	–	100.00%	–	

年度总体目标	目标1：开展全国优秀儿童文学奖评奖活动，评选出全国优秀儿童文学奖小说、诗歌、童话、寓言、散文、报告文学、科幻文学、幼儿文学、青年作者短篇佳作不超过25部获奖作品。 目标2：通过全国优秀儿童文学奖评奖活动，鼓励优秀儿童文学创作，推动儿童文学的繁荣发展。					目标1：开展了全国优秀儿童文学奖评奖活动，评选出全国优秀儿童文学奖小说、诗歌、童话、寓言、散文、报告文学、科幻文学、幼儿文学、青年作者短篇佳作不超过25部获奖作品。 目标2：通过全国优秀儿童文学奖评奖活动，鼓励优秀儿童文学创作，推动了儿童文学的繁荣发展。			
绩效指标	一级指标	二级指标	三级指标	分值	年度指标值（A）	全年实际值（B）	得分计算方法	得分	未完成原因分析
	产出指标（50分）	数量指标	最终评奖数量	25	25	18	完成值达到指标值。记满分；未达成指标值，按B/A或A/B＊该指标分值记分。	18	获奖数量应与具体奖项相适应，指标值设置不准确
			获奖作品水量与参评作品数量的比率	25	<10%	3.89%		25	
	效益指标（30分）	社会效益指标	评奖活动当年促进文学作品发行量增加的比例	30	>20%	83.33%	1. 若为定性指标，则根据“三档”原则分别按照指标分值的100-80%（含80%）、80-50%（含50%）、50-0%来记分。 2. 若为定量指标。完成值达到指标值，记满分；未达到指标值，按B/A或A/B＊该指标分值记分。	30	
	满意度指标（10分）	服务对象满意度指标	社会公众或参评作者对评奖工作的满意度	10	>80%	100%	同效益指标得分计算方式。	10	
总分								89.07	

项目支出绩效自评表（2017 年度）

<table>
<tr><td>项目名称</td><td colspan="7">文学创作与研究</td></tr>
<tr><td>实施单位</td><td colspan="7">中国作家协会</td></tr>
<tr><td rowspan="4">项目资金（万元）</td><td></td><td>预算数（A）</td><td>全年执行数（B）</td><td>分值（10 分）</td><td>执行率（B/A）</td><td>得分</td><td>得分计算方法</td></tr>
<tr><td>年度资金总额：</td><td>7030. 87</td><td>4390. 37</td><td>10</td><td>62. 44%</td><td>6. 24</td><td rowspan="3">执行率＊ 该指标分值，最高不得超过分值上限。</td></tr>
<tr><td>其中：本年一般公共预算拨款</td><td>5773. 00</td><td>3134. 10</td><td>–</td><td>54. 29%</td><td>–</td></tr>
<tr><td>其他资金</td><td>1257. 87</td><td>1256. 27</td><td>–</td><td>99. 87%</td><td>–</td></tr>
<tr><td>年度总体目标</td><td colspan="3">1. 作家深入生活与活动经费；组织深入生活，开展会员活动。
2. 组织文学评奖活动经费；组织儿童文学奖评奖。
3. 网络文学工作经费；组织网络作家活动，网络文学作品扶持。
4. 文学创作扶持经费；组织重点作品扶持。
5. 少数民族文学发展工程；发展少数民族文学创作。
6. 文学理论研究专项经费；进行文学理论的创新与研究。
7. 文学评论阵地建设扶持专项经费；加强文学评论研究，文学评论创作扶持。
8. 少数民族文学发展专项扶持资金；对于少数民族作家进行培训，鼓励少数民族文学创作。
9. 中国现代文学馆业务经费；支持文学馆各类文学文物的收藏，开展各种文学学术研究。
10. 当代文艺批评建设工程，加强文艺创作与文艺批评的互动，充分发挥文艺批评的作用。</td><td colspan="4">1. 作家深入生活与活动经费；组织深入生活，开展会员活动。
2. 组织文学评奖活动经费；组织儿童文学奖评奖。
3. 网络文学工作经费；组织网络作家活动，网络文学作品扶持。
4. 文学创作扶持经费；组织重点作品扶持。
5. 少数民族文学发展工程；发展少数民族文学创作。
6. 文学理论研究专项经费；进行文学理论的创新与研究。
7. 文学评论阵地建设扶持专项经费；加强文学评论研究，文学评论创作扶持。
8. 少数民族文学发展专项扶持资金；对于少数民族作家进行培训，鼓励少数民族文学创作。
9. 中国现代文学馆业务经费；支持文学馆各类文学文物的收藏，开展各种文学学术研究。
10. 当代文艺批评建设工程，加强文艺创作与文艺批评的互动，充分发挥文艺批评的作用。</td></tr>
</table>

<table>
<tr><td rowspan="8">绩效指标</td><td>一级指标</td><td>二级指标</td><td>三级指标</td><td>分值</td><td>年度指标值（A）</td><td>全年实际值（B）</td><td>得分计算方法</td><td>得分</td><td>未完成原因分析</td></tr>
<tr><td rowspan="5">产出指标（50 分）</td><td rowspan="5">数量指标</td><td>组织文学评奖活动获奖作品与参选作品比例</td><td>10</td><td><5%</td><td>3. 89%</td><td rowspan="5">完成值达到指标值。记满分；未达成指标值，按 B/A 或 A/B＊该指标分值记分。</td><td>10. 00</td><td></td></tr>
<tr><td>扶持网络文学作品</td><td>10</td><td>>30 部/年</td><td>60 部</td><td>10. 00</td><td></td></tr>
<tr><td>扶持文学作品创作</td><td>10</td><td>>100/年</td><td>76 部</td><td>7. 60</td><td>2017 年扶持评审办法减少了扶持数量</td></tr>
<tr><td>深入生活的作家人次和天数</td><td>10</td><td>>100 人次/年</td><td>140 人次</td><td>10. 00</td><td></td></tr>
<tr><td>出版《中国现代文学研究丛刊》</td><td>10</td><td>12 期/年</td><td>12 期</td><td>10. 00</td><td></td></tr>
<tr><td>效益指标（30 分）</td><td>社会效益指标</td><td>被扶持优秀文学作品改编为其他艺术形式</td><td>30</td><td>>3%</td><td>4. 50%</td><td>1. 若为定性指标，则根据“三档”原则分别按照指标分值的 100－80%（含 80%）、80－50%（含 50%）、50–0% 来记分。2. 若为定量指标。完成值达到指标值，记满分；未达到指标值，按 B/A 或 A/B＊该指标分值记分。</td><td>30. 00</td><td></td></tr>
<tr><td>满意度指标（10 分）</td><td>服务对象满意度指标</td><td>会员对作协工作满意度</td><td>10</td><td>>80%</td><td>100. 00%</td><td>同效益指标得分计算方式。</td><td>10. 00</td><td></td></tr>
<tr><td colspan="9">总分</td><td>93. 84</td></tr>
</table>

项目支出绩效自评表（2017年度）

<table>
<tr><td colspan="2">项目名称</td><td colspan="8">文学出版传播</td></tr>
<tr><td colspan="2">实施单位</td><td colspan="8">中国作家协会</td></tr>
<tr><td colspan="2" rowspan="4">项目资金（万元）</td><td></td><td>预算数（A）</td><td>全年执行数（B）</td><td>分值（10分）</td><td>执行率（B/A）</td><td>得分</td><td colspan="2">得分计算方法</td></tr>
<tr><td>年度资金总额：</td><td>3670.00</td><td>3101.80</td><td>10</td><td>84.52%</td><td>8.45</td><td colspan="2" rowspan="3">执行率＊ 该指标分值，最高不得超过分值上限。</td></tr>
<tr><td>其中：本年一般公共预算拨款</td><td>2420.00</td><td>2406.00</td><td>–</td><td>99.42%</td><td>–</td></tr>
<tr><td>其他资金</td><td>1250.00</td><td>695.80</td><td>–</td><td>55.66%</td><td>–</td></tr>
<tr><td>年度总体目标</td><td colspan="4">坚持社会主义文艺思想，巩固文学刊物地位，着力提升办刊质量，扩大对外影响，向其他国家传播中国文学，以多种形式加强文艺宣传工作；保证中国作家网的正常运行。</td><td colspan="5">坚持社会主义文艺思想，巩固文学刊物地位，着力提升办刊质量，扩大对外影响，向其他国家传播中国文学，以多种形式加强文艺宣传工作；保证中国作家网的正常运行。</td></tr>
<tr><td rowspan="6">绩效指标</td><td>一级指标</td><td>二级指标</td><td>三级指标</td><td>分值</td><td>年度指标值（A）</td><td>全年实际值（B）</td><td>得分计算方法</td><td>得分</td><td>未完成原因分析</td></tr>
<tr><td rowspan="3">产出指标（50分）</td><td rowspan="3">数量指标</td><td>中国作家网新闻发布量</td><td>15</td><td>>62500条/年</td><td>64750条</td><td rowspan="3">完成值达到指标值。记满分；未达成指标值，按B/A或A/B＊该指标分值记分。</td><td>15.00</td><td></td></tr>
<tr><td>人民文学海外版每年出版数量</td><td>15</td><td>9期/年</td><td>9期</td><td>15.00</td><td></td></tr>
<tr><td>民族文学少数民族母语创作</td><td>20</td><td>100篇以上/年</td><td>113篇</td><td>20.00</td><td></td></tr>
<tr><td>效益指标（30分）</td><td>社会效益指标</td><td>各刊物作品文学获奖数量</td><td>30</td><td>5部以上/年</td><td>4部</td><td>1. 若为定性指标，则根据“三档”原则分别按照指标分值的100-80%（含80%）、80-50%（含50%）、50-0%来记分。2. 若为定量指标。完成值达到指标值，记满分；未达到指标值，按B/A或A/B＊该指标分值记分。</td><td>24.00</td><td>指标不合适，预期过高</td></tr>
<tr><td>满意度指标（10分）</td><td>服务对象满意度指标</td><td>读者满意度</td><td>10</td><td>>80%</td><td>100.00%</td><td>同效益指标得分计算方式。</td><td>10.00</td><td></td></tr>
<tr><td colspan="9">总分</td><td>92.45</td></tr>
</table>

十、其他重要事项的情况说明

（一）机关运行经费支出情况

中国作协 2016 年机关运行经费支出 443.10 万元，2017 年决算中机关运行经费支出 593.31 万元，比上年增加 150.21 万元，增加 33.90%。增加的主要原因是 2017 年在职和离退休人员工资、津贴补贴标准调整，导致行政运行、归口管理的行政单位离退休、离退休人员管理机构支出增加。

（二）国有资产占用情况

截至 2017 年 12 月 31 日，中国作协共有车辆 47 辆，其中，部级领导干部用车 13 辆、一般公务用车 34 辆；无单位价值 200 万元以上大型设备。

（三）政府采购支出情况

2017 年财政部批复中国作协政府采购支出预算为 1505.50 万元，其中：货物采购预算 869.50 万元，工程采购预算 250 万元，服务采购预算 386 万元；资金来源中一般公共预算财政拨款 1383 万元，其他资金 122.50 万元。2017 年中国作协政府采购实际支出 343.71 万元，其中：货物采购预算 167.62 万元，工程采购预算 0 万元，服务采购预算 176.09 万元；资金来源中一般公共预算财政拨款 267.07 万元，其他资金 76.64 万元。货物、工程、服务政府采购支出均未超预算。

第四部分　名词解释

一、财政拨款收入：中央财政当年拨付的资金。

二、事业收入：事业单位开展专项业务活动及辅助活动所取得的收入，如中国作协所属事业单位报刊发行收入、后勤服务收入、鲁迅文学院函授教学收入等。

三、经营收入：指事业单位在专业业务活动及其辅助活动之外开展非独立核算经营活动取得的收入。

四、其他收入：除“财政拨款收入”“事业收入”“事业单位经营收入”等以外的收入，主要是指利息收入、其他部门拨款、按规定动用的售房款收入等。

五、用事业基金弥补收支差额：指事业单位在当年的“财政拨款收入”“财政拨款结转和结余资金”“事业收入”“经营收入”“其他收入”不足以安排当年支出的情况下，使用以前年度积累的事业基金（事业单位当年收支相抵后按国家规定提取、用于弥补以后年度收支差额的基金）弥补本年度收支缺口的资金。

六、上年结转：指以前年度尚未完成、结转到本年仍按原规定用途继续使用的资金。

七、文化体育与传媒（类）文化（款）行政运行（项）：指中国作协本级行政人员工资及机构正常运转、履行职责所需的基本支出。

八、文化体育与传媒（类）文化（款）一般行政管理事务（项）：指中国作协本级组织作家深入生活等各项支出。

九、文化体育与传媒（类）文化（款）机关服务（项）：指中国作协本级后勤人员工资支出。

十、文化体育与传媒（类）文化（款）文化展示及纪念机构（项）：指中国现代文学馆人员工资支出、公用支出、中国现代文学馆设备改造及运行所需的各项支出。

十一、文化体育与传媒（类）文化（款）文化交流与合作（项）：指中国作协本级组织作家对外交流所需的各项支出。

十二、文化体育与传媒（类）文化（款）文化创作与保护（项）：指中国作协本级及所属单位开展扶持文学创作活动和鲁迅文学院开展教学活动所需的各项支出。

十三、文化体育与传媒（类）新闻出版（款）出版发行（项）：主要指中国作协所属报刊社出版发行的相关支出。

十四、文化体育与传媒（类）其他文化体育与传媒支出（款）宣传文化发展专项支出（项）：主要指中国作家出版集团按规定使用的宣传文化发展专项支出。

十五、社会保障和就业（类）行政事业单位离退休（款）归口管理的行政单位离退休（项）：主要用于中国作协本级离退休人员离退休费和公用支出。

十六、社会保障和就业（类）行政事业单位离退休（款）离退休人员管理机构（项）：指用于中国作协离退休人员管理机构人员支出和公用支出。

十七、住房保障支出（类）住房改革支出（款）住房公积金（项）：指按照《住房公积金管理条例》和其他相关规定，由单位及其在职职工以职工工资为缴存基数，分别按照一定比例缴存的长期住房储金。行政单位缴存基数包括国家统一规定的公务员职务工资、级别工资、机关工人岗位工资和技术等级（职务）工资、年终一次性奖金、特殊岗位津贴、规范后发放的工作性津贴和生活性补贴等；事业单位缴存基数包括国家统一规定的岗位工资、薪级工资、绩效工资、特殊岗位津贴等。单位和职工住房公积金缴存比例均不得低于5%，不得高于12%。

十八、住房保障支出（类）住房改革支出（款）提租补贴（项）：指按照国家有关政策规定，自2000年开始，针对在京中央单位职工因公有住房租金标准提高发放的补贴，中央在京单位按照在编职工人数和离退休人数以及相应职级的补贴标准确定，人均月补贴90元。

十九、住房保障支出（类）住房改革支出（款）购房补贴（项）：是根据《国务院关于进一步深化城镇住房制度改革加快住房建设的通知》（国发［1998］23号）的规定，从1998年下半年停止实物分房后，房价收入比超过4倍以上地区对无房和住房未达标职工发放的住房货币化改革补贴资金。中央行政事业单位从2000年开始发放购房补贴资金，地方行政事业单位从1999年陆续开始发放购房补贴资金，企业根据本单位情况自行确定。在京中央单位按照《中共中央办公厅国务院办公厅转发建设部等单位<关于完善在京中央和国家机关住房制

度的若干意见>的通知》（厅字［2005］8 号）规定的标准执行，京外中央单位按照所在地人民政府住房分配货币化改革的政策规定和标准执行。

二十、结余分配：指事业单位按规定提取的职工福利基金、事业基金和缴纳的所得税，以及建设单位按规定应交回的基本建设竣工项目结余资金。

二十一、年末结转和结余：指以前年度预算安排，由于客观原因发生变化无法按原计划实施，需延迟到以后年度按原规定用途继续使用的资金。

二十二、基本支出：为保证机构正常运转，完成日常工作任务而发生的人员支出和公用支出。

二十三、项目支出：指在基本支出之外，为完成特定行政任务和发展目标所发生的支出。

二十四、“三公”经费：纳入中央财政预决算管理的“三公经费”，是指中央部门用财政拨款安排的因公出国（境）费、公务用车购置及运行费和公务接待费。其中，因公出国（境）费反映单位公务出国（境）的住宿费、旅费、伙食补助费、杂费、培训费等支出；公务用车购置及运行费反映单位公务用车购置费及租用费、燃料费、维修费、过路过桥费、保险费、安全奖励费用等支出；公务接待费反映单位按规定开支的各类公务接待（含外宾接待）支出。

二十五、机关运行经费：为保障行政单位（含参照公务员法管理的事业单位）运行用于购买货物和服务的各项资金，包括办公及印刷费、邮电费、差旅费、会议费、福利费、日常维修费、专用材料及一般设备购置费、办公用房水电费、办公用房取暖费、办公用房物业管理费、公务用车运行维护费以及其他费用。

第七届鲁迅文学奖评奖办公室公告［2018 年］第 2 号

第七届鲁迅文学奖各评奖委员会经过认真阅读讨论，于 2018 年 8 月 7 日分别投票表决产生了提名作品。现将提名作品目录予以公示。公示期截止于 8 月 10 日，在此期间，如发现提名作品有不符合《鲁迅文学奖评奖条例》的情况，请向评奖办公室提出。

评奖办公室电话：（010）88960077 转 2025（电话受理时间 8：30——18：00）

电子邮箱：luxunj7@ zx. cnwriter. com. cn

第七届鲁迅文学奖评奖办公室

2018 年 8 月 7 日

第七届鲁迅文学奖提名作品目录

（以作者、译者姓氏笔划为序）

中篇小说奖提名作品

《封锁》 小　白
《化城》 计文君
《李海叔叔》 尹学芸
《世间已无陈金芳》 石一枫
《空山》 东　君
《死亡重奏》 西　元
《阅读与欣赏》 刘建东
《良霞》 李凤群
《傩面》 肖江虹
《蘑菇圈》 阿　来

短篇小说奖提名作品

《出警》 弋　舟
《1987年的浆水和酸菜》 马金莲
《大马士革剃刀》 王方晨
《俗世奇人》（足本） 冯骥才
《七层宝塔》 朱　辉
《推销员》 朱山坡
《回乡》 南　翔
《街上的耳朵》 钟求是
《父亲的后视镜》 黄咏梅
《棋语·搏杀》 储福金

报告文学奖提名作品

《沙孜湖》 丁　燕
《西长城》 丰　收
《秘境：中国玉器市场见闻录》 白　描
《第四极：中国"蛟龙"号挑战深海》 许　晨

《乡村国是》 纪红建
《围困长春》 李发锁
《朋友：习近平与贾大山交往纪事》 李春雷
《水土中国》 哲　夫
《大森林》 徐　刚
《大写西域》 高洪雷

诗歌奖提名作品

《传记的秋日书写格式》 江　非
《去人间》 汤养宗
《落日与朝霞》 杜　涯
《高原上的野花》 张执浩
《西藏书》 陈人杰
《九章》 陈先发
《沙漏》 胡　弦
《我们的暴雨星辰》 姜念光
《万物生》 韩文戈
《从今往后》 路　也

散文杂文奖提名作品

《草原生灵笔记》 艾　平
《北京：城与年》 宁　肯
《青花帝国》 江　子
《遥远的向日葵地》 李　娟
《山河袈裟》 李修文
《中国文章》 胡竹峰
《向泥土敬礼》 耿　立
《时间的压力》 夏立君
《流水似的走马》 鲍尔吉·原野
《奔跑者》 塞　壬

文学理论评论奖提名作品

《重读汪曾祺兼论当代文学相关问题》 王　尧
《文坛新观察》 白　烨

《必须保卫历史》	刘大先
《如何讲述新的中国故事》	李云雷
《社会问题与文学想象：从1980年代到当下》	杨庆祥
《苏童：重构“南方”的意义》	张学昕
《有关20世纪中国文学史研究的几个问题》	陈思和
《为鲁迅的话下一注脚——〈白鹿原〉重读》	郜元宝
《中国当代文学传媒研究》	黄发有
《八九十年代“出走记”——林白〈一个人的战争〉和〈北去来辞〉双论》	程光炜

文学翻译奖提名作品	**译者**
《疯狂的罗兰》	王　军
《所有的名字》	王　渊
《贺拉斯诗全集》	李永毅
《潜》	余中先
《尤哈》	余志远
《月亮上的风》	张雅琳
《带马嚼子的静物画》	易丽君
《严密监视的列车》	徐伟珠
《阿摩卢百咏》	傅　浩
《火的记忆Ⅰ：创世纪》	路燕萍

第七届鲁迅文学奖评奖办公室公告［2018年］第3号

第七届鲁迅文学奖评奖办公室公告

［2018年］第3号

第七届鲁迅文学奖各评奖委员会对经过公示的提名作品进行了认真评审，于2018年8月11日分别投票表决，产生了七个奖项的获奖作品。现将获奖作品名单和各评奖委员会、纪律监察组及评奖办公室名单予以公布。

特此公告。

第七届鲁迅文学奖评奖办公室

2018年8月11日

第七届（2014—2017）鲁迅文学奖获奖作品名单

（以发表或出版时间先后为序）

中篇小说奖			
作品	作者	出版或发表单位	出版或发表时间
《世间已无陈金芳》	石一枫	《十月》	2014 年第 3 期
《蘑菇圈》	阿　来	《收获》	2015 年第 3 期
《李海叔叔》	尹学芸	《收获》	2016 年第 1 期
《封锁》	小　白	《上海文学》	2016 年第 8 期
《傩面》	肖江虹	《人民文学》	2016 年第 9 期
短篇小说奖			
作品	作者	出版或发表单位	出版或发表时间
《父亲的后视镜》	黄咏梅	《钟山》	2014 年第 1 期
《1987 年的浆水和酸菜》	马金莲	《长江文艺》	2014 年第 8 期
《俗世奇人》（足本）	冯骥才	人民文学出版社	2016 年 1 月
《出警》	弋　舟	《人民文学》	2016 年第 7 期
《七层宝塔》	朱　辉	《钟山》	2017 年第 4 期
报告文学奖			
作品	作者	出版或发表单位	出版或发表时间
《朋友：习近平与贾大山交往纪事》	李春雷	中国言实出版社	2014 年 5 月
《西长城》	丰　收	人民文学出版社	2014 年 9 月
《第四极：中国“蛟龙”号挑战深海》	许　晨	《中国作家》纪实版作家出版社、青岛出版社	2015 年第 11 期 2016 年 4 月
《大森林》	徐　刚	北京十月文艺出版社	2017 年 5 月
《乡村国是》	纪红建	《中国作家》纪实版 湖南人民出版社	2017 年第 9 期 2017 年 9 月
诗歌奖			
作品	作者	出版单位	出版时间
《去人间》	汤养宗	中国青年出版社	2015 年 8 月
《落日与朝霞》	杜　涯	北岳文艺出版社	2016 年 1 月
《沙漏》	胡　弦	长江文艺出版社	2016 年 8 月
《九章》	陈先发	安徽教育出版社	2017 年 10 月
《高原上的野花》	张执浩	江苏凤凰文艺出版社	2017 年 12 月
散文杂文奖			
作品	作者	出版单位	出版时间
《山河袈裟》	李修文	湖南文艺出版社	2017 年 1 月
《北京：城与年》	宁　肯	北京十月文艺出版社	2017 年 7 月

《遥远的向日葵地》	李　娟	花城出版社	2017 年 11 月
《流水似的走马》	鲍尔吉·原野	湖南文艺出版社	2017 年 12 月
《时间的压力》	夏立君	译林出版社	2017 年 12 月

文学理论评论奖

作品	作者	出版或发表单位	出版或发表时间
《中国当代文学传媒研究》	黄发有	人民文学出版社	2014 年 10 月
《有关 20 世纪中国文学史研究的几个问题》	陈思和	《文学评论》	2016 年第 6 期
《必须保卫历史》	刘大先	《文艺报》	2017 年 4 月 5 日
《重读汪曾祺兼论当代文学相关问题》	王　尧	《文艺争鸣》	2017 年第 12 期
《文坛新观察》	白　烨	作家出版社	2017 年 12 月

文学翻译奖

作品	作者	翻译语种	译者	出版单位	出版时间
《火的记忆 I：创世纪》	爱德华多·加莱亚诺（乌拉圭）	西译汉	路燕萍	作家出版社	2014 年 11 月
《潜》	克里斯托夫·奥诺-迪-比奥（法国）	法译汉	余中先	人民文学出版社	2014 年 12 月
《贺拉斯诗全集》	贺拉斯（古罗马）	古拉丁译汉	李永毅	中国青年出版社	2017 年 12 月
《疯狂的罗兰》	卢多维科·阿里奥斯托（意大利）	意译汉	王　军	浙江大学出版社	2017 年 12 月

第七届鲁迅文学奖中篇小说奖评奖委员会

主　任：李敬泽

副主任：周大新、孙甘露

委　员（按姓氏笔画为序）：

王春林、李浩、吴俊、何弘、张柠、张燕玲、季宇、额尔敦哈达

第七届鲁迅文学奖短篇小说奖评奖委员会

主　任：廖奔

副主任：梁鸿鹰、鲁敏

委　员（按姓氏笔画为序）：

马步升、东西、乔叶、刘琼、张志忠、范稳、赵海虹、贺绍俊

第七届鲁迅文学奖报告文学奖评奖委员会

主　任：张胜友

副主任：胡平、王宏甲

委　员（按姓氏笔画为序）：

丁晓原、冯秋子、李掖平、李朝全、杨黎光、肖亦农、罗勇、郑彦英

第七届鲁迅文学奖诗歌奖评奖委员会

主　任：吉狄马加

副主任：杨克、宗仁发

委　员（按姓氏笔画为序）：

刘立云、罗振亚、姜涛、娜夜、耿占春、雷平阳、熊东遨、霍俊明

第七届鲁迅文学奖散文杂文奖评奖委员会

主　任：阎晶明

副主任：刘亮程、张锐锋

委　员（按姓氏笔画为序）：

王力平、石一宁、李一鸣、杨扬、汪政、郭艳、葛一敏、穆涛

第七届鲁迅文学奖文学理论评论奖评奖委员会

主　任：施战军

副主任：何向阳、朱向前

委　员（按姓氏笔画为序）：

王兆胜、王鸿生、刘复生、李国平、张未民、岳雯、饶翔、郭宝亮

第七届鲁迅文学奖文学翻译奖评奖委员会

主　任：陆建德

副主任：张涛、范晔

委　员（按姓氏笔画为序）：

马红旗、文铮、刘宪平、刘雪岚、肖谊、罗选民、赵伐、董强

第七届鲁迅文学奖纪律监察组

组　长：李梅

成　员：陈德龙、胡健玲

第七届鲁迅文学奖评奖办公室

主　任：何向阳、张涛

副主任：李朝全、赵海虹、赵宁

2018 年度中国当代作品翻译工程征集公告

一、2018 年度中国当代作品翻译工程申报截止日期为 2018 年 12 月 31 日。

二、申报范围和要求

1. 1978 年以来的中国当代文学作品，包括小说、诗歌、散文、报告文学（纪实文学）等，已签订出版合同将翻译成外文在国外出版的均可申报。

2. 申报作品须具有较高思想性和艺术性，生动表达中国人民的价值追求、情感世界和精神风貌。

3. 申报作品适合不同对象国家地区的历史背景、文化传统和阅读习惯，有利于中外文化交流。

4. 申报作品尚未获得其他形式的对外翻译出版资助。

5. 本工程只向已达成翻译出版合同的项目提供翻译资助，不负责介绍、组织具体作品的翻译出版。

三、申报程序

1. 版权代理机构、外文出版机构和译者均可提出申请。

2. 申报材料：

①《中国当代作品翻译工程申报表》，样表附后（签字并盖章）；

②作品原作者授权书或版权授权协议（复印件或电子扫描件）；

③翻译作品出版协议（复印件或电子扫描件）；

④出版社与译者签订的翻译合同（复印件或电子扫描件）；

⑤翻译作品出版机构营业执照、税务登记证或其他资质证明（复印件或电子扫描件）；

⑥作品原作 2 册。

上述材料齐全方可申报。除申报表和原作必须寄送原件外，其他材料寄送复印件或发送电子扫描件到指定邮箱均可。

四、申报作品须经相关评审机构评审，是否获得资助将由中国当代作品翻译工程办公室通知申报者。

五、联系方式

通讯地址：北京市朝阳区东土城路25号中国作协创研部 中国当代作品翻译工程办公室

邮 编：100013

联系人：纳 杨 王清辉

联系电话：010-64489729 64489815

E-mail：dreamworker2013@163. com

中国作家协会中国当代作品翻译工程办公室

2018年8月20日

中国作协2018年度翻译出版扶持民译汉专项作品篇目

中国作家协会少数民族文学发展工程
2018年度翻译出版扶持民译汉专项作品篇目

中国作家协会少数民族文学发展工程2018年度翻译出版扶持民译汉专项，收到符合规定的推荐作品17部。经中国作家协会少数民族文学发展工程办公室组织专家论证、评选，确定扶持作品10部。其中，蒙古语作品3部、藏语作品2部、维吾尔语作品1部、哈萨克语作品1部、朝鲜语作品3部。

现予公布。

中国作协少数民族文学发展工程办公室

2018年9月26日

申报人	民族	作品名	翻译语种（译为汉语）	体裁
布和吉雅	蒙古族	苍茫戈壁	蒙古语	长篇小说
白龙	蒙古族	科尔沁记忆	蒙古语	散文
斯日古楞	蒙古族	天边遥远的月光	蒙古语	散文
切蒋	藏族	父辈的故土	藏语	散文
久美多杰	藏族	黎明天女的召唤	藏语	诗歌
古丽莎·依布拉英	维吾尔族	芦苇湖	维吾尔语	中短篇小说
库拉西汉·木哈买提汉	哈萨克族	故乡的黑土	哈萨克语	中短篇小说

续表

申报人	民族	作品名	翻译语种（译为汉语）	体裁
郑风淑	朝鲜族	南大川	朝鲜语	长篇小说
靳煜	朝鲜族	林元春小说选集	朝鲜语	中短篇小说
金莲兰	朝鲜族	明天的华章须今日谱就	朝鲜语	散文

中国作家出版集团工作公示

中国作家协会所属企业负责人2017年度薪酬及2015—2017年度任期激励情况公示

单位：人民币万元

单位	姓名	职务	任职起止时间	发薪月数	2017年度从本单位获得的税前报酬情况			2015—2017年任期激励收入	是否在其他关联方领取薪酬	在关联方领取的税前薪酬总额
					应付年酬	社会保险、企业年金、补充医疗保险及住房公积金的单位缴存部分	其他货币性收入			
作家出版社	黄宾堂	总编辑	2016.02-	12	34.29	11.57	0.00	22.16	否	0
作家出版社	扈文建	副社长	2004.08-	12	31.85	11.57	0.00	21.10	否	0
作家出版社	刘方	副总编辑	2012.02-2018.07	12	31.85	11.57	0.00	21.10	否	0
作家出版社	张亚丽	副总编辑	2014.10-	12	31.85	9.44	0.00	21.10	否	0
作家出版社	葛笑政	社长	2012.04-2016.04	0	0.00	0.00	0.00	9.45	否	0
作家出版社	张陵	总编辑	2012.04-2016.04	0	0.00	0.00	0.00	9.14	否	0
《小说选刊》杂志社	王干	副主编	2012.07-	12	28.47	13.88	0.00	18.07	否	0
《小说选刊》杂志社	李晓东	副主编	2014.10-	12	25.20	13.77	0.00	17.25	否	0
《小说选刊》杂志社	额尔敦其其格	主编	2013.12-2017.01	0	0.00	0.00	0.00	12.48	否	0

2018年优秀网络文学原创作品推介活动通知

国家新闻出版署 中国作家协会
关于开展2018年优秀网络文学原创作品推介活动的通知

各省、自治区、直辖市新闻出版广电局，新疆生产建设兵团新闻出版局，中央军委政治工作部宣传局，有关网络出版服务单位：

为深入贯彻习近平新时代中国特色社会主义思想和党的十九大精神，加快落实全国宣传思想工作会议的重要部署，进一步引导网络文学坚持以人民为中心的创作出版导向，更好地满足人民对美好生活的精神文化需求，经研究，国家新闻出版署、中国作家协会决定组织开展2018年优秀网络文学原创作品推介活动。现就有关事项通知如下：

一、申报主体

具有国家新闻出版署（原国家新闻出版广电总局）颁发的网络出版服务许可证、业务范围涵盖网络文学出版的网络出版服务单位；纳入中国作家协会“全国网络文学重点园地”的网站。

二、申报范围

在上述网站公开发表，且于2017年8月1日至2018年9月30日期间完本的网络文学原创作品。

三、申报标准

1. 以习近平新时代中国特色社会主义思想为指引，坚持社会主义意识形态的旗帜和灵魂，唱响主旋律，传播正能量，引导人们在理想信念、价值理念、道德观念上紧紧团结在一起；深培厚植、弘扬践行社会主义核心价值观，始终以高度的文化自信，讴歌党、歌唱祖国、礼赞英雄，把社会主义核心价值观、爱国主义主旋律浓墨重彩地书写于字里行间，鼓舞人民同心同德、团结奋斗。

2. 把夺取新时代中国特色社会主义伟大胜利、实现中华民族伟大复兴的中国梦作为创作主题和笔墨所在，聚焦新历史方位的伟大斗争、伟大工程、伟大事业、伟大梦想，在国家民族故事中运笔，在百姓身边故事里着墨；围绕改革开放40年，讲好中国共产党治国理政的故事、中国人民奋斗圆梦的故事、中国坚持和平发展合作共赢的故事，用精彩的故事、鲜活的语言、丰满的形象宣传、展示改革开放40年的光辉历程、伟大成就和宝贵经验。

3. 坚持以人民为中心的创作出版导向，深入生活、扎根人民，用心、用情、用功为人民抒写，生动展现人民创造历史的伟大实践，深刻表现人民群众伟大奋斗和火热生活；坚持正确历史观、民族观、国家观、文化观，始终把社会效益和社会价值放在首位，自觉讲品位、讲格调、讲责任，坚决抵制低俗、庸俗、媚俗，把崇高的价值、美好的情感融入笔端，塑造美好心灵、引领社会风尚。

4. 传承和弘扬中华优秀传统文化，坚守中华文化立场，展现中华审美风范，彰显中华文化精神内涵，发扬中华传统美德，努力发掘中国传统文化、历史故事、英雄义士的时代价值，赋予其新的精神内涵和世界意义；注重中华优秀传统文化和革命文化、社会主义先进文化更好的融合，反映当代中国的发展进步，反映当代中国人精彩生活，立体、精彩地讲好中国故事，传播中国声音，展示中国魅力，显示中华文化的影响力。

5. 坚持创新，大胆探索，锐意进取，努力在题材、体裁、形式上有创新，在观念、内容、风格上有特色，别具匠心地描写人物、别出心裁地讲述故事，别开生面地刻画心理；坚持独立思考，拒绝跟风模仿，力避同质化，突出艺术个性，具有吸引力和感染力。

四、申报材料

申报单位应提交下列材料：

1. 填写完整并加盖公章的《2018 年优秀网络文学原创作品推介活动作品申报表》1 份；

2. 申报作品完整内容电子文档（格式为 PDF、WPS 或 DOC）；

3. 申报单位营业执照、网络出版服务许可证复印件 1 份；

4. 申报作品作者身份证复印件 1 份；

5. 申报单位与作品作者直接签署的版权证明材料 1 份；

6. 申报单位负责人、作品作者近 3 年无违反新闻出版法规的声明各 1 份。

五、申报程序及要求

1. 申报单位对作品进行认真筛选和审读，按通知要求填写、汇总材料后，于 2018 年 11 月 20 日前报送所在地省级新闻出版行政主管部门或中国作家协会网络文学中心（地址：北京朝阳区东土城路 25 号 407 室；邮编：100013；联系电话：010-64489984；联系人：肖惊鸿）。

2. 每个单位申报作品不超过 20 部，书面申报材料应齐全，申报作品电子文档应完整。

3. 省级新闻出版行政主管部门、中国作家协会网络文学中心审核申报材料后，于 2018 年 11 月 30 日前将申报材料寄送至新华网（地址：北京西城区宣武门西大街 129 号金隅大厦新华网；邮编：100031；联系电话：010 - 88050873；联系人：王志艳；传真：010 - 88050800）；作品申报表电子文档、申报作品电子文档统一发送至邮箱：wlwxtj@ 126. com。

4. 国家新闻出版署和中国作家协会委托新华网组织专家对申报作品进行评审、遴选，于 2019 年一季度向社会公布，并在有关媒体上进行集中宣传推介。

5. 本通知及附件表格可在中国作家网（www. chinawriter. com. cn）及新华网悦读频道（www. book. news. cn）下载。

6. 请各有关单位高度重视申报工作，按通知要求，抓紧组织开展申报工作，加强工作进度管理，逾期申报不予受理。

国家新闻出版署　中国作家协会

2018 年 10 月 23 日

中国作家协会个人会员申请审批办法（试行）

《中国作家协会章程》规定：“凡赞成本会章程，发表或出版过具有一定水平文学创作、理论评论、翻译作品者，或从事文学编辑、教学、组织工作有显著成绩者，由本人申请，团体会员推荐或两名个人会员介绍，并征求申请人所在地区或系统团体会员的意见，经专家评议，由本会书记处会议审议批准，即为个人会员。”

为执行上述规定，积极慎重地做好会员发展工作，特制定本办法。

一、申请条件

（一）申请者

1. 为中国作协团体会员单位个人会员。

（中国作协团体会员为：北京作协、天津作协、河北作协、山西作协、内蒙古作协、辽宁作协、吉林作协、黑龙江作协、上海作协、江苏作协、浙江作协、安徽作协、福建作协、江西作协、山东作协、河南作协、湖北作协、湖南作协、广东作协、广西作协、海南作协、重庆作协、四川作协、贵州作协、云南作协、西藏作协、陕西作协、甘肃作协、青海作协、宁夏作协、新疆作协、兵团作协、延边作协、中国石油作协、中国铁路作协、中国煤矿作协、中国自然资源作协、中国电力作协、中国冶金作协、中国水利作协、中国石化作协、中国化工作协、全国公安作协、中国金融作协、中国科普作协）

2. 为中央直属机关和中央国家机关工作人员符合入会条件者。

3. 为军队系统（包括武警）符合入会条件者。

（二）成果

申请者须在公开发行的文学期刊、报纸或有影响力的文学网站上发表过有一定数量和质量的文学作品，有独立创作且在中国大陆成书出版的文学作品；或长期从事文学的编辑、教学、翻译、组织工作，成绩突出。

1. 主要从事文学创作的申请者应具备下列条件之一：

（1）在全国公开发行的文学期刊或报纸，发表作品不少于 30 万字（诗歌按 10 行 1000 字计）。

（2）在全国公开发行的文学期刊或报纸，发表作品不少于 15 万字，并成书出版独立创作的作品不少于 20 万字。

（3）出版独立创作的作品不少于 2 部。

（4）在有影响力的文学网站上，发表订阅量（数）5000 以上原创完本文学作品不少于 200 万字。

（5）影视、戏剧作品参照以上发表或出版条件计算。影视、戏剧作品公演或公映视同发表。

2. 主要从事文学理论研究或文学评论的申请者，应在全国公开发行的文学刊物和学术期刊、报纸上，发表文学理论研究或文学批评作品不少于 15 万字，或出版有文学理论研究或文学评论著作。

3. 主要从事文学翻译工作的申请者，应具有副高以上专业技术职称，成书出版有独立翻译作品 2 部以上，或在专业学术报刊和全国公开发行的文学期刊、报纸上发表过独立翻译作品 20 万字以上。

4. 主要从事文学编辑工作的申请者，应具有副高以上专业技术职称，且成绩突出。

5. 主要从事文学组织工作的申请者，应在省级文联、作协担任主要领导职务，或在地市级文联、作协专职从事文学组织工作 5 年以上，对促进文学事业发展有一定贡献。

（三）党政领导干部申请入会，根据其文学成果，从严把握，并履行必要手续。

二、申报途径：

1. 团体会员单位个人会员申请者由团体会员向本会推荐，或由两名中国作协会员向本会直接推荐。

2. 中央直属机关和中央国家机关申请者经本人所在单位组织人事部门同意后向本会提出申请，并由两名中国作协会员推荐。

3. 军队系统申请者由中央军委政治工作部向本会推荐。

三、申报材料

（一）所属团体会员会员证和本人身份证复印件。

（二）申报作品：

1. 成书出版的本人文学创作、理论研究评论作品：各提供其封面、版权页复印件，以及中国版本图书馆图书在版编目（CIP）数据页打印件（查询网址 www. capub. cn），有代表性文学专集 1-2 部（原件、复印件均可）。

2. 期刊、报纸发表的本人文学创作、理论评论作品：提供在全国公开发行文学期刊或报纸上所发表的代表性作品（原件、复印件均可）不少于5篇，且不少于10万字。如非原件，提供作品发表当期刊物封面（或当日报纸版头）、目录及作品全文复印件。其他刊发作品请开列作品目录，注明发表时间、刊物报纸名称，以及作品名称、体裁、字数。

3. 其他：

网络作品：提供在有影响力文学网站上发表的订阅量（数）5000以上原创完本文学作品不少于20万字。注明发表时间、网站名称、作品点击量或订阅量（数）。网络发表作品须符合《著作权法》和相关法律法规。申请者须拥有作品著作权；

影视、戏剧作品：提供文学脚本、相应影像材料和公演、公映证明；

翻译作品：另附翻译作品原文复印件不少于20页。

（三）职称、获奖及作品影响情况：提供省级以上重要文学奖项获奖证书复印件（笔会、论坛等奖项除外）。作品被重要文学选刊、文艺理论刊物选载及评论等相关文字材料。从事文学翻译、编辑工作者提供专业技术职称资格证书复印件。

以上材料一式一份，根据实际情况进行申报。

（四）《中国作家协会入会申请表》一式两份，与以上材料同时寄交中国作协创联部会员处，并注明“申请入会”字样。电子版以省份+姓名格式命名，发送至邮箱：zgzxhuiyuan@163. com。

四、申报审批程序

（一）中国作协创联部会员处每年1至3月集中接受入会申请。个人申请者及团体会员推荐应于3月15日前提交所有申请材料。材料不全或逾期申报者，不列入本年度发展计划。

（二）4至5月，创联部会员处按文学门类组织专家评审，并提出初审意见，同时书面征求各团体会员的意见供专家组参考。专家评审主要发挥咨询、评议、推荐作用。

1. 设专家库，专家库入选专家由中国作协书记处决定产生。入选专家须精熟相关体裁与门类业务知识，具有副高以上职称。专家每3年一届，每年专家组成员通过摇号确定。

2. 专家评审采用个人阅读、集中讨论的方式进行。所提交推荐名单须本组专家投票过半数方通过。

（三）6至7月，中国作协书记处讨论审批新会员。书记处的审批主要发挥政治、业务、法规、纪律把关作用。

书记处审批实行民主集中制，对专家评审及团体会员推荐名单进行讨论和投票，以投票超过半数为通过，不另行提名；对专家组评审过程中反映的有关问题进行研究并形成处理意见；审议通过拟发展个人会员名单。

（四）公示

拟发展个人会员名单在中国作家网上进行公示。公示中被反映的问题由创联部核查后，报书记处审批决定。

（五）公布

新会员名单以中国作家协会公报形式在《文艺报》、中国作家网公布。

五、工作纪律

1. 严禁行贿受贿等违法行为和人情请托等不正之风。评审专家、评审工作人员不得有接受申请者吃请、财物等任何可能影响评审公正的行为，不得泄露会员发展不宜公开的工作情况。

2. 评审专家和评审工作人员，如有直系亲属申请入会，应主动回避，如未回避，评审办公室将进行劝退。

3. 书记处成员不对评审工作进行个人干预。

六、其他有关事项

（一）符合本办法规定的条件仅表明具有申报资格。

（二）凡符合申请条件者，均可从中国作家网自行下载《中国作家协会入会申请表》。申请表所填报信息及申报作品须真实有效。

（三）申报材料只在当年有效且不退还。未获批准并再次申请者，须按照本办法重新申报。

（四）有抄袭、剽窃、请托、行贿行为的申请者，中国作协将取消其申请资格。

七、香港、澳门、台湾地区及海外申请者另作规定。

八、本办法经中国作家协会书记处会议审议通过，自发布之日起执行。解释权属中国作家协会。

邮寄地址：北京朝阳区东土城路25号中国作协创联部会员处

邮　　编：100013

电　　话：010-64489861、64489868、64489836

中国作家协会关于2019年度定点深入生活项目申报的通知

为深入学习贯彻习近平新时代中国特色社会主义思想和党的十九大精神，进一步推动“深入生活、扎根人民”主题实践活动向纵深发展，2019年，中国作家协会将持续开展定点深入生活项目，引导广大作家坚持以人民为中心的创作导向，加强现实题材创作，推动我国文学事业繁荣发展。现将有关事项通知如下：

一、本年度定点深入生活申报工作从发布之日开始，至2019年2月28日截止。

二、凡符合《中国作家协会定点深入生活工作条例》所列条件的作者，无论是否为中国作家协会会员均可申报。申报表格从中国作家网（http：//www. chinawriter. com. cn/）下载。

三、中国作家协会团体会员为推荐单位。有意申报者向所在地、行业的团体会员提出申报。各团体会员对申报者进行遴选、论证后填写推荐意见，报送中国作家协会定点深入生活办公室（以下简称“定点深入生活办公室”）。每个团体会员推荐人数不得超过10人。中直、国直系统作家，直接向定点深入生活办公室申报。

四、定点深入生活办公室同时向鲁迅文学院、部分文学期刊、出版单位、文学社团及持有互联网出版许可证的重点文学网站，定向征集有关定点深入生活选题。上述单位推荐人数不得超过5人。

五、深入生活的地点为我国广大的社区、乡村、林牧区、厂矿、学校等基层单位，时间为4至6个月。

六、定点深入生活项目选题自行确定。为加强现实题材创作，鼓励创作更多反映新中国成立70年取得的辉煌成就和伟大变化的作品，鼓励创作反映脱贫攻坚、决胜全面建成小康社会的作品，鼓励创作为实现中华民族伟大复兴的中国梦不懈奋斗的作品。

七、申报者须具备以下条件：

1. 身体健康，年龄一般在60周岁以下；

2. 具有成熟创作计划，具备相应创作实力；

3. 有充实基层生活经验的迫切需要。

八、申报者不得同时申报本年度中国作家协会其他扶持项目。

九、申报选题经专家委员会论证、中国作家协会书记处审批后，入选名单在《文艺报》和中国作家网公布。定点深入生活办公室与入选者签订立项合同。对入选项目，将在作家深入生活及创作方面给予一定资助。

地址：北京市朝阳区东土城路25号中国作家协会定点深入生活办公室

邮编：100013

邮箱：64489874@163. com

联系人：荣杰 孟英杰

电话：010-64489871　64489870

中国作家协会定点深入生活办公室

2018年12月28日

2018 年港澳台文学交流大事记

郭 瑾 辑录

1.“第四届海峡两岸新媒体原创文学大赛” 举办

2018 年 5 月 20 日，适逢改革开放 40 周年，也是网络文学发展 20 周年，由国务院台湾事务办公室指导，中国出版集团公司主办，中版集团数字传媒有限公司（大佳网）、台湾中华出版商业同业公会全联会、台湾自媒体协会承办，《安徽文学》杂志、《南风》杂志、北京版权保护协会网络出版工作委员会、全国大学生文学创作中心协办的“第四届海峡两岸新媒体原创文学大赛”，倡导现实题材创作方向，以“新时代·创精品·享阅读”为中心，面对海内外中文创作者征文，欢迎网络文学爱好者大胆创作，积极投稿，并鼓励传统作家向网络转型，为传统文学插上新媒体的翅膀。

大赛主题为“书写时代变迁，打造文学精品”。鼓励创作者用各自不同的视角，发现生活之美，书写家国情怀、时代变迁，创作出具有典型时代特征的文学精品。题材类别包括但不限于“都市情感类”“军事历史类”“悬疑推理类”“官场职场类”“玄幻言情类”“武侠科幻类”“校园童趣类”。投稿时间 2018 年 05 月 20 日—2018 年 11 月 20 日，作品初评 2018 年 11 月 20 日—2018 年 12 月 10 日；作品复评 2018 年 12 月 11 日—2019 年 02 月 11 日；作品终评 2019 年 02 月 12 日—2019 年 03 月 31 日；奖项公布 2019 年 04 月。只接受小说投稿。设中、短和长篇小说，长篇小说 15 万字以上；中篇小说 3 万-15 万字之间；短篇小说 3 万字以内。

2.“第二届两岸青年网络文学大赛” 在杭州举行

2018 年 7 月 8 日，首届“海峡两岸青年发展论坛”之“文化·睿享”论坛在杭州举行，中国国民党前主席、中华青雁和平教育基金会董事长洪秀柱，浙江省人民政府副省长成岳冲等嘉宾共同启动了“第二届两岸青年网络文学大赛”。两岸人士就两岸青年网络文学的发展和未来，畅谈各自经历与认识。

首届两岸青年网络文学大赛一等奖获得者、台湾青年作家纳兰采桑的获奖作品《碧落人间情一诺》在本次论坛上举办了新书首发仪式，影视改编等产业运营也正在有序推进。

首届两岸青年网络文学大赛评委、浙江省网络作家协会副主席蒋胜男表示，“不管你身处何方，都可以进行文学创作。大赛为文学创作者搭建起了交流的平台，也让很多两岸作家结下深厚的友谊。”

本次网络文学大赛将保留首届大赛的五大创新性优势特色：大网络文学概念、网生代评网生代、大赛进高校、实现全产业链运营落地、赛制创新。大赛不仅为两岸作家搭建沟通桥梁，也为两岸网络文学产业、文化事业之间的交流合作提供平台。大赛的初评和复评将在两岸分别进行，终评阶段，两个赛区的优胜者将同台竞技。

3.“2018 年两岸青年文学营” 在湖南举办

2018 年 8 月 23 日至 29 日，由中国作家协会港澳台办公室主办、湖南省作家协会合办、台湾淡江大学协办的“2018 年两岸青年文学营”活动在湖南长沙举办。本次文学营是第三届两岸青年文学营活动，海峡两岸文学青年 50 余人参加此次活动。台湾淡江大学助理教授杨宗翰发言时谈到，文学营在台湾青年大学生中产生了较大反响，越来越多的台湾青年大学生期待能够参加这样的文学营活动。中国作协外联部主任张涛在讲话中强调，大家都是通过征文重重筛选出来的优秀青年大学生，举办文学营活动不易，希望大家珍惜机会，积极参加活动，增进了解，在交流中彼此借鉴，提升创作水平。大多数台湾青年是首次访问大陆。活动让台湾文学青年亲身感受中华民族五千年文明和祖国大陆日新月异的发展变化，领略三湘大地山水风光和历史人文，增进两岸青年文学写作者的相互交流，颇受青年人的喜爱和欢迎。在活动结束前，向台湾青年文学爱好者发放了问卷调查，了解对活动安排的意见。两岸青年文学营专为两岸高校已有一定文学功底，取得了一定的文学成绩的在校学生开设的短期交流和创作培训，旨在通过文学交流，增进两岸青年文学爱好者的了解，促进两岸文学发展。

4. 两岸网络文学作家创作论坛在京举行

9 月 14 日，在北京亦庄举办的第二届“中国网络文学+”大会期间，由大会组委会和九州文化传播中心联合主办的两岸网络文学作家创作论坛顺利召开。北京市新闻出版广电局党组书记、局长杨烁，九州文化传播中心主任王明鉴致辞。中央台办新闻局副局长、新闻发言人安峰山，国家文化和旅游部港澳台办台湾处处长何婕、北京市台办宣传处副处长宋朝辉出席了活动。论坛围绕“网络文学新时代两岸交流新征程”这一主题，从如何促进两岸网络文学业界互动合作、IP 热潮下网络文学影视化的理性发展等角度进行深入探讨。此次论坛获得了行业主管部门的大力支持，汇聚了两岸网络文化优秀人才，提供了一个业界交流与合作平台，是两岸翘首期盼的一次盛会。中国的网络文学已经走过了 20 年，不但在海峡两岸蓬勃发展，更走出了国门，名扬海外。这正是得益于积淀深厚的中华优秀传统文化的丰富性、创造力、创新性。作为行业领军人物，出席论坛的包括月关、叶姿麟、柳下挥、奥斯卡、猫眼娜娜等两岸知名网络文学作家。

5. 铁凝率中国作家协会代表团应邀访问香港

2018 年 11 月 1 日至 4 日，应香港作家联会邀请，中国作家协会主席、中国文联主席铁凝，率中国作协代表团访问香港，出席香港作家联会成立 30 周年系列庆祝活动。

访港期间，代表团与参加庆祝活动的来自世界各地的华人作家代表进行了广泛交流，与香港作联理事会常务理事们举行了工作座谈会，拜会了中央政府驻香港联络办，铁凝就进一步加强内地与香港文学艺术界的交流与中联办王志民主任交换了意见。代表团还在香港科技大学参加“我的创作观”文学交流活动，并应邀拜访大公文汇传媒集团。

铁凝在香港作联成立 30 周年庆典活动致辞中说，30 年前，曾敏之先生、刘以鬯先生成立了香港作联，他们是作联的首倡者，也曾是作联的引路人。她表示香港作联不仅为香港社会的团结稳定和香港文学的繁荣发展做出了重要贡献，而且成为在中国内地、在香港、在台湾、在澳门、在世界各地用中文写作、深爱我们共同语言和传统的作家们相互交流的桥梁。

代表团在拜访大公文汇传媒集团时，铁凝说，作家与报纸密不可分，香港社会的特殊性和它的生活节奏，决定了香港的作家和报纸的关系更为密切、更为亲切。中国作家协会副主席李敬泽说，现代文学的产生与发展，报人的贡献很大，现代文学大家都和报纸有着千丝万缕的联系，特别是《大公报》，见证着现代文坛的发展。本次访港更好地推进了香港作家与内地作家之间的交流。

6.“纪念与传承——走进青年” 纪念陈映真系列活动在京举办

11 月 29 日，全国台联、中国作协、台湾人间出版社共同主办，清华大学合办，全国台联文化宣传部、陕西省台联、清华大学人文学院及人文与社会科学高等研究所共同承办的陈映真纪念座谈会在京举行，主题为“纪念与传承——走进青年”，海峡两岸作家、专家学者等 40 余人出席了座谈会。

全国台联会长黄志贤在致辞中说，陈映真先生去世两年了，但其精神决不应该随波而逝。陈映真精神是充满青春活力的，他始终和青年在一起，指导和陪伴着他们一起战斗、一起成长。最好的纪念是行动，到青年中去，做陈映真精神的讲解者与布道者，让陈映真精神在推动祖国完全统一、实现中华民族伟大复兴进程中发挥其应有作用。中国作协副主席阎晶明致辞说，陈映真当选中国作家协会第七届全国委员会名誉副主席，是最早加入中国作家协会的台湾作家，对两岸文学交流投入了大量热情，两岸作家因此有了更多交流机会。他的高尚人格风范、优秀文学作品以及爱国情怀和斗争精神，永远值得我们铭记、学习，需要我们传承和发扬。本次纪念活动还走进清华大学，与清华学子一起诵读陈映真经典作品。

7. 第五届两岸文学对话活动在天津举行

2018 年 12 月 5 日–9 日，中国作家协会与文化和旅游部合作，在天津举办了第五届两岸文学对话活动，两岸作家和学者近 60 人出席了活动。本届两岸文学对话的主题是“本源和发展”。文学是时代的精神财富，两岸同根同源，秉承和延续了共同的文学，这是当代两岸文学显著的优势，优秀的文学作品，始终能够坚守中华文化的底蕴，体现中华文化的精神和民族的追求。两岸小说家、诗人、评论家围绕主题展开讨论，共同梳理两岸文学的发展，进一步推动两岸人文与思想交流，不断拓展两岸文学交流深度。两岸文学的共同繁荣，有利于两岸关系的和平发展，有利于两岸同胞持久共识，坚守两岸共同的中华文化家园，共同发展机遇和扶持。两岸一家亲是两岸文学创作共同的精神财富，通过举办两岸文学对话活动，让两岸的作家在交流中探讨文学发展，在融合中传承民族记忆，加深彼此的了解，增进相互的友谊，通过相互学习和彼此借鉴，继承中华民族优秀文化，传承和发扬中华文化精神，促进海峡两岸在文学领域融合发展，让两岸文学创作和文化交流在新时代焕发出更加绚丽的光彩。

8.“2018 上海–台北两岸文学营暨小说工作坊” 在上海举办

2018 年 12 月 13 至 14 日，“2018 上海–台北两岸文学营暨小说工作坊”由上海市作家协会、《萌芽》杂志和《联合文学》杂志联合主办，在上海举行了为期两日、共计四场文学创作的主题讨论与文学营活动。巨鹿路的爱神花园再一次见证了两岸作家的创作才华，两岸文学营不仅为两岸作者提供文学交流的平台、推动相互认知，也进一步唤醒文学世界对现实世界的观照及现实世界对文学世界边界的探索。

本届文学营，21 位来自海峡两岸的青年文学创作者在上海共同生活 2 天，共同交流创作。两岸 8 位著名作家小白、路内、那多、孙未、王聪威、高翊峰、陈雪、张惠菁作为小说工作坊受邀嘉宾并担任文学营驻营导师，与 4 位评论家黄德海、项静、木叶、张定浩一起共同进行 8 场文学交流活动，还将参访思南书局、上海当代艺术馆等上海文化地标。

在上海市作家协会指导下，上海萌芽杂志有限公司和台湾联经出版事业股份有限公司联合倡议，2015 年首届“上海-台北两岸文学营”启动，次年“上海-台北小说工作坊”启动，两项活动由《萌芽》杂志、《联合文学》杂志在上海、台北两地举办。文学营旨在让海峡两岸的文青们交流作品、结识朋友。小说工作坊则邀请沪台两地文坛优秀的中生代作家、评论家，进行文学创作主题研讨。

2018 年，文学营和小说工作坊首次联办，小说工作坊的中生代作家、评论家在交流探讨的同时将出任文学营的导师，文学营的营员将参与小说工作坊的文学创作主题研讨，期待这次两岸交流中的纵向路径给青年人带来收获。